7²⁵
NH6-
00⁓

Collection folio junior

Les premières années de **John Ronald Reuel Tolkien** sont des années difficiles. Il naît en 1892 et son père meurt quatre ans plus tard. John quitte alors son pays natal, l'Afrique du Sud, pour l'Angleterre. Il passe son enfance dans le village de Sarehole, près de Birmingham. A la mort de sa mère, Tolkien est recueilli par un vieux prêtre. L'homme développe chez l'enfant le goût de la poésie anglo-saxonne.

A son retour de France, où il sert dans le Lancashire Fusilier pendant la Première Guerre mondiale, Tolkien reprend ses études. Il est diplômé de la célèbre université d'Oxford en 1919, travaille à l'élaboration du dictionnaire d'Oxford, devient maître assistant à l'université de Leeds, obtient une chaire de langue anglo-saxonne à Oxford en 1925 puis, en 1945, une chaire de langue et littérature anglaise qu'il occupera jusqu'en 1959.

C'est en 1936 — il a quarante-quatre ans — que Tolkien écrit son premier roman : *Bilbo le Hobbit*. Le récit emprunte aux sagas scandinaves, à la mythologie germanique et aux romans de la Table ronde. Sous la plume de Tolkien resurgit un univers enfoui peuplé de magiciens, d'elfes, de nains, de balrogs... qui trouvera son apogée une vingtaine d'années plus tard, avec la publication du *Seigneur des Anneaux*, aussitôt considéré comme l'œuvre féérique la plus exceptionnelle de ce XXᵉ siècle.

J.R.R. Tolkien est mort en 1973.

Philippe Munch est né à Colmar en 1959. Depuis toujours passionné de bandes dessinées, il en a beaucoup illustré, et c'est aujourd'hui devenu son métier. Élève de Claude Lapointe à l'école des Arts décoratifs de Strasbourg pendant deux ans, Philippe Munch publie maintenant ses dessins dans la presse pour la jeunesse et, entre deux voyages au Mexique ou au pays des Hobbits, illustre de nombreux livres.

Titre original :
The Lord of the Rings

© George Allen & Unwin Ltd, 1966, pour le texte
© Christian Bourgois Editeur, 1972, pour la traduction française
© Editions Gallimard, 1988, pour les illustrations
© Editions Gallimard Jeunesse, 2000, pour la présente édition

J.R.R. Tolkien

Le Seigneur des Anneaux

Le retour du Roi

Traduit de l'anglais par F. Ledoux

Illustrations de Philippe Munch

Christian Bourgois éditeur

FOROCHI...

Baie glaciale

Monts... d'Ivende...

Collines d'Evendim

F
O
R
L
I
N
D
O
N

Lac long

Collines du T...

Mont du... Brandevin... ville

Fondin... bois de Nor... Lande

B
R
E
E

Coll... du Tau...

Monts du...

Gouv... sur les Hauts Blancs

l. Habbdos...

Hauts du...

Golfe de Lune

Collines des Thurs

Monts... Colgols

H
A
R
L
I
N
D
O
N

Brande

Cui...

Greenwich

fonte...

MINÉLIRIATH

Glanduin ou Fleur Gris

ENEDWAITH

Trouée de...

Ered Nim...

Isen

Adorn

S... henoth...

ANFA...

Baie de
Belfalas

N

O   E

S

U...

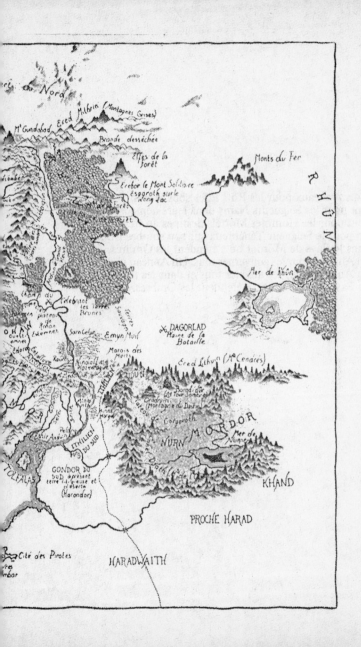

Trois Anneaux pour les Rois Elfes sous le ciel,
Sept pour les Seigneurs Nains dans leurs demeures de pierre,
Neuf pour les Hommes Mortels destinés au trépas,
Un pour le Seigneur Ténébreux sur son sombre trône
Dans le Pays de Mordor où s'étendent les Ombres.
Un Anneau pour les gouverner tous. Un Anneau pour les trouver,
Un Anneau pour les amener tous et dans les ténèbres les lier
Au Pays de Mordor où s'étendent les Ombres.

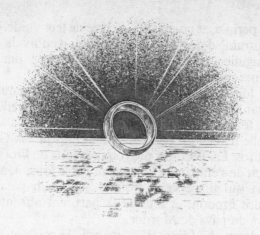

Résumé
des livres précédents

Les Livres I et II rapportaient les aventures qui conduisirent Frodon à entreprendre une longue et périlleuse quête : tenter d'atteindre, s'il le pouvait, la Montagne du Feu, seul endroit au monde où pourrait être détruit l'Anneau Unique, forgé jadis au pays de Mordor par Sauron le Grand, le Seigneur Ténébreux. Un trésor inestimable qui redonnerait à l'Ennemi la force et la connaissance nécessaires pour dominer tous les Anneaux Elfiques, recouvrir les terres de ténèbres, et réduire les peuples en esclavage.

De Fondcombe, première étape du voyage de Frodon, où se tint le Grand Conseil du seigneur Elfe Elrond, partit la Compagnie de l'Anneau : pour les Hommes, Aragorn, Boromir, et Gandalf le Gris ; Legolas pour les Elfes ; Gimli pour les Nains ; Frodon, Sam, Merry et Pippin pour les Hobbits, les Semi-Hommes. Nombreux furent les périls que la Compagnie dut affronter au cours de son périple, et cruelle fut la perte de leur guide, Gandalf, entraîné dans un sombre abîme au cours du combat singulier qu'il livra contre le Balrog dans les anciennes mines de la Moria.

Dès lors guidée par Aragorn, la Communauté de l'Anneau passa par les Bois de Lothlorien, où elle rencontra le seigneur Elfe Celeborn et Dame Galadriel. Puis, elle descendit le fleuve Anduin jusqu'aux Chutes du Rauros. Là, Boromir provoqua la fuite de Frodon en essayant de s'emparer de l'Anneau par la force. Un coup du sort qui dispersa la troupe. Seul Sam parvint à rejoindre Frodon, et tous deux partirent affronter les dangers du pays de Mordor.

Au début du Livre III, Aragorn, Legolas et Gimli trouvèrent Boromir mort, le corps criblé de flèches. La Compagnie avait joué son rôle, et Aragorn savait que le sort du Porteur de l'Anneau ne lui appartenait plus. Avec Gimli et Legolas, il s'élança à la poursuite des ravisseurs de Pippin et de Merry. Plus tard, dans les hautes herbes de la plaine de Rohan, ils rencontrèrent une troupe de cavaliers. Leur chef, Eomer, accepta de leur confier des montures. Ils chevauchèrent alors jusqu'à Fangorn où ils retrouvèrent Gandalf, revenu à la vie pour devenir Mithrandil, le Cavalier Blanc. De sa bouche, ils apprirent que Sauron s'apprêtait à frapper, que les Ents se chargeaient maintenant des Hobbits, et que la première attaque viendrait de Saroumane.

Tout alla très vite alors. Ils atteignirent Meduseld, où Théoden, roi de la Marche de Ridden, lança l'appel aux armes des Cavaliers de Rohan. L'armée se mit en branle et atteignit rapidement la citadelle de Fort le Cor, dans le Gouffre de Helm, où elle livra une bataille héroïque contre une multitude d'Orques et d'Hommes à la solde de Saroumane. Une fois les troupes ennemies détruites ou dispersées, Gandalf conduisit ses compagnons à l'Isengard, dévasté par la colère des Ents. Là, ils retrouvèrent Pippin et Merry, puis prirent le chemin de l'imprenable Tour d'Orthanc, où Saroumane et Grima se trouvaient assiégés.

Alors, comme le redoutait Gandalf, Saroumane refusa de se repentir. Et Gandalf, devant l'obstination du félon, le chassa de l'Ordre du Conseil, brisa son bâton, puis le confia à la garde des Ents. Fou de rage, Langue de Serpent jeta sur Gandalf un globe qui se révéla être un Palantîr, une des pierres voyantes de Nûmenor, qui permettait à Saroumane d'entretenir de secrètes relations avec le Mordor. Gandalf remit le Palantîr à Aragorn et partit, emmenant Pippin vers Minas Tirith, capitale du Gondor.

Pendant ce temps, ainsi que le racontait le Livre IV, Frodon et Samsagace poursuivaient leur quête sur les chemins de Mordor. Ils étaient à présent perdus dans les collines arides de l'Emyn Muil, et peinaient à la recherche d'un sentier qui pût les conduire au royaume du Seigneur Ténébreux. Pour comble de malchance, ils savaient que Gollum, une créature sournoise qui avait longtemps possédé l'Anneau, les suivait sans relâche, pour reprendre ce qu'elle appelait : « mon trésor ».

C'est au cours d'une errance qui leur sembla ne jamais devoir prendre fin que Frodon tomba au fond d'un ravin. Mais il y eut plus de peur que de mal. Il remonta, utilisant la corde de Sam, cadeau des Elfes des Bois de Lothlorien. Puis tous deux redescendirent, et la corde se détacha comme par enchantement lorsque Sam tira dessus. Les deux Hobbits s'accordaient une halte méritée quand Frodon aperçut Gollum qui, tel une araignée, rampait sur le mur, tête la première, reniflant et sifflant de temps à autres, tout en évoquant les mille et un tourments qu'il promettait aux « sales petits voleurs ». Tout à coup, la créature tomba à son tour dans le ravin. Sam saisit l'occasion. Il bondit de sa cachette et sauta sur Gollum.

Mais le Hobbit n'était pas de taille pour un combat au corps à corps avec un être aussi fort et agile. Gollum prit l'avantage, et il fallut que Frodon intervienne pour tirer Sam des griffes et des dents de son adversaire. Lui tirant la tête en arrière, menaçant de lui trancher la gorge, le Porteur de l'Anneau obligea Gollum à lâcher prise. Sam souhaitait la mort du misérable, mais la bonté de Frodon fut la plus forte. Il laissa la vie sauve à Gollum, et celui-ci accepta de guider les Hobbits là où ses pas l'avaient déjà mené : en Mordor où s'étendent les ombres.

La première trahison de Gollum, qu'ils nommaient parfois Sméagol, ne se fit pas attendre. Il tenta de s'enfuir. Mais Frodon et Sam se jetèrent sur lui et l'attachèrent à l'aide de la corde elfique. Alors, Gollum hurla, comme si un piège à loups venait de refermer ses mâchoires d'acier sur lui. La douleur était si cruelle qu'il jura sur l'Anneau Unique de bien se conduire et de servir loyalement Frodon. A contrecœur, Sam retira la corde et l'on put croire, pendant que la compagnie prenait le chemin des Marais, que Frodon avait bel et bien réussi à apprivoiser Gollum.

Frodon et Sam voyagèrent de nuit, car la lumière du soleil blessait les yeux de Sméagol. Et ils devaient le laisser s'en aller, de temps à autre, à la recherche de quelques trous boueux où il trouvait sa nourriture. Car nul n'aurait pu le contraindre à avaler la moindre bouchée de lambas, les gaufrettes elfiques qui constituaient maintenant la seule nourriture des deux Hobbits. Mais il ne fut bientôt plus question de boire ou de manger : les trois compagnons pénétraient dans les Marais des Morts. Et l'obscurité s'accroissait au fur et à mesure qu'ils avançaient. Soudain, dans l'air lourd et noir, des lumières s'élevèrent autour d'eux. Le courage de Sam fut alors juste suffisant pour tirer Frodon du rêve où il se trouvait plongé. Sur cette terre oubliée des Hommes, le

Porteur de l'Anneau faillit succomber à l'appel d'une force mystérieuse. Dans les Marais des Morts gisaient les cadavres d'une grande bataille des temps jadis. Et Frodon, qui avait vu leurs chandelles et leurs visages dans la boue, faillit se perdre dans la nuit éternelle des Marais des Morts.

Puants et couverts de vase, ils sortirent du cloaque fétide et atteignirent enfin le désert qui s'étend à la Porte de Mordor, subissant à trois reprises la peur inspirée par le passage, haut dans les airs, d'un Nazgûl et de son immonde monture. Le Porteur de l'Anneau souffrait de plus en plus de son fardeau, sentant en lui un véritable poids qui le tirait vers le sol. Quant aux deux moitiés de Gollum, l'une avide de reprendre l'Anneau, l'autre pleine de bons sentiments envers Frodon, il semblait qu'elles avaient conclu une sorte de trêve et d'alliance provisoire. C'est ainsi qu'ils parvinrent à Cirith Gorgor, le Pas Hanté, l'entrée du pays ennemi. Au loin, ils virent le Morannon, la Porte Noire du territoire de Sauron.

Arrivés là, il leur fut impossible d'entrer, et Frodon accepta le conseil de Gollum : chercher une entrée secrète qu'il connaissait, loin dans le sud dans les Montagnes de l'Ombre. Un escalier étroit, suivi d'un tunnel sombre, qui s'élevaient dans les murs occidentaux du Mordor. Au cours du voyage, ils traversèrent une région où la nature n'était pas encore tout à fait corrompue par l'œuvre du Seigneur Ténébreux. Là, en l'absence de Gollum, Sam se mit en tête de cuire des lapins et les Hobbits furent repérés et pris par une troupe de reconnaissance des Hommes de Gondor, commandés par Faramir, frère de Boromir.

Faramir les mena alors à son repaire secret, à Henneth Annûn, derrière la plus belle chute de l'Ithilien, où Sam dévoila imprudemment la nature de leur mission. Mais Faramir, fils de Dénéthor, l'Intendant de Gondor, résista à la tentation à laquelle Boromir avait succombé.

Il envoya les Hobbits, et Gollum sauvé des flèches des Hommes de Gondor par Frodon, vers la dernière étape de leur voyage, Cirith Ungol, non sans les avertir que c'était un lieu de péril mortel dont Gollum ne leur avait pas dit tout ce qu'il savait.

Au moment même où ils atteignaient la croisée des chemins et prenaient la voie menant à la terrible cité de Minas Morgul, une grande obscurité s'éleva du Mordor et couvrit tout le pays. Sauron envoya alors sa première armée, commandée par le Roi Noir des Esprits Servants de l'Anneau : la guerre de l'Anneau avait commencé. Le fardeau de Frodon se faisait de plus en plus lourd, et il s'en fallut d'un cheveu qu'il ne passât l'Anneau à son doigt et ne dévoilât sa présence au Seigneur des Neuf Cavaliers.

Gollum conduisit les Hobbits à un passage secret qui évitait Minas Morgul, et ils finirent par arriver dans l'obscurité à Toreth Ungol, un tunnel obscur d'où s'exhalait une odeur fétide. Là, Gollum leur faussa compagnie, et ils avancèrent à pas comptés dans un air vicié où leurs sens s'émoussaient. Ils passèrent devant un espace béant, où Frodon devina la présence d'un péril mortel. Puis le tunnel se divisa en deux voies. La voie de gauche était obturée. Ils s'engagèrent donc dans la voie de droite. Tout à coup, ils prirent conscience du son lourd et horrible qui les suivait dans le silence ouaté. Un gargouillis, un bruit glougloutant et un sifflement venimeux. Le piège se refermait sur eux, comme l'avait voulu Gollum qui venait de les livrer à la monstrueuse gardienne du passage, Arachne.

Ce qu'était Arachne, les Hobbits le découvrirent à la lueur du cristal d'étoile, la fiole de Dame Galadriel, offerte à Frodon lors de leur séjour dans les Bois de Lothlorien. Et le spectacle qu'ils contemplèrent les emplit d'une frayeur indicible. Ils virent alors les grands faisceaux d'yeux à multiples facettes. et sentirent la puanteur de mort qui enveloppait le corps du monstre. Mais Frodon marcha sur elle, pointant son arme et levant haut le cristal d'étoile. Arachne, blessée par la lumière, fut saisie par le doute. Elle recula, laissant les deux Hobbits atteindre la sortie du tunnel où Dard, la lame elfique de Frodon, fit ce qu'aucune arme forgée par les mains d'un Homme n'aurait pu faire. Elle déchira la toile d'Arachne, passant comme une faux dans l'herbe, et les Hobbits sortirent du tunnel en criant.

Mais Frodon semblait pris de folie et courait à perdre haleine sans prendre garde aux dangers qui pouvaient encore se présenter sur le sentier. Distancé, Sam fut bientôt saisi d'horreur. Entre lui et son maître, d'un trou noir sous l'escarpement, sortait la plus hideuse des créatures qu'il eût jamais vue. Arachne s'élançait à la poursuite du Porteur de l'Anneau. Sam rassembla tout ce qui lui restait de souffle, mais Gollum, l'attaquant par derrière, l'empêcha de crier et le fit basculer avant qu'il n'eût pu alerter Frodon. Un bref combat s'engagea entre les deux ennemis, mais la furie de Sam fut telle qu'il parvint à se dégager de l'étreinte. Puis, saisissant son épée, il fit prendre la fuite à Gollum et s'élança sur le sentier.

Dès qu'il aperçut Frodon, déjà lié des chevilles aux épaules par la toile d'Arachne, Sam saisi l'épée de son maître qui gisait sur le sol et, avec un hurlement, passa entre l'arche des pattes du monstre pour lui porter des coups cruels, coupant une griffe, et crevant un œil. C'en était trop pour Arachne qui décida d'écraser le Hobbit de toute la masse de son horrible corps.

Dans les entrailles puantes, Dard pénétra profondément. Sam fut ainsi libéré, et soumit de nouveau Arachne au supplice du cristal d'étoile. Les yeux du monstre ne le supportèrent pas. Il dut reculer, aveugle, en rampant, griffe par griffe, vers l'ouverture de l'escarpement où il disparut, laissant derrière lui une vase jaune verdâtre. Sam se retrouvait seul, pleurant la mort de son maître. Il finit par prendre l'Anneau et décia d'achever la mission sans espoir.

C'est à ce moment, précisément, que vinrent deux troupes d'Orques : l'une montant de Minas Morgul ; l'autre descendant de la Tour de Cirith Ungol. Caché par l'Anneau qu'il avait glissé à son doigt, Samsagace apprit, grâce aux chamailleries des chefs Orques, Shagrat et Gorbag, que Frodon n'était pas mort, mais seulement endormi par la piqûre d'Arachne. Sam suivit alors les Orques qui emportaient le corps de Frodon dans le tunnel d'Arachne, par la voie qu'ils avaient crue fermée.

Le Livre IV s'achève à Toreth Ungol où Sam, épuisé de fatigue, tomba évanoui au moment où la porte de derrière de la Tour de Cirith Ungol se refermait devant lui.

Le Livre V revient vers Gandalf, Aragorn, Legolas, Pippin et Merry. Il raconte la Guerre de l'Anneau, telle qu'elle se déroula en Gondor, puis au Morannon, la Porte Noire du territoire de Sauron.

Livre V

Le retour du Roi

Chapitre premier

Minas Tirith

Pippin risqua un coup d'œil hors de l'abri du manteau de Gandalf. Il se demandait s'il était éveillé ou s'il était encore plongé dans le rêve de rapide mouvement qui l'avait enveloppé si longtemps depuis le début de la grande chevauchée. Le monde obscur se précipitait de part et d'autre, et le vent chantait fort dans ses oreilles. Il ne pouvait voir que les étoiles tournoyantes et, loin sur la droite, de vastes ombres contre le ciel, là où défilaient les montagnes du Sud.

Somnolent, il essaya de récapituler les périodes et les étapes de leur voyage, mais sa mémoire était assoupie et incertaine.

Il y avait eu la première course à une allure terrible, sans une seule halte ; puis, à l'aube, il avait vu une pâle lueur dorée, et ils étaient arrivés à une ville silencieuse et à la grande maison vide sur la colline. Et à peine avaient-ils atteint cet abri que l'ombre ailée les avait survolés une fois de plus, tandis que les hommes fléchissaient de peur. Mais Gandalf lui avait dit de douces paroles, et il avait dormi dans un coin, fatigué mais inquiet, vaguement conscient d'allées et venues, de discussions entre les hommes et d'ordres donnés par Gandalf. Puis nouvelle chevauchée dans la nuit. C'était la deuxième, non, la troisième nuit depuis qu'il avait regardé dans la Pierre. Et sur ce souvenir affreux, il se réveilla tout à fait, frissonna, et le bruit du vent s'emplit de voix menaçantes.

Une lumière s'alluma dans le ciel, un flamboiement de feu jaune derrière des barrières sombres. Pippin se tapit, sous le coup d'une frayeur momentanée, se demandant dans quel terrible pays Gandalf l'emportait. Il se frotta les yeux, et il vit alors que c'était la lune, à présent presque pleine, qui se levait au-dessus des ombres de l'est. La nuit n'était donc pas encore très avancée, et le sombre voyage allait se poursuivre pendant des heures. Il remua et parla.

— Où sommes-nous, Gandalf ? demanda-t-il.

— Dans le royaume de Gondor, répondit le magicien. Le pays d'Anôrien défile toujours.

Le silence s'établit de nouveau pendant un moment. Puis :

— Qu'est-ce que cela ? s'écria soudain Pippin, s'agrippant au manteau de Gandalf. Regardez ! Du feu, un feu rouge ! Y a-t-il des dragons dans ce pays ? Regardez, en voilà un autre !

En réponse, Gandalf cria d'une voix forte à son cheval :

— En avant, Gripoil ! Nous devons nous hâter. Le temps est court. Vois ! Les feux d'alarme de Gondor sont allumés, appelant à l'aide. La guerre a commencé. Regarde, voilà le feu sur l'Amon Dîn, et la flamme sur l'Eilenach ; et là, ils gagnent rapidement l'ouest : le Nardol, l'Erelas, le Min-Rimmon, le Calenhad et l'Halifirien aux frontières de Rohan.

Mais Gripoil ralentit son allure et se mit au pas ; puis il leva la tête et hennit. Et des ténèbres vint en réponse le hennissement d'autres chevaux ; on entendit bientôt le son mat de sabots, et trois cavaliers passèrent comme des spectres volants dans la lune pour s'évanouir dans l'ouest. Gripoil se ramassa alors et s'élança, et la nuit coula sur lui comme un vent mugissant.

La somnolence reprit Pippin, et il ne prêta guère attention à Gandalf qui lui parlait des coutumes de Gondor ; il lui expliquait que le Seigneur de la Cité avait fait édifier des tours pour les feux d'alarme au sommet des collines isolées le long des deux lisières de la grande chaîne et qu'il maintenait en ces points des postes où des chevaux frais étaient prêts en permanence à porter ses messages en Rohan au nord ou à Belfalas au sud.

— Il y a longtemps que les feux du Nord n'avaient pas été allumés, dit-il ; et dans l'ancien temps de Gondor, ils n'étaient pas nécessaires, car ils avaient les Sept Pierres.

Pippin s'agita avec inquiétude.

— Rendormez-vous et n'ayez pas peur ! dit Gandalf. Car vous n'allez pas, comme Frodon, en Mordor, mais à Minas Tirith, et vous serez là autant en sûreté qu'en aucun autre endroit à l'heure actuelle. Si le Gondor tombe, ou si l'Anneau est pris, la Comté ne sera nullement un refuge.

— Vous ne me réconfortez guère, dit Pippin.

Mais le sommeil l'envahit néanmoins. La dernière chose dont il se souvint avant de sombrer dans un rêve profond fut un aperçu des hautes cimes blanches, luisant comme des îles flottantes au-dessus des nuages sous la lumière de la lune qui passait à l'ouest. Il se demanda où était Frodon, s'il se trouvait déjà en Mordor ou s'il était mort ; et il ne savait pas que Frodon regardait, très loin de là, cette même lune à son déclin au-delà du Gondor avant la venue du jour.

Pippin se réveilla au son de voix. Encore un jour de dissimulation et une nuit de chevauchée avaient passé. C'était le crépuscule : l'aube froide était de nouveau proche, et ils étaient entourés de brumes grises. Gripoil fumait de sueur, mais il dressait fièrement l'encolure et ne montrait aucun signe de fatigue. De nombreux hommes enveloppés de lourds manteaux se tenaient à côté, et derrière eux s'élevait dans la brume un mur de pierre. Il paraissait en partie ruiné, mais dès avant la fin de la nuit on pouvait entendre le bruit d'un labeur hâtif : coups de marteaux, cliquetis de truelles et grincement de roues. Des torches et des pots à feu jetaient par-ci par-là une pâle lueur dans le brouillard. Gandalf parlait aux hommes qui lui barraient le chemin et, en écoutant, Pippin s'aperçut qu'il s'agissait de lui-même.

— Oui, c'est vrai, nous vous connaissons, Mithrandir, dit le chef des Hommes ; vous savez les mots de passe des Sept Portes et vous êtes libre de poursuivre votre route. Mais nous ne connaissons pas votre compagnon. Qu'est-il ? Un Nain des montagnes du Nord ? Nous ne désirons aucun étranger dans le pays en ce moment, sauf de vigoureux hommes d'armes, en la loyauté et l'aide desquels nous puissions avoir confiance.

— Je répondrai de lui devant le siège de Denethor, dit Gandalf. Quant à la valeur, elle ne s'évalue pas d'après la taille. Il a passé par davantage de batailles et de périls que vous, Ingold, bien que vous soyez deux fois plus grand que lui ; il vient maintenant de l'assaut de l'Isengard, et il est accablé d'une grande fatigue, sans quoi je le réveillerais. Il s'appelle Peregrïn, c'est un très vaillant homme.

— Un Homme ? dit Ingold d'un air dubitatif, et les autres rirent.

— Un Homme ! s'écria Pippin, tout à fait réveillé à présent. Un homme ! Certainement pas ! Je suis un Hobbit et pas plus vaillant que je ne suis Homme, sauf peut-être de temps à autre par nécessité. Que Gandalf ne vous abuse point !

— Bien des auteurs de grands exploits pourraient n'en pas dire davantage, reprit Ingold. Mais qu'est-ce qu'un Hobbit ?

— Un Semi-Homme, répondit Gandalf. Non, pas celui dont il a été parlé, ajouta-t-il, voyant l'étonnement se peindre sur les visages des Hommes. Ce n'est pas lui, mais l'un des siens.

— Oui, et un de ceux qui ont voyagé avec lui, dit Pippin. Et Boromir de votre Cité était avec nous ; il m'a sauvé dans les neiges du Nord, et il a fini par être tué en me défendant contre de nombreux ennemis.

— Chut ! dit Gandalf. La nouvelle de ce chagrin aurait dû être annoncée d'abord au père.

— On l'a déjà devinée, dit Ingold ; car il y a eu d'étranges présages ici ces derniers temps. Mais passez vite à présent ! Car le Seigneur de Minas Tirith sera avide de voir qui apporte les dernières nouvelles de son fils, qu'il soit homme ou...

— Hobbit ! dit Pippin. Je ne puis rendre que peu de services à votre seigneur, mais ce que je peux faire, je le ferai en mémoire de Boromir le brave.

— Adieu ! dit Ingold.

Et les hommes s'écartèrent devant Gripoil, qui passa par une étroite porte dans le mur.

— Puissiez-vous porter bon conseil à Denethor dans son besoin, et à nous tous, Mithrandir ! cria Ingold. Mais vous arrivez avec des nouvelles de malheur et de danger, selon votre coutume, à ce que l'on dit.

— Parce que je ne viens guère que lorsque mon aide est nécessaire, répondit Gandalf. Quant aux conseils, je vous dirai, à vous, que vous n'avez que trop tardé à réparer le Mur du Pelennor. Le courage sera maintenant votre meilleure défense contre la tempête imminente — cela et l'espoir que j'apporte. Car les nouvelles ne sont pas toutes mauvaises. Mais laissez là vos truelles et aiguisez vos épées !

— Le travail sera achevé avant ce soir, dit Ingold. C'est ici la dernière partie du mur à mettre en état de défense : le moins exposé, car il donne du côté de nos amis de Rohan. Savez-vous quelque chose d'eux ? Croyez-vous qu'ils répondront à l'appel ?

— Oui, ils viendront. Mais ils ont livré maints combats dans votre dos. Cette route, comme toutes les autres, n'est plus sûre. Soyez vigilants ! Sans Gandalf le Corbeau de Tempête, vous auriez vu venir d'Anôrien une armée d'ennemis et aucun Cavalier de Rohan. Et c'est encore possible. Adieu, et ne sommeillez point !

Gandalf passa alors dans la vaste terre d'au-delà du Rammas Echor. C'est ainsi que les hommes de Gondor appelaient le mur extérieur qu'ils avaient édifié avec beaucoup de labeur après la chute de l'Ithilien sous l'ombre de leur Ennemi. Il courait sur dix lieues ou plus du pied des montagnes pour y revenir, enclosant ainsi les Champs du Pelennor : belles et fertiles terres sur les pentes et les terrasses descendant vers les dépressions de l'Anduin. A son point le plus éloigné de la Grande Porte de la Cité, au nord-est, le mur se trouvait à une distance de quatre lieues ; là, il dominait d'une rive menaçante les longs bas-fonds bordant le fleuve, et les hommes l'avaient fait haut et puissant, car en ce point la route venait des gués et des ponts d'Osgiliath et passait par une porte gardée entre deux tours fortifiées. A l'endroit le plus proche, le mur n'était guère à plus d'une lieue de la Cité, au sud-est. Là, l'Anduin, qui longeait les collines de l'Emyn Arnen dans l'Ithilien du Sud, décrivait une brusque courbe vers l'ouest, et le mur extérieur s'élevait sur son bord même ; et en dessous s'étendaient les quais et les appontements du Harlond pour les embarcations qui remontaient des fiefs du Sud.

Les terres étaient riches et comprenaient de vastes cultures et de nombreux vergers, et il y avait des fermes avec des fours à houblon, des greniers, des bergeries, des étables, et maints ruisselets, descendant des hauteurs vers l'Anduin, coulaient en ondoyant à travers les prés. Pourtant, les bouviers et les cultivateurs qui demeuraient là étaient peu nombreux, et la majeure partie des gens de Gondor vivaient dans les sept cercles de la Cité ou dans les hautes vallées des lisières montagneuses, dans le Lossarnach ou plus au sud dans la belle Lebennin aux cinq rivières rapides. Là, demeurait, entre les montagnes et la mer, un peuple robuste. On considérait ces habitants comme Hommes de Gondor, mais ils étaient de sang-mêlé, et il y avait parmi eux des gens basanés de courte taille, dont les ancêtres venaient davantage des hommes oubliés qui demeuraient dans l'ombre des montagnes lors des Années Sombres d'avant la venue des rois. Mais au-delà, dans le grand fief de Belfalas, résidait le Prince Imrahil en son château de Dol Amroth au bord de la mer ; il était de haute lignée, et les siens aussi, hommes fiers et de grande taille, aux yeux gris de mer.

Or donc, après un certain temps de chevauchée, la lumière du jour s'accrut dans le ciel, et Pippin, sortant de sa torpeur, regarda alentour. A sa gauche s'étendait une mer de brume, qui devenait une triste ombre à l'est ; mais à droite de grandes montagnes dressaient leurs sommets, qui s'étendaient de l'ouest jusqu'à une extrémité abrupte et soudaine, comme si, lors de la création du pays, le Fleuve eût crevé une grande barrière, creusant une vaste vallée destinée à faire un terrain de bataille et de dispute dans les temps à venir. Et là où les Montagnes Blanches de l'Ered Nimraïs prenaient

27

fin, il vit, comme Gandalf l'avait annoncé, la masse sombre du Mont Mindolluin, les profondes ombres pourpres de ses hautes gorges et sa face supérieure qui blanchissait dans le jour croissant. Et sur son avancée se trouvait la Cité Gardée, avec ses sept murs de pierre si forts et si anciens qu'elle ne semblait pas construite, mais taillée par les géants, dans l'ossature même de la terre.

Tandis que Pippin regardait avec étonnement, les murs passèrent d'un gris estompé au blanc, légèrement rosissant avec l'aurore ; et soudain, le soleil grimpa au-dessus de l'ombre à l'est et lança un rayon qui frappa la face de la Cité. Pippin poussa alors un cri, car la Tour d'Ecthelion, haut dressée à l'intérieur du mur le plus élevé, se détachait, brillante, sur le ciel, comme une pointe de perle et d'argent, belle et élancée, et son pinacle étincelait comme s'il était fait de cristaux ; des bannières blanches flottaient aux créneaux dans la brise matinale, et il entendait, haute et lointaine, une claire sonnerie comme de trompettes d'argent.

Gandalf et Peregrïn arrivèrent ainsi, au lever du soleil, à la Grande Porte des Hommes de Gondor, et ses battants de fer s'ouvrirent devant eux.

— Mithrandir ! Mithrandir ! crièrent les hommes. Nous savons à présent que la tempête est assurément proche !

— Elle est sur vous, répondit Gandalf. J'ai volé sur ses ailes. Laissez-moi passer ! Je dois voir votre Seigneur Denethor pendant que dure encore son intendance. Quoi qu'il advienne, vous êtes parvenus à la fin du Gondor que vous avez connu. Laissez-moi passer !

Les hommes reculèrent alors devant l'autorité de sa voix sans plus l'interroger, bien qu'ils regardassent avec étonnement le Hobbit assis devant lui et le cheval qui le portait. Car les gens de la Cité utilisaient des chevaux très petits, et on les voyait rarement dans les rues, à part ceux que montaient les messagers de leur seigneur. Et ils dirent :

— C'est assurément là un des grands coursiers du Roi de Rohan ? Peut-être les Rohirrim viendront-ils bientôt nous renforcer.

Mais Gripoil avança fièrement le long de la route sinueuse.

Car la mode de Minas Tirith voulait qu'elle fût construite sur plusieurs niveaux, dont chacun était creusé dans la colline et bordé par un mur ; et dans chaque mur se trouvait une porte. Mais ces portes n'étaient pas disposées sur une même ligne : la Grande Porte du Mur de la Cité était à l'extrémité orientale du circuit, mais la deuxième faisait face au sud, la troisième à moitié au nord, et elles allaient et venaient ainsi en montant ; de sorte que la route pavée qui grimpait vers la Citadelle tournait d'abord dans un sens, puis dans celui qui traversait la face de la colline. Et chaque fois qu'elle franchissait la ligne de la Grande Porte, elle passait par un tunnel voûté, perçant une vaste avancée de rocher dont la masse projetée divisait en deux tous les cercles de la Cité sauf le premier. Car, du fait en partie de la forme primitive de la colline et en partie du grand art joint au labeur des anciens, s'élevait à l'arrière de la vaste cour faisant suite à la Porte un bastion de pierre dont l'arête aiguë comme une carène de navire la dominait de haut face à l'est. Il se dressait jusqu'au niveau du cercle supérieur, et là il était couronné de créneaux, de sorte que ceux de la Citadelle pouvaient, comme les marins d'un bâtiment haut comme une montagne, regarder du sommet à pic la Porte à sept cents pieds en dessous. L'entrée de la Citadelle donnait aussi sur l'est, mais elle était creusée dans le cœur du rocher ; de là, une longue pente, éclairée de lanternes, montait à la septième porte. Les hommes atteignaient enfin ainsi la Cour Haute et la Place de la Fontaine au pied de la Tour Blanche : belle et élevée, elle mesurait cinquante brasses de la base au pinacle, où flottait à mille pieds au-dessus de la plaine la bannière des Intendants.

C'était assurément une puissante citadelle, imprenable pour peu qu'elle fût tenue par des gens en état de porter les armes ; à moins que quelque ennemi ne pût venir par-derrière, escalader les pentes inférieures du Mindolluin et parvenir ainsi sur l'étroit épaulement qui joignait la Colline de la Garde à la masse de la montagne. Mais cet épaulement, qui s'élevait à la hauteur du cinquième mur, était entouré de grands remparts jusqu'au bord même du précipice qui surplombait son extrémité occidentale ; et dans cet espace s'élevaient les demeures et les tombeaux à dôme des rois et seigneurs du temps passé, à jamais silencieux entre la montagne et la tour.

Pippin contempla avec un émerveillement croissant la grande cité de pierre, plus vaste et plus splendide que tout ce qu'il avait pu rêver ; plus grande et plus forte que l'Isengard, et beaucoup plus belle. Mais, à la vérité, elle tombait d'année en année en décrépitude ; et déjà il lui manquait la moitié des hommes qui auraient pu y demeurer à l'aise. Dans toutes les rues, ils passaient devant quelque grande maison ou cour au-dessus des portes ou portails desquelles étaient sculptées de nombreuses lettres de forme ancienne et étrange ; des noms que Pippin devinait être ceux de grands hommes et familles qui y avaient habité jadis ; mais à présent, ces demeures étaient silencieuses et nul pas ne résonnait sur leurs dallages, nulle voix ne s'entendait dans leurs salles, nul visage ne se montrait dans les portes ou les fenêtres vides.

Ils finirent par sortir de l'ombre à la septième porte, et

le chaud soleil qui brillait en bas près du fleuve, tandis que Frodon marchait dans les clairières de l'Ithilien, rayonnait ici sur les murs lisses, les piliers et la grande arche à la clef de voûte sculptée à l'image d'une tête majestueuse et couronnée. Gandalf mit pied à terre, aucun cheval n'étant admis dans la Citadelle, et Gripoil se laissa emmener sur la douce injonction de son maître.

Les gardes de la porte étaient vêtus de noir et leurs heaumes avaient une forme étrange, hauts de fond avec de longs oreillons très ajustés à la figure, au-dessus desquels se voyaient les ailes blanches d'oiseaux de mer ; mais les casques étincelaient d'une flamme d'argent, car ils étaient en réalité faits de *mithril*, héritages de la gloire de jadis. Sur les surcots noirs était brodé un arbre en fleur d'un blanc de neige sous une couronne d'argent et des étoiles à nombreux rayons. C'était la livrée des héritiers d'Elendil, et nul ne la portait plus dans tout le Gondor que les gardes de la Citadelle devant la Cour de la Fontaine où l'Arbre Blanc avait autrefois poussé.

Il semblait que la nouvelle de leur venue les avait devancés ; et ils furent admis aussitôt, en silence et sans questions. Gandalf traversa rapidement la cour pavée de blanc. Une douce fontaine jouait là dans le soleil matinal, entourée d'un gazon verdoyant ; mais au milieu, retombant au-dessus du bassin, se dressait un arbre mort, et les gouttes coulaient tristement de ses branches stériles et brisées dans l'eau claire.

Pippin jeta un coup d'œil sur ce spectacle, tout en galopant derrière Gandalf. C'était triste, pensa-t-il, se demandant pourquoi on laissait là cet arbre mort alors que tout le reste était si bien soigné.

Sept étoiles, sept pierres et un arbre blanc.

Les mots que Gandalf avait murmurés lui revinrent en mémoire. Et, à ce moment, il se trouva aux portes de la Grande Salle située sous la tour rayonnante ; et, suivant le magicien, il passa devant les grands huissiers silencieux et pénétra dans les ombres fraîches et sonores de la demeure de pierre.

Ils suivirent un passage carrelé, long et vide, et, tout en allant, Gandalf parla doucement à Pippin :

— Attention à vos paroles, Maître Peregrin ! Ce n'est pas le moment de montrer l'effronterie hobbite. Théoden est un vieillard bienveillant. Denethor est d'une autre sorte, fier et subtil, plus puissant et de bien plus grande lignée, quoiqu'il ne porte pas le titre de roi. Mais c'est à vous qu'il s'adressera surtout ; il vous posera beaucoup de questions, puisque vous pourrez lui parler de son fils Boromir. Il l'aimait grandement : trop peut-être ; et d'autant plus en raison de leur dissemblance. Mais sous le couvert de son amour, il trouvera plus aisé d'apprendre plutôt de vous que de moi ce qu'il désire savoir. Ne lui en dites pas plus qu'il est nécessaire, et n'abordez pas la question de la mission de Frodon. Je m'occuperai de cela en temps utile. Et ne dites rien non plus d'Aragorn, à moins d'y être contraint.

— Pourquoi donc ? Qu'y a-t-il à reprocher à Grands-Pas ? demanda Pippin à voix basse. Il se proposait de venir ici, non ? Et il ne va pas tarder à arriver lui-même, de toute façon.

— Peut-être, peut-être, dit Gandalf. Encore que s'il vient, ce doive probablement être d'une façon inattendue de tous, y compris de Denethor lui-même. Ce sera mieux ainsi. Du moins doit-il arriver sans être annoncé par nous.

Gandalf s'arrêta devant une haute porte de métal poli.

— Écoutez, Maître Pippin, il n'y a pas le temps de vous instruire maintenant de l'histoire de Gondor ; peut-être eût-il mieux valu en apprendre quelque chose alors que vous dénichiez encore les œufs d'oiseaux et que vous faisiez l'école buissonnière dans les bois de la Comté. Mais, les choses étant ce qu'elles sont, faites ce que je vous dis ! Il n'est guère sage, quand on apporte à un puissant seigneur la nouvelle de la mort de son héritier, de trop parler de l'arrivée de celui qui, s'il vient, revendiquera la royauté. Cela vous suffit-il ?

— La royauté ? dit Pippin, stupéfait.

— Oui, dit Gandalf. Si vous avez marché tous ces derniers jours les oreilles bouchées et la tête endormie, réveillez-vous à présent !

Il frappa à la porte.

La porte s'ouvrit, toute seule à ce qu'il semblait. Le regard de Pippin plongea dans une grande salle. Elle était éclairée de part et d'autre par de profondes fenêtres sur les bas-côtés, au-delà des rangées de hauts piliers qui soutenaient le plafond. Monolithes de marbre noir, ils se dressaient jusqu'à de grands chapiteaux sculptés montrant les curieuses images de divers animaux et feuillages ; et, bien au-dessus, luisait dans l'ombre de la vaste voûte un entrelacs d'or mat et d'arabesques multicolores. On ne voyait dans cette longue et solennelle salle aucune tapisserie ni tenture historiée ni aucun objet de tissu ou de bois ; mais, entre les piliers, se tenait une compagnie silencieuse de hautes statues de pierre froide.

Pippin se rappela soudain les rochers taillés d'Argonath, et la crainte le saisit à la vue de cette avenue de rois depuis longtemps morts. A l'extrémité de la salle, sur une estrade précédée de nombreuses marches, se dressait un haut trône que surmontait un dais de marbre en forme de heaume couronné ; derrière, l'image d'un arbre en fleur incrustée de pierres précieuses était gravée dans le mur. Mais le trône était vide. Au pied de l'estrade, sur la première marche, qui était large et profonde, il y avait un siège de pierre, noir et sans ornements, et dessus était assis un vieillard, le regard baissé sur ses genoux. Il tenait à la main une baguette blanche à pomme d'or. Il ne leva pas les yeux. Ils traversèrent solennellement le long espace qui les séparait de lui jusqu'au moment où ils se trouvèrent à trois pas de son tabouret de pieds. A ce moment, Gandalf prit la parole.

— Salut, Seigneur et Intendant de Minas Tirith, Denethor fils d'Ecthelion ! Je suis venu vous apporter conseil et nouvelles en cette heure sombre.

Le vieillard leva alors les yeux. Pippin vit son visage de statue avec sa fière ossature, sa peau d'ivoire et le long nez busqué entre les yeux sombres et profonds ; et il ne pensa pas tant à Boromir qu'à Aragorn.

— Sombre certes est l'heure, dit le vieillard, et c'est à de pareils moments que vous avez accoutumé de venir, Mithrandir. Mais bien que tous les signes annoncent la ruine de Gondor, ces ténèbres m'affectent moins que les miennes propres. Il m'a été rapporté que vous ameniez avec vous quelqu'un qui a vu mourir mon fils. Est-ce lui ?

— C'est lui, dit Gandalf. L'un des deux. L'autre est avec Théoden de Rohan, et il se peut qu'il vienne par la suite. Ce sont des Semi-Hommes, comme vous le voyez, mais ce n'est pas là celui dont parlaient les présages.

— Un Semi-Homme tout de même, dit Denethor, le sourcil froncé, et je porte peu d'affection à ce nom, depuis que ces maudites paroles sont venues troubler nos conseils et ont entraîné mon fils dans la folle équipée où il est mort. Mon Boromir ! Maintenant nous avons besoin de vous. Faramir aurait dû partir à sa place.

— Il l'aurait voulu, dit Gandalf. Que votre chagrin ne vous rende pas injuste ! Boromir a revendiqué la mission et n'a pas voulu souffrir que quelqu'un d'autre l'obtienne. C'était un homme autoritaire, qui prenait ce qu'il désirait. J'ai longuement voyagé avec lui et j'ai beaucoup appris sur son humeur. Mais vous parlez de sa mort. En avez-vous eu des nouvelles avant notre arrivée ?

— J'ai reçu ceci, répondit Denethor, qui déposa sa baguette et prit dans son giron l'objet qu'il avait contemplé.

Il leva dans chaque main une moitié d'un grand cor, fendu par le milieu : une corne de bœuf sauvage, cerclée d'argent.

— C'est le cor que Boromir portait toujours ! s'écria Pippin.

— Exactement, dit Denethor. Et je l'ai porté en mon temps, comme chaque aîné de notre maison en remontant jusqu'aux années évanouies d'avant la défaillance des rois, depuis que Vorondil père de Mardil chassait les vaches sauvages d'Araw dans les terres lointaines de Rhûn. J'en ai entendu l'écho étouffé dans les marches septentrionales il y a treize jours, et le Fleuve me l'a apporté, brisé : jamais plus il ne sonnera.

Il s'arrêta, et un lourd silence tomba. Soudain, il tourna son noir regard vers Pippin.

— Qu'en dites-vous, Semi-Homme ?

— Treize, treize jours, balbutia Pippin. Oui, je crois que ce doit être cela. Oui, je me trouvais à côté de lui quand il sonna du cor. Mais aucune aide ne vint. Seulement d'autres Orques.

— Bon, dit Denethor, dévisageant Pippin. Vous étiez là ? Dites-m'en davantage ! Pourquoi aucune aide n'est-elle venue ? Et comment vous êtes-vous échappé, alors que lui ne l'a pu, tout puissant qu'il était, avec seulement des Orques pour lui résister ?

Pippin s'empourpra et oublia sa crainte.

— Le plus puissant homme peut être tué d'une seule flèche, répliqua-t-il, et Boromir fut percé de nombreux traits. Au dernier moment où je l'ai vu, il s'était affaissé au pied d'un arbre, et il retirait de son côté une flèche empennée de noir. Je me suis alors évanoui, et j'ai été fait prisonnier. Je ne l'ai pas revu, et je ne sais rien de plus. Mais j'honore sa mémoire, car il était très vaillant. Il est mort pour nous sauver, mon cousin Meriadoc et moi, alors que nous étions attaqués par la soldatesque du Seigneur Ténébreux ; et, s'il est tombé et a échoué, ma gratitude n'en est pas moins grande.

Et Pippin regarda le vieillard dans les yeux, car sa fierté était étrangement aiguillonnée par le dédain et la suspicion perceptibles dans cette voix froide.

— Un aussi grand seigneur des Hommes trouvera sans doute peu de service chez un Hobbit, un Semi-Homme de la Comté du Nord ; tel qu'il est, je l'offrirai toutefois en paiement de ma dette.

Écartant vivement le pan de son manteau gris, Pippin tira sa petite épée et la déposa aux pieds de Denethor.

Un pâle sourire passa sur le visage du vieillard comme le reflet d'un froid soleil un soir d'hiver ; mais il courba la tête et tendit la main, abandonnant les fragments du cor.

— Donnez-moi cette arme ! dit-il.

Pippin l'éleva et la lui présenta par la garde.

— D'où cela vient-il ? demanda Denethor. Maintes et maintes années ont passé dessus. C'est assurément une lame forgée par les vôtres dans le lointain passé ?

— Elle vient des tertres qui s'étendent le long des frontières de mon pays, dit Pippin. Mais seuls des êtres mauvais y résident à présent, et je n'aimerais pas en dire davantage à leur sujet.

— Je vois que d'étranges histoires sont tissées autour de vous, dit Denethor, et il se voit une fois de plus que l'apparence peut tromper sur un Homme — ou un Semi-Homme. J'accepte votre service. Car vous ne vous laissez pas démonter par les paroles ; et votre discours est chevaleresque et courtois, tout étrange qu'il peut paraître pour nous autres gens du Sud. Or, dans les jours qui viennent, nous allons avoir besoin de tous les gens chevaleresques, grands ou petits. Jurez-moi maintenant fidélité !

— Prenez la garde de l'épée, dit Gandalf, et répétez les paroles du Seigneur, si vous êtes résolu là-dessus.

— Je le suis, dit Pippin.

Le vieillard posa l'épée sur ses genoux ; Pippin mit la main sur la garde et dit lentement après Denethor :

— Je jure ici d'être fidèle au Gondor et au Seigneur et Intendant du royaume, de les servir, de parler et d'observer le silence, d'agir et de laisser faire, de venir et d'aller, en temps d'abondance ou de disette, de paix ou de guerre, dans la vie et dans la mort, dès ce moment et jusqu'à ce que mon seigneur me délie, que la mort me prenne ou que le monde périsse. Ainsi parlé-je, moi, Peregrïn fils de Paladin de la Comté des Semi-Hommes.

— Et je l'entends, moi, Denethor fils d'Ecthelion, Seigneur de Gondor, Intendant du Puissant Roi, je ne l'oublierai pas et je ne manquerai pas de récompenser ce qui est donné : la fidélité par l'amour, la valeur par l'honneur, le parjure par la vengeance.

L'épée fut alors rendue à Pippin, qui la remit dans son fourreau.

— Et maintenant, dit Denethor, voici mon premier ordre : parlez et ne restez pas silencieux ! Dites-moi toute votre histoire, et veillez à vous rappeler tout ce que vous pouvez de Boromir, mon fils. Asseyez-vous à présent, et commencez !

Ce disant, il frappa un petit gong d'argent qui se trouvait près de son tabouret de pieds, et des serviteurs s'avancèrent aussitôt. Pippin vit alors qu'ils se tenaient dans des renfoncements de part et d'autre de la porte, hors de la vue de ceux qui entraient.

— Apportez du vin, de la nourriture et des tabourets

pour les hôtes, dit Denethor, et veillez à ce que nul ne nous dérange pendant une heure.

« C'est tout ce que je puis vous consacrer, car il y a beaucoup d'autres choses qui s'imposent à mon attention, dit-il à Gandalf. Beaucoup de choses qui peuvent paraître plus importantes et qui sont pourtant pour moi moins pressantes. Mais peut-être pourrons-nous reprendre notre entretien à la fin du jour.

— Et plus tôt, espérons-le, dit Gandalf. Car je n'ai pas fait une chevauchée de cent cinquante lieues, de l'Isengard jusqu'ici, à seule fin de vous amener un petit guerrier, si chevaleresque qu'il soit. N'est-ce rien pour vous que Théoden ait livré une grande bataille, que l'Isengard soit défait et que j'aie brisé la baguette de Saroumane ?

— Cela a pour moi une grande importance. Mais je connais suffisamment de ces exploits pour mes propres décisions contre la menace de l'Est.

Il tourna ses yeux sombres vers Gandalf ; Pippin vit alors une ressemblance entre les deux, et il sentit la tension qu'il y avait entre eux, presque comme s'il voyait d'un œil à l'autre une ligne de feu couvant sur le point de s'embraser.

Denethor avait en fait beaucoup plus que Gandalf l'apparence d'un grand magicien ; il était plus royal, plus beau et plus puissant — et plus âgé. Cependant, par quelque sens autre que la vue, Pippin percevait que le plus grand pouvoir et la sagesse la plus profonde, ainsi qu'une majesté voilée, appartenaient à Gandalf. Et celui-ci était plus vieux, beaucoup plus vieux. « De combien plus vieux ? » se demanda-t-il. Qu'il était donc bizarre qu'il n'y eût jamais pensé, lui apparut-il soudain. Sylvebarbe avait bien dit quelque chose des magiciens, mais même alors il n'avait pas pensé à Gandalf comme étant l'un d'eux. Qui était Gandalf ? A quelle époque lointaine, en quel lieu lointain était-il venu au monde, et quand le quitterait-il ? Et à ce moment, les rêveries de Pippin s'interrompirent, et il vit que Denethor et Gandalf s'observaient toujours les yeux dans les yeux, comme pour déchiffrer leur pensée réciproque. Mais ce fut Denethor qui détourna le premier son regard.

— Bon, dit-il ; car les Pierres ont beau être perdues, à ce qu'on dit, les Seigneurs de Gondor n'en ont pas moins une vision plus aiguë que les gens moindres, et bien des messages leur parviennent. Mais prenez place, maintenant !

Des hommes avancèrent alors un fauteuil et un tabouret bas ; et un autre apporta un plateau garni d'un flacon, de coupes et de gâteaux blancs. Pippin s'assit, mais il ne pouvait détourner les yeux du vieux seigneur. Était-ce la vérité ou simple imagination ? Quand celui-ci parla des Pierres, Pippin eut l'impression qu'une soudaine lueur de ses yeux se fixait un instant sur lui.

— Et maintenant, racontez-moi votre histoire, mon lige, dit Denethor, d'un ton mi-bienveillant, mi-moqueur. Car les paroles d'une personne à laquelle mon fils a apporté une telle aide seront certes les bienvenues.

Pippin ne devait jamais oublier cette heure passée dans la grande salle sous l'œil pénétrant du Seigneur de Gondor, percé de temps à autre par ses questions perspicaces, avec la conscience constante de la présence à son côté d'un Gandalf attentif, qui (il le sentait) retenait une irritation et une impatience croissantes. Quand, l'heure terminée, Denethor frappa de nouveau le gong, Pippin était épuisé. « Il ne peut pas être plus de neuf heures, pensa-t-il. Je pourrais à présent ingurgiter trois petits déjeuners d'affilée. »

— Menez le Seigneur Mithrandir au logement préparé pour lui, dit Denethor, et son compagnon pourra demeurer avec lui pour le moment, s'il le désire. Mais que l'on sache que je lui ai maintenant fait jurer fidélité à mon service ; il sera désormais connu sous le nom de Peregrïn fils de Paladin, et il saura les mots de passe mineurs. Mandez aux Capitaines qu'ils se présentent devant moi aussitôt que possible après que la troisième heure aura sonné.

« Et vous, Seigneur Mithrandir, vous viendrez aussi comme et quand vous le voudrez, hormis pendant mes brèves heures de sommeil. Laissez passer votre colère à l'égard de la folie d'un vieillard, puis revenez pour mon réconfort !

— Folie ? répondit Gandalf. Vous savez utiliser même votre chagrin comme manteau. Croyez-vous que je n'aie pas compris votre dessein en interrogeant une heure durant quelqu'un qui en sait moins, alors que je me trouve à côté ?

— Si vous le comprenez, soyez satisfait, répliqua Denethor. Ce serait folie que l'orgueil qui dédaignerait l'aide et les conseils en temps de besoin ; mais vous ne dispensez pareils dons qu'en fonction de vos propres intentions. Pourtant le Seigneur de Gondor ne doit pas être fait l'instrument des desseins des autres hommes, quelque dignes qu'ils soient. Et, pour lui, il n'existe pas dans le monde tel qu'il est de dessein supérieur au bien du Gondor ; et le gouvernement du Gondor m'appartient, Monseigneur, et n'est à nul autre, à moins que le roi ne revienne.

— A moins que le roi ne revienne ? dit Gandalf. Eh bien, Monseigneur l'Intendant, votre tâche est de conserver encore ce que vous pourrez du royaume devant cet événement que peu de gens attendent à présent. Dans cette tâche, vous aurez toute l'aide qu'il vous plaira de demander. Mais je vous dirai ceci : le gouvernement d'aucun royaume ne m'appartient, pas plus celui du Gondor que d'aucun autre pays, grand ou petit.

Mais toutes choses de valeur qui sont en danger dans le monde tel qu'il est à présent, voilà mon souci. Et pour ma part, je n'échouerai pas entièrement dans ma tâche, même si le Gondor devait périr, si quelque chose franchit cette nuit, qui puisse encore croître en beauté ou porter de nouveau fleur et fruit dans les temps à venir. Car moi aussi, je suis un intendant. Ne le saviez-vous pas ?

Sur quoi, il se détourna et sortit de la salle à grands pas, tandis que Pippin courait à son côté.

Gandalf n'adressa ni regard ni parole à Pippin pendant qu'ils allaient. Leur guide les prit aux portes de la salle et les conduisit par la Cour de la Fontaine à un passage entre deux hauts édifices de pierre. Après plusieurs tournants, ils arrivèrent à une maison voisine du mur de la citadelle sur le côté nord, non loin de l'épaulement qui reliait la colline à la montagne. Une fois entrés, il les mena, par un large escalier sculpté, au premier étage au-dessus de la rue, puis dans une agréable pièce, claire et aérée, tapissée de belles tentures unies à reflets d'or mat. Elle était peu meublée, il n'y avait qu'une petite table, deux chaises et un banc ; mais des deux côtés, il y avait des alcôves garnies de rideaux, dans lesquelles se trouvaient de bons lits avec des récipients et des bassins pour se laver. Trois hautes et étroites fenêtres donnaient au nord, par-delà la grande courbe de l'Anduin encore enveloppé de brumes, sur l'Emyn Muil et le Rauros dans le lointain. Pippin dut grimper sur le banc pour regarder par-dessus le profond rebord de pierre de la fenêtre.

— Êtes-vous irrité contre moi, Gandalf ? dit-il quand le guide fut sorti et eut refermé la porte. J'ai fait de mon mieux.

— Oui, certes ! répondit Gandalf, avec un rire soudain.

Il vint auprès de Pippin et se tint à côté de lui, un bras

passé autour des épaules du Hobbit, pour regarder par la fenêtre. Pippin jeta un coup d'œil étonné sur le visage tout proche du sien, car le son de ce rire était gai et joyeux. Il ne vit pourtant tout d'abord sur la figure du magicien que des rides de souci et de chagrin ; mais, en regardant plus attentivement, il perçut que derrière il y avait une grande gaieté : une fontaine d'allégresse suffisante pour mettre tout un royaume en joie, pour peu qu'elle jaillît.

— Vous avez sans nul doute fait de votre mieux, reprit le magicien ; et j'espère que vous ne vous retrouverez pas de sitôt dans un tel mauvais pas entre deux aussi terribles vieillards. Le Seigneur de Gondor en a toutefois appris de vous plus que vous ne pouvez le penser, Pippin. Vous n'avez pu cacher le fait que Boromir n'avait pas conduit la Compagnie hors de Moria et qu'il y avait parmi vous quelqu'un de haut rang qui venait à Minas Tirith ; et qu'il avait une épée fameuse. Les hommes réfléchissent beaucoup au sujet des histoires de l'ancien temps en Gondor ; et Denethor a longuement médité sur le chant et les mots *Fléau d'Isuldur,* depuis le départ de Boromir.

« Il n'est pas semblable aux autres hommes de ce temps, Pippin, et, quelle que soit sa lignée de père en fils, le hasard veut que le sang de l'Ouistrenesse coule en lui presque authentique ; comme il le fait chez son autre fils Faramir et ne le faisait pas chez Boromir qu'il aimait le plus. Il a la vue longue. Il peut discerner, s'il y applique sa volonté, une bonne part de ce qui se passe dans la tête des gens, même ceux qui demeurent au loin. Il est difficile de l'abuser, et dangereux de tenter de le faire.

« Rappelez-vous-le ! Car vous avez maintenant juré fidélité à son service. Je ne sais ce qui, dans votre tête ou dans votre cœur, vous y a poussé. Mais ce fut bien fait. Je ne l'ai pas empêché, car les actes généreux ne doivent pas être retenus par de froids conseils. Cela lui a touché le cœur, en même temps que cela a plu à son humeur (puis-je dire). Et au moins êtes-vous libre à présent de circuler comme vous voulez dans Minas Tirith — quand vous ne serez pas de service. Car il y a un revers à la médaille : vous êtes à ses ordres, et il ne l'oubliera pas. Soyez toujours circonspect !

Il se tut et soupira.

— Enfin, il est inutile de ruminer sur ce que demain apportera. D'abord, il est certain qu'il apportera pis qu'aujourd'hui, pendant bien des jours à venir. Je ne puis rien faire d'autre pour l'empêcher. Le tablier est disposé, et les pièces bougent. L'une, que je suis grandement désireux de trouver, c'est Faramir, l'héritier à présent de Denethor. Je ne crois pas qu'il soit dans la Cité ; mais je n'ai pas eu le temps de prendre des renseignements. Je dois partir, Pippin. Il faut que j'aille à ce conseil des seigneurs pour apprendre ce que je pourrai. Mais l'Ennemi a le trait, et il est sur le point d'ouvrir pleinement la partie. Et les pions en verront autant que quiconque, Peregrïn fils de Paladin, soldat de Gondor. Affilez votre lame !

Gandalf se dirigea vers la porte, puis se retourna.

— Je suis pressé, Pippin, dit-il. Rendez-moi service quand vous sortirez. Avant même de vous reposer, si vous n'êtes pas trop fatigué. Trouvez Gripoil et voyez comment il est logé. Ces gens sont bienveillants envers les animaux, car ils sont bons et sages, mais ils ne s'y connaissent pas trop en chevaux.

Sur quoi, Gandalf sortit ; et à ce moment vint la note claire et mélodieuse d'une cloche sonnée dans une tour de la Citadelle. Elle retentit trois fois, comme de l'argent dans l'air, et se tut : la troisième heure depuis le lever du soleil.

Après une minute, Pippin alla à la porte, descendit l'escalier et regarda dans la rue. Le soleil rayonnait à présent, chaud et brillant ; les tours et les hautes maisons projetaient vers l'ouest des ombres nettement découpées. Haut dans le ciel bleu, le Mont Mindolluin élevait son heaume blanc et son manteau de neige. Des hommes en armes allaient et venaient dans les voies de la Cité, comme s'ils changeaient de poste et de service à la sonnerie de l'heure.

— Ce serait neuf heures, dans la Comté, dit Pippin à haute voix. Juste le moment pour un bon petit déjeuner près de la fenêtre ouverte au soleil printanier. Ah, que j'aimerais un petit déjeuner ! Ces gens en prennent-ils jamais, ou est-ce terminé ? Et quand dînent-ils, et où ?

Il remarqua bientôt un homme vêtu de noir et blanc qui approchait dans la rue étroite venant du centre de la Citadelle. Pippin, se sentant seul, résolut de parler au passage de l'homme ; mais il n'en eut pas besoin. L'homme vint droit à lui.

— Vous êtes Peregrïn le Semi-Homme ? dit-il. J'ai appris que vous avez prêté serment de fidélité au service du Seigneur et de la Cité. Soyez le bienvenu !

Il tendit la main, et Pippin la prit.

— Je m'appelle Beregond fils de Baranor. Je ne suis pas de service ce matin, et on m'a envoyé vous enseigner les mots de passe et vous dire quelques-unes des nombreuses choses que vous désirerez certainement savoir. Quant à moi, j'aimerais aussi apprendre certaines choses de vous. Car nous n'avons encore jamais vu de Semi-Homme dans ce pays, et, bien que nous en ayons vaguement entendu parler, il en est peu question dans tous les contes que nous avons. En outre, vous êtes un ami de Mithrandir. Le connaissez-vous bien ?

— Oui, dit Pippin. Je l'ai connu de réputation toute ma courte vie, pour ainsi dire ; et ces derniers temps, j'ai beaucoup voyagé en sa compagnie. Mais c'est un livre où il y a beaucoup à lire, et je ne puis me vanter d'en avoir vu plus de quelques pages. Il se peut pourtant que je le connaisse aussi bien que quiconque hormis un petit nombre. Aragorn était le seul de notre Compagnie à le connaître vraiment, je crois.

— Aragorn ? fit Beregond. Qui est-ce ?

— Oh ! balbutia Pippin, c'était un homme qui venait parfois avec nous. Je crois qu'il est en Rohan, actuellement.

— Vous avez été en Rohan, à ce que j'ai entendu dire. Il y a beaucoup de choses que j'aimerais vous demander sur ce pays aussi ; car nous mettons en ses habitants une grande partie du mince espoir que nous avons. Mais j'oublie ma mission, qui était d'abord de répondre à vos questions. Que voudriez-vous savoir, Maître Peregrïn ?

— Euh, eh bien, dit Pippin, si je puis me risquer à la poser, j'ai à présent dans la tête une question assez brûlante ; enfin... qu'en est-il du petit déjeuner et tout cela ? Je veux dire, quelles sont les heures des repas, si vous me comprenez, et où se trouve la salle à manger, s'il y en a une ? Et les auberges ? J'ai regardé, mais je n'en ai vu aucune sur le chemin, bien que j'aie été soutenu par la pensée d'un bon coup de bière aussitôt que nous serions arrivés chez des hommes aussi sages que courtois.

Beregond le regarda d'un air grave.

— Vous êtes un vieux soldat, à ce que je vois, dit-il On prétend que ceux qui font campagne attendent toujours le prochain espoir de nourriture et de boisson mais je n'ai pas moi-même beaucoup voyagé. Ainsi, vous n'avez pas mangé aujourd'hui ?

— Enfin, si, pour être poli, si, dit Pippin. Mais seulement une coupe de vin et un ou deux gâteaux blancs, dus à l'amabilité de votre Seigneur ; mais, pour cela, il m'a mis à la torture d'une heure de questions, et c'est une chose qui donne faim.

Beregond rit.

— C'est à table que les petits hommes accomplissent leurs plus grands exploits, disons-nous. Mais vous avez aussi bien déjeuné que tout homme dans la Citadelle, et avec un honneur plus grand. C'est ici une forteresse et une tour de garde, et nous sommes en état de guerre. Nous nous levons avant le soleil, prenons un morceau dans la lumière grise et allons à notre service dès la première heure. Mais ne désespérez pas !

Il rit de nouveau à la vue de l'air consterné de Pippin.

— Ceux qui ont eu un service pénible prennent quelque chose pour recouvrer des forces au milieu de la matinée. Puis il y a le casse-croûte à midi ou plus tard selon les possibilités du service ; et les hommes se rassemblent vers le coucher du soleil pour le repas quotidien et toute la gaieté qui peut encore rester.

« Venez ! Nous marcherons un peu ; après quoi, nous irons à la recherche de rafraîchissement ; nous mangerons et boirons sur le rempart, et nous contemplerons la belle matinée.

— Un moment ! dit Pippin, rougissant. Écartez de votre pensée la voracité, ou ce que votre courtoisie nomme la faim. Mais Gandalf, Mithrandir comme vous l'appelez, m'a prié de m'occuper de son cheval — Gripoil, un grand coursier de Rohan, prunelle des yeux du roi, à ce qu'on m'a dit, bien qu'il l'ait donné à Mithrandir pour services rendus. Je crois que son nouveau maître aime cet animal plus que maints hommes et, si son bon vouloir a quelque prix pour cette cité, vous traiterez Gripoil avec grand honneur : avec une plus grande bonté que celle que vous avez témoignée à ce Hobbit, s'il est possible.

— Hobbit ? demanda Beregond.

— C'est ainsi que nous nous appelons, dit Pippin.

— Je suis heureux de l'apprendre, car je peux dire

que les accents étrangers ne déparent pas de belles paroles, et les Hobbits ont le parler courtois. Mais allons ! Faites-moi connaître ce bon cheval. J'aime les animaux, et on en voit rarement dans cette cité de pierre ; car les miens venaient des vallées des montagnes et, avant cela, de l'Ithilien. Mais n'ayez crainte ! La visite sera courte, une simple visite de politesse, et nous irons de là aux dépenses.

Pippin constata que Gripoil avait été bien logé et soigné. Car il existait dans ce sixième cercle, à l'extérieur des murs de la Citadelle, de belles écuries où l'on gardait des chevaux rapides, tout près des logements des estafettes du Seigneur : messagers toujours prêts à partir sur l'ordre urgent de Denethor ou des principaux capitaines. Mais, à ce moment, tous les chevaux et les cavaliers étaient partis au loin.

Gripoil hennit et tourna la tête à l'entrée de Pippin.

— Bonjour ! dit celui-ci. Gandalf viendra dès qu'il le pourra. Il est occupé, mais il envoie son salut ; je dois veiller à ce que tout aille bien pour toi ; et j'espère que tu te reposes après tes longues peines.

Gripoil encensa et frappa du pied. Mais il laissa Beregond lui palper doucement la tête et caresser ses larges flancs.

— Il a l'air fin prêt pour une course, et on ne dirait jamais qu'il arrive juste d'un grand voyage, dit Beregond. Qu'il est fort et fier ! Où est son harnais ? Il doit être riche et beau.

— Aucun n'est assez riche et beau pour lui, dit Pippin. Il n'en accepte pas. Il vous porte s'il le veut bien ; sinon, eh bien, nul mors, bride, fouet ou longe ne le domptera. Adieu, Gripoil ! Patience. Le combat approche.

Gripoil leva la tête et poussa un hennissement qui fit trembler l'écurie et les obligea à se boucher les oreilles.

Puis ils s'en furent, après avoir vu que l'auge était bien remplie.

— Et maintenant à notre propre auge, dit Beregond.

Et il ramena Pippin à la Citadelle et à une porte sur le côte nord de la grande tour. Là, ils descendirent par un long et frais escalier dans un large couloir éclairé de lanternes. Il y avait des guichets dans les murs, et l'un d'eux était ouvert.

— Voici la manutention et la dépense de ma compagnie de la Garde, dit Beregond. Salut, Targon ! cria-t-il par le guichet. Il est encore tôt, mais voici un nouveau venu que le Seigneur a pris à son service. Il a longuement chevauché, ceinture serrée, et il a eu un dur labeur ce matin ; il a faim. Donne-nous ce que tu as !

Ils eurent là du pain, du beurre, du fromage et des pommes : les dernières de la réserve d'hiver, ridées, mais saines et douces ; et une gourde de bière fraîchement tirée, avec des écuelles et des gobelets de bois. Ils mirent le tout dans un panier d'osier et remontèrent au soleil. Beregond amena Pippin à un endroit de l'extrémité est du grand rempart avancé, où les murs présentaient une embrasure avec un siège de pierre sous l'appui. Ils pouvaient observer de là le matin qui s'étendait sur le monde.

Ils mangèrent et burent, parlant tantôt du Gondor et de ses us et coutumes, tantôt de la Comté et des pays étranges que Pippin avait vus. Et plus ils parlaient, plus Beregond, étonné, observait avec émerveillement le Hobbit, balançant ses courtes jambes quand il était assis sur le siège ou se dressant sur la pointe des pieds pour regarder par-dessus le rebord les terres d'en bas.

— Je ne vous cacherai pas, Maître Peregrïn, dit Beregond, qu'à nos yeux vous semblez presque un de nos enfants, un garçon de quelque neuf printemps ; et pourtant vous avez enduré maints périls et vu des merveilles que peu de nos barbes blanches pourraient se vanter d'avoir contemplées. Je pensais que c'était le caprice de notre Seigneur de prendre un noble page à la façon des rois de l'ancien temps, à ce qu'on dit. Mais je vois qu'il n'en était pas ainsi, et il faut me pardonner ma sottise.

— Je le fais volontiers, dit Pippin. Bien que vous ne vous trompiez pas de beaucoup. Je ne suis guère plus qu'un garçon selon le compte de ceux de ma propre race, et il s'en faut de quatre ans que j'atteigne ma « majorité », comme on dit dans la Comté. Mais ne vous occupez pas de moi. Venez ici et dites-moi ce que je vois.

Le soleil montait, et les brumes de la vallée d'en bas s'étaient levées. Les dernières s'en allaient en flottant juste au-dessus de leurs têtes, comme des rubans de nuages blancs portés par la brise grandissante de l'est, qui faisait à présent claquer et tirait les drapeaux et les étendards blancs de la Citadelle. Dans le fond de la vallée, à quelque cinq lieues à vue de nez, se voyait le Grand Fleuve, qui descendait, gris et scintillant, du nord-ouest et décrivait une vaste courbe vers le sud et de nouveau l'ouest avant de se perdre dans la brume chatoyante au-delà de laquelle s'étendait à cinquante lieues la Mer.

Pippin voyait tout le Pelennor, étalé devant lui, parsemé dans le lointain de fermes et de petits murs, de granges et d'étables, mais il n'apercevait nulle part de vaches ni d'autres bêtes. De nombreuses routes et pistes traversaient les champs verts et il y avait beaucoup d'allées et venues : charrettes s'avançant en file vers la Grande Porte et d'autres en sortant. De temps à autre, un cavalier se hâtait d'entrer dans la ville. Mais la majeure partie du trafic descendait le long de la route principale, qui tournait au sud, en une courbe plus rapide que celle du Fleuve, longeait les collines pour disparaître bientôt de la vue. Elle était large et bien pavée ; le long du bord oriental couraient une large piste cavalière verte et au-delà un mur. Sur cette piste, des cavaliers galopaient dans les deux sens, mais toute la chaussée semblait obstruée de grands chariots couverts qui allaient vers le sud. Pippin ne tarda pas à voir cependant que tout était en fait bien ordonné : les charrettes s'avançaient sur trois files, la plus rapide attelée de chevaux ; une autre, plus lente, était composée de grands camions à belles housses multicolores, traînés par des bœufs ; et sur le bord ouest de la route de nombreuses charrettes plus petites étaient traînées par des hommes, qui cheminaient péniblement.

— C'est la route des vallées de Tumladen et de Lossarnach, des villages des montagnes et, au-delà, de la Lebennin, dit Beregond. Vous voyez là les derniers camions qui emportent vers leur refuge les vieillards, les enfants et les femmes qui doivent les accompagner. Ils doivent tous être à une lieue de la Porte et dégager la route avant midi : tel était l'ordre. C'est une triste nécessité. (Il soupira.) Il est possible que peu de ceux qui sont aujourd'hui séparés se retrouvent jamais. Et il y a toujours eu trop peu d'enfants dans cette ville ; mais, à présent, il n'y a plus que quelques jeunes garçons qui ne veulent pas partir et qui pourront trouver quelque tâche à accomplir : mon fils est de ceux-là.

Le silence retomba durant un moment. Pippin regardait anxieusement vers l'est, comme s'il craignait à tout moment de voir des milliers d'Orques se déverser dans les champs.

— Que vois-je là ? demanda-t-il, désignant le centre de la grande courbe de l'Anduin. Est-ce une autre ville, ou quoi ?

— Ce fut une ville, dit Beregond, la principale de Gondor, dont ceci n'était qu'une forteresse. Car ce sont là les ruines d'Osgiliath de part et d'autre de l'Anduin, que nos ennemis prirent et incendièrent il y a longtemps. Nous la reprîmes cependant du temps de la jeunesse de Denethor : non pour y habiter, mais pour la tenir comme avant-poste et pour y reconstruire le pont pour le passage de nos armes. Et puis les Cavaliers Sauvages vinrent de Minas Morgul.

— Les Cavaliers Noirs ? dit Pippin, ouvrant tout grands des yeux assombris par une ancienne crainte réveillée.

— Oui, ils étaient noirs, répondit Beregond, et je vois que vous connaissez quelque chose d'eux, bien que vous n'en ayez parlé dans aucune de vos histoires.

— J'en sais quelque chose, dit doucement Pippin, mais je ne veux pas en parler maintenant, si près, si près.

Il se tut brusquement et, portant son regard au-delà du Fleuve, il lui sembla ne voir qu'une vaste et menaçante ombre. Peut-être était-ce des montagnes qui s'élevaient à la limite de la vue et dont les arêtes déchiquetées étaient estompées par près de vingt lieues d'air vaporeux ; peut-être n'était-ce qu'un mur de nuages et n'y avait-il au-delà qu'une obscurité plus profonde encore. Mais, tandis même qu'il regardait, il lui parut que l'obscurité grandissait et se rassemblait, s'élevant très lentement pour envahir les régions ensoleillées.

— Si près de Mordor ? dit doucement Beregond. Oui, c'est là qu'elle réside. Nous la nommons rarement, mais nous avons toujours demeuré en vue de cette ombre ; parfois elle paraît plus faible et plus lointaine ; parfois plus proche et plus sombre. Elle croît et s'assombrit à présent ; et, par conséquent, notre crainte et notre inquiétude croissent aussi. Et les Cavaliers Sauvages ont reconquis les passages il y a un an, et un grand nombre de nos meilleurs hommes furent tués. Ce fut Boromir qui finit par repousser l'Ennemi de cette rive occidentale, et nous tenons encore la moitié d'Osgiliath la plus proche. Pour un peu de temps. Mais nous y attendons maintenant une nouvelle attaque. Peut-être la principale de la guerre qui vient.

— Quand ? demanda Pippin. Avez-vous une idée ? Car j'ai vu les feux d'alarme la nuit dernière, ainsi que les estafettes ; et Gandalf disait que c'était un signe que la guerre avait commencé. Il semblait désespérément pressé. Mais à présent tout paraît s'être de nouveau ralenti.

— Seulement parce que tout est maintenant prêt, dit Beregond. Ce n'est que la profonde inspiration avant la plongée.

— Mais pourquoi les feux d'alarme ont-ils été allumés la nuit dernière ?

— Il est trop tard pour envoyer chercher du secours quand on est déjà assiégé, répondit Beregond. Mais je ne connais pas la pensée du Seigneur et de ses capitaines. Ils ont maintes sources d'information. Et le Seigneur Denethor n'est pas comme les autres hommes : il voit loin. D'aucuns disent que, lorsqu'il se tient seul la nuit dans sa chambre haute de la Tour et qu'il tourne sa pensée de telle ou telle façon, il peut lire quelque peu dans l'avenir ; et qu'il fouille même parfois l'esprit de l'Ennemi, luttant avec lui. Et c'est pourquoi il est vieux, usé avant son temps. Mais quoi qu'il en soit, mon seigneur Faramir est parti au-delà du Fleuve pour quelque mission périlleuse, et il peut avoir envoyé des renseignements.

« Mais, si vous voulez mon avis sur la cause des feux d'alarme, ce fut la nouvelle venue hier soir de Lebennin. Une grande flotte approche des bouches de l'Anduin, montée par les corsaires d'Umbar dans le Sud. Il y a longtemps qu'ils ont cessé de craindre la puissance du Gondor ; ils se sont alliés à l'Ennemi, et ils portent maintenant un lourd coup en faveur de sa cause. Car cette attaque va retirer une grande partie de l'aide sur laquelle nous comptions de la part de Lebennin et de

Belfalas, où les hommes sont vaillants et nombreux. Nos pensées se portent d'autant plus au nord vers le Rohan ; et nous n'en sommes que plus heureux de ces nouvelles de victoire que vous apportez.

« Et pourtant... (il s'arrêta, se leva et jeta un regard circulaire vers le nord, l'est et le sud) les événements de l'Isengard devraient nous avertir que nous nous trouvons pris maintenant dans une grande nasse stratégique. Il ne s'agit plus de simples escarmouches aux gués, de raids d'Ithilien ou d'Anôrien, d'embuscades et de pillages. Ceci est une grande guerre, au plan depuis longtemps établi, et nous n'en sommes qu'une pièce, quoi qu'en puisse dire notre orgueil. Les choses bougent dans l'extrême est au-delà de la Mer Intérieure, à ce qu'on rapporte ; et au nord dans la Forêt Noire et au-delà ; et au sud à Harad. Et maintenant tous les royaumes vont être mis à l'épreuve : résister ou tomber — sous l'Ombre.

« Nous avons toutefois cet honneur, Maître Peregrïn : nous supportons toujours le choc de la haine principale du Seigneur Ténébreux, car celle-ci vient des profondeurs du temps, par-dessus les abîmes de la Mer. C'est ici que le coup de marteau s'abattra le plus fort. Et c'est pourquoi Mithrandir est accouru ici avec une telle hâte. Car si nous tombons, qui tiendra ? Et, Maître Peregrïn, voyez-vous aucun espoir que nous tenions ?

Pippin ne répondit pas. Il contempla les grands murs, les tours, les beaux étendards et le soleil haut dans le ciel, et puis l'obscurité grandissante à l'est ; et il pensa aux longs doigts de cette Ombre ; aux Orques dans les forêts et les montagnes, à la trahison de l'Isengard, aux oiseaux à l'œil néfaste, aux Cavaliers Noirs avancés jusque dans les chemins de la Comté — et à la terreur ailée, les Nazgûl. Il frissonna, et l'espoir parut se flétrir. Et, à ce moment même, le soleil vacilla et fut obscurci une seconde, comme si une aile sombre avait passé devant lui. Pippin crut distinguer, presque hors de portée de l'ouïe, haut et loin dans les cieux, un cri : faible, mais étreignant le cœur, cruel et froid. Il pâlit et se blottit contre le mur.

— Qu'était-ce ? demanda Beregond. Vous aussi, vous avez senti quelque chose ?

— Oui, murmura Pippin. C'est le signe de notre chute et l'ombre du destin, un Cavalier Sauvage de l'air.

— Oui, l'ombre du destin, dit Beregond. Je crains que Minas Tirith ne tombe. La nuit vient. La chaleur même de mon sang semble être dérobée.

Ils restèrent un moment assis, la tête basse, sans parler. Puis, soudain, Pippin leva le regard et il vit que le soleil brillait encore et que les étendards flottaient toujours au vent. Il se secoua.

— C'est passé, dit-il. Non, mon cœur ne veut pas encore désespérer. Gandalf est tombé et il est revenu et il est avec nous. Nous pouvons tenir, fût-ce sur une jambe, ou au moins rester encore sur les genoux.

— Bien dit ! s'écria Beregond, se levant et allant et venant à grands pas. Non, bien que toutes choses doivent arriver à une fin le moment venu, le Gondor ne périra pas encore. Non, même si les murs doivent être emportés par un ennemi téméraire qui élèvera devant lui une montagne de charogne. Il y a encore d'autres forteresses et des voies secrètes d'évasion dans les montagnes. L'espoir et le souvenir vivront dans quelque vallée cachée où l'herbe est verte.

— Tout de même, je voudrais bien que tout soit terminé, en bien ou en mal, dit Pippin. Je n'ai rien d'un guerrier et je déteste toute idée de bataille ; mais attendre à l'orée d'une qui doit avoir lieu est pis que tout. Que la journée paraît donc déjà longue ! Je serais plus heureux si nous n'étions pas obligés de rester en observation, sans faire aucun mouvement, sans frapper nulle part en premier. Aucun coup n'aurait été porté en Rohan sans Gandalf, je pense.

— Ah, vous mettez là le doigt sur la plaie que beaucoup ressentent ! dit Beregond. Mais les choses pourraient changer avec le retour de Faramir. Il est hardi, plus hardi que beaucoup ne le pensent ; car, de nos jours, les hommes sont lents à croire qu'un capitaine puisse être sage et versé dans la science des archives et des chansons, comme il l'est, et n'en être pas moins homme d'audace et de jugement rapide sur le champ de bataille. Mais tel est Faramir. Moins aventureux et ardent que Boromir, mais non moins résolu. Pourtant, que peut-il faire, en vérité ? On ne peut donner l'assaut aux montagnes de... de ce royaume là-bas. Notre portée est limitée, et nous ne pouvons frapper avant que quelque ennemi ne vienne. Alors, notre main devra être lourde !

Il frappa la garde de son épée. Pippin le regarda : grand, fier et noble, comme tous les hommes qu'il avait vus jusque-là dans ce pays ; et avec une flamme dans les yeux à la pensée du combat. « Hélas ! ma propre main paraît légère comme une plume », pensa-t-il, mais il ne dit rien. « Un pion, a dit Gandalf ? Peut-être ; mais sur le mauvais échiquier. »

Ils parlèrent ainsi jusqu'à ce que le soleil fût à son plus haut, et tout à coup résonnèrent les cloches de midi, et il y eut du remue-ménage dans la Citadelle ; car tous, hormis les hommes de garde, allaient prendre leur repas.

— Voulez-vous venir avec moi ? demanda Beregond. Vous pourrez venir à mon mess pour aujourd'hui. Je ne sais à quelle compagnie vous serez affecté ; ou le Seigneur peut vous tenir à sa propre disposition. Mais vous serez le bienvenu. Et il sera bon de rencontrer autant d'hommes que possible, pendant qu'il y en a encore le temps.

— Je serai heureux de vous accompagner, dit Pippin. Je me sens seul, à vrai dire. J'ai laissé mon meilleur ami en Rohan, et je n'ai personne avec qui parler ou plaisanter. Peut-être pourrai-je vraiment entrer dans votre compagnie ? Êtes-vous le capitaine ? Dans ce cas, vous pourriez me prendre, ou parler en ma faveur ?

— Non, non, dit Beregond, riant. Je ne suis pas capitaine. Je n'ai ni fonction, ni rang, ni seigneurie, n'étant que simple homme d'armes de la Troisième Compagnie de la Citadelle. Mais, Maître Peregrïn, n'être qu'homme d'armes dans la Garde de la Tour de Gondor est considéré comme une dignité dans la Cité, et pareils hommes sont honorés dans le pays.

— Dans ce cas, cela me dépasse de beaucoup, dit Pippin. Ramenez-moi à notre chambre et, si Gandalf ne s'y trouve pas, j'irai où vous voudrez — comme votre invité.

Gandalf n'était pas dans le logement et il n'avait envoyé aucun message ; Pippin accompagna donc Beregond et il fut présenté aux hommes de la Troisième Compagnie. Et il sembla que Beregond en retirait autant d'honneur que son invité, car celui-ci fut le très bienvenu. On avait déjà beaucoup parlé dans la Citadelle du compagnon de Mithrandir et de son long entretien en tête à tête avec le Seigneur ; et la rumeur déclarait qu'un Prince des Semi-Hommes était venu du Nord offrir allégeance au Gondor avec cinq mille épées. Et certains disaient que, quand les Cavaliers viendraient de Rohan, chacun amènerait en croupe un guerrier semi-homme, petit peut-être, mais vaillant.

Bien que Pippin ait dû à regret détruire cette légende prometteuse, il ne put être débarrassé de son nouveau rang, bien dû, pensaient les hommes, à quelqu'un qui était protégé par Boromir et honoré par le Seigneur Denethor ; et ils le remercièrent d'être venu parmi eux ; ils furent suspendus à ses paroles et à ses histoires des terres étrangères, et ils lui donnèrent tout l'asile et la nourriture qu'il pouvait désirer. En fait, son seul souci était de montrer toute la circonspection conseillée par Gandalf et de ne pas laisser courir sa langue à la manière d'un Hobbit au milieu d'amis.

Enfin, Beregond se leva.

— Adieu pour cette fois ! dit-il. Je suis de service maintenant jusqu'au coucher du soleil, comme tous ceux qui sont ici, je pense. Mais si vous êtes seul, comme vous le dites, peut-être aimeriez-vous avoir un joyeux guide dans la Cité. Mon fils irait volontiers avec vous. C'est un bon garçon, je dois le dire. Si cela vous plaît, descendez jusqu'au premier cercle et demandez la Vieille Hôtellerie dans le Rath Celerdain, la Rue des Lanterniers. Vous l'y trouverez parmi d'autres gars qui restent dans la ville. Il pourrait y avoir des choses intéressantes à voir à la Grande Porte avant la fermeture.

Il sortit, et tous les autres ne tardèrent pas à le suivre. La journée était encore belle, quoiqu'un peu brumeuse, et il faisait chaud pour un mois de mars, même aussi loin dans le Sud. Pippin se sentait un peu somnolent, mais le logement lui paraissait triste, et il décida de descendre explorer la Cité. Il apporta à Gripoil quelques morceaux qu'il avait mis de côté à son intention, et ils furent acceptés avec bienveillance, quoique le cheval parût ne manquer de rien. Puis il descendit le long de maints chemins sinueux.

Les gens ouvraient de grands yeux à son passage. Devant lui, les hommes se montraient d'une courtoisie grave, le saluant à la manière de Gondor, la tête courbée et les mains sur la poitrine ; mais, derrière, il entendait de nombreux appels, comme ceux qui étaient dehors criaient à ceux qui étaient à l'intérieur de venir voir le Prince des Semi-Hommes, le compagnon de Mithrandir. Beaucoup usaient d'une autre langue que le Langage Commun, mais il ne lui fallut pas longtemps pour comprendre au moins que ce signifiait *Ernil i Pheriannath* et pour savoir que son titre l'avait précédé dans la Cité.

Il finit par arriver par des rues voûtées et maints beaux passages et pavements au cercle inférieur, le plus large ; là, on le dirigea vers la Rue des Lanterniers, une vaste voie qui menait à la Grande Porte. Il y trouva la Vieille Hôtellerie, grand bâtiment de pierre grise rongée qui comportait deux ailes en retrait de la rue encadrant un étroit gazon, derrière lequel s'élevait la maison aux nombreuses fenêtres ; la façade était précédée sur toute sa largeur d'un porche à colonnes et d'un perron donnant sur l'herbe. Des garçons jouaient entre les colonnes, les seuls que Pippin ait vus à Minas Tirith, et il s'arrêta pour les regarder. L'un d'eux l'aperçut bientôt ; il s'élança à travers la pelouse avec un cri et vint dans la rue, suivi de plusieurs autres. Il resta là devant Pippin, le regardant de haut en bas et de bas en haut.

— Salut ! dit le garçon. D'où venez-vous ? Vous êtes un étranger dans la ville.

— Je l'étais, dit Pippin ; mais on dit que je suis devenu un homme de Gondor.

— Allons donc ! dit le garçon. Dans ce cas ; nous sommes tous des hommes, ici. Mais quel âge avez-vous et comment vous appelez-vous ? J'ai déjà dix ans et je mesurerai bientôt cinq pieds. Je suis plus grand que vous. Mais aussi mon père est un garde, un des plus grands. Que fait le vôtre ?

— A quelle question dois-je répondre en premier ? dit Pippin. Mon père exploite les terres autour de Blanche Source près de Bourg-de-Touque dans la Comté. J'ai près de vingt-neuf ans, en quoi je vous bats ; bien que je ne mesure que quatre pieds et que je ne risque guère de pousser davantage, sinon latéralement.

— Vingt-neuf ans ! s'écria le garçon, et il siffla. Eh bien, vous êtes tout à fait vieux ! Aussi vieux que mon oncle Iorlas. Mais, ajouta-t-il avec bon espoir, je parie que je pourrais vous mettre sur la tête ou vous étendre sur le dos.

— Peut-être, si je vous laissais faire, dit Pippin, riant. Et peut-être pourrais-je faire de même avec vous : on connaît quelques tours à la lutte, dans mon petit pays. Où, permettez-moi de vous le dire, je suis considéré comme particulièrement grand et fort ; et je n'ai jamais laissé personne me mettre sur la tête. Alors si on en venait à une épreuve et qu'il n'y ait pas d'autres ressources, je pourrais être obligé de vous tuer. Car, lorsque vous serez plus âgé, vous apprendrez que les gens ne sont pas toujours tels qu'ils paraissent ; et, bien que vous ayez pu me prendre pour un nigaud de garçon étranger et une proie facile, laissez-moi vous avertir : je ne le suis pas, je suis un Semi-Homme, dur, hardi et méchant !

Pippin fit une grimace si menaçante que le garçon recula d'un pas ; mais il revint aussitôt, les poings serrés et une lueur de combat dans l'œil.

— Non ! dit Pippin, riant. Ne croyez pas non plus ce que les étrangers disent d'eux-mêmes ! Je ne suis pas batailleur. Mais il serait plus poli, en tout cas, de la part du provocateur de dire qui il est.

Le garçon se redressa fièrement.

— Je suis Bergil fils de Beregond de la Garde, dit-il.

— C'est bien ce que je pensais, dit Pippin, car vous ressemblez à votre père. Je le connais, et il m'a envoyé vous trouver.

— Pourquoi ne l'avoir pas dit tout de suite, alors ? demanda Bergil, et une expression de consternation envahit tout à coup son visage. Ne me dites pas qu'il a changé d'idée et qu'il veut me renvoyer avec les jeunes filles ! Mais non, les dernières charrettes sont parties.

— Son message est moins mauvais que cela, s'il n'est pas bon, dit Pippin. Il dit que, si vous préfériez cela à me faire tenir sur la tête, vous pourriez me montrer la Cité pendant un moment et égayer ma solitude. Je vous raconterai en retour des histoires des pays lointains.

Bergil battit des mains et eut un rire de soulagement.

— Tout va bien, cria-t-il. Venez, alors ! On allait bientôt se rendre à la Porte pour voir. On va y aller maintenant.

— Que s'y passe-t-il ?

— Les Capitaines des Terres Extérieures sont attendus par la Route du Sud avant le coucher du soleil. Venez avec nous, et vous verrez.

Bergil se révéla bon camarade, de la meilleure compagnie que Pippin eût eue depuis sa séparation d'avec Merry, et ils ne tardèrent pas à rire et à parler gaiement tandis qu'ils parcouraient les rues sans prêter attention aux nombreux regards que les hommes leur lançaient. Ils se trouvèrent avant peu dans une foule qui se dirigeait vers la Grande Porte. Là, Pippin monta fortement dans l'estime de Bergil, car, lorsqu'il donna son nom et le mot de passe, le garde le salua et le laissa passer ; et, qui plus est, il lui permit d'emmener avec lui son compagnon.

— Ça, c'est chic ! dit Bergil. On ne nous permet plus, à nous autres garçons, de franchir la Porte sans un aîné. Comme ça, on verra mieux.

Au-delà de la Porte, une foule d'hommes bordait la route et le grand espace pavé dans lequel débouchaient toutes les voies menant à Minas Tirith. Tous les yeux étaient tournés vers le sud, et bientôt s'éleva un murmure :

— Il y a de la poussière là-bas ! Ils arrivent !

Pippin et Bergil se faufilèrent jusqu'au premier rang de la foule et attendirent. Des cors sonnèrent à quelque distance, et le bruit des acclamations roula vers eux comme un vent grandissant. Puis il y eut une puissante sonnerie de trompettes et tout autour d'eux les gens criaient :

— Forlong ! Forlong !

— Que disent-ils ? demanda Pippin.

— Forlong est arrivé, répondit Bergil ; le vieux Forlong le Gros, le Seigneur de Lossarnach. C'est là qu'habite mon grand-père. Hourra ! Le voici. Ce bon vieux Forlong !

En tête de la file marchait un grand cheval membru, sur lequel était assis un homme aux larges épaules et à la vaste panse ; celui-ci était vieux, et il avait la barbe grise, mais il n'en était pas moins vêtu de mailles et casqué de noir, et il portait une longue et lourde lance. Derrière lui marchait fièrement une colonne poussiéreuse d'hommes bien armés et portant de grandes haches d'armes ; ils avaient le visage farouche, et ils étaient plus courts et quelque peu plus basanés que tous ceux que Pippin avait vus en Gondor.

— Forlong ! criaient les hommes. Cœur loyal, ami fidèle ! Forlong !

Mais après le passage des hommes de Lossarnach, on murmura :

— Si peu ! Deux cents, qu'est-ce que cela représente ? On en espérait dix fois plus. Ce doit être à cause des nouvelles de la flotte noire. Ils ne se privent que du dixième de leur force. Mais tout petit concours est un gain.

Ainsi, les compagnies arrivèrent, furent saluées et acclamées, et franchirent la Porte, hommes des Terres Extérieures en marche pour défendre la Cité de Gondor en une heure sombre ; mais toujours en trop petit nombre, en nombre moindre que l'espoir ne l'attendait ou que la nécessité le demandait. Les hommes du Val de Ringló derrière le fils de leur seigneur, Dervorin, marchant à pied : trois cents. Des hautes terres de Morthond, la grande Vallée de la Racine Noire, le grand Duinhir avec ses fils, Duilin et Derufin, et cinq cents archers. De l'Anfalas, le lointain Longestran, une longue colonne d'hommes de maintes sortes, chasseurs, bouviers et hommes de petits villages, sommairement équipés sauf pour la maison de Golasgil, leur seigneur. De Lamedon, quelques farouches montagnards sans capitaine. Des pêcheurs de l'Ethir, une centaine ou davantage, prélevés sur les équipages des navires. Hirluin le Beau des Collines Vertes, venu de Pinnath Gelin avec trois cents vaillants hommes vêtus de vert. Et en dernier le plus fier, Imrahil, Prince de Dol Amroth, parent du Seigneur, avec des étendards d'or portant son emblème du Navire et du Cygne d'Argent, et une compagnie de chevaliers en grand arroi, montés sur des chevaux gris ; et derrière eux sept cents hommes d'armes, grands comme des seigneurs, aux yeux gris et aux cheveux bruns, chantant tandis qu'ils s'avançaient.

Et ce fut tout : moins de trois mille au total. Il n'en viendrait plus. Le bruit de leurs cris et de leur piétinement passa dans la Cité et s'évanouit. Les spectateurs se tinrent un moment silencieux. La poussière était en suspension dans l'air, le vent étant tombé et la soirée étant lourde. Déjà l'heure de fermeture approchait, et le soleil rouge était descendu derrière le Mindolluin. L'ombre s'étendait sur la ville.

Pippin leva les yeux, et il lui sembla que le ciel était devenu d'un gris de cendre, comme si une vaste étendue de poussière et de fumée était suspendue au-dessus d'eux et que la lumière ne la traversât que faiblement. Mais à l'ouest le soleil mourant avait embrasé toute la fumée, et à présent le Mindolluin se détachait en noir sur une fumée rougeoyante tachetée de braises.

— Ainsi se termine dans la colère une belle journée ! dit-il, oublieux du garçon qui était à ses côtés.

— Ce sera bien le cas si je ne rentre pas avant les cloches du coucher du soleil, dit Bergil. Allons ! Voilà la trompette qui annonce la fermeture de la Porte.

Main dans la main, ils rentrèrent en ville, les derniers à franchir la Porte avant sa fermeture ; et, comme ils atteignaient la Rue des Lanterniers, toutes les cloches des tours sonnèrent avec solennité. Des lumières jaillirent à maintes fenêtres, et des maisons et postes des hommes d'armes le long des murs monta le son de chants.

— Adieu pour aujourd'hui, dit Bergil. Présentez mes respects à mon père et remerciez-le de la compagnie qu'il m'a envoyée. Revenez très bientôt, je vous en prie. Je souhaiterais presque qu'il n'y eût pas de guerre, car nous aurions pu avoir du bon temps. On aurait pu faire le voyage de Lossarnach pour aller chez mon grand-père : il y fait bon au printemps, les bois et les champs sont remplis de fleurs. Mais peut-être irons-nous encore là ensemble. Ils ne vaincront jamais notre Seigneur, et mon père est très valeureux. Adieu et revenez !

Ils se séparèrent, et Pippin se dirigea vivement vers la Citadelle. Elle lui parut loin ; il commença à avoir chaud et à ressentir une grande faim ; et la nuit tomba rapidement, très noire. Pas une seule étoile ne piquetait le ciel. Il était en retard pour le repas quotidien au mess, et Beregond l'accueillit avec plaisir ; il s'assit à côté de lui pour entendre les nouvelles de son fils. En sortant de table, Pippin resta un moment ; puis il prit congé, car il était saisi d'une étrange mélancolie, et il désirait vivement revoir Gandalf.

— Vous pourrez retrouver votre chemin ? demanda

Beregond à la porte de la petite salle sur le côté nord de la Citadelle, où ils étaient assis. La nuit est noire, d'autant plus qu'il y a eu des ordres pour voiler toutes les lumières dans la ville : aucune ne doit être vue de l'extérieur des murs. Et je puis vous donner une nouvelle d'un autre ordre : vous serez convoqué devant le Seigneur Denethor de bonne heure demain matin. Je crains que vous ne soyez pas affecté à la Troisième Compagnie. Nous pouvons cependant espérer nous rencontrer de nouveau. Adieu et dormez en paix !

Le logement était sombre, hormis autour d'une petite lanterne posée sur la table. Gandalf n'était pas là. La mélancolie pesa encore plus lourdement sur Pippin. Il grimpa sur le banc pour essayer de voir par la fenêtre, mais ce fut comme de regarder dans une mare d'encre. Il redescendit, ferma le volet et se mit au lit. Il resta un moment étendu à guetter le retour de Gandalf, puis il tomba dans un sommeil inquiet.

Au cours de la nuit, il fut réveillé par une lumière, et il vit que Gandalf était rentré et qu'il arpentait la pièce au-delà du rideau de l'alcôve. Il y avait sur la table des chandelles et des rouleaux de parchemin. Il entendit le magicien soupirer et murmurer :

— Quand donc Faramir reviendra-t-il ?

— Bonsoir ! dit Pippin, passant la tête par le rideau. Je croyais que vous m'aviez totalement oublié. Je suis heureux de vous voir de retour. La journée a été longue.

— Mais la nuit sera trop courte, dit Gandalf. Je suis revenu ici parce qu'il me faut un peu de paix, tout seul. Vous devriez dormir dans un lit pendant que vous le pouvez encore. A l'aube, je vous amènerai de nouveau devant le Seigneur Denethor. Non, quand la convocation viendra, pas à l'aube. L'Obscurité a commencé. Il n'y aura pas d'aube.

Chapitre II

Le passage
de la Compagnie Grise

Gandalf était parti, et le bruit sourd des sabots de Gripoil s'était perdu dans la nuit quand Merry revint auprès d'Aragorn. Il n'avait qu'un léger baluchon, car il avait perdu son bagage à Parth Galen, et il n'avait plus que quelques objets utiles pêchés dans le naufrage de l'Isengard. Hasufel était déjà sellé. Legolas et Gimli se tenaient auprès avec leur cheval.

— Il reste donc quatre membres de la Compagnie, dit Aragorn. Nous poursuivrons notre chevauchée ensemble. Mais nous ne partirons pas seuls comme je le pensais. Le roi est maintenant déterminé à partir tout de suite. Depuis la venue de l'ombre ailée, il désire retourner dans les montagnes sous le couvert de la nuit.

— Et de là, où ira-t-il ? demanda Legolas.

— Je ne saurais le dire encore, répondit Aragorn.

Pour le roi, il se rendra au rassemblement qu'il a ordonné à Edoras, à quatre nuits d'ici... Et là, je pense, nous entendrons des nouvelles de guerre, et les Cavaliers de Rohan descendront sur Minas Tirith. Quant à moi et à ceux qui m'accompagneront...

— Moi, pour commencer ! s'écria Legolas.

— Et Gimli avec lui ! dit le Nain.

— Eh bien, pour moi, dit Aragorn, tout est obscur devant moi. Je dois aussi descendre à Minas Tirith, mais je ne vois pas encore la route. Une heure depuis longtemps préparée approche.

— Ne me laissez pas derrière ! dit Merry. Je n'ai pas encore servi à grand-chose ; mais je ne veux pas être écarté, comme un bagage à récupérer quand tout est terminé. Je ne pense pas que les Cavaliers voudront se soucier de moi à présent. Bien que, naturellement, le roi ait dit que je devrais m'asseoir à son côté quand il arriverait à sa demeure, pour tout lui dire de la Comté.

— Oui, dit Aragorn, et votre route est auprès de lui, je pense, Merry. Mais n'espérez pas de la joie en fin de compte. Il s'écoulera beaucoup de temps, je le crains, avant que Théoden ne siège de nouveau à l'aise à Meduseld. Maints espoirs se flétriront en cet âpre printemps.

Tous furent bientôt prêts au départ : vingt-quatre chevaux, avec Gimli en croupe de Legolas et Merry devant Aragorn. Ils ne tardèrent pas à chevaucher rapidement dans la nuit. Ils n'avaient guère dépassé les tertres aux Gués de l'Isen quand un Cavalier galopa vers eux de l'arrière de la colonne.

— Mon seigneur, dit-il au roi, il y a des cavaliers derrière nous. J'ai cru les entendre tandis que nous passions les Gués. Maintenant, nous en sommes sûrs. Ils nous rattrapent, car ils galopent ferme.

Théoden ordonna aussitôt une halte. Les Cavaliers

firent volte-face et saisirent leurs lances. Aragorn mit pied à terre, déposa Merry sur le sol, et, tirant l'épée, se tint à l'étrier du roi. Eomer et son écuyer retournèrent à cheval à l'arrière-garde. Merry se sentit plus que jamais semblable à un bagage inutile, et il se demanda ce qu'il ferait en cas de combat. A supposer que la petite escorte du roi soit prise au piège et défaite, mais qu'il puisse s'échapper dans l'obscurité — seul dans les terres sauvages de Rohan sans aucune idée de l'endroit où il se trouvait dans tous ces milles sans fin ? « Inutile ! » pensa-t-il. Il tira son épée et serra sa ceinture.

La lune déclinante fut obscurcie par un grand nuage flottant, mais elle ressortit soudain toute claire. Tous entendirent alors un son de sabots, et ils virent au même moment des formes noires qui s'avançaient rapidement sur le chemin venant des Gués. Le clair de lune scintillait de-ci de-là sur les fers des lances. On ne pouvait juger du nombre des poursuivants, mais il ne paraissait pas inférieur à celui de l'escorte du roi, pour le moins.

Quand ils furent à une cinquantaine de pas, Eomer cria d'une voix forte :

— Halte ! Halte ! Qui chevauche en Rohan ?

Les poursuivants immobilisèrent soudain leurs coursiers. Un silence suivit ; puis on put voir dans le clair de lune un cavalier mettre pied à terre et s'avancer lentement. Sa main se détachait, blanche, comme il la levait, paume en avant, en signe de paix ; mais les hommes du roi empoignèrent leurs armes. L'homme s'arrêta à dix pas. Il était grand, ombre noire dressée. Sa voix claire retentit alors.

— Rohan ? Rohan, avez-vous dit ? C'est un mot heureux. Nous cherchons ce pays en **toute hâte** depuis bien loin.

— Vous l'avez trouvé, dit Eomer. Vous y avez pénétré en traversant les Gués, là-bas. Mais c'est le royaume de Théoden le Roi. Nul n'y chevauche sans sa permission. Qui êtes-vous ? Et d'où vient votre hâte ?

— Je suis Halbarad Dunadan, Rôdeur du Nord, cria l'homme. Nous cherchons un certain Aragorn fils d'Arathorn, et nous avons entendu dire qu'il était en Rohan.

— Et vous l'avez aussi trouvé ! cria Aragorn.

Donnant ses rênes à Merry, il accourut et étreignit le nouvel arrivant.

— Halbarad ! dit-il. De toutes les joies, voici bien la plus inattendue !

Merry poussa un soupir de soulagement. Il avait pensé que c'était quelque tour de Saroumane, pour attirer le roi tandis qu'il n'avait que quelques hommes autour de lui ; mais il n'y avait, semblait-il, aucun besoin de mourir pour la défense de Théoden, pas encore en tout cas. Il remit l'épée au fourreau.

— Tout va bien, dit Aragorn, revenant. Voici quelques hommes de ma propre parenté venus du lointain pays où je demeurais. Mais pourquoi ils sont venus et combien ils sont, Halbarad nous le dira.

— J'ai avec moi trente hommes, dit Halbarad. Ce sont là tous les parents que nous avons pu rassembler en hâte ; mais les frères Elladan et Elrohir nous ont accompagnés, dans leur désir d'aller à la guerre. Nous avons chevauché aussi vite que nous l'avons pu après l'arrivée de votre appel.

— Mais je ne vous ai pas appelés, dit Aragorn, sinon de mes vœux. Mes pensées se sont souvent tournées vers vous, et rarement davantage que cette nuit ; je ne vous ai néanmoins envoyé aucun message. Mais allons ! Toutes ces questions doivent attendre. Vous nous trouvez en train de partir en hâte et en grand danger. Venez avec nous, si le roi le permet.

Théoden fut, en fait, heureux de la nouvelle.

— C'est bien, dit-il. Si ces parents vous ressemblent

en quelque façon, seigneur Aragorn, trente chevaliers pareils seront une force qui ne saurait se compter par tête.

Les Cavaliers se remirent en route, et Aragorn chevaucha un moment avec les Dunedains ; et quand ils eurent parlé des nouvelles du Nord et du Sud, Elrohir lui dit :

— Je vous apporte un message de mon père : *Les jours sont courts. Si tu es pressé, rappelle-toi les Chemins des Morts.*

— Mes jours m'ont toujours paru trop courts pour réaliser mon désir, répondit Aragorn. Mais grande en vérité devra être ma hâte pour que je prenne cette route.

— On le verra bientôt, dit Elrohir. Mais ne parlons plus de ces choses en plein vent !

Et Aragorn dit à Halbarad :

— Que portez-vous là, cousin ?

Car il voyait qu'en lieu de lance Halbarad portait une haute hampe, comme si ce fût un étendard, mais elle était enveloppée dans un tissu noir serré de nombreuses lanières.

— C'est un présent que je vous apporte de la part de la Dame de Fondcombe, répondit Halbarad. Elle l'a confectionné en secret, et la fabrication en fut longue. Mais elle envoie aussi ce message : *Les jours sont maintenant courts. Ou notre espoir vient, ou la fin de tout espoir. Je t'envoie donc ce que j'ai fait pour toi. Adieu, Pierre elfique !*

Et Aragorn dit :

— Je sais maintenant ce que vous portez. Continuez à le porter quelque temps pour moi !

Et il se tourna pour regarder vers le nord sous les grandes étoiles ; puis il devint silencieux et ne parla plus tant que dura le voyage nocturne.

La nuit était avancée et l'est gris quand ils sortirent enfin de la Combe du Gouffre et revinrent au Fort le Cor. Ils devaient se reposer là un bref moment et y tenir conseil.

Merry dormit jusqu'à temps qu'il fût réveillé par Legolas et Gimli.

— La soleil est haute, dit Legolas. Tous les autres sont debout et affairés. Venez donc, Maître Flemmard, voir cet endroit pendant que vous le pouvez !

— Une bataille s'est déroulée ici, il y a trois nuits, dit Gimli, et Legolas et moi, nous avons joué un jeu où je n'ai gagné que d'un seul Orque. Venez voir comment cela s'est passé ! Et il y a des grottes, Merry, des grottes merveilleuses ! Les visiterons-nous, Legolas, à votre avis ?

— Non ! Il n'y en a pas le temps, répondit l'Elfe. Ne gâchez pas l'émerveillement par trop de hâte ! Je vous ai donné ma parole que je reviendrais ici avec vous, s'il est de nouveau un jour de paix et de liberté. Mais il est près de midi, et à cette heure-là nous mangerons, et puis nous repartirons, à ce que j'ai entendu dire.

Merry se leva en bâillant. Il n'avait pas eu de loin assez de sommeil ; il était fatigué et morne. Pippin lui manquait et il sentait qu'il n'était qu'un fardeau, alors que tout le monde faisait des plans de rapidité qu'il ne comprenait pas entièrement.

— Où est Aragorn ? demanda-t-il.

— Dans une chambre haute du Fort, dit Legolas. Il ne s'est pas reposé et il n'a pas dormi, je crois. Il y est monté il y a quelques heures, disant qu'il lui fallait réfléchir, et seul son parent Halbarad est allé avec lui ; mais quelque sombre doute ou souci pèse sur lui.

— Ils font une étrange compagnie, ces nouveaux venus, dit Gimli. Ce sont des hommes forts et majestueux, et les Cavaliers de Rohan ont presque l'air de

gamins à côté d'eux ; car ils ont le visage farouche, marqué pour la plupart comme des rocs altérés par les
intempéries, comme Aragorn lui-même ; et ils sont
silencieux.

— Mais, tout comme Aragorn, ils sont courtois
quand ils rompent leur silence, dit Legolas. Et avez-
vous remarqué les frères Elladan et Elrohir ? Leur
accoutrement est moins sombre que celui des autres, et
ils ont la beauté et la bravoure des Seigneurs Elfes ; il n'y
a pas à s'en étonner chez les fils d'Elrond de Fondcombe.

— Pourquoi sont-il venus ? L'avez-vous entendu
dire ? demanda Merry.

Il s'était habillé et il jeta son manteau gris sur ses
épaules ; tous trois sortirent alors et ils se dirigèrent vers
la porte en ruine du Fort.

— Ils ont répondu à un appel, comme vous le savez,
dit Gimli. Un message est venu de Fondcombe, disent-
ils : *Aragorn a besoin de ses parents. Que les Dunedains
aillent à lui en Rohan !* Mais ils se demandent à présent
d'où venait ce message. Ce doit être Gandalf qui l'a
envoyé, à mon avis.

— Non, Galadriel, dit Legolas. N'a-t-elle pas parlé,
par l'intermédiaire de Gandalf, de la descente de la
Compagne Grise du Nord ?

— Oui, vous y êtes, dit Gimli. La Dame de la Forêt !
Elle lit dans bien des cœurs et voit les désirs. Ah, que
n'avons-nous souhaité voir quelques-uns des nôtres,
Legolas ?

Legolas, debout devant la porte, tourna ses yeux brillants vers le nord et l'est, et son beau visage était troublé.

— Je ne pense pas qu'il en viendrait, répondit-il. Ils
n'ont nul besoin de partir en guerre au loin ; elle
s'avance déjà sur leurs propres territoires.

Les trois compagnons marchèrent un moment ensemble, parlant de telle ou telle phase de la bataille ; ils descendirent de la porte brisée et passèrent devant les tertres élevés pour les morts sur les pelouses à côté de la route, jusqu'au moment où ils se trouvèrent sur la Chaussée de Helm et regardèrent dans la Combe. Le Haut de la Mort s'y dressait déjà, noir, haut et pierreux, et l'on voyait clairement dans l'herbe les traces du grand piétinement des Huorns. Ceux du Pays de Dun et de nombreux hommes de la garnison du Fort étaient au travail sur la Chaussée ou dans les champs comme sur les murs derrière ; tout paraissait néanmoins étrangement silencieux : une vallée fatiguée se reposant après une grande tempête. Ils rentrèrent bientôt et se rendirent au repas de midi dans la salle du Fort.

Le roi s'y trouvait déjà et, dès leur entrée, il appela Merry et fit placer un siège pour lui à son côté.

— Ce n'est pas comme je l'aurais voulu, dit Théoden ; car ceci ressemble peu à une belle demeure d'Edoras. Et votre ami est parti, qui devrait aussi être ici. Mais il peut se passer longtemps avant que nous nous asseyions, vous et moi, à la haute table à Meduseld : il n'y aura pas le temps de festoyer quand j'y retournerai. Mais allons ! Mangez et buvez, et conversons pendant que nous en avons le loisir. Et ensuite, vous chevaucherez avec moi.

— Le pourrai-je ? dit Merry, surpris et ravi. Ce serait magnifique !

Il n'avait jamais éprouvé plus de gratitude pour aucune parole aimable.

— Je crains de n'être qu'un encombrement pour tout le monde, balbutia-t-il ; mais j'aimerais rendre n'importe quel service qui serait à ma portée, vous savez.

— Je n'en doute pas, dit le roi. Je vous ai fait préparer un bon poney de montagne. Il vous portera tout aussi vite que n'importe quel cheval sur les routes que nous emprunterons. Car je vais partir du Fort par des chemins de montagne, non par la plaine, et j'arriverai ainsi à Edoras par Dunharrow où m'attend la Dame Eowyn. Vous serez mon écuyer, si vous le désirez. Y a-t-il ici un équipement de guerre qui pourrait servir à mon thane d'épée, Eomer ?

— Il n'y a pas ici de grandes réserves d'armes, seigneur, répondit Eomer. Peut-être pourra-t-on trouver un heaume léger qui lui convienne ; mais nous n'avons ni mailles ni épée pour quelqu'un de sa stature.

— J'ai une épée, dit Merry, descendant de son siège et tirant du fourreau noir sa petite lame brillante.

Soudain empli d'amour pour ce vieillard, il mit un genou en terre et lui prit la main pour la baiser.

— Puis-je déposer sur vos genoux l'épée de Meriadoc de la Comté, Théoden Roi ? s'écria-t-il. Acceptez mon service, si vous le voulez bien !

— Je l'accepte volontiers, dit le roi.

Et, posant ses longues vieilles mains sur les cheveux bruns du Hobbit, il le bénit.

— Levez-vous à présent, Meriadoc, écuyer de Rohan de la maison de Meduseld ! dit-il. Prenez votre épée et portez-la vers une heureuse fortune !

— Vous serez pour moi comme un père, dit Merry.

— Pour un court moment, dit Théoden.

Ils s'entretinrent alors tout en mangeant, jusqu'à ce qu'Eomer prît la parole :

— L'heure que nous avons fixée pour le départ approche, seigneur, dit-il. Ferai-je sonner les cors ? Mais où est Aragorn ? Sa place est vide, et il n'a pas déjeuné.

— Nous allons nous apprêter, dit Théoden ; mais que l'on fasse dire au seigneur Aragorn que l'heure est proche.

Le roi descendit avec sa garde et Merry à son côté de la porte du Fort au lieu de rassemblement des Cavaliers sur l'esplanade. De nombreux hommes étaient déjà en selle. Ce serait une grande compagnie ; car le roi ne laissait qu'une petite garnison au Fort, et tous ceux dont on pouvait se passer se rendaient à la prise d'armes à Edoras. Un millier de lances étaient déjà parties à la nuit ; mais il en restait néanmoins cinq cents autres pour escorter le roi, pour la plupart hommes de la campagne et des vallées de l'Ouestfolde.

Les Rôdeurs se tenaient un peu à l'écart, silencieux, en une compagnie ordonnée, armée de la lance, de l'arc et de l'épée. Ils étaient vêtus de manteaux gris foncé, et leurs capuchons recouvraient à présent leurs casques et leurs têtes. Leurs chevaux étaient vigoureux et de fier maintien, mais leur robe était riche ; et l'un restait sans cavalier : celui d'Aragorn, qu'on avait amené du Nord ; son nom était Roheryn. Il n'y avait aucun éclat de pierre ou d'or, ni aucune belle chose dans tout leur équipement et leur harnachement ; les cavaliers ne portaient pas non plus d'attributs ni d'insignes, sinon que chaque manteau était épinglé sur l'épaule gauche au moyen d'une broche d'argent en forme d'étoile radiée.

Le roi monta sur son cheval, Nivacrin, et Merry se tint à côté de lui sur son poney, qui s'appelait Stybba. Eomer sortit bientôt de la porte, et avec lui venaient Aragorn, Halbarad portant la grande hampe enveloppée de noir, et deux hommes de haute taille, ni jeunes ni vieux. Ils se ressemblaient tant, ces fils d'Elrond, que peu de gens pouvaient les distinguer l'un de l'autre : cheveux foncés, yeux gris et visages d'une beauté elfique ; ils étaient vêtus semblablement de mailles brillantes sous des manteaux gris argent. Derrière eux, marchaient Legolas et Gimli. Mais Merry n'avait d'yeux que pour Aragorn, tant était saisissant le changement qu'il voyait en lui, comme si en une nuit de nombreuses années s'étaient appesanties sur sa tête. Son visage était sombre, terreux et las.

— J'ai l'esprit troublé, seigneur, dit-il, debout près du cheval du roi. J'ai entendu d'étranges paroles, et je vois de nouveaux périls au loin. J'ai longuement médité, et maintenant je crains de devoir changer de dessein. Dites-moi, Théoden, vous vous rendez maintenant à Dunharrow ; dans combien de temps y arriverez-vous ?

— Il est à présent une bonne heure après midi, dit Eomer. Nous devrions arriver à la place forte dans trois jours au soir. La lune aura alors dépassé d'une nuit son plein, et l'inspection ordonnée par le roi pourra se dérouler le lendemain. On ne peut faire plus vite, s'il faut réunir la force de Rohan.

Aragorn resta un moment silencieux.

— Trois jours, murmura-t-il enfin, et le rassemblement de Rohan ne sera que commencé. Mais je vois maintenant qu'il ne saurait être accéléré.

Il leva la tête, et il sembla qu'il avait pris une décision ; son visage était moins troublé.

— Dans ce cas, avec votre permission, seigneur, il me faut prendre une autre détermination pour moi-même et mes parents. Nous devrons suivre notre chemin propre, et non plus en secret. Pour moi, le temps de la dissimulation est passé. Je vais chevaucher vers l'est par la voie la plus rapide, et je prendrai les Chemins des Morts.

— Les Chemins des Morts ! s'écria Théoden, tremblant. Pourquoi parlez-vous d'eux ?

Eomer se tourna pour contempler Aragorn, et il parut à Merry que les figures des Cavaliers qui se trouvaient à portée de voix pâlissaient à ces mots.

— S'il existe vraiment pareils chemins, reprit Théoden, leur porte est à Dunharrow : mais nul vivant ne peut la franchir.

— Hélas ! Aragorn, mon ami ! dit Eomer. J'avais espéré que nous partirions en guerre ensemble ; mais si vous cherchez les Chemins des Morts, notre séparation est venue, et il est peu probable que nous nous rencontrions de nouveau sous le soleil.

— Je n'en prendrai pas moins cette route-là, dit Aragorn. Mais je vous le dis, Eomer : il se peut que nous nous retrouvions au combat, même si toutes les armées de Mordor se trouvent entre nous.

— Vous ferez comme vous l'entendrez, seigneur Aragorn, dit Théoden. C'est votre destin, peut-être, de fouler des chemins étranges que les autres n'osent aborder. Cette séparation m'afflige, et ma force en est diminuée ; mais je dois maintenant prendre les routes de la montagne et ne plus différer. Adieu !

— Adieu, seigneur ! répondit Aragorn. Courez vers un grand renom ! Adieu, Merry ! Je vous laisse en de bonnes mains, meilleures que nous ne l'espérions quand nous chassions les Orques vers Fangorn. Legolas et Gimli continueront de chasser avec moi, j'espère ; mais nous ne vous oublierons pas.

— Au revoir ! dit Merry.

Il ne trouva rien de plus à dire. Il se sentait très petit, et toutes les sombres paroles le déconcertaient et l'accablaient. La belle humeur irrépressible de Pippin lui manquait plus que jamais. Les Cavaliers étaient prêts, et leurs chevaux s'agitaient ; il souhaitait le départ, afin que tout fût fini.

Théoden parla alors à Eomer ; il leva la main et cria d'une voix forte, et là-dessus les Cavaliers se mirent en route. Ils franchirent la Chaussée et descendirent dans la Combe ; puis, tournant vivement vers l'est, ils prirent un chemin qui longeait le pied des collines sur un mille environ avant de regagner les collines par un tournant au sud et de disparaître à la vue. Aragorn alla jusqu'à la Chaussée et observa jusqu'à ce que les hommes du roi se fussent éloignés dans la Combe. Puis il se tourna vers Halbarad.

— Voilà partis trois hommes que j'aime, et le jeune non le moins, dit-il. Il ne sait pas vers quelle fin il se dirige ; mais il n'en irait pas moins s'il le savait.

— Ce sont de petites personnes que les gens de la Comté, mais de grande valeur, dit Halbarad. Ils ne connaissent pas grand-chose de notre long labeur pour la préservation de leurs frontières, mais je ne leur en tiens pas rigueur.

— Et maintenant, nos destins sont entrelacés, dit Aragorn. Pourtant, nous devons nous séparer ici, hélas ! Enfin... Il me faut me restaurer un peu, et puis nous aussi nous devrons nous hâter de partir. Venez, Legolas et Gimli ! Je dois vous parler tout en mangeant.

Ils retournèrent ensemble au Fort ; mais, attablé dans la salle, Aragorn resta un moment silencieux, et les autres attendirent qu'il prenne la parole.

— Allons ! finit par dire Legolas. Parlez et reprenez courage, écartez la tristesse ! Que s'est-il passé depuis notre retour dans le matin gris à ce sinistre endroit ?

— Une lutte plutôt plus sinistre en ce qui me concerne que la bataille de Fort le Cor, répondit Aragorn. J'ai regardé dans la Pierre d'Orthanc, mes amis.

— Vous avez regardé dans cette maudite pierre ensorcelée ! s'écria Gimli, dont le visage révélait la peur et l'étonnement. Avez-vous rien dit à... à lui ? Même Gandalf redoutait cette rencontre.

— Vous oubliez à qui vous parlez, dit Aragorn d'un ton sévère, et ses yeux étincelèrent. N'ai-je pas ouvertement proclamé mon titre devant les portes d'Edoras ? Que craignez-vous que je lui dise ? Non, Gimli, dit-il d'une voix radoucie.

La sévérité quitta son visage, et il n'eut plus l'air que d'un homme qui a peiné dans l'insomnie pendant bien des nuits.

— Non, mes amis, je suis le maître légitime de la Pierre, et j'avais tant le droit que la force de l'employer, du moins en jugeai-je ainsi. Le droit est indubitable. La force était suffisante — tout juste.

Il respira profondément.

— Ce fut une lutte âpre, et la fatigue est lente à passer. Je ne lui dis pas un mot et, à la fin, je forçai la Pierre à n'obéir plus qu'à ma seule volonté. Cela seul, il le trouvera dur à supporter. Et il m'a vu. Oui, Maître Gimli, il m'a vu, mais sous une autre apparence que celle que vous me voyez actuellement. Si cela l'aide, j'ai mal fait. Mais je ne le pense pas. Savoir que je vis et que je cours la terre lui a porté un coup au cœur, je suppose ; car il l'ignorait jusqu'à présent. Les yeux à Orthanc n'avaient pas vu à travers l'armure de Théoden ; mais Sauron n'a pas oublié Isildur et l'Épée d'Elendil. Aujourd'hui, à l'heure même de ses grands desseins, l'héritier d'Isildur et l'Épée sont révélés ; car je lui ai montré la lame reforgée. Il n'est pas puissant au point d'être insensible à la peur : non, le doute le ronge toujours.

— Mais il n'en exerce pas moins une grande autorité, dit Gimli ; et il frappera maintenant d'autant plus rapidement.

— Un coup hâtif s'égare souvent, dit Aragorn. Nous devons serrer notre Ennemi et ne plus attendre ses mouvements. Voyez-vous, mes amis, en maîtrisant la Pierre, j'ai appris bien des choses. J'ai vu venir du sud sur Gondor un grave péril qui retirera une grande force de la défense de Minas Tirith. Si on ne le contre rapidement, j'estime que la Cité sera perdue avant dix jours.

— Dans ce cas, elle sera perdue, dit Gimli. Car quel secours pourrait-il être envoyé, et comment y arriverait-il à temps ?

— Je n'ai aucun secours à envoyer, il faut donc que j'y aille en personne, dit Aragorn. Mais il n'est qu'un chemin par les montagnes qui m'amènera aux régions côtières avant que tout ne soit perdu. Ce sont les Chemins des Morts.

— Les Chemins des Morts ! dit Gimli. C'est un nom funeste ; et qui plaît peu aux Cavaliers de Rohan, à ce que j'ai vu. Les vivants peuvent-ils suivre pareille route sans périr ? Et même si vous passez par là, que pourrait un si petit nombre pour parer les coups du Mordor ?

— Les vivants n'ont jamais emprunté cette route depuis la venue des Rohirrim, répondit Aragorn, car elle leur est fermée. Mais en cette heure sombre l'héritier d'Isildur peut l'utiliser, s'il l'ose. Écoutez ! Voici ce que me font savoir les fils d'Elrond de la part de leur père de Fondcombe, le plus versé dans la tradition : *Invitez Aragorn à se rappeler les paroles du voyant et les Chemins des Morts.*

— Et quelles sont donc les paroles du voyant ? demanda Legolas.

— Ainsi parla Malbeth le Voyant, du temps d'Arvedin, dernier roi de Fornost, dit Aragorn :

Sur la terre s'étend une longue ombre,
Des ailes de ténèbres atteignant l'ouest.
La Tour tremble ; le destin approche
Des tombeaux des rois. Les morts s'éveillent,
Car l'heure est venue pour les parjures :
A la Pierre d'Erech ils se tiendront de nouveau
Et ils entendront un cor retentir dans les montagnes.
De qui sera-ce le cor ? Qui les appellera
Du gris crépuscule, les gens oubliés ?
L'héritier de celui à qui ils prêtèrent le serment.
Du Nord, il viendra, la nécessité l'amènera :
Il franchira la Porte des Chemins des Morts.

— De sombres voies, sans nul doute, dit Gimli, mais pas plus sombres que ne sont pour moi ces hampes.

— Si vous voulez les mieux comprendre, je vous invite à m'accompagner, dit Aragorn ; car cette voie, je vais maintenant l'emprunter. Mais je n'y vais pas de gaieté de cœur ; seule la nécessité m'y oblige. Je veux donc que vous ne veniez que de votre plein gré, car vous y trouverez en même temps un dur labeur et une grande peur, sinon pis.

— Je vous accompagnerai même jusque dans les Chemins des Morts et à quelque fin où vous puissiez me mener, dit Gimli.

— Moi aussi, je viendrai, dit Legolas, car je ne crains pas les Morts.

— J'espère que les gens oubliés n'auront pas oublié la façon de se battre, dit Gimli, car, autrement, je ne vois pas pourquoi se soucier d'eux.

— Cela, nous le saurons si jamais nous parvenons à Erech, dit Aragorn. Mais le serment qu'ils ont rompu était de lutter contre Sauron, et ils doivent donc se battre pour l'accomplir. Car, à Erech, se dresse encore une pierre noire qui fut apportée de Nûmenor par Isildur, a-t-on dit ; et elle fut dressée sur une colline et, sur elle, le Roi des Montagnes lui jura allégeance au début du royaume de Gondor. Mais quand Sauron revint et reprit sa puissance, Isildur appela les Hommes des Montagnes à remplir leur serment, et ils ne voulurent point : car ils s'étaient prosternés devant Sauron dans les Années Sombres.

« Isildur dit alors à leur roi : " Tu seras le dernier roi. Et si l'Ouest se révèle plus puissant que ton Maître Noir, j'appelle cette malédiction sur toi et les tiens : n'avoir jamais de repos jusqu'à l'accomplissement de votre serment. Pour cela, la guerre durera d'innombrables années, et vous serez appelés de nouveau avant la fin. " Et ils fuirent devant la colère d'Isildur, et ils n'osèrent pas partir en guerre du côté de Sauron ; ils se cachèrent dans des endroits secrets des montagnes et ils n'eurent pas de rapports avec les autres hommes, mais se réduisirent lentement dans les collines stériles. Et la terreur des Morts sans Sommeil reste autour de la Colline d'Erech et de tous les lieux où ces gens s'étaient attardés. Mais par là je dois aller, puisqu'il n'est plus de vivants pour m'aider.

Il se leva.

— Allons ! s'écria-t-il, tirant son épée, qui étincela à la lueur du crépuscule de la salle. A la Pierre d'Erech ! Je cherche les Chemins des Morts. M'accompagne qui veut !

Legolas et Gimli se levèrent sans un mot et suivirent Aragorn hors de la salle. Sur l'esplanade, les Rôdeurs encapuchonnés attendaient, immobiles et silencieux. Legolas et Gimli montèrent en selle. Aragorn sauta sur le dos de Roheryn. Puis Halbarad éleva un grand cor, dont la sonnerie retentit dans le Gouffre de Helm ; sur quoi, ils bondirent en avant, descendant dans la Combe comme le tonnerre, tandis que tous les hommes laissés sur la Chaussée ou dans le Fort regardaient avec stupéfaction.

Et, pendant que Théoden allait par de lents chemins à travers les collines, la Compagnie Grise traversa vivement la plaine et, dans l'après-midi du lendemain, elle arriva à Edoras ; elle ne fit là qu'une brève halte avant de passer dans la vallée, et elle parvint ainsi à Dunharrow à la tombée de la nuit.

La Dame Eowyn les accueillit et se montra heureuse de leur venue ; car jamais elle n'avait vu d'hommes plus forts que les Dunedains et les beaux fils d'Elrond ; mais ses yeux s'arrêtèrent surtout sur Aragorn. Et quand ils s'assirent pour souper avec elle, tous deux s'entretinrent et elle apprit tout ce qui s'était passé depuis le départ de Théoden, dont elle n'avait encore reçu que des nouvelles hâtives ; et au récit de la bataille du Gouffre de

Helm, du grand massacre de leurs ennemis et de la charge de Théoden et de ses chevaliers, ses yeux brillèrent.

Mais elle finit par dire :

— Seigneurs, vous êtes fatigués et vous gagnerez maintenant des lits aussi confortables que la hâte nous permet d'en offrir. Dès demain, on vous trouvera un meilleur logement.

Mais Aragorn dit :

— Non, madame, ne vous donnez pas de souci pour nous ! Il nous suffira de pouvoir dormir ici cette nuit et de déjeuner demain. Car ma chevauchée est urgente, et nous devons partir aux premières lueurs de l'aube.

Elle sourit et dit :

— Ce fut donc une grande bonté, seigneur, de faire un détour de tant de milles pour apporter des nouvelles à Eowyn et lui parler dans son exil.

— Nul homme ne considérerait assurément pareil voyage comme un gaspillage, dit Aragorn ; je n'aurais toutefois pas pu venir ici, madame, si ce n'était que la route que je dois prendre même à Dunharrow.

Et elle répondit comme quelqu'un qui regrette ce qu'il est obligé de dire :

— Dans ce cas, seigneur, vous avez fait fausse route ; car de Harrowdale il n'y a aucun chemin vers l'est ou le sud ; et vous feriez mieux de retourner comme vous êtes venu.

— Non, madame, je ne me suis pas égaré ; car j'ai parcouru ce pays avant que vous ne soyez née pour son ornement. Il existe une route pour sortir de cette vallée, et cette route je la prendrai. Demain, je partirai par les Chemins des Morts.

Elle le regarda alors comme frappée de douleur ; son visage pâlit et elle ne parla plus durant un long moment, tandis que tous demeuraient silencieux.

— Mais, Aragorn, finit-elle par dire, votre but est-il de chercher la mort ? Car c'est tout ce que vous trouverez sur cette route. Ils n'admettent pas de laisser passer les vivants.

— Ils me laisseront peut-être passer, dit Aragorn ; mais du moins vais-je le risquer. Aucune autre route n'est possible.

— Mais c'est de la folie, dit-elle. Car il y a ici des hommes renommés pour leur vaillance, que vous ne devriez pas emmener dans les ombres, mais conduire à la guerre où l'on a besoin d'hommes. Je vous demande de rester et de chevaucher avec mon frère ; car alors tous nos cœurs seront réjouis, et notre espoir n'en sera que plus brillant.

— Ce n'est pas de la folie, madame, répondit-il, car je prends un chemin assigné. Mais ceux qui me suivent le font de leur propre gré ; et s'ils désirent maintenant rester pour chevaucher avec les Rohirrim, ils le peuvent. Mais je prendrai les Chemins des Morts, seul s'il le faut.

Ils en restèrent là et mangèrent en silence ; mais elle gardait les yeux fixés sur Aragorn, et les autres voyaient qu'elle avait l'esprit fort tourmenté. Ils se levèrent enfin, prirent congé de la Dame, la remerciant de ses attentions, et s'en furent se reposer.

Mais comme Aragorn arrivait à la tente où il devait loger avec Legolas et Gimli et où ses compagnons avaient déjà pénétré, la Dame Eowyn vint vers lui et l'appela. Il se retourna et la vit, semblable à une lueur dans la nuit, car elle était vêtue de blanc ; mais elle avait des yeux enflammés.

— Aragorn, dit-elle, pourquoi voulez-vous aller sur cette route mortelle ?

— Parce que je le dois, dit-il. Je ne vois qu'ainsi le seul espoir de jouer mon rôle dans la guerre contre Sauron. Je ne choisis pas les chemins du péril, Eowyn. Si je devais aller où demeure mon cœur, je serais en train de me promener dans la belle vallée de Fondcombe.

Elle resta un moment silencieuse, comme réfléchissant à ce que cela pouvait bien signifier. Puis elle posa soudain la main sur son bras.

— Vous êtes un seigneur rigide et déterminé, dit-elle ; et c'est ainsi que les hommes gagnent du renom.

Elle fit une pause.

— Si vous devez partir, seigneur, reprit-elle, laissez-moi faire partie de votre suite. Car j'en ai assez de me cacher dans les collines, et je désire affronter le danger et le combat.

— Votre devoir est de rester parmi votre peuple, répondit-il.

— J'ai trop souvent entendu parler de devoir, s'écria-t-elle. Mais ne suis-je pas de la Maison d'Eorl, vierge guerrière et non nourrice sèche ? J'ai assez longtemps veillé sur des pieds chancelants. Puisqu'ils ne chancellent plus, semble-t-il, ne puis-je maintenant vivre ma vie comme je l'entends ?

— Peu de gens peuvent le faire avec honneur, répondit-il. Mais quant à vous, madame, n'avez-vous point accepté la charge de gouverner le peuple jusqu'au retour de son seigneur ? Si vous n'aviez pas été choisie, quelque maréchal ou capitaine aurait été établi dans la même fonction, et il ne pourrait quitter sa charge, qu'il en soit las ou non.

— Serai-je toujours choisie ? dit-elle amèrement. Serai-je toujours laissée derrière quand les Cavaliers partent, pour m'occuper de la maison tandis qu'ils acquerront du renom et trouveront de la nourriture et des lits à leur retour ?

— Un temps peut venir bientôt où nul ne reviendra, dit-il. La valeur sans renom sera alors nécessaire car personne ne se rappellera les exploits accomplis dans l'ultime défense de vos demeures. Les exploits ne sont pas moins vaillants pour n'être pas loués.

Et elle répondit :

— Toutes vos paroles n'ont d'autre but que de dire : vous êtes une femme et votre rôle est dans la maison. Mais quand les hommes seront morts au combat et à l'honneur, vous pourrez brûler dans la maison, car les hommes n'en auront plus besoin. Mais je suis de la maison d'Eorl et non pas une servante. Je puis monter à cheval et manier l'épée, et je ne crains ni la souffrance ni la mort.

— Que craignez-vous, madame ? demanda-t-il.

— Une cage, répondit-elle. Rester derrière des barreaux, jusqu'à ce que l'habitude de la vieillesse les accepte et que tout espoir d'accomplir de hauts faits soit passé sans possibilité de rappel ni de désir.

— Et pourtant vous me conseilliez de ne pas m'aventurer sur la route que j'ai choisie, en raison du péril qu'elle présente ?

— C'est l'avis qu'une personne peut donner à une autre, dit-elle. Je ne vous conseille cependant pas de fuir le péril, mais d'aller au combat là où votre épée peut gagner du renom et la victoire. Je n'aime pas voir écarter inutilement une chose grande et excellente.

— Ni moi non plus, dit-il. C'est pourquoi je vous dis, madame : restez ! Car vous n'avez rien à faire dans le Sud.

— Ces autres qui vous accompagnent non plus. Ils n'y vont que parce qu'ils ne voudraient pas être séparés de vous — parce qu'ils vous aiment.

Elle se détourna alors et disparut dans la nuit.

La lumière du jour était apparue dans le ciel, mais le soleil n'était pas encore levé au-dessus des hautes crêtes de l'Est quand Aragorn s'apprêta au départ. Sa compagnie était déjà à cheval, et il allait sauter en selle quand la Dame Eowyn vint lui dire adieu. Elle était vêtue en cavalière et ceinte d'une épée. Elle avait à la main une coupe ; elle la porta à ses lèvres et but une gorgée, leur souhaitant bonne chance ; puis elle tendit la coupe à Aragorn, qui but et dit :

— Adieu, Dame de Rohan ! Je bois à la prospérité de votre Maison, à la vôtre et à celle de tout votre peuple. Dites ceci à votre frère : au-delà des ombres, nous nous rencontrerons tous de nouveau !

Gimli et Legolas, qui se trouvaient tout à côté, crurent voir alors qu'elle pleurait, et chez quelqu'un d'aussi ferme et fier ces larmes paraissaient d'autant plus douloureuses. Mais elle dit :

— Vous voulez partir, Aragorn ?

— Oui, dit-il.

— Ne voulez-vous pas alors me permettre de me joindre à cette compagnie, comme je l'ai demandé ?

— Non, madame, dit-il. Car cela, je ne pourrais l'accorder sans l'agrément du roi et de votre frère ; et ils ne reviendront que demain. Mais je compte à présent chaque heure, voire chaque minute. Adieu !

Elle tomba alors à genoux, s'écriant :

— Je vous en supplie !

— Non, madame, dit-il.

Et, la prenant par la main, il la releva. Puis il lui baisa la main, sauta en selle et partit sans se retourner ; et seuls ceux qui le connaissaient bien et étaient près de lui virent la douleur dont il était saisi.

Mais Eowyn se tint immobile comme une figure taillée dans la pierre, les mains crispées à ses côtés, et elle les observa jusqu'à ce qu'ils disparussent dans les ombres sous le noir Dwimorberg, la Montagne Hantée, dans laquelle se trouvait la Porte des Morts. Quand elle les eut perdus de vue, elle se retourna et regagna son logis en trébuchant comme une aveugle. Mais aucun des siens ne vit cette séparation, car la peur les tenait cachés et ils ne voulurent pas sortir avant que le jour ne soit levé et que les étrangers ne fussent partis.

Et certains disaient :

— Ce sont des êtres elfiques. Qu'ils aillent là où ils sont chez eux, dans les endroits ténébreux, et qu'ils ne reviennent jamais. Les temps sont déjà assez néfastes.

La lumière était encore grise tandis qu'ils chevauchaient, car le soleil n'avait pas encore grimpé par-dessus les crêtes noires de la Montagne Hantée qui se dressait devant eux. Une impression de crainte les saisit comme ils passaient entre les rangées d'anciennes pierres et arrivaient ainsi au Dimholt. Là, dans l'obscurité d'arbres noirs que Legolas lui-même ne put longtemps supporter, ils trouvèrent un creux ouvert à la racine de la montagne et, en plein dans leur chemin, se dressait comme un doigt du destin une grande pierre isolée.

— Mon sang se glace, dit Gimli.

Mais les autres demeurèrent silencieux, et sa voix alla mourir à ses pieds sur les aiguilles de pin humides. Les chevaux refusèrent de passer la pierre menaçante, jusqu'à ce que les cavaliers missent pied à terre pour les mener à la bride. Ils finirent par arriver ainsi au fond du ravin ; et là s'élevait un mur de rocher vertical, et dans ce mur la Porte Ténébreuse s'ouvrait devant eux comme la bouche de la nuit. Des signes et des figures, trop effacés pour être déchiffrables, étaient gravés au-dessus de la vaste arche, et la crainte s'en échappait comme une vapeur grise.

La Compagnie fit halte, et il n'y avait pas un cœur qui ne défaillît, à part ceux de Legolas et des Elfes, à qui les spectres des Hommes n'inspirent aucune terreur.

— C'est là une porte néfaste, dit Halbarad, et ma mort est inscrite au-delà. J'oserai néanmoins la franchir ; mais aucun cheval ne voudra entrer.

— Mais il nous faut pourtant y aller, et les chevaux

doivent donc en faire autant, dit Aragorn. Car si jamais nous franchissons ces ténèbres, de nombreuses lieues s'étendent au-delà, et chaque heure perdue en ce lieu rapprochera le triomphe de Sauron. Suivez-moi !

Aragorn se mit alors en tête et la force de sa volonté était telle en cette heure que tous les Dunedains et leurs chevaux le suivirent. Et, de fait, l'amour que les chevaux des Rôdeurs portaient à leurs cavaliers était si grand qu'ils étaient prêts à affronter même la terreur de la Porte si le cœur de leur maître était ferme tandis qu'il marchait à côté d'eux. Mais Arod, le cheval de Rohan, refusa la voie, et il se tint suant et tremblant d'une peur qui faisait peine à voir. Legolas posa alors la main sur les yeux de l'animal et chanta certaines paroles qui s'élevèrent avec douceur dans l'obscurité ; le cheval se laissa enfin mener, et Legolas franchit la Porte. Et Gimli le Nain resta alors tout seul.

Ses genoux s'entrechoquaient et il était en colère contre lui-même.

— Voici bien une chose inouïe ! dit-il Un Elfe accepte d'aller sous terre, et un Nain ne l'ose pas !

Sur quoi, il plongea à l'intérieur. Mais il lui sembla traîner des pieds de plomb sur le seuil ; et aussitôt il fut pris de cécité, même lui, Gimli fils de Gloïn qui avait marché sans crainte dans maints lieux profonds du monde.

Aragorn avait apporté des torches de Dunharrow et, maintenant, il marchait en tête, en brandissant une bien haut ; et Elladan allait en queue avec une autre, tandis que Gimli, tout trébuchant, s'efforçait de le rattraper. Il ne voyait rien d'autre que la faible flamme des torches ; mais si la Compagnie s'arrêtait, il lui semblait entendre tout autour de lui un murmure sans fin, un murmure de paroles en une langue qu'il n'avait jamais entendue auparavant.

Rien n'assaillit la Compagnie, ni ne s'opposa à son passage ; et pourtant la peur envahissait toujours davantage le Nain à mesure qu'il avançait : surtout du fait qu'il savait à présent qu'il n'y avait plus aucune possibilité de retourner en arrière ; tous les chemins étaient remplis par une armée invisible qui suivait dans les ténèbres.

Ainsi passa un temps que Gimli n'aurait pu évaluer, jusqu'au moment où se présenta à lui une vision dont le souvenir devait lui être à jamais pénible. La route était large, pour autant qu'il en pût juger ; mais alors la Compagnie tomba soudain sur un grand espace vide, et il n'y avait plus de murs de part ni d'autre. La peur lui pesait à tel point qu'il pouvait à peine marcher. A quelque distance sur la gauche, quelque chose scintilla dans l'obscurité à l'approche de la torche d'Aragorn. Puis celui-ci fit halte et alla voir ce que ce pouvait bien être.

— Ne ressent-il aucune crainte ? murmura le Nain. Dans toute autre caverne, Gimli fils de Gloïn aurait été le premier à courir vers le reflet de l'or. Mais pas ici ! Qu'il demeure là !

Il s'approcha néanmoins, et il vit Aragorn s'agenouiller, tandis qu'Elladan élevait les deux torches. Devant lui se trouvaient les ossements d'un homme de grande stature. Il avait été revêtu de mailles, et son harnois était encore intact ; car l'air de la caverne était aussi sec que la poussière, et son haubert était doré. Sa ceinture était d'or et de grenats, et le casque qui recouvrait son crâne, face contre terre, était enrichi d'or. Il était tombé près du mur opposé de la caverne, comme on pouvait maintenant le voir, et devant lui se trouvait une porte de pierre solidement assujettie : les os de ses doigts étaient encore agrippés aux fentes. Une épée ébréchée et brisée gisait à son côté, comme s'il avait voulu taillader le roc dans son ultime désespoir.

Aragorn ne le toucha pas, mais, après l'avoir contemplé un moment en silence, il se leva et soupira.

— Ici ne viendront plus jusqu'à la fin du monde les fleurs de *simbelmynë*, murmura-t-il. Neuf et sept tertres verts d'herbe y a-t-il à présent et durant toutes les longues années il est resté gisant à la porte qu'il n'avait pu ouvrir. Où mène-t-elle ? Pourquoi voulait-il passer ? Nul ne le saura jamais !

« Car ce n'est pas mon but ! cria-t-il, se retournant pour parler aux ténèbres murmurantes derrière lui. Gardez vos trésors et vos secrets cachés dans les Années Maudites ! Nous ne demandons que la rapidité. Laissez-nous passer, et puis venez ! Je vous appelle à la Pierre d'Erech !

Il n'y eut d'autre réponse qu'un silence absolu plus redoutable que les murmures précédents ; puis une bouffée de vent froid entra qui fit vaciller et éteignit les torches, qu'on ne put rallumer. Du temps qui suivit, une ou plusieurs heures, Gimli ne se rappela pas grand-chose. Les autres pressèrent le pas, mais il était toujours le dernier, poursuivi par une horreur tâtonnante qui paraissait à chaque instant sur le point de le saisir ; et une rumeur venait derrière lui, semblable au son fantomatique de pieds nombreux. Il continua d'avancer en trébuchant jusqu'au moment où, rampant sur le sol comme un animal, il se sentit à bout : il lui fallait soit trouver une fin et s'échapper, soit rebrousser chemin en folie à la rencontre la plus rapide de la peur qui le poursuivait.

Soudain, il entendit un tintement d'eau, un son dur et clair comme d'une pierre tombant dans un rêve d'ombre épaisse. La lumière s'accrut, et voilà que la compagnie franchit une autre porte, à haute et large voûte, et un ruisseau coulait à côté du chemin ; et au-delà, une route descendait en pente raide entre des parois escarpées qui se détachaient comme des lames de couteau sur le ciel loin au-dessus d'eux. Le chasme était si profond et si étroit que le ciel était sombre, et de petites étoiles y scintillaient. Mais, comme Gimli devait l'apprendre par la suite, il s'en fallait encore de deux heures que ne se terminât le jour de leur départ de Dunharrow ; bien que, pour autant qu'il en sût, c'eût pu être un crépuscule de quelque année ultérieure ou de quelque autre monde.

La Compagnie remonta à cheval, et Gimli retourna auprès de Legolas. Ils chevauchaient à la file, et le soir tomba, d'un bleu intense ; et la peur les poursuivait toujours. Legolas, se tournant pour parler à Gimli, regarda en arrière, et le Nain vit devant son visage le scintillement des yeux brillants de l'Elfe. Derrière eux venait Elladan, le dernier de la Compagnie, mais non le dernier de ceux qui avaient pris la route descendante.

— Les Morts nous suivent, dit Legolas. Je vois des formes d'hommes et de chevaux, et de pâles étendards semblables à des lambeaux de nuage, et des lances comme des gaulis dans une nuit brumeuse d'hiver. Les Morts nous suivent.

— Oui, les Morts chevauchent derrière. Ils ont été appelés, dit Elladan.

La Compagnie sortit enfin du ravin, aussi brusquement que si elle débouchait d'une fissure dans un mur ; et là s'étendait devant eux la partie haute d'une grande vallée dans laquelle le ruisseau descendait avec un son froid par de nombreuses chutes.

— Dans quelle partie de la Terre du Milieu sommes-nous ? demanda Gimli.

Et Elladan répondit :

— Nous avons descendu de l'élévation du Morthond, la longue rivière froide qui se jette en fin de compte dans la Mer baignant les murs de Dol Amroth. Vous n'aurez plus besoin de demander l'origine de son nom : les hommes l'appellent Racine Noire.

La Vallée du Morthond formait une grande anse qui longeait les faces sud des montagnes. Ses pentes escarpées étaient couvertes d'herbe ; mais tout était gris à cette heure, car le soleil avait disparu et, loin en contrebas, des lumières clignotaient dans les demeures des Hommes. La vallée était riche et très peuplée.

Alors, sans se retourner, Aragorn cria de façon à être entendu de tous :

— Oubliez votre fatigue, mes amis ! Forcez, maintenant, forcez ! Il nous faut être à la Pierre d'Erech avant la fin de ce jour, et le chemin est encore long.

Aussi, sans un regard en arrière, ils gravirent les champs de la montagne, jusqu'au moment où ils arrivèrent à un pont au-dessus du torrent grandissant et trouvèrent une route qui descendait dans le pays.

Les lumières s'éteignaient dans les maisons et les hameaux quand ils arrivèrent ; les portes étaient fermées, et les gens qui se trouvaient dans les champs poussèrent des cris de terreur et s'enfuirent follement comme des cerfs poursuivis. Le même cri s'élevait partout dans la nuit grandissante :

— Le Roi des Morts ! Le Roi des Morts est sur nous !

Des cloches sonnaient dans le fond de la vallée, et tous les hommes fuyaient devant le visage d'Aragorn ; mais la Compagnie Grise, dans sa hâte, courait comme des chasseurs jusqu'à ce que les chevaux bronchassent de fatigue. Et ainsi, juste avant minuit, dans des ténèbres aussi noires que les cavernes des montagnes, elle atteignit enfin la Colline d'Erech.

La terreur des Morts s'était longtemps étendue sur cette colline et sur les champs déserts qui l'environnaient. Car au sommet se dressait une pierre noire, ronde comme un grand globe, de la hauteur d'un homme, bien que la moitié fût enterrée. Elle avait un aspect surnaturel, comme si elle était tombée du ciel, et d'aucuns le croyaient ; mais ceux qui se souvenaient encore de la tradition de l'Ouistrenesse disaient qu'elle avait été apportée lors de la ruine de Númenor et établie là par Isildur à son débarquement. Aucun des habitants de la vallée n'osait s'en approcher ou ne voulait demeurer auprès ; ils disaient, en effet, que c'était un rendez-vous des Hommes de l'Ombre, qui s'y assemblaient aux époques de peur, se pressant et chuchotant autour de la Pierre.

La Compagnie monta à la Pierre et fit halte au plus profond de la nuit. Elrohir tendit alors à Aragorn un cor d'argent, dont il sonna ; et les assistants crurent entendre en réponse le son d'autres cors, comme un écho dans de profondes cavernes au loin. Ils n'entendaient aucun autre bruit et pourtant ils avaient conscience d'une grande armée rassemblée tout autour de la colline sur laquelle ils se trouvaient ; et un vent froid comme une haleine de fantômes descendait des montagnes. Mais Aragorn mit pied à terre et, debout près de la Pierre, il cria d'une voix forte :

— Parjures, pourquoi êtes-vous venus ?

Et on entendit une voix qui répondait du sein de la nuit, comme venue de très loin :

— Pour accomplir notre serment et trouver la paix.

Aragorn dit alors :

— L'heure est enfin venue. Je me rends maintenant à Pelargir sur l'Anduin, et vous allez me suivre. Et quand tout ce pays sera débarrassé des serviteurs de Sauron, je considérerai le serment comme accompli ; vous aurez la paix et partirez à jamais. Car je suis Elessar, héritier d'Isildur de Gondor.

Sur quoi, il invita Halbarad à déployer le grand étendard qu'il avait apporté ; et voilà qu'il était noir, et, s'il portait quelque devise, elle était cachée dans les ténèbres. Il y eut alors un silence ; pas un murmure ni un soupir ne se fit entendre de toute la longue nuit. La Compagnie campa près de la Pierre, mais les hommes ne dormirent guère, de par la crainte des Ombres qui les enserraient de toute part.

Mais quand vint l'aube, froide et pâle, Aragorn se leva aussitôt, et il emmena la Compagnie dans le voyage le plus précipité et le plus fatigant qu'aucun des hommes, hormis lui-même, eût jamais connu ; seule sa volonté les tenait en état de poursuivre. Nul autre mortel n'aurait pu l'endurer, nul, sinon les Dunedains du Nord et avec eux Gimli le Nain et Legolas l'Elfe.

Ils passèrent le Col de Tarlang et débouchèrent dans le Lamedon ; et l'Armée des Ombres se pressait derrière eux et la peur les précédait, jusqu'à leur arrivée à Calembel-sur-Ciril, et le soleil descendit, sanglant, derrière le Pinnath Gelin loin derrière eux à l'ouest. Ils trouvèrent la commune et les gués de Ciril abandonnés, car de nombreux hommes étaient partis pour la guerre et tous les autres s'étaient enfuis dans les montagnes à la rumeur de la venue du Roi des Morts. Mais le lendemain ne vint aucune aube ; la Compagnie Grise passa dans les ténèbres de la Tempête de Mordor et fut perdue à la vue de tout mortel ; mais les Morts la suivirent.

Chapitre III

Le rassemblement de Rohan

Toutes les routes couraient ensemble à présent vers l'est à la rencontre de la guerre imminente et de l'assaut de l'Ombre. Et au moment où Pippin, debout à la Grande Porte de la Cité, voyait entrer le Prince de Dol Amroth avec ses étendards, le Roi de Rohan descendait des collines.

Le jour déclinait. Aux derniers rayons du soleil, les Cavaliers jetaient de longues ombres pointues qui allaient devant eux. L'obscurité s'était déjà glissée sous les murmurantes forêts de sapins qui tapissaient les flancs de la montagne. Le roi chevauchait maintenant avec lenteur en cette fin du jour. Le chemin contourna bientôt un énorme épaulement de rocher nu pour plonger dans l'assombrissement d'arbres qui soupiraient doucement. Les Cavaliers descendaient, descendaient en une longue file serpentine. Quand ils parvinrent enfin au fond de la gorge, ils virent que le soir était tombé dans les parties profondes. Le soleil avait disparu. Le crépuscule s'étendait sur les chutes d'eau.

Toute la journée, loin en dessous d'eux, un ruisseau bondissant avait descendu du haut col, se taillant un passage étroit entre des murs garnis de pins ; et maintenant il s'écoulait par une porte rocailleuse et passait dans une vallée plus large. Les Cavaliers le suivirent, et soudain Harrowdale s'étendit devant eux, tout retentissant du bruit des eaux dans le soir. Là, le blanc Snowbourn, rejoint par le ruisseau moins important, se précipitait, fumant, sur les pierres vers Edoras, les vertes collines et les plaines. Au loin sur la droite, à la tête de la grande vallée, le puissant Starkhorn se dressait au-dessus de ses vastes contreforts noyés dans les nuages ; mais sa cime déchiquetée, couverte de neiges éternelles, rayonnait loin au-dessus du monde, ombrée de bleu à l'Est, rougie par le soleil couchant à l'Ouest.

Merry contempla avec étonnement ce pays étrange, sur lequel il avait entendu bien des contes au cours de leur longue route. C'était un monde sans ciel, dans lequel ses yeux ne voyaient au travers de ternes percées dans l'atmosphère obscure que des pentes toujours montantes, de grands murs de pierre derrière d'autres grands murs, et de menaçants précipices entourés de brume. Il resta un moment à écouter dans un demi-rêve le bruit de l'eau, le murmure des sombres arbres, le craquement de la pierre et le vaste silence d'attente qui planait derrière tout son. Il aimait les montagnes ou plutôt l'idée de leur présence à la lisière de toutes les histoires apportées des régions lointaines ; mais à présent il était accablé de l'insupportable poids de la Terre du Milieu. Il soupirait après l'exclusion de l'immensité, lui-même étant au coin du feu dans une chambre tranquille.

Il était très fatigué, car, s'ils avaient chevauché lentement, ils n'avaient pris que très peu de repos. Heure après heure durant près de trois jours interminables, il avait trottiné, montant et descendant par des cols et de longues vallées et traversant maints ruisseaux. Parfois, quand le chemin était plus large, il avait chevauché au côté du roi, sans remarquer que bien des Cavaliers souriaient de les voir ensemble : le petit Hobbit sur son grand poney à longs poils, et le Seigneur de Rohan sur son grand cheval blanc. Il s'était alors entretenu avec Théoden, lui parlant de chez lui et des faits et gestes des gens de la Comté, ou écoutant à son tour les histoires de la Marche et de ses puissants hommes de jadis. Mais la plupart du temps, surtout ce dernier jour, Merry avait chevauché seul juste derrière le roi, sans rien dire, essayant de comprendre le lent parler sonore du Rohan dont il entendait les hommes se servir derrière lui. Il lui semblait qu'il y avait dans cette langue beaucoup de mots qu'il connaissait, bien que la prononciation en fût plus riche et plus forte que dans la Comté, mais il ne pouvait les assembler. Par moments, quelque Cavalier élevait sa voix claire en un chant émouvant, et Merry sentait son cœur bondir, tout en ignorant de quoi il s'agissait.

Il avait été bien seul néanmoins, et jamais autant qu'en cette fin de journée. Il se demandait où en était Pippin dans tout ce monde étrange ; et ce qu'il était advenu d'Aragorn et de Legolas et Gimli. Puis soudain, avec un froid au cœur, il pensa à Frodon et à Sam. « Je les oublie ! se dit-il avec reproche. Ils sont pourtant plus importants que tout le reste d'entre nous. Et j'étais venu pour les aider ; mais ils doivent être à des centaines de milles à présent, pour autant qu'ils soient encore vivants. » Il frissonna.

— Harrowdale enfin ! dit Eomer. Notre voyage est presque terminé.

Ils firent halte. Les chemins, à la sortie de la gorge étroite, descendaient en pente raide. On n'avait qu'un aperçu de la grande vallée dans le crépuscule d'en bas. Une seule petite lumière scintillait près de la rivière.

— La journée est peut-être finie, dit Théoden, mais j'ai encore une grande distance à parcourir. La nuit dernière, la lune était pleine et, au matin, j'irai à Edoras pour le rassemblement de la Marche.

— Mais si vous voulez bien accepter mon avis, dit Eomer à mi-voix, vous reviendrez ensuite ici jusqu'à ce que la guerre soit terminée, gagnée ou perdue.

Théoden sourit.

— Non, mon fils, car c'est le nom que je veux te donner, ne prononce pas à mes vieilles oreilles les douces paroles de Langue de Serpent !

Il se redressa et tourna la tête vers la longue colonne de ses hommes qui se perdait dans l'obscurité.

— Il semble que de longues années se soient écoulées dans l'étendue des jours depuis que je suis parti pour l'Ouest ; mais jamais plus je ne m'appuierai sur un bâton. Si la guerre est perdue, à quoi bon me cacher dans les montagnes ? Et si elle est gagnée, quel mal y aurait-t-il, même si je succombe, à consumer mes dernières forces ? Mais assez sur ce sujet. Demain soir, je coucherai dans le Refuge de Dunharrow. Il nous reste au moins une soirée de paix. Poursuivons notre route !

Dans l'obscurité grandissante, ils descendirent au fond de la vallée. Là, le Snowbourn coulait tout près de la paroi ouest, et le chemin les mena bientôt à un gué où le murmure des eaux peu profondes se faisait plus sonore. Le gué était gardé. A l'approche du roi, de nombreux hommes s'élancèrent hors de l'ombre des rochers ; et, à la vue du roi, ils crièrent avec joie :

— Théoden Roi ! Théoden Roi ! Le Roi de la Marche revient !

L'un d'eux sonna alors un long appel de cor, dont l'écho retentit dans la vallée. D'autres cors répondirent, et des lumières se montrèrent de l'autre côté de la rivière.

Et soudain s'éleva loin au-dessus un grand concert de trompettes, sonnant de quelque creux, semblait-il ; elles unirent leurs notes en une seule voix, qu'elles envoyèrent rouler contre les murs de pierre.

Ainsi le Roi de la Marche revint victorieux de l'Ouest à Dunharrow au pied des Montagnes Blanches. Il trouva là déjà assemblées les forces restantes de son peuple ; car dès que sa venue fut connue, les capitaines allèrent à sa rencontre au gué, porteurs de messages de Gandalf. Dunhere, chef de ceux de Harrowdale, était à leur tête.

— Il y a trois jours à l'aube, seigneur, dit-il, Gripoil est venu, rapide comme le vent, de l'Ouest à Edoras, et Gandalf a apporté des nouvelles de votre victoire qui nous ont réjoui le cœur. Mais il nous a aussi apporté votre ordre de hâter le rassemblement des Cavaliers. Et puis est venue l'Ombre ailée.

— L'Ombre ailée ? dit Théoden. Nous l'avons vue également, mais c'était au plus profond de la nuit, avant que Gandalf nous eût quittés.

— Il se peut, seigneur, dit Dunhere. Mais la même, ou une autre semblable, une obscurité affectant la forme d'un oiseau monstrueux, est passée sur Edoras ce matin-là, et tous furent saisis de peur. Car elle s'abaissa sur Meduseld et, comme elle descendait presque jusqu'aux pignons, vint un cri qui nous glaça le cœur. Ce fut alors que Gandalf nous conseilla de ne pas nous assembler dans les champs, mais de vous rencontrer ici, dans la vallée sous la montagne. Et il nous invita à ne plus allumer d'autres lumières ou feux que le strict nécessaire. C'est ce que nous avons fait. Gandalf parlait avec une grande autorité. Nous espérons que cela répond à ce que vous auriez désiré. On n'a rien vu de ces manifestations néfastes à Harrowdale.

— C'est bien, dit Théoden. Je vais gagner à présent le Refuge, et là, avant de prendre du repos, je verrai les maréchaux et les capitaines. Qu'ils viennent aussitôt que possible !

La route se dirigeait à présent vers l'est droit à travers la vallée, qui n'avait plus guère à cet endroit qu'un demi-mille de largeur. Partout s'étendaient des bas-fonds et des herbages raboteux, à présent gris dans la nuit tombante ; mais devant, à l'autre bout de la vallée, Merry vit un mur rébarbatif, un dernier lambeau des grandes racines du Starkhorn, séparé par la rivière en des temps très éloignés.

Sur tous les espaces plans, il y avait un grand concours d'hommes. Une partie se pressait au bord de la route pour saluer de cris joyeux le roi et les Cavaliers venus de l'Ouest ; mais par-derrière s'étendaient jusqu'au lointain des rangées de tentes et de baraquements, des alignements de chevaux au piquet, de grandes réserves d'armes et des faisceaux de lances, hérissées comme des bosquets d'arbres nouvellement plantés. La grande assemblée disparaissait à présent dans l'obscurité, et pourtant, malgré le vent froid de la nuit qui descendait des hauteurs, nulle lanterne ne brillait, aucun feu n'était allumé. Des sentinelles en épais manteaux faisaient les cent pas.

Merry se demanda combien il y avait là de Cavaliers. Il n'en pouvait évaluer le nombre dans les ténèbres grandissantes, mais ce lui paraissait être une grande armée, forte de nombreux milliers d'hommes. Tandis qu'il observait de tous côtés, le groupe du roi parut sous la paroi estompée du côté est de la vallée ; et là, le chemin se mettait soudain à grimper, et Merry leva les yeux, stupéfait. Il se trouvait sur une route dont il n'avait jamais vu la pareille, un grand ouvrage de la main des hommes datant du temps même des chansons. Elle montait, lovée comme un serpent, creusant son chemin en travers du roc escarpé. En pente rapide comme un escalier, elle se recourbait d'un côté et de l'autre dans sa grimpée. Des chevaux pouvaient y marcher et des charrettes y être lentement traînées ; mais aucun ennemi ne pouvait venir par là, sinon par air, si le chemin était défendu d'en dessus. A chaque tournant de la route, il y avait de grandes pierres levées, sculptées à l'image d'hommes, énormes, aux membres balourds, accroupis les jambes croisées et leurs gros bras repliés sur des panses rebondies. L'usure du temps avait fait disparaître les traits de certains sauf les trous sombres des yeux, qui dévisageaient encore les passants. Les Cavaliers leur accordèrent à peine un regard. Ils les appelaient les Biscornus et ne leur prêtaient guère d'attention : il ne restait plus en ces statues ni pouvoir ni terreur ; mais Merry les contemplait avec étonnement et presque pitié, dressées tristement dans le crépuscule.

Au bout d'un moment, regardant en arrière, il constata qu'il avait déjà grimpé quelques centaines de pieds au-dessus de la vallée, mais il pouvait encore voir, loin en contrebas, une file onduleuse de Cavaliers qui traversait le gué et suivait la route en direction du camp préparé pour eux. Seuls le roi et sa garde montaient au Refuge.

La compagnie du roi parvint enfin à un brusque rebord ; la route ascendante passa dans une coupure entre des parois rocheuses, monta une courte pente et déboucha ainsi sur un large plateau. Les hommes l'appelaient le Firienfeld, champ d'herbe verdoyante et de bruyère dominant de haut les lits profondément creusés du Snowbourn, et posé sur les genoux des grandes montagnes derrière . le Starkhorn au sud, et au nord la masse en dents de scie de l'Irensaga, entre lesquels les

Cavaliers avaient en face d'eux le sinistre et noir mur du Dwimorberg, la Montagne Hantée, qui s'élevait de sombres pins en pente escarpée. Le plateau était divisé en deux par une double rangée de pierres levées informes qui se perdait dans les arbres. Ceux qui osaient emprunter cette route arrivaient bientôt au noir Dimholt sous le Dwimorberg, à la menace du pilier de pierre et à l'ombre béante de la porte interdite.

Tel était le sombre Dunharrow, œuvre d'hommes depuis longtemps oubliés. Leur nom était perdu et aucune chanson ni aucune légende ne le rappelait. Pour quelle raison ils avaient aménagé cet endroit, comme ville, temple secret ou tombeau de rois, nul n'aurait pu le dire. Ici, ils avaient peiné durant les Années Sombres, avant qu'aucun navire ne fût venu des rives occidentales ; et maintenant ils avaient disparu et seuls demeuraient les vieux Biscornus, siégeant toujours aux tournants de la route.

Merry ouvrit de grands yeux sur le défilé des pierres : elles étaient noires et usées ; les unes étaient inclinées, d'autres étaient tombées, d'autres encore fissurées ou brisées ; on aurait dit des rangées de vieilles dents avides. Il se demandait ce qu'elles pouvaient être, et il espéra que le roi n'allait pas continuer de les suivre jusque dans l'obscurité d'au-delà. Puis il vit qu'il y avait des groupes de tentes et des baraques de part et d'autre de la route des pierres ; mais ils n'étaient pas établis près des arbres, et ils semblaient plutôt pelotonnés hors de leur atteinte vers le bord de l'escarpement. Le plus grand nombre se trouvaient à droite, où le Firienfeld était plus large ; et sur la gauche, il y avait un camp plus petit, au centre duquel s'élevait un haut pavillon. Un Cavalier vint à ce moment de ce côté à leur rencontre, et ils se détournèrent de la route.

En approchant, Merry vit que le Cavalier était une femme, dont les longs cheveux nattés luisaient dans le crépuscule ; elle portait cependant un casque ; elle était vêtue jusqu'à la taille comme une guerrière et ceinte d'une épée.

— Salut, Seigneur de la Marche ! cria-t-elle. Mon cœur se réjouit de votre retour.

— Et toi, Eowyn, dit Théoden, tout va-t-il bien pour toi ?

— Tout va bien ! répondit-elle.

Mais Merry eut l'impression que sa voix démentait sa parole, et il aurait cru qu'elle avait pleuré, si la chose était imaginable pour un visage aussi dur.

— Tout va bien. La route était pénible pour des gens arrachés soudain à leur foyer. Il y a eu des mots rudes, car cela fait longtemps que la guerre nous a chassés des champs verts ; mais il n'y a eu aucun acte mauvais. Tout est maintenant ordonné, comme vous le voyez. Et votre logement est préparé ; car j'ai eu pleine information à votre sujet et je connaissais l'heure de votre arrivée.

— Aragorn est donc venu, dit Eomer. Est-il encore ici ?

— Non, il est parti, dit Eowyn, se détournant et regardant les montagnes qui se détachaient, sombres, à l'est et au sud.

— Où est-il allé ? demanda Eomer.

— Je n'en sais rien, répondit-elle. Il est venu le soir et il est reparti hier matin, avant que le soleil ne soit monté au-dessus des montagnes. Il est parti.

— Tu es affligée, ma fille, dit Théoden. Que s'est-il passé ? Dis-moi, a-t-il parlé de cette route ? (Il désigna les rangées assombries des pierres en direction du Dwimorberg.) Des Chemins des Morts ?

— Oui, seigneur, dit Eowyn. Et il a disparu dans les ombres d'où nul n'est jamais revenu. Je n'ai pu l'en dissuader. Il est parti.

— Dans ce cas, nos chemins sont séparés, dit Eomer.

Il est perdu. Nous devons chevaucher sans lui, et notre espoir s'amenuise.

Ils traversèrent lentement la courte lande et l'herbe du plateau, sans plus parler jusqu'à leur arrivée au pavillon du roi. Merry vit que tout avait été préparé et que lui-même n'avait pas été oublié. Une petite tente avait été dressée à son intention à côté du logement du roi ; il s'assit là, tout seul, tandis que des hommes allaient et venaient devant lui pour entrer se concerter avec le roi. La nuit tomba, et les cimes à demi visibles des montagnes à l'ouest furent couronnées d'étoiles, mais l'est était noir et vide. Les files de pierres disparurent lentement de la vue ; mais au-delà, plus noire que l'obscurité, s'étalait encore la vaste ombre accroupie du Dwimorberg.

« Les Chemins des Morts, se murmura-t-il à lui-même. Les Chemins des Morts ? Que signifie tout cela ? Ils m'ont tous abandonné, à présent. Ils sont tous partis vers quelque destin : Gandalf et Pippin pour la guerre à l'Est ; Sam et Frodon pour le Mordor ; et Grands-Pas, avec Legolas et Gimli, pour les Chemins des Morts. Mais mon tour viendra assez vite, je suppose. Je me demande de quoi ils parlent tous et ce que le roi entend faire. Car je dois aller où il ira, maintenant. »

Au milieu de ces sombres pensées, il se rappela soudain qu'il avait grand faim, et il se leva pour aller voir si quelqu'un d'autre dans cet étrange camp ressentait la même chose. Mais, à ce moment même, il y eut une sonnerie de trompette, et un homme vint l'inviter, lui, écuyer du roi, à prendre son service à la table du souverain.

Dans le fond du pavillon, il y avait un petit espace, isolé par des tentures brodées et jonché de fourrures ; et là étaient assis à une petite table Théoden avec Eomer et

Eowyn, et Dunhere, seigneur de Harrowdale. Merry se tint auprès du tabouret du roi et le servit, jusqu'au moment où le vieillard, sortant d'une profonde réflexion, se tourna vers lui et sourit.

— Allons, Maître Meriadoc ! dit-il. Vous ne resterez pas debout. Vous allez vous asseoir à côté de moi tant que je resterai sur mes propres terres, et vous m'allégerez le cœur en me contant des histoires.

Une place fut ménagée pour le Hobbit à la gauche du roi, mais personne ne demanda d'histoire. Il y eut, en fait, peu d'échanges de paroles, et ils mangèrent et burent la plupart du temps en silence ; mais enfin Merry, rassemblant son courage, posa la question qui le tourmentait.

— Par deux fois maintenant, seigneur, j'ai entendu parler des Chemins des Morts, dit-il. Que sont-ils ? Et où Grands-Pas, je veux dire le seigneur Aragorn, où est-il allé ?

Le roi soupira, mais personne ne répondit jusqu'à ce qu'enfin Eomer parlât.

— Nous n'en savons rien, et nous avons le cœur lourd, dit-il. Mais pour ce qui est des Chemins des Morts, vous en avez vous-même passé les premières marches. Non, je ne prononce aucune parole de mauvais augure ! La route que nous avons gravie est l'approche de la Porte, là-bas dans le Dimholt. Mais aucun homme ne sait ce qui s'étend au-delà.

— Aucun homme ne le sait, dit Théoden ; pourtant l'ancienne légende, rarement rappelée de nos jours, en dit quelque chose. S'il faut en croire ces vieux contes transmis de père en fils dans la Maison d'Eorl, la Porte sous le Dwimorberg mène à un chemin secret qui va sous la montagne vers une fin oubliée. Mais personne ne s'y est jamais aventuré pour déchiffrer le secret, depuis que Baldor, fils de Bregon, passa la Porte et ne fut jamais revu parmi les hommes. Il avait prononcé un vœu inconsidéré, alors qu'il vidait la corne au festin que Bregon avait donné pour consacrer la ville de Meduseld nouvellement construite ; et il ne monta jamais sur le haut siège dont il était l'héritier.

« On dit que les Morts des Années Sombres gardent la route et ne permettent à aucun vivant d'accéder à leurs salles cachées ; mais on peut les voir parfois eux-mêmes franchir la Porte comme des ombres et descendre la route des pierres. Les habitants de Harrowdale assujettissent alors leurs portes et voilent leurs fenêtres, et ils tremblent de peur. Mais les Morts sortent rarement et seulement en des temps de grande inquiétude et de mort prochaine.

— On dit pourtant à Harrowdale, intervint Eowyn d'une voix basse, qu'il y a peu a passé par les nuits sans lune une grande armée en étrange arroi. Nul ne savait d'où elle venait, mais elle gravit la route des pierres et disparut dans la montagne, comme pour répondre à un rendez-vous.

— Pourquoi alors Aragorn est-il allé par là ? demanda Merry. N'avez-vous aucune explication ?

— A moins qu'il ne vous ait dit en tant qu'ami des choses que nous n'avons pas entendues, répondit Eomer, personne actuellement sur la terre des vivants ne peut dire quel est son but.

— Il m'a paru grandement changé depuis la première fois que je l'ai vu dans la maison du roi, dit Eowyn : il était plus sévère, plus vieux. Sur le point de mourir, m'a-t-il paru, comme un de ceux que les Morts appellent.

— Peut-être a-t-il été appelé, dit Théoden ; et mon cœur me dit que je ne le reverrai pas. C'est pourtant un homme royal de haute destinée. Et trouve un réconfort en ceci, ma fille, puisque tu parais avoir besoin de réconfort dans ton affliction pour cet hôte : il est dit que lorsque les Eorlingas descendirent du Nord et finirent par franchir le Snowbourn à la recherche de places fortes de refuge en temps de nécessité, Bregon et son fils Baldor gravirent l'escalier du refuge et arrivèrent ainsi à la Porte. Sur le seuil était assis un vieillard, d'un âge indéterminable ; il avait été grand et majestueux, mais il était alors desséché comme une vieille pierre. En fait, ils le prirent pour une pierre, car il ne bougeait pas et ne dit mot jusqu'au moment où ils voulurent le dépasser et entrer. Alors une voix sortit de lui, que l'on eût dit venue de la terre ; et, à leur stupéfaction, elle parlait dans la langue de l'Ouest : *La voie est fermée.*

« Ils s'arrêtèrent alors et, l'examinant, ils virent qu'il était toujours vivant ; mais il ne les regardait pas.

« — La voie est fermée, reprit la voix. Elle fut faite par ceux qui sont morts, et les Morts la gardent jusqu'au moment venu. La voie est fermée.

« — Et quand sera ce moment ? demanda Baldor.

« Mais il ne reçut jamais de réponse. Car le vieillard mourut dans l'heure et tomba face contre terre ; et les autres n'eurent jamais plus aucune nouvelle des anciens habitants des montagnes. Peut-être, cependant, le temps annoncé est-il venu et Aragorn peut-il passer.

— Mais comment un homme saurait-il si le temps est venu ou non, sans oser affronter la Porte ? demanda Eomer. Et je n'irais pas par là, toutes les armées de Mordor seraient-elles après moi et serais-je seul, sans aucun autre refuge. Quelle pitié qu'une humeur de mort soit tombée sur un si grand cœur en cette heure critique ! N'y a-t-il donc pas assez de choses mauvaises dans le monde sans aller les chercher sous la terre ? La guerre est là.

Il se tut, car il y eut à ce moment un bruit au-dehors : la voix d'un homme qui criait le nom de Théoden, et le qui-vive de la garde.

Le capitaine de la garde tira bientôt le rideau.

— Il y a là un homme, seigneur, dit-il, un messager

de Gondor. Il désire paraître immédiatement devant vous.

— Qu'il vienne ! dit Théoden.

Un homme de haute taille parut, et Merry retint un cri ; car il lui sembla un instant que Boromir, ressuscité, était revenu. Puis il vit qu'il n'en était rien ; l'homme était un étranger, bien qu'il ressemblât à Boromir comme un frère, grand, fier, avec des yeux gris. Il était vêtu en cavalier avec un manteau vert foncé par-dessus une cotte de fines mailles ; sur le devant de son casque était sertie une petite étoile d'argent. Il tenait à la main une seule flèche, empennée de noir et barbelée d'acier, mais la pointe en était peinte en rouge.

Il mit un genou en terre et présenta la flèche à Théoden.

— Salut, Seigneur des Rohirrim, ami du Gondor ! dit-il. Je suis Hirgon, messager de Denethor, qui vous apporte ce signe de guerre. Le Gondor est dans un grand besoin. Les Rohirrim nous ont souvent aidés, mais à présent le Seigneur Denethor demande toute votre force et toute votre célérité, de crainte que le Gondor ne tombe enfin.

— La Flèche Rouge ! dit Théoden, la tenant de l'air de quelqu'un qui reçoit un appel depuis longtemps attendu et pourtant redoutable quand il vient.

Sa main tremblait.

— La Flèche Rouge n'a plus été vue dans la Marche de toutes mes années ! Les choses en sont-elles donc arrivées là ? Et qu'est-ce que le Seigneur Denethor estime que doivent être toute ma force et toute ma célérité ?

— Vous le savez mieux que personne, seigneur, dit Hirgon. Mais il se pourrait bien qu'avant peu Minas Tirith soit encerclée, et à moins que vous n'ayez une force suffisante pour briser un siège de plusieurs armées, le Seigneur Denethor me charge de dire qu'il juge que les puissantes armes des Rohirrim seraient mieux à l'intérieur de ses murs qu'au-dehors.

— Mais il sait que nous sommes un peuple qui se bat plutôt à cheval et en terrain découvert ; et aussi que nous sommes dispersés et qu'il faut un certain temps pour rassembler nos Cavaliers. N'est-il pas exact, Hirgon, que le Seigneur de Minas Tirith en sait plus long que ce qu'il indique dans son message ? Car nous sommes déjà en guerre, comme vous l'avez pu voir, et vous ne nous trouvez pas tous en état d'impréparation. Gandalf le Gris a été parmi nous, et en ce moment même nous nous rassemblons pour le combat à l'Est.

— Je ne saurais dire ce que le Seigneur Denethor peut connaître ou deviner de toutes ces choses, répondit Hirgon. Mais notre cas est vraiment désespéré. Mon seigneur ne vous envoie aucun ordre, il vous demande seulement de vous souvenir de la vieille amitié et des serments depuis longtemps prononcés, et, pour votre propre bien, de faire tout ce qui est en votre pouvoir. Nous apprenons que de nombreux rois sont venus de l'Est au service du Mordor. Du Nord au champ de Dagorlad, il y a des escarmouches et des rumeurs de guerre. Dans le Sud, les Haradrim bougent, et la peur s'appesantit sur toutes nos côtes, de sorte que peu d'aide nous viendra de là. Hâtez-vous ! Car c'est sous les murs de Minas Tirith que se décidera le destin de notre temps et, si la marée n'est pas contenue là, elle submergera tous les beaux champs de Rohan et même dans ce refuge parmi les collines, il n'y aura nul abri.

— Sombres nouvelles, dit Théoden, mais non pas toutes indevinées. Dites toutefois à Denethor que nous viendrions à son aide même si le Rohan n'était pas en danger. Mais nous avons essuyé beaucoup de pertes au cours de nos combats contre le traître Saroumane, et nous devons encore penser à nos frontières du nord et de l'est, comme les nouvelles de lui le rendent clair. Une puissance telle que celle dont le Seigneur Ténébreux paraît maintenant disposer pourrait bien nous contenir dans une bataille devant la Cité sans qu'il soit empêché de frapper avec une grande force au-delà du Fleuve après la Porte des Rois.

« Mais ne parlons plus des conseils que dicterait la prudence. Nous viendrons. La prise d'armes était fixée à demain. Quand tout sera ordonné, nous partirons. J'aurais pu déverser dix mille lances dans la plaine au désarroi de vos ennemis. Ce sera moins à présent, je le crains ; car je ne laisserai pas toutes mes places fortes sans défense. Toutefois, six mille Cavaliers me suivront. Car dites à Denethor qu'en cette heure le Roi de la Marche descendra en personne au pays de Gondor, encore qu'il puisse bien n'en pas revenir. Mais c'est une longue route, et hommes et bêtes doivent atteindre le but avec assez de force pour le combat. Il faudra peut-être une semaine à compter de demain matin pour que vous entendiez venir du Nord le cri des Fils d'Eorl.

— Une semaine ! dit Hirgon. S'il le faut, il le faut. Mais dans sept jours d'ici vous ne trouverez sans doute que des murs en ruine, à moins d'une autre aide inattendue. Quoi qu'il en soit, vous pourriez au moins déranger les Orques et les Hommes Basanés de leur festoiement à la Tour Blanche.

— Nous ferons au moins cela, dit Théoden. Mais je rentre juste moi-même du combat et d'un long trajet, et je vais maintenant aller me reposer. Demeurez ici cette nuit. Vous verrez ainsi le rassemblement du Rohan et vous repartirez plus heureux de cette vision, et plus rapidement quant au reste. Les décisions sont meilleures le matin, et la nuit change maintes pensées.

Sur quoi, le roi se leva, et tout le monde fit de même.

— Allez maintenant, chacun à son repos, et dormez bien, dit-il. Et vous, Maître Meriadoc, je n'ai plus besoin de vous ce soir. Mais soyez prêt à répondre à mon appel dès le lever du soleil.

— Je serai prêt, dit Merry, même si vous m'ordonniez de vous accompagner sur les Chemins des Morts.

— Ne prononcez pas de paroles de sinistre augure ! dit le roi. Car il peut y avoir plus d'une route à laquelle ce nom conviendrait. Mais je n'ai pas dit que je vous ordonnerais de m'accompagner sur quelque route que ce soit. Bonne nuit !

— Je ne me laisserai pas abandonner là pour être convoqué au retour ! dit Merry. Je ne me laisserai pas abandonner, non.

Et, se répétant sans cesse ces mots, il finit par s'endormir sous sa tente.

Il fut réveillé par un homme qui le secouait.

— Réveillez-vous, réveillez-vous, Maître Holbytla ! criait l'homme.

Et Merry, sortant enfin de ses rêves profonds, se redressa en sursaut. Il faisait encore très noir, se dit-il.

— Qu'y a-t-il ? demanda-t-il.

— Le roi vous demande.

— Mais le soleil n'est pas encore levé, dit Merry.

— Non, et il ne se lèvera pas aujourd'hui, Maître Holbytla. Ni jamais plus, pourrait-on penser sous ce nuage. Mais le temps ne s'arrête pas, même si le soleil est perdu. Dépêchez-vous !

Ayant enfilé en hâte quelques vêtements, Merry regarda au-dehors. Le monde était obscur. L'air même paraissait brun et tout alentour était noir, gris et sans ombre ; une grande immobilité régnait. On ne voyait aucune forme de nuage, si ce n'était très loin à l'ouest, où les plus lointains doigts tâtonnants du grand assombrissement rampaient encore et où un peu de lumière filtrait au travers. Au-dessus s'étendait un lourd plafond sombre et sans relief, et la lumière semblait plutôt diminuer que croître.

Merry vit de nombreux hommes debout, observant et murmurant ; tous les visages étaient gris et tristes, et certains reflétaient la peur. Le cœur serré, il se dirigea vers le pavillon du roi. Hirgon, le cavalier de Gondor, y était déjà, et auprès de lui se tenait un autre homme, semblable à lui et portant le même vêtement, mais de stature plus courte et plus large. Quand Merry entra, il parlait au roi.

— Cela vient du Mordor, seigneur, dit-il. Cela a commencé hier soir au crépuscule. Des collines de l'Estfolde dans votre royaume, je l'ai vu se lever et se glisser dans le ciel ; et toute la nuit, tandis que je chevauchais, il suivait, dévorant les étoiles. A présent, le grand nuage s'étend sur tout le pays d'ici aux Monts de l'Ombre ; et il s'épaissit. La guerre a déjà commencé.

Le roi resta un moment silencieux. Puis il parla :

— On y arrive donc en fin de compte, dit-il : la grande bataille de notre temps, dans laquelle bien des choses disparaîtront. Mais au moins n'y a-t-il plus besoin de se cacher. Nous irons tout droit, par la route découverte, et le plus vite que nous pourrons. Le rassemblement commencera immédiatement, sans attendre les retardataires. Avez-vous de bons approvisionnements à Minas Tirith ? Car si nous devons partir maintenant en toute hâte, nous ne pourrons nous encombrer, et nous ne devrons nous charger que des vivres et de l'eau nécessaires pour aller jusqu'à la bataille.

— Nous avons de très grands approvisionnements préparés de longue date, répondit Hirgon. Chevauchez maintenant avec toute la légèreté et la rapidité que vous pourrez !

— Eh bien, appelle les hérauts, Eomer, dit Théoden. Que l'on range les Cavaliers !

Eomer sortit ; et bientôt les trompettes sonnèrent dans le Refuge, et de nombreuses autres répondirent d'en bas ; mais leurs voix ne résonnaient plus avec la même clarté et la même magnificence qu'il avait paru à Merry la veille au soir. Elles paraissaient sourdes et discordantes dans l'air lourd, et leur retentissement était sinistre.

Le roi se tourna vers Merry.

— Je pars en guerre, Maître Meriadoc, dit-il. Je vais prendre la route dans un petit moment. Je vous libère de mon service, mais non de mon amitié. Vous demeurerez ici et, si vous le désirez, vous servirez la Dame Eowyn, qui gouvernera à ma place.

— Mais... mais, seigneur, balbutia Merry, je vous ai offert mon épée. Je ne veux pas être séparé de vous ainsi, Théoden Roi... Et, tous mes amis étant partis au combat, j'aurais honte de rester derrière.

— Mais nous montons des chevaux grands et rapides, dit Théoden ; et, si grand que soit votre cœur, vous ne pouvez monter de pareilles bêtes.

— Eh bien, attachez-moi sur le dos de l'une d'elles, ou laissez-moi pendre à un étrier, ou n'importe quoi, dit Merry. C'est un long trajet pour courir ; mais je le ferai si je ne puis chevaucher, dussé-je y user mes pieds et arriver des semaines trop tard.

Théoden sourit.

— Plutôt que de vous voir faire cela, je vous prendrais avec moi sur Nivacrin, dit-il. Mais vous monterez avec moi au moins jusqu'à Edoras et vous verrez Meduseld ; car c'est de ce côté que j'irai. Jusque-là, Stybba peut vous porter : la grande course ne commencera que lorsque nous atteindrons les plaines.

Puis Eowyn se leva.

— Venez, Meriadoc ! dit-elle. Je vais vous montrer l'équipement que j'ai préparé pour vous.

Ils sortirent ensemble.

— Aragorn ne m'a présenté qu'une requête, dit Eowyn, tandis qu'ils passaient parmi les tentes, c'est que vous soyez armé pour la bataille. Je la lui ai accordée, comme je le pouvais. Car mon cœur me dit que vous aurez besoin de pareil équipement avant la fin.

Elle mena alors Merry à une baraque au milieu des logements des gardes du roi ; là, un armurier lui apporta un petit casque, un bouclier rond, et d'autres pièces d'équipement.

— Nous n'avons pas de mailles de votre taille, dit Eowyn, ni le temps de forger un tel haubert ; mais voici aussi un justaucorps de solide cuir, une ceinture, et un poignard. Pour l'épée, vous l'avez.

Merry s'inclina, et la dame lui montra le bouclier, qui était semblable à celui qu'avait reçu Gimli, et il portait l'emblème du cheval blanc.

— Prenez toutes ces choses, dit-elle, et menez-les à une heureuse fortune ! Adieu maintenant, Maître Meriadoc ! Mais nous nous retrouverons peut-être un jour, vous et moi.

Ce fut ainsi que, dans une obscurité croissante, le Roi de la Marche s'apprêta à mener tous ses Cavaliers sur la route de l'est. Les cœurs étaient lourds, et nombreux étaient ceux qui défaillaient dans l'ombre. Mais c'était un peuple dur, fidèle à son seigneur, et peu de pleurs ou de murmures se firent entendre, même dans le camp du Refuge où étaient logés les exilés d'Edoras, femmes, enfants et vieillards. La ruine planait sur eux, mais ils l'affrontaient en silence.

Deux heures passèrent rapidement, et le roi était à présent monté sur son cheval blanc, luisant dans le demi-jour. Il avait une apparence fière et majestueuse, bien que la chevelure qui s'échappait de sous son haut casque fût de neige ; et nombre des hommes s'en émerveillaient et prenaient courage à le voir ainsi détendu et impavide.

Là, sur les larges terrains plats au bord de la bruyante rivière, étaient rangés en nombreuses compagnies plus de cinq mille Cavaliers en armement complet, et des centaines d'autres hommes avec des chevaux de rechange légèrement chargés. Une unique trompette sonna. Le roi leva la main et, en silence, l'armée de la Marche se mit en mouvement. En tête venaient douze hommes de la maison du roi, Cavaliers de renom. Puis le roi suivait avec Eomer à sa droite. Il avait fait ses adieux à Eowyn dans le Refuge, et le souvenir en était pénible ; mais il tourna alors sa pensée vers la route qui s'étendait devant lui. Derrière, Merry montait Stybba en compagnie des messagers de Gondor, et derrière encore douze autres hommes de la maison du roi. Ils passèrent le long des rangs des hommes qui attendaient, le visage dur et impassible. Mais quand ils furent arrivés presque à la fin de la rangée, un homme jeta un regard rapide et perçant sur le Hobbit. Un jeune homme de taille et de corpulence moindres que celles de la plupart, se dit Merry, répondant à son regard. Il saisit la lueur de clairs yeux gris ; et il frissonna, car il lui apparut soudain que c'était là le visage de quelqu'un qui, sans espoir, allait au-devant de la mort.

Ils descendirent la route le long du Snowbourn qui se précipitait sur ses pierres ; par les hameaux de Sousharrow et d'Upbourn, où maints tristes visages de femmes regardaient hors de sombres portes ; et ainsi, sans cor ni harpe ni musique de voix d'hommes, commença la grande chevauchée vers l'est, dont les chansons de Rohan devaient se nourrir durant bien des générations ultérieures :

Du sombre Dunharrow dans le matin terne
Avec thane et capitaine partit le fils de Thengel :

A Edoras il vint, aux anciennes salles
Des gardiens de la Marche, de brume recouvertes ;
Les bois dorés étaient enveloppés de ténèbres.
Il dit adieu à son peuple libre,
A son foyer, à son haut siège, et aux lieux consacrés
Où longtemps il avait festoyé avant que la lumière ne
s'évanouît.
Le roi partit en chevauchée, la peur derrière lui,
Le destin devant. Sa féauté il observa ;
Les serments prononcés, tous il les accomplit.
Théoden partit en chevauchée. Cinq nuits et cinq
jours
Vers l'est et toujours plus loin chevauchèrent les
Eorlingas,
Par le Folde, la Fenmarche et la forêt de Firien,
Six mille lances à Sunlending,
A Mundburg la puissante sous le Mindolluin,
Cité des rois de la mer dans le royaume du Sud
Assiégée des ennemis, par le feu encerclée.
Le destin les menait. Les ténèbres les prirent,
Cheval et cavalier ; le battement des sabots au loin
Dans le silence se perdit : voilà ce que disent les
chansons.

Ce fut, en effet, dans une obscurité croissante que le roi arriva à Edoras, bien qu'il ne fût encore que midi. Il ne fit là qu'une brève halte et fortifia son armée de trois vingtaines de Cavaliers arrivés tardivement à la prise d'armes. Après avoir mangé, il s'apprêta à repartir et il adressa à son écuyer un bienveillant adieu. Mais Merry le supplia une dernière fois de ne pas se séparer de lui.

— Ce n'est pas un voyage pour de telles montures que Stybba, je vous l'ai indiqué, dit Théoden. Et dans une bataille comme celle que nous pensons livrer dans les champs de Gondor, que feriez-vous, Maître Meriadoc, tout thane de l'épée que vous soyez et plus grand de cœur que de stature ?

— Pour cela, qui le saurait ? répondit Merry. Mais pourquoi m'avoir nommé thane de l'épée, seigneur, sinon pour rester à vos côtés ? Et je ne voudrais pas qu'il soit seulement dit de moi dans les chansons qu'on me laissait toujours derrière !

— Je vous ai nommé pour votre sauvegarde, répondit Théoden ; et aussi pour que vous fassiez ce que je pourrais ordonner. Aucun de mes Cavaliers ne peut vous prendre comme fardeau. Si la bataille était à mes portes, peut-être les ménestrels se souviendraient-ils de vos exploits ; mais il y a cent deux lieues d'ici à Mundburg, où Denethor est seigneur. Je n'en dirai pas davantage.

Merry s'inclina ; il s'en fut tristement et observa les rangs de Cavaliers. Les compagnies s'apprêtaient déjà au départ : les hommes serraient leurs sangles, examinaient leurs selles, caressaient leurs chevaux ; certains observaient avec inquiétude le ciel qui s'abaissait. Un Cavalier s'approcha, inaperçu, et parla doucement à l'oreille du Hobbit.

— Où la volonté ne manque pas, une voie s'ouvre, disons-nous, murmura-t-il ; et je l'ai constaté moi-même.

Merry leva les yeux, et il vit que c'était le jeune Cavalier qu'il avait remarqué le matin.

— Vous désirez aller là où va le Seigneur de la Marche ; je le vois sur votre visage.

— Oui, dit Merry.

— Eh bien, vous viendrez avec moi, dit le Cavalier. Je vous porterai devant moi, sous mon manteau jusqu'à ce que nous soyons loin en campagne et que cette obscurité soit plus épaisse encore. Une telle bonne volonté ne devrait pas être refusée. Ne dites plus rien à quiconque, mais venez !

— Merci, vraiment ! dit Merry. Merci, monsieur, bien que je ne connaisse pas votre nom.

— Non ? dit doucement le Cavalier. Eh bien, appelez-moi Dernhelm.

C'est ainsi que, lorsque le roi partit, Meriadoc le Hobbit était assis devant Dernhelm, et le grand coursier gris Windfola ne se soucia guère de ce fardeau ; car Dernhelm était moins lourd que bien des hommes, quoiqu'il fût souple et bien découplé.

Ils chevauchèrent dans l'ombre, et ce soir-là ils campèrent dans les saulaies au confluent du Snowbourn et de l'Entalluve, à douze lieues d'Edoras. Puis ils repartirent à travers le Folde ; et à travers la Fenmarche, où, à leur droite, de grandes forêts de chênes grimpaient sur les pentes de collines à l'ombre du sombre Halifirien, aux lisières du Gondor ; mais au loin sur leur gauche, les brumes s'étendaient sur les marais nourris par les bouches de l'Entalluve. Et, comme ils allaient, la rumeur leur vint de la guerre dans le Nord. Des hommes isolés, galopant furieusement, annoncèrent que des ennemis assaillaient leurs frontières de l'Est et que des armées orques avançaient sur le Plateau de Rohan.

— En avant ! En avant ! cria Eomer. Il est trop tard maintenant pour se détourner. Les marais de l'Entalluve doivent garder notre flanc. C'est de la rapidité qu'il faut. En avant !

Et ainsi le roi Théoden quitta son propre royaume ; la longue route s'en allait en serpentant, mille après mille, et les collines de feu d'alarme défilaient : Calenhad, Min-Rimmon, Erelas, Nardol. Mais les feux étaient éteints. Toutes les terres étaient grises et silencieuses ; l'ombre s'épaississait toujours devant eux, et l'espoir s'affaiblissait dans tous les cœurs.

Chapitre IV

Le siège de Gondor

Pippin fut réveillé par Gandalf. Des chandelles étaient allumées dans leur chambre, car il ne venait par les fenêtres qu'un pâle crépuscule ; l'air était lourd comme à l'approche du tonnerre.

— Quelle heure est-il ? demanda Pippin dans un bâillement.

— La deuxième heure passée, répondit Gandalf. Il est temps de vous lever et de vous rendre présentable. Vous êtes convoqué devant le Seigneur de la Cité pour apprendre vos nouveaux devoirs.

— Et me fournira-t-il le petit déjeuner ?

— Non ! Je m'en suis occupé : c'est tout ce que vous aurez jusqu'à midi. La nourriture est maintenant rationnée par ordre.

Pippin regarda tristement la petite miche et la rondelle de beurre tout à fait insuffisante (à son avis) qui avaient été posées à son intention à côté d'une tasse de lait clair.

— Pourquoi m'avez-vous amené ici ? demanda-t-il.

— Vous le savez fort bien, dit Gandalf. Pour vous protéger du mal ; et s'il ne vous plaît pas d'être ici, rappelez-vous que vous ne le devez qu'à vous-même.

Pippin ne dit plus rien.

Peu après, il parcourait une fois de plus avec Gandalf le froid corridor menant à la porte de la Salle de la Tour. Denethor y était assis dans une obscurité grise, comme une vieille et patiente araignée, pensa Pippin ; il semblait n'avoir pas bougé depuis la veille. Il fit signe à Gandalf de prendre un siège, mais Pippin fut laissé un moment debout sans qu'on lui prêtât aucune attention. Après un moment, le vieillard se tourna vers lui :

— Alors, Maître Peregrïn, j'espère que vous avez profité de la journée d'hier et que vous l'avez employée à votre goût. Bien que la nourriture soit, dans cette cité, plus congrue que vous ne le désireriez, je le crains.

Pippin eut l'impression désagréable que la plupart de ce qu'il avait dit ou fait était connu, d'une façon ou d'une autre, du Seigneur de la Cité, et que celui-ci avait deviné aussi une bonne partie de ses pensées. Il ne répondit pas.

— Que voudriez-vous faire à mon service ?

— Je pensais que vous m'indiqueriez mes devoirs, seigneur.

— Je le ferai quand je saurai quelles sont vos aptitudes, dit Denethor. Mais cela, je l'apprendrai peut-être plus vite en vous gardant à côté de moi. L'écuyer de ma chambre a sollicité la permission de rejoindre la garnison extérieure ; vous prendrez donc sa place pour un temps. Vous me servirez, porterez des messages et me parlerez, si la guerre et les conseils me laissent quelque loisir. Savez-vous chanter ?

— Oui, dit Pippin. Enfin... oui, assez bien pour les miens. Mais nous n'avons pas de chansons qui conviennent aux grandes salles et aux temps de malheur, seigneur. Nous chantons rarement des choses plus terribles que le vent ou la pluie. Et la plupart de mes chansons sont sur des choses qui nous font rire ; ou sur le manger et le boire, bien sûr.

— Et pourquoi pareilles chansons ne conviendraient-elles pas à mes salles ou à des heures comme celles-ci ! Nous qui avons longtemps vécu sous l'Ombre, nous pouvons sûrement écouter des échos d'une terre qu'elle n'a pas troublée. Nous pourrons alors sentir que notre veille n'a pas été vaine, encore qu'il n'y en ait eu aucune reconnaissance.

Le cœur de Pippin se serra. Il n'aimait guère l'idée de chanter aucune chanson de la Comté au Seigneur de Minas Tirith, et certainement pas les comiques qu'il connaissait le mieux ; et puis, elles étaient, enfin... rustiques pour une pareille occasion. L'épreuve lui fut toutefois épargnée pour le moment. Il ne lui fut pas commandé de chanter. Denethor se tourna vers Gandalf pour lui poser des questions sur les Rohirrim et leur politique, et sur la position d'Eomer, le neveu du roi. Pippin s'émerveilla des connaissances que le Seigneur paraissait avoir sur un peuple lointain, bien qu'il dût y avoir de nombreuses années que Denethor n'avait pas été au loin, pensa-t-il.

Denethor fit bientôt signe à Pippin et le congédia de nouveau pour un moment.

— Allez au magasin d'armes de la Citadelle, dit-il, et prenez-y la livrée et l'équipement de la Tour. Ils seront prêts. Ils ont été commandés hier. Revenez quand vous serez habillé !

Il en fut comme il avait dit, et Pippin se vit bientôt

revêtu d'étranges habits, tout de noir et d'argent. Il avait un petit haubert, dont les anneaux étaient forgés d'acier peut-être, mais noir comme le jais ; et un casque à haut cimier avec de petites ailes de corbeau de chaque côté, portant une étoile d'argent au centre du bandeau. Pardessus la cotte de mailles, il y avait un court surcot noir, mais brodé sur la poitrine de l'emblème de l'Arbre en argent. Les vieux habits de Pippin furent pliés et mis de côté ; il fut toutefois autorisé à garder le manteau gris de Lorien, mais non à le porter en service. Il avait à présent sans le savoir l'aspect parfait de l'*Ernil i Pheriannath,* le Prince des Semi-Hommes, comme on l'avait appelé ; mais il ne se sentait pas du tout à l'aise. Et l'obscurité commençait à lui peser.

Il fit sombre et terne toute la journée. De l'aube sans soleil jusqu'au soir, la lourde ombre s'était épaissie et tous les cœurs dans la Cité étaient oppressés. Loin en dessus, un grand nuage porté par un vent de guerre flottait lentement vers l'ouest de la Terre Noire, dévorant la lumière ; mais en dessous l'air était immobile, sans un souffle, comme si toute la Vallée de l'Anduin attendait l'assaut d'une tempête dévastatrice.

Vers la onzième heure, Pippin, enfin libéré pour un moment, sortit pour aller à la recherche de quelque chose à manger et à boire pour réconforter son cœur lourd et rendre plus supportable la tâche de son service. Au réfectoire, il retrouva Beregond, qui venait de rentrer d'une mission au-delà du Pelennor aux Tours de la Garde sur la Chaussée. Ils se promenèrent ensemble du côté des murs ; car Pippin se sentait prisonnier à l'intérieur, et il étouffait même dans la haute Citadelle. Ils s'assirent à nouveau côte à côte dans l'embrasure donnant sur l'est, où ils avaient mangé et s'étaient entretenus la veille.

C'était l'heure du coucher du soleil, mais le grand

voile s'étendait à présent loin dans l'ouest, et ce ne fut qu'en finissant par sombrer dans la Mer que le soleil s'échappa pour lancer avant la nuit un bref rayon d'adieu, tout semblable à celui que Frodon avait vu à la Croisée des Chemins touchant la tête du roi tombé. Mais dans les Champs du Pelennor, sous l'ombre du Mindolluin, ne vint aucune filtrée de lumière : ils étaient bruns et lugubres.

Il semblait déjà à Pippin que des années s'étaient écoulées depuis la dernière fois qu'il s'était assis là, en quelque temps à demi oublié où il était encore un Hobbit, un voyageur au cœur léger, peu préoccupé des périls qu'il avait traversés. Maintenant, il était un petit soldat parmi les autres, vêtu à la fière mais sombre manière de la Tour de Garde, dans une ville qui se préparait en vue d'un grand assaut.

En un autre temps et un autre lieu, Pippin aurait peut-être été content de son nouvel accoutrement, mais il savait à présent qu'il ne jouait pas un rôle dans une pièce ; il était bel et bien au service d'un maître sévère dans le plus grand péril. Le haubert était incommode, et le casque pesait sur sa tête. Il avait rejeté son manteau sur son siège. Il détourna son regard fatigué des champs sombres en contrebas, et il bâilla, puis soupira.

— Vous êtes las de cette journée ? demanda Beregond.

— Oui, répondit Pippin, très ; épuisé d'inaction et d'attente. J'ai fait le pied de grue à la porte de la chambre de mon maître pendant bien des longues heures, tandis qu'il discutait avec Gandalf, le Prince et d'autres grands. Et je n'ai pas l'habitude, Maître Beregond, de servir ayant faim d'autres personnes qui mangent. C'est une dure épreuve pour un Hobbit, cela. Sans doute trouverez-vous que je devrais avoir une plus grande conscience de l'honneur. Mais à quoi bon pareil honneur ? En fait, à quoi bon même le manger et le boire sous cette ombre rampante ? Qu'est-ce que cela signifie ? L'air même paraît épais et brun ! Avez-vous souvent de tels obscurcissements quand le vent est à l'est ?

— Non, répondit Beregond, ce n'est pas un temps du monde. C'est quelque stratagème de sa malice ; quelque concoction de fumées de la Montagne du Feu qu'il envoie pour assombrir les cœurs et les délibérations. Et c'est bien l'effet que cela produit. Je voudrais bien que le Seigneur Faramir revienne. Il ne serait pas démonté. Mais à présent qui sait s'il retraversera jamais le Fleuve hors des Ténèbres ?

— Oui, dit Pippin. Gandalf aussi est inquiet. Il a été déçu de ne pas trouver Faramir ici, je crois. Et où est-il lui-même ? Il a quitté le conseil du Seigneur avant le repas de midi, et pas de bonne humeur, j'ai eu l'impression. Peut-être a-t-il quelque pressentiment d'une mauvaise nouvelle.

Soudain, tandis qu'ils parlaient, ils furent frappés de mutisme, figés, pour ainsi dire, en pierres à l'écoute. Pippin se recroquevilla, les mains sur les oreilles ; mais Beregond, qui regardait du haut des remparts tout en parlant de Faramir, demeura là, raide, les yeux exorbités. Pippin reconnut le cri à faire frémir qu'il avait entendu longtemps auparavant dans le Maresque de la Comté ; mais à présent ce cri avait gagné en puissance et en haine, perçant le cœur d'un désespoir empoisonné.

Beregond finit par parler avec effort.

— Ils sont arrivés ! dit-il. Prenez courage et regardez ! Il y a des choses terribles en dessous.

Pippin grimpa à contrecœur sur la banquette et regarda par-dessus le mur. Le Pelennor s'étendait, obscur, en contrebas et allait se perdre dans la ligne à peine devinée du Grand Fleuve. Mais, à présent, tournoyant rapidement en travers comme des ombres d'une nuit intempestive, il vit à mi-hauteur sous lui cinq formes d'oiseaux, aussi horribles que des charognards, mais plus grands que des aigles, et cruels comme la mort. Tantôt ils fonçaient, s'aventurant presque à portée d'arc des murs, tantôt ils s'éloignaient en tournoyant.

— Des Cavaliers Noirs ! murmura Pippin. Des Cavaliers Noirs de l'air ! Mais voyez, Beregond ! s'écriat-il. Ils cherchent quelque chose, assurément ? Voyez comme ils tournent et foncent, toujours sur ce même point, là-bas ! Et ne voyez-vous pas quelque chose qui bouge sur le sol ? Des petites choses noires. Oui, des hommes à cheval : quatre ou cinq. Ah ! je ne puis le supporter ! Gandalf ! Gandalf ! Au secours !

Un autre long cri rauque s'éleva et retomba, et Pippin sauta à bas du mur, haletant tel un animal pourchassé. Il entendit, s'élevant faiblement et apparemment de très loin à travers ce cri à faire frissonner, le son d'une trompette, qui s'acheva sur une note longue et haute.

— Faramir ! Le Seigneur Faramir ! C'est son appel ! s'écria Beregond. Vaillant cœur ! Mais comment pourra-t-il parvenir jusqu'à la Porte, si ces immondes faucons de l'enfer ont d'autres armes que la peur ! Mais regardez ! Ils tiennent bon. Ils arrivent à la Porte. Non ! les chevaux deviennent fous. Regardez ! les hommes sont jetés à terre ; ils courent à pied. Non, l'un est encore monté, mais il revient vers les autres. Ce doit être le capitaine : il sait maîtriser bêtes et hommes. Ah ! voilà qu'une des immondes choses fonce sur lui. Au secours ! Au secours ! Personne n'ira-t-il à son aide ? Faramir !

Sur quoi, Beregond s'élança dans l'obscurité. Honteux de sa terreur alors que Beregond pensait d'abord au capitaine qu'il aimait, Pippin se leva et regarda audehors. A ce moment, il aperçut un éclat blanc et argent venant du nord, semblable à une petite étoile descendue dans les champs sombres. Il avançait comme une flèche et croissait à mesure de son approche, en convergence rapide avec la fuite des quatre hommes vers la Porte. Il sembla à Pippin qu'une pâle lumière se répandait alentour et que les lourdes ombres cédaient devant lui ; et puis, comme cela approchait, il crut entendre, tel un écho sur les murs, une grande voix qui appelait.

— Gandalf ! cria-t-il. Gandalf ! Il paraît toujours quand les choses vont le plus mal. Allez-y ! Allez-y, Cavalier Blanc ! Gandalf, Gandalf ! cria-t-il éperdument, comme un spectateur d'une grande course exhortant un coureur qui est bien au-delà de tout encouragement.

Mais les ombres noires s'étaient maintenant avisées de la présence du nouvel arrivant. L'une d'elles vira vers lui ; mais il sembla à Pippin qu'il levait la main, et il en jaillit un trait de lumière blanche. Le Nazgûl poussa un long cri plaintif et s'écarta ; là-dessus, les quatre autres hésitèrent, puis, s'élevant en spirales rapides, ils s'évanouirent en direction de l'est dans les nuages bas ; et, en dessous, sur le Pelennor, il sembla un moment faire moins noir.

Pippin observa la nuit, et il vit l'homme à cheval et le Cavalier Blanc se rejoindre et s'arrêter pour attendre ceux qui étaient à pied. Des hommes se précipitèrent alors vers eux de la Cité ; et bientôt, tous disparurent à sa vue sous les murs extérieurs, et il sut qu'ils franchissaient la Porte. Devinant qu'ils viendraient aussitôt à la Tour vers l'Intendant, il se rendit en hâte à l'entrée de la Citadelle. Il fut rejoint là par beaucoup d'autres qui avaient observé la course et le sauvetage du haut des murs.

Une clameur ne tarda pas à se faire entendre dans les rues qui montaient des cercles extérieurs ; il y avait beaucoup d'acclamations, et l'on criait de tous côtés les noms de Faramir et de Mithrandir. Bientôt, Pippin vit des torches et, suivis par une foule de gens, deux cavaliers qui chevauchaient lentement : l'un était vêtu de blanc, mais il ne brillait plus, pâle dans le crépuscule comme si son feu était épuisé ou voilé ; l'autre était sombre, et il tenait la tête baissée. Ils mirent pied à terre, et, tandis que des palefreniers prenaient Gripoil et l'autre cheval, ils s'avancèrent vers la sentinelle de la Porte : Gandalf d'un pas ferme, son manteau gris rejeté en arrière et un feu couvant encore dans ses yeux ; l'autre, vêtu tout en vert, lentement, vacillant un peu comme un homme fatigué ou blessé.

Pippin se fraya un chemin comme ils passaient sous la lanterne qui pendait à la voûte de la Porte, et, à la vue du pâle visage de Faramir, la respiration lui manqua. C'était celui d'un homme qui, saisi d'une grande peur ou d'une grande angoisse, l'a maîtrisée et est maintenant tranquillisé. Il se tint un moment, fier et grave, à parler avec le garde, et Pippin, qui l'observait, vit à quel point il ressemblait à son frère Boromir — que le Hobbit avait aimé dès l'abord, admirant la manière majestueuse, mais aimable du grand homme. Mais soudain, à l'égard de Faramir, son cœur fut étrangement touché d'un sentiment qu'il n'avait jamais connu jusque-là. Il voyait devant lui un homme doué d'un air de haute noblesse, telle qu'en montrait parfois Aragorn, moins haute peut-être, mais aussi moins imprévue et vague : un des Rois des Hommes né à une époque ultérieure, mais touché par la sagesse et la tristesse de la Race Ancienne. Il savait à présent pourquoi Beregond prononçait son nom avec amour. C'était un capitaine que les hommes suivaient volontiers, qu'il suivrait lui-même, fût-ce sous l'ombre des ailes noires.

— Faramir ! cria-t-il d'une voix forte avec les autres. Faramir !

Et Faramir, percevant sa voix étrangère parmi la clameur des hommes de la Cité, se retourna pour abaisser son regard sur lui, et il fut stupéfait.

— D'où venez-vous ? demanda-t-il. Un Semi-Homme, et en livrée de la Tour ! D'où...

Mais, sur ces entrefaites, Gandalf s'avança à son côté et parla :

— Il est venu avec moi du pays des Semi-Hommes, dit-il. Il est venu avec moi. Mais ne nous attardons pas ici. Il y a beaucoup à dire et à faire, et vous êtes las. Il nous accompagnera. Il le faut, en fait, car, s'il n'oublie pas plus que moi ses nouveaux devoirs, il doit être de nouveau de service auprès de son seigneur dans moins d'une heure. Venez, Pippin, suivez-nous !

Ainsi arrivèrent-ils enfin à la chambre privée du Seigneur de la Cité. Là, des sièges profonds furent disposés autour d'un brasero à charbon de bois, et l'on apporta du vin ; et là, Pippin, à peine remarqué, se tint derrière le fauteuil de Denethor, sentant peu sa fatigue tant il écoutait avidement tout ce qui se disait.

Quand Faramir eut pris du pain blanc et bu une gorgée de vin, il se tint sur un siège bas à la gauche de son père. Gandalf était assis de l'autre côté dans un fauteuil de bois sculpté, légèrement en retrait ; et il sembla tout d'abord assoupi. Car Faramir ne parla au début que de la mission dont il avait été chargé dix jours auparavant ; il apportait des nouvelles de l'Ithilien et des mouvements de l'Ennemi et de ses alliés, et il raconta le combat sur la route, au cours duquel les hommes de Harad et leur grande bête avaient été défaits : un capitaine rapportant à son maître des événements d'un ordre assez habituel, petites escarmouches de guerre de frontière qui paraissaient à présent vaines et insignifiantes, dépouillées de leur renom.

Puis Faramir regarda soudain Pippin.

— Mais nous en venons maintenant à d'étranges affaires, dit-il. Car ce n'est pas le premier Semi-Homme que j'ai vu sortir des légendes du Nord pour paraître dans les Terres du Sud.

A cette réflexion, Gandalf se redressa et serra les bras

de son fauteuil ; mais il ne dit rien et arrêta d'un regard l'exclamation prête à sortir des lèvres de Pippin. Denethor regarda leurs visages et hocha la tête, comme pour signifier qu'il y avait déjà beaucoup lu avant que ce ne fût dit. Lentement, tandis que les autres restaient silencieux et immobiles, Faramir fit son récit, les yeux toujours posés sur Gandalf, encore que de temps à autre son regard s'égarât sur Pippin, comme pour rafraîchir le souvenir d'autres qu'il avait déjà vus.

Tandis que se déroulait l'histoire de la rencontre avec Frodon et son serviteur et des événements de l'Henneth Annûn, Pippin se rendit compte que les mains de Gandalf tremblaient, serrées sur le bois sculpté. Elles paraissaient blanches à présent et très vieilles, et, les regardant, Pippin vit que Gandalf, Gandalf lui-même, était inquiet, qu'il avait même peur. L'air de la pièce était renfermé et immobile. Enfin, quand Faramir parla de sa séparation d'avec les voyageurs et de leur résolution d'aller à Cirith Ungol, sa voix baissa, il hocha la tête et soupira. Gandalf se leva alors d'un bond.

— Cirith Ungol ? La Vallée de Morgul ? dit-il. A quel moment, Faramir, à quel moment ? Quand les avez-vous quittés ? Quand atteindraient-ils cette Vallée maudite ?

— Je les ai quittés il y a deux jours au matin, répondit Faramir. Il y a quinze lieues de là à la Vallée du Morgulduin, en allant droit au sud ; et alors ils seraient encore à cinq lieues de la Tour maudite. Au plus tôt, ils ne pourraient y être avant aujourd'hui, et peut-être n'y sont-ils pas encore arrivés. Je vois en fait ce que vous craignez. Mais l'obscurité n'est pas due à leur entreprise. Elle a commencé hier soir, et tout l'Ithilien était dans l'ombre la nuit dernière. Il est clair pour moi que l'Ennemi avait longuement combiné une attaque contre nous, et l'heure en était déjà arrêtée avant que les voyageurs ne quittassent ma garde.

Gandalf arpenta la salle.

— Avant-hier matin, près de trois jours de voyage !
A quelle distance se trouve le lieu de votre séparation ?

— A quelque vingt-cinq lieues à vol d'oiseau, répondit Faramir. Mais je ne pouvais venir plus vite. J'ai
couché hier soir dans Cair Andros, la longue île dans le
Fleuve au nord, que nous tenons en défense ; et des
chevaux y sont entretenus sur notre rive. Quand les
ténèbres grandirent, j'ai su que la hâte était nécessaire,
et je suis parti de là avec trois autres qui pouvaient aussi
avoir une monture. J'envoyai le reste de ma compagnie
renforcer la garnison aux Gués d'Osgiliath. J'espère
n'avoir pas mal fait ?

Il regarda son père.

— Mal fait ? s'écria Denethor, dont les yeux flamboyèrent soudain. Pourquoi le demander ? Les hommes
étaient sous ton commandement. Ou me demandes-tu
de juger tous tes actes ? Ton comportement est humble
en ma présence ; il y a pourtant longtemps maintenant
que tu ne t'es détourné de ton propre chemin sur mon
conseil. Vois donc : tu as parlé avec adresse, comme
toujours ; mais moi, n'ai-je pas vu ton regard fixé sur
Mithrandir, cherchant si tu avais dit ce qu'il fallait ou
trop ? Il y a longtemps qu'il a ton cœur sous sa garde.

« Ton père est vieux, mais pas encore gâteux, mon
fils. Je vois et j'entends comme j'ai toujours accoutumé ; et rien ne m'a échappé de ce que tu as à moitié dit
ou passé sous silence. Je connais la réponse à bien des
énigmes. Hélas, hélas, pour Boromir !

— Si ce que j'ai fait vous déplaît, mon père, dit posément Faramir, j'aurais bien voulu connaître votre pensée avant que le fardeau d'un jugement d'un tel poids
me fût imposé.

— Cela aurait-il servi à modifier ton jugement ? dit
Denethor. Je gage que tu aurais encore fait exactement

la même chose. Je te connais bien. Tu veux toujours paraître noble et généreux comme un roi de l'ancien temps, bienveillant et doux. Cela peut convenir à quelqu'un de haute lignée, s'il jouit de la puissance et de la paix. Mais dans les heures désespérées, la douceur peut n'avoir pour récompense que la mort.

— Soit ! dit Faramir.

— Soit ! s'écria Denethor. Mais pas seulement la tienne, Seigneur Faramir : celle aussi de ton père et de tout ton peuple, qu'il t'appartient de protéger, maintenant que Boromir est parti.

— Souhaiteriez-vous donc, dit Faramir, que nos rôles eussent été échangés ?

— Oui, je le souhaiterais, certes, dit Denethor. Car Boromir était loyal envers moi ; il n'était l'élève d'aucun magicien. Il se serait souvenu des besoins de son père, et il n'aurait pas gaspillé ce que la fortune lui offrait. Il m'aurait apporté un beau cadeau.

Pendant un instant, la réserve de Faramir céda.

— Je vous prierai de vous rappeler, mon père, pourquoi ce fut moi qui allai en Ithilien, et non lui. En une occasion, au moins, votre décision a prévalu, il n'y a pas longtemps. Ce fut le Seigneur de la Cité qui lui donna cette mission.

— Ne ranime pas l'amertume de la coupe que je me suis préparée moi-même, dit Denethor. Ne l'ai-je pas sentie maintes nuits à présent sur ma langue, prévoyant qu'il reste encore pis dans la lie ? Comme je le vois maintenant, en vérité. Ah, qu'il pût n'en pas être ainsi ! Que cette chose me fût parvenue !

— Reprenez courage ! dit Gandalf. Boromir ne vous l'aurait apportée en aucun cas. Il est mort, et d'une belle mort ; qu'il repose en paix ! Mais vous vous abusez. Il aurait tendu la main vers cette chose, et, la prenant, il serait tombé. Il l'aurait gardée pour son propre compte, et, à son retour, vous n'auriez pas reconnu votre fils.

Le visage de Denethor se durcit et se fit froid.

— Vous avez trouvé Boromir moins facile à soumettre à votre direction, n'est-ce pas ? dit-il doucement. Mais moi qui étais son père, je dis qu'il me l'aurait apportée. Vous êtes peut-être un sage, Mithrandir, mais avec toutes vos subtilités, vous ne possédez pas toute la sagesse. On peut trouver des conseils qui ne relèvent ni des toiles des magiciens ni de la hâte des sots. Je possède en la matière davantage de savoir et de sagesse que vous ne l'imaginez.

— Quelle est donc cette sagesse ? demanda Gandalf.

— Elle est suffisante pour percevoir qu'il est deux folies à éviter. L'usage de cet objet est dangereux. A l'heure présente, l'envoyer aux mains d'un Semi-Homme sans intelligence dans le pays de l'Ennemi lui-même, comme vous l'avez fait, vous et ce fils à moi, est pure folie.

— Et le Seigneur Denethor, qu'aurait-il fait ?

— Ni l'une ni l'autre de ces deux choses. Mais assurément aucun argument ni lui aurait fait soumettre cet objet à un hasard que seul l'espoir d'un fou pouvait envisager, risquant notre ruine finale si l'Ennemi recouvrait ce qu'il avait perdu. Non, il aurait fallu le garder, le cacher, le cacher au plus profond des ténèbres. Ne pas s'en servir, dis-je, sinon dans la nécessité la plus extrême, mais le placer hors de son atteinte, sinon à la suite d'une victoire si finale que ce qui nous arriverait alors nous serait complètement égal, puisque nous serions morts.

— Comme à votre accoutumée, mon seigneur, vous ne pensez qu'au seul Gondor, dit Gandalf. Mais il est d'autres hommes et d'autre vies, et des temps encore à venir. Et, quant à moi, j'ai pitié même de ses esclaves.

— Et où les autres hommes chercheront-ils du

secours si le Gondor tombe ? répliqua Denethor. Si j'avais maintenant cet objet dans les profonds souterrains de cette Citadelle, nous ne tremblerions plus de peur sous cette obscurité, et nos conseils ne seraient pas troublés. Si vous ne croyez pas que je pourrais supporter l'épreuve, c'est que vous ne me connaissez pas encore.

— Je ne m'y fie cependant pas, dit Gandalf. Si je l'avais fait, j'aurais pu envoyer l'objet ici et le confier à votre garde, m'épargnant ainsi, à moi et à d'autres, bien des angoisses. Et à présent, en vous entendant parler, je vous fais moins, et non plus, confiance qu'à Boromir. Non, retenez votre courroux ! Je ne me fie même pas à moi-même en cette affaire et j'ai refusé l'objet, même en don de plein gré. Vous êtes fort et vous pouvez encore vous gouverner vous-même en certaines matières, Denethor ; mais si vous aviez reçu cet objet, il vous aurait défait. Serait-il enterré sous les racines mêmes du Mindolluin qu'il consumerait encore votre esprit au fur et à mesure que les ténèbres grandissent, et que les choses pires encore qui suivent seront bientôt sur nous.

Les yeux de Denethor flamboyèrent de nouveau un moment, et Pippin sentit une fois de plus la tension entre leurs deux volontés ; mais à présent leurs regards lui semblaient presque des lames scintillant dans un duel d'un œil à l'autre. Il tremblait, redoutant quelque coup terrible. Mais soudain Denethor se détendit et redevint froid. Il haussa les épaules.

— Si je l'avais ! Si je l'avais ! dit-il. Tous ces mots et ces si sont vains. Il est parti dans l'Ombre, et seul le temps montrera quel destin l'attend, et nous avec. Dans ce qu'il en reste, que tous ceux qui luttent contre l'Ennemi s'unissent et conservent de l'espoir tant qu'ils le peuvent ; et quand il n'y en aura plus, qu'ils gardent encore le courage de mourir libres.

Il se tourna vers Faramir.

— Que penses-tu de la garnison d'Osgiliath ?

— Elle n'est pas forte, répondit Faramir. J'ai envoyé la Compagnie de l'Ithilien la renforcer, comme je l'ai dit.

— Pas suffisamment, je pense, dit Denethor, C'est là que le premier coup tombera. Il leur faudra un capitaine résolu.

— Là et ailleurs en maints endroits, dit Faramir avec un soupir. Hélas pour mon frère, que j'aimais, moi aussi !

Il se leva.

— Me permettrez-vous de me retirer, père ?

A ce moment, il vacilla et prit appui sur le fauteuil de son père.

— Tu es fatigué, je vois, dit Denethor. Tu as fait une chevauchée rapide et longue, et sous des ombres mauvaises dans l'air, m'a-t-on dit.

— Ne parlons pas de cela ! dit Faramir.

— Nous n'en parlerons donc pas, dit Denethor. Va donc te reposer comme tu le pourras. Les besoins de demain seront plus durs.

Tous prirent alors congé du Seigneur de la Cité et allèrent prendre du repos, tandis qu'ils le pouvaient encore. Dehors régnaient des ténèbres sans étoiles quand Gandalf, accompagné de Pippin portant une petite torche, gagna son logement. Ils ne parlèrent pas avant de se trouver derrière des portes bien closes. Alors, Pippin prit enfin la main de Gandalf.

— Dites-moi, demanda-t-il, y a-t-il aucun espoir ? Pour Frodon, j'entends ; ou du moins pour Frodon surtout.

Gandalf posa sa main sur la tête de Pippin.

— Il n'y en a jamais eu beaucoup, répondit-il. Seulement un espoir de fou, m'a-t-on dit. Et quand j'ai entendu le nom de Cirith Ungol...

Il s'interrompit et alla à la fenêtre, comme si ses yeux pouvaient percer la nuit vers l'Est.

— Cirith Ungol ! murmura-t-il. Pourquoi de ce côté-là, je me demande ?

Il se retourna.

— Tout à l'heure, Pippin, le cœur a failli me manquer, à la mention de ce nom. Et pourtant je crois, en vérité, que la nouvelle apportée par Faramir comporte un certain espoir. Car il semble clair que notre Ennemi a enfin ouvert sa guerre et fait le premier mouvement alors que Frodon était encore libre. De sorte que maintenant, pendant bien des jours, son regard sera tourné de côté et d'autre, mais non sur son propre pays. Pourtant, Pippin, je sens de loin sa hâte et sa crainte. Il a commencé plus tôt qu'il ne l'aurait voulu. Il s'est produit quelque chose qui l'a mis en mouvement.

Gandalf resta un moment plongé dans la réflexion.

— Peut-être, murmura-t-il, peut-être votre étourderie même a-t-elle servi, mon garçon. Voyons : il y a cinq jours maintenant qu'il a dû découvrir que nous avions abattu Saroumane et pris la Pierre. Et puis quoi ? Nous ne pouvions en faire grand usage, ni à son insu. Ah ! je me demande. Aragorn ? Son temps approche. Et il est fort, et dur par en dessous, Pippin ; audacieux, déterminé, capable de prendre ses propres décisions et de grands risques au besoin. Ce pourrait être cela. Il pourrait avoir utilisé la Pierre et s'être montré à l'Ennemi, le défiant, dans ce dessein même. Je me demande. Enfin... nous ne connaîtrons pas la réponse avant l'arrivée des Cavaliers de Rohan, s'ils ne viennent pas trop tard. Nous avons de mauvais jours devant nous. Dormons, pendant que nous le pouvons !

— Mais... dit Pippin.

— Mais quoi ? dit Gandalf. Je n'admettrai qu'un seul *mais* ce soir.

— Gollum, dit Pippin. Comment diantre ont-ils pu se promener avec lui, et même le suivre ? Et j'ai pu voir que Faramir n'aimait pas plus que vous l'endroit où il les emmenait. Qu'est-ce qui ne va pas ?

— Je ne puis répondre à cela pour le moment, dit Gandalf. Mon cœur devinait toutefois que Frodon et Gollum se rencontreraient avant la fin. Pour le bien ou pour le mal. Mais de Cirith Ungol, je ne parlerai pas ce soir. Une trahison, une trahison, je crains ; une trahison de la part de cette misérable créature. Mais il le faut bien. Rappelons-nous qu'un traître peut se trahir lui-même et faire un bien qu'il n'a pas en vue. Cela peut être, parfois. Bonne nuit !

Le lendemain vint avec un matin semblable à un crépuscule brun, et le moral des hommes, un moment ragaillardi par le retour de Faramir, retomba au plus bas. On ne revit pas de cette journée les Ombres ailées, mais de temps à autre venait un faible cri, et nombre de ceux qui l'entendaient s'immobilisaient, frappés d'une peur passagère, tandis que les moins vaillants fléchissaient et pleuraient.

Et Faramir était reparti.

— On ne lui a laissé aucun repos, murmurèrent certains. Le Seigneur mène son fils trop durement, et il lui faut à présent faire double travail : le sien et celui de son frère qui ne reviendra plus.

Et des hommes regardaient toujours vers le nord, demandant :

— Où sont les Cavaliers de Rohan ?

De fait, Faramir n'était pas parti de son propre chef. Mais le Seigneur de la Cité était maître de son Conseil, et il n'était pas d'humeur, ce jour-là, à s'incliner devant l'opinion d'autrui. Le Conseil avait été convoqué de bonne heure le matin. Là, tous les capitaines avaient jugé qu'en raison de la menace dans le Sud leur force était trop réduite pour porter aucun coup de guerre de leur côté, à moins d'une arrivée fortuite des Cavaliers de Rohan. Jusque-là, on devait garnir les murs et attendre.

— Cependant, dit Denethor, nous ne devrions pas abandonner à la légère les défenses extérieures, le Rammas édifié avec tant de peine. Et l'Ennemi doit payer chèrement le passage du Fleuve. Ce passage, il ne peut l'accomplir en force suffisante pour attaquer la Cité, ni au nord de Cair Andros à cause des marais, ni au sud vers la Lebennin à cause de la largeur du Fleuve, qui nécessite de nombreuses embarcations. C'est à Osgiliath qu'il fera porter son poids, comme auparavant quand Boromir lui a interdit le passage.

— Ce ne fut là qu'un essai, dit Faramir. Aujourd'hui, nous pouvons faire payer à l'Ennemi dix fois nos pertes à ce passage et pourtant regretter l'échange. Car il peut plus facilement se permettre de perdre une armée que nous une compagnie. Et la retraite de ceux que nous enverrons en campagne au loin sera périlleuse s'il remporte le passage en force.

— Et Cair Andros ? dit le Prince. Il faut tenir cela aussi, si Osgiliath est défendue. N'oublions pas le danger sur notre gauche. Les Rohirrim peuvent arriver comme ils peuvent ne pas le faire. Mais Faramir nous a parlé de grandes forces qui s'avançaient toujours vers la Porte Noire. Il peut en sortir plus d'une armée, qui se dirigeront sur plus d'un passage.

— Il faut prendre beaucoup de risques en guerre, dit Denethor. Cair Andros est garnie d'hommes et on ne peut en envoyer davantage aussi loin. Mais je ne céderai pas le Fleuve ni le Pelennor sans les défendre — s'il y a encore ici un capitaine qui ait le courage d'exécuter la volonté de son maître.

Tous restèrent alors silencieux, mais Faramir dit enfin :

— Je ne m'oppose pas à votre volonté, sire. Puisque vous êtes privé de Boromir, j'irai et je ferai ce que je pourrai à sa place — si vous l'ordonnez.

— Je l'ordonne, dit Denethor.

— Eh bien, adieu ! dit Faramir. Mais si je dois revenir, ayez meilleure opinion de moi.

— Cela dépend de la façon de ton retour, dit Denethor.

Ce fut Gandalf qui parla le dernier à Faramir avant qu'il ne partît en direction de l'est.

— Ne sacrifiez pas votre vie par témérité ou par amertume, dit-il. On aura besoin de vous ici, pour d'autres choses que pour la guerre. Votre père vous aime, Faramir, et il s'en souviendra avant la fin. Adieu !

Ainsi le Seigneur Faramir était maintenant reparti, emmenant avec lui tous les volontaires ou les hommes qui n'étaient pas indispensables. Du haut des murs, certains regardaient à travers l'obscurité vers la cité ruinée, et ils se demandaient ce qui pouvait s'y passer, car rien n'était visible. Et d'autres observaient, plus que jamais, le nord et supputaient les lieues qui les séparaient de Théoden en Rohan.

— Viendra-t-il ? Se souviendra-t-il de notre alliance ? disaient-ils.

— Oui, il viendra, dit Gandalf, même s'il arrive trop tard. Mais réfléchissez ! La Flèche Rouge n'a pu l'atteindre, au mieux, qu'avant-hier, et les lieues sont longues depuis Edoras.

Il faisait de nouveau nuit quand vinrent d'autres renseignements. Un homme arriva en hâte des gués, disant qu'une armée était sortie de Minas Morgul et qu'elle approchait déjà d'Osgiliath ; et elle avait été rejointe par des régiments du Sud, les Haradrim, grands et cruels.

— Nous avons appris aussi, poursuivit le messager, que le Capitaine Noir est de nouveau à leur tête, et la peur qu'il inspire l'a précédé au-delà du Fleuve.

Le troisième jour depuis l'arrivée de Pippin à Minas Tirith s'acheva sur ces mots de mauvais augure. Peu nombreux furent ceux qui allèrent se reposer, car personne n'avait plus guère l'espoir que Faramir pût tenir longtemps les gués.

Le lendemain, bien que l'obscurité eût atteint son plein et n'épaissît plus, elle pesait plus lourdement que jamais sur le cœur des hommes, et une grande peur les étreignait. De mauvaises nouvelles ne tardèrent pas à arriver encore. L'Ennemi avait emporté le passage de l'Anduin. Faramir se retirait vers le Mur du Pelennor, ralliant ses hommes aux Forts de la Chaussée ; mais il avait affaire à des forces dix fois plus nombreuses.

— S'il reprend aucunement pied de l'autre côté du Pelennor, ses ennemis seront sur ses talons, dit le messager. Ils ont payé cher le passage, mais moins que nous ne l'espérions. Le plan a été bien conçu. On voit maintenant qu'ils ont longtemps construit secrètement des radeaux et des allèges en grand nombre à l'est d'Osgiliath. Ils ont traversé dans un grouillement de cafards. Mais c'est le Capitaine Noir qui nous défait. Peu d'hommes veulent tenir et affronter la seule rumeur de sa venue. Ses propres gens tremblent devant lui, et ils se tueraient sur son ordre.

— Dans ce cas, je suis plus nécessaire là-bas qu'ici, dit Gandalf.

Il s'en fut aussitôt, et sa lueur s'évanouit bientôt à la vue. Et toute la nuit Pippin, demeuré seul et ne pouvant dormir, resta sur le mur à regarder vers l'est.

Les cloches avaient à peine retenti pour annoncer de nouveau le jour, ironie dans les ténèbres non éclaircies, qu'il vit jaillir au loin des feux dans les espaces indistincts où s'élevait le Mur du Pelennor. Les guetteurs crièrent d'une voix forte, et tous les hommes de la Cité se tinrent en armes. Il y avait à présent de temps à autre un éclair rouge, et lentement on entendit dans l'air lourd de sourds grondements.

— Ils ont pris le Mur ! crièrent les hommes. Ils y ouvrent des brèches à coups de mines. Ils viennent !

— Où est Faramir ? s'écria Beregond, atterré. Ne me dites pas qu'il est tombé !

Ce fut Gandalf qui apporta les premiers renseignements. Il vint vers le milieu de la matinée avec une poignée de cavaliers, escortant une file de charrettes. Elles étaient pleines de blessés, tous ceux qui avaient pu être sauvés du naufrage des Forts de la Chaussée. Il se rendit immédiatement auprès de Denethor. Le Seigneur de la Cité se tenait alors dans une chambre haute audessus de la Salle de la Tour Blanche, avec Pippin à son côté ; et des fenêtres obscures, au nord, au sud et à l'est, il abaissait ses yeux sombres, comme pour percer les ombres du destin qui le cernaient. Il regardait surtout au nord, et il s'arrêtait par moments pour écouter, comme si, grâce à quelque artifice, ses oreilles pouvaient entendre le tonnerre de sabots dans les plaines lointaines.

— Faramir est-il arrivé ? demanda-t-il.

— Non, dit Gandalf. Mais il était encore vivant quand je l'ai quitté. Il est résolu toutefois à rester avec l'arrière-garde, de peur que la retraite par-dessus le Pelennor ne se transforme en déroute. Il pourra peut-être maintenir ses hommes ensemble assez longtemps, mais j'en doute. Il est aux prises avec un ennemi trop considérable. Car il est venu quelqu'un que je redoutais.

— Pas... le Seigneur Ténébreux ? s'écria Pippin, à qui la terreur faisait oublier sa place.

Denethor eut un rire amer.

— Non, pas encore, Maître Peregrïn ! Il ne viendra que pour triompher de moi lorsque tout sera gagné. Il use d'autres armes. Comme font tous les grands seigneurs, quand ils sont sages, Maître Semi-Homme. Ah, pourquoi resté-je ici dans ma tour à réfléchir, à guetter, à attendre, sacrifiant même mes fils ? Car je puis encore manier le glaive.

Il se leva et ouvrit brusquement son long manteau noir ; et voilà qu'en dessous il était vêtu de mailles et ceint d'une longue épée à grande poignée dans un fourreau noir et argent.

— C'est ainsi que j'ai marché et que j'ai maintenant dormi de nombreuses années, dit-il, de peur qu'avec l'âge mon corps ne s'amollît et ne devînt timoré.

— Et pourtant, à présent, sous le commandement du Seigneur de Barad-dûr, le plus féroce de ses capitaines est déjà maître de nos défenses extérieures, dit Gandalf. Roi d'Angmar depuis longtemps, Sorcier, Esprit Servant de l'Anneau, Seigneur des Nazgûl, lance de terreur dans la main de Sauron, ombre de désespoir.

— Dans ce cas, Mithrandir, vous aviez un ennemi à votre hauteur, dit Denethor. Pour moi, je savais depuis longtemps qui est le principal capitaine des armées de la Tour Sombre. N'êtes-vous revenu que pour me dire cela ? Ou serait-ce que vous vous êtes retiré parce que vous avez trouvé votre maître ?

Pippin frémit dans la crainte que Gandalf, piqué au vif, ne s'emportât, mais cette crainte était sans fondement.

— Il se pourrait, répondit doucement Gandalf. Mais notre épreuve de force n'est pas encore venue. Et si les paroles prononcées dans les temps anciens sont vraies, ce n'est pas de la main d'un homme qu'il mourra, et le destin qui l'attend est caché aux Sages. Quoi qu'il en soit, le Capitaine du Désespoir ne se presse pas encore en avant. Il dirige plutôt selon la sagesse que vous venez de dire, de l'arrière, poussant ses esclaves en furie devant lui.

« Non, je suis venu plutôt pour garder les blessés qui peuvent encore être guéris ; car le Rammas est partout battu en brèche, et l'armée de Morgul ne tardera pas à y pénétrer en de nombreux points. Et je suis venu surtout pour dire ceci. Il y aura bientôt une bataille en rase campagne. Il faut préparer une sortie. Qu'elle soit faite par des hommes montés. En eux réside notre bref espoir, car il n'est qu'une chose en quoi notre ennemi soit assez mal pourvu : il a peu de cavaliers.

— Nous aussi. L'arrivée de Rohan à présent viendrait juste à point, dit Denethor.

— Nous verrons probablement d'autres arrivants d'abord, dit Gandalf. Des fuyards de Cair Andros nous ont déjà rejoints. L'île est tombée. Une autre armée est venue de la Porte Noire, en traversant du nord-est.

— Certains vous ont accusé, Mithrandir, de vous complaire à apporter de mauvaises nouvelles, dit Denethor ; mais pour moi, cela n'est plus une nouvelle : je l'ai su dès hier avant la tombée de la nuit. Quant à la sortie, j'y avais déjà pensé. Allons en bas. »

Le temps passa. Enfin, les guetteurs des murs purent voir la retraite des compagnies extérieures. Parurent d'abord, sans grand ordre, de petites bandes d'hommes fatigués et souvent blessés ; certains couraient tels des fous comme s'ils étaient poursuivis. A l'horizon vers l'est, les feux lointains luisaient par intermittence ; et, à présent, il semblait que de-ci de-là ils gagnaient dans la plaine. Des maisons et des granges brûlaient. Puis, de nombreux points, des petites rivières de flamme rouge s'avancèrent rapidement, serpentant dans l'obscurité et convergeant vers la ligne de la large route qui menait de la Porte de la Cité à Osgiliath.

— L'ennemi, murmurèrent les hommes. La digue est tombée. Voilà qu'ils se déversent par les brèches ! Et ils portent des torches, à ce qu'il semble. Où sont les nôtres ?

D'après l'heure, le soir tombait à présent, et la lumière était si faible que même les hommes à la vue longue ne pouvaient discerner du haut de la Citadelle que des champs confus, sauf pour les incendies qui se multipliaient sans cesse et les lignes de feu qui croissaient en longueur et en vitesse. Enfin, à moins d'un mille de la Cité, parut une masse d'hommes plus ordonnée, qui marchait sans courir et maintenait encore sa cohésion.

Les guetteurs retinrent leur souffle.

— Faramir doit être là, dirent-ils. Il sait gouverner hommes et bêtes. Il y arrivera encore.

La retraite principale se trouvait à peine à deux furlongs. Sortant de l'obscurité derrière une petite compagnie de cavaliers, galopait tout ce qui restait de l'arrièregarde. Une fois encore, les cavaliers se retournèrent aux abois pour faire face aux lignes de feu approchantes. Il y eut alors soudain un tumulte de cris. Des cavaliers ennemis s'avancèrent en trombe. Les lignes de feu se muèrent en torrents rapides, rang après rang d'Orques portant des flammes et Suderons sauvages aux étendards rouges, flot montant qui gagnait de vitesse la retraite. Et, avec un cri perçant venu du ciel terne, tombèrent les Nazgûl qui s'abattaient vers la mise à mort.

La retraite se changea en déroute. Des hommes s'échappaient déjà, fuyant çà et là comme des fous, jetant leurs armes, hurlant de peur ou tombant à terre.

Une trompette sonna alors de la Citadelle, et Denethor lança enfin la sortie. Alignés dans l'ombre de la Porte et sous les murs extérieurs indistincts, les hommes attendaient le signal : tous ceux qui restaient dans la Cité. Ils bondirent en avant, se formèrent, prirent le galop et chargèrent en poussant une grande clameur. Et des murs monta un cri de réponse ; car, les premiers sur le champ de bataille, chevauchaient les chevaliers au cygne de Dol Amroth avec leur Prince et son étendard bleu en tête.

— Amroth avec le Gondor ! criait-on. Amroth avec Faramir !

Ils tombèrent sur l'ennemi comme la foudre sur les deux flancs de la retraite ; mais un cavalier les dépassa tous, rapide comme le vent dans l'herbe : Gripoil le portait, brillant, de nouveau dévoilé, une lumière émanant de sa main levée.

Les Nazgûl poussèrent des cris aigus et se retirèrent vivement, car leur Capitaine n'était pas encore venu pour défier le feu blanc de son ennemi. Les armées de Morgul, tout entières à leur proie et prises au dépourvu dans leur course folle, rompirent et se dispersèrent comme des étincelles dans un coup de vent. Les compagnies de l'extérieur se retournèrent avec une grande acclamation et frappèrent leurs poursuivants. Les chasseurs devinrent chassés. La retraite devint un assaut. Le champ de bataille fut couvert d'Orques et d'hommes abattus, et une odeur âcre s'éleva des torches jetées qui s'éteignaient en grésillant et en lançant des tourbillons de fumée. La cavalerie poursuivit sa course.

Mais Denethor ne lui permit pas d'aller loin. Bien que l'Ennemi fût mis en échec et pour le moment repoussé, de grandes forces se déversaient de l'Est. La trompette sonna de nouveau, appelant à la retraite. La cavalerie de Gondor fit halte. Les compagnies de l'extérieur se reformèrent derrière son écran. Et bientôt elles revinrent d'un pied ferme. Elles atteignirent la Porte de la Cité et entrèrent, marchant fièrement ; et fièrement les gens de la Cité les contemplèrent et crièrent leur louange, mais ils avaient le cœur troublé. Car les compagnies étaient sérieusement réduites. Faramir avait perdu le tiers de ses hommes. Et où était-il ?

Il arriva le dernier. Ses hommes passèrent à l'intérieur. Les chevaliers montés revinrent, avec, en queue, l'étendard de Dol Amroth et le Prince. Et dans ses bras, devant lui sur son cheval, il portait le corps de son parent, Faramir fils de Denethor, trouvé sur le champ de bataille.

— Faramir ! Faramir ! crièrent les hommes, pleurant dans les rues.

Mais il ne répondit point, et on l'emporta le long de la route en lacets vers la Citadelle et vers son père. Au moment même où les Nazgûl s'étaient détournés de l'assaut du Cavalier Blanc, avait volé un trait mortel, et Faramir, qui tenait aux abois un champion monté de Harad, était tombé à terre. Seule la charge de Dol Amroth l'avait sauvé des rouges épées de la Terre du Sud, qui l'auraient taillé tout gisant.

Le Prince Imrahil apporta Faramir à la Tour Blanche ; il dit :

— Votre fils est revenu, seigneur, après de grands exploits.

Et il raconta tout ce qu'il avait vu. Mais Denethor se leva, contempla le visage de son fils et resta silencieux. Puis il ordonna de dresser un lit dans la pièce, d'y déposer Faramir et de les laisser seuls. Mais lui-même monta à la chambre secrète sous le sommet de la Tour ; et les nombreux hommes qui levèrent les yeux à ce moment virent briller une pâle lumière qui vacilla un moment derrière les étroites fenêtres avant de flamboyer et de s'éteindre. Et quand Denethor redescendit, il alla auprès de Faramir et s'assit sans parler à son chevet ; mais le visage du Seigneur était gris, plus cadavérique que celui de son fils.

La Cité était donc enfin assiégée, encerclée par l'Ennemi. Le Rammas était rompu et tout le Pelennor abandonné à l'Ennemi. La dernière nouvelle à venir de l'extérieur des murs fut apportée par des hommes qui arrivèrent en fuite par la route du nord avant la ferme-ture de la Porte. C'était ce qui restait de la garde établie au point où la route d'Anôrien et de Rohan pénétrait dans la région urbaine. Ils étaient conduits par Ingold, celui qui avait laissé passer Gandalf et Pippin moins de cinq jours auparavant, alors que le soleil se levait encore et qu'il y avait de l'espoir dans le matin.

— Il n'y a aucune nouvelle des Rohirrim, dit-il. Le Rohan ne viendra plus. Ou s'ils viennent, cela ne nous servira plus de rien. La nouvelle armée dont nous avions entendu parler est arrivée avant eux d'au-delà du Fleuve par Andros, dit-on. Ils sont forts ; des bataillons d'Orques de l'Œil et d'innombrables compagnies d'Hommes d'une nouvelle sorte que nous n'avons encore jamais rencontrée. Ils ne sont pas grands, mais larges et sinistres, barbus comme des Nains, et ils manient de grandes haches. Ils viennent, croyons-nous, de quelque terre sauvage de l'Est lointain. Ils tiennent la route du nord ; et un grand nombre a passé en Anôrien. Les Rohirrim ne peuvent venir.

La Porte fut fermée. Toute la nuit, les guetteurs sur les murs entendirent la rumeur de l'ennemi qui rôdait alen-tour, brûlant champs et arbres, et taillant tout homme qu'ils trouvaient au-dehors, vivant ou mort. On ne pou-vait évaluer dans les ténèbres le nombre de ceux qui avaient déjà passé le Fleuve ; mais quand le matin, ou son terne reflet, se glissa sur la plaine, on vit que même la peur nocturne ne l'avait guère exagéré. La plaine était noire de leurs compagnies en marche, et aussi loin que portait le regard tendu dans l'assombrissement poussaient, telle une immonde excroissance fongueuse tout autour de la Cité investie, de grands camps de tentes, noires ou rouge sombre.

Affairés comme des fourmis, des Orques creusaient, creusaient des lignes de profondes tranchées en un énorme cercle, juste hors de la portée des arcs des murs ; et au fur et à mesure de leur achèvement, les tranchées étaient emplies de feu, sans que nul ne pût voir par quel artifice ou quelle sorcellerie il était allumé. Le travail avança toute la journée, sous les yeux des hommes de Minas Tirith, incapables de l'empêcher. Et comme chaque longueur de tranchée était achevée, on pouvait voir approcher de grandes charrettes ; et bientôt encore d'autres compagnies de l'Ennemi montèrent, chacune à l'abri d'une tranchée, de grands engins pour le jet de projectiles. Il n'y en avait aucun sur les murs de la Cité de taille à porter aussi loin ou à arrêter le travail.

Au début, les hommes rirent, ne redoutant pas trop pareils stratagèmes. Car le mur principal de la Cité était d'une grande hauteur et d'une merveilleuse épaisseur, la construction datant d'avant le déclin dans l'exil de la puissance et de l'art de Númenor ; et sa face extérieure était semblable à celle de la Tour d'Orthanc, dure, sombre et lisse, imprenable par le fer ou par le feu, indestructible sinon par quelque convulsion qui déchirerait la terre même sur laquelle elle s'élevait.

— Non, disaient-ils, le Sans Nom viendrait-il en personne, qu'il ne pourrait, même lui, entrer ici tant que nous vivrons.

Mais certains répondaient :

— Tant que nous vivrons ? Combien de temps ? Il possède une arme qui a réduit maintes places fortes depuis l'origine du monde. La faim. Les routes sont coupées. Le Rohan ne viendra pas.

Mais les engins ne gaspillèrent aucun coup contre le Mur indomptable. Ce ne fut aucun brigand ni chef orque qui ordonna l'assaut contre le plus grand ennemi du Seigneur de Mordor. Un pouvoir et un esprit malfaisant le guidèrent. Dès que les grandes catapultes furent installées, elles commencèrent, avec un grand accompagnement de hurlements et force craquements de cordes et de treuils, à lancer des projectiles à une hauteur surprenante, de sorte qu'ils passaient bien au-dessus des remparts pour tomber avec un bruit sourd à l'intérieur du premier cercle de la Cité ; et bon nombre d'entre eux, par quelque artifice secret, éclataient en flammes dans leur chute.

Il y eut bientôt grand danger d'incendie derrière le Mur, et tous ceux qui étaient disponibles s'affairèrent à étouffer les flammes qui jaillissaient en maints endroits. Puis, parmi les plus grands jets tomba une autre grêle, moins destructrice, mais plus horrible. Elle s'abattit partout dans les rues et les passages derrière la Porte, petits projectiles ronds qui ne brûlaient pas. Mais quand les hommes accoururent pour voir ce que ce pouvait bien être, ils poussèrent de grands cris ou pleurèrent. Car l'Ennemi projetait dans la Cité toutes les têtes de ceux qui étaient tombés au combat à Osgiliath, sur le Rammas ou dans les champs. Elles étaient sinistres à regarder ; car, bien que certaines fussent écrasées et informes et que d'autres eussent été cruellement tailladées, beaucoup avaient des traits reconnaissables, et il semblait que les hommes fussent morts dans la souffrance ; et toutes étaient marquées de l'immonde emblème de l'Œil Vigilant. Mais toutes défigurées et déshonorées qu'elles étaient, il arrivait souvent qu'ainsi un homme revoyait le visage de quelqu'un qu'il avait connu, qui avait un jour fièrement marché en armes, labouré les champs ou qui était monté des vallées dans les collines, en quelque jour de fête.

En vain, les hommes brandissaient le poing à l'adresse des ennemis impitoyables qui se pressaient devant la Porte. Ils se moquaient des malédictions et ils ne comprenaient pas les langues des hommes de l'Ouest, qui criaient avec des voix rauques comme des bêtes ou des oiseaux de proie. Mais il ne resta bientôt plus beaucoup d'hommes qui eussent le cœur de se dresser pour défier les armées du Mordor. Car le Seigneur de la Tour Sombre disposait d'une autre arme encore, plus rapide que la faim : la peur et le désespoir

Les Nazgûl revinrent et, comme leur Seigneur Ténébreux grandissait alors et déployait sa force, leurs voix, qui n'exprimaient que sa volonté et sa malice, étaient emplies de méchanceté et d'horreur. Ils tournaient sans cesse au-dessus de la Cité, comme des vautours qui comptent sur leur suffisance de chair d'hommes condamnés. Ils volaient hors de vue et de portée, mais ils étaient toujours présents, et leurs voix sinistres déchiraient l'air. Elles devenaient de plus en plus intolérables, et non pas moins, à chaque nouveau cri. A la fin, les plus intrépides se jetaient sur le sol au moment où la menace cachée les survolait ou bien ils restaient debout, mais laissaient tomber leurs armes de leurs mains défaillantes, tandis que des ténèbres envahissaient leur esprit et qu'ils ne pensaient plus à la guerre, mais seulement à se cacher, à ramper, et à mourir.

Durant toute cette sombre journée, Faramir resta étendu sur son lit dans la chambre de la Tour Blanche, perdu dans le délire d'une fièvre désespérée ; mourant, disaient certains, et bientôt tout le monde répéta sur les murs et dans les rues : « Mourant. » Et son père restait à son chevet, sans rien dire ; il veillait, sans plus accorder aucune attention à la défense.

Pippin n'avait jamais connu d'heure aussi noire,

même dans les griffes de l'Ourouk-haï. Son devoir était de servir le Seigneur, et il le faisait, oublié, semblait-il, debout près de la porte de la chambre sans lumière, maîtrisant du mieux qu'il le pouvait ses propres craintes. Et comme il regardait, il lui parut que Denethor vieillissait sous ses yeux comme si quelque chose eût craqué dans son orgueilleuse volonté et que son esprit rigide eût été défait. Peut-être était-il rongé par le chagrin et le remords. Pippin voyait des larmes sur ce visage autrefois sec, et elles étaient plus insupportables que la colère.

— Ne pleurez pas, seigneur, balbutia-t-il. Peut-être se rétablira-t-il. Avez-vous demandé à Gandalf ?

— Qu'on ne me réconforte pas avec des magiciens ! dit Denethor. L'espoir de ce fou a échoué. L'Ennemi l'a découvert, et maintenant son pouvoir grandit ; il voit nos pensées mêmes et tout ce que nous faisons sert à notre ruine.

« J'ai envoyé mon fils, sans remerciement, sans bénédiction, à un péril inutile, et le voici qui gît avec du poison dans ses veines. Non, non, quoi qu'il puisse maintenant arriver à la guerre, ma lignée aussi se termine, même la Maison des Intendants a failli. Des gens méprisables vont gouverner ce qui reste encore des Rois des Hommes, tapis dans les montagnes jusqu'à ce qu'ils soient définitivement chassés.

Des gens vinrent à la porte pour appeler le Seigneur de la Cité.

— Non, je ne descendrai pas, dit-il. Je dois rester auprès de mon fils. Il pourrait encore parler avant la fin. Mais elle est proche. Suivez qui vous voulez, même le Fou Gris, bien que son espoir ait échoué. Moi, je reste ici.

Ce fut donc Gandalf qui prit en main la dernière défense de la Cité de Gondor. Où qu'il allât, les hommes reprenaient courage et les ombres ailées sortaient du souvenir. Il allait inlassablement de la Citadelle à la Porte, du nord au sud sur le Mur et avec lui allait le Prince de Dol Amroth, vêtu de ses mailles brillantes. Car lui et ses chevaliers se considéraient encore comme des seigneurs dans lesquels coulait le vrai sang de la race de Númenor. A leur vue, les hommes murmuraient :

— Sans doute les vieux contes disent-ils vrai ; il y a du sang elfique dans les veines de ceux-là, car les gens de Nimrodel demeurèrent dans ce pays il y a très, très longtemps.

Et quelqu'un se mettait à chanter dans l'obscurité des strophes du Lai de Nimrodel ou d'autres chants de la Vallée de l'Anduin datant des années évanouies.

Et pourtant, quand ils étaient partis, les ombres se refermaient sur les hommes ; leur cœur se glaçait, et la vaillance du Gondor tombait en cendres. Et ainsi passat-on lentement d'une terne journée de craintes aux ténèbres d'une nuit désespérée. Les incendies faisaient rage, sans aucun frein à présent, dans le premier cercle de la Cité, et en bien des points, toute retraite était déjà coupée pour la garnison du mur extérieur. Mais les fidèles qui demeuraient là à leur poste étaient rares ; la plupart avaient fui derrière la Seconde Porte.

Loin derrière la bataille, un pont avait été rapidement lancé sur le Fleuve, et toute la journée des forces et de l'attirail de guerre supplémentaires s'étaient déversés sur l'autre rive. Enfin, en ce milieu de la nuit, l'assaut se relâcha. L'avant-garde franchit les tranchées de feu par de nombreux sentiers tortueux que l'on avait ménagés entre elles. Les hommes venaient, insoucieux des pertes, encore groupés en troupeau à portée des archers sur les murs. Mais, en fait, il restait trop peu de ceux-ci pour leur causer grand dommage, bien que la lumière des feux révélât maintes cibles pour des archers de l'habileté dont Gondor se flattait autrefois. Alors, voyant la vaillance de la Cité déjà abattue, le Capitaine caché mit sa force en action. Lentement, les grandes tours de siège construites à Osgiliath se mirent en mouvement dans l'obscurité.

Des messagers vinrent de nouveau à la chambre de la Tour Blanche, et Pippin les laissa entrer, car ils étaient pressants. Denethor détourna lentement la tête du visage de Faramir, et il les regarda sans mot dire.

— Le premier cercle de la Cité est en flammes, seigneur, dirent-ils. Quels sont vos ordres ? Vous êtes toujours le Seigneur et l'Intendant. Tous ne veulent pas suivre Mithrandir. Des hommes désertent les murs et les laissent dégarnis.

— Pourquoi ? Pourquoi ces imbéciles fuient-ils ? dit Denethor. Mieux vaut brûler plus tôt que plus tard, car brûler il le faudra bien. Retournez à votre feu de joie ! Et moi ? Je vais aller maintenant à mon bûcher. A mon bûcher ! Nulle tombe pour Denethor ni pour Faramir. Nulle tombe ! Nul long sommeil de la mort, embaumés. Nous brûlerons comme les rois païens avant qu'aucun navire ne vînt ici de l'Ouest. L'Ouest a failli. Retournez brûler !

Les messagers firent demi-tour sans saluer ni répondre et s'enfuirent.

Denethor se leva alors et lâcha la main fiévreuse de Faramir, qu'il tenait.

— Il brûle, il brûle déjà, dit-il tristement. La demeure de son esprit s'écroule !

Puis il s'avança doucement vers Pippin et abaissa sur lui son regard.

— Adieu ! dit-il. Adieu, Peregrïn fils de Paladin ! Votre service fut bref et il touche maintenant à sa fin. Je vous libère du peu qu'il reste. Allez maintenant et mourez de la façon qui vous paraîtra la meilleure. Et avec qui vous voudrez, fût-ce cet ami dont la folie vous a conduit à cette mort. Faites mander mes serviteurs et partez. Adieu !

— Je ne vous dirai pas adieu, mon seigneur, dit Pippin, mettant genou en terre.

Et, reprenant soudain sa manière hobbite, il se leva et regarda le vieillard dans les yeux.

— Je vais prendre congé de vous, sire, dit-il, car je désire beaucoup, certes, voir Gandalf. Mais ce n'est pas un fou ; et je ne penserai pas à mourir tant qu'il ne désespérera pas de la vie. Mais de ma parole et de votre service je ne désire pas être libéré tant que vous serez en vie. Et s'ils finissent par atteindre la Citadelle, j'espère être ici pour me tenir à vos côtés et mériter peut-être les armes que vous m'avez données.

— Faites comme vous l'entendez, Maître Semi-Homme, dit Denethor. Mais ma vie est brisée. Envoyez chercher mes serviteurs !

Il retourna auprès de Faramir.

Pippin le quitta et appela les serviteurs, qui vinrent : six hommes de sa maison, forts et beaux ; ils tremblaient pourtant de cette convocation. Mais Denethor leur ordonna d'une voix douce d'étendre des couvre-lits chauds sur la couche de Faramir et de la soulever. Ils s'exécutèrent et, soulevant le lit, ils le portèrent hors de la chambre. Ils allèrent lentement pour incommoder aussi peu que possible le fiévreux, et Denethor les suivit, courbé à présent sur un bâton ; et enfin venait Pippin.

Ils sortirent de la Tour Blanche, comme pour se rendre à des funérailles, dans l'obscurité, où le nuage surplombant était éclairé par en dessous de lueurs rouges ternes et tremblotantes. Ils traversèrent doucement la grande cour et, sur un mot de Denethor, ils s'arrêtèrent près de l'Arbre Desséché.

Tout était silencieux, sauf pour la rumeur de la guerre dans la Cité en contrebas, et ils entendaient l'eau dégoutter tristement des branches mortes dans le bassin sombre. Puis ils franchirent la porte de la Citadelle, où le factionnaire les regarda passer avec effarement. Tournant à l'ouest, ils arrivèrent enfin à une porte dans le mur de derrière du sixième cercle. On la nommait Fen Hollen, car elle restait toujours fermée sauf à l'occasion de funérailles, et n'avaient droit à ce passage que le Seigneur de la Cité ou ceux qui portaient la marque des tombes et qui entretenaient les maisons des morts. Au-delà, une route sinueuse descendait en nombreux lacets vers l'étroit terrain sous l'ombre du précipice du Mindolluin, où s'élevaient les demeures des Rois morts et de leurs Intendants.

Un portier était assis dans une petite maison au bord du chemin, et il vint, une lanterne à la main, les yeux emplis de crainte. Sur l'ordre du Seigneur, il fit jouer la serrure ; la porte se rabattit silencieusement, et ils la franchirent après avoir pris la lanterne de sa main. Il faisait noir sur la route qui descendait entre d'anciens murs et des parapets à nombreux balustres que révélait indistinctement la lumière oscillante de la lanterne. L'écho de leurs pas lents se répercutait tandis qu'ils descendaient toujours ; ils finirent par arriver à la Rue du Silence, Rath Dinen, entre des dômes pâles, des salles vides et des statues d'hommes depuis longtemps morts ; et ils pénétrèrent dans la Maison des Intendants, où ils déposèrent leur fardeau.

Là, Pippin, regardant avec inquiétude autour de lui, vit qu'il se trouvait dans une grande salle voûtée, drapée pour ainsi dire des grandes ombres jetées par la petite lanterne sur les murs obscurs. Et on voyait indistinctement de nombreuses rangées de tables, sculptées dans le marbre, sur chacune desquelles gisait une forme endormie, les mains croisées, la tête reposant sur un coussin de pierre. Mais l'une, proche, était large et nue. Sur un signe de Denethor, on y déposa Faramir et son père côte à côte ; on les enveloppa d'une seule couverture, et les serviteurs se tinrent alors la tête courbée, telles des pleureuses auprès d'un lit mortuaire. Denethor parla alors d'une voix basse.

— Nous attendrons ici, dit-il. Mais n'appelez pas les embaumeurs. Apportez-nous vite du bois à brûler, disposez-le autour et en dessous de nous et arrosez-le d'huile. Et quand je vous l'ordonnerai, vous y plongerez une torche. Faites cela, et ne m'adressez plus aucune parole. Adieu !

— Avec votre permission, seigneur ! s'écria Pippin, qui se retourna et s'enfuit terrifié de la maison de mort.

« Pauvre Faramir ! pensa-t-il. Il faut que je trouve Gandalf. Pauvre Faramir ! Il est bien probable qu'il a davantage besoin de médecine que de larmes. Ah ! où trouver Gandalf ? Au plus fort de l'action, je suppose ; et il n'aura pas de temps à consacrer à des mourants ou à des fous. »

A la porte, il s'adressa à l'un des serviteurs qui y était resté de garde.

— Votre maître n'est pas dans son bon sens, dit-il. Allez lentement ! N'apportez pas ici de feu tant que Faramir est vivant ! Ne faites rien avant la venue de Gandalf !

— Qui est le maître de Minas Tirith ? répondit l'homme. Le Seigneur Denethor ou l'Errant Gris ?

— L'Errant Gris ou personne, à ce qu'il semblerait, dit Pippin.

Et il remonta en toute hâte le chemin en lacets, passa devant le portier étonné, franchit la porte et poursuivit sa route jusqu'au moment où il arriva près de la porte de la Citadelle. La sentinelle le héla au passage, et il reconnut la voix de Beregond.

— Où courez-vous, Maître Peregrïn ? cria-t-il.

— Chercher Mithrandir, répondit Pippin.

— Les missions du Seigneur sont urgentes, et je ne dois pas les retarder, dit Beregond ; mais dites-moi vite, si vous le pouvez : que se passe-t-il ? Où est allé mon Seigneur ? Je viens de prendre mon service, mais j'ai entendu dire qu'il a passé, se dirigeant vers la Porte Close, et que des hommes portaient Faramir devant lui.

— Oui, dit Pippin, à la Rue du Silence.

Beregond inclina la tête pour dissimuler ses larmes.

— On a dit qu'il était mourant, dit-il dans un soupir, et maintenant le voilà mort.

— Non, dit Pippin, pas encore. Et en ce moment même sa mort peut encore être empêchée, je crois. Mais le Seigneur de la Cité est tombé avant la prise de sa ville, Beregond. Il a perdu l'esprit, et il est dangereux.

Il le mit rapidement au courant des étranges paroles et actes de Denethor.

— Il faut que je trouve Gandalf immédiatement.

— Il vous faut donc descendre à la bataille.

— Je sais. Le Seigneur m'a libéré de son service. Mais, Beregond, si vous pouviez faire quelque chose pour empêcher les événements terribles qui se passent.

— Le Seigneur ne permet pas que ceux qui portent le noir et argent quittent leur poste sous aucun prétexte, hormis sur son ordre.

— Eh bien, il faut choisir entre les ordres et la vie de Faramir, répliqua Pippin. Et pour ce qui est des ordres, je crois que vous avez affaire à un fou, non à un seigneur. Il faut que je me hâte. Je reviendrai si je le peux.

Il partit au pas de course vers la cité extérieure. Il croisa des hommes qui fuyaient l'incendie ; certains, se retournant à la vue de sa livrée, crièrent, mais il ne leur prêta pas attention. Il franchit enfin la Seconde Porte, au-delà de laquelle de grands feux bondissaient entre les murs. Un étrange silence régnait cependant. Nul bruit, nul cri de la bataille ni fracas d'armes ne se faisait entendre. Puis, soudain, il y eut un cri terrible, un grand choc et un profond grondement en écho. Se forçant à avancer malgré une rafale de peur et d'horreur qui le fit presque tomber à genoux, Pippin tourna un coin donnant sur la vaste place qui s'étendait derrière la Porte de la Cité. Il s'arrêta net. Il avait trouvé Gandalf ; mais il recula et se tapit dans l'ombre.

Le grand assaut s'était poursuivi depuis le milieu de la nuit. Les tambours roulaient. Au nord et au sud, les compagnies ennemies s'entassaient contre les murs. Il venait de grandes bêtes, semblables à des maisons en mouvement dans la lumière rouge et dansante, les *mûmakil* de Harad qui tiraient à travers les chemins parmi les feux d'énormes tours et engins. Leur capitaine ne se souciait toutefois guère de ce qu'ils faisaient ou du nombre de ceux qui pourraient être tués : son but était seulement de tâter la force de la défense et de maintenir les hommes de Gondor occupés en de nombreux endroits. C'était contre la Porte qu'il allait faire porter sa plus lourde attaque. Cette porte pouvait être très puissante, forgée dans l'acier et le fer et gardée par des tours et des bastions de pierre irréductible ; mais c'était la clef, le point le plus faible de tout ce haut et impénétrable mur.

Les roulements de tambour se firent plus forts. Les feux jaillirent plus haut. De grands engins avancèrent lentement à travers le champ ; et au milieu, il y avait un énorme bélier, de la dimension d'un arbre de la forêt de cent pieds de long, oscillant au bout de puissantes chaînes. Il avait été longuement élaboré dans les sombres forges de Mordor, et sa hideuse tête d'acier noir était fondue à l'image d'un loup dévorant ; il portait des formules magiques de ruine. On l'avait nommé Broyeur, en mémoire de l'antique Marteau du Monde d'En Dessous. De grandes bêtes le traînaient, des Orques l'entouraient, et derrière marchaient des Trolls des montagnes pour le manœuvrer.

Mais, autour de la Porte, la résistance était encore forte, et là les chevaliers de Dol Amroth et les hommes les plus intrépides de la garnison se tenaient prêts à un combat désespéré. Boulets et traits pleuvaient dru ; les tours de siège s'écrasaient ou flambaient soudain comme des torches. Partout devant les murs de part et d'autre de la Porte, le sol était couvert d'une épaisse couche de débris et de cadavres ; mais, comme poussés par une démence, montaient toujours davantage d'assaillants.

Broyeur continuait d'approcher. Aucun feu ne pouvait rien contre son bâti, et, si de temps à autre quelqu'une des grandes bêtes qui le traînaient s'affolait et se mettait à piétiner les innombrables Orques qui le gardaient, les corps étaient simplement rejetés de côté et d'autres Orques les remplaçaient.

Broyeur approchait toujours. Les tambours battaient furieusement. Au-dessus des montagnes de cadavres parut une forme hideuse : un cavalier, grand, encapuchonné, enveloppé d'un manteau noir. Lentement, foulant les morts, il s'avançait à cheval, sans plus prendre garde à aucun trait. Il fit halte et brandit une longue et pâle épée. Et à cet instant, une grande peur s'abattit sur tous, défenseurs et ennemis de même ; les mains des hommes retombèrent à leurs côtés, et nul arc ne chanta. Durant un moment, tout s'immobilisa.

Les tambours battirent et roulèrent. En une grande ruée, d'énormes mains précipitèrent Broyeur en avant. Il atteignit la Porte. Il se balança. Un profond grondement se répercuta dans la Cité, tel le tonnerre perçant les nuages. Mais les portes de fer et les montants d'acier soutinrent le choc.

Le Capitaine Noir se dressa alors sur ses étriers et cria d'une voix terrible, prononçant en quelque langue oubliée des mots de puissance et de terreur de nature à briser les cœurs et les pierres.

Par trois fois, il cria. Par trois fois, le grand bélier retentit. Et soudain, au dernier coup, la Porte de Gondor se rompit. Comme frappée par quelque maléfice soufflant, elle éclata : il y eut un éclair aveuglant, et les battants tombèrent en fragments sur le sol.

Le Seigneur des Nazgûl pénétra à cheval dans la ville. Grande forme noire détachée sur les feux qui brûlaient derrière elle, sa stature devenait une immense menace de désespoir. Le Seigneur des Nazgûl passa ainsi sous la voûte que nul ennemi n'avait jamais franchie, et tous fuirent devant sa face.

Tous sauf un. Attendant là, silencieux et immobile dans l'espace précédant la Porte, se tenait Gandalf monté sur Gripoil : Gripoil qui, seul parmi les chevaux libres, affrontait la terreur sans broncher, aussi ferme qu'une image taillée dans Rath Dinen.

— Vous ne pouvez entrer ici, dit Gandalf (et l'ombre énorme s'arrêta). Retournez à l'abîme préparé pour vous ! Retournez ! Tombez dans le néant qui vous attend, vous et votre Maître. Allez !

Le Cavalier Noir rejeta son capuchon en arrière, et voilà qu'il portait une couronne royale ! Mais elle n'était posée sur aucune tête visible. Les feux rouges brillaient entre elle et les larges et sombres épaules enveloppées dans le manteau. D'une bouche invisible sortit un rire sépulcral.

— Vieux fou ! dit-il. Vieux fou ! Mon heure est venue. Ne reconnais-tu pas la Mort quand tu la vois ? Meurs maintenant et maudis en vain !

Sur quoi, il leva haut son épée, et des flammes descendirent le long de la lame.

Gandalf ne bougea pas. Et, au même moment, loin derrière dans quelque cour de la Cité, un coq chanta. Son chant était clair et aigu, insoucieux de toute sorcellerie et de toute guerre, saluant seulement le matin qui dans le ciel, bien au-dessus des ombres de la mort, venait avec l'aurore.

Et comme en réponse s'éleva dans le lointain une autre note. Des cors, des cors, des cors. L'écho se répercuta faiblement sur les flancs sombres du Mindolluin. De grands cors du Nord, sonnant furieusement. Le Rohan arrivait enfin.

Chapitre V

La chevauchée des Rohirrim

Il faisait sombre, et Merry, couché sur le sol enroulé dans une couverture, n'y voyait rien ; mais, bien que la nuit fût calme et sans vent, des arbres cachés soupiraient doucement tout autour de lui. Il dressa la tête. Il l'entendit alors de nouveau : un son semblable à celui de tambours étouffés dans les collines boisées et les contreforts de la montagne. Le battement s'arrêtait soudain pour reprendre en quelque autre point, tantôt plus près, tantôt plus loin. Il se demanda si les guetteurs l'avaient entendu.

Il ne les voyait pas, mais il savait que tout autour de lui se trouvaient les compagnies des Rohirrim. Il pouvait sentir les chevaux dans les ténèbres ; et il entendait leurs mouvements et leur doux piétinement sur le sol couvert d'aiguilles de pin. L'armée bivouaquait dans les pinèdes qui entouraient la colline de feu d'alarme d'Eilenach, haute éminence s'élevant des longues croupes de la Forêt de Druadan, qui longeait la grand-route dans l'Anôrien oriental.

Tout fatigué qu'il était, Merry ne pouvait dormir. Il avait chevauché maintenant durant quatre jours d'affilée, et l'obscurité toujours croissante l'avait lentement accablé. Il commençait à se demander pourquoi il avait été si avide de venir, alors qu'on lui avait fourni toutes les excuses et jusqu'à l'ordre de son seigneur de rester derrière. Il se demandait aussi si le vieux roi connaissait sa désobéissance et s'il en était irrité. Peut-être pas. Il semblait y avoir quelque entente entre Dernhelm et Elfhelm, le Maréchal qui commandait l'*eored,* avec lequel ils chevauchaient. Lui-même et tous ses hommes ne tenaient aucun compte de Merry et affectaient de ne pas l'entendre quand il parlait. Il aurait pu tout aussi bien n'être qu'un bagage de plus parmi ceux de Dernhelm. Celui-ci n'était d'aucun réconfort : il ne parlait jamais à personne. Merry se sentait trop petit, intrus et seul. Le moment était à présent à l'inquiétude, et l'armée était en danger. Ils se trouvaient à moins d'un jour des défenses extérieures de Minas Tirith qui encerclaient la région urbaine. Des éclaireurs avaient été envoyés en avant. Certains n'avaient pas reparu. D'autres, revenus en hâte, avaient annoncé que la route était tenue en force par l'Ennemi. Une armée y était campée à trois milles à l'ouest d'Amon Dîn, et un détachement, qui poussait déjà le long de la route, n'était plus qu'à trois lieues. Des Orques parcouraient les collines et les bois alentour. Le roi et Eomer tinrent conseil pendant les veilles de la nuit.

Merry soupirait après quelqu'un à qui parler, et il pensa à Pippin, ce qui ne fit qu'accroître son agitation. Ce pauvre Pippin, enfermé dans la grande cité de pierre, seul et apeuré. Merry souhaita être un grand Cavalier comme Eomer, pouvoir sonner du cor ou quelque chose de ce genre, et galoper à son secours. Il se mit sur son séant et écouta les tambours qui battaient de nouveau, plus proches cette fois. Il entendit bientôt des voix qui parlaient bas, et il vit passer parmi les arbres des lanternes à demi voilées. Des hommes commencèrent à se mouvoir vaguement près de lui dans les ténèbres.

Une haute figure surgit et trébucha sur lui, maudissant les racines des arbres. Pippin reconnut la voix du Maréchal Elfhelm.

— Je ne suis pas une racine, monsieur, dit-il, ni un sac, mais un Hobbit meurtri. Le moins que vous puissiez faire en compensation, c'est de me dire ce qui est sur pied.

— Tout ce qui peut le rester dans ce sacré pot au noir, répondit Elfhelm. Mais mon seigneur fait dire que nous devons nous tenir prêts : il peut venir un ordre de mouvement brusque.

— L'Ennemi vient-il donc ? demanda Merry avec inquiétude. Sont-ce là leurs tambours ? Je commençais à croire que c'était une imagination de ma part, personne d'autre ne semble les remarquer.

— Non, non, dit Elfhelm, l'Ennemi est sur la route, non dans les collines. Vous entendez les Woses, les Hommes Sauvages des Bois : c'est ainsi qu'ils se parlent de loin. Ils hantent toujours la Forêt de Druadan, dit-on. Ils sont un vestige du temps passé ; ils vivent en petit nombre et secrètement, sauvages et aussi méfiants que des bêtes. Ils ne partent pas en guerre contre le Gondor ou la Marche ; mais ils sont inquiets à présent de l'obscurité et de la venue des Orques : ils craignent un retour des Années Sombres, qui paraît assez probable. Soyons heureux qu'ils ne soient pas après nous, car ils se servent de flèches empoisonnées, à ce qu'on dit, et ce sont des chasseurs incomparables. Mais ils ont offert leurs services à Théoden. En ce moment même, on amène un de leur chefs devant le roi. Voilà les lumières là-bas. C'est tout ce que j'ai entendu dire. Et maintenant je dois m'occuper des ordres de mon seigneur. Prenez vos cliques et vos claques, Maître Sac !

Il disparut dans l'ombre.

Merry n'aimait guère ces propos sur les hommes sauvages et les flèches empoisonnées, mais tout à fait à part de cela, une grande peur pesait sur lui. L'attente était insupportable. Il brûlait de savoir ce qui allait se passer. Il se leva et se mit avec précaution à la poursuite de la dernière lanterne, avant qu'elle ne disparût parmi les arbres.

Il arriva bientôt à un espace découvert, où une petite tente avait été montée pour le roi sous un grand arbre. Une grosse lanterne, couverte en dessus, était suspendue à une branche et elle jetait un pâle cercle de lumière. Là se tenaient Théoden et Eomer, et devant eux était accroupie sur le sol une étrange forme d'homme, noueuse comme une vieille pierre, et les poils de sa maigre barbe étaient éparpillés sur son menton plein de bosses comme de la mousse sèche. Il avait les jambes courtes et de gros bras ; épais et trapu, il ne portait pour tout vêtement qu'une ceinture d'herbe autour de la taille. Merry eut l'impression de l'avoir déjà vu quelque part, et il se rappela soudain les Biscornus de Dunharrow. Il avait devant lui une de ces vieilles images amenée à la vie ou peut-être une créature descendue en droite ligne, au cours d'années sans fin, des modèles utilisés par les artisans oubliés de jadis.

Il y avait un silence quand Merry se glissa plus près ; puis l'Homme Sauvage commença de parler, en réponse à quelque question, semblait-il. Il avait la voix profonde et gutturale, mais, à la surprise de Merry, il employa le Langage Commun, encore qu'avec hésitation et en y mêlant des mots bizarres.

164

— Non, père des Cavaliers, dit-il, nous ne nous battons pas. Chassons seulement. Tuons les *gorgûn* dans les bois, détestons les Orques. Vous détestez les *gorgûn* aussi. Nous aidons comme nous pouvons. Les Hommes Sauvages ont de longues oreilles et de longs yeux ; connaissons tous les sentiers. Les Hommes Sauvages habitent ici avant les maisons de pierre ; avant que les Hommes Grands venus de l'Eau.

— Mais c'est d'aide dans la bataille que nous avons besoin, dit Eomer. Comment vous et les vôtres nous aiderez-vous ?

— Apporter nouvelles, dit l'Homme Sauvage. Nous regardons des collines. Nous grimpons haute montagne et regardons en bas. Cité de pierre est fermée. Le feu brûle là dehors ; maintenant dedans aussi. Vous voulez venir là ? Alors, se dépêcher. Mais les *gorgûn* et les hommes venus de loin — il agita un bras court et noueux en direction de l'est — installés sur route des chevaux. Beaucoup, beaucoup, plus que les Cavaliers.

— Comment le savez-vous ? demanda Eomer.

La figure plate et les yeux sombres du vieillard ne montrèrent rien, mais le mécontentement rendit son ton maussade.

— Les Hommes Sauvages sont sauvages, libres, mais pas des enfants, répliqua-t-il. Je suis grand chef, Ghân-buri-Ghân. Je compte beaucoup de choses ; les étoiles dans le ciel, les feuilles sur les arbres, les hommes dans l'obscurité. Vous avez une vingtaine de vingtaines comptée dix fois et cinq fois. Ils en ont davantage. Grande bataille, et qui gagnera ? Et beaucoup d'autres marchent autour des murs des maisons de pierre.

— Hélas ! son langage n'est que trop perspicace, dit Théoden. Et nos éclaireurs disent qu'ils ont creusé des tranchées et planté des pieux en travers de la route. Nous ne pouvons les balayer par une attaque brusquée.

— Une grande hâte est pourtant nécessaire, dit Eomer. Mundburg est en flammes.

— Laissez Ghân-buri-Ghân finir ! dit l'Homme Sauvage. Il connaît plus d'une route. Il vous conduira par route où pas de fosses, pas de *gorgûn* marchent, seulement Hommes Sauvages et bêtes. Beaucoup de chemins furent faits quand les gens des maisons de pierre étaient plus forts. Ils découpaient les collines comme les chasseurs découpent la chair des bêtes. Les Hommes Sauvages pensent qu'ils mangeaient la pierre comme nourriture. Ils traversaient Druadan vers le Rimmon avec grandes charrettes. Ils n'y vont plus. Route est oubliée, mais pas par les Hommes Sauvages. Par-dessus la colline et derrière la colline, elle existe toujours sous l'herbe et les arbres, là derrière le Rimmon et redescendant sur le Dîn, et elle rejoint à la fin la route des Cavaliers. Les Hommes Sauvages vous montreront cette route. Alors, vous tuerez les *gorgûn* et chasserez le mauvais noir avec le fer brillant, et les Hommes Sauvages pourront retourner dormir dans la forêt sauvage.

Eomer et le roi s'entretinrent dans leur propre langue. Après quelque temps, Théoden se tourna vers l'Homme Sauvage.

— Nous accepterons votre offre, dit-il. Car même si nous laissons derrière nous une armée d'ennemis, qu'importe ? Si la Cité de Pierre tombe, il n'y aura pas de retour. Si elle est sauvée, l'armée orque aura elle-même la retraite coupée. Si vous êtes loyal, Ghân-buri-Ghân, nous vous donnerons une riche récompense, et vous aurez à jamais l'amitié de la Marche.

— Les hommes morts ne sont pas des amis pour les hommes vivants, et ils ne leur offrent pas de présents, dit l'Homme Sauvage. Mais si vous survivez à l'Obscurité, laissez les Hommes Sauvages tranquilles dans les forêts, et ne les chassez plus comme des bêtes. Ghân-buri-Ghân ne vous mènera pas dans un piège. Il ira lui-même avec le père des Cavaliers, et s'il vous mène dans une mauvaise route, vous le tuerez.

— Soit ! dit Théoden.

— Combien faudra-t-il de temps pour dépasser l'ennemi et revenir à la route ? demanda Eomer. Il nous faudra aller au pas, si vous nous guidez ; et je ne doute pas que le chemin soit étroit.

— Les Hommes Sauvages vont vite à pied, dit Ghân. Le chemin est assez large pour quatre chevaux dans la Vallée Fardière, là-bas (il agita la main en direction du sud) mais il est étroit au début et à la fin. L'Homme Sauvage pourrait aller d'ici au Dîn entre le lever de la soleil et midi.

— Il faut donc compter au moins sept heures pour les guides, dit Eomer ; mais mieux vaut prévoir quelque dix heures en tout. Des choses imprévues peuvent nous retarder et, si notre armée est tout étirée, il faudra un certain temps pour la remettre en ordre avant de sortir des collines. Quelle heure est-il maintenant ?

— Qui sait ? dit Théoden. Tout est nuit à présent.

— Tout est sombre, mais pas nuit, dit Ghân. Quand la soleil sort, nous la sentons, même si elle est cachée. Elle monte déjà au-dessus des montagnes de l'Est. C'est l'ouverture du jour dans les champs du ciel.

— Eh bien, il faut partir dès que possible, dit Eomer. Même ainsi, nous ne pouvons espérer arriver au secours de Gondor aujourd'hui.

Merry n'attendit pas d'en entendre plus long, mais il s'éloigna à pas de loup pour se préparer à l'ordre de marche. C'était la dernière étape avant la bataille. Il ne lui paraissait guère probable que beaucoup y survécussent. Mais il pensa à Pippin et aux flammes dans Minas Tirith, et il domina sa propre peur.

Tout alla bien ce jour-là, et ils n'eurent aucune indication, visuelle ou auditive, que l'Ennemi les attendît dans un guet-apens. Les Hommes Sauvages avaient disposé un écran de chasseurs attentifs, de façon qu'aucun Orque ou espion rôdeur ne pût connaître les mouvements dans les collines. La lumière était plus terne que jamais comme ils approchaient de la cité investie, et les Cavaliers passèrent en longues files telles des ombres noires d'hommes et de chevaux. Chaque compagnie était guidée par un homme des bois ; mais le vieux Ghân marchait auprès du roi. Le départ avait été plus lent qu'on ne s'y était attendu, car il avait fallu du temps aux Cavaliers, qui marchaient en tenant leur cheval par la bride, pour trouver des sentiers sur les croupes épaissement boisées derrière leur camp et descendre dans la Vallée Fardière cachée. L'après-midi tirait à sa fin quand les guides arrivèrent à de vastes halliers gris qui s'étendaient au-delà du flanc ouest de l'Amon Dîn et qui masquaient une grande coupure dans la ligne de collines courant à l'est et à l'ouest de Nardol au Dîn. Par cette coupure, la route charretière oubliée descendait jadis pour rejoindre la route principale de la Cité à travers l'Anôrien ; mais à présent, depuis bien des générations d'hommes, les arbres en avaient disposé à leur façon, et elle avait disparu, défoncée et enterrée sous les feuilles d'années sans nombre. Mais les fourrés offraient aux Cavaliers leur dernier espoir d'abri avant l'entrée dans la bataille à découvert ; car, au-delà, s'étendaient la route et les plaines de l'Anduin, tandis qu'à l'est et au sud les pentes étaient nues et rocheuses là où les collines contournées se rassemblaient pour grimper, bastion après bastion, dans la grande masse et les épaulements du Mindolluin.

La compagnie de tête reçut l'ordre de faire halte, et à mesure que les files qui suivaient débouchaient de l'auge de la Vallée Fardière, elles s'étalèrent et passèrent à des lieux de campement sous les arbres gris. Le roi appela les capitaines à un conseil. Eomer envoya des éclaireurs surveiller la route ; mais le vieux Ghân hocha la tête.

— Inutile d'envoyer des Cavaliers, dit-il. Les Hommes Sauvages ont déjà vu tout ce qu'on peut voir dans le mauvais air. Ils viendront bientôt me parler ici.

Les capitaines arrivèrent ; et alors sortirent précautionneusement d'entre les arbres d'autres formes biscornues tellement semblables au vieux Ghân que Merry avait peine à les différencier. Ils parlèrent à Ghân en une langue étrangement gutturale.

Ghân se tourna bientôt vers le roi.

— Les Hommes Sauvages racontent beaucoup de choses, dit-il. Tout d'abord, soyez prudents ! Il y a encore de nombreux hommes qui campent au-delà du Dîn, à une heure de marche par là (il agita le bras en direction de l'ouest, vers les collines noires). Mais on n'en voit pas d'ici aux nouveaux murs des Gens de la Pierre. Beaucoup s'affairent là. Les murs ne se dressent plus : les *gorgûn* les ont jetés bas avec le tonnerre de terre et avec des massues de fer noir. Ils ne prennent pas garde et ne regardent pas alentour. Ils croient que leurs amis surveillent toutes les routes !

Sur quoi, le vieux Ghân émit un curieux gargouillement, et il sembla qu'il riait.

— Bonnes nouvelles ! s'écria Eomer. Même dans cette obscurité, il y a de nouveau une lueur d'espoir. Les ruses de notre Ennemi nous servent souvent malgré lui. Cette maudite obscurité a été pour nous un manteau. Et maintenant, dans leur soif de détruire le Gondor et de n'en plus laisser pierre sur pierre, ses Orques m'ont débarrassé de ma plus grande crainte. Le mur extérieur aurait pu être longtemps tenu contre nous. A présent, nous pouvons passer rapidement — pour peu que nous arrivions jusque-là.

— Je vous remercie encore une fois, Ghân-buri-

Ghân des bois, dit Théoden. La bonne fortune vous accompagne pour ce qui est de nous informer et de nous guider !

— Tuez les *gorgûn* ! Tuez les Orques ! Aucune autre parole ne plaît aux Hommes Sauvages, répondit Ghân. Chassez le mauvais air et l'obscurité avec le fer brillant !

— Nous sommes venus de loin pour accomplir ces choses, dit le roi, et nous allons tenter de le faire. Mais ce que nous accomplirons, demain seul le montrera.

Ghân-buri-Ghân s'accroupit et toucha la terre de son front calleux en signe d'adieu. Puis il se leva comme pour partir. Mais il se tint soudain le regard levé comme un animal des bois alarmé qui flaire un air étrange. Une lueur parut dans ses yeux.

— Le vent tourne ! s'écria-t-il.

Et là-dessus, en un éclair, sembla-t-il, il disparut avec ses compagnons dans les ténèbres, pour n'être plus jamais revu par aucun Cavalier de Rohan. Peu après, les tambours battirent de nouveau faiblement dans le lointain à l'est. Il ne se présenta cependant dans le cœur d'aucun membre de l'armée la crainte d'une déloyauté des Hommes Sauvages en dépit de leur apparence étrange et disgracieuse.

— Nous n'avons pas besoin d'autres directives, dit Elfhelm. Car il y a dans l'armée des cavaliers qui ont été à Mundburg du temps de la paix. A commencer par moi-même. Quand nous arriverons à la route, elle tournera vers le sud, et nous aurons encore sept lieues à parcourir pour atteindre le mur de la région urbaine. Sur presque tout le chemin, il y a beaucoup d'herbe de part et d'autre de la route. C'est sur cette section que les messagers de Gondor comptaient pour atteindre leur maximum de vitesse. Nous pourrons la parcourir vivement et sans faire grand bruit.

— Dans ce cas, puisque nous devons nous attendre à

des événements redoutables et que nous aurons besoin de toute notre force, dit Eomer, je suis d'avis que nous nous reposions maintenant et que nous partions de nuit ; notre départ sera ainsi calculé de façon que nous arrivions dans les champs quand demain sera aussi clair qu'il pourra l'être ou quand notre seigneur donnera le signal.

Le roi acquiesça, et les capitaines s'en furent. Mais Elfhelm ne tarda pas à revenir.

— Les éclaireurs n'ont rien constaté au-delà du bois gris, seigneur, dit-il, à part la présence de deux hommes : deux hommes morts et deux chevaux morts.

— Et alors ? demanda Eomer.

— Eh bien, voici, seigneur : c'étaient des messagers de Gondor ; Hirgon était peut-être l'un d'eux. En tout cas sa main serrait encore la Flèche Rouge, mais sa tête avait été tranchée. Et ceci aussi : certains signes indiquaient qu'ils fuyaient vers *l'ouest* quand ils sont tombés. A mon avis, ils avaient trouvé le mur extérieur déjà aux mains de l'Ennemi, ou celui-ci l'assaillait au moment de leur retour — et cela devait être la nuit avant-dernière, s'ils s'étaient servis des chevaux frais des postes, comme ils avaient accoutumé. N'ayant pu atteindre la Cité, ils auront fait demi-tour.

— Hélas ! dit Théoden. Dans ce cas, Denethor n'aura eu aucune nouvelle de notre chevauchée, et il désespérera de notre venue.

— *La nécessité ne souffre aucun délai, mais mieux vaut tard que jamais,* dit Eomer, et peut-être le vieil adage se révélera-t-il plus véridique que jamais auparavant depuis que les hommes s'expriment par la bouche.

C'était la nuit. Des deux côtés de la route, l'armée de Rohan faisait mouvement en silence. La route longeant alors la base du Mindolluin tourna vers le sud. Au loin et presque droit devant eux, il y avait une lueur rouge sous le ciel noir, et les bords de la grande montagne se détachaient sur ce fond. Ils approchaient du Rammas du Pelennor ; mais le jour n'était pas encore arrivé.

Le roi chevauchait au milieu de la compagnie de tête, entouré des hommes de sa maison. L'*eored* d'Elfhelm venait ensuite ; et Merry remarqua alors que Dernhelm avait quitté sa place et qu'il s'avançait régulièrement dans l'obscurité, jusqu'au moment où il se trouva juste derrière la garde du roi. Il y eut un arrêt. Merry entendit des voix qui parlaient doucement devant lui. Des estafettes qui s'étaient aventurées presque jusqu'au mur étaient de retour. Elles vinrent auprès du roi.

— Il y a de grands feux, seigneur, dit l'un des hommes. La Cité est tout envahie par les flammes, et le camp est rempli d'ennemis. Mais ils semblent être tous dirigés vers l'assaut. Pour autant qu'on puisse le conjecturer, il en reste peu sur le mur extérieur et ils ne prennent pas garde, tout à leur ouvrage de destruction.

— Vous rappelez-vous les paroles de l'Homme Sauvage, seigneur ? dit un autre. Je vis, en temps de paix, sur le Plateau découvert ; je m'appelle Widfara, et à moi aussi l'air apporte des messages. Le vent tourne déjà. Il vient un souffle du sud ; il y a dedans une saveur de mer, si légère soit-elle. Le matin apportera des nouveautés. Au-dessus de la fumée, ce sera l'aube quand vous passerez le mur.

— Si vous dites vrai, Widfara, puissiez-vous vivre au-delà de ce jour des années bénies ! dit Théoden.

Il se tourna vers les hommes de sa maison qui se trouvaient près de lui et il leur parla alors d'une voix claire, de sorte que nombre des Cavaliers de la première *eored* l'entendirent aussi :

— Voici l'heure venue, Cavaliers de la Marche, fils d'Eorl ! Les ennemis et le feu sont devant vous, et vos foyers loin derrière. Mais, bien que vous combattiez sur un champ étranger, la gloire que vous récolterez là sera vôtre à jamais. Vous avez prononcé des serments ; remplissez-les maintenant, envers votre seigneur, votre pays et la ligue de l'amitié !

Les hommes heurtèrent leurs boucliers de leurs lances.

— Eomer, mon fils ! Tu mènes la première *eored,* dit Théoden, et elle ira derrière l'étendard du roi, au centre. Elfhelm, menez votre compagnie à la droite quand nous passerons le mur. Et Grimbold mènera la sienne vers la gauche. Que les autres compagnies qui sont derrière suivent ces trois qui commandent, selon l'occasion. Frappez partout où l'ennemi s'assemblera. Nous ne pouvons faire d'autres plans, ne sachant pas encore comment les choses sont sur le terrain. En avant maintenant, et ne craignez aucune obscurité !

La compagnie de tête partit aussi vite qu'elle le pouvait, car une profonde obscurité régnait encore, quelque changement que pût prévoir Widfara. Merry chevauchait en croupe de Dernhelm, agrippé de la main gauche tandis qu'il s'efforçait avec l'autre de libérer son épée dans son fourreau. Il ressentait amèrement la vérité de la parole du vieux roi : *Que feriez-vous dans une telle bataille, Meriadoc ?* « Uniquement ceci, se dit-il : encombrer un cavalier, espérant au mieux de rester dans mon assiette et de ne pas être piétiné à mort par des sabots galopants ! »

Il n'y avait pas plus d'une lieue jusqu'à l'endroit où se dressaient autrefois les murs extérieurs. Les Cavaliers les atteignirent bientôt : trop tôt pour Merry. Des cris sauvages éclatèrent, et il y eut un fracas d'armes, mais il fut bref. Les Orques occupés aux murs étaient peu nombreux et stupéfaits, et ils furent vite tués ou chassés. Le roi s'arrêta de nouveau devant la ruine de la porte du nord dans le Rammas. La première *eored* se rangea derrière lui et sur chacun de ses côtés. Dernhelm resta tout près du roi, bien que la compagnie d'Elfhelm se trouvât loin sur la droite. Les hommes de Grimbold s'écartèrent et passèrent à une grande brèche dans le mur, plus loin à l'est.

Merry jeta un regard de derrière le dos de Dernhelm. Au loin, à dix milles ou plus peut-être, il y avait un grand incendie ; mais entre lui et les Cavaliers flambaient des lignes de feu en un vaste croissant, à moins d'une lieue au point le plus proche. Il ne distinguait guère autre chose dans la plaine sombre, et jusqu'alors il ne voyait toujours aucun espoir de matin et il ne sentait aucun souffle de vent, changé ou non.

L'armée de Rohan s'avança alors en silence dans le champ de Gondor, se déversant avec lenteur mais régularité, comme la marée montante par les brèches d'une digue que les hommes croyaient sûre. Mais la pensée et la volonté du Capitaine Noir étaient tout entières occupées par la chute de la Cité, et, pour le moment, aucune nouvelle n'était parvenue jusqu'à lui pour l'avertir d'un accroc dans ses desseins.

Après un moment, le roi mena ses hommes un peu à l'est, de façon à s'interposer entre les feux du siège et les champs extérieurs. Ils n'avaient toujours pas rencontré d'opposition, et Théoden ne donnait toujours pas de signal. Il finit par s'arrêter une fois de plus. La Cité était maintenant proche. Il y avait dans l'air une odeur d'incendie et une véritable ombre de mort. Les chevaux étaient inquiets. Mais le roi se tenait sur Nivacrin, immobile, contemplant l'agonie de Minas Tirith, comme soudain frappé d'angoisse ou de peur. Il semblait se recroqueviller, accouardi par l'âge. Merry lui-même avait l'impression d'un grand poids d'horreur et de doute. Son cœur battait à coups lents. Le temps paraissait suspendu dans l'incertitude. Ils étaient arrivés trop tard ! Trop tard était pire que jamais ! Peut-être

Théoden allait-il fléchir, courber sa vieille tête, se retourner et partir furtivement se cacher dans les collines.

Puis soudain Merry le sentit enfin, sans aucun doute : un changement. Le vent soufflait sur son visage ! La lumière entreluisait. Loin, très loin dans le Sud, des nuages se voyaient faiblement, formes grises reculées qui s'élevaient en volutes et dérivaient : le matin s'étendait au-delà.

Mais au même moment, il y eut un éclair, comme si la foudre avait jailli de la terre sous la Cité. Durant une seconde fracassante, elle se dressa aveuglante au loin en noir et blanc, avec sa plus haute tour semblable à une aiguille scintillante ; puis, comme l'obscurité se refermait, vint, roulant par-dessus les champs, un grand grondement.

A ce bruit, la forme courbée du roi se redressa brusquement comme par l'effet d'un ressort. Il parut de nouveau grand et fier ; et, debout sur ses étriers, il cria d'une voix forte, si claire qu'aucun de ceux qui étaient là n'en avait jamais entendu de pareille chez un mortel :

Debout, debout, Cavaliers de Théoden !
Des événements terribles s'annoncent : feux et mas-
*   sacres !*
La lance sera secouée, le bouclier volera en éclats,
Une journée de l'épée, une journée rouge, avant que le
*   soleil ne se lève !*
Au galop maintenant, au galop ! A Gondor !

Là-dessus, il saisit un grand cor des mains de Guthlaf son porte-étendard, et il lança une telle sonnerie que le cor se rompit. Et aussitôt tous les cors de l'armée furent élevés à l'unisson et la sonnerie des cors de Rohan en cette heure fut comme une tempête sur la plaine et le tonnerre dans les montagnes.

Au galop maintenant, au galop ! A Gondor !

Le roi cria soudain un ordre à Nivacrin, et le cheval bondit en avant. Derrière Théoden, son étendard flottait au vent : un cheval blanc sur un champ vert ; mais il le distançait. Derrière lui, les chevaliers de sa maison galopaient dans un bruit de tonnerre, mais il était toujours en avant. Eomer chevauchait là, la queue de cheval de son casque flottant avec la vitesse, et le front de la première *eored* mugissait comme les flots déferlant sur la grève ; mais Théoden ne pouvait être gagné de vitesse. Il paraissait emporté par la folie, ou la fureur de bataille de ses pères courait comme un nouveau feu dans ses veines, et il était porté par Nivacrin comme un dieu de jadis, voire comme Oromë le Grand à la bataille de Valar, quand le monde était jeune. Son bouclier d'or, découvert, brillait telle une image du soleil, et l'herbe flamboyait de vert autour des pieds blancs de son coursier. Car le matin se levait, le matin et un vent venu de la mer ; les ténèbres se dispersèrent ; les hommes de Mordor gémirent, et la terreur s'empara d'eux ; ils s'enfuirent, et moururent, et les sabots de la colère passèrent sur eux. Alors toute l'armée de Rohan éclata en chants ; les hommes chantaient tout en massacrant, car la joie de la bataille était en eux, et le son de leur chant, qui était beau et terrible, parvint jusqu'à la Cité

Chapitre VI

La bataille
des Champs du Pellenor

Mais ce n'était ni un chef orque ni un brigand qui menait l'assaut contre Gondor. L'obscurité tombait trop tôt, avant la date décidée par le Maître : la fortune l'avait trahi pour le moment, et le monde s'était tourné contre lui ; la victoire échappait à son étreinte comme il tendait la main pour la saisir. Mais il avait le bras long. Il commandait toujours et disposait de grands pouvoirs. Roi, Esprit Servant de l'Anneau, Seigneur des Nazgûl, il détenait maintes armes. Il quitta la Porte et disparut.

Théoden Roi de la Marche avait atteint la route de la Porte du Fleuve, et il se tourna vers la Cité qui ne se trouvait plus à présent qu'à moins d'un mille. Il ralentit un peu le pas, cherchant de nouveaux ennemis ; ses chevaliers s'assemblèrent autour de lui, et avec eux se trouvait Dernhelm. En avant, plus près des murs, les hommes d'Elfhelm se trouvaient parmi les engins de siège, taillant, massacrant, poussant leurs ennemis dans les fosses à feu. A peu près toute la moitié nord du Pelennor était emportée et les camps flambaient, les Orques fuyaient vers le Fleuve comme des hardes devant les chasseurs ; et les Rohirrim allaient de côté et d'autre à leur gré. Mais ils n'avaient pas encore réduit le siège, ni pris la Porte. De nombreux ennemis se tenaient devant, et d'autres armées encore intactes occupaient l'autre moitié de la plaine. Au sud, au-delà de la route, se trouvait la force principale des Haradrim, et leurs cavaliers étaient assemblés là autour de l'étendard de leur chef. Observant, il vit dans la lumière croissante la bannière du roi, et celle-ci était bien en avant de la bataille, entourée de peu d'hommes. Il fut alors empli d'un courroux sanguinaire ; il cria d'une voix forte et, déployant son étendard, serpent noir sur fond écarlate, il s'élança contre le cheval blanc sur fond vert avec une grande masse d'hommes ; et quand les Suderons dégainèrent leurs cimeterres, ce fut comme un étincellement d'étoiles.

Théoden vit alors sa présence, et il ne voulut pas attendre son attaque : sur un cri à Nivacrin, il chargea à fond pour le recevoir. Grand fut le choc de leur rencontre. Mais la furie blanche des Hommes du Nord était la plus ardente, et leur chevalerie était plus habile avec ses longues lances, et implacable. Ils étaient moins nombreux, mais ils fendirent les rangs des Suderons comme un coup de foudre dans la forêt. En plein milieu de la mêlée se trouvait Théoden fils de Thengel, et sa lance fut brisée comme il jetait leur chef à terre. Son épée jaillit ; il piqua sur l'étendard et fendit hampe et porteur ; et le serpent noir s'effondra. Alors, tout ce qui restait de la cavalerie ennemie tourna bride et s'enfuit au loin.

Mais voilà que soudain, au milieu de la gloire du roi, son bouclier doré se ternit. Le matin neuf fut effacé du ciel. L'obscurité entoura Théoden. Les chevaux se cabrèrent et hennirent. Des hommes jetés à bas de leur selle se traînèrent sur le sol.

— A moi ! A moi ! cria Théoden. Debout Eorlingas ! Ne craignez aucunes ténèbres !

Mais Nivacrin, fou de terreur, se dressa de tout son haut, luttant contre l'air ; puis, avec un grand cri, il s'effondra sur le côté : un trait noir l'avait transpercé. Le roi tomba sous lui.

La grande ombre descendit comme un nuage tombant. Et voilà que c'était une créature ailée ! Si c'était un oiseau, il était plus grand que tous les autres, et il était dénudé : il ne portait ni penne ni plume, et ses vastes ailes ressemblaient à des palmures de peau entre des doigts cornus ; et il puait. Peut-être était-ce une créature d'un autre monde, dont l'espèce, demeurée dans des montagnes oubiées et froides sous la lune, avait survécu à son temps et engendré dans quelque aire hideuse cette dernière progéniture intempestive et propre au mal. Et le Seigneur Ténébreux l'avait prise et l'avait nourrie de viandes affreuses jusqu'à ce qu'elle ait pris une envergure plus grande que celle de toute autre créature volante ; et il l'avait donnée à son serviteur en guise de coursier. Elle descendit, descendit ; et puis, repliant ses palmures digitées, elle poussa un cri croassant et se fixa sur le corps de Nivacrin, y enfonçant ses serres et courbant son long cou nu.

Sur son dos se tenait une forme, enveloppée d'un manteau noir, énorme et menaçante. Elle portait une couronne d'acier, mais entre le bord de celle-ci et le vêtement ne se voyait rien d'autre qu'une lueur sinistre d'yeux · le Seigneur des Nazgûl. Il était retourné vers l'air, appelant son coursier avant la défaillance de l'obscurité, et il était à présent revenu, apportant la ruine, muant l'espoir en désespoir et la victoire en mort. Il maniait une grande masse d'armes noire.

Mais Théoden n'était pas entièrement abandonné. Les chevaliers de sa maison gisaient morts autour de lui ou bien, dominés par la folie de leurs destriers, ils avaient été emportés au loin. Un seul restait là cependant : le jeune Dernhelm, fidèle au-delà de toute peur ; et il pleurait, car il avait aimé son seigneur comme un père. Durant toute la charge, Merry avait été porté sain et sauf derrière lui, jusqu'au moment où l'Ombre était venue ; et alors, Windfola les avait désarçonnés dans sa terreur, et il galopait maintenant éperdu dans la plaine. Merry rampait comme une bête ahurie, et une telle horreur s'était emparée de lui qu'il en était aveugle et malade.

« Serviteur du roi ! Serviteur du roi ! lui criait son cœur. Tu dois rester près de lui. Vous serez pour moi comme un père, as-tu dit. » Mais sa volonté ne répondait pas ; et son corps tremblait. Il n'osait ouvrir les yeux ni regarder en l'air.

Et puis, du fond des ténèbres de son esprit, il crut entendre parler Dernhelm ; mais sa voix lui paraissait étrange et lui rappelait quelque autre qu'il avait connue.

— Va-t'en, immonde Dwiimmerlaik, seigneur de la charogne ! Laisse les morts en paix !

Une voix froide lui répondit :

— Ne t'interpose pas entre le Nazgûl et sa proie ! Ou il ne te tuera pas à ton tour. Il t'emportera vers les maisons de lamentation, au-delà de toutes ténèbres, où ta chair sera dévorée et ton esprit desséché laissé nu à l'Œil Vigilant.

Une épée résonna comme on la tirait du fourreau.

— Fais ce que tu veux ; mais je l'empêcherai dans la mesure où je le pourrai.

— M'empêcher, moi ? Pauvre fou. Aucun homme vivant ne le peut !

Merry entendit alors de tous les sons à cette heure le plus étrange. Il semblait que Dernhelm riait, et la voix claire était comme le tintement de l'acier.

— Mais je ne suis pas un homme vivant ! C'est une femme que tu vois. Je suis Eowyn, la fille d'Eomund. Tu te tiens entre moi et mon seigneur et parent. Va-t'en, si tu n'es pas immortel ! Car, vivant ou sombre non mort, je te frapperai si tu le touches.

La créature ailée lança contre elle des cris aigus, mais l'Esprit Servant de l'Anneau ne répondit rien, et elle resta silencieuse, comme prise d'un doute soudain. Une stupéfaction complète domina un moment la peur de Merry. Il ouvrit les yeux, et les ténèbres en furent retirées. Là, à quelques pas de lui, se trouvait la grande bête ; tout semblait sombre autour d'elle et, au-dessus, apparaissait le Seigneur des Nazgûl telle une ombre du désespoir. Un peu à gauche, leur faisant face, se dressait celle qu'il avait appelée Dernhelm. Mais le heaume de son secret était tombé, et ses brillants cheveux, relâchés de leur lien, luisaient comme de l'or pâle sur ses épaules. Ses yeux d'un gris de mer étaient durs et féroces, et pourtant les larmes coulaient sur ses joues. Elle avait une épée à la main, et elle levait son bouclier pour s'abriter de l'horreur des yeux de son ennemi.

C'était Eowyn et aussi Dernhelm. Car, en un éclair, se présenta à l'esprit de Merry le souvenir du visage qu'il avait vu au départ de Dunharrow : celui de quelqu'un qui cherche la mort, ayant perdu tout espoir. Il eut le cœur empli de pitié et d'un grand étonnement, et soudain le courage de sa race, lentement ranimé, s'enflamma. Il serra le poing. Elle ne mourrait pas, si belle, si désespérée ! Du moins ne mourrait-elle pas seule, sans aide.

La face de leur ennemi n'était pas tournée de son côté,

mais il osait à peine bouger, redoutant que les yeux mortels ne tombassent sur lui. Lentement, lentement, il commença de s'écarter en rampant ; mais le Capitaine Noir, tout doute et malice envers la femme qu'il avait devant lui, ne lui prêtait pas plus d'attention qu'à un ver dans la boue.

Soudain, la grande bête battit de ses hideuses ailes, et le vent en était nauséabond. Elle s'éleva de nouveau d'un bond ; puis se laissa vivement tomber sur Eowyn, poussant des cris aigus et frappant du bec et des serres.

Elle ne sourcilla toujours pas : vierge des Rohirrim, fille de rois, mince mais telle une lame d'acier, belle mais terrible. Elle porta un coup rapide, habile et mortel. Elle fendit le cou tendu, et la tête tranchée tomba comme une pierre. Elle fit un saut en arrière tandis que l'immense forme s'écrasait, ses vastes ailes étendues, pour se recroqueviller sur le sol ; et avec sa chute, l'ombre disparut. Une lumière tomba sur Eowyn, et ses cheveux brillèrent dans le soleil levant.

Du naufrage s'éleva le Cavalier Noir, grand et menaçant, la dominant de haut. Avec un cri de haine qui mordait les oreilles comme un venin, il abattit sa masse d'armes. Le bouclier d'Eowyn vola en éclats, et son bras fut brisé ; elle tomba à genoux. Il se pencha sur elle comme un nuage et ses yeux étincelèrent ; il leva sa masse pour tuer.

Mais soudain lui aussi tomba en avant avec un cri de douleur aiguë, et son coup s'égara, s'enfonçant dans le sol. L'épée de Merry avait frappé par-derrière ; elle avait fendu le manteau noir et, remontant sous le haubert, avait percé le tendon derrière son puissant genou.

— Eowyn ! Eowyn ! cria Merry.

Alors, chancelante, se redressant dans un grand effort, elle appliqua toute sa dernière force à enfoncer son épée entre la couronne et le manteau tandis que les grandes épaules se courbaient devant elle. Avec des étincelles, l'épée se brisa en maints fragments. La couronne alla rouler avec un bruit métallique. Eowyn tomba en avant sur son ennemi abattu. Mais manteau et haubert étaient vides ! Ils s'étalaient à présent sur le sol, déchirés et informes ; un cri monta dans l'air frémissant et se perdit dans un gémissement aigu ; il passa avec le vent, voix mince et incorporelle qui mourut, fut engloutie pour ne plus jamais être entendue en cet âge du monde.

Et là se tenait au milieu des tués Meriadoc le Hobbit, clignant des paupières comme un hibou dans la lumière du jour, car les larmes l'aveuglaient ; et dans un nuage, il regardait la belle tête d'Eowyn, étendue sans mouvement ; et il contemplait le visage du roi, tombé au milieu de sa gloire. Car Nivacrin, dans son agonie, avait roulé de sur lui ; mais il n'en était pas moins le destructeur de son maître.

Merry se pencha alors et souleva la main du roi pour la baiser, et voilà que Théoden ouvrait les yeux ! Ils étaient limpides, et il parla d'une voix calme, quoique avec difficulté.

— Adieu, Maître Holbytla ! dit-il. Mon corps est brisé. Je rejoins mes ancêtres. Et même dans leur grande compagnie, je n'aurai pas honte à présent. J'ai abattu le serpent noir. Un sinistre matin, une heureuse journée et un coucher de soleil doré !

Merry fut incapable de parler, et il se laissa de nouveau aller aux larmes. Il finit cependant par dire :

— Pardonnez-moi, seigneur, si j'ai enfreint vos ordres, sans cependant faire autre chose pour votre service que de pleurer à notre séparation.

Le vieux roi sourit.

— Ne vous affligez point ! C'est pardonné. A noble cœur pas de désaveu. Vivez maintenant des années bénies ; et quand vous serez en paix, avec votre pipe, pensez à moi ! Car jamais plus maintenant je ne m'assiérai avec vous à Meduseld, comme je l'avais promis, ni ne profiterai-je de vos connaissances des herbes.

Il ferma les yeux, et Merry s'inclina près de lui ; mais il reprit bientôt la parole :

— Où est Eomer ? Car mes yeux se voilent, et je voudrais le voir avant de partir. Il doit être roi après moi. Et je voudrais envoyer un message à Eowyn. Elle ne voulait pas me laisser partir, elle ; et maintenant, je ne la reverrai pas, elle qui m'est plus chère qu'une fille.

— Seigneur, seigneur, commença de dire Merry d'une voix entrecoupée, elle est...

Mais une grande clameur s'éleva à ce moment ; et tout autour d'eux les cors et les trompettes sonnèrent. Merry se retourna : il avait oublié la guerre et tout le monde environnant ; il lui semblait que bien des heures s'étaient écoulées depuis que le roi s'était élancé vers son destin, bien qu'en réalité il ne se fût passé qu'un court moment. Mais il vit alors qu'ils étaient en grand danger d'être pris au plus fort de la grande bataille qui allait bientôt se livrer.

De nouvelles forces ennemies montaient vivement la route venant du Fleuve ; de sous les murs s'avançaient les légions de Morgul ; des champs du Sud venaient des piétons de Harad précédés de cavaliers, et derrière eux s'élevaient les énormes dos des *mûmakil,* portant des tours de guerre. Mais, au nord, la crête blanche d'Eomer menait le grand front des Rohirrim qu'il avait de nouveau ralliés et rangés ; et, de la Cité, venait toute la force d'hommes qui s'y trouvait, et le cygne d'argent de Dol Amroth était porté à l'avant-garde, repoussant l'Ennemi de la Porte.

Une pensée traversa un instant l'esprit de Merry : « Où est Gandalf ? N'est-il pas ici ? N'aurait-il pu sauver le roi et Eowyn ? » Mais là-dessus Eomer vint en hâte, accompagné des chevaliers de la maison survivants qui avaient pu maintenant maîtriser leurs chevaux. Ils regardaient avec étonnement le cadavre de l'abominable bête qui gisait là ; et leurs destriers refusèrent d'approcher. Mais lorsque Eomer, ayant sauté à terre, fut venu aux côtés du roi, il se tint là en silence accablé de chagrin et de consternation.

L'un des chevaliers prit alors la bannière du roi de la main de Guthlaf, le porte-bannière qui gisait mort, et il la leva. Théoden ouvrit lentement les yeux. Voyant la bannière, il fit signe qu'elle devait être remise à Eomer.

— Salut, Roi de la Marche ! dit-il. Va maintenant à la victoire ! Fais mes adieux à Eowyn !

Et il mourut ainsi, sans savoir qu'Eowyn gisait auprès de lui. Et ceux qui se trouvaient là pleuraient, criant :

— Théoden Roi ! Théoden Roi !

Mais Eomer leur dit :

— Ne pleurez pas trop ! Puissant était celui qui est tombé, digne fut sa fin. Quand son tertre sera élevé, les femmes pleureront. La guerre nous appelle à présent.

Mais lui-même pleurait en parlant.

— Que ses chevaliers demeurent ici, dit-il, et qu'ils emportent avec honneur son corps du champ de bataille, de crainte que les troupes ne le piétinent ! Oui, lui et tous ces autres hommes du roi qui gisent ici.

Et il regarda les tués, se rappelant leurs noms. Puis, soudain, il vit sa sœur Eowyn étendue, et il la reconnut. Il resta un moment comme un homme percé d'une flèche au cœur au milieu d'un cri ; son visage devint mortellement pâle, et une fureur froide l'envahit, de sorte que toute parole lui manqua pendant quelque temps. Il fut saisi d'une humeur de folie.

— Eowyn, Eowyn ! cria-t-il enfin. Comment te trouves-tu ici ? Eowyn ? Quelle démence ou quelle sorcellerie est-ce là ? La mort, la mort, la mort ! La mort nous prend tous.

Alors, sans recevoir aucun avis et sans attendre l'approche des hommes de la Cité, il donna de l'éperon et se lança tête baissée vers le front de la grande armée, sonna du cor et appela d'une voix forte à l'assaut. Sur le champ de bataille retentit sa voix claire, criant :

— Mort ! Courez, courez à la ruine et à la fin du monde !

Là-dessus, l'armée se mit en mouvement. Mais les Rohirrim ne chantaient plus.

— Mort, criaient-ils d'une seule voix puissante et terrible.

Et prenant de la vitesse comme une grande marée, leur force balaya le terrain autour de leur roi tombé, et elle passa en grondant vers le sud.

Et Meriadoc restait encore là, clignant des paupières à travers ses pleurs, et personne ne lui parlait ; en fait, personne ne semblait lui prêter attention. Il essuya ses larmes, se baissa pour ramasser le bouclier vert qu'Eowyn lui avait donné et il le jeta sur son dos. Puis il chercha son épée qu'il avait laissé tomber ; car, au moment où il avait porté son coup, son bras avait été engourdi et maintenant il ne pouvait se servir que du bras gauche. Or, son arme se trouvait bien sur le sol, mais la lame fumait comme une branche sèche jetée au feu ; et comme il la regardait, elle se tordit, se dessécha et fut consumée.

Ainsi finit l'épée des Hauts des Galgals, œuvre de l'Ouistrenesse. Mais il aurait été heureux de connaître ce destin, celui qui l'avait lentement ouvrée jadis dans le Royaume du Nord, du temps que les Dunedains étaient jeunes et que leur principal ennemi était le redoutable Royaume d'Angmar avec son roi sorcier. Nulle autre lame, même maniée par des mains plus puissantes, n'aurait infligé à cet ennemi une blessure aussi sévère, fendant la chair non morte, rompant le charme qui unissait ses tendons invisibles à sa volonté.

Des hommes soulevèrent alors le roi et ils l'emportèrent jusqu'à la Cité en étendant des manteaux sur des bois de lances ; et d'autres soulevèrent doucement Eowyn et l'emportèrent derrière lui. Mais on ne put enlever du champ de bataille les hommes de la maison du roi, car sept de ses chevaliers étaient tombés là, et leur chef Deorwine se trouvait parmi eux. On les étendit donc à part de leurs ennemis et de la sinistre bête, et on les entoura de lances. Et plus tard, quand tout fut terminé, des hommes revinrent faire là un feu pour brûler la carcasse de la bête ; mais, pour Nivacrin, ils creusèrent une tombe et dressèrent au-dessus une pierre sur laquelle étaient gravés dans les langues de Gondor et de la Marche :

Fidèle serviteur, et pourtant de son maître le funeste destin,
Fils de Pied Léger, le rapide Nivacrin.

L'herbe poussa verte et haute sur le Tertre de Nivacrin, mais à jamais noire et nue resta la terre sur laquelle fut brûlée la bête.

A présent, Merry marchait avec lenteur et tristesse à côté des porteurs, et il ne prêta plus attention au combat. Il était las et empli de douleur, et ses membres tremblaient comme de froid. Une grande pluie vint de la Mer et il sembla que toutes choses pleuraient sur Théoden et Eowyn, éteignant sous des larmes grises les incendies de la Cité. Ce fut à travers une brume qu'il vit bientôt approcher l'avant-garde des hommes de Gondor. Imrahil, Prince de Dol Amroth, s'avança et s'arrêta devant eux.

— Quel fardeau portez-vous, Hommes de Rohan ? cria-t-il.

— Théoden Roi, répondirent-ils. Il est mort. Mais Eomer Roi chevauche à présent dans la bataille : celui au cimier blanc dans le vent.

Le Prince mit alors pied à terre et s'agenouilla près de la civière en l'honneur du roi et de son grand assaut ; et il pleura. En se relevant, il porta le regard vers Eowyn, et il fut stupéfait.

— Assurément, c'est là une femme ? dit-il. Les femmes mêmes des Rohirrim sont-elles venues en guerre dans notre besoin ?

— Non ! Une seule, répondirent-ils. C'est la Dame Eowyn, sœur d'Eomer ; nous ne savions rien de sa venue jusqu'à cette heure, et nous la regrettons amèrement.

Alors le Prince, voyant sa beauté, bien que son visage fût pâle et froid, toucha sa main tandis qu'il se baissait pour la regarder de plus près.

— Hommes de Rohan ! s'écria-t-il. N'y a-t-il aucun médecin parmi vous ? Elle est blessée, peut-être mortellement, mais je crois qu'elle vit encore.

Et il tint devant les lèvres froides l'avant-bras brillamment poli de son armure, et voilà qu'une petite buée, à peine visible, se déposa dessus.

— La hâte est maintenant nécessaire, dit-il.

Et il dépêcha un cavalier à la Cité pour ramener du secours. Mais lui, s'inclinant bas devant les morts, leur dit adieu et, remonté en selle, il s'en fut rejoindre la bataille.

Le combat devenait alors furieux sur les Champs du Pelennor ; et le fracas des armes s'éleva très haut, accompagné des cris des hommes et des hennissements des chevaux. Des cors sonnaient, des trompettes lançaient leur son éclatant, et les *mûmakil* mugissaient, aiguillonnés pour le combat. Sous les murs sud de la Cité, les hommes de pied de Gondor se lancèrent alors contre les légions de Morgul, qui y étaient toujours assemblées en force. Mais les cavaliers se portèrent à l'est au secours d'Eomer : Hurïn le Grand, Gardien des Clefs, et le Seigneur de Lossarnach, et Hirluin des Collines Vertes, et le Prince Imrahil le Beau entouré de ses chevaliers.

Leur aide n'était pas prématurée pour les Rohirrim : car la fortune avait tourné contre Eomer, et sa furie l'avait trahi. Le grand courroux de son attaque avait entièrement culbuté le front de ses ennemis, et nombre de ses Cavaliers avaient percé les rangs des Suderons, défaisant leurs cavaliers et réduisant les piétons à la ruine. Mais partout où venaient les *mûmakil*, les chevaux refusaient d'avancer et se dérobaient ; et les grands monstres n'étaient pas combattus ; ils se dressaient comme des tours de défense, et les Haradrim se ralliaient autour d'eux. Et si, lors de leur attaque, les Rohirrim étaient trois fois moins nombreux que les seuls Haradrim, leur cas ne tarda pas à devenir encore bien pire ; car de nouvelles forces commencèrent à se déverser d'Osgiliath sur le champ de bataille. Elles avaient été rassemblées là pour le sac de la Cité et le pillage du Gondor, dans l'attente de l'appel de leur Capitaine. Il était mort à présent ; mais Gothmog, le lieutenant de Morgul, les avait jetés dans la mêlée : Orientaux armés de haches, Variags de Khand, Suderons en écarlate et, de l'Extrême Harad, des hommes noirs semblables à des Semi-Trolls avec des yeux blancs et des langues rouges. Les uns venaient en hâte derrière les Rohirrim, tandis que d'autres restaient à l'ouest pour retenir les forces de Gondor et les empêcher de rejoindre le Rohan.

Ce fut au moment où le combat commençait ainsi à tourner au désavantage du Gondor et où l'espoir chancelait qu'un nouveau cri monta de la Cité ; c'était le milieu de la matinée ; un grand vent soufflait, la pluie était chassée vers le nord et le soleil brillait. Dans cet air clair, les guetteurs des murs eurent au loin une nouvelle vision de terreur, et leur dernier espoir les quitta.

Car l'Anduin coulait de telle façon depuis la boucle du Harlond que les hommes pouvaient de la Cité en suivre le cours sur quelques lieues, et ceux qui avaient la vue longue pouvaient apercevoir tous les navires qui approchaient. Et regardant par là, ils poussèrent des cris de consternation ; car ils voyaient, se détachant en noir sur l'eau scintillante, une flotte poussée par le vent : des dromons et des navires à grand tirant d'eau avec de nombreuses rames et des voiles noires gonflées par la brise.

— Les Pirates d'Umbar ! crièrent les hommes. Les Pirates d'Umbar ! Regardez ! Les Pirates d'Umbar arrivent ! Ainsi le Belfalas est pris, et l'Ethir, et la Lebennin est partie. Les Pirates sont sur nous ! C'est le dernier coup du destin !

Et certains, sans ordre car il ne se trouvait personne dans la Cité pour les commander, coururent aux cloches et sonnèrent l'alarme ; et d'autres sonnèrent la retraite à la trompette.

— Revenez aux murs ! criaient-ils. Revenez aux murs ! Revenez à la Cité avant que tous ne soient submergés !

Mais le vent qui activait les navires emportait toute leur clameur.

Les Rohirrim n'avaient assurément aucun besoin d'information ou d'alarme. Ils ne voyaient que trop bien eux-mêmes les voiles noires. Car Eomer ne se trouvait plus à présent qu'à un mille au plus du Harlond, et une grande presse de ses premiers ennemis le séparait de ce havre, alors que de nouveaux ennemis venaient en tournoyant par- derrière, le coupant du Prince. Il regarda alors vers le Fleuve ; l'espoir mourut dans son cœur et il maudit le vent qu'il avait auparavant béni. Mais les armées de Mordor furent toutes ragaillardies ; et, emplies d'une nouvelle soif et d'une nouvelle furie, elles se précipitèrent à l'attaque en hurlant.

La disposition d'Eomer s'était à présent durcie et sa pensée était redevenue claire. Il fit sonner les cors pour rallier à sa bannière les hommes qui pouvaient y parvenir ; car il pensait faire pour finir un grand mur de boucliers, tenir, combattre là à pied jusqu'au dernier homme et accomplir dans les Champs du Pelennor des exploits dignes d'être chantés, bien que nul ne dût rester dans l'Ouest pour se souvenir du dernier Roi de la Marche. Il gagna donc à cheval une butte verte, où il planta sa bannière, et le Cheval Blanc flotta dans le vent.

Sorti du doute, sorti des ténèbres au lever du jour,
Je vins chantant au soleil et tirant le glaive.
Vers la fin de l'espoir, je chevauchai, et vers le déchi-
    rement du cœur :
Place maintenant à la colère, place à la ruine et à un
    rouge crépuscule !

Il prononça ces vers, mais, ce faisant, il riait. Car il était encore possédé de l'ardeur de la bataille ; il était toujours indemne, il était jeune et il était roi : seigneur d'un peuple féroce. Et, se riant du désespoir, il regarda de nouveau les navires noirs et il brandit son épée en signe de défi.

Mais alors l'étonnement le saisit, en même temps qu'une grande joie ; il jeta son épée dans la clarté du soleil et chanta en la rattrapant. Et tous les yeux suivirent son regard, et voilà que sur le navire de tête un grand étendard se déployait, et le vent le fit flotter, tandis que le navire se tournait vers le Harlond. Dessus fleurissait un Arbre Blanc, et cela, c'était pour le Gondor ; mais il était entouré de Sept Étoiles et surmonté d'une haute couronne, marque d'Elendil que nul seigneur n'avait portée depuis des années sans nombre. Et les étoiles flambloyaient au soleil, car elles avaient été ouvrées en gemmes par Arwen fille d'Elrond ; et la couronne brillait dans le matin, car elle était faite de mithril et d'or.

Ainsi vint Aragorn fils d'Arathorn, Elessar, héritier d'Isildur, des Chemins des Morts, porté par un vent de la Mer au royaume de Gondor ; et la joie des Rohirrim éclata en un torrent de rires et de grands éclairs d'épées ; et l'allégresse et l'étonnement de la Cité se manifestèrent en fanfares de trompettes et en sonneries de cloches. Mais les armées de Mordor furent abasourdies : ce leur semblait une grande sorcellerie que leurs propres navires fussent remplis de leurs ennemis ; une peur noire les envahit, sachant que la marée du destin s'était renversée et que leur ruine était proche.

Les chevaliers de Dol Amroth se dirigèrent vers l'est, poussant l'ennemi devant eux : Trolls, Variags et Orques qui avaient horreur de la lumière du soleil. Eomer alla vers le sud, et ceux qui fuyaient devant sa face furent pris entre le marteau et l'enclume. Car maintenant des hommes sautaient des navires sur les quais du Harlond, et ils se précipitaient en tempête vers le nord. Là, venaient Legolas, Gimli jouant de la hache, Halbarad portant l'étendard, Elladan et Elrohir avec des étoiles au front, et les Dunedains obstinés, Rôdeurs du Nord, menant une grande et valeureuse force de gens de la Lebennin, du Lamedon et des fiefs du Sud. Mais, devant tous allait Aragorn avec la Flamme de l'Ouest, Anduril, tel un nouveau feu allumé, Narsil reforgée aussi mortelle que jadis ; et sur son front était l'Étoile d'Elendil.

Et ainsi finalement Eomer et Aragorn se rencontrèrent au milieu de la bataille ; et, s'appuyant sur leurs épées, ils se regardèrent, et ils furent heureux.

— Voilà donc que nous nous retrouvons en dépit de toutes les armées de Mordor qui s'étendaient entre nous, dit Aragorn. Ne l'avais-je pas annoncé à Fort le Cor ?

— Oui, vous le dîtes, répondit Eomer ; mais l'espoir est souvent trompeur, et je ne savais pas alors que vous étiez un voyant. Mais doublement bénie est une aide inattendue, et jamais rencontre d'amis ne fut plus joyeuse.

Là-dessus, ils s'étreignirent les mains.

— Ni plus opportune, dit Eomer. Vous arrivez juste à temps, ami. Nous avons subi de grandes pertes et beaucoup d'afflictions.

— Vengeons-les donc avant d'en parler ! dit Aragorn.

Et ils retournèrent ensemble au combat.

Ils eurent encore à mener une dure bataille, et ce fut un long labeur ; car les Suderons étaient des hommes hardis et acharnés, et féroces dans le désespoir ; et les Orientaux étaient forts et endurcis à la guerre, et ils ne demandèrent aucun quartier. De-ci de-là, près d'une ferme ou d'une grange brûlée, sur quelque butte ou tertre ou en terrain plat, ils s'assemblaient de nouveau, se ralliaient, et ils combattirent ainsi jusqu'à la fin du jour.

Et puis le soleil finit par descendre derrière le Mindolluin, emplissant le ciel d'un grand incendie, de sorte que collines et montagnes étaient comme teintes de sang : le feu rougeoyait dans le Fleuve et l'herbe du Pelennor s'étendait, pourpre, dans le crépuscule. En cette heure, la grande bataille du champ de Gondor fut terminée ; et aucun ennemi vivant ne restait dans tout le pourtour du Rammas. Tous étaient tués hormis ceux qui avaient fui pour mourir ou pour se noyer dans l'écume rouge du Fleuve. Peu d'hommes revinrent jamais à l'est à Morgul ou en Mordor ; et au pays des Haradrim ne parvint qu'un on-dit des régions lointaines : une rumeur de la colère et de la terreur du Gondor.

Aragorn, Eomer et Imrahil revinrent à cheval vers la Porte de la Cité, et ils étaient à présent las au point de n'éprouver plus joie ni chagrin. Ces trois-là étaient indemnes, car telles étaient leur fortune, leur habileté et la puissance de leurs armes, et peu nombreux étaient ceux qui osaient les affronter ou regarder leur visage à l'heure de la colère. Mais beaucoup d'autres avaient été blessés, estropiés ou tués sur le champ de bataille. Les haches avaient taillé Forlong, combattant seul et démonté ; et Duilin de Morthond et son frère avaient été piétinés à mort au cours de leur assaut contre les *mûmakil,* alors qu'ils menaient leurs hommes tout près pour tirer dans l'œil des monstres. Hirluin le Beau ne retournerait pas à Pinnath Gelin, ni Grimbold à Grimslade, non plus que Halbarad dans les Terres du Nord, Rôdeur à la main obstinée. Nombreux étaient ceux qui avaient péri, renommés ou obscurs, capitaines ou soldats ; car ce fut une grande bataille, et nul récit n'en a fait le compte total. Aussi, bien longtemps après, un auteur de Rohan dit-il dans son chant sur les Tertres de Mundburg :

Nous avons entendu chanter les cors sonnant dans les collines,
Les épées brillant dans le Royaume du Sud.
Les destriers partirent d'une belle foulée vers la Pierrelande
Comme le vent dans le matin. La guerre était allumée.
Là tomba Théoden, puissant Thengling,
Qui à ses salles dorées et ses verts pâturages
Dans les champs du Nord jamais ne revint,
Haut seigneur de l'armée. Harding et Guthlaf,
Dunhere et Deorwine, le preux Grimbold,

Herefara et Herubrand, Horn et Fastred
Combattirent et tombèrent là en pays lointain.
Aux Tertres de Mundburg sous un tertre ils gisent
Avec leurs compagnons de ligue, les seigneurs de
    Gondor.
Ni Hirluin le Beau aux collines près de la mer,
Ni Forlong le Vieux aux vallées fleuries,
Jamais, à Arnach, à son propre pays,
Ne revinrent en triomphe ; ni les grands archers,
Derufin et Duilin, à leurs sombres eaux
Des lacs de Morthond à l'ombre des montagnes.
La mort au matin et au crépuscule
Prit les seigneurs et les humbles. Depuis longtemps
    à présent ils dorment
Sous l'herbe à Gondor près du Grand Fleuve.
Gris maintenant comme les larmes, argent scintil-
    lant,
Rouge alors il roulait ses eaux rugissantes :
L'écume teinte de sang flamboyait dans le soir ;
Rouge tomba la rosée dans Rammas Echor.

Chapitre VII

Le bûcher de Denethor

Quand l'ombre noire se retira de la Porte, Gandalf resta encore assis immobile. Mais Pippin se leva, comme débarrassé d'un grand poids ; il resta à écouter les cors, et il eut l'impression qu'ils allaient lui briser le cœur de joie. Et jamais par la suite il ne put entendre un cor au loin sans que les larmes lui montassent aux yeux. Mais alors sa mission lui revint soudain à la mémoire, et il courut en avant. A ce moment, Gandalf remua et parla à Gripoil ; il allait franchir la Porte.

— Gandalf, Gandalf ! cria Pippin.

Et Gripoil s'arrêta.

— Que faites-vous ici ? demanda Galdalf. N'y a-t-il pas dans la Cité une loi qui oblige ceux qui portent le noir et l'argent à rester dans la Citadelle, sauf permission du roi ?

— Il me l'a donnée, dit Pippin. C'est lui qui m'a renvoyé. Mais j'ai peur. Il peut se passer là-bas quelque chose de terrible. Le seigneur a perdu l'esprit, je crois. J'ai peur qu'il ne se tue et qu'il ne tue aussi Faramir. Ne pouvez-vous faire quelque chose ?

Gandalf regarda par la Porte béante, et il entendit déjà dans les champs le son croissant de la bataille. Il serra le poing.

— Je dois aller, dit-il. Le Cavalier Noir est sorti et il va encore apporter sur nous la ruine. Je n'ai pas le temps.

— Mais Faramir ! cria Pippin. Il n'est pas mort, et ils vont le brûler vif si personne ne les arrête.

— Le brûler vif ? dit Gandalf. Qu'est-ce que cette histoire ? Dites vite.

— Denethor s'est rendu aux Tombeaux, répondit Pippin ; il a pris Faramir, et il dit que nous devons tous brûler, qu'il ne veut pas attendre, qu'on doit édifier un bûcher et le brûler dessus, et Faramir aussi. Il a envoyé des hommes chercher du bois et de l'huile. Je l'ai dit à Beregond, mais je crains qu'il n'ose pas quitter son poste : il est de garde. Et que pourrait-il faire, de toute façon ?

Pippin déversa ainsi son récit, tout en se dressant pour toucher le genou de Gandalf de ses mains tremblantes.

— Ne pouvez-vous sauver Faramir ?

— Peut-être que si, dit Gandalf ; mais dans ce cas, d'autres mourront, je le crains. Enfin... il me faut bien y aller puisque aucune autre aide ne peut l'atteindre. Mais il sortira de tout ceci du mal et de l'affliction. Même au cœur de notre place forte, l'Ennemi a le pouvoir de nous frapper : car c'est sa volonté qui est à l'œuvre.

Alors, ayant pris sa décision, il agit rapidement : il saisit Pippin et l'assit devant lui, puis il fit tourner Gripoil d'un mot. Ils remontèrent les rues de Minas Tirith dans une battue de sabots, tandis que le bruit de la guerre s'élevait derrière eux. Partout, des hommes, tirés de leur désespoir et de leur peur, saisissaient leurs armes et se criaient mutuellement : « Rohan est arrivé ! » Des capitaines hurlaient, des compagnies s'assemblaient ; bon nombre descendaient déjà vers la Porte.

Ils rencontrèrent le Prince Imrahil, qui leur cria :

— Où allez-vous ainsi, Mithrandir ? Les Rohirrim se battent dans les champs de Gondor ! Nous devons rassembler toute la force que nous pouvons trouver.

— Vous aurez besoin de chaque homme et davantage, dit Gandalf. Faites toute hâte. Je viendrai dès que je le pourrai. Mais j'ai une course à faire auprès du Seigneur Denethor, qui ne souffre pas de délai. Prenez le commandement en l'absence du Seigneur !

Ils poursuivirent leur chemin ; tandis qu'ils grimpaient et approchaient de la Citadelle, ils sentaient le vent souffler sur leurs visages, et ils apercevaient au loin la lueur du matin, croissante dans le ciel du sud. Mais elle leur apportait peu d'espoir, car ils ne savaient quel mal les attendait, et ils craignaient d'arriver trop tard.

— Les ténèbres passent ; dit Gandalf, mais elles pèsent encore lourdement sur cette Cité.

A la porte de la Citadelle, ils ne trouvèrent pas de garde.

— Beregond est donc parti, dit Pippin avec un peu plus d'espoir.

Ils se détournèrent et suivirent vivement la route de la Porte Close. Celle-ci était grande ouverte, et le portier gisait devant. Il avait été tué et sa clef avait été volée.

— Œuvre de l'Ennemi ! dit Gandalf. Il affectionne pareils faits ; l'ami en guerre contre l'ami ; la loyauté divisée dans la confusion des cœurs.

Il mit pied à terre et dit à Gripoil de regagner son écurie.

— Car, mon ami, dit-il, il y a longtemps que toi et moi aurions dû rejoindre le champ de bataille, mais d'autres affaires me retiennent. Toutefois, reviens au plus vite si je t'appelle !

Ils franchirent la Porte et descendirent le long de la route en lacets. La lumière croissait, et les hautes colonnes et figures taillées défilaient lentement comme des spectres gris.

Le silence fut soudain rompu, et ils entendirent en contrebas des cris et un cliquetis d'épées : pareils sons n'avaient pas retenti dans les lieux sacrés depuis la construction de la Cité. Ils finirent par arriver à Rath Dinen, et ils se dirigèrent vivement vers la Maison des Intendants, qui se dressait dans le demi-jour sous son grand dôme.

— Arrêtez ! Arrêtez ! cria Gandalf, s'élançant vers l'escalier de pierre qui précédait la Porte. Arrêtez cette folie !

Car là étaient les serviteurs de Denethor, leurs épées et des torches à la main ; mais, sous le portique, se tenait seul sur la dernière marche Beregond, vêtu du noir et de l'argent de la Garde ; et il tenait la porte contre eux. Deux étaient déjà tombés sous son épée, souillant le mausolée de leur sang ; et les autres le maudissaient, le qualifiant de hors-la-loi et de traître à son maître.

Au moment où Gandalf et Pippin accouraient, ils entendirent la voix de Denethor, criant de l'intérieur de la maison des morts :

— Vite, vite ! Faites ce que je vous ai ordonné ! Tuez ce renégat ! Ou devrai-je le faire moi-même ?

Là-dessus, la porte que Beregond tenait fermée de sa main gauche fut violemment ouverte, et, derrière lui, dans l'encadrement, se dressa le Seigneur de la Cité, grand et terrible ; ses yeux flamboyaient, et il tenait une épée nue.

Mais Gandalf bondit au haut de l'escalier et les hommes s'écartèrent, se couvrant les yeux ; car sa venue était comme l'irruption d'une lumière blanche en un lieu sombre, et il venait avec grande colère. Il leva la main et, dans son coup même, l'épée de Denethor jaillit en l'air, échappant à sa prise, et elle alla retomber derrière lui dans les ombres de la maison ; et Denethor recula devant Gandalf, comme un homme confondu.

— Qu'est ceci, mon seigneur ? dit le magicien. Les maisons des morts ne sont pas faites pour les vivants. Et pourquoi des hommes se battent-ils ici dans les Mausolées, alors qu'il y a suffisamment de combat devant la Porte ? Ou notre Ennemi serait-il même venu jusqu'à Rath Dinen ?

— Depuis quand le Seigneur de Gondor est-il comptable devant vous ? s'écria Denethor. Ou ne puis-je commander à mes propres serviteurs ?

— Vous le pouvez, dit Gandalf. Mais d'autres peuvent contester votre volonté, quand elle tourne à la démence et au mal. Où est votre fils, Faramir ?

— Il gît à l'intérieur, dit Denethor ; il brûle, il brûle déjà. Ils ont mis le feu dans sa chair. Mais bientôt tous seront brûlés. L'Ouest a failli. Il s'en ira tout entier dans un grand feu, et tout sera fini. Des cendres ! Des cendres et de la fumée emportées par le vent !

Alors Gandalf, voyant la folie dont l'autre était saisi, craignit qu'il n'eût déjà accompli quelque action néfaste, et il poussa en avant, suivi de Beregond et de Pippin, tandis que Denethor reculait jusqu'à la table à l'intérieur. Mais là ils trouvèrent Faramir, qui délirait toujours dans sa fièvre, étendu sur la table. Du bois était entassé en dessous et haut tout autour, et tout, jusqu'aux vêtements de Faramir et aux couvertures, était arrosé d'huile ; mais jusqu'alors le feu n'avait pas été mis au combustible. Gandalf révéla alors la force cachée en lui, comme la lumière de son pouvoir l'était sous son manteau gris. Il bondit sur les fagots et, soulevant légèrement le malade, il sauta de nouveau à bas et l'emporta vers la porte. Mais comme il le faisait, Faramir poussa un gémissement et appela son père dans son rêve.

Denethor tressaillit comme quelqu'un sortant d'une transe ; la flamme s'éteignit dans ses yeux, et il pleura.

— Ne m'enlevez pas mon fils ! dit-il. Il m'appelle.

— Il appelle, répondit Gandalf, mais vous ne pouvez encore aller à lui. Car il faut chercher la guérison au seuil de la mort, et peut-être ne la trouvera-t-il pas. Alors que votre rôle est d'aller à la bataille de votre Cité, où la mort vous attend peut-être. Cela, vous le savez dans votre cœur.

— Il ne se réveillera plus, dit Denethor. La bataille est vaine. Pourquoi désirerions-nous vivre plus longtemps ? Pourquoi n'irions-nous pas à la mort côte à côte ?

— Vous n'avez pas autorité, Intendant de Gondor, pour ordonner l'heure de votre mort, répliqua Gandalf. Et seuls les rois païens, sous la domination de la Puissance Ténébreuse, le firent, se tuant dans leur orgueil et leur désespoir, et assassinant leurs proches pour faciliter leur propre mort.

Puis, franchissant la porte, il sortit Faramir de la maison des morts et le déposa sur la civière qui avait servi à l'apporter et qui avait été déposée sous le portique. Denethor le suivit et se tint tremblant, couvant du regard le visage de son fils. Et pendant un moment, alors que tous étaient silencieux et immobiles, les yeux fixés sur le Seigneur dans sa douleur, il hésita.

— Allons ! dit Gandalf. On a besoin de nous. Vous pouvez encore beaucoup.

Alors, soudain, Denethor rit. De nouveau fier, il se redressa de tout son haut et, allant vivement à la table, il y prit le coussin sur lequel sa tête avait reposé. Il revint ensuite à la porte, écarta la couverture et voilà qu'il avait entre les mains un *palantir*. Et, comme il l'élevait, le globe parut aux assistants commencer à luire d'une flamme intérieure, de sorte que le visage émacié du seigneur était éclairé comme d'un feu rouge ; il semblait taillé dans la pierre dure, les traits soulignés par les ombres noires, noble, fier et terrible. Ses yeux étincelaient.

— Orgueil et désespoir ! s'écria-t-il. Croyais-tu donc que les yeux de la Tour Blanche étaient aveugles ? Non, j'en ai vu plus que tu ne le sais, Fou Gris. Car ton espoir n'est qu'ignorance. Va donc et peine à guérir ! Sors combattre ! Vanité. Pour un court moment tu pourras triompher sur le terrain, pour une journée. Mais contre le Pouvoir qui se lève maintenant, il n'est pas de victoire. Seul le premier doigt de la main s'est encore étendu vers cette Cité. Tout l'Est est en mouvement. Et même à présent le vent de ton espoir te trompe et pousse sur l'Anduin une flotte aux voiles noires. L'Ouest a failli. Il est temps de partir pour quiconque ne veut pas être esclave.

— Pareils desseins rendront assurément la victoire de l'Ennemi certaine, dit Gandalf.

— Eh bien, continue d'espérer ! dit Denethor, ricanant. Ne te connais-je pas, Mithrandir ? Ton espoir devra gouverner à ma place, et se tenir derrière chaque trône, au nord, au sud et à l'ouest. J'ai lu ta pensée et sa ligne de conduite. Ne sais-je pas que tu as ordonné à ce Semi-Homme-là de garder le silence ? Que tu l'as amené ici comme espion dans ma chambre même ? Et pourtant, dans nos entretiens, j'ai appris les noms et les buts de tous tes compagnons. Ainsi donc, de la main gauche tu voudrais user de moi un petit moment comme bouclier contre le Mordor, et de la droite amener le Rôdeur du Nord pour me supplanter.

« Mais je te le dis, Gandalf Mithrandir, je ne serai pas ton *instrument* ! Je suis Intendant de la Maison d'Anarion. Je ne vais pas descendre jusqu'à n'être que le chambellan gâteux d'un parvenu. Même si sa revendication m'était prouvée juste il ne vient jamais que de la lignée d'Isildur. Je ne me courberai pas devant un tel homme, dernier d'une maison loqueteuse, depuis longtemps dénuée de seigneurie et de dignité.

— Que voudriez-vous donc, dit Gandalf, si vous pouviez appliquer votre volonté à votre guise ?

— Je maintiendrais les choses dans l'état où elles ont été durant toute ma vie, répondit Denethor, et du temps de mes ancêtres avant moi : être le Seigneur de la Cité en paix et laisser après moi mon siège à mon fils, qui serait son propre maître et non élève d'aucun magicien. Mais si le destin me le refuse, je ne voudrai *rien* : ni vie diminuée, ni amour divisé, ni honneur abaissé

— Il ne me semblerait pas qu'un Intendant qui remet fidèlement sa charge ait à perdre en amour ou en honneur, répliqua Gandalf. Et au moins vous ne dépouillerez pas votre fils de son choix alors que sa mort est encore incertaine.

A ces mots, les yeux de Denethor flamboyèrent derechef, et, prenant la Pierre sous son bras, il tira un poignard et se dirigea à grands pas vers la civière. Mais Beregond bondit en avant et se plaça devant Faramir.

— Voilà donc ! s'écria Denethor. Tu m'avais déjà volé la moitié de l'amour de mon fils. Et maintenant tu voles aussi le cœur de mes chevaliers, si bien qu'ils me dépouillent totalement de mon fils en fin de compte. Mais en une chose au moins tu ne défieras pas ma volonté : je déciderai de ma propre fin.

« Venez ici ! cria-t-il à ses serviteurs, si vous n'êtes pas tous des traîtres !

Deux montèrent les marches en courant. Il saisit vivement la torche des mains de l'un d'eux et s'élança à l'intérieur de la maison. Avant que Gandalf n'eût pu le retenir, il jeta le brandon parmi le combustible, qui crépita aussitôt et éclata en flammes ronflantes.

Denethor bondit alors sur la table et, se dressant là au milieu du feu et de la fumée, il ramassa le bâton de sa charge qui gisait à ses pieds et le brisa sur un genou. Il jeta les morceaux dans les flammes, puis il se courba et s'étendit sur la table, serrant des deux mains le *palantir* sur sa poitrine. Et l'on dit qu'à jamais après cela, si un homme regardait dans cette Pierre, à moins d'avoir une grande force de volonté pour la tourner vers d'autres buts, il n'y voyait autre chose que deux mains de vieillard se desséchant dans la flamme.

Gandalf, saisi de chagrin et d'horreur, détourna la tête et ferma la porte. Il resta un moment sur le seuil, plongé dans la réflexion et silencieux, tandis que ceux qui étaient dehors entendaient le ronflement avide du feu à l'intérieur. Et alors Denethor poussa un grand cri, puis il ne dit plus rien, et jamais plus il ne devait être vu d'aucun mortel.

— Ainsi disparaît Denethor, fils d'Ecthelion, dit Gandalf.

Puis il se tourna vers Beregond et les serviteurs du Seigneur qui restaient pétrifiés.

— Et ainsi disparaissent aussi les jours du Gondor que vous avez connus ; pour le bien ou pour le mal, ils sont terminés. De mauvaises actions ont été commises ici ; mais que toute inimitié qui vous divise soit écartée, car elle a été ourdie par l'Ennemi et elle sert sa volonté. Vous avez été pris dans un filet de devoirs contraires que vous n'avez pas tissé. Mais pensez, vous, serviteurs du Seigneur, aveugles dans votre obéissance, que, sans la trahison de Beregond, Faramir, Capitaine de la Tour Blanche, serait également brûlé à présent.

« Emportez de ce lieu funeste vos camarades tombés. Et nous porterons Faramir, Intendant de Gondor, à un endroit où il pourra dormir en paix, ou mourir si tel est son destin.

Gandalf et Beregond soulevèrent alors la civière et l'emportèrent vers les Maisons de Guérison, tandis que derrière eux marchait Pippin, la tête courbée. Mais les serviteurs du Seigneur restèrent les yeux fixés sur la maison des morts, comme des hommes frappés au cœur ; et au moment où Gandalf arrivait à l'extrémité de Rath Dinen, il y eut un grand bruit. Regardant en arrière, ils virent craquer le dôme de la maison, et des fumées s'échappèrent ; puis, dans une précipitation et un grondement de pierres, il s'écroula au milieu d'une rafale de feu ; mais les flammes dansèrent et voltigèrent toujours avec la même vigueur parmi les ruines. Alors, terrifiés, les serviteurs s'enfuirent à la suite de Gandalf.

Ils arrivèrent enfin à la Porte de l'Intendant, et Beregond regarda le portier avec chagrin.

— Je regretterai éternellement cet acte, dit-il ; mais j'étais emporté par une folie de hâte et, sans vouloir écouter, il a tiré l'épée contre moi.

Puis, utilisant la clef qu'il avait arrachée de la main de l'homme tué, il referma la porte.

— Cette clef devrait maintenant être remise au Seigneur Faramir, dit-il.

— Le Prince de Dol Amroth a le commandement en l'absence du Seigneur, dit Gandalf ; mais puisqu'il n'est pas ici, je dois décider moi-même. Je vous confie la clef, que vous conserverez jusqu'à ce que l'ordre soit rétabli dans la Cité.

Ils passèrent enfin dans les cercles hauts de la Cité, et, dans la lumière du matin, ils gagnèrent les Maisons de Guérison ; c'étaient de belles demeures réservées aux soins des grands malades, mais elles étaient à présent préparées pour recevoir les hommes blessés au combat ou les mourants. Elles s'élevaient non loin de la porte de la Citadelle, dans le sixième cercle, près de son mur sud, et elles étaient entourées d'un jardin et d'un gazon planté d'arbres, seul endroit de ce genre dans la Cité. Là demeuraient les quelques femmes autorisées à rester à Minas Tirith en raison de leurs aptitudes aux soins ou au service des guérisseurs.

Mais au moment où Gandalf et ses compagnons arrivaient avec la civière à l'entrée principale des Maisons, ils entendirent, venant du champ qui précédait la Porte, un grand cri, lequel s'élevant aigu et perçant dans le ciel alla mourir dans le vent. Si terrible était ce cri que tous s'immobilisèrent, et pourtant, quand il fut passé, leurs cœurs furent gonflés d'un espoir tel qu'ils n'en avaient plus connu depuis que l'obscurité était venue de l'Est ; et il leur sembla que la lumière se faisait plus claire et que le soleil perçait les nuages.

Mais le visage de Gandalf était grave et triste ; et, ordonnant à Beregond et à Pippin de transporter Faramir dans les Maisons de Guérison, il monta aux murs voisins ; et là, il se tint dans le soleil nouveau, telle une figure sculptée en blanc, et il regarda au-dehors. Et il saisit dans la vision qui lui était offerte tout ce qui s'était passé ; et quand Eomer quitta le front de sa troupe et se tint auprès de ceux qui gisaient sur le champ de bataille, il soupira ; il s'enveloppa de nouveau dans son manteau et il descendit des murs. Et, quand ils ressortirent, Beregond et Pippin le trouvèrent plongé dans ses pensées devant l'entrée des Maisons.

Ils le regardèrent, et il resta un moment silencieux. Il finit cependant par parler.

— Mes amis, dit-il, et vous autres habitants de cette Cité et des Terres de l'Ouest ! Des événements d'une grande tristesse et d'un grand renom se sont déroulés. Allons-nous pleurer ou nous réjouir ? Contre toute espérance, le Capitaine de nos ennemis a été détruit, et vous avez entendu l'écho de son ultime désespoir. Mais il n'est pas parti sans infliger l'affliction et des pertes sévères. Et cela, j'aurais pu le prévenir, sans la démence de Denethor. Tant l'atteinte de notre Ennemi s'est étendue ! Hélas, mais je perçois maintenant comment sa volonté a pu pénétrer jusqu'au cœur même de la Cité.

« Bien que les Intendants s'imaginassent que c'était un secret connu d'eux seuls, j'avais depuis longtemps deviné qu'ici, dans la Tour Blanche, était conservée l'une au moins des Sept Pierres de Vision. Du temps de sa sagesse, Denethor n'eut pas la présomption de s'en servir, ni de défier Sauron, connaissant les limites de sa propre force. Mais sa sagesse défaillit ; et je crains qu'avec la croissance du péril qui menaçait son royaume il n'ait regardé dans la Pierre et qu'il n'ait été abusé : beaucoup trop souvent, je suppose, depuis le départ de Boromir. Il était trop grand pour être soumis à la volonté de la Puissance Ténébreuse, mais il n'en voyait pas moins uniquement ce que cette Puissance lui permettait de voir. La connaissance qu'il obtenait lui fut

souvent utile, sans doute ; mais la vision de la grande force du Mordor qui lui fut montrée nourrit le désespoir de son cœur au point de détruire sa raison.

— Je comprends maintenant ce qui me paraissait si étrange ! s'écria Pippin, frissonnant de ses souvenirs. Le Seigneur a quitté la pièce où était étendu Faramir, et ce fut seulement à son retour que je constatai son changement : il était vieux et brisé.

— Ce fut dans l'heure même où Faramir fut apporté à la Tour que nombre d'entre nous virent une étrange lumière dans la chambre haute, dit Beregond. Mais nous avions déjà vu cette lumière, et on a longtemps murmuré dans la Cité que le Seigneur luttait parfois en pensée avec son Ennemi.

— Hélas ! mes suppositions sont donc exactes, dit Gandalf. La volonté de Sauron a ainsi pénétré dans Minas Tirith ; et c'est ainsi que j'ai été retenu ici. Et je serai encore contraint de rester, car j'aurai bientôt d'autres charges, en plus de Faramir.

« Il me faut maintenant descendre à la rencontre de ceux qui arrivent. J'ai eu, sur le champ de bataille, une vision qui me point le cœur, et il se peut qu'une affliction plus grande soit encore à venir. Venez avec moi, Pippin ! Mais vous, Beregond, vous devriez retourner à la Citadelle et dire là au chef de la Garde ce qui s'est passé. Il sera de son devoir, je le crains, de vous mettre à pied ; mais dites-lui que, si je puis lui donner un conseil, il devrait vous envoyer aux Maisons de Guérison pour y être le garde et le serviteur de votre capitaine et vous trouver à son côté quand il se réveillera — si jamais cela doit être. Car c'est par vous qu'il a été sauvé du feu. Allez maintenant ! Je serai bientôt de retour.

Là-dessus, il se détourna pour se diriger avec Pippin vers le bas de la Cité. Et, comme ils pressaient le pas, le vent amena une pluie grise ; tous les feux s'affaiblirent, et une grande fumée s'éleva devant eux.

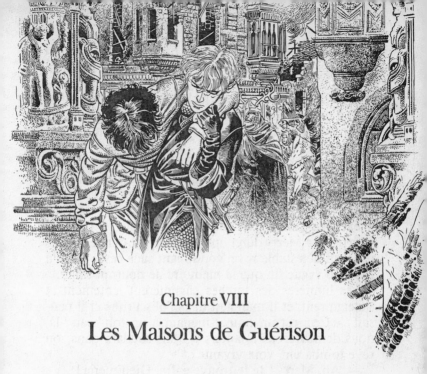

Chapitre VIII

Les Maisons de Guérison

Quand ils approchèrent de la Porte en ruine de Minas Tirith, un brouillard de larmes et de fatigue voilait les yeux de Merry. Il prêta peu d'attention à la dévastation et au massacre qui se voyaient partout. Il y avait du feu, de la fumée et de la puanteur dans l'air ; car de nombreux engins avaient été brûlés ou jetés dans les fosses à feu, et beaucoup de tués aussi, tandis que de-ci de-là gisaient de nombreux cadavres des grands monstres suderons, à demi calcinés, brisés par les jets de pierres ou tués d'une flèche décochée dans l'œil par les vaillants archers de Morthond. La pluie avait cessé depuis un moment, et le soleil brillait dans le ciel ; mais toute la ville basse était encore enveloppée de la fumée âcre des feux qui couvaient.

Des hommes s'activaient déjà à dégager un chemin au

travers des épaves laissées par la bataille ; et alors sortirent de la Porte d'autres hommes, porteurs de civières. Ils déposèrent doucement Eowyn sur des coussins moelleux ; mais le corps du roi, ils le couvrirent d'un grand drap d'or et ils portèrent devant lui des torches, dont les flammes, pâles à la lumière du soleil, vacillaient dans le vent.

C'est ainsi que Théoden et Eowyn entrèrent dans la Cité de Gondor, et tous ceux qui les voyaient se découvraient et s'inclinaient ; ils passèrent à travers les cendres et la fumée du cercle brûlé et poursuivirent leur chemin en montant le long des rues de pierre. L'ascension parut à Merry durer un siècle, voyage dénué de sens dans un détestable rêve, continuant sans cesse jusqu'à quelque vague fin que la mémoire ne pourrait saisir.

Les lumières des torches clignotèrent lentement et s'éteignirent, et il marchait dans l'obscurité ; et il pensait : « Ceci est un tunnel menant à un tombeau ; là, nous demeurerons à jamais. » Mais soudain dans son rêve tomba une voix vivante :

— Ah, Merry ! Je te trouve enfin, Dieu merci !

Il leva la tête, et le brouillard qu'il avait devant les yeux s'éclaircit légèrement. C'était Pippin ! Ils étaient face à face dans une ruelle étroite qui, à part eux-mêmes, était vide. Il se frotta les yeux.

— Où est le roi ? demanda-t-il. Et Eowyn ?

Puis il trébucha et s'assit sur le pas d'une porte, et il se remit à pleurer.

— Ils sont montés à la Citadelle, dit Pippin. Tu as dû dormir debout et prendre le mauvais tournant. Quand nous avons découvert que tu n'étais pas avec eux, Gandalf m'a envoyé à ta recherche. Pauvre vieux Merry ! Que je suis content de te revoir ! Mais tu es épuisé, et je ne veux pas te tracasser par des parlotes. Mais, dis-moi, es-tu blessé ?

— Non, dit Merry. Enfin... non, je ne crois pas. Mais

je ne puis me servir de mon bras droit, Pippin, depuis que je l'ai frappé. Et mon épée a brûlé tout du long comme un bout de bois...

Le visage de Pippin refléta son inquiétude.

— Eh bien, tu ferais mieux de venir avec moi le plus vite possible, dit-il. Je voudrais pouvoir te porter. Tu n'es pas en état de marcher plus loin. Ils n'auraient pas dû te laisser marcher du tout ; mais il faut leur pardonner. Il s'est passé tant de choses terribles dans la Cité, Merry, qu'on peut ne pas faire attention à un pauvre et unique Hobbit rentrant de la bataille.

— Ce n'est pas toujours un malheur de passer inaperçu, dit Merry. Cela vient de m'arriver auprès de... non, non, je ne peux pas en parler. Aide-moi, Pippin. Tout redevient noir, et mon bras est si froid !

— Appuie-toi sur moi, Merry mon gars ! dit Pippin. Allons ! Pied à pied. Ce n'est pas loin.

— Tu vas m'enterrer ? demanda Merry.

— Non, certes ! dit Pippin, s'efforçant de paraître gai, bien qu'il eût le cœur déchiré de crainte et de pitié. Non, nous allons aux Maisons de Guérison.

Ils sortirent de la ruelle qui courait entre de hautes maisons et le mur extérieur du quatrième cercle, et ils regagnèrent la rue principale, grimpant jusqu'à la Citadelle. Ils allaient pas à pas, tandis que Merry vacillait, murmurant comme un somnambule.

« Je ne pourrai jamais le faire parvenir jusque-là, pensa Pippin. N'y a-t-il personne pour m'aider ? Je ne puis le laisser ici. » Juste alors, à sa surprise, un garçon arriva en courant derrière eux, et il reconnut au passage Bergil, le fils de Beregond.

— Salut, Bergil ! cria-t-il. Où allez-vous ? Heureux de vous revoir, et toujours en vie !

— Je porte des messages urgents pour les Guérisseurs, dit Bergil. Je ne puis m'attarder.

— Non ! répondit Pippin. Mais dites-leur là-haut que j'ai un Hobbit malade, un *perian*, attention ! venu du champ de bataille. Je ne crois pas qu'il puisse parcourir cette distance à pied. Si Mithrandir est là, il sera heureux de ce message.

Bergil reprit sa course.

« Je ferais mieux d'attendre ici », pensa Pippin. Il laissa donc Merry glisser doucement sur le sol dans un carré de soleil ; puis il s'assit à côté de lui et posa la tête de son cousin dans son giron. Il tâta doucement le corps et les membres et prit les mains de Merry dans les siennes. La droite était glacée au toucher.

Gandalf ne tarda pas à venir lui-même à leur recherche. Il se pencha sur Merry et lui caressa le front ; puis il le souleva avec précaution.

— Il aurait dû être porté dans cette Cité avec honneur, dit-il. Il a bien répondu à ma confiance ; car si Elrond n'avait pas cédé à mes instances, aucun de vous ne serait parti ; et alors, les maux de ce jour eussent été bien pires. (Il soupira.) Cependant, voici encore une charge sur mes bras, alors que tout ce temps la bataille est en balance.

Ainsi Faramir, Eowyn et Meriadoc furent-ils enfin étendus sur des lits dans les Maisons de Guérison ; et là, ils furent bien soignés. Car, si le savoir avait depuis quelque temps perdu sa plénitude d'autrefois, la médecine de Gondor était encore sagace et habile à la guérison des blessures et des contusions, comme des maladies auxquelles les mortels étaient sujets à l'est de la Mer. Hormis seulement la vieillesse. Pour elle, ils n'avaient trouvé aucune cure ; en fait, l'étendue de leur vie avait à présent diminué jusqu'à ne plus guère excéder celle des autres hommes, et ceux qui, parmi eux, dépassaient le compte de quatre-vingts ans avec vigueur étaient devenus peu nombreux, hormis dans certaines maisons d'un sang plus pur. Mais à présent leur art et leur savoir étaient mis en défaut car nombreux étaient ceux qui étaient atteints d'une maladie inguérissable ; et ils l'appelaient l'Ombre Noire, car elle venait des Nazgûl. Ceux qui en étaient frappés tombaient lentement dans un rêve toujours plus profond, puis ils passaient au silence et à un froid mortel, et succombaient. Et il parut à ceux qui soignaient les malades que cette maladie avait gravement attaqué le Semi-Homme et la Dame de Rohan. Par moment, toutefois, comme la matinée se poursuivait lentement, ils parlaient, murmurant dans leurs rêves ; et les observateurs prêtaient une oreille attentive à tout ce qu'ils disaient, dans l'espoir d'apprendre peut-être quelque chose qui leur permît de comprendre la nature du mal. Mais bientôt ils commencèrent à sombrer dans les ténèbres, et, comme le soleil passait à l'ouest, une ombre grise envahit leurs visages. Mais Faramir brûlait d'une fièvre qui ne se relâchait pas.

Gandalf allait de l'un à l'autre plein de sollicitude, et on lui rapportait tout ce que les veilleurs pouvaient entendre. Et ainsi s'écoula la journée, tandis que la grande bataille continuait de se dérouler au-dehors avec des espoirs changeants et d'étranges nouvelles ; mais Gandalf attendait et veillait toujours sans sortir ; jusqu'à ce qu'enfin le rouge coucher du soleil emplît tout le ciel et que la lumière tombât par les fenêtres sur les visages gris des malades. Il sembla alors à ceux qui se tenaient auprès d'eux que, dans l'embrasement, les figures rougissaient doucement comme par un retour de la santé, mais ce n'était qu'un semblant d'espoir.

Alors, une vieille femme, Ioreth, la plus âgée de celles qui servaient dans cette maison, regardant le beau visage de Faramir, pleura, car tous l'aimaient. Et elle dit :

— Hélas ! s'il devait mourir. Pût-il y avoir à Gondor des rois, comme il en fut autrefois, à ce qu'on dit. Car il est dit selon l'ancienne tradition : *Les mains du roi sont celles d'un guérisseur.* Et ainsi pouvait-on toujours connaître le roi légitime.

Et Gandalf, qui était auprès d'elle, dit :

— Les hommes pourront longtemps se rappeler vos paroles, Ioreth. Car il y a en elles de l'espoir. Il se peut qu'un roi soit en fait revenu à Gondor ; ou n'avez-vous pas entendu les étranges nouvelles qui sont arrivées à la Cité ?

— J'ai été trop occupée à droite et à gauche pour prêter l'oreille à tous les cris et les rumeurs, répondit-elle. Tout ce que j'espère, c'est que ces démons meurtriers n'entreront pas dans cette Maison pour tourmenter les malades.

Gandalf sortit alors en hâte ; déjà le feu du ciel s'éteignait, et les collines s'estompaient, tandis que le crépuscule d'un gris de cendre s'étendait sur les champs.

A présent, comme le soleil descendait, Aragorn, Eomer et Imrahil approchaient de la Cité avec leurs capitaines et leurs chevaliers ; et quand ils furent devant la Porte, Aragorn dit :

— Voyez le soleil qui se couche dans un grand incendie ! C'est le signe de la fin et de la chute de bien des choses, et d'un changement dans les fortunes du monde. Mais cette Cité et ce royaume sont restés à la charge des Intendants durant maintes longues années, et je crains, en y entrant sans en être prié, que ne s'élèvent le doute et la discussion, ce qui ne se devrait pas tant que cette guerre est en cours. Je n'entrerai pas et je ne ferai valoir aucune revendication avant que l'on ait vu qui de nous ou du Mordor l'emportera. Les hommes dresseront ma tente sur le terrain et j'attendrai ici la bienvenue du Seigneur de la Cité.

Mais Eomer dit :

— Vous avez déjà levé la bannière des Rois et montré les marques de la Maison d'Elendil. Souffririez-vous qu'elles soient défiées ?

— Non, répondit Aragorn. Mais j'estime que le temps n'est pas mûr ; et je n'ai aucun désir de lutte, hormis contre l'Ennemi et ses serviteurs.

Et le Prince Imrahil dit :

— Vos paroles sont sages, seigneur, si un parent du Seigneur Denethor peut vous donner un avis en cette matière. Il a une forte volonté et il est fier, mais il est âgé ; et son humeur a été étrange depuis que son fils a été abattu. Je n'aimerais cependant pas vous voir rester comme un mendiant à la porte.

— Pas comme un mendiant, dit Aragorn. Dites plutôt un capitaine des Rôdeurs, qui sont peu accoutumés aux villes et aux maisons de pierre.

Et il ordonna de replier sa bannière ; et il ôta l'Étoile du Royaume du Nord, qu'il remit à la garde des fils d'Elrond.

Le Prince Imrahil et Eomer de Rohan le quittèrent alors ; ils traversèrent la Cité et son tumulte de gens et montèrent à la Citadelle ; et ils arrivèrent à la Salle de la Tour, cherchant l'Intendant. Mais ils trouvèrent son siège vide, et devant l'estrade était étendu Théoden Roi de la Marche sur un lit de parade ; et il était entouré de douze torches et de douze gardes, chevaliers de Rohan et de Gondor. Et les rideaux du lit étaient vert et blanc, mais sur le roi était tiré jusqu'à la poitrine le grand drap d'or et dessus était posée son épée nue et à ses pieds son bouclier. La lumière des torches chatoyait dans ses cheveux blancs comme le soleil dans la poussière d'eau d'une fontaine, mais son visage était beau et jeune, sauf qu'il s'y voyait une paix hors de portée de la jeunesse ; et il paraissait dormir.

Quand ils furent restés un moment silencieux auprès du roi, Imrahil dit :

— Où est l'Intendant ? Et où aussi est Mithrandir ?

Et l'un des gardes répondit :

— L'Intendant de Gondor est dans les Maisons de Guérison.

Mais Eomer dit :

— Où est la Dame Eowyn, ma sœur ; car elle devrait assurément être couchée à côté du roi, avec un honneur non moindre. Où l'a-t-on déposée ?

Et Imrahil dit :

— Mais la Dame Eowyn vivait encore quand on l'a apportée ici. Ne le saviez-vous pas ?

Alors, un espoir imprévu envahit si soudain le cœur d'Eomer, et en même temps la morsure d'un souci et d'une crainte renouvelés, qu'il ne dit plus rien, mais se retourna et sortit vivement de la salle ; et le Prince le suivit. A leur sortie, le soir était tombé et il y avait de nombreuses étoiles dans le ciel. Et là s'avançait Gandalf à pied, accompagné d'un homme enveloppé d'un manteau gris ; ils se rencontrèrent devant les portes des Maisons de Guérison. Ils saluèrent Gandalf et dirent :

— Nous cherchons l'Intendant, et des hommes disent qu'il est dans cette Maison. A-t-il reçu une blessure ? Et la Dame Eowyn où est-elle ?

Gandalf répondit :

— Elle est couchée à l'intérieur ; elle n'est pas morte, mais près de la mort. Mais le Seigneur Faramir a été blessé par un mauvais trait, comme vous le savez, et il est maintenant l'Intendant ; car Denethor est mort, et sa maison est en cendres.

Et ils furent emplis de chagrin et d'étonnement du récit qu'il leur fit.

Mais Imrahil dit :

— Ainsi la victoire est dépouillée de la joie et l'acquisition en est amère, si en un jour le Gondor et le Rohan

216

sont tous deux privés de leurs seigneurs. Eomer gouverne les Rohirrim. Qui va gouverner la Cité pendant ce temps ? Ne faut-il pas maintenant envoyer quérir le Seigneur Aragorn ?

Et l'homme au manteau parla, disant : « Il est venu. » Et, comme il s'avançait dans la lumière de la lanterne suspendue près de la porte, ils virent que c'était Aragorn, enveloppé dans le manteau gris de la Lorien pardessus sa cotte de mailles, et ne portant d'autre signe que la pierre verte de Galadriel.

— Je suis venu parce que Gandalf m'en prie, dit-il. Mais, pour le moment, je ne suis que le capitaine des Dunedains d'Arnor ; et le Seigneur de Dol Amroth gouvernera la Cité jusqu'à ce que Faramir se réveille. Mais mon avis est que Gandalf devrait nous diriger tous dans les jours à venir et dans nos rapports avec l'Ennemi.

Et ils s'accordèrent là-dessus.

— Ne demeurons pas à la porte, dit alors Gandalf, car le temps presse. Entrons ! Le seul espoir restant pour les malades qui sont dans la Maison réside dans la venue d'Aragorn. Ainsi a parlé Ioreth, devineresse de Gondor : *Les mains du roi sont celles d'un guérisseur et c'est ainsi que sera connu le roi légitime.*

Aragorn entra alors le premier, et les autres suivirent. Et là, à la porte, se tenaient deux gardes en livrée de la Citadelle : l'un grand, mais l'autre à peine de la taille d'un garçon ; et, à leur vue, de surprise et de joie, il s'écria à voix haute :

— Grands-Pas ! Que c'est merveilleux ! J'avais deviné que c'était vous dans les navires noirs, vous savez. Mais ils criaient tous : *les pirates*, et ils refusaient de m'écouter. Comment avez-vous fait ?

Aragorn rit et serra la main du Hobbit.

— Heureuse rencontre, assurément ! dit-il. Mais il n'y a pas encore le temps pour les récits de voyageurs.

Cependant Imrahil dit à Eomer :

— Est-ce ainsi que nous parlons à nos rois ? Mais peut-être portera-t-il sa couronne sous quelque autre nom !

Et Aragorn, l'entendant, se retourna et lui dit :

— En vérité, car en haute langue de jadis, je suis *Elessar,* la Pierre Elfique, et *Envinyatar,* le Régénérateur.

Et il éleva la pierre verte qu'il avait sur la poitrine.

— Mais Grands-Pas sera le nom de ma maison, si jamais elle est établie. En haute langue, cela ne sonnera pas si mal, et je serai *Telcontar,* ainsi que tous les héritiers de mon corps.

Sur quoi, ils passèrent dans la Maison ; et, comme ils se dirigeaient vers les chambres où étaient soignés les malades, Gandalf parla des exploits d'Eowyn et de Meriadoc.

— Car, dit-il, je suis resté longtemps près d'eux et, au début, ils parlaient beaucoup dans leur délire, avant de tomber dans les ténèbres mortelles. Il m'est aussi donné de voir maintes choses au loin.

Aragorn alla d'abord auprès de Faramir, puis d'Eowyn et enfin de Merry. Quand il eut regardé les visages des malades et vu leurs blessures, il soupira.

— Il me faut déployer ici tout le pouvoir et toute l'habileté qui m'ont été donnés, dit-il. Plût au ciel qu'Elrond fût ici, car il est l'aîné de toute notre race, et il a le plus grand pouvoir.

Et Eomer, le voyant triste et las, dit :

— Il faut d'abord vous reposer, sûrement, et au moins manger un peu ?

Mais Aragorn répondit :

— Non, pour ces trois-là, et d'abord pour Faramir, le temps tire à sa fin. Il faut agir de toute urgence.

Il appela alors Ioreth et lui demanda :

— Vous avez dans cette Maison une réserve des herbes de guérison ?

— Oui, seigneur, répondit-elle, pas suffisante, toutefois, je présume, pour tous ceux qui en auraient besoin. Mais je ne saurais assurément où en trouver d'autres ; car tout va de travers assurément en ces jours terribles, avec les feux, les incendies, si peu de garçons pour faire les commissions et toutes les routes bloquées. Il y a des éternités qu'aucun roulier n'est venu de Lossarnach au marché ! Mais on fera de son mieux dans cette Maison avec ce qu'on a, comme votre seigneurie le sait bien, pour sûr.

— J'en jugerai quand je le verrai, dit Aragorn. Il y a une autre chose qui manque, c'est le temps de bavarder. Avez-vous de l'*athelas* ?

— Je n'en sais rien, ma foi, répondit-elle ; en tout cas sous ce nom-là. Je vais demander au maître des herbes ; il connaît tous les vieux noms.

— Cela s'appelle *feuille de roi,* dit Aragorn ; peut-être le connaissez-vous sous ce nom, car c'est ainsi que les gens de la campagne l'appellent de nos jours.

— Ah, c'est ça ! dit Ioreth. Eh bien, si votre seigneurerie avait commencé par là, j'aurais pu vous répondre. Non, nous n'en avons pas, bien sûr. Mais je n'ai jamais entendu dire que cela ait une bien grande vertu ; et, en fait, j'ai souvent dit à mes sœurs quand on en rencontrait dans les bois : « Feuille de roi que je disais — quel drôle de nom, et je me demande pourquoi ça s'appelle comme ça : si j'étais roi, j'aurais des plantes plus éclatantes dans mon jardin. » Mais cela sent bon quand on l'écrase, n'est-ce pas ? Bon n'est peut-être pas le mot : sain, ce serait plutôt ça.

— Sain, en vérité, dit Gandalf. Et maintenant, femme, si vous aimez le Seigneur Faramir, courez aussi vite que votre langue et trouvez-moi de la feuille de roi, s'il y en a une seule dans la Cité.

« Et s'il n'y en a pas, dit Gandalf, j'irai à cheval à Lossarnach avec Ioreth en croupe, et elle m'amènera dans les bois, mais pas auprès de ses sœurs. Et Gripoil lui montrera ce que signifie la rapidité.

Ioreth partie, Aragorn pria les autres femmes de faire chauffer de l'eau. Puis il prit la main de Faramir dans l'une des siennes, et il posa l'autre sur le front du malade. Il était trempé de sueur ; mais Faramir ne fit aucun mouvement, ni aucun signe, et il semblait à peine respirer.

— Il est presque fini, dit Aragorn, se tournant vers Gandalf. Mais cela ne vient pas de la blessure. Voyez ! Elle se cicatrise. S'il avait été atteint de quelque trait des Nazgûl, comme vous le pensiez, il serait mort la nuit même. Cette blessure a été infligée par une flèche sude-ronne, penserais-je. Qui l'a retirée ? L'a-t-on gardée ?

— C'est moi qui l'ai retirée, dit Imrahil, et j'ai étan-ché le sang. Mais je n'ai pas conservé la flèche, car nous avions trop à faire. C'était, je me le rappelle, une flèche telle qu'en emploient les Suderons. Mais je croyais qu'elle venait des Ombres d'en dessus, sans quoi sa fiè-vre et sa maladie étaient inexplicables, la blessure n'étant ni profonde ni vitale. Comment expliquez-vous la chose !

— La lassitude, le chagrin causé par l'humeur de son père, une blessure et, pour couronner le tout, le Souf-fle Noir, dit Aragorn. C'est un homme d'une ferme volonté, car il était déjà venu juste sous l'ombre avant même de partir à la bataille sur les murs extérieurs. L'obscurité a dû l'envahir lentement, tandis même qu'il combattait et s'efforçait de conserver son poste avancé. Ah, si j'avais pu être ici plus tôt !

Là-dessus, entra le maître des herbes.

— Votre seigneurie a demandé de la *feuille de roi*,

comme l'appellent les campagnards, dit-il ; ou de l'*athelas* en langage noble, ou pour ceux qui connaissent un peu le valinorien...

— C'est mon cas, dit Aragorn, et peu m'importe que vous me disiez maintenant *asëa aranion* ou *feuille de roi,* pourvu que vous en ayiez.

— Faites excuse, seigneur ! dit l'homme. Je vois que vous êtes un maître du savoir, et pas simplement un capitaine de guerre. Mais, hélas ! monsieur, nous ne conservons pas de cet article dans les Maisons de Guérison, où l'on ne soigne que les grands blessés ou les grands malades. Car il n'a aucune vertu que nous connaissions, sauf peut-être d'adoucir un air vicié ou de chasser quelque lourdeur passagère. A moins, évidemment, que l'on ne tienne compte des chansons de l'ancien temps que les bonnes femmes telles que notre brave Ioreth répètent encore sans comprendre.

Lorsque arrive le souffle noir,
Que croît l'ombre de la mort
Et que toute la lumière passe,
Viens, athelas ! Viens, athelas !
Vie pour le mourant
Dans la main du roi contenue.

« Ce n'est qu'une poésie burlesque, je crains, dénaturée dans la mémoire des vieilles. Je laisse à votre jugement d'en interpréter le sens, s'il y en a un. Mais les vieilles gens se servent toujours d'une infusion de cette herbe contre les maux de tête.

— Eh bien, au nom du roi, trouvez-moi quelque vieux de moins de savoir et de plus de sagesse qui en conserve dans sa maison ! s'écria Gandalf.

Aragorn s'agenouilla alors au chevet de Faramir et posa une main sur son front. Et ceux qui observaient sentirent qu'une grande lutte se déroulait. Car le visage d'Aragorn devint gris de fatigue ; et de temps en temps il prononçait le nom de Faramir, mais chaque fois de façon moins audible, comme si lui-même était éloigné des assistants et marchait à distance dans quelque sombre vallée, appelant quelqu'un de perdu.

Enfin, Bergil entra en courant, et il portait six feuilles dans un linge.

— C'est de la feuille de roi, monsieur, dit-il, mais pas fraîche, je crains. Elle doit avoir été cueillie il y a au moins deux semaines. J'espère que cela pourra servir, monsieur ?

Puis, regardant Faramir, il fondit en larmes. Mais Aragorn sourit.

— Cela servira, dit-il. Le pis est maintenant passé. Restez et reprenez courage !

Il saisit deux feuilles qu'il déposa dans le creux de sa main ; il souffla alors dessus, puis les écrasa, et aussitôt une fraîcheur vivante emplit la pièce, comme si l'air même s'éveillait et picotait, pétillant de joie. Il jeta ensuite les feuilles dans les récipients d'eau bouillante qu'on lui avait apportés, et tous les cœurs furent immédiatement soulagés. Car la fragrance qui vint à chacun était comme un souvenir de matins humides de rosée par un soleil sans voile en quelque terre dont le monde au printemps ne serait lui-même qu'un souvenir éphémère. Mais Aragorn se redressa comme rafraîchi et ses yeux souriaient tandis qu'il tenait un des récipients devant le visage de Faramir plongé dans le rêve.

— Ah ça ! Qui l'aurait cru ? dit Ioreth à une femme qui se tenait près d'elle. Cette herbe est meilleure que je ne le pensais. Elle me rappelle les roses d'Imloth Melui quand j'étais gamine, et nul roi ne pourrait désirer mieux.

Soudain, Faramir bougea ; il ouvrit les yeux et regarda Aragorn qui se penchait sur lui ; une lueur de reconnaissance et d'amour était dans ses yeux, et il parla doucement.

— Vous m'avez appelé, mon seigneur. Je viens. Qu'ordonne le roi !

— Ne marchez plus dans les ombres, mais réveillez-vous ! dit Aragorn. Vous êtes fatigué. Reposez-vous un moment, prenez quelque nourriture et soyez prêt pour mon retour.

— Oui, seigneur, dit Faramir. Car qui resterait couché dans l'inaction quand le roi est revenu ?

— Adieu donc pour le moment ! dit Aragorn. Je dois aller vers d'autres qui ont besoin de moi.

Et il quitta la chambre avec Gandalf et Imrahil ; mais Beregond et son fils restèrent derrière, incapables de contenir leur joie. Comme Pippin suivait Gandalf et refermait la porte, il entendit Ioreth s'exclamer :

— Le roi ! Vous avez entendu ? Que disais-je ? Les mains d'un guérisseur, avais-je dit.

Et bientôt la nouvelle partit de la Maison que le roi était en vérité venu parmi eux et qu'après la guerre il apportait la guérison ; et l'information se répandit dans la Cité.

Mais Aragorn se rendit auprès d'Eowyn, et il dit :

— Il y a ici une blessure grave et un coup sévère. Le bras qui était cassé a été soigné avec toute l'habileté voulue et il se réparera avec le temps, si elle a la force de survivre. C'est le bras qui portait le bouclier qui est estropié ; mais le mal principal vient du bras qui tenait l'épée. Dans celui-là, il semble n'y avoir plus aucune vie, bien qu'il n'ait pas été brisé.

« Hélas ! elle était aux prises avec un adversaire trop puissant pour la force de son esprit et de son corps. Et qui manie une arme contre pareil ennemi doit être plus dur que l'acier pour que le choc même ne le détruise pas. Ce fut un destin funeste qui la plaça sur son chemin. Car c'est une belle jeune fille, la plus belle d'une maison de reines. Et pourtant je ne sais en quels termes je dois parler d'elle. La première fois que je l'ai regardée et que j'ai perçu sa tristesse, il m'a semblé voir une fleur blanche dressée, droite et fière, belle comme un lis, tout en sachant cependant qu'elle était dure, comme forgée dans l'acier par des ouvriers elfes. Ou était-ce, peut-être, un froid qui avait mué sa sève en glace, et se tenait-elle ainsi, douce-amère, encore belle à voir, mais frappée, sur le point de tomber et de mourir ? Sa maladie remonte à bien avant ce jour, n'est-ce pas, Eomer ?

— Je m'étonne que vous me le demandiez, seigneur, répondit-il. Car je vous tiens pour irrépréhensible en cette affaire comme en toutes autres ; mais je ne sache pas qu'Eowyn, ma sœur, ait été touchée par aucun gel jusqu'au jour où elle vous vit. Elle éprouvait du souci et de la crainte, qu'elle partageait avec moi, du temps de Langue de Serpent et de l'ensorcellement du roi ; et elle soignait celui-ci avec une peur croissante. Mais cela ne l'avait pas amenée à cet état !

— Mon ami, dit Gandalf, vous aviez des chevaux, des faits d'armes et des champs libres ; mais elle, née dans le corps d'une vierge, avait un esprit et un courage au moins égaux aux vôtres. Elle était cependant condamnée à servir un vieillard, qu'elle aimait comme son père, et à le regarder tomber, perdu d'honneur, dans un méprisable gâtisme ; et son rôle lui paraissait encore plus vil que celui du bâton sur lequel il s'appuyait.

« Pensez-vous que Langue de Serpent n'avait de poison que pour les seules oreilles de Théoden ? *Gâteux ! Qu'est-ce que la maison d'Eorl, sinon une grange couverte de chaume où les brigands boivent dans les relents, tandis que leur marmaille se roule sur le sol parmi les chiens ?* N'avez-vous pas déjà entendu ces mots ? C'est Saroumane, le maître de Langue de Serpent, qui les prononça. Encore que Langue de Serpent dût à la maison en envelopper le sens de termes plus habiles, je n'en doute pas. Mon seigneur, si l'amour de votre sœur pour vous et sa volonté toujours vouée à son devoir n'avaient retenu sa langue, vous auriez pu en entendre échapper même de pareilles choses. Mais qui sait ce qu'elle disait aux ténèbres, seule, dans les amères veilles de la nuit, lorsque toute sa vie semblait s'étriquer et les murs de son appartement se resserrer autour d'elle, comme une cage pour retenir quelque bête sauvage ?

Eomer se tut et contempla sa sœur comme s'il se remémorait tous les jours de leur vie passée en commun. Mais Aragorn dit :

— J'ai vu aussi ce que vous avez vu, Eomer. Peu d'autres chagrins parmi les mauvaises fortunes de ce monde offrent plus d'amertume et de doute au cœur d'un homme que la vue de l'amour d'une dame aussi belle et aussi vaillante, auquel il ne peut répondre. La tristesse et la pitié m'ont suivi depuis le jour où je la laissai désespérée à Dunharrow pour aller aux Chemins des Morts ; et nulle crainte sur cette route ne fut aussi présente que celle de ce qui pourrait lui arriver. Et pourtant, Eomer, je vous le dis, elle vous aime d'un amour plus véritable que celui qu'elle me porte ; car elle vous aime et elle vous connaît ; mais en moi, elle n'aime qu'une ombre et une pensée : un espoir de gloire et de hauts faits, et des terres loin des champs de Rohan.

« Peut-être ai-je le pouvoir de guérir son corps et de la rappeler de la sombre vallée. Mais à quoi elle s'éveillera : espoir, oubli ou désespoir, je l'ignore. Et si c'est au désespoir, elle mourra, à moins que ne vienne une autre guérison que je ne puis lui apporter. Hélas ! car ses exploits l'ont mise au rang des reines de grand renom.

Aragorn se pencha alors et observa le visage d'Eowyn, et celui-ci avait en vérité la blancheur d'un lis, la froideur du gel et la dureté d'une pierre taillée. Mais, se courbant, il lui baisa le front et l'appela doucement, disant :

— Eowyn fille d'Eomund, éveillez-vous ! Car votre ennemi est mort !

Elle ne fit aucun mouvement, mais elle recommença à respirer profondément, de sorte que sa poitrine s'élevait et retombait sous la toile blanche du drap. De nouveau, Aragorn écrasa deux feuilles d'*athelas* et les jeta dans l'eau fumante ; et il lui en baigna le front et le bras droit qui reposait froid et inerte, sur le couvre-lit.

Alors soit qu'Aragorn eût en vérité un pouvoir oublié venu de l'Ouistrenesse, soit que ce fût seulement ses mots sur la Dame Eowyn qui agissaient sur eux, comme la douce influence de l'herbe se répandait dans la pièce, il parut à ceux qui étaient là qu'un vent vif soufflait par la fenêtre, et il ne portait aucune senteur, mais c'était un air entièrement frais, net et jeune, comme s'il n'avait été respiré par aucun autre vivant et venait vierge des montagnes neigeuses haut sous une voûte d'étoiles, ou de lointains rivages d'argent lavés par des vagues écumantes.

— Éveillez-vous, Eowyn, Dame de Rohan ! répéta Aragorn.

Il prit sa main droite dans la sienne, et il y sentit revenir la chaleur de la vie.

— Éveillez-vous ! L'ombre est partie et toute obscurité a été balayée !

Puis il mit la main d'Eowyn dans celle d'Eomer et s'écarta.

— Appelez-la ! dit-il.

Et il sortit silencieusement de la chambre.

— Eowyn, Eowyn ! cria Eomer au milieu de ses larmes.

Mais elle ouvrit les yeux et dit :

— Eomer ! Quelle est donc cette joie ? On avait dit que tu avais été tué. Non, ce n'étaient que les sombres voix de mon rêve. Pendant combien de temps ai-je rêvé ?

— Pas longtemps, ma sœur, dit Eomer. Mais n'y pense plus !

— Je suis étrangement lasse, dit-elle. Il me faut me reposer un peu. Mais dis-moi, qu'en est-il du Seigneur de la Marche ? Hélas ! Ne me dis pas que cela, c'était un rêve ; car je sais qu'il n'en est rien. Il est mort, comme il le prévoyait.

— Il est mort, dit Eomer, mais il m'a chargé de dire adieu à Eowyn, plus chère qu'une fille. Il gît en grand honneur dans la Citadelle de Gondor.

— La nouvelle est douloureuse, dit-elle. Et pourtant il est suprêmement bon d'avoir osé espérer durant les jours sombres, quand il semblait que l'honneur de la Maison d'Eorl était tombé au-dessous de celui de la dernière cabane de berger. Et qu'est-il advenu de l'écuyer du roi, le Semi-Homme ? Il faut en faire un chevalier de Riddermark, Eomer, car il est vaillant !

— Il est étendu non loin dans cette Maison, et je vais aller le trouver, dit Gandalf. Eomer va rester ici un moment. Mais attendez pour parler de guerre ou de malheur d'être tout à fait rétablie. C'est une grande joie de vous voir revenir à la santé et à l'espoir, une si vaillante dame !

— A la santé ? dit Eowyn. Peut-être. Au moins tant qu'il y aura une selle laissée vacante par quelque cavalier tombé que je pourrai remplacer, et des exploits à accomplir. Mais à l'espoir ? Je ne sais.

Gandalf et Pippin arrivèrent à la chambre de Merry, où ils trouvèrent Aragorn près du lit.

— Pauvre vieux Merry ! s'écria Pippin.

Et il courut au chevet de son ami, car il lui semblait que l'état de celui-ci avait empiré ; une teinte grise s'étendait sur son visage, comme sous l'effet d'années de chagrin ; et Pippin fut soudain saisi de la peur que Merry ne mourût.

— N'ayez aucune crainte, dit Aragorn. Je suis arrivé à temps, et je l'ai rappelé. Il est fatigué en ce moment, et affligé, et il a reçu une blessure semblable à celle de la Dame Eowyn en osant frapper cette mortelle créature. Mais ces maux sont réparables, tant sont grandes sa force et sa gaieté. Il n'oubliera pas son chagrin ; mais celui-ci n'assombrira pas son cœur et lui enseignera simplement la sagesse.

Aragorn posa alors la main sur la tête de Merry et, la passant doucement parmi les boucles brunes, il toucha les paupières, l'appelant par son nom. Et quand la fragrance de l'*athelas* se répandit dans la pièce, telle la senteur des vergers et de la bruyère à la lumière du soleil plein d'abeilles, Merry se réveilla soudain et dit :

— J'ai faim. Quelle heure est-il ?

— Celle du souper est passée, dit Pippin ; mais je suppose que je pourrai t'apporter quelque chose, s'ils le permettent.

— Ils le permettent bien certainement, dit Gandalf. Et toute autre chose que ce Cavalier de Rohan pourrait désirer, pourvu qu'on puisse la trouver dans Minas Tirith, où son nom est en grand honneur.

— Bon ! dit Merry. Eh bien, j'aimerais d'abord un souper, et après cela une pipe.

Mais un nuage passa sur son visage.

— Non, pas de pipe. Je ne crois pas que je refumerai jamais.

— Pourquoi donc ? demanda Pippin.

— Eh bien, répondit lentement Merry. Il est mort. Cela m'a tout remis en mémoire. Il a dit qu'il regrettait de n'avoir jamais eu le loisir de parler science des herbes avec moi. C'est presque la dernière chose qu'il m'ait dite. Je ne pourrai plus jamais fumer sans penser à lui et à ce jour, Pippin, où il est venu à cheval à l'Isengard et où il fut si poli.

— Dans ce cas, fumez et pensez à lui ! dit Aragorn. Car c'était un cœur noble et un grand roi, et il tenait ses serments ; et il s'est levé des ombres pour une dernière belle matinée. Malgré la brièveté de votre service auprès de lui, ce devrait vous être un souvenir heureux et honorable jusqu'à la fin de vos jours.

Merry sourit.

— Eh bien, dit-il, si Grands-Pas veut bien fournir le nécessaire, je fumerai et penserai. J'avais de la meilleure herbe de Saroumane dans mon paquetage, mais je ne sais sûrement pas ce qu'il en est advenu dans la bataille.

— Maître Meriadoc, dit Aragorn, si vous imaginez que j'ai traversé les montagnes et le royaume de Gondor par le fer et par le feu à seule fin d'apporter des herbes à un soldat insouciant qui jette son équipement, vous vous trompez. Si votre paquetage n'a pas été retrouvé, il vous faudra faire mander le maître des herbes de cette Maison. Et il vous dira qu'il ne savait pas que l'herbe que vous désirez avait aucune vertu, mais qu'elle est appelée *herbe aux Ouistriens* par le vulgaire, *galenas* par les nobles, et qu'elle a d'autres noms en d'autres langues plus savantes ; et après avoir ajouté quelques vers à demi oubliés qu'il ne comprend pas, il vous informera avec regret qu'il n'y en a pas dans la Maison, et il vous laissera à vos réflexions sur l'histoire des langues. Et c'est ce que je dois faire également. Car je n'ai pas dormi dans un lit tel que celui-ci depuis mon départ de Dunharrow, ni rien mangé depuis les ténèbres avant l'aube.

Merry saisit sa main et la baisa.

— Je suis affreusement navré, dit-il. Partez tout de suite ! Depuis cette nuit même de Bree, nous n'avons fait que vous gêner. Mais c'est la façon des miens d'user de paroles légères en de tels moments et d'en dire moins qu'ils ne pensent. Nous craignons d'en dire trop. Cela nous prive des mots justes quand la plaisanterie n'est pas de mise.

— Je sais cela fort bien, sans quoi je ne vous traiterais pas de la même façon, dit Aragorn. Puisse la Comté vivre à jamais dans toute sa fraîcheur !

Et, après avoir embrassé Merry, il sortit, suivi de Gandalf.

Pippin demeura là.

— Eut-il jamais son pareil ? dit-il. Excepté Gandalf, bien sûr. Je pense qu'ils doivent être parents. Pauvre benêt, ton paquetage est à côté de ton lit, et tu l'avais sur le dos quand je t'ai rencontré. Il le voyait tout le temps, évidemment. Et, en tout cas, j'ai moi-même de quoi bourrer ta pipe. Allons ! C'est de la Feuille de Longoulet. Bourre-t'en une pendant que je courrai chercher de quoi manger. Et puis détendons-nous un peu. Mon Dieu ! Nous autres Touque et Brandebouc, nous ne pouvons pas vivre longtemps sur les hauteurs.

— Non, dit Merry, moi, je ne peux pas. Pas encore, en tout cas. Mais au moins, Pippin, pouvons-nous maintenant les voir et les honorer. Mieux vaut aimer d'abord de ce qu'on est fait pour aimer, je suppose ; il faut commencer quelque part et avoir des racines, et la terre de la Comté est profonde. Il y a cependant des choses plus profondes et plus hautes ; et sans elles pas un ancien ne pourrait soigner son jardin en ce qu'il appelle paix, qu'il en ait entendu parler ou non. Je suis heureux de les connaître, un peu. Mais je me demande pourquoi je dis cela. Où est cette feuille ? Et sors ma pipe de mon paquetage, si elle n'est pas brisée.

Aragorn et Gandalf se rendirent alors auprès du Gardien des Maisons de Guérison, et ils lui recommandèrent que Faramir et Eowyn restent là pour recevoir des soins attentifs pendant bien des jours encore.

— La Dame Eowyn, dit Aragorn, voudra bientôt se lever et partir ; mais il ne faudra pas la laisser faire si vous pouvez la retenir en aucune façon, pendant une dizaine de jours au moins.

— Quant à Faramir, dit Gandalf, il faudra bientôt lui apprendre la mort de son père. Mais il ne faudra pas lui faire tout le récit de la folie de Denethor avant qu'il ne soit tout à fait remis et qu'il ait des devoirs à remplir. Veillez à ce que Beregond et le *perian*, qui y ont assisté, ne lui parlent pas encore de ces choses !

— Et l'autre *perian*, Meriadoc, qui est à mes soins, qu'en est-il de lui ? demanda le Gardien.

— Il est probable qu'il sera en état de se lever demain, pour un petit moment, dit Aragorn. Laissez-le faire, s'il le désire. Il pourra marcher un peu avec l'aide de ses amis.

— C'est une race remarquable, dit le Gardien, hochant la tête. D'une trempe coriace, à mon avis.

Beaucoup de gens étaient rassemblés aux portes des Maisons pour voir Aragorn, et ils le suivirent ; et quand il eut enfin soupé, des hommes vinrent le prier de guérir leurs parents ou leurs amis dont la vie était en danger à la suite de contusions ou de blessures ou qui restaient sous l'Ombre Noire. Aragorn se leva et sortit ; il envoya quérir les fils d'Elrond, et ensemble ils peinèrent tard dans la nuit. Et la nouvelle courut la Cité : « En vérité, le Roi est revenu. » Et ils le nommèrent « Pierre Elfique », à cause de la pierre verte qu'il portait ; et ainsi le nom qu'une prédiction à sa naissance avait déclaré devoir être le sien lui fut choisi par son propre peuple.

Et quand il ne put plus travailler davantage, il s'enveloppa dans son manteau et se glissa hors de la Cité ; il gagna sa tente juste avant l'aube et dormit un moment. Et au matin la bannière de Dol Amroth, un navire blanc comme un cygne sur l'eau bleue, flotta au sommet de la Tour ; et les hommes qui levaient le regard se demandèrent si la venue du Roi n'avait été qu'un rêve.

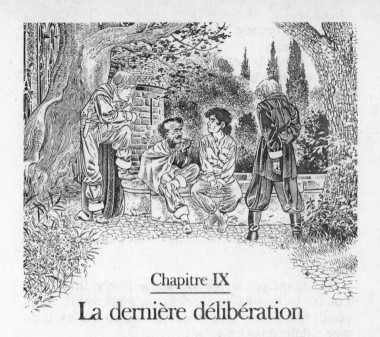

Chapitre IX

La dernière délibération

Le matin se leva le lendemain de la bataille, et il était beau, avec des nuages légers et un vent qui tournait à l'ouest. Legolas et Gimli, sur pied de bonne heure, demandèrent la permission de monter à la Cité, car ils étaient avides de voir Merry et Pippin.

— Il est bon de savoir qu'ils sont encore en vie, dit Gimli ; car ils nous ont coûté de grandes peines dans notre marche au travers de Rohan, et je ne voudrais pas qu'elles fussent toutes vaines.

L'Elfe et le Nain entrèrent ensemble à Minas Tirith, et ceux qui les virent passer s'émerveillèrent à la vue de pareils compagnons ; car Legolas avait un visage d'une beauté qui surpassait celle des Hommes et il chantait une chanson elfique en marchant dans le matin ; mais Gimli faisait à côté de lui de grandes enjambées, se caressant la barbe et ouvrant de grands yeux sur tout ce qui l'entourait.

— Il y a de la belle maçonnerie ici, dit-il, regardant les murs ; mais il y en a aussi de la moins bonne, et les rues pourraient être mieux dessinées. Quand Aragorn entrera en possession de ce qui lui revient, je lui proposerai les services d'ouvriers de la pierre de la Montagne, et nous ferons de ceci une ville dont il pourra être fier.

— Il leur faudrait davantage de jardins, dit Legolas. Les maisons sont mortes, et il y a trop peu de choses qui poussent et sont heureuses, ici. Si Aragorn entre en possession de son bien, les gens de la Forêt lui apporteront des oiseaux qui chantent et des arbres qui ne meurent pas.

Ils finirent par arriver devant le Prince Imrahil, et Legolas le regarda et s'inclina profondément ; car il voyait que c'était assurément quelqu'un qui avait du sang elfique dans les veines.

— Salut, seigneur ! dit-il. Il y a longtemps que les gens de Nimrodel ont quitté les forêts de la Lorien, mais on peut encore voir que tous ne partirent pas du havre d'Amroth pour faire voile vers l'ouest.

— C'est ce que veut la tradition de mon pays, dit le Prince ; mais jamais on n'y a vu aucune des Belles Gens depuis un temps incommensurable. Et je m'étonne d'en voir un exemple ici maintenant au milieu de l'affliction et de la guerre. Que cherchez-vous ?

— Je suis l'un des Neuf Compagnons qui partirent avec Mithrandir d'Imladris, dit Legolas ; et avec ce Nain, mon ami, j'ai accompagné le Seigneur Aragorn. Mais à présent nous désirons voir nos amis, Meriadoc et Peregrïn, qui sont à votre garde, nous dit-on.

— Vous les trouverez dans les Maisons de Guérison, et je vais vous y conduire, dit Imrahil.

— Il suffira d'envoyer quelqu'un pour nous guider, seigneur, dit Legolas. Car Aragorn vous envoie ce message. Il ne désire pas rentrer dans la Cité pour le moment. Il y a toutefois urgence d'un conseil des capitaines, et il demande que vous-même et Eomer de Rohan descendiez vers ses tentes, dès que possible. Mithrandir s'y trouve déjà.

— Nous y allons, dit Imrahil.

Et ils se séparèrent sur quelques mots courtois.

— C'est un beau seigneur et un grand chef d'hommes, dit Legolas. Si le Gondor a encore de tels caractères en ces jours d'affaiblissement, grande a dû être sa gloire au temps de son essor.

— Et sans nul doute la bonne maçonnerie est-elle la plus ancienne et a-t-elle été ouvrée lors de la première construction, dit Gimli. Il en est toujours ainsi dans les entreprises des Hommes : il y a un gel au printemps ou une brûlure en été, et ils ne répondent pas à ce qu'ils promettaient.

— Il est rare toutefois qu'ils manquent à semer, dit Legolas. Et cette semence demeurera dans la poussière et ne pourrira que pour germer de nouveau en des temps et lieux imprévus. Les exploits des Hommes dureront plus longtemps que vous, Gimli.

— Pour ne finir qu'en possibilités manquées, je suppose, dit le Nain.

— A cela les Elfes ne connaissent pas la réponse, dit Legolas.

Là-dessus, le serviteur du Prince vint pour les mener aux Maisons de Guérison. Ils trouvèrent là leurs amis dans le jardin, et la réunion fut joyeuse. Ils se promenèrent et conversèrent un moment, jouissant pour un bref temps de la paix et du repos sous le soleil du matin et dans le vent des hauts cercles de la Cité. Puis, quand Merry commença à être fatigué, ils allèrent s'asseoir sur le mur, avec la pelouse des Maisons de Guérison derrière eux ; et, dans le lointain au sud, scintillait l'Anduin, qui allait se perdre, hors de la vue même de Legolas, dans les vastes plaines et la brume verte de la Lebennin et de l'Ithilien du Sud.

Legolas devint alors silencieux, tandis que les autres parlaient ; il regardait au loin à contre-jour, et il vit des oiseaux de mer blancs qui remontaient le fleuve.

— Regardez ! s'écria-t-il. Des mouettes ! Elles volent loin à l'intérieur des terres. Elles sont pour moi sujet d'étonnement et pour mon cœur sujet de trouble. Jamais de ma vie je ne les avais rencontrées jusqu'à notre arrivée à Pelargir ; et là, je les entendis crier dans l'air tandis que nous chevauchions vers la bataille des navires. Je demeurai alors immobile, oubliant la guerre en Terre du Milieu ; car leurs voix plaintives me parlaient de la Mer. La Mer ! Je ne l'ai pas encore vue, hélas ! Mais au plus profond du cœur de tous ceux de ma race réside la nostalgie de la Mer, qu'il est dangereux de réveiller. Hélas ! pour les mouettes. Jamais plus je n'aurai de paix sous aucun hêtre, aucun orme.

— Ne parlez pas ainsi ! répliqua Gimli. Il y a encore d'innombrables choses à voir en Terre du Milieu, et de grandes œuvres à accomplir. Mais si toutes les Belles Gens gagnent les Havres, le monde sera plus terne pour ceux qui sont condamnés à rester.

— Terne et triste assurément ! dit Merry. Il ne faut pas aller aux Havres, Legolas. Il y aura toujours des gens, grands ou petits, et même quelques Nains sagaces comme Gimli, qui auront besoin de vous. Du moins, je l'espère. Encore que j'aie comme une impression que le pis de cette guerre est encore à venir. Ah, que je voudrais que tout fût fini, et bien fini !

— Ne sois pas si lugubre ! s'écria Pippin. Le soleil brille, et nous voici réunis pour un ou deux jours au moins. Allons, Gimli ! Vous et Legolas, vous avez déjà mentionné une demi-douzaine de fois ce matin votre étrange voyage avec Grands-Pas. Mais vous ne m'en avez encore rien dit.

— Le soleil peut briller ici, dit Gimli, mais il est des souvenirs de cette route que je ne désire pas tirer de l'obscurité. Eussé-je su ce qui m'attendait, je crois qu'aucune amitié n'aurait pu m'entraîner dans les Chemins des Morts.

— Les Chemins des Morts ? dit Pippin. J'ai entendu cela de la bouche d'Aragorn, et je me demandais ce qu'il entendait par là. Ne voulez-vous pas nous en dire davantage ?

— Pas volontiers, dit Gimli. Car sur cette route, je me suis couvert de honte : Gimli fils de Gloïn, qui s'était cru plus tenace que les Hommes et plus hardi sous terre qu'aucun Elfe. Mais je n'ai fait preuve ni de l'une ni de l'autre de ces qualités, et c'est la volonté seule d'Aragorn qui m'a maintenu sur la route.

— Et l'amour de lui aussi, dit Legolas. Car tous ceux qui le connaissent en viennent à aimer à sa propre façon, et jusqu'aux plus froides vierges des Rohirrim. Ce fut de bon matin la veille de votre arrivée ici, Merry, que nous quittâmes Dunharrow, et une telle peur régnait sur les gens que personne ne voulut assister à notre départ, hormis la Dame Eowyn, qui gît à présent blessée dans la Maison en bas. Il y eut de l'affliction de cette séparation, et je fus affligé de la voir.

— Hélas ! Je n'avais de cœur que pour moi-même, dit Gimli. Non ! Je ne parlerai pas de ce voyage.

Il se tut ; mais Pippin et Merry étaient si avides d'informations que Legolas finit par dire :

— Je vais vous en dire assez pour vous apaiser ; car je ne ressentais pas l'horreur et je ne craignais pas les ombres des Hommes, que je jugeais faibles et impuissantes.

Il parla alors rapidement de la route hantée sous les

montagnes, du sombre rendez-vous d'Erech et de la grande chevauchée de quatre-vingt-treize lieues de là à Pelargir sur l'Anduin.

— Quatre jours sur quatre nuits, et assez avant dans le cinquième jour, nous chevauchâmes à partir de la Pierre Noire, dit-il. Et voilà que, dans les ténèbres de Mordor, mon espoir s'éleva ; car dans cette obscurité, l'Armée des Ombres parut devenir plus forte et plus terrible à regarder. J'en vis à cheval et d'autres à pied, mais tous allaient à la même allure rapide. Elles étaient silencieuses, mais il y avait une lueur dans leurs yeux. Elles rattrapèrent nos chevaux dans les hauteurs de Lamedon, et elles nous entourèrent ; et elles nous auraient dépassés, si Aragorn ne le leur avait interdit.

« A son commandement, elles reprirent leur place en arrière. Même les ombres des Hommes obéissent à sa volonté, pensai-je. Elles peuvent encore servir à ses besoins !

« Nous chevauchâmes une journée de lumière, puis vint le jour sans aurore ; nous n'en poursuivîmes pas moins notre route, et nous traversâmes à Linhir au-dessus de l'embouchure du Gilrain. Là, des hommes de Lamedon disputèrent les gués à des gens féroces d'Umbar et de Harad qui avaient remonté le fleuve. Mais défenseurs et ennemis de même renoncèrent au combat et s'enfuirent à notre arrivée, criant que le Roi des Morts était sur eux. Seul Angbor, Seigneur de Lamedon, eut le courage de nous entendre ; et Aragorn l'invita à rassembler ses hommes et à nous suivre, s'ils l'osaient, quand l'Armée Grise serait passée.

« — A Pelargir, l'Héritier d'Isildur aura besoin de vous, dit-il.

« Nous franchîmes ainsi le Gilrain, poussant devant nous les alliés de Mordor en déroute ; et puis nous nous reposâmes un peu. Mais bientôt Aragorn se leva, disant : " Allons ! Minas Tirith est déjà assaillie. Je crains qu'elle ne tombe avant que nous n'arrivions à son secours. " Nous remontâmes donc en selle avant la fin de la nuit pour poursuivre notre route avec toute la rapidité que nos chevaux pouvaient supporter sur les plaines de la Lebennin.

Legolas s'arrêta et soupira, puis, tournant le regard vers le sud, il chanta doucement :

D'argent coulent les rivières Celos et Erui
Dans les champs verts de la Lebennin !
Haute y pousse l'herbe. Au vent de la Mer
Se balancent les blancs lis,
Et du mallos et de l'alfirin sont secouées les clochet-
  tes d'or
Dans les champs verts de la Lebennin,
Au vent de la Mer.

— Verts sont ces champs dans les chansons de chez moi ; mais ils étaient sombres alors ; déserts gris dans les ténèbres devant nous. Et par la vaste plaine, piéti- nant sans les voir l'herbe et les fleurs, nous pourchassâ- mes nos ennemis durant un jour et une nuit, jusqu'au moment où nous arrivâmes en fin de compte au Grand Fleuve.

« Je pensai alors dans mon cœur que nous appro- chions de la Mer ; car les eaux étaient larges dans les terres, et d'innombrables oiseaux de mer criaient sur leurs rives. Hélas pour les plaintes des mouettes ! La Dame ne m'avait-elle pas dit de m'en défier ? Et main- tenant je ne puis plus les oublier.

— Pour ma part, je n'y pris point garde, dit Gimli ; car nous arrivâmes enfin là à la vraie bataille. A Pelargir se trouvait la flotte principale d'Umbar, cinquante grands vaisseaux et d'innombrables navires plus petits. Un grand nombre de ceux que nous poursuivions avaient atteint les Havres avant nous, amenant leur peur avec eux ; et certains des navires avaient quitté la rive et cherchaient à fuir en descendant le Fleuve ou en gagnant l'autre rive ; et de nombreuses petites embarcations étaient en flammes. Mais les Haradrim, à présent acculés au bord, se retournèrent et se montrèrent féroces dans leur désespoir ; et ils riaient en nous regardant, car ils formaient encore une grande armée.

« Mais Aragorn fit halte et cria d'une voix forte : " Venez à présent ! Je vous appelle au nom de la Pierre Noire ! " Et soudain l'Armée des Ombres, qui était restée à l'arrière-garde, s'avança comme une marée grise, balayant tout devant elle. J'entendis de faibles cris, un son étouffé de cors et une rumeur comme de voix innombrables : on aurait dit l'écho de quelque bataille oubliée aux Années Sombres de jadis. De pâles épées étaient tirées ; mais je ne sais si leurs lames mordaient encore, car les Morts n'avaient plus besoin d'autre arme que la peur. Nul ne voulait leur résister.

« Ils allèrent à toutes les embarcations tirées à sec, puis ils passèrent sur l'eau aux navires ancrés ; et tous les marins, emplis d'une terreur folle, sautèrent par-dessus bord, sauf les esclaves enchaînés aux rames. Insouciants du danger, nous chevauchions parmi nos ennemis en fuite, les poussant comme des feuilles, jusqu'à ce que nous parvînmes au rivage. Alors Aragorn dépêcha un des Dunedains à chacun des grands vaisseaux, et ils réconfortèrent les captifs qui se trouvaient à bord, les invitant à écarter toute peur et à prendre leur liberté.

« Avant la fin de cette sombre journée, il ne restait plus un ennemi pour nous résister ; tous étaient noyés ou fuyaient vers le sud dans l'espoir de regagner à pied leur propre pays. Je trouvai étrange et merveilleux que les desseins du Mordor fussent réduits à néant par de tels spectres de la peur et des ténèbres. Il était ainsi défait par ses propres armes !

— Oui, c'est étrange en vérité, dit Legolas. En cette heure je regardai Aragorn, et je me représentai quel grand et terrible Seigneur il eût pu devenir dans la force de sa volonté, s'il avait pris l'Anneau pour lui-même. Ce n'est pas pour rien que le Mordor le redoute. Mais son esprit est plus noble que l'entendement de Sauron ; car n'est-il pas des enfants de Luthien ? Jamais cette lignée ne défaudra, dussent les années s'allonger incommensurablement.

— Pareilles prédictions dépassent la vision des Nains, dit Gimli. Mais puissant certes fut Aragorn ce jour-là. Toute la flotte noire fut entre ses mains ; il choisit le plus grand vaisseau pour lui-même, et il monta à bord. Puis il fit sonner un grand rassemblement de trompettes prises à l'ennemi ; et l'Armée des Ombres se retira vers le rivage. Elles restèrent là silencieuses, à peine visibles, sauf pour une lueur rouge dans leurs yeux qui reflétaient la clarté des navires en flammes. Et Aragorn parla d'une voix forte aux Hommes Morts, leur criant : " Entendez maintenant les paroles de l'Héritier d'Isildur ! Votre serment est accompli. Retournez et ne troublez plus jamais les vallées ! Allez en paix ! "

« Là-dessus, le Roi des Morts s'avança devant les rangs, brisa sa lance et la jeta à terre. Puis il s'inclina profondément et se détourna ; et, rapidement, toute l'armée grise se retira et s'évanouit comme une brume repoussée par un vent soudain ; et il me sembla m'éveiller d'un rêve.

« Cette nuit-là, nous nous reposâmes tandis que d'autres travaillaient. Car il y avait beaucoup de prisonniers libérés et d'esclaves relâchés, gens de Gondor qui avaient été pris dans des raids ; et bientôt aussi, il y eut un grand rassemblement d'hommes venus de la Lebennin et de l'Ethir, et Angbor de Lamedon vint avec tous les cavaliers qu'il avait pu réunir. Maintenant que la crainte des Morts était écartée, ils venaient nous aider et contempler l'Héritier d'Isildur ; car la rumeur de ce nom avait couru comme le feu dans les ténèbres.

« Et c'est à peu près la fin de notre histoire. Car au cours de la soirée et de la nuit de nombreux navires furent apprêtés et garnis d'hommes ; et, au matin, la flotte appareilla. Cela paraît loin à présent, mais ce n'était qu'avant-hier matin, sixième jour depuis notre départ de Dunharrow. Mais Aragorn était toujours poussé par la crainte que le temps ne fût trop court.

« " Cela fait quarante-deux lieues de Pelargir aux points de débarquement du Harlond, dit-il. Et pourtant il nous faut y arriver demain sous peine d'échec total. "

« Les rames étaient alors maniées par des hommes libres, et ils peinèrent vaillamment, mais nous ne remontâmes le Grand Fleuve que lentement, car il fallait lutter contre le courant et, s'il n'est pas trop rapide là-bas dans le Sud, nous n'avions aucune aide du vent. J'aurais eu le cœur bien lourd, en dépit de toute notre victoire aux Havres, si Legolas n'avait ri soudain.

« " Haut la barbe, fils de Durïn ! " fit-il. Car il est dit : *Souvent naît l'espoir quand tout est perdu*. Mais il ne voulut pas dire quel espoir il voyait de loin. Quand vint la nuit, elle ne fit qu'accroître l'obscurité, et nous eûmes chaud au cœur car, au loin dans le Nord, nous vîmes une lueur rouge sous le nuage, et Aragorn dit : " Minas Tirith brûle. "

« Mais à minuit l'espoir renaquit en fait. Des hommes de l'Ethir versés dans l'art de la navigation, observant le Sud, annoncèrent un changement avec un vent frais venant de la Mer. Bien avant le jour, les navires mâtés hissèrent les voiles, et notre vitesse s'accrut jusqu'à ce que l'aube blanchît l'écume à nos proues. Et c'est ainsi que, vous le savez, nous arrivâmes à la troisième heure du matin par bon vent et un soleil dévoilé, et que nous déployâmes le grand étendard dans la bataille. Ce fut un grand jour et une grande heure, quelle que doive être la suite.

— Quoi qu'il puisse advenir après, les grands exploits ne perdent rien de leur valeur, dit Legolas. Ce fut un grand exploit que la chevauchée dans les Chemins des Morts, et grand il demeurera, même s'il ne reste personne en Gondor pour le chanter dans les temps à venir.

— Ce qui pourrait bien arriver, dit Gimli, car les visages d'Aragorn et de Gandalf sont graves. Je me demande vivement quelles décisions ils sont en train de prendre dans ces tentes, là en bas. Pour ma part, je souhaiterais comme Merry qu'avec notre victoire la guerre fût maintenant terminée. Mais quoi qu'il y ait encore à faire, j'espère y avoir part, pour l'honneur des gens du Mont Solitaire.

— Et moi pour ceux de la Grande Forêt, dit Legolas, et pour l'amour du Seigneur de l'Arbre Blanc.

Les compagnons redevinrent silencieux, et ils restèrent un moment là, dans le haut lieu, chacun occupé de ses propres pensées, tandis que les capitaines discutaient.

Après avoir quitté Legolas et Gimli, le Prince Imrahil fit immédiatement demander Eomer ; il descendit avec lui de la Cité et ils arrivèrent aux tentes d'Aragorn, établies sur le terrain non loin de l'endroit où était tombé le Roi Théoden. Et là ils tinrent conseil avec Gandalf, Aragorn et les fils d'Elrond.

— Mes seigneurs, dit Gandalf, écoutez les paroles de l'Intendant de Gondor avant sa mort : *Vous pouvez triompher sur les Champs du Pelennor pour une journée, mais contre la Puissance qui s'est maintenant levée, il n'est aucune victoire.* Je ne vous invite pas, comme lui, au désespoir, mais à peser la vérité de ces mots.

« Les Pierres de Vision ne mentent pas, et même le Seigneur de Barad-dûr ne saurait les y contraindre. Peut-être a-t-il la possibilité de choisir par sa volonté ce que verront des esprits plus faibles ou de les faire interpréter de travers ce qu'ils voient. Il n'y a néanmoins aucun doute que lorsque Denethor voyait de grandes forces disposées contre lui dans le Mordor et d'autres encore en train de s'assembler, il voyait ce qui est réellement.

« Notre force a à peine suffi à repousser le premier grand assaut. Le suivant sera plus fort. Cette guerre est donc sans espoir final, comme Denethor l'avait perçu. La victoire ne peut être atteinte par les armes, que vous restiez ici pour soutenir siège sur siège, ou que vous sortiez pour être écrasés au-delà du Fleuve. Vous n'avez de choix que parmi des maux ; et la prudence conseillerait de renforcer les places fortes que vous avez et d'y attendre l'assaut ; le temps de votre fin sera ainsi un peu retardé.

— Vous voudriez donc que nous nous retirions à Minas Tirith, à Dol Amroth ou à Dunharrow, pour nous y tenir comme des enfants sur des forts de sable quand la marée monte ? dit Imrahil.

— Il n'y aurait là rien de nouveau, dit Gandalf. N'est-ce pas ce que vous avez fait, sans guère plus, durant tout le temps de Denethor ? Mais non ! J'ai dit que ce serait prudent. Je ne conseille pas la prudence. J'ai dit que la victoire ne pouvait être obtenue par les armes. Car dans toutes ces lignes de conduite intervient l'Anneau de Puissance, fondement de Barad-dûr et espoir de Sauron.

« Au sujet de cet objet, mes seigneurs, vous en savez tous assez pour comprendre notre situation, et celle de Sauron. S'il le recouvre, votre valeur est vaine, et sa victoire sera rapide et complète : si complète que nul ne peut en prévoir la fin tant que ce monde durera. Si l'Anneau est détruit, il tombera ; et sa chute sera si profonde que nul ne pourra prévoir un quelconque relèvement. Car il perdra la meilleure part de la force qu'il avait à son origine, et tout ce qui a été fait ou commencé avec ce pouvoir s'écroulera ; il sera à jamais estropié, devenant un simple esprit de méchanceté qui se ronge dans les ombres, sans pouvoir croître de nouveau ni prendre forme. Et ainsi un grand mal de ce monde sera écarté.

« Il existe d'autres maux qui peuvent venir ; car Sauron n'est lui-même qu'un serviteur ou un émissaire. Il ne nous appartient toutefois pas de rassembler toutes les marées du monde, mais de faire ce qui est en nous pour le secours des années dans lesquelles nous sommes placés, déracinant le mal dans les champs que nous connaissons, de sorte que ceux qui vivront après nous puissent avoir une terre propre à cultiver. Ce n'est pas à nous de régler le temps qu'ils auront.

« Or, Sauron sait tout cela, et il sait que cet objet précieux qu'il a perdu a été retrouvé ; mais il ignore encore où il se trouve, ou du moins l'espérons-nous. Il est donc à présent dans un grand doute. Car, si nous avons trouvé cette chose, il en est parmi nous d'assez forts pour la manier. Cela aussi, il le sait. Car ne deviné-je pas juste, Aragorn, en pensant que vous vous êtes montré à lui dans la Pierre d'Orthanc ?

— Je l'ai fait avant de partir de Fort le Cor, répondit Aragorn. Je jugeai que le temps était mûr et que la Pierre m'était venue précisément pour cela. Il y avait alors dix jours que le Porteur de l'Anneau était passé à l'est du Rauros, et l'Œil de Sauron devrait être, pensai-je, attiré hors de son propre pays. Les défis ont été trop rares depuis qu'il a regagné sa Tour. Encore que, si j'avais su à quel point serait rapide son attaque en réponse, peut-être n'aurais-je pas osé me montrer. C'est tout juste si j'ai eu le temps de venir à votre aide.

— Mais comment cela se fait-il ? demanda Eomer. Tout est vain s'il a l'Anneau, disiez-vous. Pourquoi ne croirait-il pas vain de nous assaillir, si nous l'avons ?

— Il n'en est pas encore sûr, dit Gandalf, et ce n'est pas en attendant que ses ennemis se soient mis en sécurité, comme nous l'avons fait, qu'il a édifié sa puissance. Et aussi, nous ne pouvions apprendre à manier le plein pouvoir en un seul jour. En fait, l'Anneau ne peut être employé que par un seul maître, non par de nombreux ; et Sauron guettera un temps de conflit, avant que l'un des grands parmi nous ne s'impose comme maître et domine les autres. En un tel moment, l'Anneau pourrait l'aider, si son action était assez soudaine.

« Il guette. Il voit et entend beaucoup de choses. Ses Nazgûl sont encore au-dehors. Ils ont survolé le terrain avant le lever du soleil, bien que peu de ceux qui étaient fatigués et dormaient aient eu conscience de leur présence. Il étudie les signes : l'Épée qui lui déroba son trésor reforgée ; les vents de la fortune tournant en notre faveur, et la défaite imprévue de son premier assaut ; la chute de son grand Capitaine.

« Son doute doit être en train de croître, tandis même que nous parlons ici. Son Œil se braque vers nous, presque aveugle à toute autre chose en mouvement. Nous devons donc le tenir fixé sur nous. C'est en cela que réside tout notre espoir. Voici donc mon avis. Nous n'avons pas l'Anneau. Par sagesse ou grande folie, il a été envoyé au loin pour être détruit, afin qu'il ne nous détruise par nous-mêmes. Sans lui, nous ne pouvons détruire par la force celle de Sauron. Mais nous devons à tout prix tenir son Œil écarté de son véritable péril. Nous ne pouvons atteindre la victoire par les armes, mais par les armes nous pouvons donner au Porteur de l'Anneau sa seule chance, si menue soit-elle.

« Nous devons continuer comme Aragorn a commencé. Il faut pousser Sauron à son va-tout. Il faut attirer sa force cachée, de façon qu'il laisse son pays vide. Nous devons nous porter immédiatement à sa rencontre. Nous devons nous présenter comme un appât, dussent ses mâchoires se refermer sur nous. Il mordra à l'appât, par espoir ou par avidité, pensant voir dans pareille témérité l'orgueil du nouveau Seigneur de l'Anneau ; et il dira : " Bon ! il tend le col trop tôt et trop loin. Qu'il avance, et je l'attirerai dans une nasse d'où il ne pourra s'échapper. Là, je l'écraserai, et ce qu'il a pris avec insolence sera de nouveau et à jamais à moi. "

« Nous devons pénétrer les yeux ouverts dans cette nasse, avec courage, mais peu d'espoir pour nous-mêmes. Car, mes seigneurs, il se pourrait bien que nous périssions totalement dans une sombre bataille loin des terres des vivants : de sorte que, même si Barad-dûr est abattue, nous ne vivrons pas pour voir un nouvel âge. Mais j'estime que c'est là notre devoir. Et cela vaut mieux que de périr néanmoins — comme cela arrivera à coup sûr si nous restons ici — avec l'assurance en mourant de savoir qu'aucun nouvel âge ne viendra.

Ils restèrent un moment silencieux. Enfin Aragorn parla :

— Je continuerai comme j'ai commencé. Nous arrivons à présent au bord même, où l'espoir et le désespoir se touchent. Hésiter, c'est tomber. Que personne à présent ne rejette les avis de Gandalf, dont le long labeur contre Sauron vient enfin à l'épreuve. Sans lui, il y a longtemps que tout serait perdu. Je ne prétends toutefois pas encore commander à quiconque. Que les autres choisissent selon leur volonté.

Elrohir dit alors :

— Nous sommes venus du Nord avec ce dessein, et d'Elrond notre père nous avons apporté cet avis même. Nous ne rebrousserons pas chemin.

— Pour moi, dit Eomer, j'ai peu de lumières sur ces

matières profondes ; mais je n'en ai pas besoin. Je sais une chose, et elle me suffit, c'est que mon ami Aragorn m'a secouru, moi et les miens ; aussi répondrai-je à son appel. J'irai.

— Quant à moi, dit Imrahil, je tiens le Seigneur Aragorn pour mon suzerain, qu'il revendique ce titre ou non. Son désir est pour moi un ordre. J'irai aussi. Mais je remplace pour un temps l'Intendant de Gondor, et il m'appartient de penser d'abord à son peuple. Il faut encore accorder quelque attention à la prudence — car nous devons nous préparer contre toutes les fortunes, tant bonnes que mauvaises. Or, il se peut que nous triomphions, et, aussi longtemps qu'il y en a un espoir, Gondor doit être protégé. Je ne voudrais pas que nous revenions victorieux à une Cité en ruine et à un pays ravagé derrière nous. Et nous avons appris des Rohirrim qu'il y a encore une armée intacte sur notre flanc nord.

— Cela est vrai, dit Gandalf. Je ne vous conseille pas de laisser la Cité totalement dégarnie d'hommes. En vérité, il n'est pas nécessaire que la force que nous menons vers l'est soit assez puissante pour une véritable attaque du Mordor, tant qu'elle suffit pour défier au combat. Et elle doit faire mouvement sans tarder. Je demande donc aux capitaines : quelle force pouvez-vous rassembler et emmener dans deux jours au plus tard ? Et elle doit être composée d'hommes courageux, qui partent volontairement, connaissant le danger.

— Tous sont fatigués, et un grand nombre ont des blessures, légères ou graves, dit Eomer ; et nous avons subi de grandes pertes en chevaux, ce qui est dur à supporter. Si nous devons partir bientôt, je ne puis espérer mener même deux mille hommes, tout en en laissant autant pour défendre la Cité.

— Il ne nous faut pas seulement tenir compte de ceux qui se sont battus ici, dit Aragorn. Une nouvelle force est en route, venant des fiefs du Sud, maintenant que les côtes sont débarrassées. J'ai envoyé quatre mille hommes de Pelargir par le Lossarnach, il y a deux jours ; et Angbor l'intrépide chevauche à leur tête. Si nous partons dans deux jours, ils seront tout proches avant notre départ. En outre, de nombreux hommes ont reçu l'ordre de remonter le Fleuve derrière moi dans toutes les embarcations qu'ils pourront rassembler ; et, avec ce vent, ils ne tarderont pas ; en fait, plusieurs navires sont déjà arrivés au Harlond. J'estime que nous pourrons emmener sept mille cavaliers et hommes de pied, tout en laissant la Cité mieux défendue qu'elle n'était au début de l'assaut.

— La Porte est détruite, dit Imrahil, et où trouver à présent l'art de la reconstruire et de la remonter ?

— A Erebor, au royaume de Daïn, cet art existe, dit Aragorn ; et si tous nos espoirs ne sont pas réduits à néant, j'enverrai en temps utile Gimli le fils de Gloïn demander des ouvriers de la Montagne. Mais les hommes valent mieux que des portes, et aucune de celles-ci ne résistera à notre Ennemi si les hommes la désertent.

La conclusion de la délibération des seigneurs fut donc qu'ils partiraient le surlendemain matin avec sept mille hommes, si on pouvait les trouver ; et la majeure partie de cette force devrait être composée d'hommes de pied en raison des mauvaises terres dans lesquelles ils iraient. Aragorn devrait trouver deux mille de ceux qu'il avait rassemblés dans le Sud ; mais Imrahil en trouverait trois mille cinq cents ; et Eomer cinq cents des Rohirrim qui n'avaient plus de chevaux, mais qui étaient bons guerriers, et lui-même mènerait cinq cents de ses meilleurs Cavaliers à cheval ; il devrait aussi y avoir une autre compagnie de cinq cents chevaux, parmi lesquels iraient les fils d'Elrond avec les Dunedains et les chevaliers de Dol Amroth : soit au total six mille hommes de pied et un millier de chevaux. Mais la force principale des Rohirrim qui demeuraient montés et en état de se battre, quelque trois mille sous le commandement d'Elfhelm, tiendrait la Route de l'Ouest contre l'ennemi qui se trouvait en Anôrien. Et des cavaliers rapides furent aussitôt dépêchés vers le nord pour récolter tous les renseignements qu'ils pourraient obtenir ; et aussi vers l'est, d'Osgiliath et de la route de Minas Morgul.

Et quand ils eurent fait le compte de toute leur force et réfléchi aux voyages à faire et aux routes à choisir, Imrahil partit soudain d'un éclat de rire.

— Voilà assurément la plus grande farce de toute l'histoire de Gondor, s'écria-t-il : que nous partions avec sept mille hommes, à peine ce qu'était l'avant-garde de son armée au temps de sa puissance, pour assaillir les montagnes et la porte infranchissable de la Terre Noire ! Un enfant pourrait aussi bien menacer avec un arc fait d'une corde et d'une branche de saule vert un chevalier vêtu d'une cotte de mailles ! Si le Seigneur Ténébreux en sait aussi long que vous le dites, Mithrandir, ne sourira-t-il pas plus qu'il ne craindra, et ne nous écrasera-t-il pas de son petit doigt comme une mouche qui essaierait de le piquer ?

— Non, il essaiera de piéger la mouche et de prendre le dard, dit Gandalf. Et il est parmi nous des noms qui valent chacun plus de mille chevaliers vêtus de mailles. Non, il ne sourira pas.

— Ni nous non plus, dit Aragorn. Si c'était là une farce, elle serait trop amère pour provoquer le rire. Non, c'est le dernier coup d'un grand péril et, pour un côté ou l'autre, il amènera la fin de la partie.

Il tira alors Anduril, qu'il tint, étincelante au soleil.

— Tu ne seras plus remise au fourreau, que la dernière bataille ne soit livrée, dit-il.

Chapitre X

La Porte Noire s'ouvre

Deux jours plus tard, l'armée de l'Ouest fut toute rassemblée sur le Pelennor. Celles des Orques et des Orientaux était repartie de l'Anôrien, mais, harcelées et dispersées par les Rohirrim, les troupes s'étaient débandées et avaient fui sans grand combat vers Cair Andros ; et, cette menace détruite et une nouvelle force arrivant du Sud, la Cité était aussi bien garnie d'hommes qu'il était possible. Les éclaireurs rendaient compte qu'il ne restait plus d'ennemis sur les routes à l'est jusqu'au Carrefour du Roi Tombé. Tout était prêt maintenant pour le dernier coup.

Legolas et Gimli devaient de nouveau chevaucher en compagnie d'Aragorn et de Gandalf, qui allaient à l'avant-garde avec les Dunedains et les fils d'Elrond. Mais Merry, à sa honte, ne devait pas partir avec eux.

— Vous n'êtes pas en état de faire un pareil voyage, dit Aragorn. Mais n'en ayez pas honte. Si vous ne faites plus rien dans cette guerre, vous vous êtes déjà acquis grand honneur. Peregrïn ira, et il représentera les gens de la Comté ; et ne lui en veuillez pas de sa chance de péril, car, bien qu'il ait accompli tout ce que sa fortune lui permettait, il lui reste encore à égaler votre exploit. Mais, à la vérité, tous sont maintenant exposés au même danger. Bien que notre part puisse être de trouver une fin finale devant la Porte de Mordor, si c'est le cas, vous serez amenés aussi à une ultime résistance, que ce soit ici ou à l'endroit où la marée noire vous rejoindra. Adieu !

Merry se tenait donc, l'air abattu, à regarder le rassemblement de l'armée. Bergil était avec lui, tout aussi déprimé, car son père devait marcher à la tête d'une compagnie des Hommes de la Cité : il ne pouvait rejoindre la Garde avant que son cas ne fût jugé. Dans cette même compagnie devait aussi aller Pippin, comme soldat de Gondor. Merry le voyait non loin de lui, petite mais droite figure parmi les hommes de haute taille de Minas Tirith.

Enfin, les trompettes sonnèrent, et l'armée se mit en mouvement. Troupe après troupe, compagnie après compagnie, elle fit une conversion et partit en direction de l'est. Et longtemps après qu'elle eut disparu de la vue le long de la grand-route vers la Chaussée, Merry demeura là. Le dernier reflet du soleil matinal avait scintillé sur les lances et les heaumes, et il restait encore, la tête basse et le cœur lourd d'un sentiment d'abandon et de solitude. Tous ceux qu'il aimait étaient partis dans l'obscurité qui pesait sur le lointain ciel de l'est, et il lui restait peu d'espoir au cœur d'en revoir jamais aucun.

Comme rappelée par son humeur désespérée, la souffrance reparut dans son bras ; il se sentait débile et vieux, et la lumière du soleil lui paraissait faible. Le contact de la main de Bergil le tira de ses réflexions.

— Venez, Maître Perian ! dit le garçon. Vous souffrez encore, je le vois. Je vais vous aider à retourner auprès des Guérisseurs. Mais ne craignez point ! Ils reviendront. Les Hommes de Minas Tirith ne seront jamais vaincus. Et ils ont maintenant le Seigneur Pierre Elfique et aussi Beregond de la Garde.

L'armée arriva à Osgiliath avant midi. Là, s'affairaient tous les ouvriers et les artisans disponibles. Les uns fortifiaient les bacs et les ponts de bateaux que l'ennemi avait faits et en partie détruits lors de sa fuite ; d'autres rassemblaient des approvisionnements et du butin ; et d'autres encore édifiaient à la hâte des ouvrages défensifs sur la rive est du Fleuve.

L'avant-garde traversa les ruines du vieux Gondor, franchit le large Fleuve, et monta la longue route droite qui avait été construite dans les grands jours pour aller de la belle Tour du Soleil à la haute Tour de la Lune, devenue à présent Minas Morgul dans sa vallée maudite. Elle fit halte à cinq milles d'Osgiliath, mettant fin à sa première journée de marche.

Mais les cavaliers brûlèrent l'étape et, avant la tombée de la nuit, ils arrivèrent au Carrefour et au grand cercle d'arbres, où tout était silencieux. Ils n'avaient vu aucun signe d'ennemi, n'avaient entendu aucun cri ou appel, aucun trait n'avait été lancé de rochers ou de fourrés au bord du chemin ; mais plus ils avançaient, plus ils sentaient croître la vigilance du pays. Arbres et pierres, herbe et feuilles écoutaient. Les ténèbres avaient été dissipées, et dans l'Ouest lointain le soleil se couchait sur la Vallée de l'Anduin, et les cimes blanches des montagnes rougissaient dans l'air bleu ; mais une ombre et une obscurité planaient sur l'Ephel Duath.

Aragorn posta alors des trompettes à chacune des

quatre routes qui pénétraient dans le cercle d'arbres ; ils sonnèrent une grande fanfare, et les hérauts crièrent d'une voix forte :

— Les Seigneurs de Gondor sont de retour, et ils reprennent toute cette terre qui leur appartient.

La hideuse tête d'Orque établie sur la forme sculptée fut jetée à bas et brisée, et remplacée par la tête du vieux roi relevée et remise en place, toujours couronnée de fleurs blanches et or ; et les hommes se mirent en devoir de laver et de gratter tous les ignobles gribouillages dont les Orques avaient sali la pierre.

Or, au cours de la délibération, certains avaient émis l'idée de commencer par attaquer Minas Morgul et, en cas de prise de la ville, de la détruire totalement. « Et, avait dit Imrahil, peut-être la route qui mène de là au col en dessus se révélera-t-elle plus aisée comme voie d'assaut contre le Seigneur Ténébreux que cette porte du nord. »

Mais Gandalf s'y était opposé avec instance en raison du mal qui résidait dans la vallée, où les esprits des hommes vivants seraient en proie à la folie et à l'horreur, et en raison aussi des nouvelles apportées par Faramir. Car si le Porteur de l'Anneau avait en effet essayé de cette voie, il fallait avant tout se garder d'y attirer l'Œil de Mordor. Aussi, le lendemain, à l'arrivée du gros de l'armée, ils établirent une forte garde au Carrefour pour y faire quelque défense dans le cas où le Mordor enverrait une force par le Col de Morgul ou amènerait d'autres hommes du Sud. Pour cette garde, ils choisirent surtout des archers qui connaissaient les façons de l'Ithilien et qui resteraient cachés dans les bois et sur les pentes aux environs de la croisée des chemins. Mais Gandalf et Aragorn poussèrent avec l'avant-garde jusqu'à l'entrée de la Vallée de Morgul, d'où ils contemplèrent la funeste cité.

Elle était sombre et n'offrait aucun signe de vie : car

les Orques et les créatures moindres du Mordor qui y demeuraient avaient été détruits dans la bataille, et les Nazgûl étaient sortis. L'atmosphère de la vallée était toutefois lourde de peur et d'hostilité. Ils détruisirent alors le sinistre pont, livrèrent aux flammes rouges les champs nocifs et se retirèrent.

Le lendemain, troisième jour depuis son départ de Minas Tirith, l'armée commença sa marche vers le nord sur la route. Il y avait par cet itinéraire une centaine de milles du Carrefour au Morannon, et nul ne savait ce qui pouvait se présenter entre l'un et l'autre. Ils allaient ouvertement mais avec vigilance, des éclaireurs montés en avant et d'autres à pied de part et d'autre, principalement sur le flanc gauche ; car il y avait là de sombres fourrés et un terrain chaotique de ravins et de rochers derrière lequel s'élevaient les longues pentes raides et menaçantes de l'Ephel Duath. Le temps du monde demeurait beau et le vent se maintenait à l'ouest, mais rien ne pouvait emporter les obscurités et les tristes brumes qui s'accrochaient autour des Monts de l'Ombre ; et, derrière eux, s'élevaient par moments de grandes fumées qui restaient à planer dans les vents supérieurs.

Gandalf faisait de temps en temps sonner les trompettes, et les hérauts criaient :

— Les Seigneurs de Gondor sont arrivés ! Que tous quittent ce pays ou se rendent !

Mais Imrahil dit :

— Ne dites pas *les Seigneurs de Gondor*. Dites *le Roi Elessar*. Car c'est la vérité, même s'il n'est pas encore monté sur le trône ; et si les hérauts emploient ce nom cela donnera davantage à réfléchir à l'Ennemi.

Aussi, trois fois par jour, les hérauts proclamèrent-ils la venue du Roi Elessar. Mais nul ne répondit au défi.

Cependant, bien qu'ils marchassent dans une apparence de paix, tous, du plus puissant au plus humble, avaient le cœur abattu et, à chaque mille parcouru en direction du nord, le pressentiment de malheur pesait plus lourdement sur eux. Ce fut vers la fin du deuxième jour de leur marche depuis le Carrefour qu'ils rencontrèrent pour la première fois une offre de combat. Car une grande force d'Orques et d'Orientaux tenta de prendre les compagnies de tête dans une embuscade ; et c'était à l'endroit même où Faramir avait accroché les hommes de Harad, là où la route pénétrait dans une profonde entaille au travers d'une avancée des montagnes de l'Est. Mais les Capitaines de l'Ouest étaient bien renseignés par leurs éclaireurs, hommes expérimentés d'Henneth Annûn sous la conduite de Mablung ; et ainsi ceux du guet-apens furent eux-mêmes pris au piège. Car des Cavaliers les débordèrent largement par l'ouest et tombèrent sur leur flanc et sur leur arrière, et ils furent détruits ou chassés dans les montagnes.

Mais la victoire réconforta peu les capitaines.

— Ce n'est qu'une feinte, dit Aragorn ; et l'objet principal en était, je suppose, de nous attirer en avant par une fausse évaluation de la faiblesse de l'Ennemi, plutôt que de nous faire grand mal, quant à présent.

Et, à partir de ce soir-là, les Nazgûl vinrent et suivirent tous les mouvements de l'armée. Ils volaient toujours haut et hors de la vue de tous hormis Legolas ; mais on pouvait sentir leur présence comme une ombre plus profonde et une atténuation du soleil ; et bien que les Esprits Servants de l'Anneau ne descendissent pas encore bas sur leurs ennemis et restassent silencieux, ne poussant aucun cri, nul ne pouvait se débarrasser de la peur qu'ils inspiraient.

Et ainsi s'écoulèrent le temps et le voyage sans espoir. Le quatrième jour depuis le Carrefour et le sixième depuis Minas Tirith, ils arrivèrent enfin au bout des terres vivantes et commencèrent à passer dans le pays désolé précédant l'entrée du Col de Cirith Gorgor ; et ils purent distinguer les marais et le désert qui s'étendaient au nord et à l'ouest jusqu'à l'Emyn Muil. Ces lieux étaient si désolés et l'horreur en était si profonde qu'une partie de l'armée, démoralisée, ne put aller, ni à pied ni à cheval, plus au nord.

Aragorn regarda ces hommes, et il y avait dans ses yeux plus de pitié que de colère ; car c'étaient des jeunes hommes de Rohan, du lointain Ouestfolde ou des agriculteurs du Lossarnach, et, pour eux le Mordor était depuis leur enfance un nom maléfique, tout en étant quelque chose d'irréel, une légende qui n'avait aucune part à leur vie simple ; et, à présent, ils marchaient comme des hommes d'un hideux rêve devenu réalité, et ils ne comprenaient pas cette guerre ni la raison pour laquelle le destin les menait à une telle passe.

— Partez ! dit Aragorn. Mais conservez ce que vous pourrez d'honneur et ne courez pas ! Et il y a une tâche à laquelle vous pouvez vous efforcer et ainsi vous sauver un peu de la honte. Allez vers le sud-ouest jusqu'à Cair Andros et au cas où celle-ci serait encore tenue par les ennemis, comme je le pense, reprenez-la, si vous le pouvez ; et tenez-la jusqu'au bout pour la défense du Gondor et du Rohan !

Alors, certains, mortifiés de sa pitié, dominèrent leur peur et continuèrent ; tandis que les autres reprirent espoir à la suggestion d'un acte de vaillance à leur mesure, et ils partirent avec ce sentiment. Et ainsi, bon nombre d'hommes ayant déjà été laissés au Carrefour, ce fut avec moins de six mille hommes que les Capitaines de l'Ouest finirent par arriver pour défier la Porte Noire et la puissance du Mordor.

Ils progressèrent alors lentement, s'attendant chaque

heure à une réponse à leur défi, et ils se resserrèrent, du fait que ce n'était qu'un gaspillage d'hommes de détacher des éclaireurs ou des parties du gros de l'armée. Au soir du cinquième jour de la marche depuis la Vallée de Morgul, ils établirent leur dernier camp et y allumèrent des feux avec ce qu'ils purent trouver de bois mort et de brande. Ils passèrent les heures de la nuit à l'état de veille ; ils avaient conscience de maints êtres entr'aperçus qui marchaient et rampaient tout autour d'eux, et ils entendaient le hurlement des loups. Le vent était tombé et tout l'air paraissait immobile. Ils ne voyaient pas grand-chose, car, bien qu'il n'y eût pas de nuages et que la lune fût au quatrième jour de son croissant, des fumées et des vapeurs montaient de la terre et le croissant blanc était voilé par les brumes de Mordor.

Il commença de faire froid. Au matin, le vent se leva de nouveau, mais il venait à présent du nord et il fraîchit bientôt jusqu'à devenir assez fort. Tous les marcheurs nocturnes étaient partis, et le pays semblait vide. Au nord, parmi leurs puits méphitiques, se dressaient les premiers grands tas et collines de scories, de roches brisées et de terre explosée, vomissures des habitants larvaires du Mordor ; mais au sud, et maintenant proche, se dessinait le grand rempart de Cirith Gorgor, avec au milieu la Porte Noire et, de part et d'autre, les deux Tours des Dents, hautes et sombres. Car, au cours de leur dernière marche, les Capitaines avaient quitté la vieille route qui tournait vers l'est, afin d'éviter le danger des repaires des collines, et ils approchaient ainsi du Morannon par le nord-ouest, tout comme l'avait fait Frodon.

Les deux vastes battants de fer de la Porte Noire sous sa voûte menaçante étaient solidement fermés. Rien ne se voyait sur les remparts. Tout était silencieux, mais attentif. Ils étaient arrivés à l'ultime fin de leur folie ; et ils se tenaient sacrifiés et glacés dans la lumière grise de l'aube devant des tours et des murs que leur armée ne pouvait attaquer avec espoir, eût-elle même amené là des engins de grande puissance et l'Ennemi n'eût-il que les forces suffisantes pour garnir la porte et le mur seuls. Ils savaient cependant que toutes les collines et les rochers autour du Morannon étaient remplis d'ennemis cachés et que le sombre défilé qu'ils avaient devant eux était creusé et percé par des équipes grouillantes de créatures mauvaises. Et, tandis qu'ils se tenaient là, ils virent tournoyer au-dessus des Tours des Dents comme des vautours tous les Nazgûl rassemblés ; et ils surent qu'ils étaient observés. Mais l'Ennemi ne faisait toujours aucun signe.

Il ne leur restait plus d'autre choix que de jouer leur partie jusqu'à la fin. Aragorn disposa donc l'armée dans le meilleur ordre possible ; et les troupes furent rangées sur deux grandes collines de pierre et de terre explosées que les Orques avaient entassées au cours d'années de labeur. Devant eux, vers Mordor, se trouvait en matière de fossé une grande fondrière de boue fétide et de mares nauséabondes. Quand tout fut ordonné, les Capitaines se mirent en marche vers la Porte Noire avec une grande garde de cavaliers, la bannière, des hérauts et des trompettes. Il y avait là Gandalf comme premier héraut, Aragorn avec les fils d'Elrond, Eomer de Rohan et Imrahil ; et Legolas, Gimli et Peregrïn furent invités à y aller aussi, de façon que tous les ennemis du Mordor aient un témoignage.

Ils arrivèrent à portée de voix du Morannon ; ils déployèrent la bannière et sonnèrent de leurs trompettes ; et les hérauts s'avancèrent et lancèrent leur appel par-dessus le rempart de Mordor.

— Sortez crièrent-ils. Que le Seigneur de la Terre Noire sorte. Justice lui sera faite. Car il a injustement fait la guerre au Gondor et volé ses terres. Le Roi du

Gondor exige donc qu'il répare ses torts et y renonce à jamais. Sortez !

Il y eut un long silence, et du mur comme de la porte aucun son ne se fit entendre en réponse. Mais Sauron avait déjà établi ses plans et il se proposait de se jouer cruellement de ces souris avant de frapper à mort. C'est pourquoi, au moment où les Capitaines allaient s'en retourner, le silence fut soudain rompu. Vinrent un long roulement de grosses caisses semblable au tonnerre dans les montagnes, puis une fanfare de cors qui fit trembler les pierres mêmes et abasourdit les oreilles des hommes. Là-dessus, le battant central de la Porte Noire s'ouvrit tout grand avec un retentissement métallique, et par là sortit une ambassade de la Tour Sombre.

A sa tête chevauchait une forme sinistre, de haute taille, montée sur un cheval noir, pour autant que ce fût un cheval ; car il était énorme et hideux, et sa face avait un masque terrible, ressemblant davantage à un crâne qu'à une tête vivante, et dans les orbites et les narines brûlait une flamme. Ce cavalier était tout de noir vêtu, et noir était son heaume altier ; ce n'était pourtant pas là un Esprit Servant de l'Anneau, mais bien un homme vivant. C'était le Lieutenant de la Tour de Barad-dûr, et son nom ne figure dans aucune histoire ; car lui-même l'avait oublié, et il disait : « Je suis la Bouche de Sauron. » Mais on disait que c'était un renégat, issu de la race de ceux que l'on nomme les Númenoriens Noirs ; car ils établirent leur résidence en Terre du Milieu au cours des années de domination de Sauron et ils le vénéraient, étant férus de connaissance mauvaise. Il entra au service de la Tour Sombre dès qu'elle se releva, et sa ruse le fit monter de plus en plus haut dans la faveur du Seigneur ; il apprit la grande sorcellerie, et il connaissait une grande part de la pensée de Sauron ; et il était plus cruel qu'un Orque.

Ce fut donc lui qui sortit, et avec lui venait une petite

compagnie de soldats harnachés de noir, portant une bannière unique, mais sur laquelle se voyait en rouge le Mauvais Œil. S'arrêtant à quelques pas des Capitaines de l'Ouest, il les toisa et rit.

— Y a-t-il dans cette bande quelqu'un qui ait autorité pour traiter avec moi ? demanda-t-il. Ou, en fait, qui ait assez de tête pour me comprendre ? Pas vous, au moins ! dit-il, narquois, se tournant vers Aragorn avec dédain. Il en faut plus pour faire un roi qu'un morceau de verre elfique ou une racaille comme celle-ci. Allons donc ! N'importe quel brigand des montagnes peut exhiber une aussi belle suite !

Aragorn ne répondit rien, mais il accrocha le regard de l'autre et le soutint ; et ils luttèrent un moment de la sorte ; mais bientôt, sans qu'Aragorn eût fait un seul mouvement ni porté la main à l'épée, l'autre fléchit et recula comme sous la menace d'un coup.

— Je suis un héraut et un ambassadeur, et nul ne doit m'attaquer ! s'écria-t-il.

— Où de telles lois sont en vigueur, dit Gandalf, il est aussi de coutume pour les ambassadeurs de se montrer moins insolents. Mais personne ne vous a menacé. Vous n'avez rien à craindre de nous jusqu'à ce que votre mission soit accomplie. Mais, à moins que votre maître n'ait acquis une nouvelle sagesse, vous serez avec tous ses serviteurs en grand péril.

— Bon ! dit le Messager. Vous êtes donc le porte-parole, vieille barbe grise ? N'avons-nous pas entendu parler de vous de temps à autre, et de vos vagabondages, toujours à tramer des complots et des mauvais tours à distance sûre ? Mais cette fois vous avez fourré votre nez trop loin, Maître Gandalf ; et vous allez voir ce qui arrive à celui qui tend ses stupides toiles devant les pieds de Sauron le Grand. J'ai là des preuves que j'ai été chargé de vous montrer — à vous en particulier, si vous osez venir

Il fit signe à un de ses gardes, qui s'avança, portant un paquet enveloppé de tissus noirs.

Le Messager écarta ceux-ci et, à l'étonnement atterré de tous les Capitaines, il éleva d'abord la courte épée qu'avait arborée Sam, puis un manteau gris avec une broche elfique, et enfin la cotte de mailles de mithril que Frodon avait portée sous ses vêtements en lambeaux. Une obscurité leur voila les yeux, et il leur sembla, dans un moment de silence, que le monde était immobile ; mais leurs cœurs étaient morts et leur dernier espoir parti. Pippin, qui se tenait derrière le Prince Imrahil, s'élança en avant avec un cri de détresse.

— Silence ! dit Gandalf avec sévérité, le rejetant en arrière.

Mais le Messager eut un éclat de rire.

— Ainsi vous avez avec vous un autre de ces lutins ! s'écria-t-il. Je ne vois vraiment pas à quoi ils peuvent vous servir ; mais les envoyer comme espions en Mordor dépasse même votre folie accoutumée. Je le remercie, toutefois, car il est clair que ce moutard a déjà vu ces signes, et il serait vain pour vous de les renier à présent.

— Je n'ai aucun désir de les renier, dit Gandalf. Je les connais tous, en vérité, ainsi que toute leur histoire, et tout votre dédain n'empêchera pas, infecte Bouche de Sauron, que vous ne pourriez en dire autant. Mais pourquoi les apportez-vous ici ?

— Manteau de Nain, cape d'Elfe, lame de l'Ouest déchu, et espion du petit pays de rats qu'est la Comté — non, ne sursautez pas ! Nous le savons bien — voici les marques du complot. Mais peut-être celui qui portait ces choses était-il une créature que vous ne seriez aucunement affligé de perdre, et peut-être en est-il autrement ; quelqu'un qui vous est cher, peut-être ? Dans ce cas, recourez rapidement au peu d'intelligence qui vous reste. Car Sauron n'aime pas les espions, et le sort de celui-ci dépend maintenant de votre choix.

Personne ne lui répondit ; mais il vit leurs visages gris de peur et l'horreur dans leurs yeux ; et il rit derechef, car il lui semblait que son jeu marchait bien.

— Bon, bon ! dit-il. Il vous était cher, à ce que je vois. Ou bien sa mission était-elle de celles que vous ne voudriez pas voir échouer ? Elle a échoué. Et maintenant, il endurera le lent tourment des années, aussi long et lent que peuvent les faire nos artifices de la Grande Tour, et il ne sera jamais relâché, sinon peut-être quand il sera changé et brisé, de sorte qu'il puisse venir vous montrer ce que vous avez fait. Cela sera assurément — à moins que vous n'acceptiez les conditions de mon Seigneur.

— Nommez-les, dit Gandalf avec fermeté.

Mais ceux qui étaient près de lui virent son expression d'angoisse et il paraissait à présent un vieillard desséché, écrasé, vaincu en fin de compte. Ils ne doutèrent pas de son acceptation.

— Voici les conditions, dit le Messager, qui souriait en les regardant l'un après l'autre. La racaille de Gondor et ses alliés abusés se retireront aussitôt derrière l'Anduin, après avoir fait le serment de ne jamais plus attaquer Sauron le Grand par les armes, ouvertement ou secrètement. Toutes les terres à l'est de l'Anduin seront à Sauron et à lui seul pour toujours. L'Ouest de l'Anduin jusqu'aux Monts Brumeux et à la Trouée de Rohan sera tributaire du Mordor ; les hommes n'y porteront aucune arme, mais ils auront la liberté de diriger leurs propres affaires. Ils contribueront toutefois à la reconstruction de l'Isengard qu'ils ont détruit sans motif ; celui-ci appartiendra à Sauron, et son lieutenant y résidera : non pas Saroumane, mais quelqu'un qui soit digne de confiance.

Regardant le Messager dans les yeux, ils lurent sa pensée. Le lieutenant serait lui-même, et il rassemblerait sous sa domination tout ce qui restait de l'Ouest ; il serait le tyran des habitants et eux ses esclaves.

Mais Gandalf dit :

— C'est beaucoup demander pour la libération d'un seul serviteur : que votre Maître reçoive en échange ce pour l'acquisition de quoi il lui faudrait autrement mener maintes guerres ! Ou le champ de Gondor a-t-il détruit l'espoir qu'il mettait dans la guerre, de sorte qu'il tombe dans les marchandages ? Et si, en fait, nous attribuons une telle valeur à ce prisonnier, quelle garantie avons-nous que Sauron, le Vil Maître de la Perfidie, observera ses engagements ? Où est ce prisonnier ? Qu'on l'amène et qu'il nous soit remis, et nous examinerons ces demandes.

Il parut alors à Gandalf, qui observait intensément le Messager, comme un homme engagé dans un duel avec un ennemi mortel, qu'il était désorienté : mais il eut vite un nouveau rire.

— Ne faites pas, dans votre insolence, assaut de paroles avec la Bouche de Sauron ! s'écria-t-il. Vous demandez une garantie ! Sauron n'en donne point. Si vous sollicitez sa clémence, vous devez d'abord vous plier à ses ordres. Je vous ai dit ses conditions. C'est à prendre ou à laisser !

— Nous prendrons ceci ! dit soudain Gandalf.

Il rejeta de côté son manteau, et une lueur blanche brilla comme une épée dans cet endroit noir. Devant sa main levée, le répugnant Messager recula, et Gandalf s'avançant saisit et lui prit les signes : manteau, cape et épée.

— Nous prendrons ceci en mémoire de notre ami, s'écria-t-il. Quant à vos conditions, nous les rejetons entièrement. Allez-vous-en, car votre ambassade est terminée et la mort vous guette. Nous ne sommes pas venus ici pour perdre notre temps en paroles en traitant avec un Sauron déloyal et maudit ; et encore moins avec un de ses esclaves. Allez-vous-en !

Alors, le Messager de Mordor ne rit plus. Il avait le

visage crispé d'étonnement et de colère, telle une bête sauvage qui, accroupie sur sa proie, reçoit sur le museau un cuisant coup de bâton. Il bavait de rage, et d'informes sons de fureur sortirent de sa gorge étranglée. Mais il regarda les visages féroces des Capitaines et leurs yeux meurtriers, et la peur surmonta sa colère. Il poussa un grand cri, fit demi-tour, bondit en selle et partit en un galop fou vers Cirith Gorgor, suivi de sa compagnie. Mais, dans leur course, ses soldats sonnèrent du cor selon un signal depuis longtemps convenu ; et avant même qu'ils n'eussent atteint la Porte, Sauron fit jouer son piège.

Les tambours roulèrent et des feux jaillirent. Les larges vantaux de la Porte Noire s'ouvrirent tout grands. Par là se déversa une forte armée, à la vitesse d'eaux tourbillonnantes lors de la levée d'une vanne.

Les Capitaines se remirent en selle et revinrent en arrière, et de l'armée de Mordor monta un hurlement railleur. La poussière emplit l'air, tandis que s'avançait une armée d'Orientaux qui attendait le signal dans les ombres proches de l'Ered Lithuin au-delà de la seconde Tour. Des collines de part et d'autre du Morannon descendit un flot d'Orques innombrables. Les Hommes de l'Ouest étaient pris dans la nasse, et bientôt, tout autour des buttes grises sur lesquelles ils se trouvaient, des forces dix fois plus nombreuses et plus de dix fois plus fortes qu'eux allaient les entourer d'une mer d'ennemis. Sauron avait mordu à l'hameçon tendu avec des mâchoires d'acier.

Il restait peu de temps à Aragorn pour ordonner la bataille. Il se tenait sur une colline avec Gandalf, et là, désespérément, fut levée la belle bannière de l'Arbre et des Étoiles. Sur l'autre colline toute proche se dressaient les bannières de Rohan et de Dol Amroth, Cheval Blanc et Cygne d'Argent. Et autour de chaque colline un cercle hérissé de lances et d'épées fut établi face à tous les côtés. Mais sur le front dirigé vers le Mordor, où viendrait le premier grand assaut, se tenaient les fils d'Elrond, entourés des Dunedains, et à droite le Prince Imrahil avec les hommes de Dol Amroth, grands et beaux, et des hommes choisis parmi ceux de la Tour de Garde.

Le vent soufflait, les trompettes chantaient et les flèches gémissaient ; mais le soleil qui montait à présent vers le sud était voilé par les fumées de Mordor, et il luisait, lointain, d'un rouge morne, au travers d'une brume menaçante, comme si ce fut la fin du jour ou peut-être la fin de tout le monde de la lumière. Et de l'obscurité grandissante sortirent les Nazgûl, qui criaient de leur voix froide des paroles de mort ; et alors, tout espoir s'éteignit.

Pippin s'était courbé sous le poids de l'horreur en entendant Gandalf rejeter les conditions et condamner Frodon au tourment de la Tour ; mais il s'était dominé, et il se tenait à présent à côté de Beregond au premier rang du Gondor avec les hommes d'Imrahil, car il lui paraissait préférable de mourir vite et de quitter l'amère histoire de sa vie, puisque tout était en ruine.

— Je voudrais bien que Merry fût ici, s'entendit-il dire, et les pensées galopèrent dans son esprit, tandis même qu'il regardait l'ennemi se ruer à l'assaut. Eh bien, maintenant en tout cas, je comprends un peu mieux le pauvre Denethor. Nous aurions pu mourir ensemble, Merry et moi, et puisque mourir il faut, pourquoi pas ? Enfin... puisqu'il n'est pas là, j'espère qu'il aura une fin plus facile. Mais maintenant, il faut que je fasse de mon mieux.

Il tira son épée et la regarda, avec ses entrelacs de rouge et d'or ; et les caractères coulants de Númenor étincelaient comme du feu sur la lame. « Elle a été faite précisément pour une telle heure, pensa-t-il. Si seulement je pouvais en frapper cet ignoble Messager, je serais à peu près à égalité avec Merry. En tout cas, j'aurai quelques-uns de sa sale engeance avant la fin. Je voudrais bien revoir la fraîche lumière du soleil et l'herbe verte ! »

Comme il se disait ces choses, le premier assaut s'abattit sur eux. Les Orques, gênés par les bourbiers qui s'étendaient devant les collines, s'arrêtèrent et lancèrent une pluie de flèches dans les rangs des défenseurs. Mais à travers eux s'avança à larges enjambées, avec des rugissements de bêtes, une grande compagnie de Trolls des montagnes de Gorgoroth. Plus grands et plus larges que les Hommes, ils n'étaient vêtus que d'un réseau très ajusté d'écailles cornées, ou peut-être était-ce leur hideux cuir ; mais ils portaient d'énormes boucliers ronds et noirs, et ils brandissaient de lourds marteaux dans leurs mains noueuses. Insouciants, ils s'élançaient dans les mares, au travers desquelles ils pataugeaient, beuglant dans leur avance. Ils tombèrent en tempête sur la ligne des hommes de Gondor et martelèrent casques et têtes, bras et boucliers, comme des ferronniers le fer chaud et ployant. Au côté de Pippin, Beregond s'écroula, assommé ; et le grand chef troll qui l'avait abattu se pencha sur lui, tendant une griffe avide ; car ces immondes créatures mordaient à la gorge ceux qu'ils jetaient bas.

Pippin porta alors un coup d'épée au-dessus de lui, et la lame portant l'inscription de l'Ouistrenesse perça le cuir et pénétra profondément dans les parties vitales du Troll. Le sang noir jaillit à gros bouillons ; le Troll tomba en avant et s'écroula tel un rocher qui enterre ceux qui se trouvent sous lui. L'obscurité, la puanteur et une douleur broyante envahirent Pippin, et son esprit s'enfonça dans des ténèbres profondes.

« Cela finit donc comme je l'avais supposé », lui dit sa pensée sur le point de disparaître.

Et elle rit en lui, presque réjouie, semblait-il, de rejeter enfin tout doute, tout souci et toute crainte. Et puis, au moment où elle s'en allait à tire-d'aile dans l'oubli, elle entendit des voix, et elles semblaient crier de très haut dans quelque monde oublié :

— Les Aigles arrivent ! Les Aigles arrivent !

La pensée de Pippin balança un instant.

« Bilbon ! dit-elle. Mais non ! Cela s'est passé dans son histoire, il y a très, très longtemps. Ceci est la mienne, et elle est maintenant terminée. Adieu ! »

Et sa pensée s'enfuit au loin, et ses yeux ne virent plus.

Livre VI

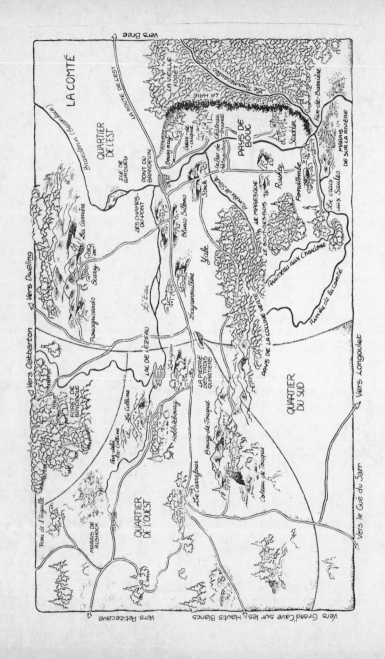

Chapitre premier

La Tour de Cirith Ungol

Sam se redressa péniblement. Il se demanda un moment où il se trouvait, et puis toute la détresse et tout le désespoir l'envahirent de nouveau. Il était dans l'obscurité profonde devant la porte inférieure de la forteresse des Orques ; les battants d'airain étaient fermés. Il devait être tombé, étourdi, quand il s'était précipité sur eux ; mais il n'aurait su dire combien de temps il était resté étendu là. Puis il avait été embrasé, désespéré et furieux ; et maintenant il avait froid et il frissonnait. Il rampa jusqu'aux portes et y appliqua l'oreille.

Loin à l'intérieur, il entendit faiblement des clameurs d'Orques ; mais elles cessèrent bientôt ou passèrent hors de portée, et tout devint silencieux. Sa tête le faisait souffrir et ses yeux voyaient des lumières fantômes dans les ténèbres ; mais il lutta pour se raffermir et réfléchir

271

Il était clair en tout cas qu'il n'y avait aucun espoir de pénétrer dans la place forte orque par cette porte ; il pourrait attendre là des jours avant qu'elle ne s'ouvre, et il n'en avait pas le temps : celui-ci était désespérément précieux. Il n'avait plus aucun doute au sujet de son devoir : il lui fallait délivrer son maître ou périr dans la tentative.

« La mort est plus probable, et elle sera de beaucoup plus facile, de toute façon », se dit-il sinistrement, tout en rengainant Dard et en se détournant des portes d'airain. Il revint lentement en tâtonnant dans les ténèbres le long du tunnel, car il n'osait se servir de la lumière elfique ; et, chemin faisant, il essaya de mettre en ordre les événements depuis que Frodon et lui-même avaient quitté la Croisée des Chemins. Il se demandait quelle heure il était. Un moment intermédiaire entre un jour et le lendemain, pensa-t-il ; mais des jours mêmes, il avait complètement perdu le compte. Il était dans un pays de ténèbres où les jours du monde semblaient oubliés et où tous ceux qui y pénétraient l'étaient tout autant.

— Je me demande s'ils pensent aucunement à nous, dit-il, et ce qui leur arrive à tous là-bas.

Il agita vaguement la main devant lui ; mais, en fait, il était maintenant face au sud, revenant au tunnel d'Arachne, et non à l'ouest. A l'ouest, dans le monde extérieur, le midi du quatorzième jour de mars selon le calendrier de la Comté approchait, et à ce moment même Aragorn emmenait la flotte noire de Pelargir, et Merry chevauchait avec les Rohirrim le long de la Vallée Fardière, tandis que les flammes s'élevaient dans Minas Tirith et que Pippin observait la folie qui croissait dans les yeux de Denethor. Cependant, malgré tous leurs soucis et leurs peurs, les pensées des amis de Frodon et de Sam se tournaient constamment vers eux. Ils n'étaient pas oubliés. Mais ils se trouvaient bien au-delà de toute possibilité d'aide, et nulle pensée ne pouvait encore porter aucun secours à Samsagace fils de Hamfast : il était totalement seul.

Il finit par revenir à la porte de pierre du passage orque, et, toujours dans l'incapacité de découvrir le loquet ou le verrou qui la retenait, il l'escalada comme précédemment et se laissa doucement tomber sur le sol. Puis il se dirigea furtivement vers la sortie du tunnel d'Arachne, où les lambeaux de sa grande toile se balançaient toujours dans la brise froide. Car elle paraissait bien froide à Sam après les ténèbres fétides qu'il venait de quitter ; mais le souffle le ranima. Il se glissa précautionneusement au-dehors.

Tout était d'un calme menaçant. La lumière ne dépassait pas celle du crépuscule d'un jour sombre. Les vastes vapeurs qui s'élevaient de Mordor et s'en allaient flotter vers l'ouest passaient bas, grande masse de nuages et de fumée de nouveau éclairée par en dessous d'une lugubre lueur rouge.

Sam leva le regard vers la tour orque, et soudain, des fenêtres étroites, des lumières se projetèrent comme de petits yeux rouges. Il se demanda si c'était quelque signal. Sa peur des Orques, un moment oubliée dans sa colère et son désespoir, revint. Pour autant qu'il pût voir, il n'avait qu'une seule ressource : poursuivre son chemin et tenter de découvrir l'entrée principale de la terrible tour ; mais il se sentait les genoux faibles, et il s'aperçut qu'il tremblait. Arrachant ses yeux de la tour et des cornes de la Crevasse qu'il avait devant lui, il contraignit ses pieds à lui obéir malgré eux, et lentement, l'oreille tendue, le regard scrutant les ombres denses des rochers au bord du chemin, il revint sur ses pas, passa l'endroit où Frodon était tombé et où s'attardait la puanteur d'Arachne ; puis il poursuivit sa route en montant pour se trouver à nouveau dans la Crevasse même où il avait mis l'Anneau et vu passer la compagnie de Shagrat.

Là, il s'arrêta et s'assit. Il ne pouvait se traîner plus loin, pour le moment. Il sentait qu'une fois dépassé le sommet du col et un seul pas fait dans la véritable descente dans le pays de Mordor, ce pas serait irrévocable. Il ne pourrait jamais revenir. Sans aucun but précis, il sortit l'Anneau et le repassa à son doigt. Il éprouva immédiatement le grand fardeau de son poids, et de nouveau, mais cette fois forte et plus pressante que jamais, la malice de l'Œil de Mordor, qui cherchait, essayant de percer les ombres qu'il avait créées pour sa propre défense mais qui à présent le maintenaient dans son inquiétude et son doute.

Comme auparavant, Sam sentit son ouïe avivée, mais sa vision des choses de ce monde lui parut ténue et vague. Les murs rocheux du sentier étaient pâles, comme vus à travers une brume, mais il entendait encore au loin le bouillonnement d'Arachne dans sa souffrance ; et, durs et nets, et très proches lui sembla-t-il, il entendit des cris et un cliquetis de métal. Il se releva d'un bond et se plaqua contre le mur bordant le chemin. Il fut heureux d'avoir l'Anneau, car venait là une autre compagnie d'Orques en marche. Du moins le pensa-t-il tout d'abord. Mais il se rendit soudain compte qu'il n'en était pas ainsi, que ses oreilles l'avaient abusé : les cris des Orques venaient de la tour, dont la corne supérieure était à présent juste au-dessus de lui, à gauche de la Crevasse.

Sam frissonna et essaya de se contraindre à bouger. Il y avait clairement quelque diablerie en œuvre. Peut-être qu'en dépit de tous les ordres les Orques avaient cédé à leur cruauté et tourmentaient Frodon ou même le hachaient en menus morceaux. Il tendit l'oreille ; et, comme il le faisait, une lueur d'espoir lui vint. Il ne pouvait pas y avoir de doute : on se battait dans la tour.

les Orques devaient être en guerre entre eux, Shagrat et Gorbag en étaient venus aux coups. L'espoir suscité par cette hypothèse, si faible qu'il fût, suffit à le secouer. Il pouvait y avoir une chance. Son amour pour Frodon passa avant toute autre pensée, et, oubliant le danger, il cria d'une voix forte :

— J'arrive, Monsieur Frodon !

Il courut au sentier ascendant et franchit le col. La route tourna immédiatement pour plonger en pente raide. Sam était passé en Mordor.

Il retira l'Anneau de son doigt, mû peut-être par quelque profonde prémonition de danger, bien que pour sa part il crût seulement souhaiter y voir plus clair.

— Mieux vaut regarder le pis, murmura-t-il. Il ne sert à rien d'aller à l'aveuglette dans un brouillard !

Dur, cruel et âpre était le pays qui s'offrit à son regard. Devant ses pieds, la plus haute croupe de l'Ephel Duath descendait à pic en grands escarpements dans une sombre auge ; de l'autre côté, s'élevait une autre croupe, beaucoup plus basse, au bord dentelé et haché de rochers à pic qui se détachaient comme des crocs noirs sur la lumière rouge : c'était le sinistre Morgai, cercle intérieur des défenses du pays. Dans le lointain, mais presque droit devant, au-delà d'un vaste lac de ténèbres pointillé de petits feux, se voyait un grand embrasement rouge, d'où s'élevaient d'immenses colonnes de fumée tournoyante, d'un rouge poussiéreux au pied, noire au-dessus où elle se fondait dans la voûte ondulante qui recouvrait tout ce pays maudit.

Sam contemplait Oradruin, la Montagne du Feu. De temps à autre, les fournaises qui brûlaient bien au-dessous de son cône de cendres s'embrasaient et, dans un grand soulèvement ronflant, déversaient par les fissures de ses flancs des rivières de roc fondu. Les unes coulaient flamboyantes le long de grands lits vers Barad-dûr ; d'autres descendaient en serpentant dans la plaine

pierreuse jusqu'au moment où, refroidies, elles demeuraient comme des formes de dragons tordus vomies de
la terre tourmentée. C'est en une telle heure de labeur
que Sam vit la Montagne du Destin dont la lumière,
cachée par le haut écran de l'Ephel Duath à ceux qui
montaient par le sentier de l'ouest, jetait maintenant un
éclat éblouissant sur les faces des rochers nus, de sorte
qu'ils paraissaient trempés de sang.

Sam demeura atterré dans cette terrible lumière, car,
regardant à présent à gauche, il pouvait voir la Tour de
Cirith Ungol dans toute sa puissance. La corne qu'il
avait vue de l'autre côté n'était que la plus haute tourelle. Sa face orientale s'élevait en trois grands étages
d'un ressaut de la montagne loin en dessous ; elle était
adossée à un grand escarpement, d'où elle saillait en
bastions pointus, superposés, qui diminuaient en montant, avec des côtés perpendiculaires d'une habile
maçonnerie face au nord-est et au sud-est. Autour de
l'étage inférieur, à deux cents pieds sous l'endroit où se
tenait Sam, il y avait un mur crénelé entourant une cour
étroite. Sa porte ouvrait du côté sud-est, le plus proche,
sur une large route, dont le parapet extérieur longeait le
bord d'un précipice jusqu'au moment où elle tournait
vers le sud et descendait en serpentant dans l'obscurité
pour rejoindre la route qui franchissait le Col de Morgul. Après quoi, elle traversait une coupure déchiquetée
du Morgai pour déboucher dans la Vallée de Gorgoroth
et continuer jusqu'à Barad-dûr. L'étroit chemin supérieur sur lequel se tenait Sam descendait abruptement
par des escaliers et un sentier escarpé pour rejoindre la
route principale sous les murs rébarbatifs près de la
Porte de la Tour.

Comme Sam observait, il comprit tout à coup, et il en
éprouva presque un choc, que cette forteresse avait été
construite pour interdire aux ennemis non pas l'entrée
du Mordor, mais bien la sortie. C'était en fait un des

ouvrages de Gondor dans un temps très lointain, avant-poste oriental des défenses de l'Ithilien, édifié lorsque, après la Dernière Alliance, les Hommes de l'Ouistrenesse maintenaient une surveillance sur le néfaste pays de Sauron, où se cachaient encore ses créatures. Mais, de même que pour Narchost et Carchost, les Tours des Dents, ici aussi la vigilance avait fait défaut, et la trahison avait livré la Tour au Seigneur des Esprits Servants de l'Anneau ; depuis de longues années à présent, elle avait été tenue par des êtres malfaisants. Depuis son retour à Mordor, Sauron y avait trouvé une utilité : car il avait peu de serviteurs, mais beaucoup d'esclaves de la peur, et le but principal de la forteresse était toujours, comme autrefois, d'empêcher l'évasion du Mordor. Encore que, si quelque ennemi était assez téméraire pour essayer de pénétrer secrètement dans le pays, ce fût aussi une dernière garde toujours en éveil contre qui aurait pu tromper la vigilance de Morgul et d'Arachne.

Sam ne voyait que trop clairement à quel point il serait fou de se glisser sous ces murs aux mille yeux et de vouloir passer devant la porte aux aguets. Et, même s'il y parvenait, il ne pourrait aller loin au-delà sur la route gardée : même les ombres noires des profonds renfoncements où la lueur rouge ne portait pas ne pouvaient l'abriter longtemps des yeux des Orques à la vision nocturne. Mais, si désespérée que fût cette route, la tâche de Sam était à présent bien pire : il s'agissait non pas d'éviter la porte et de s'échapper, mais bien de la franchir, seul.

Sa pensée se porta sur l'Anneau, mais il n'y vit aucun réconfort, seulement la peur et le danger. A peine fut-il arrivé en vue de la Montagne du Destin, brûlant au loin, qu'il eut conscience d'un changement dans son fardeau. A l'approche des grandes fournaises où, dans les profondeurs du temps, l'Anneau avait été façonné et forgé, son pouvoir grandit, et il devint plus sauvage, indomptable hormis par une volonté puissante. Tandis que Sam se tenait là, bien que l'Anneau ne fût pas sur lui mais pendît au bout d'une chaîne à son cou, il se sentait dilaté, comme revêtu d'une énorme ombre déformée de lui-même, vaste et sinistre menace suspendue sur les murs de Mordor. Il sentait qu'il n'avait dorénavant qu'une alternative : s'abstenir d'avoir recours à l'Anneau, dût-il le tourmenter, ou l'assumer et défier le Pouvoir qui se tenait dans son sombre repaire par-delà la vallée des ombres. Déjà l'Anneau le tentait, corrodant sa volonté et sa raison. De folles fantaisies s'élevèrent dans son esprit : il voyait Samsagace le Fort, Héros de l'Époque, franchissant avec une épée flamboyante le pays sombre, et des armées s'assemblant à son appel tandis qu'il marchait pour aller renverser Barad-dûr. Et puis, tous les nuages s'éloignaient, le soleil blanc brillait et, à son commandement, la Vallée de Gorgoroth devenait un jardin de fleurs et d'arbres, portant fruit. Il n'avait qu'à enfiler l'Anneau, le revendiquer pour sien, et tout cela pouvait se réaliser.

En cette heure d'épreuve, ce fut l'amour de son maître qui contribua le plus à maintenir sa fermeté ; mais aussi, au plus profond de lui-même, vivait toujours intact son simple bon sens de Hobbit : il savait au fond de son cœur qu'il n'était pas de taille à porter pareil fardeau, même si de telles visions n'étaient pas un leurre destiné à le tromper. Le seul petit jardin d'un jardinier libre répondait à son besoin et à son dû, et non pas un jardin enflé aux dimensions d'un royaume ; il devait se servir de ses propres mains et non commander à celles des autres.

« Et d'ailleurs toutes ces idées ne sont qu'un artifice, se dit-il. Il me repérerait et me dompterait sans même que j'aie eu le temps de crier. Il me repérerait bien vite si je mettais l'Anneau à présent, en Mordor. Eh bien, tout ce que je peux dire, c'est que les choses semblent aussi désespérées que le gel au printemps. Juste au moment où l'invisibilité serait vraiment utile, je ne puis me servir de l'Anneau ! Et si jamais je vais plus loin, il ne sera qu'une entrave et un fardeau à chaque pas. Alors que faire ? »

Au fond, il n'éprouvait aucun doute. Il savait qu'il devait descendre vers la porte sans plus tarder. Sur un haussement d'épaules, comme pour se débarrasser de l'ombre et écarter les fantômes, il commença lentement la descente. A chaque pas, il avait l'impression de diminuer. Il n'avait pas été bien loin qu'il se sentit ramené aux dimensions d'un très petit Hobbit effrayé. Il passait à présent sous les murs mêmes de la Tour, et il entendait de ses simples oreilles les cris et les bruits de lutte. A ce moment, le son semblait venir de la cour qui se trouvait derrière le mur extérieur.

Sam avait parcouru à peu près la moitié du chemin quand deux Orques sortirent en courant de la porte noire dans la lumière rouge. Ils ne se tournèrent pas vers lui. Ils se dirigeaient vers la grand-route ; mais, dans leur course, ils trébuchèrent, tombèrent et restèrent immobiles sur le sol. Sam n'avait pas vu de flèches, mais il devina que les Orques avaient été abattus par d'autres placés sur les remparts ou cachés dans l'ombre de la porte. Il poursuivit son chemin, rasant le mur à sa gauche. Un seul regard en l'air lui avait montré qu'il n'y avait aucun espoir de l'escalader. La maçonnerie se dressait sans une fissure ni une saillie jusqu'à des arasements en surplomb semblables à des marches renversées, à trente pieds de hauteur. La seule voie était la porte.

Il continua d'avancer à pas de loup ; tout en allant, il se demanda combien d'Orques vivaient dans la Tour avec Shagrat, combien Gorbag en avait, et à quel sujet ils se querellaient, si c'était bien ce qui se passait. La compagnie de Shagrat lui avait paru compter une quarantaine d'Orques, et celle de Gorbag plus du double ; mais naturellement la patrouille de Shagrat n'était qu'une partie de sa garnison. Ils se disputaient presque certainement à propos de Frodon et du butin. Sam s'arrêta une seconde, car les choses lui parurent soudain claires, presque comme s'il les avait devant les yeux. La cotte de mithril ! Naturellement, Frodon la portait, et ils la trouveraient. Et d'après ce qu'il avait entendu, Gorbag la convoiterait. Mais les ordres de la Tour Sombre étaient à présent la seule protection de Frodon et, s'ils n'étaient pas observés, il pourrait être tué à tout moment sans autre forme de procès.

— Allons, misérable fainéant ! se cria Sam à lui-même. En avant !

Il dégaina Dard et courut vers la porte ouverte. Mais, au moment où il allait passer sous la grande arche, il ressentit un choc : comme s'il s'était jeté dans quelque toile semblable à celles d'Arachne, invisible toutefois. Il n'apercevait aucun obstacle, mais quelque chose de trop fort pour être surmonté par sa volonté lui barrait le chemin. Il regarda alentour et alors, dans l'ombre de la porte, il vit les Deux Guetteurs.

Ils ressemblaient à de grandes figures assises sur des trônes. Chacun comportait trois corps joints et trois têtes tournées vers l'extérieur, l'intérieur et l'ouverture de la porte. Les faces étaient celles de vautours, et sur les grands genoux reposaient des mains en forme de serres. Ils semblaient taillés dans d'énormes blocs de pierre, impassibles, et pourtant ils étaient conscients : quelque terrible esprit de vigilance résidait en eux. Ils reconnaissaient un ennemi. Visible ou invisible, personne ne pouvait passer sans être repéré. Ils lui interdiraient l'entrée, ou la fuite.

Faisant appel à toute sa volonté, Sam se jeta une nou-

velle fois en avant, et il s'arrêta avec une secousse, chancelant comme sous un coup à la poitrine et à la tête.
Alors, répondant avec grande audace à une soudaine
inspiration, car il ne trouvait rien d'autre à faire, il sortit
lentement la fiole de Galadriel et la tint levée. Sa
lumière blanche s'aviva rapidement, et les ombres
s'enfuirent de sous l'arche sombre. Les monstrueux
Guetteurs étaient assis là, froids et immobiles, révélés
dans toute leur forme hideuse. Sam aperçut un moment
un scintillement dans les pierres noires des yeux, dont la
malice même le fit reculer ; mais lentement, il sentit leur
volonté vaciller et se désagréger pour faire place à la
peur.

Il passa d'un bond devant les statues ; mais ce faisant,
comme il remettait le flacon dans son sein, il eut
conscience, aussi clairement que si une barre d'acier
avait claqué derrière lui, que leur vigilance était renou-
velée. Et de ces têtes néfastes sortit un cri strident qui se
répercuta sur les murs dressés devant lui. Loin au-dessus, comme un signal de réponse, retentit un seul coup
d'une cloche discordante.

— C'est complet ! dit Sam. Voilà que j'ai sonné à la
grande porte ! Eh bien, venez donc, quelqu'un ! cria-t-il.
Dites au Capitaine Shagrat que le grand guerrier elfe est
là, et avec son épée elfique encore !

Aucune réponse. Sam avança à grandes enjambées.
Dard scintillait dans sa main. Une ombre profonde
régnait dans la cour, mais il pouvait voir que le pavé
était jonché de corps. Juste à ses pieds se trouvaient
deux archers orques, des poignards plantés dans le dos.
Au-delà, gisaient de nombreuses autres formes ; certaines seules comme si elles avaient été abattues d'un coup
d'épée ou par une flèche ; d'autres par paires, encore
agrippées l'une à l'autre, mortes dans l'acte même de
poignarder, d'étrangler, de mordre. Le sang noir rendait
les pierres glissantes.

Sam remarqua deux livrées, l'une marquée de l'Œil Rouge, l'autre d'une Lune défigurée par une horrible tête de mort ; mais il ne s'arrêta pas pour regarder de plus près. De l'autre côté de la cour, une grande porte était entrouverte au pied de la Tour, et il en sortait une lumière rouge ; un grand Orque gisait mort sur le seuil. Sam sauta par-dessus le corps et entra ; et alors, il regarda autour de lui, désorienté.

Un large et retentissant couloir ramenait de la porte vers le flanc de la montagne. Il était vaguement éclairé par des torches qui jetaient une lueur vacillante le long des murs, mais l'autre bout se perdait dans l'obscurité. De nombreuses portes et ouvertures se voyaient de part et d'autre ; mais il était vide, hormis deux ou trois autres corps étalés sur le sol. D'après la conversation des capitaines, Sam savait que, mort ou vivant, Frodon devait le plus vraisemblablement se trouver dans une chambre tout en haut de la dernière tourelle ; mais il pouvait bien chercher une journée entière avant d'en trouver le chemin.

— Ce doit être sur le derrière, je pense, murmura Sam. Toute la Tour grimpe en arrière. Et de toute façon, je ferais mieux de suivre ces lumières.

Il s'avança dans le couloir, mais lentement à présent, chaque pas lui coûtant davantage. La terreur recommençait à l'étreindre. Il n'y avait d'autre bruit que son pas léger, qui lui semblait retentir comme le battement de grandes mains sur les pierres. Les cadavres ; le vide ; les murs noirs et humides qui, à la lueur des torches, semblaient dégoutter de sang ; la peur d'une mort soudaine tapie dans une porte ou dans l'ombre ; et à l'arrière-plan de toute sa pensée la malice en attente vigilante à la porte : c'en était presque plus qu'il ne pouvait se contraindre à affronter. Il aurait de beaucoup préféré un combat — contre des ennemis pas trop nombreux à la fois — à cette hideuse incertitude qui l'enveloppait. Il se força à penser à Frodon, gisant lié, souffrant ou mort en quelque point de cet horrible lieu. Il poursuivit son chemin.

Il avait dépassé la lumière des torches et avait presque atteint une grande porte voûtée au bout du couloir, côté intérieur de la porte inférieure, comme il le supposait à juste titre, quand vint de loin au-dessus un terrible cri de strangulation. Il s'arrêta net Puis il entendit approcher un bruit de pas. Quelqu'un descendait en toute hâte un escalier résonnant au-dessus de lui.

Sa volonté était trop faible et trop lente pour retenir sa main. Celle-ci se porta à la chaîne et saisit l'Anneau. Mais Sam ne le mit pas à son doigt ; car, au moment où il le serrait contre sa poitrine, un Orque descendit avec bruit. Bondissant d'une sombre ouverture sur la droite, il courut à lui. Il n'était plus qu'à six pas, quand, levant la tête, il le vit ; et Sam pouvait entendre son halètement et voir l'éclat de ses yeux injectés de sang. L'Orque s'arrêta net, médusé. Car ce qu'il voyait n'était pas un petit Hobbit effrayé s'efforçant de tenir ferme une épée : il voyait une grande forme silencieuse, enveloppée d'une ombre grise et dressée devant une lumière vacillante ; elle tenait dans une main une épée dont la lueur même était une souffrance aiguë, tandis que son autre main était serrée sur sa poitrine, mais tenait cachée quelque menace inconnue de pouvoir et de mort.

L'Orque se tassa un moment sur lui-même, puis il se retourna avec un hideux glapissement de peur et s'enfuit par où il était venu. Jamais aucun chien ne fut plus ragaillardi devant un ennemi tournant les talons que ne le fut Sam à cette fuite inattendue. Sur un cri, il prit l'autre en chasse.

— Oui ! Le guerrier elfe est lâché ! cria-t-il. J'arrive. Montre-moi juste le chemin pour monter, ou je t'écorche vif !

Mais l'Orque était dans son propre repaire, leste

et bien nourri. Sam était un étranger, affamé et fatigué. L'escalier était haut, raide et en colimaçon. Sam commença à haleter. L'Orque eut bientôt disparu et on n'entendait plus que faiblement le battement de ses pieds, tandis qu'il poursuivait son chemin, montant toujours. Il poussait de temps à autre un cri aigu, dont l'écho courait le long des murs. Mais lentement tout son s'évanouit.

Sam poursuivit sa pénible ascension. Il sentait qu'il était sur la bonne voie, et son courage s'était grandement ranimé. Il lâcha l'Anneau et serra sa ceinture.

— Eh bien, dit-il, si seulement ils sont tous pris d'une telle aversion pour moi et mon Dard, l'affaire peut tourner mieux que je ne l'espérais. De toute façon, il semble que Shagrat, Gorbag et compagnie aient déjà fait pour moi presque tout mon boulot. A part ce petit rat effrayé, j'ai bien l'impression qu'il ne reste plus personne de vivant en cet endroit !

Là-dessus, il s'arrêta pile, comme s'il se fût cogné le front contre le mur de pierre. Le plein sens de ce qu'il venait de dire le frappa comme un coup. Personne de vivant ! Qui avait poussé cet horrible cri de mort ?

— Frodon, Frodon ! Maître ! cria-t-il dans un demi-sanglot. S'ils vous ont tué, que vais-je faire ? Enfin, j'arrive enfin, tout en haut, pour voir ce qu'il me faut voir.

Il monta, monta toujours. Il faisait noir, sauf aux rares endroits où une torche jetait sa lumière vacillante à un tournant ou près de quelque ouverture menant aux étages supérieurs de la Tour. Sam essaya de compter les marches mais, après deux cents, il s'embrouilla dans son compte. Il allait sans bruit à présent ; car il croyait entendre un échange de voix un peu plus haut. Il semblait qu'il y eût plus d'un rat encore vivant.

Tout d'un coup, alors qu'il avait le sentiment de ne plus pouvoir pomper un seul souffle ni contraindre ses genoux à se plier encore, l'escalier arriva à sa fin. Il resta immobile. Les voix étaient à présent fortes et proches ; Sam regarda autour de lui. Il avait grimpé jusqu'au toit plat du troisième et dernier étage de la Tour : espace découvert d'une vingtaine de mètres de large, bordé d'un parapet bas. Là, l'escalier était couvert par une petite chambre à dôme au milieu de la terrasse, avec des portes basses donnant à l'est et à l'ouest. Du premier côté, Sam pouvait voir la plaine de Mordor vaste et sombre en contrebas et la montagne en feu au loin. Une nouvelle agitation se soulevait dans ses puits profonds, et les rivières de feu flamboyaient avec une telle violence que, même à cette distance de plusieurs milles, la lumière en teintait le haut de la Tour d'un reflet rouge. A l'ouest, la vue était barrée par la base de la grande tourelle qui s'élevait à l'arrière de cette cour supérieure et dressait sa corne bien au-dessus de la crête des collines environnantes. Une lumière brillait dans la fente d'une fenêtre. La porte était à moins de dix mètres de l'endroit où se tenait Sam. Elle était ouverte, mais l'entrebâillement était noir, et c'était de son ombre même que venaient les voix.

Au début, Sam n'écouta pas ; il fit un pas hors de la porte à l'est et regarda alentour. Il vit aussitôt que là-haut le combat avait été le plus féroce. Toute la cour était bourrée d'Orques morts ou de leurs têtes et membres coupés et épars. L'endroit empestait la mort. Un grognement suivi d'un coup et d'un cri le renvoya d'un bond dans sa cachette. Une voix d'Orque s'éleva, remplie de colère, et il la reconnut immédiatement : rauque, brutale, froide, c'était celle de Shagrat, Capitaine de la Tour.

— Tu ne veux pas y retourner, dis-tu ? Le diable t'emporte, Snaga, espèce de petite larve ! Si tu me crois assez esquinté pour pouvoir te moquer de moi, tu te trompes. Viens par ici, et je te fais sortir les yeux de la tête, comme je viens de le faire à Radbug. Et quand d'autres gars arriveront, je m'occuperai de toi : je t'enverrai à Arachne.

— Ils ne viendront pas, pas avant que vous ne soyez mort, en tout cas, répliqua Snaga d'un ton hargneux. Je vous ai déjà dit deux fois que le porc de Gorbag était arrivé à la porte le premier et qu'aucun des nôtres n'était sorti. Lagduf et Mugash étaient passés en courant, mais ils ont été abattus. Je l'ai vu de la fenêtre, je vous dis. Et c'étaient les derniers.

— Alors il faut que tu y ailles. Je dois rester ici de toute façon. Mais je suis blessé. Que les Puits Noirs emportent cet ignoble rebelle de Gorbag !

La voix de Shagrat se perdit dans une bordée d'appellations et de malédictions ordurières.

— Je lui en ai donné mieux que ce que j'ai reçu, mais il m'a poignardé, le fumier, avant que je ne l'étrangle. Il faut y aller, ou je te dévore. Il faut que des nouvelles arrivent à Lugburz, ou nous serons tous deux voués aux Puits Noirs. Oui, toi aussi. Tu n'y couperas pas en te planquant ici.

— Je ne vais pas redescendre cet escalier, que vous soyez capitaine ou non, grogna Snaga. Grrr ! Lâchez ce poignard, ou je vous flanque une flèche dans le ventre. Vous ne resterez pas longtemps capitaine quand ils apprendront tout ce qui s'est passé. Je me suis battu pour la Tour contre ces rats puants de Morgul, mais vous avez fait un beau gâchis, vous autres, les deux beaux capitaines, à vous battre pour le butin.

— En voilà assez, gronda Shagrat. J'avais mes ordres. C'est Gorbag qui a tout commencé en essayant de chiper cette jolie chemise.

— Enfin, vous l'avez mis en colère en prenant vos grands airs. Et il avait plus de bon sens que vous, en tout cas. Il vous a dit plus d'une fois que le plus dangereux de ces espions était encore en liberté, et vous n'avez pas

286

voulu l'écouter. Et vous ne voulez pas non plus écouter à présent. Gorbag avait raison, je vous dis. Il y a un grand combattant par là, un de ces Elfes aux mains sanglantes, ou un des infects *tarques*. Il vient par ici, je vous dis. Vous avez entendu la cloche. Il a dépassé les Guetteurs, et ça c'est de l'ouvrage de *tarque*. Il est dans l'escalier. Et tant qu'il y sera, je ne descendrai pas. Fussiez-vous même un Nazgûl, je n'irais pas.

— Ah, c'est donc cela ! hurla Shagrat. Tu feras ceci, et tu ne feras pas cela ? Et quand il arrivera, tu déguerpiras en me laissant tout seul ! Que non ! Je te flanquerai d'abord des trous de ver rouges dans le ventre.

Le plus petit Orque jaillit de la porte de la tourelle. Derrière lui, venait Shagrat, un grand Orque dont les longs bras, tandis qu'il courait ramassé sur lui-même, arrivaient jusqu'à terre. Mais l'un des bras pendait, flasque, et semblait saigner ; l'autre serrait un gros ballot noir. Sam, tapi derrière la porte de l'escalier, eut au passage un aperçu de sa vilaine face dans la lueur rouge : elle était toute striée, comme déchirée par des griffes, et barbouillée de sang ; de la bave dégouttait de ses crocs saillants ; les lèvres étaient retroussées comme celles d'une bête.

Pour autant que Sam en pût voir, Shagrat poursuivait Snaga autour du toit jusqu'au moment où, l'ayant esquivé, l'Orque plus petit se rua avec un glapissement dans la tourelle et disparut. Shagrat s'arrêta alors. De la porte de l'est, Sam pouvait maintenant le voir près du parapet, haletant, sa griffe gauche se crispant et se desserrant faiblement. Il posa le ballot sur le sol, et de sa griffe droite il sortit un long poignard rouge, sur lequel il cracha. Il alla ensuite au parapet et se pencha pour regarder dans la cour extérieure, loin en contrebas. Par deux fois il cria, mais aucune réponse ne vint.

Soudain, tandis que Shagrat était courbé sur le parapet, le dos contre le toit, Sam vit avec étonnement que l'un des corps étendus remuait. Il rampait. Il tendit une griffe et saisit le paquet. Il se releva en chancelant. Dans l'autre main, il tenait une lance à large fer avec un court manche brisé. L'arme était en position pour frapper. Mais, à ce moment même, un sifflement s'échappa de ses dents, hoquet de douleur ou de haine. Vif comme un serpent, Shagrat esquiva, se retourna et plongea son poignard dans la gorge de son ennemi.

— Je t'ai eu, Gorbag ! s'écria-t-il. Pas tout à fait mort, hein ? Eh bien, je vais achever mon ouvrage, maintenant.

Il bondit sur le corps tombé, le foula aux pieds et le piétina dans sa fureur, se penchant de temps à autre pour le poignarder et le taillader. Enfin satisfait, il releva la tête et lança un horrible hurlement gargouillant de triomphe. Puis il lâcha son poignard, le mit entre ses dents, et, après avoir saisi le paquet, il s'avança par petits bonds vers la proche porte de l'escalier.

Sam n'eut pas le temps de la réflexion. Il aurait pu se glisser par l'autre porte, mais guère sans être vu ; et il n'aurait pu longtemps jouer à cache-cache avec ce hideux Orque. Il fit ce qu'il avait sans doute de mieux à faire. Il bondit à la rencontre de Shagrat en poussant un cri. Il ne tenait plus l'Anneau, mais celui-ci était présent, pouvoir caché, menace accouardante pour les esclaves du Mordor ; et, dans sa main, il avait Dard, dont la lueur frappait les yeux de l'Orque comme le scintillement des cruelles étoiles aux terribles pays des Elfes, dont l'évocation en rêve donnait une peur froide à toute sa race. Et Shagrat ne pouvait en même temps se battre et tenir son trésor. Il s'arrêta, dénudant ses crocs dans un grognement. Puis derechef il bondit de côté à la manière des Orques et, comme Sam s'élançait sur lui, il se servit du lourd ballot comme d'un bouclier et d'une arme, le lançant brutalement dans la figure de son ennemi. Sam chancela et, avant qu'il n'eût pu se ressaisir, Shagrat avait passé comme une flèche et descendait l'escalier.

Sam lui courut après, jurant, mais il n'alla pas loin. La pensée de Frodon lui revint bientôt, et il se rappela que l'autre Orque était reparti à l'intérieur de la tourelle. Il se trouvait de nouveau devant un choix terrible, et il n'avait pas le temps de réfléchir. Si Shagrat s'échappait, il trouverait vite de l'aide et il reviendrait. Mais si Sam le poursuivait, l'autre Orque pourrait accomplir là-haut quelque acte horrible. Et, de toute façon, Sam pouvait manquer Shagrat ou être tué par lui. Il se retourna vivement et remonta les marches de l'escalier quatre à quatre.

— Je me trompe encore, je suppose, dit-il en soupirant ; mais mon boulot est de monter jusqu'en haut avant tout, quoi qu'il puisse arriver ensuite.

Loin en dessous, Shagrat bondissait le long de l'escalier ; il traversa la cour et franchit la porte, portant toujours son précieux fardeau. Si Sam avait pu le voir et connaître l'affliction que cette évasion amènerait, peut-être aurait-il fléchi. Mais il avait l'esprit fixé à présent sur le dernier stade de sa recherche. Il s'avança précautionneusement jusqu'à la porte de la tourelle et la franchit. Elle ouvrait sur des ténèbres. Mais bientôt ses yeux écarquillés perçurent une lueur indécise à droite. Elle provenait d'une ouverture qui menait à un autre escalier, noir et étroit : celui-ci paraissait monter en suivant l'intérieur du mur circulaire de la tourelle. Une torche brillotait quelque part en dessus.

Sam commença à monter à pas de loup. Il parvint à la torche coulante, fixée au-dessus d'une porte qui faisait face, à gauche, à une fenêtre en hauteur donnant sur l'ouest : l'un des yeux rouges que lui et Frodon avaient vus d'en bas à la sortie du tunnel. Sam franchit vivement la porte et se hâta de gagner le second étage, craignant à tout moment d'être attaqué et de sentir des doigts étrangleurs lui saisir la gorge de derrière. Il arriva près d'une fenêtre donnant sur l'est et d'une autre torche placée au-dessus de la porte d'un couloir au milieu de la tourelle. La porte était ouverte, le couloir noir hormis le reflet de la torche et la lueur rouge qui filtrait de l'extérieur par la fente de la fenêtre. Mais l'escalier s'arrêtait là et ne montait pas plus haut. Sam se glissa dans le couloir. Il y avait une porte basse de part et d'autre : toutes deux étaient fermées à clef. Il n'entendit pas le moindre son.

— Un cul-de-sac, murmura Sam, et après toute cette grimpée ! Ce ne peut être le sommet de la Tour. Mais que puis-je faire à présent ?

Il redescendit en courant à l'étage inférieur et essaya d'ouvrir la porte. Elle ne bougea pas. Il courut derechef en haut, et la sueur commença à dégouliner sur son visage. Il sentait que les minutes mêmes étaient précieuses, mais elles s'échappaient une à une ; et il ne pouvait rien faire. Il ne se souciait plus de Shagrat, de Snaga ou d'aucun autre Orque jamais engendré. Il ne pensait qu'à son maître, ne désirait qu'un seul aperçu de son visage, un seul contact de sa main.

Enfin, fatigué, se sentant finalement vaincu, il s'assit sur une marche sous le niveau du sol du couloir et courba la tête dans ses mains. Tout était silencieux, horriblement silencieux. La torche, qui ne brûlait déjà que faiblement à son arrivée, grésilla et s'éteignit ; et il sentit les ténèbres le recouvrir comme une marée. Et puis, doucement, à sa propre surprise, là, à la vaine fin de son long voyage et de son chagrin, mû par il ne savait quelle pensée dans son cœur, Sam se mit à chanter.

Sa voix avait un son ténu et chevrotant dans la froide tour noire ; c'était la voix d'un Hobbit abandonné et las qu'aucun Orque, l'entendant, n'aurait pu prendre pour le chant clair d'un Seigneur Elfe. Il murmura de vieux airs enfantins de la Comté et des bribes des vers de

M. Bilbon qui lui revenaient comme des visions fugiti-
ves de son pays natal. Et puis soudain une nouvelle
force s'éleva en lui, et sa voix résonna tandis que des
paroles de son propre cru venaient spontanément
s'adapter au simple air

Dans les pays de l'Ouest sous le Soleil
Les fleurs peuvent sortir au Printemps,
Les arbres bourgeonner, les eaux courir,
Les joyeux pinsons chanter.
Ou ce peut être une nuit pure
Où les hêtres ondoyants portent
Les étoiles elfiques tels des joyaux blancs
Parmi leur chevelure rameuse.

Bien qu'ici en fin de voyage je sois
Dans les ténèbres profondément enfoui,
Au-delà de toutes les tours fortes et hautes,
Au-delà des montagnes escarpées,
Au-dessus de toutes les ombres vogue le Soleil
Et les Étoiles à jamais demeurent :
Je ne dirai pas « le Jour est fini »,
Je ne ferai pas aux Étoiles mes adieux.

— Au-delà de toutes les tours fortes et hautes, reprit-
il, et il s'arrêta court
Il croyait avoir entendu une faible voix en réponse.
Mais il n'entendait plus rien. Si, quelque chose, mais
pas une voix. Des pas approchaient. A présent, on
ouvrait doucement une porte dans le couloir au-dessus ;
les gonds grincèrent. Sam se tapit, l'oreille tendue. La
porte se referma avec un bruit sourd ; et puis retentit
une voix grondeuse d'Orque :
— Holà ! Toi là-haut, rat de fumier ! Arrête tes vagis-
sements, où je vais aller m'occuper de toi. T'entends ?
Il n'y eut pas de réponse.

— Bon, grogna Snaga. Mais je vais aller jeter un coup d'œil sur toi tout de même et voir ce que tu manigances.

Les gonds grincèrent de nouveau, et Sam, qui regardait alors par-dessus le coin du seuil du couloir, vit une petite lueur tremblotante dans l'entrebâillement d'une porte d'où sortait la forme indistincte d'un Orque. Celui-ci semblait porter une échelle. La solution vint brusquement à Sam : on atteignait la chambre supérieure par une trappe ménagée dans le plafond du couloir. Snaga éleva vivement l'échelle, l'affermit, puis y grimpa et disparut. Sam entendit claquer un verrou tiré ; puis de nouveau la voix hideuse parla.

— Reste tranquille, ou je te le ferai payer cher ! Tu n'as pas longtemps à vivre en paix, je suppose ; mais si tu ne veux pas que la rigolade commence tout de suite, garde ta trappe fermée, compris ? Voilà toujours un petit avertissement !

Il y eut comme un claquement de fouet.

A ce son, la rage s'embrasa dans le cœur de Sam et le rendit soudain furieux. Il se releva d'un bond et s'élança le long de l'échelle comme un chat. Sa tête émergea au centre du sol d'une grande chambre ronde. Une lanterne rouge pendait au plafond ; l'étroite fenêtre à l'ouest était haute et sombre. Quelque chose gisait sur le sol près du mur, mais une forme noire d'Orque se tenait au-dessus, jambes écartées de part et d'autre. Elle levait un fouet pour la seconde fois, mais le coup ne retomba jamais.

Avec un cri, Sam bondit à travers la pièce, Dard au poing. L'Orque fit volte-face mais, avant qu'il n'eût pu agir, Sam trancha la main qui tenait le fouet. Hurlant de douleur et de peur, mais éperdu, l'Orque le chargea, tête baissée. Le coup suivant de Sam tomba dans le vide et, perdant l'équilibre, il bascula en arrière, se cramponnant à l'Orque dans sa chute par-dessus lui. Avant qu'il n'eût pu se remettre sur pied, il entendit un cri et un choc sourd. L'Orque, dans sa hâte sauvage, avait trébuché sur le haut de l'échelle et était tombé par la trappe ouverte. Sam ne lui accorda plus d'attention. Il courut à la forme repliée sur le sol. C'était Frodon.

Il était nu, étendu comme évanoui sur un tas de chiffons infects : son bras était relevé pour abriter sa tête, et en travers de son côté courait une vilaine marque de fouet.

— Frodon ! Monsieur Frodon, bien-aimé ! cria Sam, presque aveuglé par les larmes. C'est Sam, je suis arrivé !

Il souleva à demi son maître et le serra contre sa poitrine. Frodon ouvrit les yeux.

— Suis-je encore en train de rêver ? murmura-t-il. Mais les autres rêves étaient horribles.

— Vous ne rêvez pas du tout, Maître, dit Sam. C'est vrai. C'est moi. Je suis arrivé.

— J'ai peine à le croire, dit Frodon, l'étreignant. Il y avait un Orque avec un fouet, et puis il s'est transformé en Sam ! Alors, je ne rêvais pas après tout lorsque j'ai entendu ce chant en bas et que j'ai essayé de répondre ? Était-ce toi ?

— Oui, bien sûr, Monsieur Frodon. J'avais presque renoncé à tout espoir. Je n'avais pas pu vous trouver.

— Eh bien, c'est fait maintenant, Sam, cher Sam, dit Frodon, et il se laissa aller dans les doux bras de Sam, fermant les yeux comme un enfant rassuré, quand les peurs nocturnes ont été chassées par une voix ou une main aimée.

Sam sentit qu'il aurait pu rester assis ainsi dans un bonheur sans fin ; mais ce ne lui était pas permis. Il ne lui suffisait pas d'avoir trouvé son maître ; il lui fallait encore essayer de le sauver. Il baisa le front de Frodon.

— Allons ! Réveillez-vous, Monsieur Frodon ! dit-il, s'efforçant d'avoir l'air aussi gai qu'en ouvrant les rideaux de Cul-de-Sac un matin d'été.

Frodon soupira et se mit sur son séant.

— Où sommes-nous ? Comment suis-je venu ici ? demanda-t-il.

— Il n'y a pas le temps de raconter des histoires avant d'être ailleurs, Monsieur Frodon, dit Sam. Mais vous êtes en haut de la tour que nous avions vue d'en bas près du tunnel avant que les Orques ne vous eussent pris. Je ne saurais dire combien de temps cela fait. Plus d'une journée, je pense.

— Seulement ? dit Frodon. Cela me paraît des semaines. Il faudra tout me raconter, si nous en avons une chance. Quelque chose m'a frappé, n'est-ce pas ? Et j'ai été plongé dans les ténèbres et des rêves affreux ; et quand je me suis réveillé, j'ai vu que le réveil était pire. Il y avait des Orques tout autour de moi. Je crois qu'ils venaient de me verser dans la gorge une horrible boisson brûlante. Ma tête est devenue claire, mais j'étais tout endolori et fatigué. Ils m'ont tout enlevé ; et puis deux grandes brutes sont venues m'interroger ; elles m'ont questionné au point que j'ai cru devenir fou, se tenant au-dessus de moi, me couvant du regard, tripotant leurs poignards. Jamais je n'oublierai leurs griffes ni leurs yeux.

— Vous ne les oublierez pas si vous en parlez, Monsieur Frodon, dit Sam. Et si nous ne voulons pas les revoir, plus tôt nous partirons, mieux cela vaudra. Pouvez-vous marcher ?

— Oui, je peux, dit Frodon, se levant lentement. Je ne suis pas blessé, Sam. Je me sens seulement très fatigué, et j'ai mal là.

Il porta la main au dos de son cou au-dessus de l'épaule gauche. Il se tint debout, et il parut à Sam qu'il était vêtu de flammes : sa peau nue était écarlate à la lueur de la lanterne suspendue au-dessus de lui. Il arpenta deux fois la pièce.

— Ça va mieux ! dit-il, reprenant un peu courage. Je

n'osais pas bouger quand j'étais seul, ou un des gardiens venait aussitôt. Jusqu'au moment où ont commencé les hurlements et la lutte. Les deux grandes brutes : elles se sont querellées, je crois. A propos de moi et de mes affaires. Je restai étendu là, terrifié. Et puis il y a eu un silence de mort, et c'était encore pis.

— Oui, ils se sont querellés, apparemment, dit Sam. Il devait y avoir ici deux centaines de ces sales créatures. Un peu beaucoup pour Sam Gamegie, on peut le dire. Mais ils ont fait tout le massacre d'eux-mêmes. C'est de la veine, mais c'est trop long pour en faire une chanson, avant d'être hors d'ici. Que faire, maintenant ? Vous ne pouvez pas aller marcher dans le Pays Noir sans autre vêtement que votre peau, Monsieur Frodon.

— Ils ont tout pris, Sam, dit Frodon. Tout ce que j'avais. Tu comprends ? *Tout !*

Il se tapit de nouveau sur le sol, la tête baissée, comme ses propres mots lui rappelaient la plénitude du désastre, et que le désespoir l'accablait.

— La mission a échoué, Sam. Même si nous sortons d'ici, nous ne pouvons échapper. Seuls des Elfes le peuvent. Loin, loin de la Terre du Milieu, bien loin au-delà de la Mer. Si elle-même est assez large pour barrer la route à l'Ombre.

— Non, *pas* tout, Monsieur Frodon. Et la mission n'a pas encore échoué. Je l'ai pris, Monsieur Frodon, sauf votre respect. Et je l'ai gardé en sécurité. Il est autour de mon cou en ce moment même, et c'est un terrible fardeau, d'ailleurs.

Sam tâtonna à la recherche de l'Anneau et de sa chaîne.

— Mais je suppose que vous devez le reprendre.

Maintenant, Sam éprouvait une certaine répugnance à rendre l'Anneau et à en charger de nouveau son maître.

— Tu l'as ? s'écria Frodon, le souffle coupé. Tu l'as ici ? Sam, tu es prodigieux !

Et puis rapidement son ton changea d'une façon étonnante.

— Donne-le-moi ! cria-t-il, se dressant et tendant une main tremblante. Donne-le-moi tout de suite ! Tu ne peux pas le garder !

— Bon, Monsieur Frodon, dit Sam, assez alarmé. Le voici.

Il sortit lentement l'Anneau et passa la chaîne par-dessus sa tête.

— Mais vous êtes en Pays de Mordor maintenant, monsieur ; et quand vous sortirez, vous verrez la Montagne du Feu et tout. Vous allez trouver l'Anneau très dangereux à présent, et très dur à porter. Si c'est une tâche trop pénible, je pourrais la partager avec vous, peut-être ?

— Non, non ! cria Frodon, arrachant l'Anneau et la chaîne des mains de Sam. Non, tu ne l'auras pas, voleur !

Il haletait, fixant sur Sam des yeux écarquillés de peur et d'hostilité. Puis soudain, serrant l'Anneau dans un poing crispé, il resta médusé. Un brouillard sembla se lever de ses yeux, et il passa une main sur son front douloureux. La hideuse vision lui avait paru si réelle, à demi obnubilé qu'il était encore par sa blessure et la peur. Sam s'était mué sous ses yeux en un Orque de nouveau, guignant et patouillant son trésor, infecte petite créature aux yeux avides et à la bouche baveuse. Mais la vision était à présent passée. Il y avait là Sam, agenouillé devant lui, le visage tordu de douleur, comme s'il eût été frappé d'un coup de poignard au cœur ; les larmes coulaient à flot de ses yeux.

— Oh, Sam ! s'écria Frodon. Qu'ai-je dit ? Qu'ai-je fait ? Pardonne-moi ! Après tout ce que tu as fait. C'est l'horrible pouvoir de l'Anneau. Je voudrais qu'il n'ait jamais, jamais été trouvé. Mais ne te soucie pas de moi, Sam. Je dois porter le fardeau jusqu'au bout. On ne peut rien y changer. Tu ne peux pas intervenir entre moi et le destin.

— Ça va bien, Monsieur Frodon, dit Sam, passant sa manche sur ses yeux. Je comprends. Mais je peux encore vous aider, n'est-ce pas ? Il faut que je vous sorte d'ici. Tout de suite, vous comprenez ! Mais il vous faut d'abord des vêtements et un équipement, et puis quelque nourriture. Les vêtements, c'est ce qui sera le plus facile. Étant donné que nous sommes en Mordor, mieux vaut s'habiller à la mode de Mordor ; et d'ailleurs il n'y a pas le choix. Ça va devoir être des trucs d'Orque pour vous, Monsieur Frodon, j'en ai peur. Et pour moi aussi. Si nous allons ensemble, il faut bien être assortis. Pour le moment, enveloppez-vous dans ceci !

Sam dégrafa son manteau gris, qu'il jeta sur les épaules de Frodon. Puis il ôta son paquet et le déposa sur le sol. Il tira Dard du fourreau. On voyait à peine un clignotement sur la lame.

— J'oubliais ceci, Monsieur Frodon, dit-il. Non, ils n'ont pas tout pris ! Vous m'aviez prêté Dard, si vous vous en souvenez, ainsi que le verre de la Dame. Je les ai tous deux encore. Mais prêtez-les-moi encore un peu, Monsieur Frodon. Il faut que j'aille voir ce que je vais trouver. Vous, restez ici. Déambulez un peu pour vous dérouiller les jambes. Je ne resterai pas longtemps absent. Je n'aurai pas à aller loin.

— Fais attention, Sam ! dit Frodon. Et fais vite ! Il peut y avoir encore des Orques vivants, qui restent tapis en attente.

— Il me faut prendre le risque, dit Sam.

Il alla à la trappe et se laissa glisser le long de l'échelle. Sa tête reparut au bout d'une minute. Il jeta un long poignard sur le sol.

— Voilà qui pourra être utile, dit-il. Il est mort : celui qui vous a donné des coups de fouet. Il s'est cassé le cou dans sa précipitation, à ce qu'il semble. Maintenant, remontez l'échelle, si vous le pouvez, Monsieur Frodon, et ne la redescendez pas avant d'entendre crier le mot de passe. Je crierai *Elbereth.* Ce que disent les Elfes. Aucun orque ne dirait cela.

Frodon resta un moment assis et il frissonna, tandis que d'horribles peurs se succédaient dans sa tête. Puis il se leva, resserra le manteau gris d'Elfe autour de lui et, pour s'occuper l'esprit, se mit à arpenter la pièce, furetant et scrutant tous les coins de sa prison.

Il ne se passa pas un très long temps, encore que la peur le fît paraître une heure au moins, avant qu'il n'entendît la voix de Sam qui appelait doucement d'en bas : *Elbereth, Elbereth.* Frodon fit descendre la légère échelle, et Sam monta, tout soufflant sous le poids d'un gros paquet qu'il portait sur la tête. Il le laissa tomber avec un bruit sourd.

— Vite maintenant, Monsieur Frodon ! dit-il. Il m'a fallu chercher un peu pour trouver quelque chose d'assez petit pour des gens comme nous. Il faudra qu'on s'en accommode. Mais il faut faire vite. Je n'ai rien rencontré de vivant, et je n'ai rien vu ; mais je ne suis pas tranquille. Je crois que cet endroit est observé. Je ne puis l'expliquer, mais enfin... j'ai comme l'impression qu'un de ces infâmes Cavaliers volants se promène là-haut dans les ténèbres où on ne peut le voir.

Il ouvrit le paquet. Frodon regarda le contenu avec dégoût, mais il n'y pouvait rien ; il lui fallait mettre les vêtements ou aller tout nu. Il y avait un long pantalon poilu fait de quelque peau immonde, et une tunique de cuir sale. Il les enfila. Sur la tunique allait une solide cotte de mailles, courte pour un Orque adulte, trop longue pour Frodon et lourde. Il la serra avec une ceinture, à laquelle pendait un fourreau court enserrant une épée d'estoc à large lame. Sam avait rapporté plusieurs casques d'Orques. L'un d'eux allait assez bien à Frodon :

un bonnet noir avec des arceaux de fer recouverts de cuir sur lequel était peint le mauvais Œil au-dessus du nasal en forme de bec.

— Les trucs de Morgul, l'équipement de Gorbag, allaient mieux et ils étaient mieux faits, dit Sam ; mais ça ne ferait pas l'affaire, je pense, d'aller porter sa marque dans Mordor, pas après ce qui s'est passé ici. Enfin... vous voilà un parfait petit Orque, sauf votre respect — du moins le seriez-vous si on pouvait vous couvrir la figure d'un masque, vous allonger les bras et vous arquer les jambes. Ceci cachera un peu des signes indicateurs.

Il enveloppa les épaules de Frodon d'une cape noire.

— Et maintenant vous êtes prêt ! Vous pourrez ramasser un bouclier au passage.

— Et toi, Sam ? demanda Frodon. Ne vas-tu pas te vêtir à l'avenant ?

— Eh bien, Monsieur Frodon, j'ai réfléchi, répondit Sam. Mieux vaut ne rien laisser de mes affaires derrière, et on ne peut les détruire. Et je ne peux pas porter une cotte de mailles tout partout sur mes habits, n'est-ce pas ? Il faudra simplement que je me couvre entièrement.

Il se mit à genoux et plia avec soin son manteau d'Elfe. Ce manteau fit un rouleau étonnamment petit. Il le mit dans son paquet, étalé par terre. Puis, se redressant, il jeta celui-ci sur son dos, se couvrit la tête d'un casque d'Orque et s'enveloppa les épaules d'un autre manteau noir.

— Voilà ! dit-il. A présent, nous allons assez bien ensemble. Et maintenant, il faut filer !

— Je ne peux pas faire tout le chemin au pas de course, Sam, dit Frodon avec un sourire forcé. J'espère que tu t'es enquis d'auberges le long de la route ? Ou as-tu tout oublié du boire et du manger ?

— Nom de nom, c'est vrai que j'avais oublié ! s'écria Sam.

Il émit un sifflement de consternation.

— Par exemple, Monsieur Frodon, voilà que vous m'avez donné faim et soif ! Je ne sais plus depuis combien de temps je n'ai pas pris une goutte ou un morceau. Je l'avais oublié tant que j'essayais de vous trouver. Mais attendez, que je réfléchisse ! La dernière fois que j'ai regardé, il me restait assez de ce pain de route et de ce que le Capitaine Faramir nous avait donné pour me tenir sur mes jambes une quinzaine de jours au besoin. Mais s'il reste une goutte dans ma bouteille, c'est bien tout. Ça ne suffira aucunement pour deux. Les Orques ne mangent-ils et ne boivent-ils pas ? Ou ne vivent-ils que d'air vicié et de poison ?

— Non, ils mangent et ils boivent, Sam. L'Ombre qui les a produits peut seulement imiter, elle ne peut fabriquer : pas de choses vraiment nouvelles, qui lui soient propres. Je ne crois pas qu'elle ait donné naissance aux Orques ; elle n'a fait que les abîmer et les dénaturer ; et pour vivre, ils doivent faire comme toutes les autres créatures vivantes. Ils prendront des eaux et des viandes immondes, s'ils ne peuvent en trouver de meilleures, mais pas du poison. Ils m'ont nourri, de sorte que je suis mieux en point que toi. Il doit y avoir quelque part ici de la nourriture et de l'eau.

— Mais le temps manque pour les chercher, répliqua Sam.

— Eh bien, les choses sont un peu mieux que tu ne le penses, dit Frodon. J'ai eu un petit bout de chance durant ton absence. En fait, ils n'avaient pas tout pris. J'ai retrouvé mon sac à vivres dans un tas de chiffons par terre. Ils y ont farfouillé, naturellement. Mais je pense qu'ils ont eu pour l'aspect même du *lembas* une aversion encore pire que celle de Gollum. Il a été éparpillé alentour, et une partie en est écrasée et brisée, mais je l'ai rassemblé. Il n'y en a pas beaucoup moins que tu n'en as. Mais ils ont pris la nourriture de Faramir et ils ont pulvérisé ma gourde.

— Il n'y a donc rien à ajouter, dit Sam. Nous en avons assez pour commencer. L'eau va poser un problème, toutefois. Mais allons, Monsieur Frodon ! Partons, sans quoi un lac entier ne nous servira de rien !

— Pas avant que tu n'aies pris une bouchée, Sam, dit Frodon. Je ne céderai pas. Tiens, prends ce gâteau elfique, et bois cette dernière goutte de ta gourde ! Toute l'affaire est sans espoir, ce n'est donc pas la peine de se soucier de demain. On ne le verra sans doute jamais.

Ils finirent par partir. Ils descendirent l'échelle, que Sam retira et posa dans le couloir à côté du corps recroquevillé de l'Orque qui était tombé. L'escalier était sombre, mais on pouvait encore voir sur le toit la lueur de la Montagne, bien qu'elle eût décru à présent jusqu'à un rouge lugubre. Ils ramassèrent deux boucliers pour compléter leur déguisement et poursuivirent leur chemin.

Ils descendirent péniblement le grand escalier. La grande chambre de la tourelle de derrière, où ils s'étaient retrouvés, leur parut presque agréable : ils étaient de nouveau à l'air libre, mais la terreur courait le long des murs. Tout pouvait être mort dans la Tour de Cirith Ungol, mais elle suait toujours la peur et le mal.

Arrivés enfin à la porte de la cour extérieure, ils s'arrêtèrent. De l'endroit même où ils se tenaient, ils sentaient déferler sur eux la malice des Guetteurs, formes noires et silencieuses assises de part et d'autre de la porte par laquelle apparaissait vaguement la clarté de Mordor. Tandis qu'ils se faufilaient entre les hideux cadavres des Orques, chaque pas devenait plus difficile. Avant même d'atteindre la voûte, ils furent contraints à faire halte. Avancer d'un seul pouce était une douleur et une fatigue tant pour la volonté que pour les membres.

Frodon n'avait pas assez de forces pour une pareille lutte. Il se laissa tomber sur le sol.

— Je ne puis pas continuer, Sam, murmura-t-il. Je vais m'évanouir. Je ne sais pas ce qui m'arrive.

— Moi si, Monsieur Frodon. Retenez-vous ! C'est la porte. Il y a là quelque sorcellerie. Mais je suis passé, et je vais sortir. Ça ne peut pas être plus dangereux qu'avant. Allons-y !

Il sortit de nouveau le verre elfique de Galadriel. Comme pour faire honneur à son intrépidité et pour orner de splendeur sa fidèle main brune de Hobbit qui avait accompli de tels exploits, la fiole flamboya soudain, de sorte que toute la cour sombre fut illuminée d'un rayonnement aveuglant comme celui d'un éclair.

— *Gilthoniel ! A Elbereth !* cria Sam.

Car, il ne savait pourquoi, sa pensée revint brusquement vers les Elfes de la Comté et au chant qui avait repoussé le Cavalier Noir parmi les arbres.

— *Aiya elenion ancalima !* cria de nouveau Frodon derrière lui.

La volonté des Guetteurs fut brisée avec la soudaineté d'une corde qui saute, et Frodon et Sam basculèrent en avant. Puis ils coururent. Ils franchirent la porte et passèrent devant les deux grandes figures assises avec leurs yeux étincelants. Il y eut un craquement. La clef de voûte de l'arche s'écrasa presque sur leurs talons, et le mur d'au-dessus se désagrégea et tomba en ruine. Ils n'y échappèrent que de justesse. Une cloche retentit ; et un grand et terrible gémissement monta des Guetteurs. De bien loin dans les ténèbres supérieures, vint une réponse. Du ciel noir se laissa tomber comme un éclair une forme ailée, qui déchira les nuages d'un cri effroyablement perçant.

Chapitre II

Le Pays de l'Ombre

Il restait juste assez de présence d'esprit à Sam pour remettre vivement la fiole dans son sein.

— Courez, Monsieur Frodon ! cria-t-il. Non, pas par là ! C'est à pic par-dessus le mur. Suivez-moi.

Ils fuirent le long de la route qui partait de la porte. En cinquante pas avec une courbe rapide autour d'un bastion saillant de la colline, elle les emmena hors de vue de la Tour. Ils s'étaient échappés pour le moment. Tapis contre le rocher, ils reprirent haleine, puis ils crispèrent les mains sur leurs cœurs. Perché à présent sur le mur près de la porte en ruine, le Nazgûl lançait ses cris de mort. Toutes les falaises en renvoyaient l'écho.

Terrifiés, ils repartirent en trébuchant. Bientôt, la route décrivit une nouvelle courbe rapide vers l'est, les exposant pendant un moment affreux à la vue de la

Tour. Tout en passant, ils jetèrent un regard en arrière et virent la grande forme noire sur le rempart ; puis ils plongèrent entre les murs de rocher dans une percée qui descendait en pente rapide vers la route de Morgul. Ils arrivèrent au carrefour. Il n'y avait toujours aucun signe d'Orques, ni aucune réponse au cri du Nazgûl ; mais ils savaient que le silence ne durerait pas longtemps. La chasse allait commencer d'un instant à l'autre.

— Cela ne peut aller ainsi, dit Frodon. Si nous étions de véritables Orques, nous nous précipiterions vers la Tour, nous ne nous enfuirions pas. Le premier ennemi rencontré nous reconnaîtra. Il faut abandonner cette route d'une manière ou d'une autre.

— Mais nous ne le pouvons pas, dit Sam, pas sans ailes.

Les faces orientales de l'Ephel Duath étaient à pic, tombant en falaises et en précipices jusqu'à l'auge noire qui les séparait de la chaîne intérieure. Un peu au-delà du carrefour, après une autre pente raide, un léger pont de pierre franchissait le vide et menait la route vers les pentes couvertes d'éboulis et les gorges du Morgai. Par un effort désespéré, Frodon et Sam se ruèrent sur le pont ; mais ils en avaient à peine atteint l'autre extrémité qu'ils entendirent commencer le haro. Loin derrière eux et à présent haut au-dessus du flanc de la montagne, se dressait la Tour de Cirith Ungol, dont les pierres rougeoyaient vaguement. Soudain, sa cloche rude retentit de nouveau, pour atteindre une volée fracassante. Des cors sonnèrent. Et à présent des cris répondirent d'au-delà du pont. Perdus dans l'auge sombre, coupés de l'éclat mourant d'Oradruin, Frodon et Sam ne pouvaient rien voir devant eux ; mais ils entendaient déjà le pas lourd de pieds ferrés et, sur la route, retentit la battue rapide de sabots.

— Vite, Sam ! Sautons ! cria Frodon.

Ils gagnèrent à quatre pattes le parapet bas du pont. Il n'y avait heureusement plus d'affreuse chute dans le gouffre, car les pentes du Morgai s'étaient déjà élevées presque à hauteur de la route ; mais il faisait trop noir pour deviner la profondeur de la dénivellation.

— Eh bien, allons-y, Monsieur Frodon, dit Sam. Adieu !

Il lâcha prise. Frodon suivit. Et tandis même qu'ils tombaient, ils entendirent les cavaliers passer en trombe sur le pont, suivis du claquement des pieds des Orques qui couraient derrière. Mais Sam aurait ri s'il l'avait osé. Redoutant à moitié un plongeon fracassant sur des rochers invisibles, les Hobbits atterrirent avec un bruit mat et un craquement, après une chute d'une douzaine de pieds seulement, dans la dernière chose à laquelle ils se fussent attendus : un fouillis de buissons épineux. Là, Sam resta immobile, à sucer doucement une main égratignée.

Quand le son des sabots et des pieds fut passé, il se risqua à murmurer :

— Sapristi, Monsieur Frodon, je ne savais pas qu'il poussait quelque chose en Mordor ! Mais si j'avais su, c'est bien ça que j'aurais imaginé. A les sentir, ces épines doivent bien avoir un pied de long ; elles ont transpercé tout ce que j'ai sur moi. Je voudrais bien avoir mis cette cotte de mailles !

— Les mailles d'Orques ne protègent pas de ces épines-là, dit Frodon. Même un justaucorps de cuir ne servirait de rien.

Ils se débattirent pour sortir du buisson. Les épines et les ronces avaient la solidité du fil de fer et elles s'agrippaient comme des serres. Les manteaux des Hobbits furent en lambeaux avant qu'ils ne pussent enfin se libérer.

— Et maintenant, descendons, Sam, murmura Frodon. Dans la vallée, vite, et puis on tournera vers le nord aussitôt que ce sera possible.

Le jour reparaissait dans le monde extérieur et, loin au-delà de l'obscurité du Mordor, le soleil montait au-dessus de l'horizon oriental de la Terre du Milieu ; mais ici, tout était aussi sombre que la nuit. Les feux de la Montagne s'éteignirent peu à peu. Le rayonnement disparut des escarpements. Le vent d'est qui soufflait depuis le départ de l'Ithilien parut alors complètement tombé. Lentement, péniblement, les Hobbits descendirent à tâtons, trébuchant, jouant des pieds et des mains parmi les rochers, les ronces et le bois mort, à l'aveuglette dans les ombres, plus bas, toujours plus bas, jusqu'à ne pouvoir aller plus loin.

Ils finirent par s'arrêter, et ils s'assirent côte à côte, le dos contre un gros bloc de pierre. Tous deux transpiraient abondamment.

— Si Shagrat en personne m'offrait un verre d'eau, je lui serrerais la main, dit Sam.

— Ne dis pas pareilles choses ! répliqua Frodon. Cela ne fait qu'empirer ce qui est.

Puis il s'étira, saisi d'étourdissement et de fatigue, et il ne parla plus durant un moment. Enfin, prenant grandement sur lui, il se releva, et il vit avec stupéfaction que Sam était endormi.

— Réveille-toi, Sam ! dit-il. Allons ! Il est temps de faire un nouvel effort.

Sam se remit péniblement sur pied.

— Par exemple ! dit-il. J'ai dû m'assoupir. Ça fait longtemps que je n'ai pas dormi convenablement, Monsieur Frodon, et mes yeux se sont simplement fermés d'eux-mêmes.

Frodon prit alors la tête, en direction du nord pour autant qu'il pût le deviner, parmi les rochers et les pierres roulées qui gisaient en grande quantité au fond du grand ravin. Mais il ne tarda pas à s'arrêter de nouveau.

— C'est inutile, Sam, dit-il. Je ne peux le supporter. Cette cotte de mailles, je veux dire. Pas dans mon état actuel. Même ma cotte de mithril paraissait lourde quand j'étais fatigué. Celle-ci l'est beaucoup plus. Et à quoi bon ? Ce n'est pas en combattant que nous obtiendrons le passage.

— Mais nous aurons peut-être tout de même à nous battre, dit Sam. Et il y a des poignards et des flèches perdues. Ce Gollum n'est pas mort, pour commencer. Je n'aime pas à penser que vous n'auriez rien d'autre qu'un bout de cuir pour vous protéger d'un coup de poignard dans le noir.

— Écoute, Sam, mon gars, dit Frodon : je suis fatigué, las, il ne me reste aucun espoir. Mais je dois poursuivre ma tentative d'arriver à la Montagne tant que je pourrai bouger. L'Anneau suffit. Ce poids supplémentaire me tue. Je dois m'en débarrasser. Mais ne me crois pas ingrat. Je déteste la pensée de l'immonde tâche que tu as dû accomplir au milieu des corps pour me la trouver.

— N'en parlez pas, Monsieur Frodon. Miséricorde ! Je vous porterais sur mon dos, si je le pouvais. Laissez-la tomber, alors !

Frodon enleva son manteau, retira la cotte de mailles d'Orque et la jeta. Il eut un léger frisson.

— Ce qu'il me faudrait en réalité, c'est quelque chose de chaud, dit-il. Le temps s'est rafraîchi, ou bien j'ai pris froid.

— Vous pouvez prendre ma cape, **Monsieur Frodon**, dit Sam.

Il enleva le paquet de son dos et en retira la cape d'Elfe.

— Que pensez-vous de ceci, Monsieur Frodon ? dit-il. Serrez ce chiffon d'Orque autour de vous et mettez la ceinture par-dessus. Et ceci pourra recouvrir le tout. Ce ne sera pas tout à fait à la mode Orque, mais cela vous tiendra plus chaud ; et je suis sûr que cela vous protégera mieux que tout autre équipement. Ç'a été fait par la Dame.

Frodon prit la cape et fixa la broche.

— Voilà qui va mieux ! dit-il. Je me sens beaucoup plus léger. Je peux continuer, maintenant. Mais cette obscurité épaisse semble m'envahir le cœur. Tandis que j'étais en prison, Sam, j'essayais de me rappeler le Brandevin, le Bout-des-Bois et l'Eau courant au travers du moulin à Hobbitebourg. Mais je ne puis les voir à présent.

— Allons, Monsieur Frodon. C'est vous qui parlez d'eau, cette fois-ci ! dit Sam. Si seulement la Dame pouvait nous voir ou nous entendre, je lui dirais : « Madame, tout ce qu'il nous faut, c'est simplement de la lumière et de l'eau : juste de l'eau pure et la simple lumière du jour, plutôt que des joyaux, sauf votre respect. » Mais la Lorien est loin.

Sam soupira et agita la main en direction des hauteurs de l'Ephel Duath, qui ne se distinguaient plus que par un noir plus profond sur le ciel noir.

Ils repartirent. Ils n'étaient pas encore allés bien loin que Frodon s'arrêta.

— Il y a un Cavalier Noir au-dessus de nous, dit-il. Je le sens. Nous ferions mieux de ne pas bouger pendant un moment.

Ils restèrent tapis sous une grande pierre, dos à l'ouest, et ne parlèrent pas durant quelque temps. Puis Frodon eut un soupir de soulagement.

— Il a passé, dit-il.

Ils se relevèrent et alors tous deux écarquillèrent les yeux. Dans le lointain à gauche, vers le sud, les pics et les hautes crêtes de la grande chaîne commençaient d'apparaître, sombres et noires, formes visibles se détachant sur un ciel qui devenait gris. La lumière croissait derrière eux. Elle se glissa lentement vers le nord. Il y avait bataille dans les très hauts espaces de l'air. Les nuages ondoyants de Mordor étaient repoussés ; leurs bords partaient en lambeaux comme un vent s'élevait du monde vivant et balayait les vapeurs et les fumées vers la sombre terre à laquelle elles appartenaient. Sous les pans du lugubre dais qui se levaient, une terne lumière filtra dans le Mordor comme le pâle matin au travers de la fenêtre noircie d'une prison.

— Regardez, Monsieur Frodon ! dit Sam. Regardez ça ! Le vent a changé. Il se passe quelque chose. Tout ne marche pas à son gré. Ses ténèbres se dispersent là-bas dans le monde. Je voudrais bien voir ce qui se passe !

C'était le matin du quinze mars et, sur la Vallée de l'Anduin, le soleil s'élevait au-dessus de l'ombre de l'est, et le vent du sud-ouest soufflait. Théoden gisait, mourant, sur les Champs du Pelennor.

Tandis que Frodon et Sam restaient là en contemplation, la frange de lumière s'étendit tout le long de l'Ephel Duath, et ils virent une forme qui venait à grande vitesse à l'ouest, au début simple point noir dans la bande de lumière indécise au-dessus des cimes, mais grandissante, jusqu'au moment où elle plongea comme un carreau d'arbalète dans le dais sombre pour passer à grande hauteur au-dessus d'eux. Dans son vol, elle lança un long cri strident : c'était la voix d'un Nazgûl ; mais ce cri ne causa plus en eux aucune terreur : c'était un cri de douleur et d'effroi, porteur de mauvaises nouvelles pour la Tour Sombre. Le Seigneur des Esprits Servants de l'Anneau avait rencontré son destin.

— Que vous disais-je ? Il se passe quelque chose ! s'écria Sam. « La guerre va bien », avait dit Shagrat ; mais Gorbag, lui, n'était pas aussi assuré, et, en cela aussi, il avait raison. Les choses prennent meilleure tournure, Monsieur Frodon. N'avez-vous pas quelque espoir, à présent ?

— Eh bien, non, pas beaucoup, dit Frodon avec un soupir. Nous allons vers l'est, non vers l'ouest. Et je suis tellement fatigué ! Et l'Anneau est si lourd, Sam ! Et je commence à le voir tout le temps dans ma tête, comme une grande roue de feu.

L'entrain rapide de Sam retomba aussitôt. Il regarda son maître avec anxiété, et il lui prit la main.

— Allons, Monsieur Frodon ! dit-il. J'ai une chose que je désirais : un peu de lumière. Assez pour nous aider, et pourtant je devine qu'elle est dangereuse aussi. Essayez d'aller un peu plus loin, et alors on s'étendra tout près l'un de l'autre et on essaiera de se reposer un peu. Mais mangez un morceau maintenant, une bouchée de la nourriture des Elfes ; ça pourra vous redonner du cœur.

Tout en mâchant du mieux que leur permettaient leurs bouches desséchées une gaufrette de *lembas* qu'ils avaient partagée, Frodon et Sam poursuivirent leur marche pénible. La lumière, si elle ne dépassait pas un crépuscule gris, leur suffisait pour voir qu'ils étaient profondément enfoncés dans la vallée qui séparait les montagnes. Elle montait en pente douce vers le nord, et dans le fond courait le lit à sec d'un ruisseau à présent disparu. Au-delà de son cours rocailleux, ils voyaient un sentier battu qui suivait en lacets le pied des escarpements de l'ouest. L'eussent-ils su, ils auraient pu l'atteindre plus vite, car c'était une piste qui quittait la grande route de Morgul à l'extrémité ouest du pont pour descendre jusqu'au fond de la vallée par un long escalier taillé dans le roc. Elle servait aux patrouilles ou aux messagers qui se rendaient rapidement aux petits postes et redoutes situés assez loin vers le nord, entre Cirith Ungol et les pertuis d'Isenmouthe, les mâchoires de fer de Carach Angren.

Il était périlleux pour les Hobbits d'emprunter un tel sentier, mais la rapidité leur était nécessaire, et Frodon sentait qu'il ne pourrait affronter la marche laborieuse et pénible parmi les pierres roulées ou dans les ravins sans pistes du Morgai. Et il jugeait que le nord était peut-être la voie que les chasseurs s'attendraient le moins à les voir prendre. La route de l'est vers la plaine ou le col revenant vers l'ouest, voilà ce qu'ils fouilleraient d'abord le plus minutieusement. Ce ne serait que parvenu bien au nord de la Tour qu'il avait l'intention de tourner à la recherche de quelque chemin vers l'est, l'est de la dernière étape désespérée de son voyage. Ils franchirent alors le lit pierreux et prirent le sentier des Orques, qu'ils suivirent quelque temps. Les escarpements sur leur gauche étaient en surplomb, et on ne pouvait les voir d'en dessus ; mais le sentier faisait de nombreux lacets, et à chaque tournant ils saisissaient la poignée de leurs épées et n'avançaient qu'avec précaution.

La lumière n'augmentait guère, car l'Oradruin vomissait toujours une grande fumée qui, poussée vers le haut par les courants opposés, s'élevait de plus en plus, jusqu'à ce qu'elle atteignît une région au-dessus du vent et s'étendît en une voûte incommensurable, dont le pilier central se dressait hors des ombres au-delà de la vue. Ils avaient clopiné pendant plus d'une heure, quand ils entendirent un son qui les arrêta. Incroyable, mais indubitable. De l'eau qui dégouttait. D'une faille sur la gauche, si nette et si étroite qu'elle semblait tranchée dans l'escarpement noir par quelque hache géante, de l'eau dégoulinait : derniers restes, peut-être, de quelque douce pluie prélevée sur les mers ensoleillées, mais dont le mauvais sort voulait qu'elles tombassent finalement sur les murs de la Terre Noire pour se perdre en vain dans la poussière. Ici, elle sortait du rocher en une petite cascade, traversait le sentier et, tournant vers le sud, s'en allait rapidement disparaître parmi les pierres mortes.

Sam s'élança.

— Si jamais je revois la Dame, je lui dirai ! s'écria t-il. De la lumière et maintenant de l'eau !

Puis il s'arrêta.

— Laissez-moi boire le premier, Monsieur Frodon, dit-il.

— Bon, mais il y a assez de place pour deux.

— Ce n'est pas ce que je voulais dire, répliqua Sam. Je veux dire que si l'eau est empoisonnée ou si c'est quelque chose qui montrera vite sa nocivité, eh bien, mieux vaut que ce soit moi que vous, maître, vous comprenez ?

— Je comprends. Mais je crois que nous courrons notre chance ensemble, Sam. En tout cas, fais attention maintenant, si elle est très froide !

L'eau était fraîche, mais non glacée, et elle avait un goût désagréable, en même temps amer et huileux ; du moins est-ce ce qu'ils auraient dit chez eux. Ici, elle semblait au-dessus de tout éloge, et aussi de toute peur et de toute prudence. Ils burent tout leur content, et Sam remplit sa gourde. Après cela, Frodon se sentit plus dispos, et ils parcoururent encore plusieurs milles, jusqu'à l'élargissement du chemin, et le début d'un mur rude le long du bord les avertit de l'approche d'un nouveau repaire d'Orques.

— Voici où nous nous détournons, Sam, dit Frodon. Et nous devons aller vers l'est.

Il soupira à l'aspect des sombres crêtes de l'autre côté de la vallée.

— Il me reste à peu près juste assez de force pour trouver quelque trou là-haut. Et là, il me faudra prendre un peu de repos.

Le lit de la rivière se trouvait à présent à quelque distance en contrebas du sentier. Ils y descendirent en jouant des pieds et des mains et commencèrent à le traverser. A leur surprise, ils tombèrent sur des mares sombres, alimentées par des filets d'eau issus de quelque source située plus haut dans la vallée. Sur ses marges extérieures sous les montagnes occidentales, le Mordor était un pays mourant, mais non encore mort. Et il poussait encore des choses rudes, tordues, amères, qui luttaient pour la vie. Dans les ravins du Morgai, de l'autre côté de la vallée, étaient tapis des arbustes rabougris qui s'accrochaient, des touffes d'herbe grise et rêche le disputaient aux pierres, sur lesquelles rampaient des mousses desséchées ; et partout s'étalaient des enchevêtrements de grandes ronces contorsionnées. Certaines avaient de longues épines perçantes, d'autres des dardillons crochus qui déchiraient comme des couteaux. Les tristes feuilles ratatinées d'une année passée y pendaient, crissant et crépitant dans les mornes airs, mais leurs bourgeons infestés de larves s'ouvraient tout juste. Des mouches, brun foncé ou noires, marquées comme les Orques d'une tache en forme d'œil rouge, bourdonnaient et piquaient ; et au-dessus des buissons de ronces dansaient et tournoyaient des nuées de cousins affamés.

— L'équipement orque ne sert à rien, dit Sam, agitant les bras. Je voudrais bien avoir un cuir d'Orque.

Frodon finit par ne plus pouvoir aller plus loin. Ils avaient monté le long d'un étroit ravin en pente, mais ils avaient encore un long chemin à parcourir avant de pouvoir seulement arriver en vue de la dernière crête déchiquetée.

— Il faut que je me repose, Sam, et que je dorme, si je le puis, dit Frodon.

Il regarda alentour, mais il semblait n'y avoir dans ce morne pays aucun endroit où même un animal pourrait se glisser. Enfin, épuisés, ils rampèrent sous un

313

rideau de ronces qui pendait comme une natte sur un pan de rocher bas.

Ils s'assirent là et prirent le repas qu'ils purent. Conservant le précieux *lembas* pour les jours funestes à venir, ils mangèrent la moitié de ce qui restait dans le sac de Sam des vivres fournis par Faramir : des fruits secs et une mince tranche de viande fumée ; et ils sirotèrent de l'eau. Ils avaient encore bu aux mares de la vallée, mais ils avaient de nouveau très soif. Il y avait dans l'air de Mordor une certaine âpreté qui asséchait la bouche. Quand Sam pensait à l'eau, même la disposition à l'espoir qui était la sienne fléchissait. Au-delà du Morgai, il allait falloir traverser la terrible Plaine de Gorgoroth.

— Maintenant, dormez le premier, Monsieur Frodon, dit-il. Il recommence à faire sombre. Je pense que cette journée tire à sa fin.

Frodon soupira, et il fut endormi presque avant la fin de la phrase. Sam, luttant contre sa propre fatigue, prit la main de son maître ; et il resta assis là en silence jusqu'à la tombée de la pleine nuit. Alors enfin, pour se tenir éveillé, il rampa hors de la cachette et regarda alentour. Le pays semblait plein de grincements, de craquements et de bruits furtifs, mais il n'y avait aucun son de voix ou de pas. Loin au-dessus de l'Ephel Duath à l'ouest, le ciel nocturne était encore terne et pâle. Là, Sam vit, pointant au milieu des nuages légers qui dominaient un sombre pic haut dans les montagnes, une étoile blanche et scintillante. Sa beauté lui poignit le cœur, tandis qu'il la contemplait de ce pays abandonné, et l'espoir lui revint. Car, tel un trait, net et froid, la pensée le transperça qu'en fin de compte l'Ombre n'était qu'une petite chose transitoire : il y avait à jamais hors de son atteinte de la lumière et une grande beauté. Son chant dans la Tour avait été plutôt un défi que de l'espoir ; car alors, il pensait à lui-même. A présent, pendant un moment, son propre destin et même celui de son maître cessèrent de l'inquiéter. Il se glissa de nouveau sous les ronces et s'étendit à côté de Frodon ; et, rejetant toute crainte, il se laissa aller à un profond et paisible sommeil.

Ils se réveillèrent en même temps, main dans la main. Sam était presque frais, prêt à affronter une nouvelle journée ; mais Frodon soupira. Son sommeil avait été inquiet, plein de rêves de feu, et le réveil ne lui apportait aucun réconfort. Son sommeil n'avait toutefois pas été dénué de toute vertu curative : il était plus fort, mieux en état de supporter son fardeau pour une nouvelle étape. Ils ignoraient quelle heure il était et combien de temps ils avaient dormi ; mais après avoir mangé un morceau et bu une gorgée d'eau, ils reprirent leur chemin le long du ravin jusqu'à sa terminaison en une pente raide d'éboulis et de pierres glissantes. Là, les dernières choses vivantes renonçaient à la lutte ; les hauts du Morgai étaient sans herbe, nus, déchiquetés, d'une stérilité d'ardoise.

Après beaucoup de vagabondages et de recherche, ils trouvèrent un endroit où grimper, et, après une dernière centaine de pieds d'escalade et d'agrippements, ils atteignirent le haut. Ils arrivèrent à une crevasse entre deux sombres rochers, et, passant dedans, ils se trouvèrent au bord même de la dernière barrière du Mordor. Sous eux, au fond d'une dénivellation de quelque quinze cents pieds, la plaine intérieure s'étendait pour se perdre dans une obscurité sans forme. Le vent du monde soufflait à présent de l'ouest, et les grands nuages, haut soulevés, flottaient vers l'est ; mais ne venait encore aux lugubres champs de Gorgoroth qu'une lumière grisâtre. Là, des fumées traînaient sur le sol, s'attardant dans les creux, et des vapeurs s'échappaient de fissures dans la terre.

Toujours dans le lointain, à quarante milles au moins,

ils virent la Montagne du Destin, dont le pied était fondé dans des ruines cendreuses et l'énorme cône s'élevait à une grande hauteur où sa tête fumante était enveloppée de nuages. Ses feux, à présent réduits, couvaient, et elle se dressait dans son sommeil, aussi menaçante et dangereuse qu'une bête endormie. Derrière était suspendue une vaste ombre, inquiétante comme un nuage orageux : les voiles de Barad-dûr, dressées très loin sur un long éperon que les Monts Cendrés projetaient du nord. La Puissance Ténébreuse était plongée dans la méditation, et l'Œil se tournait vers l'intérieur, considérant des nouvelles de doute et de danger : elle voyait une épée brillante et un visage sévère et majestueux et, durant un moment, elle accorda peu de pensée à autre chose ; et toute sa grande forteresse, porte après porte, et tour après tour, fut enveloppée d'une pesante obscurité.

Frodon et Sam contemplèrent cet odieux pays avec un mélange de dégoût et d'étonnement. Entre eux et la montagne fumante et autour d'elle au nord et au sud, tout paraissait ruine et mort : un désert brûlé et suffoqué. Ils se demandaient comment le Seigneur de ce royaume entretenait et nourrissait ses esclaves et ses armées. Aussi loin que portait le regard, à la périphérie du Morgai et vers le sud, il y avait des camps, certains de tentes, d'autres ordonnés comme de petites villes. L'un des plus grands de ceux-ci se trouvait juste sous eux. Il était ramassé à un mille à peine dans la plaine comme un grand nid d'insectes, avec des rues droites et mornes de baraquements et de longs bâtiments gris. Des gens affairés allaient et venaient alentour ; une large route en partait en direction du sud-est pour rejoindre celle de Morgul, et l'on y voyait se hâter de nombreuses files de petites formes noires.

— Je n'aime pas du tout la façon dont les choses se présentent, dit Sam. C'est assez désespéré, je dirais —

sauf que là où il y a tant de gens, il doit y avoir des sources ou de l'eau, sans parler de nourriture. Et ce sont là des Hommes et non des Orques, si mes yeux ne me trompent du tout au tout.

Ni lui ni Frodon ne savaient rien des grands champs travaillés par des esclaves dans l'extrême sud de ce vaste royaume, au-delà des fumées de la Montagne, près des tristes eaux sombres de la Mer de Nurnen ; ni des grandes routes qui s'en allaient à l'est et au sud vers des pays tributaires, d'où les soldats de la Tour ramenaient de longs convois de camions chargés de marchandises, de butin et d'esclaves frais. Ici, dans les régions du Nord, se trouvaient les mines et les forges, et les rassemblements pour une guerre depuis longtemps préparée, et ici la Puissance Ténébreuse, bougeant ses armées comme des pièces sur un échiquier, les rassemblait. Ses premiers mouvements, premiers éclaireurs de sa force, avaient été mis en échec sur sa ligne ouest, au sud et au nord. Elle les retirait provisoirement et amenait de nouvelles forces, les massant autour de Cirith Gorgor en vue d'un coup vengeur. Et s'il avait également été dans ses intentions de défendre la Montagne contre toute approche, elle n'aurait guère pu faire davantage.

— Bon ! poursuivit Sam. Quoi qu'ils aient à manger et à boire, on ne peut l'obtenir. Je ne vois aucun chemin pour descendre. Et même si on y arrivait, on ne pourrait franchir tout ce terrain découvert qui fourmille d'ennemis.

— Il faut pourtant que nous le tentions, dit Frodon. Ce n'est pas pire que je ne m'y attendais. Je n'ai jamais espéré traverser. Je n'en vois aucun espoir à présent. Mais je dois toujours faire tout ce que je peux. Pour le moment, c'est d'éviter aussi longtemps que possible d'être pris. Il nous faut donc encore aller vers le nord, je pense, et voir de quoi cela a l'air là où la plaine découverte est plus étroite.

— Je le devine, dit Sam. Là où c'est plus étroit, les Orques et les Hommes seront tout simplement plus tassés. Vous verrez, Monsieur Frodon.

— J'y compte bien, si jamais nous arrivons jusque-là, dit Monsieur Frodon, se détournant.

Ils virent bientôt qu'il était impossible de passer par la crête du Morgai, ainsi qu'en aucun des plus hauts niveaux, dépourvus de sentiers et coupés de gorges profondes. Ils finirent par être contraints de redescendre par le ravin qu'ils avaient escaladé pour chercher une voie le long de la vallée. C'était un rude labeur, car ils n'osaient traverser pour prendre le sentier du côté ouest. Au bout d'un ou deux milles, ils aperçurent, dans un creux au pied de l'escarpement, le repaire d'Orques dont ils avaient deviné la proximité : un mur et un groupe de huttes établies autour d'une sombre entrée de caverne. On ne voyait aucun mouvement, mais les Hobbits se glissèrent devant avec précaution, en restant le plus possible dans les fourrés d'épineux qui poussaient en ce point de part et d'autre du lit du ruisseau.

Ils parcoururent encore deux ou trois milles, et le repaire d'Orques fut caché à leur vue derrière eux ; mais à peine commençaient-ils à respirer plus librement qu'ils entendirent, rauques et fortes, des voix d'Orques. Ils s'éclipsèrent promptement derrière un buisson brun et rabougri. Les voix approchèrent. Deux Orques parurent bientôt. L'un était vêtu de haillons bruns et armé d'un arc de corne ; il était de petite espèce, à la peau noire et aux larges narines reniflantes : évidemment un traqueur de quelque sorte. L'autre était un grand Orque combattant, semblable à ceux de la compagnie de Shagrat, portant le signe de l'Œil. Lui aussi avait un arc dans le dos, et il tenait une courte lance à large fer. Comme d'ordinaire, ils se querellaient et, étant d'espèces différentes, ils usaient du Langage Commun à leur façon.

Le petit Orque s'arrêta à vingt pas a peine de l'endroit où étaient tapis les Hobbits.

— Bouh ! grogna-t-il. Je rentre.

Il pointa le doigt vers le repaire d'Orques de l'autre côté de la vallée.

— Rien ne sert d'user encore mon nez sur les pierres. Il ne reste rien, que je dis. J'ai perdu la trace pour t'avoir cédé. Elle montait dans la montagne. Elle ne suivait pas la vallée, je te dis.

— Vous ne servez pas à grand-chose, vous autres petits renifleurs, hein ? dit le grand Orque. M'est avis que les yeux valent mieux que vos nez morveux.

— Et qu'est-ce que t'as vu avec les tiens ? gronda l'autre. Foutaise ! Tu ne sais même pas ce que tu cherches.

— A qui la faute ? répliqua le soldat. Pas à moi. Cela vient de Plus Haut. On a d'abord dit que c'était un grand Elfe en brillante armure, puis c'était une sorte de petit nain, et puis ce doit être une bande de rebelles Ourouk-haï ; ou peut-être est-ce le tout ensemble.

— Peuh ! dit le traqueur. Ils ont perdu la tête, voilà ce que c'est. Et certains des patrons vont y perdre leur peau aussi, j'imagine, si ce qu'on dit est vrai : une incursion sur la Tour et tout, une centaine des nôtres zigouillés, et le prisonnier qui a filé. Si c'est comme ça que vous autres combattants vous vous débrouillez, faut pas s'étonner qu'y ait de mauvaises nouvelles des batailles.

— Qui a dit qu'il y avait de mauvaises nouvelles ? cria le soldat.

— Peuh ! Qui dit qu'il n'y en a pas ?

— Voilà un foutu langage de rebelle, et je vais te flanquer ma lance dans le corps, si tu ne la fermes pas, compris ?

— Bon, bon ! dit le traqueur. Je ne dirai plus rien, et je n'en penserai pas moins. Mais qu'est-ce que le mouchard noir a à voir avec tout ça ? Ce glouglouteur aux mains battantes ?

— Je ne sais pas. Rien, peut-être. Mais il machine quelque chose, à fourrer son nez partout, je parie. La peste l'emporte ! Il s'était à peine esbigné que l'ordre est venu de le prendre vivant, et vite.

— Eh bien, j'espère qu'ils le prendront et qu'ils lui feront passer un mauvais quart d'heure, grogna le traqueur. Il a brouillé le vent là-bas, en fauchant cette cotte de mailles abandonnée qu'il avait trouvée et en barbotant partout avant que j'aie pu arriver.

— Ça lui a sauvé la vie en tout cas, dit le soldat. Tu te rends compte : avant de savoir qu'on le voulait, je lui ai tiré dessus tout net, à cinquante pas en plein dans le dos ; mais il a continué de courir.

— Allons donc ! Tu l'as raté, dit le traqueur. D'abord tu tires au petit bonheur, puis tu cours trop lentement, et ensuite tu envoies chercher les pauvres traqueurs. J'en ai marre de toi.

Il s'en fut au petit trot.

— Reviens, toi, ou je te signale ! cria le soldat.

— A qui ? Pas à ton fameux Shagrat. Il ne sera plus capitaine.

— Je donnerai ton nom et ton numéro aux Nazgûl, dit le soldat, baissant la voix jusqu'au susurrement. L'un d'*eux* est en fonction à la Tour dès maintenant.

L'autre s'arrêta et sa voix était emplie de crainte et de rage.

— Sacré mouchard de chapardeur ! hurla-t-il. Tu ne peux pas faire ton boulot, tu ne peux même pas rester avec les tiens. Retourne auprès de tes sales Gueulards, et puissent-ils faire geler ta viande ! Si l'ennemi ne les attrape pas avant. Ils ont estourbi le Numéro Un, à ce que j'ai entendu dire, et j'espère que c'est vrai !

Le grand Orque bondit après lui, lance en main. Mais le traqueur, ayant sauté derrière une pierre, lui ficha une

320

flèche dans l'œil en pleine course, et l'autre tomba avec fracas. Le traqueur s'enfuit à travers la vallée et disparut.

Les Hobbits restèrent un moment assis en silence. Enfin Sam bougea.

— Eh bien, j'appelle ça tout net, dit-il. Si cette agréable disposition favorable voulait bien s'étendre dans le Mordor, la moitié de nos difficultés seraient terminées.

— Doucement, Sam, murmura Frodon. Il peut y en avoir d'autres dans les environs. Nous l'avons évidemment échappé belle, et la chasse était de plus près que nous ne le pensions sur la piste. Mais c'est bien là l'esprit du Mordor, Sam ; et il s'est étendu jusqu'aux derniers coins. Les Orques se sont toujours conduits de cette façon quand ils sont livrés à eux-mêmes, à ce que disent toutes les histoires. Mais il n'y a pas grand espoir à en tirer. Ils nous haïssent, dans leur ensemble et en tout temps. Si ces deux-là nous avaient vus, ils auraient laissé tomber toute leur querelle jusqu'à ce que nous soyons morts.

Il y eut de nouveau un long silence. Sam le rompit derechef, mais à voix basse, cette fois.

— Avez-vous entendu ce qu'ils ont dit de *ce glou-glouteur,* Monsieur Frodon ? Je vous avais bien dit que Gollum n'était pas encore mort, n'est-ce pas ?

— Oui, je me rappelle. Et je me suis demandé comment tu le savais, dit Frodon. Eh bien, je crois que nous ferions mieux de ne pas ressortir d'ici jusqu'à ce qu'il fasse complètement noir. Tu pourras donc me dire comment tu le sais, et me raconter tout ce qui s'est passé. Si tu peux le faire doucement.

— J'essaierai, dit Sam, mais quand je pense à ce Puant, je m'échauffe tellement que je pourrais crier.

Les Hobbits restèrent donc assis là à l'abri du buisson de ronces, tandis que la morne lumière du Mordor se perdait lentement dans une nuit profonde et sans étoiles ; et Sam raconta à l'oreille de Frodon tout ce qu'il pouvait exprimer de l'attaque traîtresse de Gollum, de l'horreur d'Arachne, et de ses propres aventures avec les Orques. Quand il eut fini son récit, Frodon ne dit rien, mais il prit la main de Sam et la serra. Finalement, il se secoua.

— Eh bien, je suppose qu'il faut repartir, dit-il. Je me demande combien de temps il se passera avant que nous ne soyons vraiment pris et que toute la peine et la dissimulation ne soient terminées, et cela en vain.

Il se leva.

— Il fait noir, et nous ne pouvons nous servir du verre de la Dame. Garde-le-moi en sécurité, Sam. Je n'ai aucun endroit où le mettre, excepté ma main, et les mains me seront nécessaires dans cette nuit profonde. Mais Dard, je te le donne. J'ai une lame d'Orque, et je ne pense pas qu'il m'appartienne de frapper d'autre coup.

Tout mouvement dans la nuit était difficile et dangereux dans cette terre dépourvue de sentiers ; mais, lentement et non sans maints trébuchements, les deux Hobbits peinèrent heure après heure en direction du nord le long du bord oriental de la vallée pierreuse. Quand une lumière grise reparut au-dessus des hauteurs de l'ouest, longtemps après que le jour eut commencé dans les terres d'au-delà, ils se cachèrent de nouveau et dormirent un peu, à tour de rôle. Durant ses moments de veille, des pensées de nourriture occupaient l'esprit de Sam. Finalement, quand Frodon, se réveillant, parla de manger et de se préparer à un nouvel effort, il posa la question qui l'inquiétait le plus.

— Faites excuse, Monsieur Frodon, dit-il, mais avez-vous quelque idée de la distance qu'il y a encore à parcourir ?

— Non, pas d'idée bien nette, Sam, répondit Frodon.

322

A Fondcombe, avant le départ, on m'a montré une carte du Mordor, faite avant que l'Ennemi ne fût revenu ici, mais je n'en ai qu'un souvenir vague. Ce que je me rappelle le plus clairement, c'est qu'il y avait un endroit au nord où les chaînes occidentale et septentrionale lancent des éperons qui se rejoignent presque. Cela doit être à vingt lieues au moins du pont près de la Tour. Ce pourrait être un bon endroit pour traverser. Mais naturellement, si nous y arrivons, nous nous trouverons plus loin que nous n'étions de la Montagne, à une soixantaine de milles, je pense. J'estime que nous avons parcouru une douzaine de lieues depuis le pont, à présent. Même si tout va bien, je ne pourrai guère atteindre la Montagne en une semaine. Je crains, Sam, que le fardeau ne se fasse très lourd, et j'irai encore plus lentement à mesure que nous approcherons.

Sam soupira.

— C'est exactement ce que je craignais, dit-il. Eh bien, sans parler de l'eau, il nous faut manger moins, Monsieur Frodon, ou alors aller un peu plus vite, en tout cas tant que nous serons dans la vallée. Encore une bouchée, et tous les Livres sont épuisés, à part le pain de route des Elfes.

— Je vais essayer d'aller un peu plus vite, Sam, dit Frodon, respirant profondément. Viens, alors ! En route pour une nouvelle marche !

Il ne faisait pas encore de nouveau tout à fait sombre. Ils poursuivirent péniblement leur route, jusque dans la nuit. Les heures passèrent en un trébuchant et fatigant cheminement, coupé de quelques brèves haltes. Au premier soupçon de lumière grise sous les lisières du dais d'ombre, ils se cachèrent derechef dans un creux noir à l'abri d'un rocher en surplomb.

La lumière s'accrut lentement et devint plus claire qu'elle n'avait encore été. Un fort vent d'ouest balayait à présent les fumées du Mordor des couches supérieures de l'air. Un moment plus tard, les Hobbits purent discerner la conformation du terrain sur quelques milles devant eux. L'auge entre les montagnes et le Morgai avait constamment diminué au fur et à mesure de sa montée, et le bord intérieur n'était plus guère qu'une corniche sur les faces escarpées de l'Ephel Duath ; mais à l'est, elle tombait plus à pic que jamais dans Gorgoroth. Devant eux, le lit se terminait par des paliers de roc anfractueux ; car de la chaîne principale jaillissait un éperon aride, poussé vers l'est comme un mur. A sa rencontre s'étendait de la chaîne septentrionale de l'Ered Lithui, grise et brumeuse, un long saillant ; et entre les extrémités, il y avait une trouée étroite : Carach Angren, l'Isenmouthe, au-delà de laquelle s'étendait la profonde vallée d'Udün. En cette basse terre derrière le Morannon, se trouvaient les tunnels et les profonds arsenaux que les serviteurs du Mordor avaient constitués pour la défense de la Porte Noire de leur pays ; et là, à présent, leur Seigneur rassemblait en hâte de grandes forces pour répondre à l'assaut des Capitaines de l'Ouest. Sur les éperons avancés étaient construits des forts et des tours, et des feux de bivouac étaient allumés ; un mur de terre avait été élevé pour barrer la trouée, et on avait creusé une profonde tranchée qui ne pouvait être franchie que sur un seul pont.

A quelques milles au nord, haut dans l'angle où l'éperon ouest se détachait de la chaîne principale, se dressait le vieux château de Durthang, à présent l'une des nombreuses places fortes d'Orques, accumulées autour de la vallée d'Udün. Une route, déjà visible dans la lumière croissante, en descendait en lacets, jusqu'à l'endroit où, à un ou deux milles des Hobbits, elle tournait à l'est pour suivre une corniche taillée au flanc de l'éperon, par laquelle elle rejoignait la plaine et gagnait l'Isenmouthe.

Il sembla aux Hobbits qui contemplaient cette vue

que tout leur voyage vers le nord avait été vain. La plaine à leur droite était terne et enfumée, et ils n'y voyaient ni camps ni troupes en mouvement ; mais toute cette région était exposée à la vigilance des forts de Carach Angren.

— Bon, Sam, dit Frodon. Conduis-moi ! Tant qu'il te restera un peu d'espoir. Le mien est épuisé. Mais je ne peux pas foncer, Sam. Je vais simplement clopiner derrière toi.

— Avant d'entreprendre tout clopinement, vous avez besoin de sommeil et de nourriture, Monsieur Frodon. Venez prendre ce que vous pourrez de l'un et l'autre.

Il donna à Frodon de l'eau et une gaufrette supplémentaire du pain de voyage, et il fit de son manteau un coussin pour la tête de son maître. Frodon était trop fatigué pour discuter, et Sam se garda de lui dire qu'il avait bu la dernière goutte de leur eau et mangé la part de nourriture de Sam en même temps que la sienne. Quand Frodon fut endormi, Sam se pencha sur lui pour écouter sa respiration et scruter son visage. Celui-ci était ridé et amaigri, et pourtant, dans le sommeil, il reflétait la sérénité et l'absence de toute peur. « Eh bien, voilà, maître ! murmura Sam pour lui-même. Il va falloir que je vous abandonne un peu et que je m'en remette à la chance. Il faut se procurer de l'eau, ou on n'ira pas plus loin. »

Sam se glissa au-dehors et, passant de pierre en pierre avec des précautions plus poussées encore qu'il n'est habituel aux Hobbits, il descendit jusqu'au lit, qu'il suivit quelque temps dans sa montée vers le nord, jusqu'aux paliers de rocher où longtemps auparavant, sans doute, le ruisseau descendait de sa source en une petite cascade bouillonnante. Tout semblait à présent sec et silencieux ; mais, refusant de désespérer, Sam se baissa pour écouter, et, à sa grande joie, il perçut le son d'un dégouttement. Ayant grimpé quelques marches, il découvrit un tout petit ruisseau d'eau noire qui sortait du flanc de la montagne et emplissait un petit bassin dénudé, d'où il se déversait de nouveau pour se perdre sous les pierres arides.

Sam goûta l'eau, et elle lui parut suffisamment bonne. Il en avala alors une profonde gorgée, remplit sa gourde et se retourna pour partir. A ce moment, il entr'aperçut une forme ou une ombre noire qui se glissait parmi les rochers près de la cachette de Frodon. Ravalant un cri, il bondit de la source et courut, sautant de pierre en pierre. C'était une créature circonspecte, difficile à voir, mais Sam n'avait guère de doute à son sujet : il brûlait de lui serrer le cou entre ses mains. Mais l'autre l'entendit approcher, et il s'esquiva vivement. Sam crut l'apercevoir une dernière fois, jetant un regard en arrière par-dessus le rebord du précipice vers l'est avant de baisser la tête et de disparaître.

— Eh bien, la chance ne m'a pas laissé tomber, murmura Sam ; mais il s'en est fallu d'un cheveu ! Comme si ça ne suffisait pas des Orques par milliers sans que ce gredin puant vienne fourrer son nez par là ? Je voudrais bien qu'il eût été abattu !

Il s'assit à côté de Frodon sans le réveiller ; mais il n'osa dormir lui-même. Enfin, quand il sentit ses yeux se fermer et qu'il sut ne pouvoir plus longtemps lutter contre le sommeil, il réveilla doucement son maître.

— Ce Gollum est de nouveau dans les parages, je crains, Monsieur Frodon, dit-il. Ou en tout cas, si ce n'était pas lui, c'est qu'il y en a deux. J'étais allé chercher de l'eau et je l'ai aperçu en train de fouiner juste comme je me retournais. M'est avis qu'il n'est pas sûr de dormir tous les deux en même temps, et, faites excuse, je ne pourrai plus garder les yeux ouverts bien longtemps.

— Oh, mon cher Sam ! dit Frodon. Couche-toi et

prends le tour qui te revient ! Mais j'aimerais mieux avoir affaire à Gollum qu'à des Orques. En tout cas, il ne nous livrera pas à eux — pas à moins d'être pris lui-même.

— Mais il pourrait voler et assassiner un peu pour son propre compte, grogna Sam. Ouvrez l'œil, Monsieur Frodon ! Il y a une gourde pleine d'eau. Buvez tout votre content. On pourra la remplir en partant.

Sur ce, Sam sombra dans le sommeil.

La lumière disparaissait quand il se réveilla. Frodon était assis derrière lui, le dos contre le rocher, mais il s'était endormi. La gourde d'eau était vide. Il n'y avait aucun signe de Gollum.

L'obscurité de Mordor était revenue, et les feux de bivouac brûlaient sur les hauteurs, violents et rouges, quand les Hobbits repartirent pour la plus dangereuse étape de tout leur voyage. Ils allèrent d'abord à la petite source, puis, grimpant avec précaution, ils débouchèrent sur la route à l'endroit où elle tournait brusquement à l'est en direction de l'Isenmouthe, à vingt milles de là. Ce n'était pas une route large : il n'y avait ni mur ni parapet et, comme elle se poursuivait, la chute à pic le long du bord devenait de plus en plus profonde. Les Hobbits n'entendaient aucun mouvement, et, après avoir écouté un moment, ils partirent vers l'est d'un pas ferme.

Après une douzaine de milles, ils firent halte. Un peu avant, la route avait légèrement tourné vers le nord et la section qu'ils avaient parcourue était à présent cachée à leur vue. Cela se révéla désastreux. Ils se reposèrent quelques minutes, puis repartirent ; mais ils n'avaient pas été bien loin qu'ils entendirent soudain dans le silence nocturne le son qu'ils redoutaient secrètement depuis le début : celui de pieds en marche. Ces pieds étaient encore à quelque distance, mais, regardant en arrière, les hobbits virent le clignotement de torches passer le tournant à moins d'un mille, et elles avançaient vite : trop vite pour permettre à Frodon de s'échapper par la fuite sur la route qui s'étendait devant lui.

— J'en avais peur, Sam, dit Frodon. Nous nous sommes fiés à la chance, et elle nous a lâchés. Nous sommes pris au piège.

Il regarda frénétiquement le mur menaçant, où les constructeurs de la route de jadis avaient tranché le roc à pic sur maints fathoms au-dessus de leurs têtes. Il courut à l'autre côté et jeta un regard par-dessus le bord dans un sombre abîme.

— Nous sommes piégés en fin de compte ! dit-il.

Il se laissa tomber sur le sol sous le mur de rocher et baissa la tête.

— Ça en a tout l'air, dit Sam. Eh bien, on ne peut qu'attendre et voir venir.

Là-dessus, il s'assit à côté de Frodon dans l'ombre de l'escarpement.

Ils n'eurent pas longtemps à attendre. Les Orques allaient à vive allure. Ceux des premiers rangs portaient des torches. Elles approchèrent, flammes rouges dans l'obscurité, grandissant rapidement. Sam courbait la tête lui aussi à présent, dans l'espoir de cacher son visage quand les torches seraient à leur hauteur ; et il plaça les boucliers devant leurs genoux pour dissimuler leurs pieds.

« Si seulement ils étaient pressés et poursuivaient leur chemin sans importuner deux soldats fatigués ! » pensa-t-il.

Et il semblait qu'il dût en être ainsi. Les Orques de tête arrivèrent au petit trot, haletants et tête baissée. C'était une bande de la plus petite espèce, enrôlés malgré eux dans les guerres du Seigneur Ténébreux ; leur seul désir était d'en finir avec la marche et d'échapper au fouet. A leur côté, deux des grands et féroces Ourouk allaient et venaient en courant le long des rangs et faisaient claquer des lanières avec force cris. Les rangs passaient l'un après l'autre, et la lumière révélatrice des torches était déjà à quelque distance en avant. Sam retenait son souffle. Plus de la moitié de la troupe était maintenant passée. Et puis, soudain, un des conducteurs d'esclaves aperçut les deux formes au bord de la route. Il lança un coup sec de son fouet dans leur direction et hurla :

— Hé, vous ! Debout !

Ils ne répondirent pas et, d'un cri, il fit arrêter toute la compagnie.

— Venez ici, tire-au-flanc ! cria-t-il. Ce n'est pas le moment de fainéanter !

Il fit un pas vers eux, et, malgré l'obscurité, il reconnut les emblèmes de leurs boucliers.

— Ah, vous désertez, hein ? gronda-t-il. Ou vous y pensez ? Tous les vôtres auraient dû être à l'intérieur d'Udün avant-hier soir. Debout, et rejoignez les rangs, ou je prends vos numéros et je vous signale.

Ils se remirent sur pied à contrecœur et, toujours courbes, boitant comme des soldats éclopés, ils se dirigèrent en traînant la jambe vers l'arrière de la file.

— Non, pas à l'arrière ! cria le conducteur d'esclaves. A trois rangs en avant. Et restez-y, ou vous le sentirez quand je redescendrai le long des rangs !

Il envoya claquer au-dessus de leurs têtes la longue lanière de son fouet ; puis, sur un nouveau claquement et un hurlement, il remit la compagnie à un petit trot vif.

C'était assez pénible pour le pauvre Sam, fatigué comme il l'était ; mais, pour Frodon, ce fut un tourment et bientôt un cauchemar. Il serra les dents, essayant d'empêcher son esprit de penser, et continua d'avancer envers et contre tout. La puanteur des Orques en sueur tout autour de lui était suffocante, et il commença à haleter de soif. Ils poursuivirent toujours leur course, et il appliquait toute sa volonté à reprendre son souffle et à contraindre ses jambes à continuer de fonctionner ; et pourtant il n'osait penser quelle serait la fin funeste pour laquelle il peinait et souffrait. Il n'y avait aucun espoir de quitter les rangs à la dérobée. A chaque instant, le conducteur orque revenait les railler.

— Là, maintenant ! disait-il en riant, tout en leur donnant des petits coups de lanière sur les jambes. Où il y a un fouet, il y a du cœur, mes loches. Gardez l'allure ! Je vous donnerais bien de quoi vous remettre en train, mais vous recevrez autant de coups de fouet que votre peau en pourra supporter, quand vous arriverez en retard à votre camp. Ça vous fera les pieds. Vous ne savez pas qu'on est en guerre ?

Ils avaient parcouru quelques milles, et la route descendait enfin par une longue pente dans la plaine, quand les forces de Frodon commencèrent à l'abandonner, et sa volonté fléchit. Il vacilla et trébucha. Sam essaya désespérément de l'aider et de le soutenir, bien qu'il eût lui-même l'impression de ne pouvoir plus tenir l'allure bien longtemps. Il savait que la fin allait venir à tout moment : son maître s'évanouirait ou tomberait, tout serait découvert, et leurs efforts acharnés seraient vains. « En tout cas, j'aurai ce sacré grand conducteur d'esclaves », se dit-il.

Alors, au moment même où il portait la main à la poignée de son épée, vint un secours inattendu. Ils se trouvaient à présent dans la plaine, et ils approchaient de l'entrée de l'Udûn. A quelque distance en avant, devant la porte établie à l'extrémité du pont, la route de l'ouest convergeait avec d'autres qui venaient du sud et de Barad-dûr. Sur toutes ces routes, des troupes étaient en mouvement ; car les Capitaines de l'Ouest avançaient, et le Seigneur Ténébreux envoyait à la hâte ses troupes dans le Nord. Il se trouva donc que plusieurs compagnies arrivèrent en même temps au carrefour, dans les ténèbres hors d'atteinte de la lueur des feux de bivouac du mur. Il y eut aussitôt une grande bousculade et force jurons, chaque troupe voulant arriver la première à la porte et à la fin de la marche. Les conducteurs eurent beau hurler et jouer vigoureusement du fouet, des rixes éclatèrent et des épées furent tirées. Une troupe d'Ourouk de Barad-dûr pesamment armés chargèrent la ligne de Durthang et y jetèrent la confusion.

Tout étourdi qu'il était par la souffrance et la fatigue, Sam se réveilla, saisit vivement sa chance et se jeta sur le sol, entraînant Frodon avec lui. Des Orques tombèrent sur eux, grognant et jurant. Lentement, les Hobbits se glissèrent hors du tumulte en rampant sur les mains et sur les genoux, jusqu'au moment où ils se laissèrent tomber, inaperçus, par-dessus l'autre bord de la route. Elle avait une haute bordure pour permettre aux chefs de troupes de se diriger dans la nuit sombre ou par temps de brouillard, et elle était remblayée à quelque cinq pieds au-dessus du niveau du terrain extérieur.

Ils restèrent un moment immobiles. Il faisait trop noir pour chercher un abri, si tant est qu'il y en eût à trouver ; mais Sam eut l'impression qu'ils devraient au moins s'éloigner des grandes routes et se mettre hors de portée de la lumière des torches.

— Venez, Monsieur Frodon ! dit-il à voix basse. Encore un petit rampement, et vous pourrez rester étendu immobile.

Par un dernier effort désespéré, Frodon se redressa sur ses mains et réussit à parcourir encore une vingtaine de yards. Il tomba alors dans une fosse peu profonde qui s'ouvrit à l'improviste devant eux, et là, il resta dans l'immobilité d'un corps mort

Chapitre III

La Montagne du Destin

Sam plaça sa cape d'Orque en guenilles sous la tête de son maître et le couvrit ainsi que lui-même du vêtement gris de Lorien ; et, ce faisant, ses pensées se reportèrent à ce beau pays et aux Elfes, et il espéra que le tissu fait de leurs mains pourrait avoir quelque vertu de nature à les tenir cachés contre tout espoir dans ce terrifiant lieu sauvage. Il entendit la bagarre et les cris diminuer à mesure que les troupes franchissaient l'Isenmouthe. Il semblait que dans la confusion et le mélange de nombreuses compagnies de diverses sortes on ne se fût pas aperçu de leur absence, pour le moment du moins.

Sam prit une goutte d'eau, mais il pressa Frodon de boire ; et, quand son maître se fut un peu remis, il lui donna une gaufrette entière de leur précieux pain de voyage qu'il l'obligea à manger. Alors, trop exténués même pour ressentir grande peur, ils s'allongèrent. Ils dormirent un peu par à-coups d'un sommeil agité ; car leur transpiration se glaçait sur eux, les pierres dures leur entraient dans la peau, et ils frissonnaient. Du nord, de la Porte Noire par Cirith Gorgor affluait, murmurant sur le sol, un souffle froid et subtil.

Le matin, revint une lumière grise, car dans les régions supérieures le vent d'ouest soufflait encore, mais en bas, sur les pierres derrière les défenses de la Terre Noire, l'air semblait presque mort, froid et pourtant étouffant. Sam regarda hors du trou. Tout le terrain alentour était désolé, plat et gris. Sur les routes proches, plus rien ne bougeait ; mais Sam redoutait les yeux vigilants du mur de l'Isenmouthe, à moins d'un furlong au nord. Au sud-est, dans le lointain, s'élevait la Montagne, telle une ombre noire dressée. Il s'en déversait des fumées et, tandis que celles qui s'élevaient dans les couches supérieures de l'air dérivaient vers l'est, de grands nuages descendaient en volutes flottantes le long de ses flancs pour s'étendre sur la terre. A quelques milles au nord-est, se voyaient les contreforts des Monts Cendrés, tels des spectres gris foncé, derrière lesquels les brumeuses hauteurs septentrionales s'élevaient comme une ligne de lointains nuages à peine plus sombres que le ciel sinistre.

Sam essaya d'évaluer les distances et de décider du chemin qu'ils devraient prendre.

— Ça a tout l'air de faire bien cinquante milles, murmura-t-il sombrement, le regard fixé sur la montagne menaçante, et cela va prendre facilement une semaine, dans l'état où est Monsieur Frodon.

Il hocha la tête et, tandis qu'il supputait les choses, une nouvelle et sinistre pensée se développa lentement dans sa tête. L'espoir n'avait jamais disparu pour longtemps de son ferme cœur ; et il avait toujours jusqu'à présent pensé à leur retour. Mais il se rendait enfin compte de l'amère vérité : leurs provisions les mène-raient au mieux jusqu'à leur but ; et, leur tâche accomplie, ils trouveraient là leur fin, seuls, sans abri, sans nourriture au milieu d'un terrible désert. Il ne pouvait y avoir aucun retour.

« C'était donc là la tâche que je sentais devoir accomplir quand je suis parti, pensa Sam : aider Monsieur Frodon jusqu'au dernier pas, et puis mourir avec lui ? Eh bien, si c'est cela, il faut que je le fasse. Mais il me serait bien doux de revoir Lèzeau, Rosie Colton et ses frères, l'Ancien, Boutondor, et tout ça. Je ne peux pas m'empêcher de penser que Gandalf n'aurait pas envoyé Monsieur Frodon exécuter cette mission s'il n'y avait aucun espoir du tout de le voir jamais revenir. Tout a été de travers quand il est descendu dans la Moria. Je voudrais bien qu'il s'en fût abstenu. Il aurait fait quelque chose. »

Mais au moment même où l'espoir mourait ou semblait mourir en Sam, il se transforma en une nouvelle force. Le brave visage de Hobbit de Sam se fit sévère, presque menaçant, tandis que la volonté se durcissait en lui, et il sentit dans tous ses membres un frémissement comme s'il se muait en quelque créature de pierre et d'acier que ni le désespoir, ni la fatigue, ni des milles d'aridité sans fin ne pourraient réduire.

Avec un nouveau sentiment de responsabilité, il ramena son regard vers le sol proche pour étudier le prochain mouvement à accomplir. Comme la lumière croissait un peu, il vit avec surprise que ce qui, de loin, lui avait paru être de vastes bas fonds sans relief était en fait tout défoncé et bouleversé. A la vérité, la surface entière des plaines de Gorgoroth était parsemée de grands trous, comme si elles avaient été frappées d'une pluie de rocs et d'énormes pierres de fronde alors qu'elles étaient encore un désert de boue molle. Les plus vastes de ces trous étaient entourés d'un cercle de rocs brisés, et de larges fissures en partaient dans toutes les directions. C'était un terrain dans lequel il serait possible de se glisser de cachette en cachette, inaperçus de tous les regards hormis les plus vigilants : possible du moins pour quelqu'un de fort, à qui la rapidité ne serait pas indispensable. Pour des gens qui avaient encore une longue distance à parcourir, affamés et exténués, le site offrait un aspect sinistre.

Sam retourna vers son maître, réfléchissant à toutes ces choses. Il n'eut pas besoin de le réveiller. Frodon était allongé sur le dos, les yeux ouverts, contemplant le ciel nuageux.

— Eh bien, Monsieur Frodon, dit Sam, j'ai été jeter un coup d'œil alentour et réfléchir un peu. Il n'y a rien sur les routes, et on ferait mieux de partir pendant qu'on en a une chance. Le pouvez-vous ?

— Oui, dit Frodon. Il le faut.

Ils repartirent une fois de plus, se glissant de trou en trou, passant sous tous les couverts qu'ils pouvaient trouver, mais progressant toujours en pente vers les contreforts de la chaîne septentrionale. Dans leur avance, toutefois, la plus orientale des routes les suivit, jusqu'au moment où elle s'éloigna pour aller épouser le contour des montagnes dans un mur d'ombre noir au loin. Ni homme ni Orque ne bougeaient tout au long de son étendue plate et grise ; car le Seigneur Ténébreux avait achevé le mouvement de ses forces et, même dans la forteresse de son propre royaume, il recherchait le secret de la nuit, craignant les vents du monde qui s'étaient tournés contre lui, déchirant ses voiles, et troublé par les nouvelles concernant des espions audacieux qui avaient passé au travers de ses défenses.

Après avoir parcouru quelques milles pénibles, les Hobbits firent halte. Frodon semblait presque épuisé. Sam vit qu'il ne pouvait aller beaucoup plus loin de cette façon, en rampant, se baissant, choisissant très lentement à un moment un chemin douteux, et se hâtant le moment suivant dans une course trébuchante.

— Je retourne sur la route tant qu'il restera de la lumière, Monsieur Frodon, dit-il. Fiez-vous encore à la chance ! La dernière fois, elle nous a presque abandonnés, mais pas tout à fait. Un bon pas pendant quelques milles encore, et puis un repos.

Il prenait un risque beaucoup plus grand qu'il ne le pensait ; mais Frodon était trop occupé de son fardeau et de la lutte qui se déroulait dans son esprit pour discuter, et presque trop désespéré pour s'en soucier. Ils grimpèrent sur la chaussée et continuèrent à marcher lourdement sur la route dure et cruelle qui menait à la Tour Sombre même. Mais leur chance tint bon et, durant le reste de la journée, ils ne rencontrèrent aucun être vivant ni rien de mobile ; et, à la nuit, ils disparurent dans les ténèbres du Mordor. Toute la terre était en attente à présent, comme à l'approche d'une grande tempête : car les Capitaines de l'Ouest avaient dépassé le Carrefour et mis le feu aux mortels champs d'Imlad Morgul.

Ainsi se poursuivit le voyage désespéré, l'Anneau allant vers le sud, tandis que les bannières des rois montaient vers le nord. Pour les Hobbits, chaque jour, chaque mille était plus dur que le précédent, à mesure que leur force diminuait et que le pays devenait plus sinistre. Ils ne rencontraient aucun ennemi de jour. Parfois, la nuit, comme ils étaient tapis ou qu'ils se laissaient aller à un assoupissement inquiet dans quelque cachette près de la route, ils entendaient des cris et le bruit de nombreux pas ou le passage rapide d'un coursier cruellement mené. Mais bien pire que tous les périls de ce genre était la menace toujours plus proche qui pesait sur eux : l'horrible menace de la Puissance qui attendait, ruminant dans une profonde réflexion et une malice sans cesse en éveil derrière le voile sombre tendu autour de son trône. Plus près, toujours plus près, toujours plus noire, comme l'approche d'un mur de nuit à l'ultime bout du monde.

Vint enfin une terrible tombée de la nuit ; et, au moment même où les Capitaines de l'Ouest approchaient de la fin des terres vivantes, les deux voyageurs atteignirent une heure de profond découragement. Quatre jours s'étaient écoulés depuis qu'ils avaient échappé aux Orques, mais le temps était derrière eux comme un rêve de plus en plus sombre. Frodon n'avait pas parlé de toute cette dernière journée ; il avait marché à demi courbé, trébuchant souvent, comme si ses yeux ne voyaient plus la route devant ses pieds. Sam devinait que de toutes leurs souffrances il endurait la pire, le poids croissant de l'Anneau, fardeau pour le corps et tourment pour l'esprit. Sam avait remarqué avec anxiété la façon dont la main gauche de son maître s'élevait souvent comme pour parer un coup ou pour protéger ses yeux contractés d'un terrible Œil qui cherchait à regarder dedans. Et parfois sa main droite crispée se glissait vers sa poitrine, puis se retirait comme la volonté reprenait le dessus.

A présent que les ténèbres nocturnes revenaient, Frodon était assis, la tête entre les genoux, les bras pendant avec lassitude jusqu'au sol, sur lequel ses mains se crispaient légèrement. Sam l'observa, jusqu'au moment où la nuit, les recouvrant tous deux, les cacha l'un à l'autre. Il ne trouvait plus rien à dire ; et il revint à ses sombres pensées personnelles. Quant à lui, quoique fatigué et soumis au poids de la peur, il conservait encore une certaine force. Le *lembas* possédait une vertu sans laquelle ils se seraient depuis longtemps couchés pour mourir. Cela ne satisfaisait pas le désir, et par moments l'esprit de Sam était empli de souvenirs de nourriture et d'une ardente envie de simple pain et de viande. Ce pain de voyage des Elfes avait cependant un pouvoir qui s'accroissait quand les voyageurs s'en remettaient à lui seul, sans le mêler à d'autres aliments. Il nourrissait la volonté et donnait une force d'endurance, ainsi qu'une maîtrise des nerfs et des membres dépassant celle des simples mortels. Mais à présent, il fallait prendre une nouvelle décision. Ils ne pouvaient plus suivre cette route, car elle continuait en direction de l'est dans la grande Ombre ; or, la Montagne s'élevait maintenant à leur droite, presque en plein sud, et ils devaient se tourner de ce côté. Mais il s'étendait encore devant elle une vaste région de terres fumantes, arides, couvertes de cendres.

— De l'eau ! De l'eau ! murmura Sam.

Il s'était restreint et, dans sa bouche desséchée, sa langue lui paraissait épaisse et enflée ; mais, en dépit de tous ses soins, il leur en restait très peu, une demi-gourde peut-être, et il pouvait y avoir encore plusieurs jours de marche. Tout aurait été depuis longtemps épuisé, s'ils n'avaient osé emprunter la route des Orques. Car, à de longs intervalles sur cette grand-route, on avait construit des citernes à l'usage des troupes envoyées en hâte dans les régions sans eau. Dans l'une d'elles, Sam avait trouvé un reste d'eau, croupie, rendue bourbeuse par les Orques, encore suffisante toutefois pour leur cas désespéré. Mais c'était déjà une journée auparavant, et il n'y avait aucun espoir d'en trouver d'autre.

Enfin, lassé de ses soucis, Sam s'assoupit, abandonnant le lendemain jusqu'à sa venue ; il ne pouvait rien de plus. Rêve et réveil se mêlèrent de pénible façon. Il voyait des lumières semblables à des yeux avides, des formes noires et rampantes ; il entendait des sons comme de bêtes sauvages ou les cris affreux de créatures torturées ; et il se réveillait en sursaut pour trouver le monde tout enténébré et une obscurité vide tout autour de lui. Une fois seulement, comme il se tenait les yeux frénétiquement écarquillés, il lui sembla voir, quoique éveillé à présent, des lumières semblables à celles d'yeux ; mais elles ne tardèrent pas à clignoter et à s'évanouir.

Cette détestable nuit passa avec lenteur et sembla ne disparaître qu'à contrecœur. Le peu de lumière du jour qui suivit était terne ; car ici, à l'approche de la Montagne, l'air était toujours fuligineux, tandis que s'échappaient de la Tour Sombre les voiles d'Ombre que Sauron tissait autour de lui-même. Frodon était étendu sur le dos, immobile. Sam se tenait debout à côté de lui, hésitant à dire quoi que ce fût, bien qu'il sût qu'à présent la parole était à lui : il devait mouvoir la volonté de son maître pour un nouvel effort. Enfin, il se baissa et, caressant le front de Frodon, il lui parla à l'oreille.

— Réveillez-vous, maître ! dit-il. Le moment est venu de repartir.

Comme tiré du sommeil par une soudaine sonnerie de cloche, Frodon se mit vivement debout et regarda au loin vers le sud ; mais, à la vue de la Montagne et du désert, il flancha de nouveau.

— Je ne peux pas y arriver, Sam, dit-il. C'est un tel poids à porter, un tel poids !

Sam sut avant de parler que c'était en vain et que pareils mots pourraient faire plus de mal que de bien ; mais, dans sa compassion, il ne put garder le silence.

— Alors laissez-moi le porter un peu pour vous, maître, dit-il. Vous savez que je le ferai, et avec joie, tant que j'aurai un peu de force.

Une lueur féroce parut dans les yeux de Frodon.

— Arrière. Ne me touche pas ! cria-t-il. Il est à moi, dis-je. Va-t'en !

Sa main s'égara vers la garde de son épée. Mais alors sa voix changea rapidement.

— Non, non, Sam, dit-il avec tristesse. Mais il faut comprendre. C'est mon fardeau, et personne d'autre ne peut le porter. Il est trop tard, maintenant, mon cher Sam. Tu ne peux plus m'aider de cette manière-là. Je suis presque en son pouvoir, à présent. Je ne pourrais y renoncer, et si tu essayais de le prendre, je deviendrais fou.

Sam hocha la tête.

— Je comprends, dit-il. Mais j'ai réfléchi, Monsieur Frodon, il y a d'autres choses dont on pourrait se passer. Pourquoi ne pas alléger un peu le chargement ? Nous allons par là, maintenant, aussi directement qu'on le pourra.

Il désignait la Montagne.

— Inutile d'emporter quoi que ce soit dont nous ne soyons pas sûrs d'avoir besoin.

Frodon regarda de nouveau vers la Montagne.

— Non, dit-il, nous n'aurons pas besoin de grand-chose sur cette route. Et à la fin, il ne nous faudra plus rien du tout.

Il ramassa son bouclier d'Orque qu'il jeta au loin, et il lança aussi son casque derrière. Puis, arrachant le manteau gris, il déboucla le lourd ceinturon et le laissa choir à terre, ainsi que l'épée dans son fourreau. Il déchira ensuite les lambeaux de la cape noire, qu'il dispersa.

— Voilà, je ne serai plus un Orque, cria-t-il, et je ne porterai pas d'arme, belle ou infâme. Qu'ils me prennent, s'ils le veulent !

Sam fit de même et mit de côté son équipement d'Orque ; et il sortit tous les objets de son paquet. Il s'était attaché à chacun de façon ou d'autre, fût-ce seulement pour les avoir portés aussi loin avec tant de peine. Le plus dur fut de se séparer de ses ustensiles de cuisine. Les larmes lui montèrent aux yeux à l'idée de les jeter.

— Vous vous rappelez ce morceau de lapin, Monsieur Frodon ? dit-il. Et notre endroit sous le talus chaud au pays du Capitaine Faramir, le jour où j'ai vu un oliphant ?

— Non, je le crains, Sam, dit Frodon. Du moins, je sais que ces choses se sont passées, mais je ne les revois pas. Il ne me reste aucun goût de nourriture, aucune sensation d'eau, aucun son de vent, ni souvenir d'arbres, d'herbe ou de fleurs, aucune image de la lune ou d'étoiles. Je suis nu dans les ténèbres, Sam, et il n'y a aucun voile entre moi et la roue de feu. Je commence à la voir même de mes yeux éveillés, et tout le reste disparaît.

Sam alla vers lui et lui baisa la main.

— Alors, plus tôt on s'en débarrassera, plus vite on se reposera, dit-il avec hésitation, ne trouvant rien de mieux.

« Parler n'arrangera rien », ajouta-t-il pour lui-même, tout en rassemblant toutes les choses qu'ils avaient choisi de jeter. Il n'avait pas envie de les laisser exposées dans le désert aux regards de n'importe qui. « Le Puant a ramassé cette chemise d'Orque, apparemment, et il ne va pas y ajouter une épée. Ses mains sont déjà assez dangereuses quand elles sont vides. Et il ne va pas fourgonner dans mes casseroles ! » Sur quoi, il emporta tout l'équipement vers l'une des nombreuses fissures béantes qui sillonnaient le terrain et l'y jeta. Le fracas de ses précieuses casseroles tombant dans les ténèbres résonna comme un glas dans son cœur.

Il revint à Frodon et alors il coupa un petit bout de sa corde elfique afin d'en faire une ceinture pour son maître pour serrer la cape grise autour de sa taille. Il enroula soigneusement le reste, qu'il remit dans son paquet. A part cela, il ne garda que les restes de leur pain de voyage, la gourde et Dard, toujours suspendu à sa ceinture ; et, cachées dans une poche de sa tunique contre sa poitrine, la fiole de Galadriel et la petite boîte qu'elle lui avait donnée en cadeau personnel.

Tournant enfin la tête vers la Montagne, ils partirent sans plus penser à se cacher, fixant leur fatigue et leurs volontés chancelantes sur l'unique tâche de poursuivre leur route. Dans la semi-obscurité de cette morne journée, peu d'êtres, même dans cette terre vigilante, auraient pu les apercevoir, sauf de près. De tous les esclaves du Seigneur Ténébreux, seuls les Nazgûl auraient pu l'avertir du danger qui se glissait, petit mais indomptable, au cœur même de son royaume bien gardé. Mais les Nazgûl et leurs ailes noires étaient partis en une autre mission : ils étaient rassemblés loin de là pour suivre la marche des Capitaines de l'Ouest, et la pensée de la Tour Sombre était tournée de ce côté.

Ce jour-là, il sembla à Sam que son maître avait trouvé une nouvelle force, plus grande que ne pouvait l'expliquer le petit allégement du fardeau qu'il devait porter. Dans les premières marches, ils allèrent plus loin et plus vite qu'il ne l'avait espéré. Le pays était rude et hostile ; ils avaient pourtant beaucoup progressé, et la Montagne se rapprochait toujours davantage. Mais, comme la journée tirait à sa fin et que la lumière ne se mettait que trop tôt à diminuer, Frodon se courba de nouveau et commença à tituber comme si son effort renouvelé avait dilapidé ce qui lui restait de forces.

A leur dernière halte, il se laissa tomber à terre et dit :

— J'ai soif, Sam.

Et il ne parla plus. Sam lui donna une gorgée d'eau ; il n'en restait plus qu'une. Il s'en passa lui-même ; et alors, comme la nuit de Mordor se refermait encore une fois sur eux, le souvenir de l'eau revint dans toutes ses pensées ; et chaque ruisseau, chaque rivière, chaque source qu'il avait jamais vu, sous les ombrages verts des saules ou scintillant au soleil, dansait et gazouillait pour son tourment derrière la cécité de ses yeux. Il sentait la boue fraîche autour de ses pieds tandis qu'il pataugeait dans la Mare à Lèzeau avec Jolly Chaumine, Tom et Nibs, et leur sœur Rosie. « Mais c'était il y a des années, soupira-t-il, et loin. Le chemin du retour, s'il en est un, passe par la Montagne. »

Il ne pouvait dormir, et il mena un débat avec lui-même.

— Allons, voyons, on a fait mieux que tu ne l'espérais, dit-il résolument. On avait bien commencé, en tout cas. Je crois qu'on a dû parcourir la moitié de la distance avant de s'arrêter. Un jour encore suffira.

Et il s'arrêta.

— Ne sois pas stupide, Sam Gamegie, répondit sa propre voix. Il n'ira pas un jour de plus comme ça, s'il peut même aucunement bouger. Et tu ne peux pas continuer encore longtemps en lui donnant toute l'eau et la majeure partie de la nourriture.

— Je peux encore faire pas mal de chemin, et je le ferai.

— Pour aller où ?

— A la Montagne, bien sûr.

— Et alors, Sam Gamegie, une fois là ? Une fois là, que feras-tu ? Il ne pourra rien faire par lui-même.

A son désarroi, Sam se rendit compte qu'il n'avait rien à répondre à cela. Il n'avait aucune idée claire. Frodon ne lui avait guère parlé de sa mission, et Sam ne savait que vaguement que l'Anneau devait de façon ou d'autre être mis dans le feu.

— La Crevasse du Destin, murmura-t-il, tandis que le vieux nom surgissait dans son esprit. Eh bien, si le Maître sait où la trouver, moi je n'en sais rien.

La réponse vint aussitôt :

— Tu vois ! Tout cela est parfaitement vain. Il l'a dit lui-même. C'est toi l'imbécile, à continuer à espérer et à peiner. Vous auriez pu vous étendre et vous endormir tous les deux il y a plusieurs jours déjà, si tu n'avais pas été aussi obstiné. Mais tu mourras tout autant, et peut-être d'une mort pire. Tu ferais aussi bien de te coucher maintenant et d'abandonner. Tu n'arriveras jamais au sommet, de toute façon.

— J'y arriverai, dussé-je tout laisser derrière hormis mes os, dit Sam. Et je porterai moi-même Monsieur Frodon jusqu'en haut, même si cela doit me rompre le dos et le cœur. Alors, assez discuté !

A ce moment, Sam sentit sous lui un tremblement dans le sol, et il entendit ou sentit intuitivement un grondement éloigné, comme d'un tonnerre enfermé sous terre. Il y eut une brève flamme rouge qui tremblota sous les nuages avant de disparaître. La Montagne aussi avait le sommeil agité.

La dernière étape de leur voyage vers Oradruin arriva, et ce fut un tourment dépassant tout ce que Sam avait jamais imaginé pouvoir supporter. Il souffrait, et il était si desséché qu'il ne pouvait plus même avaler une bouchée de nourriture. L'obscurité demeurait, et pas seulement à cause des fumées de la Montagne : un orage semblait monter, et, au loin dans le sud-est, il y avait des lueurs d'éclairs sous les cieux noirs. Pis que tout, l'air était plein de vapeurs ; la respiration était pénible et difficile, et ils furent pris d'étourdissement, de sorte qu'ils chancelaient et tombaient souvent. Mais leur volonté ne cédait point, et ils avançaient tant bien que mal.

La Montagne, de plus en plus proche, grandissait lentement, au point que, s'ils levaient leurs têtes lourdes, sa vastitude dressée emplissait toute leur vision : énorme masse de cendre, de scories et de pierre brûlée, d'où s'élevait jusque dans les nuages un cône aux pentes escarpées. Avant la fin de la journée crépusculaire et le retour de la nuit véritable, ils avaient, à force de ramper et de trébucher, atteint son pied même.

Frodon, haletant, se jeta à terre. Sam s'assit à côté de lui. A sa surprise, il se sentait fatigué, mais plus léger, et sa tête lui semblait de nouveau claire. Nul débat ne lui troublait plus l'esprit. Il connaissait tous les arguments du désespoir et refusait de les écouter. Sa volonté était arrêtée, et seule la mort pouvait la briser. Il ne sentait plus ni désir ni besoin de sommeil, mais plutôt celui de vigilance. Il savait que tous les risques et tous les périls touchaient à un point décisif : le lendemain serait un jour de jugement, celui de l'effort final ou du désastre, le dernier sursaut.

Mais quand viendrait-il ? La nuit paraissait interminable et hors du temps ; les minutes mouraient l'une après l'autre, mais leur addition ne formait aucune heure passagère et n'apportait aucun changement. Sam commença à se demander si une nouvelle obscurité avait commencé et si aucun jour reparaîtrait jamais. Il finit par chercher à tâtons la main de Frodon. Elle était froide et tremblante. Son maître grelottait.

— Je n'aurais jamais dû abandonner ma couverture, murmura Sam.

Et, s'étendant, il s'efforça de réconforter Frodon de ses bras et de son corps. Et puis le sommeil le prit, et la terne lumière du dernier jour de leur quête les trouva côte à côte. Le vent était tombé la veille en se détournant de l'ouest ; il venait à présent du nord et commençait à fraîchir ; et, lentement, la lumière du soleil invisible filtra dans l'ombre, où se trouvaient les Hobbits.

— Allons-y ! En avant pour le dernier sursaut ! dit Sam, se remettant péniblement sur pied. Il se pencha sur Frodon et le réveilla doucement. Frodon poussa un gémissement ; mais, par un grand effort de volonté, il se releva en chancelant ; puis il retomba sur ses genoux. Il leva les yeux avec difficulté vers les pentes sombres de la Montagne du Destin qui s'élevait démesurément au-dessus de lui, et il se mit à se traîner pitoyablement à quatre pattes.

Sam, qui le regardait, pleura intérieurement, mais aucune larme ne monta à ses yeux secs et cuisants. « J'ai dit que je le porterais, dût mon corps se rompre, murmura-t-il, et je vais le faire ! »

— Allons, Monsieur Frodon ! cria-t-il. Si je ne peux pas le porter pour vous, je peux vous porter, vous, et lui en même temps. Alors debout ! Allons, cher Monsieur Frodon ! Sam va vous offrir une petite promenade. Dites-lui seulement où aller, et il ira.

Comme Frodon s'accrochait à son dos, les bras lâchement passés autour de son cou, les jambes fermement serrées sous ses bras, Sam se remit sur ses pieds en chancelant ; et alors, à son grand étonnement, le fardeau lui parut léger. Il avait craint d'avoir à peine la force de soulever son maître seul, et il s'attendait, par-dessus le marché, à partager le terrible et écrasant poids du maudit Anneau. Mais il n'en était pas ainsi. Que ce fût du fait que Frodon était tellement épuisé par ses longues souffrances, par la blessure du poignard et la piqûre venimeuse, ainsi que par le chagrin, la peur et l'errance sans abri, ou que quelque don de force finale lui était accordé, Sam souleva Frodon sans plus de difficulté que s'il portait un enfant hobbit à dos dans quelque jeu sur les pelouses ou les champs de foin de la Comté. Il respira profondément et démarra.

Ils avaient atteint le pied de la Montagne sur sa face nord, un peu à l'ouest ; là, les longues pentes grises, quoique anfractueuses, n'étaient pas escarpées. Frodon ne parlait pas, et Sam allait donc cahin-caha du mieux qu'il pouvait, sans autre directive que sa volonté de grimper le plus haut possible avant que ses forces ne l'abandonnassent et que sa volonté ne lâchât. Il peinait, montant toujours, tournant de-ci de-là pour diminuer la pente, trébuchant souvent en avant et, pour finir, rampant comme un escargot chargé d'un lourd fardeau. Quand sa volonté ne put le porter plus loin et que ses membres cédèrent, il s'arrêta et déposa doucement son maître sur le sol.

Frodon ouvrit les yeux et respira profondément. La respiration était plus aisée là-haut, au-dessus des fumées qui ondulaient et dérivaient en bas.

— Merci, Sam, dit-il en un murmure cassé. Quelle distance reste-t-il à faire ?

— Je ne sais pas, dit Sam, puisque je ne sais pas où nous allons.

Il regarda en arrière, puis en l'air ; et il fut étonné de voir jusqu'où son dernier effort l'avait amené. La Montagne dressée, menaçante et isolée, lui avait paru plus haute qu'elle n'était. Sam vit alors qu'elle était moins élevée que les hauts de l'Ephel Duath, qu'il avait escaladés avec Frodon. Les épaulements confus et éboulés de sa grande base se dressaient à environ trois mille pieds au-dessus de la plaine, et au-dessus d'eux s'élevait encore à une altitude moitié moindre son haut cône central, tel un vaste four ou une cheminée couronnée d'un cratère déchiqueté. Mais Sam avait déjà fait plus de la moitié du chemin à partir de la base, et la plaine de Gorgoroth s'estompait en dessous de lui, enveloppée de fumées et d'ombre. Comme il regardait vers le haut, il aurait poussé un cri de joie, si sa gorge desséchée le lui eût permis : parmi les bosses et les épaulements anfractueux, il voyait clairement un sentier ou une route. Cela grimpait comme une ceinture qui, montant de l'ouest, s'enroulait tel un serpent autour de la Montagne jusqu'à atteindre avant de disparaître le pied du cône sur son côté est.

Sam ne pouvait voir la partie qui se trouvait immédiatement au-dessus de lui, car une pente escarpée partait de l'endroit où il était ; mais il devinait que, si seulement il pouvait se débrouiller pour grimper encore un peu plus haut, il atteindrait le sentier. Une lueur d'espoir lui revint. Il pourrait encore vaincre la Montagne. « Ça aurait pu être mis là exprès ! se dit-il. Sans cela, j'aurais dû m'avouer battu en fin de compte. »

Le sentier n'avait pas été mis là pour les besoins de Sam. Il ne le savait pas, mais il voyait la Route de Sauron de Barad-dûr aux Sammath Naur, les Chambres de Feu. Partant de l'énorme porte ouest de la Tour Sombre, elle franchissait un profond gouffre sur un vaste pont de fer ; puis, passant dans la plaine, elle courait sur une lieue entre deux chasmes fumants pour atteindre ainsi une longue chaussée ascendante qui menait au côté oriental de la Montagne. De là, tournant et encerclant toute sa large circonférence du sud au nord, elle grimpait enfin, haut sur le cône supérieur, mais encore loin du sommet fumant, jusqu'à une sombre entrée qui regardait droit à l'est la Fenêtre de l'Œil dans la forteresse de Sauron enveloppée d'ombre. Souvent bloquée ou détruite par les tumultes des fournaises de la Montagne, la route était toujours réparée et nettoyée à nouveau par les travaux d'innombrables Orques.

Sam respira profondément. Il y avait une voie, mais il ne savait comment escalader la pente pour la rejoindre. Il devait commencer par soulager son dos douloureux Il s'étendit un moment tout de son long près de Frodon. Aucun des deux ne parla. La lumière crût lentement. Soudain, un sentiment d'urgence qu'il ne comprenait pas s'empara de Sam. C'était presque un appel : « Maintenant, maintenant, ou il sera trop tard ! » Il s'arma de tout son courage et se leva. Frodon semblait avoir senti l'appel, lui aussi. Il se dressa péniblement sur les genoux.

— Je vais ramper, Sam, dit-il, haletant.

Aussi, pied à pied, comme de petits insectes gris, ils rampèrent le long de la pente. Ils arrivèrent au sentier, et ils virent qu'il était large, pavé de moellons brisés et de cendre battue. Frodon s'y hissa, puis, comme mû par quelque impulsion, il se tourna lentement face à l'est. Au loin, plânaient les ombres de Sauron ; mais, déchirés par quelque coup de vent venu du monde ou remués par une grande agitation intérieure, les nuages enveloppants tournoyèrent et s'écartèrent un moment ; et il vit alors, dressée toute noire, plus noire et sombre que les vastes ombres au milieu desquelles elle s'élevait, la plus haute tour de Barad-dûr avec ses cruels pinacles et son couronnement de fer. Elle ne se détacha qu'un moment, mais, comme d'une grande fenêtre incommensurablement haute, jaillit vers le nord une flamme rouge, le clignement d'un Œil perçant ; et puis les ombres se replièrent et la terrible vision disparut. L'Œil n'était pas tourné vers eux : il observait le nord, où les Capitaines de l'Ouest luttaient en désespérés, et toute sa malice était axée sur ce point, comme la Puissance s'apprêtait à frapper son coup décisif ; mais Frodon, à cet horrible aperçu, tomba comme mortellement frappé. Sa main chercha la chaîne qu'il avait au cou.

Sam s'agenouilla auprès de lui. Il l'entendit murmurer faiblement, presque imperceptiblement :

— Il nous a repérés ! Tout est perdu, ou le sera bientôt. C'est maintenant la fin des fins, Sam Gamegie.

De nouveau, Sam souleva Frodon et tira ses mains vers sa propre poitrine, laissant pendre ses jambes. Puis il baissa la tête et partit en peinant sur la route ascendante. Le chemin n'était pas aussi aisé qu'il l'avait paru de prime abord. Par chance, les feux qui s'étaient déversés au cours des grands tumultes, alors que Sam se tenait sur Cirith Ungol, avaient coulé principalement sur les pentes méridionale et occidentale, et la route n'était pas bloquée de ce côté. En de nombreux endroits, toutefois, elle s'était éboulée ou était traversée de fissures béantes. Après avoir grimpé quelque temps en direction de l'est, elle revenait sur elle-même par un tournant abrupt et s'en allait pour un moment vers l'ouest. A ce virage, elle était profondément coupée au travers d'un bloc de vieille pierre usée par le temps, vomie très anciennement par les fournaises de la Montagne. Haletant sous son fardeau, Sam franchit le tournant ; et, tandis même qu'il le faisait, il vit du coin de l'œil tomber du rocher quelque chose comme un petit morceau de pierre noire qui se serait détaché à son passage.

Un poids soudain le frappa, et il s'écrasa en avant, arrachant le dos de ses mains qui serraient toujours celles de son maître. Et puis il sut ce qui s'était passé, car, étendu à terre, il entendit au-dessus de lui une voix haïe.

— Sssale maître ! sifflait-elle. Sssale maître nous trompe ; trompe Sméagol, *gollum*. Il ne doit pas aller par là. Il ne doit pas faire de mal au Trésor. Donnez-le à Sméagol, oui, donnez-le-nous ! Donnez-le-nous !

Par un violent effort, Sam se releva. Il dégaina aussitôt son épée ; mais il ne pouvait rien faire. Gollum tirait de toutes ses forces sur le Hobbit, essayant d'atteindre la chaîne et l'Anneau. C'était sans doute la seule chose capable de ranimer les cendres du cœur et de la volonté de Frodon : une attaque, une tentative de lui arracher de force son trésor. Il résista avec une soudaine furie qui stupéfia Sam et Gollum aussi. Même ainsi, les choses auraient pu aller bien autrement, si Gollum était demeuré semblable à lui-même ; mais quels que fussent les terribles chemins, solitaires, dépourvus de toute nourriture et d'eau, qu'il avait suivis, conduit par un désir dévorant et une peur terrible, ils avaient laissé sur lui des marques cruelles. C'était un être maigre, affamé, hâve, tout os et peau plombée et tendue. Ses yeux flamboyaient d'une lueur sauvage, mais sa malice n'était plus accompagnée de son ancienne force d'étreinte. Frodon le rejeta et se redressa en frissonnant.

— A bas, à bas ! dit-il, haletant et serrant sa main

contre sa poitrine de façon à agripper l'Anneau sous l'abri de sa chemise de cuir. A bas, espèce de créature rampante, et hors de mon chemin ! Ton temps est fini. Tu ne peux plus me trahir ni me tuer.

Puis, soudain, comme auparavant sous les surplombs de l'Emyn Muil, Sam vit ces deux rivaux sous un autre jour. Une forme ramassée sur elle-même, à peine plus que l'ombre d'un être vivant, une créature à présent complètement défaite et vaincue, mais cependant pleine de rage et d'une hideuse convoitise ; et devant elle se dressait, sévère, inaccessible maintenant à la pitié, une figure en blanc ; mais sur la poitrine elle tenait une roue de feu. Du feu, parla une voix de commandement.

— Va-t'en et ne m'importune plus ! Si jamais tu me touches encore, tu seras toi-même jeté dans le Feu du Destin.

La forme tassée recula, ses yeux clignotants emplis de terreur, et pourtant en même temps d'un désir insatiable.

Puis la vision passa, et Sam vit Frodon debout, la main sur la poitrine, le souffle entrecoupé, et Gollum à ses pieds, reposant sur ses genoux avec ses mains à large empan étalées sur le sol.

— Attention ! cria Sam. Il va sauter !

Il fit un pas en avant, l'épée brandie.

— Vite, maître ! dit-il, haletant. Continuez ! Continuez ! Il n'y a pas de temps à perdre. Je vais m'occuper de lui. Allez !

Frodon le regarda, comme s'il était maintenant très loin.

— Oui, il faut que je continue, dit-il. Adieu, Sam ! C'est la fin au bout du compte. Sur la Montagne du Destin, le destin tombera. Adieu !

Il se détourna et s'en fut, marchant lentement, mais le corps droit, sur le sentier montant.

— Et maintenant ! dit Sam. Je peux enfin m'occuper de toi !

Il bondit en avant, l'épée nue, prêt au combat. Mais Gollum ne sauta pas. Il tomba à plat sur le sol et se mit à geindre.

— Ne nous tuez pas, dit-il en pleurnichant. Ne vous faites pas de mal avec le sssale acier cruel ! Laissez-nous vivre, oui, vivre juste un peu plus longtemps. Perdu, perdu ! Nous sommes perdus ! Et quand le Trésor partira, nous mourrons, oui, mourrons dans la poussière.

Il fit voler les cendres du sentier de ses longs doigts décharnés.

— La poussière ! siffla-t-il.

La main de Sam hésita. Il était enflammé de colère et du souvenir du mal. Ce ne serait que justice de tuer cette créature perfide et meurtrière, une justice maintes fois méritée ; et cela semblait aussi la seule chose sûre à faire. Mais quelque chose le retenait au plus profond de son cœur : il ne pouvait frapper cet être couché dans la poussière, abandonné, délabré, totalement misérable. Lui-même, encore qu'un petit moment seulement, avait porté l'Anneau, et maintenant il devinait vaguement l'angoisse de l'esprit et du corps racornis de Gollum, asservis par cet Anneau, incapables de jamais retrouver la paix et le soulagement dans la vie. Mais Sam n'avait pas de mots pour exprimer ce qu'il sentait.

— Oh, la peste t'emporte, espèce de puant ! dit-il. Va-t'en ! Ouste ! Je ne te fais aucune confiance, pas jusque-là où je pourrais t'envoyer d'un coup de pied ; mais fiche le camp. Ou je te ferai *vraiment* du mal, oui, avec le sale acier cruel.

Gollum se redressa sur ses quatre pattes et recula de plusieurs pas ; puis il se retourna, et, comme Sam s'apprêtait à lui lancer un bon coup de pied, il s'enfuit dans la descente. Sam ne lui accorda plus d'attention. Il se rappela soudain son maître. Il regarda dans le chemin et ne le vit pas. Il clopina sur la route le plus rapidement qu'il pouvait. S'il eût porté les yeux en arrière, il aurait pu voir Gollum se retourner non loin et, avec une sauvage lueur de folie dans les yeux, remonter en se glissant rapidement mais précautionneusement, ombre furtive parmi les pierres.

Le sentier poursuivait sa montée. Il ne tarda pas à tourner de nouveau et, dans un dernier cours en direction de l'est, il franchit une coupure au flanc du cône pour aboutir à la porte sombre dans le côté de la Montagne : la porte des Sammath Naur. Dans le lointain vers le sud, le soleil, perçant les fumées et la brume, brûlait menaçant, disque rouge terne et estompé ; mais tout le Mordor s'étendait autour de la Montagne comme une terre morte, silencieuse, enveloppée d'ombre, en attente de quelque terrible coup.

Sam s'approcha de l'ouverture béante et regarda à l'intérieur. Il était sombre et chaud, et un profond grondement secouait l'air.

— Frodon ! Maître ! cria-t-il.

Il n'y eut aucune réponse. Il se tint un moment, le cœur battant d'une peur folle, puis il plongea dedans. Une ombre le suivit.

Au début, il n'y vit rien. Dans sa grande nécessité, il sortit une fois de plus la fiole de Galadriel, mais elle était pâle et froide dans sa main tremblante, et elle ne projeta aucune lumière dans ces ténèbres étouffantes. Il était parvenu au cœur du royaume de Sauron et aux forges de son ancien pouvoir, plus grand en Terre du Milieu ; toutes les autres puissances étaient ici subjuguées. Il avança craintivement de quelques pas incertains dans le noir, et puis tout d'un coup jaillit verticalement un éclair rouge qui alla frapper la haute voûte noire. Sam vit alors qu'il se trouvait dans une longue caverne ou un tunnel qui s'enfonçait dans le cône fumant. Mais, à une petite distance seulement devant lui, le sol et les murs de part et d'autre étaient coupés par une grande fissure d'où provenait la lumière rouge, tantôt bondissante, tantôt se résorbant dans l'obscurité ; et tout ce temps, loin en dessous, il y avait une rumeur et une agitation comme de grandes machines qui peineraient en vrombissant.

La lumière jaillit de nouveau, et là, au bord du gouffre, de la Crevasse même du Destin, se tenait Frodon, détaché en noir sur le rayonnement, tendu, droit, mais immobile comme pétrifié.

— Maître ! cria Sam.

Frodon bougea alors et il parla d'une voix claire, d'une voix plus claire et plus puissante, en fait, que Sam ne l'avait jamais entendu employer, et elle dominait le vrombissement et le tumulte de la Montagne du Destin, qui se répercutaient sur la voûte et les murs.

— Je suis arrivé, dit-il. Mais il ne me plaît pas, maintenant, de faire ce pour quoi je suis venu. Je n'accomplirai pas cet acte. L'Anneau est à moi !

Et soudain, comme il le passait à son doigt, il s'évanouit à la vue de Sam. Sam eut le souffle coupé, et il n'eut pas le temps de crier, car à ce moment-là bien des choses se produisirent.

Quelque chose le frappa violemment dans le dos, ses jambes furent projetées en avant, il se trouva renversé sur le côté, et sa tête donna contre le sol pierreux, tandis qu'une forme sombre bondissait par-dessus lui. Il resta sans mouvement et, durant un moment, tout fut ténèbres.

Et au loin, comme Frodon passait l'Anneau à son doigt et le revendiquait pour sien, même dans les Sammath Naur, cœur même du royaume, la Puissance de Barad-dûr fut ébranlée et la Tour trembla de ses fondations à son fier et ultime couronnement. Le Seigneur Ténébreux fut soudain averti de sa présence, et son Œil, perçant toutes les ombres, regarda par-dessus la plaine la porte qu'il avait faite ; l'ampleur de sa propre folie lui fut révélée en un éclair aveuglant et tous les stratagèmes de ses ennemis lui apparurent enfin à nu. Sa colère s'embrasa en un feu dévorant, mais sa peur s'éleva comme une vaste fumée noire pour l'étouffer. Car il connaissait le péril mortel où il était et le fil auquel son destin était maintenant suspendu.

Son esprit se libéra de toute sa politique et de ses trames de peur et de perfidie, de tous ses stratagèmes et de ses guerres, un frémissement parcourut tout son royaume, ses esclaves fléchirent, ses armées s'arrêtèrent, et ses capitaines, soudain sans direction, hésitèrent et désespérèrent. Car ils étaient oubliés. Toute la pensée et toutes les fins de la Puissance qui les conduisait étaient à présent tournées avec une force irrésistible vers la Montagne. A son appel, virant avec un cri déchirant, volèrent en une dernière course désespérée les Nazgûl, les Esprits Servants de l'Anneau, qui, en un ouragan d'ailes, s'élançaient en direction du sud, vers la Montagne du Destin.

Sam se releva. Il était étourdi, et du sang qui coulait de sa tête lui dégoulinait dans les yeux. Il avança en tâtonnant, et il vit alors une étrange et terrible chose. Gollum luttait comme un fou au bord de l'abîme contre un ennemi invisible. Il oscillait de droite et de gauche, tantôt si près de l'arête qu'il manquait choir dans le vide, tantôt reculant avec peine, tombant à terre, se relevant, retombant. Et, durant tout ce temps, il n'arrêtait pas de siffler, sans prononcer de mots.

En bas, les feux s'éveillèrent en courroux, la lumière rouge flamboya et toute la caverne fut emplie d'un grand rayonnement et d'une forte chaleur. Soudain, Sam vit les longues mains de Gollum se porter à sa bouche ; ses crocs blancs luisirent, puis se refermèrent brutalement pour mordre. Frodon poussa un cri, et il apparut, tombé à genoux au bord du gouffre. Mais Gollum, dansant comme un fou, élevait l'Anneau, un doigt encore passé dans son cercle. L'Anneau brillait à présent comme s'il était vraiment fait de feu vivant.

— Trésor, trésor, trésor ! cria Gollum. Mon Trésor ! Oh, mon Trésor !

Là-dessus, au moment où ses yeux étaient levés pour contempler son butin, il fit un pas de trop, bascula, balança un moment sur le bord, puis, avec un cri, il tomba. Des profondeurs, monta son dernier gémissement *Trésor* et c'en fut fait de lui.

Il y eut un grondement et une grande confusion de bruits. Des flammes jaillirent et allèrent lécher la voûte. Le vrombissement crût jusqu'à devenir un grand tumulte, et la Montagne trembla. Sam courut à Frodon, le ramassa et le porta jusqu'à l'entrée. Et là, sur le seuil sombre des Sammath Naur, loin au-dessus des plaines de Mordor, il fut saisi d'un tel étonnement et d'une telle terreur qu'il resta planté là, oubliant toute autre chose, et il regarda comme mué en statue de pierre.

Il eut une brève vision d'un nuage tournoyant et, en son milieu, de tours et de remparts, hauts comme des collines, fondés sur un puissant trône de montagnes au-dessus de puits insondables ; de grandes cours et des cachots, des prisons aveugles, escarpées comme des falaises, et des portes d'acier et de diamant béantes ; puis tout passa. Les tours tombèrent et les montagnes glissèrent ; les murs s'émiettèrent et fondirent, s'écroulant avec fracas ; de vastes spires de fumée et des vapeurs jaillissantes montèrent, toujours plus haut jusqu'à ce qu'elles déferlent comme une vague irrésistible, dont la crête ondulante et impétueuse s'abattit en écumant sur la terre. Et enfin, sur les milles intermédiaires, vint un bruit sourd qui s'éleva jusqu'à devenir un fracas et un rugissement assourdissants ; la terre trembla, la plaine se souleva et craqua. Les cieux éclatèrent en tonnerre strié d'éclairs. Un torrent de pluie noire tomba en une cinglante flagellation. Et au cœur de la tempête, avec un cri qui perçait tous autres sons, déchirant les nuages, jaillirent les Nazgûl, tels des traits enflammés, comme, pris dans la ruine embrasée de la montagne et du ciel, ils craquetaient, se desséchaient et s'éteignaient.

— Eh bien, c'est la fin, Sam Gamegie, dit une voix à son côté.

Et voilà que Frodon se trouvait là, pâle et usé, et pourtant redevenu lui-même ; et dans ses yeux, il y avait à présent la paix, et non plus une tension de la volonté, ni la folie, ni aucune peur. Son fardeau lui avait été retiré. C'était le cher maître du doux temps de la Comté.

— Maître ! s'écria Sam, et il tomba à genoux.

Dans toute cette ruine du monde, il ne ressentait pour le moment que joie, une grande joie. Le fardeau était parti. Son maître avait été sauvé ; il était de nouveau lui-même, il était libre. Et à ce moment, Sam aperçut la main estropiée et sanglante.

— Votre pauvre main ! dit-il. Et je n'ai rien pour la panser ou la réconforter. Je lui aurais plutôt donné toute une des miennes. Mais il est parti à présent sans retour, parti à jamais.

— Oui, dit Frodon. Mais te rappelles-tu les mots de Gandalf : *Même Gollum peut encore avoir quelque chose à faire* ? Sans lui, Sam, je n'aurais pu détruire l'Anneau. La Quête aurait été vaine, même à la fin des fins. Pardonnons-lui donc ! Car la Quête est achevée, et tout est terminé à présent. Je suis heureux que tu sois ici avec moi. Ici, à la fin de toutes choses, Sam.

Chapitre IV

Le Champ de Cormallen

Dans toutes les collines, les armées de Mordor faisaient rage. Les Capitaines de l'Ouest s'enfonçaient
dans une mer grossissante. Le soleil brillait d'une
lumière rouge, et sous les ailes des Nazgûl les ombres
mortelles tombaient, noires, sur la terre. Aragorn se
tenait, sous sa bannière, silencieux et rigide, comme
perdu dans des pensées sur les choses très lointaines ou
d'un temps depuis longtemps passé ; mais ses yeux luisaient comme des étoiles d'autant plus brillantes que la
nuit s'approfondit. Debout sur le sommet de la colline,
Gandalf était blanc et froid, et nulle ombre ne tombait
sur lui. L'attaque du Mordor déferlait telle une vague
sur les collines assiégées, tandis que les voix s'élevaient
comme le rugissement des flots dans un naufrage et le
fracas des armes.

Comme si une soudaine vision s'était présentée à ses

yeux, Gandalf fit un mouvement ; il se retourna vers le nord, où les cieux étaient pâles et clairs. Puis il leva les mains et cria d'une voix forte qui domina le fracas : *Les Aigles viennent !* Et de nombreuses voix reprirent le cri : *Les Aigles viennent ! Les Aigles viennent !* Les armées de Mordor regardèrent en l'air, se demandant ce que ce signe pouvait indiquer.

Vinrent Gwaihir le Seigneur des Vents et son frère Landroval, le plus grand des Aigles du Nord, le plus puissant des descendants du vieux Thorondor, qui construisait ses aires sur les pics inaccessibles des Montagnes Encerclantes quand la Terre du Milieu était jeune. Derrière eux, en longues files rapides, s'avançaient tous leurs vassaux des montagnes du Nord, portés à toute vitesse par un vent grandissant. Ils piquèrent droit sur les Nazgûl, plongeant soudain du haut des airs, et le mouvement rapide de leurs ailes était comme une rafale au passage.

Mais les Nazgûl, faisant volte-face, s'enfuirent et s'évanouirent dans les ombres de Mordor à un soudain et terrible appel de la Tour Sombre ; et, à ce moment même, toutes les armées de Mordor tremblèrent, le doute saisit les cœurs, les rires s'éteignirent, les mains tremblèrent et les membres faiblirent. La Puissance qui les menait et les emplissait de haine et de furie vacillait, sa volonté n'agissait plus sur elles, et, regardant dans les yeux de leurs ennemis, elles virent une lueur mortelle, et elles eurent peur.

Alors, tous les Capitaines de l'Ouest crièrent d'une voix forte, car leurs cœurs étaient emplis d'un nouvel espoir au sein de l'obscurité. Des collines assiégées de Gondor, les Cavaliers de Rohan, les Dunedains du Nord se lancèrent en rangs serrés contre leurs ennemis fléchissants et percèrent de leurs lances implacables l'armée qui les serrait. Mais Gandalf leva les bras et cria de nouveau d'une voix claire :

— Arrêtez, Hommes de l'Ouest ! Arrêtez et attendez ! Nous sommes à l'heure du destin.

Et, tandis qu'il parlait, la terre se balança sous leurs pieds. Puis, s'élevant rapidement, loin au-dessus des Tours de la Porte Noire, loin au-dessus des montagnes, une vaste et croissante obscurité jaillit dans le ciel, avec des reflets intermittents de feu. La terre gémit et trembla. Les Tours des Dents oscillèrent, vacillèrent et tombèrent ; le puissant rempart s'écroula ; la Porte Noire fut projetée en ruine ; et de très loin, d'abord sourd, croissant, puis montant jusqu'aux nuages, vint un grondement, un mugissement, un roulement de bruit fracassant aux échos prolongés.

— Le royaume de Sauron est fini ! dit Gandalf. Le Porteur de l'Anneau a accompli sa Quête.

Et, comme les Capitaines contemplaient au sud le Pays de Mordor, il leur sembla que, noire sur le voile de nuages, s'élevait une ombre, impénétrable, couronnée d'éclairs, qui remplit tout le ciel. Elle se dressa, énorme, sur le monde et étendit vers eux une vaste et menaçante main, terrible mais impuissante : car, au moment où elle se penchait sur eux, un grand vent la saisit, tout fut emporté et disparut ; et un silence tomba.

Les Capitaines courbèrent la tête ; et quand ils regardèrent de nouveau, voilà que leurs ennemis s'enfuyaient et que la puissance du Mordor se dispersait comme poussière au vent. De même que lorsque la mort frappe l'animal qui occupe leur fourmilière et les tient toutes sous son empire, les fourmis errent stupidement sans but, puis meurent dans leur faiblesse, les créatures de Sauron, Orques, Trolls ou bêtes asservies par un charme, couraient stupidement de-ci de-là ; certaines se tuaient, se jetaient dans les puits ou s'enfuyaient en gémissant pour se cacher dans des trous et de sombres endroits sans lumière, loin de toute espérance. Mais les Hommes de Rhûn et de Harad, Orientaux et Suderons, voyaient la ruine de leur guerre, ainsi que la grande majesté et la gloire des Capitaines de l'Ouest. Et ceux qui étaient le plus profondément et depuis le plus long-temps en mauvaise servitude, haïssant l'Ouest, mais qui étaient des hommes fiers et hardis, se rassemblèrent à leur tour pour une ultime résistance et une bataille désespérée. Mais la plupart s'enfuirent, comme ils pouvaient, en direction de l'est ; et certains jetaient leurs armes et imploraient merci.

Alors, Gandalf, laissant tout ce qui concernait la bataille et le commandement à Aragorn et aux autres seigneurs, se tint sur le sommet de la colline et appela ; et le grand aigle, Gwaihir Seigneur des Vents, descendit et se tint devant lui.

— Par deux fois tu m'as porté, Gwaihir mon ami, dit Gandalf. La troisième fois acquittera tout, si tu le veux bien. Tu ne trouveras pas en moi un fardeau beaucoup plus grand que lorsque tu m'emportas de Zirakzigil, où mon ancienne vie se consuma.

— Je t'emporterai où tu voudras, fusses-tu même fait de pierre, répondit Gwaihir.

— Alors viens, et que ton frère nous accompagne, ainsi que quelque autre des tiens qui soit le plus rapide ! Car nous avons besoin d'une vitesse plus grande que celle de tous les vents, une vitesse qui vainque les ailes des Nazgûl.

— Le vent du nord souffle, mais nous volerons plus vite que lui, dit Gwaihir.

Il enleva Gandalf et s'en fut à toute allure vers le sud, et avec lui partirent Landroval et Meneldor, jeune et rapide. Ils survolèrent Udün et Gorgoroth et virent sous eux tout le pays en ruine et en tumulte et devant eux la Montagne du Destin embrasée, déversant son feu.

— Je suis heureux que tu sois ici avec moi, dit Frodon. Ici, à la fin de toutes choses, Sam.

— Oui, je suis avec vous, maître, dit Sam, portant doucement à sa poitrine la main blessée de Frodon. Et vous êtes avec moi. Et le voyage est achevé. Mais après tout ce chemin, je ne veux pas encore renoncer. Ce n'est pas mon genre, en quelque sorte, si vous voyez ce que je veux dire.

— Peut-être pas, Sam, dit Frodon ; mais ainsi vont les choses dans le monde. L'espoir n'aboutit pas. Une fin vient. Nous avons peu de temps à attendre, maintenant. Nous sommes perdus dans la ruine et l'effondrement, et il n'y a aucun moyen d'y échapper.

— En tout cas, maître, on pourrait au moins s'éloigner de ce dangereux endroit, de cette Crevasse du Destin, si c'est comme ça que ça s'appelle. Non ? Allons, Monsieur Frodon, descendons toujours le sentier !

— Bon, Sam. Si tu y tiens, j'irai, dit Frodon.

Ils se levèrent et descendirent lentement le long de la route en lacets ; et, comme ils allaient vers le pied ébranlé de la Montagne, les Sammath Naur rejetèrent une grande fumée et des vapeurs ; le côté du cône s'ouvrit, et un énorme vomissement roula en une lente cascade tonnante le long du flanc oriental de la montagne.

Frodon et Sam ne purent aller plus loin. Leur dernière force d'âme et de corps déclinait rapidement. Ils avaient atteint une petite colline de cendres au pied de la Montagne ; mais de là, il n'y avait plus de moyens d'échapper. C'était à présent une île, qui ne durerait plus longtemps au milieu du tourment de l'Oradruin. Tout autour, la terre s'ouvrait, et de profonds puits et crevasses jaillissaient de la fumée et des vapeurs. Derrière eux, la Montagne était en convulsion. De grandes déchirures s'ouvraient dans son flanc. De lentes rivières de feu descendaient vers elles le long des pentes. Elles furent bientôt englouties. Une pluie de cendre tombait.

Ils se tenaient debout, à présent ; Sam serrait la main de son maître et la caressait. Il soupira.

— Dans quelle histoire nous avons été, hein, Monsieur Frodon ! dit-il. Je voudrais bien pouvoir l'entendre raconter ! Croyez-vous qu'on dira : *Et maintenant, voici l'histoire de Frodon aux Neuf Doigts et de l'Anneau du Destin* ? Et alors, tout le monde fera silence, comme nous le fîmes quand, à Fondcombe, on nous a raconté l'histoire de Beren à la Main Unique et du Grand Joyau. Je voudrais bien pouvoir l'entendre ! Et je me demande quelle sera la suite après notre partie

Mais, tandis qu'il parlait pour éloigner la peur jusqu'au dernier moment, ses yeux vaguaient toujours vers le nord, le nord froid, se muant en grand vent, repoussait l'obscurité et les nuages défaits

Et ce fut ainsi que Gwaihir les vit de ses yeux perçants et à longue portée, comme il venait sur le vent furieux et que, défiant le grand péril des cieux, il tournoyait dans l'air : deux petites formes sombres, perdues, main dans la main, sur une petite colline, tandis que le monde tremblait sous eux et haletait et que les rivières de feu approchaient. Et au moment où, les ayant décelés, il fonçait sur eux, il les vit tomber, épuisés ou suffoqués par les fumées et la chaleur ou finalement abattus par le désespoir, et se cachant les yeux devant la mort.

Ils gisaient côte à côte ; Gwaihir fonça, tandis que Landroval et Meneldor le rapide descendaient également ; et, dans un rêve, sans savoir quel sort leur était échu, les voyageurs furent soulevés et emportés au loin hors de l'obscurité et du feu.

Quand Sam se réveilla, il vit qu'il était couché sur un lit moelleux, mais au-dessus de lui se balançaient doucement de vastes branches de hêtre, et la lumière du soleil jouait verte et dorée parmi les jeunes feuilles. Tout l'air était empli d'un parfum complexe et suave.

Il se rappela ce parfum : la fragrance de l'Ithilien.

— Par exemple ! murmura-t-il d'un ton rêveur. Combien de temps ai-je dormi ?

Car le parfum l'avait ramené au jour où il avait allumé son petit feu sous le talus ensoleillé ; et, durant un moment, tout le temps intermédiaire fut hors de sa mémoire non encore consciente. Il s'étira et respira profondément.

— Eh bien, quel rêve j'ai fait ! murmura-t-il. Je suis content de me réveiller !

Il se mit sur son séant, et il vit alors que Frodon était étendu auprès de lui et dormait paisiblement, une main passée sous sa tête et l'autre reposant sur le couvre-lit. C'était la main droite, et l'annulaire manquait.

La mémoire entière lui revint à flots, et il s'écria à haute voix :

— Ce n'était pas un rêve ! Mais alors, où sommes-nous ?

Et une voix parla doucement derrière lui :

— Au pays d'Ithilien, et à la garde du Roi ; et il vous attend.

Sur quoi, Gandalf se tint devant lui, vêtu de blanc, sa barbe brillant à présent comme de la neige pure dans le scintillement du soleil à travers le feuillage.

— Eh bien, Maître Samsagace, comment vous sentez-vous ? demanda-t-il.

Mais Sam s'allongea de nouveau et, bouche bée, ouvrit de grands yeux, sans pouvoir répondre durant un moment, partagé entre l'ahurissement et une grande joie. Enfin, il dit d'une voix entrecoupée :

— Gandalf ! Je vous croyais mort ! Mais aussi, je me croyais mort de même. Est-ce que tout ce qui était triste va se révéler faux ? Qu'est-il advenu au monde ?

— Une grande Ombre est partie, dit Gandalf.

Puis il rit, et le son de ce rire était comme une musique, ou comme de l'eau dans une terre desséchée ; et, comme Sam écoutait, la pensée lui vint qu'il n'avait pas entendu un rire, le pur son de la gaieté, depuis des jours et des jours innombrables. Cela lui frappa les oreilles comme l'écho de toutes les joies qu'il avait connues. Mais lui-même fondit en larmes. Et puis, comme une douce ondée passe au vent du printemps, le soleil n'en brillant que plus clairement, ses larmes cessèrent, son rire jaillit et, tout riant, il sauta à bas de son lit.

— Comment je me sens ? s'écria-t-il. Eh bien, je ne sais trop comment l'exprimer. Je me sens..., je me sens... (il agita ses bras dans l'air)... c'est le printemps après l'hiver, et le soleil sur les feuilles ; et toutes les trompettes et les harpes et toutes les chansons que j'ai jamais entendues !

Il s'arrêta et se tourna vers son maître.

— Mais comment va Monsieur Frodon ? demanda-t-il. N'est-ce pas abominable, sa pauvre main ? Mais j'espère qu'autrement il va bien. Il a passé par des moments bien cruels.

— Oui, je vais très bien autrement, dit Frodon, s'asseyant et riant à son tour. Je me suis rendormi en t'attendant, Sam, espèce de loir ! Je me suis réveillé de bonne heure ce matin, et il doit être près de midi maintenant.

— Midi ? dit Sam, essayant de calculer. Midi de quel jour ?

— Le quatorzième de la Nouvelle Année, dit Gandalf ; ou, si vous préférez, le huitième jour d'avril selon la datation de la Comté [1]. Mais, en Gondor, la Nouvelle Année débutera toujours le vingt-cinq mars, jour de la chute de Sauron, en lequel vous fûtes amenés hors du feu au Roi. Il vous a soignés, et maintenant il vous attend. Vous mangerez et boirez avec lui. Je vous conduirai auprès de lui quand vous serez prêts.

---

1. Il y avait trente jours en mars (ou Rethe) dans le calendrier de la Comté.

— Le Roi ? dit Sam. Quel roi, et qui est-il ?

— Le Roi de Gondor et Seigneur des Terres de l'Ouest, dit Gandalf ; et il a repris tout son ancien royaume. Je chevaucherai bientôt vers son couronnement, mais il vous attend.

— Comment nous vêtirons-nous ? demanda Sam, car il ne voyait que les vieux vêtements dépenaillés qu'ils avaient portés durant leur voyage et qui étaient pliés sur le sol à côté de leurs lits.

— Vous porterez les habits que vous aviez pour vous rendre en Mordor, dit Gandalf. Même les guenilles orques que vous portiez dans le pays noir seront conservées, Frodon. Nulles soieries ou toiles, ni aucune armure ou pompe héraldique ne pourraient être plus honorables. Mais plus tard je vous trouverai peut-être d'autres habits.

Puis il leur tendit les mains, et ils virent que l'une d'elles resplendissait de lumière.

— Qu'avez-vous là ? s'écria Frodon. Se pourrait-il que ce soit... ?

— Oui, j'ai apporté vos deux trésors. On les a trouvés sur Sam quand vous avez été sauvés. Les présents de la Dame Galadriel : votre fiole, Frodon, et votre boîte, Sam. Vous serez heureux de les ravoir.

Après s'être lavés et vêtus et avoir pris un léger repas, les Hobbits suivirent Gandalf. Ils sortirent de la hêtraie dans laquelle ils avaient couché et passèrent sur une longue pelouse verte, qui brillait au soleil, et était bordée de majestueux arbres aux feuilles sombres, chargés de fleurs écarlates. Ils entendirent derrière eux le son d'une cascade, et un ruisseau descendait devant eux entre des rives fleuries, jusqu'au moment où ils arrivèrent à un bois au bout de la pelouse, et ils passèrent alors sous une voûte d'arbres par laquelle ils voyaient au loin un chatoiement d'eau.

Comme ils parvenaient à la clairière, ils eurent la surprise d'y voir des chevaliers en brillantes cottes de mailles et de grands gardes en argent et noir, qui les accueillirent avec honneur et s'inclinèrent devant eux. Puis l'un d'eux sonna d'une longue trompette, et ils poursuivirent leur chemin dans l'allée d'arbres que longeait le ruisseau chantant. Ils arrivèrent ainsi à une grande étendue verte, au-delà de laquelle il y avait une large rivière dans une brume argentée, d'où s'élevait une longue île boisée, et de nombreux navires étaient mouillés près de ses rives. Mais sur le terrain où ils se tenaient à présent, une grande armée était rassemblée en rangs et en compagnies qui étincelaient au soleil. Et, à l'approche des Hobbits, les épées furent tirées, les lances furent agitées, les cors et les trompettes sonnèrent, et les hommes crièrent avec un grand nombre de voix et en de multiples langues.

> *Vive les Semi-Hommes ! Louez-les avec de grandes*
> *louanges !*
> *Cuio i Pheriain anann ! Aglar'ni Pheriannath !*
> *Louez-les avec de grandes louanges, Frodon et Sam-*
> *sagace !*
> *Daur a Berhael, Conin en Annûn ! Eglerio !*
> *Louez-les !*
> *Eglerio !*
> *A laita te, laita te ! Andave laituvalmet !*
> *Louez-les !*
> *Cormacolindor, a laita tarienna !*
> *Louez-les ! Les Porteurs de l'Anneau, louez-les avec*
> *de grandes louanges !*

Et ainsi, le visage empourpré de leur sang rouge et les yeux brillants d'étonnement, Frodon et Sam s'avancèrent, et ils virent qu'au milieu de la clamante armée étaient disposés trois hauts sièges faits de gazon vert.

Derrière celui de droite flottait, blanc sur vert, un grand cheval courant librement ; à gauche, il y avait une bannière, argent sur bleu, représentant un navire à proue en forme de cygne voyageant sur la mer ; mais derrière le trône le plus élevé, au milieu, un grand étendard était déployé dans la brise, et là un arbre blanc fleurissait sur un champ de sable sous une couronne brillante et sept étoiles scintillantes. Sur le trône était assis un homme en cotte de mailles ; une grande épée était posée sur ses genoux, mais il ne portait pas de heaume. Il se leva à leur approche. Et alors ils le reconnurent, tout changé qu'il était, si grand et le visage si content, royal, seigneur des Hommes, avec sa chevelure noire et ses yeux gris.

Frodon courut à sa rencontre, et Sam le suivit de tout près.

— Alors ça ! si ce n'est pas le couronnement de tout ! dit-il. Grands-Pas, ou je rêve toujours !

— Oui, Sam, Grands-Pas, dit Aragorn. Il y a loin, n'est-ce pas, d'ici à Bree, où vous n'aimiez pas mon aspect ? Loin pour nous tous, mais votre route a été la plus sombre.

Et alors, à la surprise et à l'extrême confusion de Sam, il ploya le genou devant eux ; puis, les prenant par la main, Frodon à droite et Sam à gauche, il les mena au trône et, les y ayant installés, il se tourna vers les hommes et les capitaines qui étaient debout à côté et parla de façon que sa voix résonnât sur toute l'armée, criant :

— Louez-les avec de grandes louanges !

Et quand le cri joyeux se fut gonflé et de nouveau éteint, un ménestrel de Gondor s'avança, s'agenouilla et sollicita la permission de chanter, à la satisfaction finale et complète et à la pure joie de Sam. Et voilà qu'il dit :

— Oyez ! seigneurs et chevaliers d'une vaillance sans tache, rois et princes, loyales gens de Gondor, Cavaliers de Rohan, et vous fils d'Elrond, Dunedains du Nord,

Elfe et Nain, grands cœurs de la Comté, et vous tous gens libres de l'Ouest, écoutez maintenant mon chant. Car je vais vous chanter Frodon aux Neuf Doigts et l'Anneau du Destin.

Et, entendant cela, Sam rit aux éclats de pur ravissement ; il se leva et cria :

— Ah, grande gloire et splendeur ! Et tous mes désirs se sont réalisés !

Et il pleura.

Et toute l'armée rit et pleura, et au milieu de la gaieté et des larmes s'éleva, tels l'argent et l'or, la voix claire du ménestrel, et tous les hommes firent silence. Il chanta pour eux, tantôt en langue elfique et tantôt dans le langage de l'Ouest, jusqu'à ce que leurs cœurs, atteints par les doux mots, débordassent ; leur joie fut comme des épées, et ils passèrent en pensée vers des régions où la douleur et le plaisir coulent de pair et où les larmes sont le vin même de la béatitude.

Et finalement, comme le soleil tombait du midi et que les ombres des arbres s'allongeaient, le ménestrel termina.

— Louez-les avec de grandes louanges ! dit-il, s'agenouillant.

Aragorn se leva alors, et toute l'armée fit de même, et ils passèrent dans des pavillons préparés, pour manger, boire et se divertir jusqu'au soir.

Frodon et Sam furent emmenés à une tente à part. Là, on leur retira leurs vêtements, que l'on plia et mit de côté avec honneur ; et ils reçurent du linge propre. Gandalf vint alors et, au grand étonnement de Frodon, il portait dans ses bras l'épée et le manteau elfique et la cotte de mailles de mithril qui lui avaient été pris en Mordor. Pour Sam, il apportait une cotte de mailles dorées et son manteau elfique tout purifié des souillures et des dommages qui lui avaient été infligés ; il déposa ensuite devant eux deux épées.

— Je ne désire pas d'épée, dit Frodon.

— Ce soir au moins, vous devriez en porter une, dit Gandalf.

Frodon prit alors la petite épée qui avait appartenu à Sam et qui avait été déposée à son côté dans Cirith Ungol.

— Dard, je te l'ai donné, Sam, dit-il.

— Non, maître ! Monsieur Bilbon vous l'a donné, et il va avec la cotte d'argent ; il ne souhaiterait pas le voir porter par quelqu'un d'autre à présent.

Frodon céda ; et Gandalf s'agenouilla et les ceignit de leurs ceinturons comme s'il était leur écuyer ; se levant ensuite, il posa sur leurs têtes des bandeaux d'argent. Ainsi parés, ils se rendirent au grand festin ; ils s'assirent à la table du Roi avec Gandalf, le Roi Eomer de Rohan, le Prince Imrahil et tous les principaux capitaines ; et là se trouvaient aussi Gimli et Legolas.

Mais quand, après le Silence Debout, on apporta le vin, entrèrent deux écuyers pour servir les rois ; du moins était-ce là ce qu'ils paraissaient être : l'un était vêtu du noir et argent des Gardes de Minas Tirith et l'autre de vert et blanc. Mais Sam se demanda ce que de tels jeunes garçons faisaient dans une armée de puissants hommes. Et puis, soudain, comme ils approchaient et qu'il les vit plus nettement, il s'exclama :

— Oh, regardez, Monsieur Frodon ! Regardez ! Eh bien, ça alors ! Si ce n'est pas Pippin, Monsieur Peregrïn Touque, devrais-je dire, et Monsieur Merry ! Comme ils ont grandi ! Par exemple ! Mais je vois qu'il y a d'autres histoires que la nôtre à raconter.

— Oui, certes, dit Pippin, se tournant vers lui. Et nous commencerons à les raconter dès la fin de ce festin. En attendant, vous pouvez vous adresser à Gandalf. Il n'est pas aussi réservé qu'autrefois, encore qu'il rie maintenant plus qu'il ne parle. Pour le moment, Merry et moi sommes occupés. Nous sommes chevaliers de la Cité et de la Marche, comme vous le remarquez, j'espère.

La joyeuse journée se termina enfin ; et lorsque le soleil fut parti et que la lune ronde vogua lentement au-dessus des brumes de l'Anduin et scintilla parmi les feuilles tremblotantes, Frodon et Sam s'assirent sous les arbres murmurants dans la fragrance de la belle Ithilien ; et ils parlèrent bien avant dans la nuit avec Merry, Pippin et Gandalf ; et, après un moment, Legolas et Gimli vinrent les rejoindre. Frodon et Sam apprirent là une grande partie de tout ce qui était arrivé à la Compagnie après la rupture de leur communauté en ce funeste jour à Parth Galen près des Chutes de Rauros ; et il y avait toujours de nouvelles questions à poser et de nouvelles choses à dire.

Les Orques, les arbres parlants, les lieues d'herbe, les cavaliers galopant, les cavernes scintillantes, les tours blanches, les salles dorées, les batailles, les grands navires faisant voile, tout cela défila devant Sam à lui faire perdre la tête. Mais, parmi toutes ces merveilles, il revenait toujours à son étonnement de la taille de Merry et de Pippin ; et il les fit mettre dos à dos avec Frodon et lui-même. Il se gratta la tête.

— Je ne peux pas comprendre cela, à votre âge ! dit-il. Mais y a pas de doute : vous mesurez trois pouces de plus que vous ne devriez, ou alors c'est que je suis un Nain.

— Pour cela, vous ne l'êtes certainement pas, dit Gimli. Mais que disais-je ? Les mortels ne peuvent pas aller prendre des boissons d'Ents et s'attendre à n'en rien voir sortir de plus que d'un pot de bière.

— Des boissons d'Ents ? dit Sam. Voilà que vous parlez encore d'Ents ; mais ce que c'est, ça me dépasse. Ah ça ! il faudra des semaines pour mettre toutes ces choses au clair !

— Des semaines pour le moins, dit Pippin. Et puis il faudra enfermer Frodon dans une tour de Minas Tirith pour qu'il mette tout par écrit. Autrement, il en oubliera la moitié, et le pauvre Bilbon sera terriblement déçu.

Gandalf finit par se lever.

— Les mains du Roi sont des mains guérisseuses, mes chers amis, dit-il. Mais vous êtes allés jusqu'au bord même de la mort avant qu'il ne vous rappelât, usant de tout son pouvoir, et qu'il ne vous envoyât dans le doux oubli du sommeil. Et, bien que vous ayez en fait dormi longuement d'un sommeil bienheureux, il est temps maintenant de dormir de nouveau.

— Et pas seulement pour Sam et Frodon, dit Gimli, mais pour vous aussi, Pippin. Je vous aime, ne fût-ce que pour toutes les peines que vous m'avez coûtées et que je n'oublierai jamais ; non plus que je n'oublierai la façon dont je vous ai trouvé sur la colline de la dernière bataille. Sans Gimli le Nain, vous auriez été perdu, alors. Mais du moins connais-je maintenant l'aspect d'un pied de Hobbit, fût-il la seule chose visible sous un tas de corps. Et quand je vous eus dégagé de cette grande carcasse, je m'assurai que vous étiez mort. J'aurais pu m'en arracher la barbe. Et ce n'est qu'hier que vous vous êtes levé et que vous êtes sorti pour la première fois. Au lit, maintenant. Et je vais y aller aussi.

— Et moi, dit Legolas, je vais aller me promener dans les bois de ce beau pays, ce qui est un repos suffisant. Dans les jours à venir, si mon Seigneur elfique le permet, quelques-uns des nôtres viendront s'installer ici ; et quand nous arriverons, il sera béni, pour quelque temps. Pour quelque temps : un mois, une vie, un siècle des Hommes. Mais l'Anduin est proche, et l'Anduin mène à la Mer. A la Mer !

A la Mer, à la Mer ! Les mouettes crient,
Le vent souffle et l'écume blanche vole.
A l'Ouest, l'Ouest lointain, le soleil rond descend.
Navire gris, navire gris, les entends-tu appeler,
Les voix des miens qui sont partis avant moi ?
Je vais partir, je vais quitter les bois où je suis né ;
Car nos jours se terminent, et nos années déclinent.
Je vais franchir les vastes mers en une navigation
    solitaire.
Longues sont les vagues qui sur la Dernière Grève
    déferlent,
Douces sont les voix qui dans l'Ile Perdue appellent
En Eressëa, au pays des Elfes que nul homme ne
    peut découvrir,
Où les feuilles ne tombent point : terre des miens
    pour toujours !

Et, chantant ainsi, Legolas descendit la colline.

Les autres s'en furent aussi, tandis que Frodon et Sam gagnaient leurs lits et s'endormaient. Au matin, ils se levèrent à nouveau, pleins d'espoir et de paix, et ils passèrent de nombreux jours en Ithilien. Car le Champ de Cormallen, où l'armée campait à présent, était situé près d'Henneth Annûn, et l'on pouvait entendre la nuit la rivière qui coulait de ses chutes, tandis qu'elle se précipitait par sa porte rocheuse pour passer à travers les prés fleuris et se jeter dans les flots de l'Anduin près de l'Ile de Cair Andros. Les Hobbits se promenèrent de-ci de-là, visitant à nouveau les endroits où ils avaient déjà passé ; et Sam espérait toujours entrevoir, peut-être, dans quelque ombre des bois ou quelque clairière secrète le grand Oliphant. Et en apprenant qu'au siège de Gondor il y avait eu un grand nombre de ces animaux, mais qu'ils avaient tous été détruits, il trouva que c'était une triste perte.

— Enfin.. on ne peut être partout à la fois, je suppose, dit-il. Mais j'ai raté beaucoup de choses, à ce qu'il semble.

Cependant, l'armée s'apprêtait à rentrer à Minas Tirith. Les fatigués se reposaient et les blessés se guérissaient. Car certains avaient été aux prises avec le restant des Orientaux et des Suderons, et ils avaient dû mener de durs combats pour en venir à bout. Et, en dernier lieu, revinrent ceux qui étaient entrés en Mordor pour détruire les forteresses du nord du pays.

Mais finalement, alors que le mois de mai tirait à sa fin, les Capitaines de l'Ouest se remirent en route ; ils s'embarquèrent avec tous leurs hommes, et ils descendirent l'Anduin de Cair Andros jusqu'à Osgiliath ; ils restèrent là une journée, et le lendemain ils arrivèrent aux champs verts du Pelennor, où ils revirent les tours blanches sous le haut Mindolluin, cette Cité des Hommes de Gondor, dernier souvenir de l'Ouistrenesse, qui avait passé par les ténèbres et le feu pour trouver un nouveau jour.

Et là, au milieu des champs, ils dressèrent leurs tentes et attendirent le matin ; car c'était la Veille de Mai, et le Roi allait faire son entrée au soleil levant.

Chapitre V

L'Intendant et le Roi

Le doute et une grande peur avaient pesé sur la Cité de Gondor. Le beau temps et le clair soleil n'avaient paru que moquerie aux hommes dont les jours comptaient peu d'espoir et qui guettaient tous les matins des nouvelles de la fin. Leur seigneur était mort et brûlé, mort gisait le Roi de Rohan dans leur citadelle, et le nouveau roi qui leur était venu dans la nuit était reparti en guerre contre les puissances trop sombres et trop terribles pour que nulle force ou nulle vaillance pût les vaincre. Et aucune nouvelle ne venait. Après que l'armée eut quitté la Vallée de Morgul et pris la route du nord sous l'ombre des montagnes, aucun messager n'était revenu, non plus qu'aucune rumeur de ce qui se passait dans l'Est menaçant.

Les Capitaines étaient partis depuis deux jours à

peine que la Dame Eowyn pria les femmes qui la soignaient d'apporter ses vêtements, et, refusant toute objection, elle se leva ; et lorsqu'elles l'eurent vêtue et qu'elles lui eurent mis le bras en écharpe, elle se rendit auprès du Gardien des Maisons de Guérison.

— Monsieur, dit-elle, je suis dans une grande inquiétude, et je ne puis rester dans l'oisiveté.

— Madame, répondit-il, vous n'êtes pas encore guérie et j'ai reçu l'ordre de vous soigner avec une attention toute spéciale. Vous n'auriez pas dû vous lever avant une semaine encore, du moins sont-ce là les ordres que j'ai reçus. Je vous prie de retourner à votre lit.

— Je suis guérie, dit-elle, guérie physiquement tout au moins, hormis mon bras gauche, et il est en repos. Mais je vais retomber malade si je ne puis rien faire. N'y a-t-il aucune nouvelle de la guerre ? Les femmes ne peuvent rien me dire.

— Il n'y a aucune nouvelle, dit le Gardien, sinon que les Seigneurs se sont rendus à la Vallée de Morgul ; et des hommes disent que leur chef est le nouveau capitaine venu du Nord. C'est un grand seigneur, et un guérisseur ; et c'est un mystère pour moi que la main guérisseuse manie aussi l'épée. Il n'en est pas ainsi en Gondor à présent, bien que ce l'ait été autrefois, si l'on en croit les vieilles histoires. Mais, depuis de longues années, nous autres guérisseurs ne nous sommes attachés qu'à réparer les déchirures faites par les hommes d'épée. Nous aurions pourtant encore assez à faire pour nous passer d'eux : le monde est assez plein de blessures et d'accidents sans guerres pour les multiplier.

— Il suffit d'un ennemi pour susciter une guerre, non de deux, Maître Gardien, répondit Eowyn. Et ceux qui n'ont pas d'épée peuvent encore en mourir. Voudriez-vous donc que les gens de Gondor ne rassemblent vos herbes que lorsque le Seigneur Ténébreux rassemble ses armées ? Et il n'est pas toujours bon d'être physiquement guéri. Comme il n'est pas toujours mauvais de mourir au combat, fût-ce dans de grandes souffrances. Si ce m'était permis, je choisirais, en cette heure sombre, la seconde solution.

Le Gardien la regarda. Elle se tenait là, droite, les yeux brillants dans son visage blanc, le poing serré comme elle se tournait pour regarder par la fenêtre qui donnait sur l'est. Il hocha la tête en soupirant. Après un silence, elle se retourna vers lui.

— N'y a-t-il aucune action à accomplir ? dit-elle. Qui commande dans cette Cité ?

— Je ne sais pas exactement, répondit-il. Pareilles choses ne sont pas de mon ressort. Il y a un maréchal pour les Cavaliers de Rohan ; et le Seigneur Hurïn commande les hommes de Gondor, m'a-t-on dit. Mais c'est le Seigneur Faramir qui est de droit l'Intendant de la Cité.

— Où puis-je le trouver ?

— Dans cette maison, madame. Il a été grièvement blessé, mais il est à présent en bonne voie de guérison. Mais je ne sais...

— Ne voulez-vous pas me conduire auprès de lui ? Alors, vous saurez.

Le Seigneur Faramir se promenait seul dans le jardin des Maisons de Guérison ; le soleil le réchauffait, et il sentait la vie courir de nouveau dans ses veines ; mais il avait le cœur lourd, et il regardait du haut des murs en direction de l'est. En arrivant, le Gardien prononça son nom et, se retournant, Faramir vit la Dame Eowyn de Rohan ; et il fut ému de pitié, car il voyait qu'elle était blessée, et sa clairvoyance percevait le chagrin et l'inquiétude de la jeune femme.

— Mon Seigneur, dit le Gardien, voici la Dame Eowyn de Rohan. Chevauchant avec le roi, elle a été grièvement blessée, et elle a été confiée à présent à ma garde. Mais elle n'est pas satisfaite, et elle désire parler à l'Intendant de la Cité.

— Ne vous méprenez pas à son sujet, seigneur, dit Eowyn. Ce n'est pas le manque de soins qui me chagrine. Nulles demeures ne pourraient être meilleures pour qui cherche la guérison. Mais je ne puis rester couchée dans l'oisiveté, sans rien faire, en cage. J'ai cherché la mort au combat. Mais je ne suis pas morte, et la bataille continue.

Sur un signe de Faramir, le Gardien s'inclina et partit.

— Que voudriez-vous que je fasse, madame ? demanda Faramir. Moi aussi, je suis prisonnier des Guérisseurs.

Il la regarda, et, profondément sensible à la pitié, il lui sembla que sa beauté au milieu de son chagrin allait lui percer le cœur. Et elle le regarda ; elle vit la grave tendresse de ses yeux, mais elle sut, pour avoir été élevée parmi les hommes de guerre, qu'elle se trouvait devant un guerrier que nul Cavalier de la Marche ne pouvait surpasser dans la bataille.

— Que désirez-vous ? demanda-t-il de nouveau. Si c'est en mon pouvoir, je le ferai.

— Je voudrais que vous ordonniez à ce Gardien de me laisser partir, répondit-elle.

Mais, si sa parole était encore fière, son cœur se troubla, et, pour la première fois, elle douta d'elle-même. Elle devinait que cet homme de haute taille, en même temps dur et doux, pourrait la juger simplement capricieuse, comme un enfant qui n'a pas la fermeté d'esprit de poursuivre jusqu'au bout une tâche fastidieuse.

— Je suis moi-même à la garde du Gardien, répondit Faramir. Et je n'ai pas encore pris en main l'autorité dans la Cité. Mais l'eussé-je fait, que j'écouterais encore son avis et je ne contrarierais pas sa volonté en ce qui touche à son art, sauf en cas de grande nécessité.

— Mais je ne désire pas guérir, dit-elle. Je voudrais aller à la guerre comme mon frère Eomer, ou plutôt comme Théoden le roi, car il est mort et il a en même temps l'honneur et la paix.

— Il est trop tard, madame, pour suivre les Capitaines, même si vous en aviez la force, dit Faramir. Mais la mort au combat peut encore nous échoir à tous, que ce soit volontairement ou non. Vous serez mieux préparée à l'affronter à votre propre manière si, pendant qu'il en est encore temps, vous vous pliez aux ordres du Guérisseur. Nous devons, vous et moi, supporter avec patience les heures d'attente.

Elle ne répondit pas, mais, comme il la regardait, il lui sembla que quelque chose mollissait en elle, comme un gel rigoureux cédant au premier faible présage du printemps. Une larme jaillit dans l'œil d'Eowyn et coula le long de sa joue, comme une scintillante goutte de pluie. Sa tête fière s'inclina légèrement. Puis, doucement, comme se parlant plutôt à elle-même, elle dit :

— Mais les Guérisseurs voudraient que je reste couchée encore une semaine. Et ma fenêtre ne donne pas sur l'est.

Sa voix était maintenant celle d'une fille jeune et triste. Faramir sourit, bien que son cœur fût empli de pitié.

— Votre fenêtre ne donne pas sur l'est ? dit-il. Cela peut s'arranger. En cela, je donnerai des ordres au Gardien. Si vous voulez rester à nos soins dans cette maison, madame, et prendre votre repos, vous pourrez vous promener au soleil dans ce jardin, quand vous voudrez ; et vous regarderez vers l'est, où sont allés tous nos espoirs. Et vous me trouverez ici, marchant et attendant, et regardant aussi vers l'est. Cela allégerait mes soucis que vous veuillez bien me parler ou vous promener par moments avec moi.

Elle releva alors la tête et le regarda de nouveau dans les yeux ; et son visage pâle se colora.

— Comment allégerais-je vos soucis, mon seigneur ? demanda-t-elle. Et je ne désire pas la conversation des vivants.

— Voulez-vous une réponse franche ? demanda-t-il.

— Oui.

— Eh bien, Eowyn de Rohan, je vous dirai que vous êtes belle. Il est dans les vallées de nos montagnes des fleurs jolies et colorées, et des jeunes filles plus jolies encore ; mais je n'ai vu jusqu'ici nulle fleur en Gondor ni dame aussi ravissante, et aussi triste. Peut-être ne reste-t-il plus que quelques jours avant que l'obscurité ne tombe sur le monde, et quand elle viendra, j'espère y faire face avec fermeté ; mais j'aurais le cœur allégé si, tant que le soleil brille encore, je pouvais vous revoir. Car vous et moi, nous avons tous deux passé sur les ailes de l'Ombre, et la même main nous en a retirés.

— Hélas, pas moi, seigneur ! dit-elle. L'Ombre est toujours sur moi. Ne comptez pas sur moi pour la guérison ! Je suis une vierge guerrière, et ma main n'est pas douce. Mais je vous remercie du moins pour une chose : de n'avoir plus à garder la chambre. Je sortirai par la faveur de l'Intendant de la Cité.

Elle lui fit une révérence et retourna vers la maison. Mais Faramir marcha un long moment seul dans le jardin, et son regard s'égarait à présent plus souvent vers la maison que vers les murs de l'Est.

En regagnant sa chambre, il fit appeler le Gardien et il entendit tout ce que celui-ci put lui dire de la Dame de Rohan.

— Mais je ne doute pas, seigneur, dit le Gardien, que vous n'en appreniez davantage du Semi-Homme qui est ici : car il chevauchait avec le roi, et à la fin avec la Dame, dit-on.

Merry fut donc envoyé à Faramir. Ils s'entretinrent longuement durant le restant de cette journée, et Faramir apprit beaucoup de choses, davantage même que Merry n'en exprima en parole ; et il crut alors comprendre quelque chose au chagrin et à l'inquiétude d'Eowyn de Rohan. Et, dans le beau soir, Faramir et Merry se promenèrent dans le jardin, mais elle ne vint pas.

Le matin, toutefois, comme Faramir venait des Maisons, il la vit, debout sur les murs ; et, tout de blanc vêtue, elle rayonnait sous le soleil. Il l'appela, et elle descendit ; et ils se promenèrent sur l'herbe ou s'assirent ensemble sous un arbre vert, observant tantôt le silence et tantôt parlant. Et, chaque jour, ils firent de même. Et le Gardien, regardant de sa fenêtre, en avait le cœur réjoui, car il était Guérisseur et son souci en était allégé ; et il était certain que, si lourds que fussent la peur et les mauvais pressentiments qui pesaient en ces jours sur le cœur des hommes, ces deux malades confiés à ses soins prospéraient et reprenaient chaque jour des forces.

Ainsi vint le cinquième jour après la première entrevue entre la Dame Eowyn et Faramir ; et ils se trouvèrent une fois de plus sur les murs de la Cité, regardant au loin. Nulles nouvelles n'étaient encore venues, et tous les cœurs étaient assombris. Le temps, lui aussi, n'était plus beau. Il faisait froid. Le vent qui s'était élevé au cours de la nuit soufflait maintenant, avec âpreté, du nord et, il fraîchissait ; mais le pays alentour avait un aspect gris et morne.

Ils étaient chaudement vêtus, avec des lourds manteaux, et, par-dessus le tout, la Dame Eowyn portait une grande mante du bleu d'une profonde nuit d'été, brodée d'étoiles d'argent au bord et à la gorge. Faramir avait envoyé chercher ce vêtement et l'en avait enveloppée ; et il la trouvait belle et royale, certes, debout à son côté. La mante avait été faite pour sa mère, Finduilas d'Amroth, qui, morte prématurément, ne représentait pour lui qu'un souvenir de beauté dans un temps lointain et son premier chagrin ; et ce vêtement lui paraissait convenir à la beauté et à la tristesse d'Eowyn.

Mais elle frissonna alors sous la mante étoilée, et elle regarda vers le nord par-dessus les terres grises dans le lit du vent froid, où, au loin, le ciel était dur et clair.

— Que cherchez-vous, Eowyn ? demanda Faramir.

— La Porte Noire ne se trouve-t-elle pas là-bas ? dit-elle. Et ne doit-il pas y être arrivé à présent ? Cela fait sept jours qu'il est parti.

— Sept jours, dit Faramir. Mais ne m'en veuillez pas si je vous dis : ils m'ont apporté en même temps une joie et une douleur que je pensais ne jamais connaître. La joie de vous voir ; mais la douleur, parce qu'à présent la crainte et le doute sur ce temps néfaste sont devenus assurément sombres. Je ne voudrais pas voir ce monde prendre fin maintenant, Eowyn, ni perdre si rapidement ce que j'ai trouvé.

— Perdre ce que vous avez trouvé, seigneur ? répondit-elle, mais elle le regardait avec gravité et ses yeux étaient bienveillants. Je ne sais ce qu'en ces jours vous avez trouvé que vous pourriez perdre. Mais allons, mon ami, n'en parlons point ! Ne parlons pas du tout ! Je suis sur une terrible arête, et des ténèbres totales règnent dans l'abîme ouvert devant mes pieds ; mais s'il y a une lumière quelconque derrière moi, je ne saurais le dire. Car je ne puis encore me retourner. J'attends quelque coup du destin.

— Oui, nous attendons le coup du destin, dit Faramir.

Et ils ne dirent plus rien ; et il leur sembla, tandis qu'ils se tenaient sur le mur, que le vent tombait, que la lumière s'évanouissait, que le soleil était obscurci et que tous les sons de la Cité ou des terres étaient étouffés : ils n'entendaient plus ni vent, ni voix, ni appels d'oiseaux, ni bruissement de feuilles, ni leur propre souffle ; le battement même de leurs cœurs était arrêté. Le temps s'était immobilisé.

Et, comme ils se tenaient ainsi, leurs mains se rencontrèrent et se serrèrent, bien qu'ils ne s'en rendissent pas compte. Et ils attendirent encore ils ne savaient quoi. Bientôt, il leur sembla qu'au-dessus des crêtes lointaines s'élevait une autre vaste montagne de ténèbres, dressée comme une vague qui allait engloutir le monde, et des éclairs luisaient dedans par intermittence ; puis un tremblement parcourut la terre, et ils sentirent les murs de la Cité vaciller. Un son semblable à un soupir s'éleva de toutes les terres environnantes ; et leurs cœurs battirent soudain de nouveau.

— Cela me rappelle Númenor, dit Faramir, étonné de s'entendre parler.

— Númenor ? dit Eowyn.

— Oui, dit Faramir, le pays d'Ouistrenesse qui s'effondra et la grande vague sombre recouvrant les terres vertes, escaladant les collines et s'avançant, obscurité inéluctable. J'en rêve souvent.

— Vous croyez donc que l'Obscurité vient ? dit Eowyn. L'Obscurité inéluctable ?

Et elle se rapprocha soudain de lui.

— Non, dit Faramir, la dévisageant. Ce n'était qu'une image dans mon esprit. Je ne sais pas ce qui arrive. La raison de mon esprit éveillé me dit qu'un grand mal s'est produit et que nous nous trouvons à la fin des jours. Mais mon cœur dit le contraire ; et tous mes membres sont légers, et un joyeux espoir m'est venu que nulle raison ne peut démentir. Eowyn, Eowyn, Blanche Dame de Rohan, en cette heure je ne crois pas qu'aucunes ténèbres ne dureront !

Il se pencha et lui baisa le front.

Ils se tinrent ainsi sur les murs de la Cité de Gondor, et un grand vent s'éleva et souffla, et leurs cheveux, noir de jais et blond d'or, flottèrent mêlés dans l'air. Et

l'Ombre partit, le soleil se dévoila, et la lumière jaillit ;
les eaux de l'Anduin brillèrent comme de l'argent, et
dans toutes les maisons de la Cité les hommes chantèrent, car la joie emplissait leurs cœurs sans qu'ils puissent en dire la source.

Et avant que le soleil ne fût tombé loin du zénith, vint
de l'est un grand Aigle, et il apportait des nouvelles
inespérées des Seigneurs de l'Ouest, criant :

> *Chantez maintenant, ô vous, gens de la Tour*
> *   d'Anor,*
> *Car le Royaume de Sauron est fini à jamais,*
> *Et la Tour Sombre est jetée à bas.*
>
> *Chantez et réjouissez-vous, ô vous, gens de la Tour*
> *   de Garde,*
> *Car votre guet n'a pas été vain,*
> *Et la Porte Noire est brisée :*
> *Votre Roi l'a franchie,*
> *Et il est victorieux.*
>
> *Chantez et soyez heureux, ô vous, enfants de*
> *   l'Ouest,*
> *Car votre Roi reviendra,*
> *Et il résidera parmi vous*
> *Tous les jours de votre vie.*
>
> *Et l'Arbre qui fut desséché sera renouvelé,*
> *Et il le plantera dans les hauts lieux,*
> *Et la Cité sera bienheureuse.*
>
> *Chantez, ô vous tous !*

Et les gens chantèrent dans toutes les voies de la
Cité.

Les jours qui suivirent furent d'or ; le printemps et
l'été se joignirent pour faire grandes réjouissances dans
les champs de Gondor. Et de rapides cavaliers apportèrent alors de Cair Andros la nouvelle que tout était ter-

miné, et la Cité s'apprêta pour la venue du Roi. Merry fut mandé, et il accompagna à cheval les charrettes qui emportaient des approvisionnements à Osgiliath et de là, par eau, à Cair Andros ; mais Faramir n'y alla point, car, à présent, il assuma l'autorité et l'Intendance, encore que ce ne fût que pour peu de temps, et que son devoir fût de préparer la voie pour celui qui devait le remplacer.

Et Eowyn n'y alla point, malgré l'appel de son frère qui la priait de venir au Champ de Cormallen. Faramir s'en étonna, mais il la voyait rarement, étant occupé d'autres questions ; elle resta, silencieuse, dans les Maisons de Guérison, se promenant seule dans le jardin ; son visage devint de nouveau pâle, et il sembla que, dans toute la Cité, elle seule était souffrante et triste. Le Gardien des Maisons s'inquiéta, et il en parla à Faramir.

Faramir vint alors et la chercha ; et une fois de plus, ils se tinrent ensemble sur les murs ; et il lui dit :

— Pourquoi restez-vous ici, Eowyn, et n'allez-vous pas aux réjouissances de Cormallen au-delà de Cair Andros, où votre frère vous attend ?

Et elle dit :

— Ne le savez-vous pas ?

Mais lui répondit :

— Il peut y avoir deux raisons, mais je ne sais laquelle est la vraie.

Et elle dit :

— Je ne désire pas jouer aux devinettes. Parlez plus clairement !

— Eh bien, si vous y tenez, madame, dit-il : vous ne partez pas, parce que seul votre frère vous a appelée, et contempler le Seigneur Aragorn, l'héritier d'Elendil, dans son triomphe ne vous apporterait à présent aucune joie. Ou parce que je n'y vais pas et que vous désirez encore être auprès de moi. Peut-être aussi pour les deux raisons à la fois et parce que vous-même ne pouvez choisir entre elles. Ne m'aimez-vous pas, Eowyn, ou ne le voulez-vous pas ?

— Je souhaiterais être aimée d'un autre, répondit-elle. Mais je ne désire la pitié d'aucun homme.

— Cela, je le sais, dit-il. Vous désiriez l'amour du Seigneur Aragorn. Parce qu'il était haut et puissant, et que vous désiriez avoir renom et gloire et être élevée bien au-dessus des êtres mesquins qui rampent sur la terre. Et il vous paraissait admirable comme un grand capitaine à un jeune soldat. Car c'en est un, seigneur parmi les hommes, le plus grand qui soit maintenant. Mais quand il ne vous donna que compréhension et compassion, vous ne désirâtes plus rien qu'une mort vaillante au combat. Regardez-moi, Eowyn !

Et Eowyn regarda Faramir. longuement et ferme-ment ; et Faramir dit :

— Ne méprisez pas la compassion qui est le don d'un cœur doux, Eowyn ! Mais je ne vous offre pas ma com-passion. Car vous êtes une grande et vaillante dame, et vous avez vous-même acquis un renom qui ne tombera pas dans l'oubli ; et vous êtes une dame d'une beauté que ne sauraient même dépeindre les mots de la langue elfique. Et je vous aime. J'ai eu pitié de votre chagrin. Mais, à présent, seriez-vous exempte de toute peine, de toute crainte et de toute privation, seriez-vous l'heu-reuse Reine de Gondor, je vous aimerais encore. Ne m'aimez-vous pas, Eowyn ?

Alors, le cœur d'Eowyn changea, ou bien enfin com-prit-elle. Et soudain son hiver passa et le soleil brilla sur elle.

— Je me tiens dans Minas Anor, la Tour du Soleil, dit-elle ; et voilà que l'Ombre est partie ! Je ne serai plus une vierge guerrière, je ne le disputerai plus aux grands Cavaliers, et je ne trouverai plus la joie dans les seuls chants de massacres. Je serai guérisseuse, et j'aimerai tout ce qui pousse et n'est pas stérile.

Et elle regarda de nouveau Faramir.

— Je ne désire plus être reine, dit-elle.

Faramir eut alors un rire joyeux.

— Voilà qui est bien, dit-il, car je ne suis pas roi. J'épouserai pourtant la Blanche Dame de Rohan, si telle est sa volonté. Et si elle le veut, alors traversons le Fleuve pour demeurer, en des jours plus heureux, dans la belle Ithilien, où nous ferons un jardin. Toutes choses pousseront là avec joie, si la Dame Blanche y vient.

— Dois-je donc abandonner mon propre peuple, homme de Gondor ? dit-elle. Et voudriez-vous que vos fières gens disent de vous : « Voilà un seigneur qui soumit une sauvage vierge guerrière du Nord ! N'y avait-il aucune femme de la race de Númenor à choisir ? »

— Oui, je le voudrais, dit Faramir.

Il la prit dans ses bras, et il l'embrassa sous le ciel ensoleillé, sans se soucier de ce qu'ils fussent haut sur les murs, exposés à la vue de tous. Et nombreux en vérité furent ceux qui les virent, ainsi que la lumière qui brillait sur eux tandis qu'ils descendaient des murs et se dirigeaient, la main dans la main, vers les Maisons de Guérison.

Et Faramir dit au Gardien des Maisons :

— Voici la Dame Eowyn de Rohan, et elle est maintenant guérie.

Et le Gardien répondit :

— Je la libère donc de ma garde et lui dis adieu ; et puisse-t-elle ne jamais plus endurer ni blessure ni maladie. Je la confie à l'Intendant de la Cité, jusqu'au retour de son frère.

Mais Eowyn dit :

— Maintenant que j'ai la permission de partir, je voudrais toutefois rester. Car cette Maison est devenue pour moi, de toutes les demeures, la plus heureuse.

Et elle resta là jusqu'à l'arrivée du Roi Eomer.

Tous les préparatifs furent alors faits dans la Cité ; et il y avait un grand concours de gens, car les nouvelles s'étaient répandues dans toutes les parties du Gondor, de Min-Rimmon jusqu'à Pinnath Gelin et aux côtes lointaines de la mer ; et tous ceux qui pouvaient venir à la Cité se hâtaient d'y arriver. Et la Cité fut de nouveau remplie de femmes et de beaux enfants qui revenaient vers leurs maisons chargés de fleurs ; et de Dol Amroth vinrent les harpistes les plus habiles de tout le pays ; et il y avait des joueurs de violes, de flûtes, de cors d'argent, et des chanteurs à la voix claire venus des vallées de la Lebennin.

Enfin vint un soir où l'on put voir du haut des murs les tentes dans la campagne et, toute la nuit, des lumières brûlèrent, tandis que les hommes guettaient l'aube. Et quand le soleil se leva dans le clair matin au-dessus des montagnes de l'Est, sur lesquelles ne s'étendaient plus d'ombres, toutes les cloches se mirent à sonner, toutes les bannières se déployèrent et flottèrent au vent ; et, au sommet de la Tour Blanche de la Citadelle, l'étendard des Intendants, d'argent brillant comme la neige au soleil, ne portant aucune charge ni emblème, fut hissé pour la dernière fois.

Les Capitaines de l'Ouest menèrent alors leur armée vers la Cité ; on les vit avancer, rang après rang, flamboyant et étincelant dans le soleil levant, et ondoyant comme de l'argent. Ils arrivèrent ainsi à la voûte d'entrée et ils firent halte à un furlong des murs. On n'avait pas encore remonté de porte, et il n'y avait qu'une barrière posée en travers de l'entrée de la Cité ; et là se tenaient des hommes en armes, vêtus de noir et argent, avec de longues épées tirées. Devant la barrière se tenaient l'Intendant Faramir, Hurïn Gardien des Clefs, d'autres capitaines de Gondor et la Dame Eowyn avec le maréchal Elfhelm et de nombreux chevaliers de la Marche ; et de part et d'autre de la Porte se pressait une foule de gens blonds en vêtements multicolores, portant des guirlandes de fleurs.

Il y avait donc à présent un large espace devant les murs de Minas Tirith, et il était bordé sur tous les côtés des chevaliers et des soldats de Gondor et de Rohan, et par les gens de la Cité et de toutes les parties du pays. Un silence s'établit comme, de l'armée, s'avançaient les Dunedains en argent et gris ; et devant eux marchait lentement le Seigneur Aragorn. Il était vêtu de mailles noires avec une ceinture d'argent, et il portait une longue cape d'un blanc pur serrée au cou par un grand joyau vert qui brillait de loin ; mais il avait la tête nue, sauf pour une étoile sur le front, liée par une mince bandelette d'argent. Avec lui venaient Eomer de Rohan, le Prince Imrahil, Gandalf tout de blanc vêtu, et quatre petites figures que maints hommes s'étonnèrent de voir.

— Non, cousine ! ce ne sont pas des garçons, dit Ioreth à sa parente d'Imloth Melui qui se tenait à côté d'elle. Ce sont des *periain,* du lointain pays des Semi-Hommes, où il y a des princes de grand renom, à ce qu'on dit. Je le sais bien, car j'en ai eu un à soigner dans les Maisons. Ils sont petits, mais vaillants. Tu penses, cousine, l'un d'eux est allé avec son seul écuyer dans le Pays Noir et il s'est battu à lui tout seul avec le Seigneur Ténébreux, et il a mis le feu à sa Tour, si tu peux le croire. C'est en tout cas l'histoire qui court la Cité. Ce doit être celui qui marche avec notre Pierre Elfique. Ce sont de grands amis, dit-on. C'est un prodige que le Seigneur Pierre Elfique : pas trop doux en paroles, remarque, mais il a un cœur d'or, comme on dit ; et il a des mains guérisseuses. « Les mains du roi sont des mains de guérisseur », que j'ai dit ; et c'est comme ça que tout a été découvert. Et Mithrandir, il m'a dit :

« Ioreth, les hommes se souviendront longtemps de vos paroles... »

Mais Ioreth ne put poursuivre l'instruction de sa cousine de la campagne, car une unique trompette sonna, et un silence de mort s'ensuivit. Alors, de la Porte, sortit Faramir, accompagné de Hurïn gardien des Clefs et de nuls autres, sinon que derrière eux marchaient quatre hommes vêtus de l'armure et des hauts casques de la Citadelle, qui portaient un grand coffret de *lebethron* cerclé d'argent.

Faramir rencontra Aragorn au milieu de ceux qui étaient assemblés là ; il s'agenouilla et dit :

— Le dernier Intendant de Gondor sollicite l'autorisation de remettre son mandat.

Et il tendit une verge blanche ; mais Aragorn la prit et la lui rendit, disant :

— Ce mandat n'est pas terminé et il sera tien et celui de tes héritiers, tant que durera ma lignée. Remplis maintenant ton office !

Faramir se leva alors et parla d'une voix claire :

— Hommes de Gondor, écoutez maintenant l'Intendant de ce Royaume ! Voyez ! Quelqu'un est venu enfin revendiquer de nouveau la royauté. Voici Aragorn fils d'Arathorn, chef des Dunedains d'Arnor, Capitaine de l'Armée de l'Ouest, porteur de l'Étoile du Nord, manieur de l'Épée Reforgée, victorieux au combat, dont les mains apportent la guérison, la Pierre Elfique, Elessar de la lignée de Valandil, fils d'Isildur, fils d'Elendil de Númenor. Sera-t-il roi et entrera-t-il dans la Cité pour y demeurer ?

Et toute l'armée et tout le peuple crièrent *oui* d'une seule voix.

Et Ioreth dit à sa parente :

— C'est juste une cérémonie telle que nous les avons dans la Cité, cousine ; car il est déjà entré, comme je vous le disais, et il m'a dit...

390

Et de nouveau elle fut réduite au silence, car Faramir reparlait.

— Hommes de Gondor, les maîtres en tradition disent que la coutume d'autrefois était que le roi reçût la couronne de son père avant la mort de celui-ci ; ou, en cas d'impossibilité, qu'il allât seul la prendre des mains de son père dans le tombeau où il gisait. Mais puisque les choses doivent à présent se dérouler autrement, usant de l'autorité de l'Intendant, j'ai aujourd'hui apporté ici de Rath Dinen la couronne d'Earnur, le dernier roi, dont les jours passèrent du temps de nos lointains ancêtres.

Alors, les gardes s'avancèrent ; et Faramir ouvrit la cassette et en sortit une ancienne couronne. Elle avait la même forme que les casques des Gardes de la Citadelle, sauf qu'elle était plus haute ; elle était toute blanche, et les ailes de part et d'autre étaient faites de perles et d'argent à la ressemblance des ailes d'un oiseau de mer, car c'était l'emblème des rois venus d'au-delà de la Mer ; sept joyaux de diamant étaient sertis dans le bandeau, et au sommet se trouvait un unique joyau dont la lumière s'élevait comme une flamme.

Aragorn prit alors la couronne et, la tenant élevée, il dit :

— *Et Eärello Endorenna utúlien. Sinome maruvan ar Hildinyar tenn' Ambar-metta !*

C'étaient les mots qu'Elendil avait prononcés quand il était venu de la Mer sur les ailes du vent : « De la Grande Mer en Terre du Milieu, je suis venu. En ce lieu, je me fixerai, moi et mes héritiers, jusqu'à la fin du monde. »

Alors, à la surprise d'un grand nombre, Aragorn ne posa pas la couronne sur sa tête, mais la rendit à Faramir, disant :

— Je suis venu en possession de mon héritage grâce au labeur et à la vaillance d'un grand nombre. En témoignage de quoi, je voudrais que le Porteur de l'Anneau me présente la couronne et que Mithrandir la pose sur ma tête, s'il le veut bien : car il a été le moteur de tout ce qui a été accompli, et cette victoire est la sienne.

Et Frodon s'avança, prit la couronne des mains de Faramir et la porta à Gandalf ; et Aragorn s'agenouilla pour que Gandalf lui posât la Couronne Blanche sur la tête, disant :

— Maintenant viennent les jours du Roi et puissent-ils être bénis tant que dureront les trônes du Valar !

Mais quand Aragorn se leva, tous ceux qui le voyaient le contemplèrent en silence, car il leur semblait qu'il leur était alors révélé pour la première fois. Grand comme les rois de la mer jadis, il dominait tout son entourage ; il paraissait chargé d'années et cependant dans la fleur de la virilité ; la sagesse se montrait sur son front, et la force et la guérison étaient dans ses mains, et une lumière l'environnait. Alors, Faramir cria :

— Voici le Roi !

Et, à ce moment, les trompettes sonnèrent ; le Roi Elessar s'avança vers la barrière, et Hurïn gardien des Clefs la rejeta en arrière ; et, au milieu de la musique des harpes, des violes et des flûtes et le chant de voix claires, le Roi passa dans les rues jonchées de fleurs, il arriva à la Citadelle et y entra ; la bannière de l'Arbre et des Étoiles fut déployée sur la plus haute tour et commença le règne du Roi Elessar, qu'ont célébré bien des chants.

De son temps, la Cité fut rendue plus belle qu'elle n'avait jamais été, fût-ce aux jours de sa gloire première ; et elle fut emplie d'arbres et de fontaines ; ses portes étaient de mithril et d'acier, et ses rues étaient pavées de marbre blanc ; les gens de la montagne y travaillaient, et ceux de la forêt se réjouissaient d'y venir ; tous étaient guéris et tout était réparé ; les maisons étaient pleines d'hommes et de femmes et de rires d'enfants ; aucune fenêtre n'était aveugle, aucune cour vide, et après le passage du Troisième Age du monde dans le nouvel âge, il garda le souvenir et la gloire des années disparues.

Dans le temps qui suivit son couronnement, le Roi siégea sur son trône dans le Palais des Rois, et il y prononça ses jugements. Et des ambassades vinrent de nombreux pays et peuples, de l'Est et du Sud, des lisières de la Forêt Noire et du Pays de Dun à l'ouest. Le Roi pardonna aux Orientaux qui s'étaient rendus et il les renvoya libres, et il fit la paix avec les gens de Harad ; il libéra les esclaves de Mordor, et il leur donna en possession toutes les terres des environs de la Mer de Nurnen. Et de nombreux soldats parurent devant lui pour recevoir ses éloges et la récompense de leur valeur ; et en dernier lieu le capitaine de la Garde lui amena Beregond pour qu'il fût jugé.

Et le Roi dit à Beregond :

— Beregond, par votre épée le sang fut versé dans les Lieux Consacrés, où cela est interdit. Et vous abandonnâtes aussi votre poste sans l'autorisation du Seigneur ou du Capitaine. Pour ces faits, dans l'ancien temps, le châtiment était la mort. Aujourd'hui donc, je dois prononcer votre jugement.

« Toute peine est remise en considération de votre vaillance au combat, et plus encore parce que tout ce que vous avez fait le fut pour l'amour du Seigneur Faramir. Vous devez néanmoins quitter la Garde de la Citadelle et partir de la Cité de Minas Tirith.

Le sang reflua alors du visage de Beregond ; frappé au cœur, il courba la tête. Mais le Roi dit :

— Ainsi doit-il en être, car vous êtes nommé à la Compagnie Blanche, la Garde de Faramir, Prince d'Ithilien ; vous en serez le Capitaine, et vous résiderez en Emyn Arnen dans l'honneur et la paix, et au service de celui pour lequel vous risquâtes tout pour le sauver de la mort.

Alors, Beregond, percevant la miséricorde et la justice du Roi, fut heureux ; il s'agenouilla pour lui baiser la main et s'en fut, joyeux et content. Et Aragorn donna l'Ithilien comme principauté à Faramir, et il l'invita à résider dans les collines d'Emyn Arnen, à portée de vue de la Cité.

— Car, dit-il, Minas Ithil dans la Vallée de Morgul sera rasée, et, bien qu'elle puisse être nettoyée avec le temps, nul homme ne devra y demeurer durant de longues années.

Et enfin Aragorn accueillit Eomer de Rohan ; ils s'étreignirent, et Aragorn dit :

— Entre nous, il ne peut y avoir aucune idée de concessions, non plus que derécompense ; car nous sommes frères. Ce fut une heure heureuse que celle où Eomer vint du Nord, et jamais aucune ligue de peuples ne fut plus bénie, de sorte qu'aucun ne manqua ou ne manquera à l'autre. Or, vous le savez, nous avons déposé Théoden le Renommé dans un tombeau des Lieux Consacrés, et il y demeurera à jamais parmi les Rois de Gondor, si vous le voulez bien. Ou, si vous le désirez, nous irons en Rohan pour le ramener et le faire reposer parmi son propre peuple.

Et Eomer répondit :

— Je vous ai aimé dès le jour où vous vous êtes levé devant moi de l'herbe verte des hauts, et cette amitié ne fera jamais défaut. Mais je dois maintenant me rendre quelque temps dans mon propre royaume, où il y a beaucoup à réparer et à remettre en ordre. Mais, pour ce qui est de Celui qui est tombé, nous retournerons le chercher quand tout sera prêt ; qu'il dorme toutefois ici pour le moment.

Et Eowyn dit à Faramir :

— Je dois maintenant regagner mon propre pays, le revoir une fois de plus et assister mon frère dans sa tâche ; mais, quand celui que j'ai longtemps aimé comme père sera enfin couché en repos, je reviendrai.

Les jours de liesse passèrent donc ; et, le huitième jour de mai, les Cavaliers de Rohan s'apprêtèrent et s'en furent par la Route du Nord ; et avec eux partirent les fils d'Elrond. Toute la route était bordée de gens venus pour leur faire honneur et chanter leurs louanges, de la Porte de la Cité aux murs du Pelennor. Après quoi, tous ceux qui demeuraient au loin regagnèrent leurs maisons en se réjouissant ; mais, dans la Cité, de nombreux volontaires commencèrent à reconstruire, à tout renouveler et à faire disparaître les blessures de la guerre et le souvenir de l'obscurité.

Les Hobbits restèrent encore à Minas Tirith, avec Legolas et Gimli ; car Aragorn répugnait à voir se dissoudre la communauté.

— Toutes choses de ce genre doivent avoir une fin, dit-il ; mais j'aimerais que vous attendiez encore un peu ; car le couronnement des exploits auxquels vous avez eu part n'est pas encore venu. Un jour approche que j'ai attendu durant toutes les années de ma virilité, et quand il viendra, j'aimerais avoir mes amis à mes côtés.

Mais il ne voulut rien dire de plus à ce sujet.

Pendant cette période, les Compagnons de l'Anneau habitèrent ensemble dans une belle maison avec Gandalf, et ils allaient et venaient comme ils l'entendaient Et Frodon dit à Gandalf :

— Savez-vous quel est ce jour dont parle Aragorn ? Car, si nous sommes heureux ici et si je ne désire pas partir, le temps passe, et Bilbon attend ; et mon pays est la Comté.

— Pour ce qui est de Bilbon, répondit Gandalf, il attend ce même jour, et il sait ce qui vous retient. Quant au temps qui passe, nous ne sommes encore qu'en mai, et le plein été n'est pas encore venu ; et toutes choses ont beau paraître bien changées, comme si un âge du monde avait passé, pour ce qui est des arbres et de l'herbe, il s'est écoulé moins d'un an depuis votre départ.

— Pippin, dit Frodon, ne disais-tu pas que Gandalf était moins secret qu'autrefois ? Il était las de ses travaux alors, je pense. Il s'en remet à présent.

Et Gandalf dit :

— Nombre de gens désirent savoir d'avance ce qui leur sera servi ; mais ceux qui ont travaillé à la préparation du festin aiment garder leur secret ; car l'étonnement rend les louanges plus vives. Et Aragorn lui-même attend un signe.

Vint un jour où Gandalf fut introuvable, et les Compagnons se demandèrent ce qui se préparait. Mais Gandalf emmena de nuit Aragorn hors de la Cité, et il le conduisit au pied sud du mont Mindolluin ; et là, ils trouvèrent un sentier fait dans un temps lointain et que peu de gens osaient à présent fouler. Car il montait dans la montagne à un haut champ sous les neiges qui recouvraient les pics ; et ce champ dominait le précipice qui se trouvait derrière la Cité. Debout là, ils contemplèrent le pays, car le matin était venu ; et ils voyaient les tours de la Cité loin en contrebas, tels des pinceaux blancs touchés par la lumière du soleil ; toute la Vallée de l'Anduin était comme un jardin, et les Monts de l'Ombre étaient voilés d'une brume dorée. D'un côté, leur vue atteignait jusqu'au gris Emyn Muil, et le reflet du Rauros semblait une étoile scintillant au loin ; tandis que, de l'autre côté, ils voyaient le Fleuve comme un ruban étiré jusqu'à Pelargir, et au-delà il y avait une lumière en bordure du ciel, qui évoquait la Mer.

Et Gandalf dit :

— Voici votre royaume, et le cœur du royaume plus grand qui sera. Le Tiers Age du monde est terminé, et le nouveau a commencé ; et c'est à vous qu'il appartient d'en ordonner le début en conservant ce qui peut être conservé. Car, si une bonne part a été sauvée, une bonne part doit maintenant disparaître ; et le pouvoir des Trois Anneaux est, lui aussi, terminé. Et toutes les terres que vous voyez, et celles qui les entourent seront occupées par les Hommes. Car le temps vient de la Domination des Hommes, et les Parentés Anciennes disparaîtront peu à peu ou s'en iront.

— Je le sais bien, ami cher, dit Aragorn ; mais je voudrais encore avoir votre conseil.

— Plus pour longtemps maintenant, dit Gandalf. Le Tiers Age était le mien. J'étais l'Ennemi de Sauron ; et ma tâche est achevée. Je partirai bientôt. Le fardeau doit reposer à présent sur vous et les vôtres.

— Mais je mourrai, dit Aragorn. Car je suis un mortel et, tout en étant ce que je suis et de la race de l'Ouest à l'état pur, j'aurai une vie beaucoup plus longue que celle des autres hommes, mais ce n'est qu'un court moment ; et quand seront nés et auront vieilli ceux qui sont encore dans le ventre de leur mère, moi aussi je deviendrai vieux. Qui, alors, gouvernera le Gondor et ceux qui regardent vers cette Cité comme vers leur reine, si mon désir n'est pas exaucé ? L'Arbre de la Cour de la Fontaine est encore desséché et stérile. Quand verrai-je un signe qu'il doive jamais être autrement ?

— Tournez votre visage vers le monde verdoyant et regardez où tout paraît stérile et froid ! dit Gandalf.

Aragorn se tourna alors, et il y avait derrière lui une pente rocailleuse qui descendait des lisières de la neige ; et, comme il regardait, il perçut que, isolé dans ce désert, poussait quelque chose. Il grimpa jusque-là, et il vit que, du bord même de la neige, jaillissait un tout jeune arbre, qui n'avait pas plus de trois pieds de haut. Il avait déjà poussé de jeunes feuilles, longues et bien faites, sombres sur le dessus et argentées par en dessous, et à son mince sommet il portait un petit trochet de fleurs aux pétales brillants comme la neige au soleil.

Aragorn s'écria alors :

— *Yé ! utúvienyes !* Je l'ai trouvé ! Voyez ! Voici un rejeton de l'Aîné des Arbres ! Mais comment se trouve-t-il ici ? Car il n'a pas lui-même plus de sept ans.

Et Gandalf, s'étant approché, dit :

— C'est vraiment là un rejeton de la lignée de Nimloth le beau, qui était un plant de Galathilion, lui-même fruit de Telperion, l'Aîné des Arbres aux nombreux noms. Qui pourrait dire comment il arrive ici à l'heure dite ? Mais c'est un ancien endroit consacré, et, avant la fin des rois ou le dessèchement de l'Arbre de la Cour, un fruit a dû être déposé ici. Car il est dit que, bien que le fruit de l'Arbre arrive rarement à maturité, la vie qui est en lui peut alors rester assoupie durant de nombreuses années, et nul ne peut prévoir le moment de son réveil. Rappelez-vous cela. Car, si jamais un fruit mûrit, il devrait être planté pour que sa descendance ne disparaisse pas du monde. Il est resté caché ici sur la montagne au temps même où la race d'Elendil se tenait cachée dans les déserts du Nord. Pourtant la lignée de Nimloth est de beaucoup plus ancienne que la vôtre, Roi Elessar.

Aragorn porta alors doucement la main sur le plant, et voilà que celui-ci lui sembla ne tenir que légèrement à la terre ; Aragorn le retira sans mal, et il le rapporta à la Citadelle. Alors, le vieil arbre fut déraciné, mais avec révérence ; et on ne le brûla point, mais il fut remis pour reposer dans le silence de Rath Dinen. Aragorn planta le nouvel arbre dans la cour près de la fontaine, et il commença vite à pousser avec bonheur ; et, quand vint le mois de juin, l'arbre était couvert de fleurs.

— Le signe a été donné, dit Aragorn, et le jour n'est plus loin.

Et il disposa des guetteurs sur les murs.

Ce fut la veille du solstice d'été que des messagers vinrent d'Amon Dîn à la Cité pour annoncer qu'il y avait une chevauchée de belles gens du Nord et qu'elle approchait des murs du Pelennor. Et le Roi dit :

— Ils viennent enfin. Que toute la Cité s'apprête !

La veille même du solstice d'été, tandis que le ciel était d'un bleu de saphir et que les étoiles commençaient à briller à l'est, mais que l'ouest était encore tout doré et l'air frais et odorant, les Cavaliers arrivèrent par la Route du Nord aux portes de Minas Tirith. En tête chevauchaient Elrohir et Elladan avec une bannière d'argent, puis Glorfindel et Erestor et toute la maison de Fondcombe, et après venaient la Dame Galadriel et Celeborn, Seigneur de Lothlorien, montés sur des coursiers blancs, et avec eux maintes belles gens de leur pays, vêtus de manteaux gris avec des gemmes blanches dans les cheveux ; et enfin arrivaient Maître Elrond, puissant parmi les Elfes et les Hommes, portant le sceptre d'Annúminas, et à son côté, montée sur un palefroi gris, sa fille Arwen, Étoile du Soir de son peuple.

Et Frodon, la voyant approcher, rayonnante dans le soir avec des étoiles au front et environnée d'une douce fragrance, fut grandement émerveillé, et il dit à Gandalf :

— Je comprends enfin la raison de notre attente ! Ceci est l'achèvement. Dorénavant, ce ne sera pas seulement le jour qui sera aimé, mais la nuit aussi sera belle et bénie, et toute peur en sera bannie !

Le Roi accueillit alors ses hôtes, et ils mirent pied à terre ; et Elrond rendit le sceptre et mit la main de sa fille dans celle du Roi ; ils montèrent ensemble à la Cité Haute, et toutes les étoiles fleurirent dans le ciel. Aragorn, Roi Elessar, épousa Arwen Undomiel dans la Cité des Rois le jour du solstice d'été, et l'histoire de leurs longues peines se trouva achevée.

Chapitre VI

Nombreuses séparations

Quand les jours de liesse furent enfin passés, les Compagnons pensèrent à regagner leurs propres demeures. Et Frodon se rendit auprès du Roi, qui se tenait près de la fontaine avec la Reine Arwen, et elle chantait un chant de Valinor, tandis que l'Arbre croissait et fleurissait. Ils se levèrent pour accueillir Frodon ; et Aragorn lui dit :

— Je sais ce que vous êtes venu dire, Frodon : vous désirez rentrer chez vous. Eh bien, ami très cher, un arbre croît mieux au pays de ses pères ; mais sachez que, pour vous, bon accueil vous sera toujours réservé dans les pays de l'Ouest. Et, quoique les vôtres aient eu peu de célébrité dans les légendes des grands, ils auront désormais plus de renom qu'aucun des vastes royaumes qui ne sont plus.

— Il est vrai que je désire retourner dans la Comté, dit Frodon. Mais je dois d'abord aller à Fondcombe. Car, s'il pouvait manquer une seule chose en un temps aussi béni, c'était pour moi Bilbon ; et j'ai été affligé en voyant que, parmi toute la maison d'Elrond, il n'était pas venu.

— Vous en étonnez-vous, Porteur de l'Anneau ? demanda Arwen. Vous connaissez le pouvoir de cet objet qui est maintenant détruit ; et tout ce qui a été fait par ce pouvoir est en train de disparaître. Mais votre parent a possédé cet objet plus longtemps que vous. Il est chargé d'ans à présent, pour quelqu'un de sa race ; et il vous attend, car il ne veut plus faire aucun long voyage, hormis un seul.

— Dans ce cas, je demande la permission de partir bientôt, dit Frodon.

— Vous partirez dans une semaine, dit Aragorn. Car nous vous accompagnerons loin sur la route, et même jusqu'au pays de Rohan. Dans trois jours maintenant, Eomer reviendra pour emporter Théoden, afin qu'il repose dans la Marche, et nous chevaucherons avec lui pour honorer le mort. Mais, avant votre départ, je tiens à vous confirmer les paroles de Faramir, et vous avez à jamais droit de cité dans le royaume de Gondor ; et tous vos compagnons de même. Et s'il était aucun présent en rapport avec vos exploits, je vous le donnerais ; mais vous emporterez avec vous tout ce que vous pourrez désirer, et vous chevaucherez avec honneur et tout l'apparat des princes du pays.

Mais la Reine Arwen dit :

— Je vais vous faire un présent. Car je suis la fille d'Elrond. Je ne vais pas l'accompagner quand il partira pour les Havres ; mon choix est en effet celui de Luthien, et j'ai choisi comme elle, en même temps le doux et l'amer. Mais vous partirez à ma place, Porteur de l'Anneau, le moment venu, et si tel est alors votre désir. Si vos blessures vous font encore souffrir et si le souvenir de votre fardeau est lourd, vous pourrez passer à l'Ouest jusqu'à guérison de vos maux et de votre lassitude. Mais portez ceci maintenant en mémoire de Pierre Elfique et d'Étoile du Soir, avec lesquels votre vie a été entretissée !

Elle prit alors une gemme blanche semblable à une étoile, qui reposait sur son sein au bout d'une chaîne d'argent, et elle passa cette chaîne au cou de Frodon.

— Quand vous serez troublé par le souvenir de la peur et des ténèbres, dit-elle, ceci vous apportera de l'aide.

Trois jours plus tard, comme le Roi l'avait annoncé, Eomer de Rohan arriva à cheval à la Cité, et avec lui venait une *eored* des plus beaux chevaliers de la Marche. Il reçut grand accueil ; et quand tous prirent place à table dans Merethrond, la Grande Salle des Festins, il vit la beauté des dames et il en fut grandement émerveillé. Et, avant d'aller prendre son repos, il fit appeler Gimli le Nain et il lui dit :

— Avez-vous votre hache toute prête, Gimli fils de Gloïn ?

— Non, seigneur, dit Gimli, mais je peux rapidement la quérir, s'il en est besoin.

— Vous serez juge, dit Eomer. Car il reste entre nous certaines paroles inconsidérées au sujet de la Dame de la Forêt d'Or. Et maintenant je l'ai vue de mes yeux.

— Eh bien, Seigneur, répliqua Gimli, qu'en dites-vous à présent ?

— Hélas ! répondit Eomer. Je ne vous accorderai pas qu'elle soit la plus belle au monde.

— Dans ce cas, il me faut aller chercher ma hache, dit Gimli.

— Mais j'invoquerai cette excuse, dit Eomer. Si je l'avais vue en toute autre compagnie, j'aurais dit tout ce que vous pourriez désirer. Mais, à présent, je placerai la Reine Arwen Étoile du Soir avant elle, et je suis prêt à me battre pour ma part avec quiconque me contredira. Dois-je demander mon épée ?

Gimli s'inclina alors profondément.

— Non, vous êtes tout excusé pour ma part, seigneur, dit-il. Vous avez choisi le Soir ; mais mon amour est voué au Matin. Et mon cœur prévoit qu'il passera bientôt à jamais.

Le jour du départ vint enfin, et une grande et belle compagnie s'apprêta à chevaucher en direction du nord. Les Rois de Gondor et de Rohan se rendirent alors aux Lieux Consacrés et arrivèrent aux tombeaux de Rath Dinen. Ils emportèrent le Roi Théoden sur une civière dorée et traversèrent la Cité en silence. Puis ils déposèrent la civière sur un grand chariot, entouré de toutes parts de Cavaliers de Rohan et précédé de sa bannière ; et Merry, en tant qu'écuyer de Théoden, était sur le chariot et gardait les armes du Roi.

Aux autres Compagnons furent fournis des coursiers correspondant à leur stature ; Frodon et Samsagace chevauchaient aux côtés d'Aragorn, Gandalf montait Gripoil, Pippin allait avec les chevaliers de Gondor ; et Legolas et Gimli étaient comme toujours ensemble sur Arod.

Participaient aussi à cette chevauchée la Reine Arwen, et Celeborn et Galadriel avec les leurs, et Elrond avec ses fils ; et les princes de Dol Amroth et d'Ithilien ; ainsi que de nombreux capitaines et chevaliers. Jamais Roi de la Marche n'avait eu sur la route suite semblable à celle qui escorta Théoden fils de Thengel jusqu'à la terre de son pays.

Sans hâte et en paix, ils passèrent en Anôrien et arrivèrent à la Forêt Grise sous l'Amon Dîn ; et là, ils entendirent un son semblable à celui de tambours battant dans les collines, bien qu'aucun être vivant ne fût visible. Aragorn fit alors sonner des trompettes ; et des hérauts crièrent :

— Voyez, le Roi Elessar est venu ! Il donne la Forêt de Druadan à Ghân-buri-Ghân et aux siens, en propriété personnelle à jamais ; et que dorénavant aucun homme n'y pénètre sans leur permission !

Il y eut alors un puissant roulement de tambours, qui fit ensuite place au silence.

Enfin, après quinze jours de voyage, le chariot du Roi Théoden traversa les champs verts de Rohan et arriva à Edoras ; et là, tous se reposèrent. La Salle Dorée était tendue de belles tapisseries et elle était emplie de lumières ; et là eut lieu le plus beau festin qu'elle eût connu depuis le temps de sa construction. Car, au bout de trois jours, les Hommes de la Marche préparèrent les funérailles de Théoden ; il fut déposé dans une maison de pierre avec ses armes et maintes autres belles choses qu'il avait possédées, et au-dessus de lui fut élevé un grand tertre, couvert de mottes de gazon vert et de noublionc blanc. Et il y eut alors huit tertres sur le côté oriental du Champ des Galgals.

Puis les Cavaliers de la Maison du Roi défilèrent **autour du tombeau montés sur des chevaux blancs**, chantant en chœur un chant sur Théoden fils de Thengel, composé par son ménestrel Gléowine, qui n'en fit plus d'autre par la suite. Les accents lents des Cavaliers émurent même les cœurs de ceux qui ne connaissaient pas la langue de ce peuple ; mais les paroles du chant firent naître une lueur dans les yeux de ceux de la Marche qui entendaient de nouveau le tonnerre des sabots du Nord et la voix d'Eorl dominant le bruit de la bataille dans le Champ de Celebrant ; et l'histoire des rois se poursuivit, le cor de Helm retentissait dans les montagnes, jusqu'à ce que l'Obscurité tombât et que le Roi

Théoden se levât pour traverser à cheval l'Ombre jusqu'au feu et mourir en splendeur, tandis que le Soleil, revenant contre tout espoir, resplendissait au matin sur le Mindolluin.

> *Hors du doute, hors des ténèbres, vers le lever du jour*
> *Il chevaucha, chantant dans le soleil et l'épée hors du*
> > *fourreau.*
> *Il ranima l'espoir, et dans l'espoir il finit ;*
> *Au-dessus de la mort, au-dessus de la peur, au-*
> > *dessus du destin élevé,*
> *Hors de la ruine, hors de la vie, vers une durable*
> > *gloire.*

Mais Merry se tint au pied du tertre vert ; il pleurait, et quand le chant fut achevé, il se leva et cria :

— Théoden Roi, Théoden Roi ! Adieu ! Vous fûtes pour moi comme un père, pour un bref temps. Adieu !

Lorsque les funérailles furent terminées, les pleurs des femmes calmés et que Théoden fut laissé finalement seul dans son galgal, l'assemblée se réunit dans la Salle Dorée pour le grand festin, écartant le chagrin ; car Théoden avait vécu tout son temps et avait terminé sa vie dans une gloire égale à celle de ses plus grands ancêtres. Et quand le moment fut venu de boire, selon la coutume de la Marche, à la mémoire des rois, Eowyn Dame de Rohan s'avança, semblable au soleil et blanche comme la neige, apportant une coupe pleine à Eomer.

Alors, un ménestrel et un maître de la tradition se levèrent et énoncèrent tous les noms des Seigneurs de la Marche dans l'ordre : Eorl le Jeune ; Bregon, constructeur de la Salle ; Aldor frère de Baldor l'Infortuné ; Fria, Fréawine, Goldwine, Déor, Gram ; et Helm qui demeura caché dans le Gouffre de Helm quand la Marche fut envahie ; et ainsi se terminèrent les neuf tertres du côté occidental, car à cette époque la lignée fut interrompue, et après vinrent les tertres du côté oriental : Fréalaf, fils-sœur de Helm, Léofa, Walda, Folca, Folcwine, Fengel, Thengel, et enfin Théoden. Et, au nom de Théoden, Eomer vida la coupe. Eowyn ordonna alors aux serviteurs de remplir les coupes, et tous ceux qui étaient assemblés là se levèrent pour boire au nouveau roi, criant :

— Vive Eomer, Roi de la Marche !

Enfin, quand le festin fut près de s'achever, Eomer se leva et dit :

— Ceci est le festin de funérailles de Théoden le Roi ; mais, avant de nous quitter, je vais annoncer une nouvelle joyeuse, car il ne m'en voudrait pas de le faire, puisqu'il fut toujours un père pour ma sœur Eowyn. Écoutez donc, tous mes hôtes, belles gens de maints royaumes, assemblée telle que n'en vit jamais cette salle ! Faramir, Intendant de Gondor et Prince d'Ithilien, demande pour épouse Eowyn Dame de Rohan, et elle lui accorde sa main de grand cœur. Leur foi sera donc engagée devant vous tous.

Et Faramir et Eowyn s'avancèrent, main dans la main ; et tous les assistants burent à leur santé et furent heureux.

— Ainsi, dit Eomer, l'amitié entre la Marche et Gondor est scellée par un nouveau lien, et je m'en réjouis d'autant plus.

— Vous n'êtes certes pas ladre, Eomer, dit Aragorn, de donner ainsi au Gondor la plus belle chose de votre royaume !

Eowyn, regardant alors Aragorn dans les yeux, lui dit :

— Souhaitez-moi la joie, mon suzerain et guérisseur !

Et il répondit :

— Je t'ai souhaité la joie dès le premier jour où je t'ai vue. C'est une guérison pour mon cœur de te voir maintenant dans la félicité.

Le festin terminé, ceux qui devaient partir prirent congé du Roi Eomer. Aragorn et ses chevaliers et les gens de Lorien et de Fondcombe s'apprêtèrent à monter à cheval ; mais Faramir et Imrahil restèrent à Edoras ; Arwen Étoile du Soir y demeura aussi, et elle fit ses adieux à ses frères. Nul ne vit sa dernière rencontre avec Elrond son père, car ils montèrent dans les collines ; ils s'y entretinrent longuement, et cruelle fut leur séparation qui devait durer au-delà des fins du monde.

Enfin, avant le départ des hôtes, Eomer et Eowyn allèrent trouver Merry et lui dirent :

— Adieu maintenant, Meriadoc de la Comté et Grand Echanson de la Marche ! Que la bonne fortune couronne votre chevauchée, et revenez vite vers notre bienvenue !

Et Eomer dit :

— Les Rois d'antan vous auraient couvert de présents qu'un camion n'aurait pu emporter, pour vos exploits dans les champs de Mundburg ; vous ne voulez pourtant en accepter d'autre, dites-vous, que les armes qui vous furent données. Je l'admets, car, en vérité, je n'ai aucun cadeau qui soit assez digne de vous ; mais ma sœur vous prie de recevoir cette petite chose, en souvenir de Dernhelm et des cors de la Marche à la venue du matin.

Eowyn donna alors à Merry un cor ancien, petit mais d'un habile travail, tout le bel argent avec un baudrier vert ; et des artisans y avaient gravé de rapides Cavaliers chevauchant en une ligne qui s'enroulait de l'extrémité jusqu'à la bouche ; et il portait des runes d'une grande vertu.

— C'est un bien de notre maison, dit Eowyn. Il fut fait par les Nains, et il vint du trésor de Scatha le Ver. Eorl le Jeune le rapporta du Nord. Celui qui en sonnera dans le besoin inspirera la peur au cœur de ses ennemis et la joie à celui de ses amis ; et ils l'entendront et viendront à lui.

Merry prit alors le cor, qu'il ne pouvait refuser, et il baisa la main d'Eowyn ; et ils l'étreignirent, et c'est ainsi qu'ils se séparèrent pour cette fois.

Les hôtes étaient alors prêts ; ils burent le vin de l'étrier et, avec force louanges et protestations d'amitié, ils s'en furent ; ils arrivèrent au bout de quelque temps au Gouffre de Helm, et ils y restèrent deux jours. Legolas tint alors la promesse qu'il avait faite à Gimli, et il l'accompagna aux Cavernes Étincelantes ; et, à leur retour, il resta silencieux, se contentant de dire que seul Gimli pouvait trouver les mots pour en parler.

— Et jamais auparavant un Nain n'a pu revendiquer la victoire sur un Elfe dans un concours de mots, dit-il. Allons donc à Fangorn pour rétablir le compte !

De la Combe du Gouffre, ils gagnèrent l'Isengard et ils virent à quel point les Ents s'étaient affairés. Tout le cercle de pierres avait été abattu et retiré, et le terrain à l'intérieur transformé en un jardin plein de vergers et d'arbres, dans lequel coulait un ruisseau ; mais, au centre, il y avait un lac d'eau claire ; la Tour d'Orthanc s'en élevait encore, haute et inexpugnable, et son rocher noir se reflétait dans l'étang.

Les voyageurs s'assirent un moment à l'endroit où se dressaient auparavant les vieilles portes de l'Isengard, et où il y avait à présent deux grands arbres semblables à des sentinelles à l'entrée d'un chemin bordé de vert qui se dirigeait vers Orthanc ; ils contemplèrent avec étonnement le travail accompli, mais aucun être vivant n'était visible, de près ni de loin. Ils entendirent bientôt, toutefois, une voix qui appelait *Houm-hom, houm-hom* ; et parut Sylvebarbe, descendant le chemin à grands pas pour les accueillir avec Vifsorbier à son côté.

— Bienvenue au Clos d'Orthanc ! dit-il. Je savais que vous veniez, mais je travaillais en haut de la vallée ; il y a encore beaucoup à faire. Mais vous n'avez pas non plus fainéanté là-bas dans le Sud et l'Est, à ce que j'ai entendu dire ; et tout ce que j'entends est bon, très bon.

Sylvebarbe loua alors tous leurs hauts faits, dont il semblait avoir pleine connaissance ; il s'arrêta enfin et regarda longuement Gandalf.

— Allons ! dit-il. Vous vous êtes révélé le plus puissant, et tous vos travaux ont réussi. Où allez-vous donc à présent ? Et pourquoi venez-vous ici ?

— Pour voir comment va votre travail, ami, dit Gandalf, et pour vous remercier de votre aide dans tout ce qui a été accompli.

— *Houm,* eh bien, voilà qui est assez juste, dit Sylvebarbe, car les Ents y ont assurément joué leur rôle. Et pas seulement en s'occupant de ce... *houm*... ce maudit massacreur d'arbres qui vivait ici. Car il y eut une grande irruption de ces... *burárum*... ces *morimaitesincahonda, houm,* aux-yeux-mauvais-mains-noires-jambes-torses-cœurs-de-pierre-doigts-griffus-panse-répugnante-assoiffés-de-sang ; mais comme vous êtes des gens pressés et que leur nom complet est aussi long que les années de tourment, ces vermines d'Orques ; et ils sont venus de l'autre côté du Fleuve, du Nord et de tout autour de la forêt de Laurelindorenan, dans laquelle ils n'ont pu pénétrer, grâce aux Grands qui sont ici.

Il s'inclina devant le Seigneur et la Dame de Lorien.

— Et ces mêmes puantes créatures furent plus qu'étonnées de nous rencontrer dehors sur le Plateau, car ils n'avaient jamais entendu parler de nous ; encore que l'on puisse dire cela de meilleures gens. Et peu d'entre eux se souviendront de nous, car il n'en réchappa que peu de vivants, et le Fleuve en a gardé la plupart. Mais ce fut heureux pour vous, car s'ils ne nous avaient pas rencontrés, le roi des prairies n'aurait pas été loin, et s'il l'avait fait, il n'aurait pas eu de pays où revenir.

— Nous le savons bien, dit Aragorn, et jamais ce ne sera oublié à Minas Tirith comme à Edoras.

— *Jamais* est un mot trop long même pour moi, dit Sylvebarbe. Tant que dureront vos royaumes, voulez-vous dire ; mais ils devront durer longtemps certes pour que cela paraisse longtemps à des Ents.

— Le Nouvel Age commence, dit Gandalf, et en cet âge, il se pourrait bien que les royaumes des Hommes durent plus longtemps que vous, Fangorn, mon ami. Mais, allons, dites-moi une chose : qu'en est-il de la tâche que je vous avais confiée ? Comment va Sarou-mane ? N'en a-t-il pas encore assez d'Orthanc ? Car je ne pense pas qu'à son gré vous ayez amélioré la vue de ses fenêtres.

Sylvebarbe fixa sur Gandalf un long regard, un regard presque madré, se dit Merry.

— Ah ! dit-il. Je pensais bien que vous y viendriez. En avoir assez d'Orthanc ? Plus qu'assez, en fin de compte ; mais pas tant de sa tour que de ma voix. *Houm !* Je lui ai donné de longs contes, ou du moins les jugeriez-vous longs dans votre langage.

— Pourquoi est-il donc resté pour les écouter ? Êtes-vous entré dans Orthanc ? demanda Gandalf.

— *Houm,* non, pas dans Orthanc ! répondit Sylve-barbe. Mais il était venu à sa fenêtre pour écouter, parce qu'il ne pouvait avoir de nouvelles d'autre façon, et, bien qu'il les détestât, il était avide d'en avoir ; et j'ai bien vu qu'il avait tout entendu. Mais j'ajoutai aux nouvelles bien des choses sur lesquelles il était bon qu'il réfléchît. Il fut terriblement fatigué. Il a toujours été d'humeur prompte. C'est ce qui l'a perdu.

— Je remarque, mon bon Fangorn, dit Gandalf, que vous avez grand soin de mettre tout au passé. Mais qu'en est-il du présent ? Est-il mort ?

— Non, pas mort, pour autant que je sache, dit Sylvebarbe. Mais il est parti. Oui, il y a une semaine. Je l'ai laissé partir. Il ne restait pas grand-chose de lui quand il est sorti en rampant ; quant à son espèce de ver, il était comme une ombre pâle. Or ça, Gandalf, ne me dites pas que j'avais promis de le garder en sécurité, car je le sais. Mais les choses ont changé depuis lors. Et je l'ai gardé jusqu'à ce qu'il n'y eût plus de danger, jusqu'à ce qu'il fût hors d'état de faire du mal. Il faut que vous sachiez que je hais par-dessus tout mettre en cage des êtres vivants, et je ne veux pas garder en cage même de pareilles créatures sans nécessité urgente. Un serpent sans crocs peut ramper où il veut.

— Vous avez peut-être raison, dit Gandalf ; mais il reste cependant à ce serpent-là une dent, je crois. Il avait le poison de sa voix, et je suppose qu'il vous a persuadé, même vous, Sylvebarbe, connaissant le point tendre de votre cœur. Enfin... le voilà parti, et il n'y a plus rien à dire. Mais la Tour d'Orthanc revient maintenant au Roi, auquel elle appartient. Encore qu'il n'en ait peut-être aucun besoin.

— On verra cela plus tard, dit Aragorn. Mais je donnerai toute cette vallée aux Ents, pour qu'ils en fassent ce qu'ils veulent, tant qu'ils surveilleront Orthanc et qu'ils s'assureront que personne n'y pénètre sans mon autorisation.

— Elle est fermée à clef, dit Sylvebarbe. J'ai obligé Saroumane à la fermer et à m'en remettre les clefs. Vifsorbier les a.

Vifsorbier s'inclina comme un arbre dans le vent et

tendit à Aragorn deux grandes clefs noires de forme compliquée, réunies par un anneau d'acier.

— Et maintenant, je vous remercie encore une fois, dit Aragorn, et je vous dis adieu. Puisse votre forêt croître de nouveau en paix. Quand cette vallée sera remplie, il y aura de la place et à revendre à l'ouest des montagnes, où vous vous promenâtes un jour, il y a bien longtemps.

La tristesse parut sur le visage de Sylvebarbe.

— Les forêts peuvent croître, dit-il, et les bois s'étendre. Mais non les Ents. Ils n'ont pas de rejetons.

— Mais peut-être y a-t-il maintenant plus d'espoir dans votre recherche, dit Aragorn. Des terres vous seront ouvertes à l'est, qui vous ont été longtemps fermées.

Mais Sylvebarbe dit en secouant la tête :

— C'est loin. Et il y a trop d'Hommes par là de nos jours. Mais j'oublie ma civilité ! Voulez-vous rester pour vous reposer un moment ? Et peut-être en est-il qui aimeraient passer par la Forêt de Fangorn et raccourcir ainsi leur route du retour ?

Il regarda Celeborn et Galadriel.

Mais tous, hormis Legolas, déclarèrent qu'ils devaient prendre congé et repartir vers le Sud ou l'ouest.

— Allons, Gimli ! dit Legolas. Avec la permission de Fangorn, je vais aller visiter les profondeurs de la Forêt d'Ent et voir des arbres que l'on ne trouve nulle part ailleurs en Terre du Milieu. Vous m'accompagnerez et tiendrez votre parole ; nous regagnerons ainsi ensemble nos propres pays de la forêt Noire et d'au-delà.

Gimli acquiesça, encore que sans grand plaisir, semblait-il.

— Voici donc enfin venue la fin de la Communauté de l'Anneau, dit Aragorn. J'espère cependant que vous reviendrez avant peu dans mon pays avec l'aide que vous avez promise.

— Nous viendrons, si nos seigneurs le permettent, dit Gimli. Eh bien, adieu, mes Hobbits ! Vous devriez arriver en toute sécurité chez vous à présent, et je n'aurai pas d'insomnies par crainte de dangers pour vous. Nous vous enverrons un message quand nous le pourrons, et certains d'entre nous pourront encore se rencontrer de temps à autre ; mais je crains que nous ne soyons plus jamais réunis tous ensemble.

Sylvebarbe fit alors ses adieux à chacun tour à tour, et il s'inclina par trois fois, lentement et avec grande révérence devant Celeborn et Galadriel.

— Il y a longtemps, bien longtemps, que nous ne nous sommes rencontrés parmi les arbres ou les pierres, *A vanimar, vanimalion nostari !* dit-il. Il est triste que nous ne nous rencontrions qu'ainsi à la fin. Car le monde est en mutation : je le sens dans l'eau, je le sens dans la terre, et je le sens dans l'air. Je ne pense pas que nous nous rencontrions de nouveau.

Et Celeborn dit :

— Je ne sais pas, Aîné.

Mais Galadriel dit :

— Pas en Terre du Milieu, ni avant que les terres qui sont sous les flots ne soient remontées. Nous pourrons alors nous rencontrer au Printemps dans les saulaies de Tasarinan. Adieu !

En dernier lieu, Merry et Pippin firent leurs adieux au vieil Ent, qui devint plus gai en les regardant.

— Alors, mes joyeux amis, dit-il, voulez-vous boire encore un coup avec moi avant de partir ?

— Bien sûr, répondirent-ils.

Il les emmena à l'ombre de l'un des arbres, et ils virent qu'un grand pot de pierre avait été placé là. Sylvebarbe remplit trois bols, et ils burent ; et ils virent ses étranges yeux qui les regardaient par-dessus le bord du bol.

— Attention, attention ! dit-il. Vous avez déjà grandi depuis la dernière fois que je vous ai vus.

Ils rirent, et vidèrent leurs bols.

— Eh bien, adieu ! dit-il. Et si vous avez quelque nouvelle des Ents-femmes dans votre pays, n'oubliez pas de me le faire savoir.

Puis il agita ses grandes mains à l'adresse de toute la compagnie et s'en fut parmi les arbres.

Adoptant alors une allure plus rapide, les voyageurs se dirigèrent vers la Trouée de Rohan ; et Aragorn prit enfin congé d'eux près de l'endroit même où Pippin avait regardé dans la Pierre d'Orthanc. Les Hobbits eurent de la peine de cette séparation ; car Aragorn ne leur avait jamais fait défaut, et il avait été leur guide à travers maints périls.

— Je voudrais bien avoir une Pierre dans laquelle voir tous nos amis, dit Pippin, et pouvoir leur parler de loin !

— Il n'en reste plus qu'une d'utilisable, répondit Aragorn, car vous ne souhaiteriez pas voir ce que vous montrerait la Pierre de Minas Tirith. Mais le Palantir d'Orthanc, le Roi le gardera pour voir ce qui se passe dans son royaume et ce que font ses serviteurs. Car, ne l'oubliez pas, Peregrïn Touque, vous êtes un chevalier de Gondor, et je ne vous libère pas de votre service. Vous partez maintenant en permission, mais je puis vous rappeler. Et n'oubliez pas, chers amis de la Comté, que mon royaume est aussi situé dans le Nord, et j'irai là-bas quelque jour.

Aragorn prit alors congé de Celeborn et de Galadriel ; et la Dame lui dit :

— Pierre Elfique, à travers les ténèbres, vous êtes arrivé à ce que vous espériez, et vous avez maintenant tout ce que vous désirez. Faites bon usage des jours !

414

Mais Celeborn dit :

— Adieu, cousin ! Que votre destin soit différent du mien et que votre trésor demeure avec vous jusqu'à la fin !

Sur quoi, ils se séparèrent, et c'était au coucher du soleil ; et quand, après un moment, ils regardèrent en arrière, ils virent le Roi de l'Ouest à cheval, entouré de ses chevaliers ; le soleil descendant brillait sur eux, transformant tout leur harnachement en or rouge ; et le manteau blanc d'Aragorn flamboyait. Et Aragorn prit la pierre verte, qu'il éleva, et un feu vert jaillit de sa main.

Bientôt la Compagnie diminuée, suivant l'Isen, tourna vers l'Ouest et passa par la Trouée dans les terres incultes d'au-delà ; puis elle se dirigea vers le nord et franchit les frontières du Pays de Dun. Les habitants s'enfuirent et se cachèrent, craignant les Elfes, bien que peu d'entre eux fussent jamais allés dans leur pays ; mais les voyageurs n'y prêtèrent point attention, car ils formaient encore une grande compagnie, bien approvisionnée en tout le nécessaire ; et ils poursuivirent leur chemin à loisir, montant leurs tentes quand ils le voulaient.

Le sixième jour après leur séparation d'avec le Roi, ils traversèrent une forêt qui descendait le long des collines au pied des Monts Brumeux, maintenant à leur droite. Comme ils ressortaient en terrain découvert au coucher du soleil, ils rattrapèrent un vieillard, appuyé sur un bâton ; il était vêtu de haillons gris ou d'un blanc sale, et sur ses talons allait un autre mendiant, qui traînait le pas en gémissant.

— Or ça, Saroumane ! dit Gandalf. Où allez-vous ?

— Qu'est-ce que cela peut vous faire ? répondit-il. Voulez-vous encore ordonner mes allées et venues, et n'êtes-vous pas satisfait de ma ruine ?

— Vous connaissez les réponses, dit Gandalf : non et

non. Mais en tout cas le temps de mes labeurs tire maintenant à sa fin. Le Roi a repris le fardeau. Si vous aviez attendu à Orthanc, vous l'auriez vu, et il vous aurait montré sagesse et miséricorde.

— Raison de plus pour être parti plus tôt, répliqua Saroumane, car je ne désire de lui ni l'une ni l'autre. En fait, si vous voulez une réponse à votre première question, je cherche un chemin de sortie de son royaume.

— Dans ce cas, vous allez encore du mauvais côté, dit Gandalf, et je ne vois aucun espoir dans votre voyage. Mais dédaignerez-vous notre aide ? Car nous vous l'offrons.

— A moi ? dit Saroumane. Non, ne me souriez pas, je vous en prie ! Je préfère vos froncements de sourcils. Quant à la Dame ici présente, je ne lui fais aucune confiance : elle m'a toujours haï, et elle a intrigué en votre faveur. Je ne doute pas qu'elle ne vous ait amené par ici pour se repaître de ma pauvreté. Eussé-je été averti de votre présence, je vous aurais refusé ce plaisir.

— Saroumane, dit Galadriel, nous avons d'autres buts et d'autres soucis qui nous paraissent plus urgents que de vous rechercher. Dites plutôt que c'est la bonne fortune qui vous a rattrapé ; car vous avez maintenant une dernière chance.

— Si c'est vraiment la dernière, je suis content, répliqua Saroumane : cela m'évitera la peine de la refuser encore. Tous mes espoirs sont ruinés, mais je ne désire pas partager les vôtres. Si vous en avez.

Ses yeux étincelèrent un moment.

— Allez-vous-en ! dit-il. Ce n'est pas pour rien que j'ai longuement étudié ces questions. Vous vous êtes condamnés, et vous le savez. Et j'aurai quelque réconfort dans mon errance à penser que vous avez abattu votre propre maison en détruisant la mienne. Et maintenant, quel navire vous fera franchir à nouveau une si vaste mer ? poursuivit-il en se moquant. Ce sera un navire gris et plein de spectres.

Il rit, mais sa voix était fêlée et affreuse.

— Lève-toi, idiot ! cria-t-il à l'autre mendiant, qui s'était assis par terre ; et il le frappa de son bâton.

— Demi-tour ! Si ces gens suivent notre route, nous en prendrons une autre. Avance, ou je ne te donnerai pas de croûton pour ton souper !

Le mendiant se retourna et s'en fut, le dos courbé, en gémissant :

— Pauvre vieux Grima ! Pauvre vieux Grima ! Toujours battu et maudit. Que je le déteste ! Que je voudrais pouvoir le quitter !

— Eh bien, quittez-le ! dit Gandalf.

Mais Langue de Serpent se contenta de lui lancer un regard de ses yeux larmoyants emplis de terreur, puis il se glissa vivement derrière Saroumane. En passant près de la compagnie, la misérable paire arriva aux Hobbits, et Saroumane s'arrêta pour braquer les yeux sur eux ; mais ils le regardèrent avec pitié.

— Ainsi vous êtes venus vous repaître aussi, mes galopins ? dit-il. Vous vous moquez bien de ce qui manque à un mendiant, hein ? Car vous avez tout ce qu'il vous faut, de la nourriture, de beaux vêtements et la meilleure herbe pour vos pipes. Oh oui, je sais ! Je sais d'où elle vient. Vous n'en donneriez pas une pipée, non ?

— Je le ferais si j'en avais, dit Frodon.

— Vous pouvez avoir ce qu'il m'en reste, si vous attendez un moment, dit Merry.

Il mit pied à terre pour fouiller dans le sac accroché à sa selle. Puis il tendit à Saroumane une blague de cuir.

— Prenez ce qu'il y a, dit-il. C'est à votre disposition ; cela provient des épaves de l'Isengard.

— A moi, à moi, oui, et je l'ai payé cher ! s'écria Saroumane, agrippant la blague. Ce n'est qu'un remboursement symbolique ; car vous en avez pris davantage, je gage. Mais un mendiant doit être reconnaissant quand un voleur lui rend même une bribe de ce qui lui appartient. Enfin... ce sera bien fait si, à votre retour, vous trouvez les choses dans le Quartier du Sud moins bonnes que vous ne l'aimeriez. Puisse votre pays manquer longtemps d'herbe !

— Merci ! répondit Merry. Dans ce cas, je reprendrai ma blague qui n'est pas à vous et qui a longtemps voyagé avec moi. Enveloppez l'herbe dans un chiffon à vous.

— A voleur, voleur et demi, dit Saroumane, qui tourna le dos à Merry, donna un coup de pied à Langue de Serpent, et s'en fut vers la forêt.

— Ça alors ! dit Pippin. Voleur, en vérité ! Et que dirions-nous pour les guet-apens, les blessures, les traînages par des Orques à travers le Rohan ?

— Ah ! dit Sam. Et *acheté,* qu'il a dit. Comment, je me le demande. Et je n'ai pas goûté son allusion au Quartier du Sud. Il est temps de rentrer.

— J'en suis bien certain, dit Frodon. Mais nous ne pouvons aller plus vite, si nous devons voir Bilbon. Je vais à Fondcombe d'abord, quoi qu'il puisse arriver.

— Oui, je crois que vous feriez mieux, dit Gandalf. Mais hélas pour Saroumane ! Je crains qu'on ne puisse plus rien pour lui. Il s'est complètement flétri. Je ne suis pas sûr, pourtant, que Sylvebarbe ait raison : j'ai comme une idée qu'il pourrait encore faire quelque mauvais coup à sa petite façon méprisable.

Le lendemain, ils poursuivirent leur route dans le nord du Pays de Dun, où ne demeuraient plus d'hommes, bien que ce fût une région verdoyante et agréable. Septembre venait avec ses jours dorés et ses nuits argentées, et ils chevauchèrent tranquillement jusqu'au moment où ils atteignirent la Rivière des Cygnes ; ils trouvèrent alors l'ancien Gué, à l'est des chutes par lesquelles elle descendait soudain dans les plaines basses. Loin à l'ouest s'étendaient dans une brume les marais et les îlots parmi lesquels elle serpentait jusqu'au Flot Gris : là, d'innombrables cygnes gîtaient parmi les roseaux.

Ils passèrent ainsi en Eregion, et enfin vint une belle aurore, qui rayonnait au-dessus de brumes châtoyantes ; et, regardant de leur camp sur une colline peu élevée, les voyageurs virent le soleil donner dans l'Est lointain sur trois cimes qui se dressaient dans le ciel à travers les nuages flottants : le Caradhras, le Celebdil et le Fanuidhol. Ils se trouvaient près des Portes de la Moria.

Ils s'attardèrent alors là une semaine, car le moment approchait d'une nouvelle séparation qui leur coûtait. Celeborn, Galadriel et les leurs n'allaient pas tarder à tourner vers l'est pour franchir la Porte de Rubicorne, descendre l'Escalier des Rigoles Sombres, et gagner ainsi le Cours d'Argent et leur pays. Ils avaient suivi jusque-là les routes de l'Ouest, car ils avaient maints sujets d'entretien avec Elrond et avec Gandalf, et ils prolongèrent encore là la conversation avec leurs amis. Souvent, bien après que les Hobbits étaient plongés dans leur sommeil, ils restaient assis ensemble sous les étoiles, à se rappeler les temps passés et toutes leurs joies et leurs peines dans le monde, ou à tenir conseil au sujet des jours à venir. Si quelque voyageur était passé par là, il n'eût pas vu ni entendu grand-chose, et il lui eût simplement semblé voir des formes grises, sculptées dans la pierre, en mémoire de choses oubliées à présent perdues dans les régions dépeuplées. Car ils ne bougeaient ni ne parlaient oralement, se regardant d'esprit à esprit ; et seuls leurs yeux remuaient et s'allumaient dans le va-et-vient de leurs pensées.

Mais tout finit par être dit, et ils se séparèrent de nouveau pour quelque temps, jusqu'à ce que le moment fût venu pour les Trois Anneaux de cesser d'être. Disparaissant rapidement parmi les pierres et les ombres, les gens de Lorien en manteaux gris chevauchèrent en direction des montagnes ; et ceux qui allaient à Fondcombe restèrent assis sur la colline pour regarder, jusqu'au moment où un éclair jaillit de la brume grandissante ; et puis, ils ne virent plus rien. Frodon sut alors que Galadriel avait élevé son anneau en signe d'adieu.

Se détournant, Sam dit avec un soupir :

— Comme je voudrais être en route pour la Lorien !

Ils arrivèrent enfin un soir par-dessus les hautes landes, soudainement comme il le paraissait toujours aux voyageurs, au bord de la profonde vallée de Fondcombe, et ils virent loin en contrebas briller les lampes dans la maison d'Elrond. Ils descendirent, traversèrent le pont et arrivèrent aux portes ; et toute la maison était emplie de lumière et de chants pour la joie du retour d'Elrond.

Le premier soin des Hobbits, avant de manger, de se laver ou même de retirer leurs manteaux, fut de se mettre à la recherche de Bilbon. Ils le trouvèrent tout seul dans sa petite chambre. Des papiers, des plumes et des crayons traînaient partout ; mais Bilbon était assis dans un fauteuil devant un petit feu clair. Il paraissait très vieux, mais paisible et somnolent.

Il ouvrit les yeux et leva la tête à leur entrée.

— Tiens, tiens ! dit-il. Vous voilà revenus ? Et c'est demain mon anniversaire. Que vous êtes donc malins ! Savez-vous que je vais avoir cent vingt-neuf ans ! Et dans un an, si je suis encore en vie, j'égalerai le Vieux Touque. J'aimerais bien le surpasser ; mais on verra.

Après la célébration de l'anniversaire de Bilbon, les quatre Hobbits demeurèrent quelques jours à Fondcombe, et ils restèrent beaucoup avec leur vieil ami, qui passait à présent la plupart de son temps dans sa chambre, hormis pour les repas. A ceux-ci il était en général très ponctuel, et il manquait rarement de se réveiller à temps pour y assister. Assis autour du feu, ils lui racontèrent à tour de rôle tout ce qu'ils pouvaient se rappeler de leurs voyages et de leurs aventures. Au début, il fit mine de prendre quelques notes ; mais il s'endormait souvent ; et, en se réveillant, il disait :

— Magnifique ! Merveilleux ! Mais où en étions-nous ?

Ils reprenaient alors leur récit au point où il avait commencé à dodeliner de la tête.

La seule partie qui sembla réellement exciter son intérêt fut le couronnement et le mariage d'Aragorn.

— J'ai été invité aux noces, évidemment, dit-il. Et je les ai attendues assez longtemps. Mais, de façon ou d'autre, le moment venu, je me suis aperçu que j'avais trop à faire ici ; et les préparatifs de voyage sont un tel tracas !

Après une quinzaine de jours environ, Frodon, regardant par la fenêtre, vit qu'il y avait eu de la gelée pendant la nuit et que les toiles d'araignées formaient des filets blancs. Alors, il sut soudain qu'il devait faire ses adieux à Bilbon et partir. Le temps était encore calme et beau après l'un des plus magnifiques étés qui fût de mémoire d'homme ; mais octobre étant venu, il devait se gâter avant peu et la pluie et le vent allaient reprendre. Or, il y avait encore un long chemin à parcourir. Mais ce n'était pas vraiment la pensée du climat qui le poussait. Il avait le sentiment qu'il était temps de regagner la Comté. Sam le partageait. La veille au soir, ne lui avait-il pas dit :

— Eh bien, Monsieur Frodon, on a été loin et on a vu bien des choses ; mais je ne crois pas qu'on ait trouvé mieux que cet endroit-ci. Il y a quelque chose de tout, ici, si vous me comprenez : la Comté, la Forêt d'Or, Gondor, et des maisons de roi, des auberges, des prairies, des montagnes, tout ça mélangé. Je sens pourtant qu'on ne devrait pas tarder à partir. Je me soucie de mon vieux, pour tout vous dire.

— Oui, un peu de tout, Sam, sauf la Mer, avait répondu Frodon.

Et il répéta pour lui-même : « Sauf la Mer. »

Frodon parla ce jour-là à Elrond, et il fut convenu qu'ils partiraient le lendemain matin. A leur grand plaisir, Gandalf déclara :

— Je crois que j'irai aussi. Du moins jusqu'à Bree. Je voudrais voir Poiredebeurré.

Dans la soirée, ils allèrent faire leurs adieux à Bilbon.

— Eh bien, si vous devez partir, il le faut bien, dit-il. Je le regrette. Vous me manquerez. C'est bon de savoir simplement que vous êtes là. Mais je commence à avoir grand sommeil.

Il donna alors à Frodon sa cotte de mithril et Dard, oubliant qu'il l'avait déjà fait ; il leur donna aussi trois livres de traditions qu'il avait composés à différentes époques, consignés en son écriture en pattes de mouche, et qui portaient sur leur dos rouge l'inscription : *Traductions de l'elfique, par B.B.*

A Sam, il donna un petit sac d'or.

— C'est presque la dernière goutte de la cuvée de Smaug, dit-il. Cela pourra t'être utile, si tu penses à te marier, Sam.

Sam rougit.

— Je n'ai pas grand-chose à vous donner, à vous autres, jeunes gens, dit-il à Merry et à Pippin, sinon de bons conseils.

Et, après leur en avoir donné un bel échantillonnage,

il ajouta un dernier article, bien dans la manière de la Comté :

— Ne laissez pas vos têtes devenir trop grandes pour vos chapeaux ! Mais si vous ne cessez pas bientôt de croître, vous ne tarderez pas à trouver les chapeaux et les vêtements trop coûteux.

— Mais si vous voulez surpasser le Vieux Touque, dit Pippin, je ne vois pas pourquoi vous n'essayeriez pas de surpasser le Taureau Rugissant.

Bilbon rit, et il tira d'une poche deux belles pipes à bouquin de perle, montées en argent finement ciselé.

— Pensez à moi quand vous les fumerez ! dit-il. Les Elfes les ont faites pour moi, mais je ne fume plus.

Puis il dodelina soudain de la tête et s'assoupit un moment ; et quand il se réveilla, il dit :

— Où en étions-nous ? Oui, à donner des cadeaux, bien sûr. Et cela me rappelle : qu'est-il advenu de mon anneau, que tu avais emporté, Frodon ?

— Je l'ai perdu, mon très cher Bilbon, dit Frodon. Je m'en suis débarrassé, vous savez bien.

— Quel dommage ! dit Bilbon. J'aurais aimé le revoir. Mais non, que je suis bête ! C'était pour cela que tu étais parti, n'est-ce pas : pour t'en débarrasser ? Mais tout cela est tellement confus, car il semble que beaucoup d'autres choses s'y soient mêlées : les affaires d'Aragorn, le Conseil Blanc, le Gondor, les Cavaliers, les Suderons, les oliphants — tu en as vraiment vu un, Sam ? — les cavernes, les tours, les arbres dorés, et qui sait quoi encore ?

« Je suis évidemment revenu beaucoup trop directement de mon voyage. Je trouve que Gandalf aurait pu me faire faire un tour. Mais dans ce cas, la vente aux enchères aurait été terminée avant mon retour, et j'aurais eu encore plus d'ennuis que j'en ai eu. En tout cas, il est trop tard maintenant ; et vraiment, je trouve qu'il est beaucoup plus confortable d'être assis ici et d'entendre tout raconter. Le feu est très douillet, la nourriture *très* bonne, et il y a des Elfes quand on les veut. Que pourrait-on souhaiter de plus ?

> *La Route se poursuit sans fin*
> *Descendant de la porte où elle commença.*
> *Maintenant loin en avant s'est poursuivie la Route*
> *Que d'autres la suivent, qui le pourront !*
> *Qu'un nouveau voyage ils commencent ;*
> *Moi enfin, les pieds las,*
> *Vers l'auberge éclairée je me tournerai,*
> *Pour trouver mon repos du soir et le sommeil.*

L'obscurité du soir s'épaississant dans la chambre, l'éclat du feu se fit plus vif ; ils contemplèrent Bilbon endormi ; et ils virent que son visage était souriant. Ils restèrent un moment assis en silence ; puis Sam, parcourant du regard la pièce et les ombres qui dansaient sur les murs, dit doucement :

— Je ne pense pas qu'il ait beaucoup écrit durant notre absence, Monsieur Frodon Il n'écrira plus jamais notre histoire, à présent.

Sur quoi, Bilbon ouvrit un œil, presque comme s'il avait entendu. Puis il se secoua.

— Je deviens somnolent, voyez-vous, dit-il. Et quand j'ai le temps d'écrire, je n'aime vraiment écrire que de la poésie. Je me demande, Frodon, mon cher, si cela t'ennuierait vraiment de mettre un peu d'ordre dans tout cela avant de partir ? Rassemble toutes mes notes et tous mes papiers, mon journal aussi, et emporte-les, si tu veux. Je n'ai pas beaucoup de temps pour le choix, l'arrangement et tout cela, vois-tu. Fais-toi aider par Sam, et, quand tu auras mis les choses en forme, reviens et je le reverrai. Je ne serai pas trop critique.

— Bien sûr que je le ferai ! dit Frodon. Et, naturellement, je reviendrai bientôt : ce ne sera plus dangereux. Il y a maintenant un vrai roi, et il mettra vite les routes en ordre.

— Merci, mon cher ! dit Bilbon. Ce m'est vraiment un grand soulagement. Et sur ce il se rendormit.

Le lendemain, Gandalf et les Hobbits prirent congé de Bilbon dans sa chambre, car il faisait froid audehors ; puis ils dirent adieu à Elrond et à toute sa maison.

Comme Frodon se tenait sur le seuil, Elrond lui souhaita un bon voyage, le bénit et dit :

— Je crois, Frodon, que vous n'aurez pas besoin de revenir, à moins que ce ne soit très bientôt. Car, vers cette époque de l'année, quand les feuilles sont dorées avant leur chute, cherchez Bilbon dans les bois de la Comté. Je serai avec lui

Nul autre n'entendit ces mots, et Frodon les garda par-devers lui.

Chapitre VII

Retour vers le pays

Enfin les Hobbits avaient le visage tourné vers leur pays. Ils étaient avides à présent de revoir la Comté ; mais ils ne chevauchèrent que lentement au début, car Frodon avait été très mal à l'aise. En arrivant au Gué de Bruinen, il avait fait halte et paru répugner à pénétrer dans la rivière ; et ses compagnons remarquèrent que durant un moment ses yeux semblaient ne pas les voir, non plus que ce qui l'entourait. Toute cette journée, il resta silencieux. C'était le six octobre.

— Souffrez-vous, Frodon ? lui demanda doucement Gandalf, qui chevauchait à son côté.

— Oui, dit Frodon. C'est mon épaule. La blessure m'élance et le souvenir de l'obscurité me pèse. C'était il y a un an aujourd'hui.

— Hélas ! il est des blessures que l'on ne peut entièrement guérir, dit Gandalf.

— Je crains qu'il n'en soit ainsi de la mienne, dit Frodon. Il n'y a pas de véritable retour. Même si j'arrive à la Comté, elle ne paraîtra plus la même ; car je ne serai pas le même. J'ai été blessé par poignard, piqûre et dent, et par un long fardeau. Où trouverai-je le repos ?

Gandalf ne répondit rien.

Vers la fin du lendemain, la souffrance et le malaise avaient passé, et Frodon retrouva sa gaieté et se montra aussi joyeux que s'il n'avait aucun souvenir de la noirceur du jour précédent. Après cela, le voyage se poursuivit bien, et les jours s'écoulèrent rapidement ; car ils allaient sans se presser et s'attardaient souvent dans les magnifiques bois, où les feuilles étaient rouges et jaunes au soleil automnal. Ils finirent par arriver au Mont Venteux ; le soir tombait et l'ombre de la montagne s'étendait, sombre, sur la route. Frodon les pria alors de hâter le pas ; il ne voulait pas regarder vers la montagne, et il chevaucha dans son ombre, la tête baissée et serrant étroitement son manteau autour de lui. Cette nuit-là, le temps changea ; un vent d'ouest, chargé de pluie, souffla fort et froid, et les feuilles jaunies tourbillonnèrent comme des oiseaux dans l'air. Quand ils arrivèrent au Bois de Chet, les branches étaient déjà presque dénudées, et un grand rideau de pluie voilait à leur vue la Colline de Bree.

Ce fut ainsi que, vers la fin d'une soirée impétueuse et humide des derniers jours d'octobre, les cinq voyageurs montèrent le long de la route pour atteindre la Porte Sud de Bree. Elle était soigneusement fermée ; la pluie leur battait le visage, tandis que des nuages bas passaient rapidement dans le ciel qui s'assombrissait, et leur cœur se serra un peu, car ils s'attendaient à un meilleur accueil.

Après maints appels, le Portier finit par sortir, et ils virent qu'il portait un gros gourdin. Il les regarda avec

crainte et suspicion ; mais quand il vit que Gandalf était
là et que ses compagnons étaient des Hobbits en dépit
de leur étrange accoutrement, son visage s'éclaira et il
leur souhaita la bienvenue.

— Entrez ! dit-il, ouvrant la porte. Ne restons pas
pour nous donner des nouvelles ici dans le froid et la
pluie, par cette nuit faite pour les bandits. Mais le vieux
Prosper vous fera sans doute un accueil chaleureux au
Poney, et vous apprendrez là tout ce qu'il y a à apprendre.

— Et plus tard, vous apprendrez là tout ce que nous
dirons, et davantage, dit Gandalf, riant. Comment va
Harry ?

Le Portier fronça les sourcils.

— Il est parti, dit-il. Mais vous feriez mieux d'interroger Prosper. Bonsoir !

— Bonsoir à vous ! répondirent-ils.

Et ils passèrent ; ils remarquèrent alors que, derrère la
haie qui longeait la route, une longue cabane basse avait
été construite et que plusieurs hommes étaient sortis
pour les examiner par-dessus la clôture. En arrivant à la
maison de Bill Fougeron, ils virent que la haie, restée
sans soins, était toute dépenaillée, et que des planches
bouchaient les fenêtres.

— L'aurais-tu tué avec cette pomme, Sam ? dit Pippin.

— Je n'ai pas un tel espoir, Monsieur Pippin, dit
Sam. Mais je voudrais bien savoir ce qu'il est advenu de
ce pauvre poney. J'ai bien souvent pensé à lui, et aux
loups qui hurlaient, et à tout ça

Ils arrivèrent enfin au *Poney Fringant,* et, extérieure-
ment du moins, celui-ci ne semblait pas changé ; il y
avait des lumières derrière les rideaux rouges des fenêtres du bas. Ils sonnèrent, et Nob vint à la porte ; il
l'entrebâilla et jeta un regard par l'ouverture ; mais en

les voyant debout sous la lanterne, il poussa une exclamation de surprise.

— Monsieur Poiredebeurré ! Maître ! cria-t-il. Ils sont revenus !

— Ah ? Eh bien, je vais leur apprendre, fit la voix de Poiredebeurré.

Et il se précipita, un gourdin au poing. Mais, voyant qui c'était, il s'arrêta court, et l'expression menaçante de sa figure se mua en un joyeux étonnement.

— Nob, espèce de nigaud à la caboche laineuse ! s'écria-t-il. Ne peux-tu pas appeler de vieux amis par leurs noms ? Tu ne devrais pas m'alarmer ainsi, par les temps qui courent. Enfin... et d'où venez-vous ? Je ne me serais jamais attendu à revoir aucun de vous, c'est un fait : partis dans les Terres Sauvages avec ce Grands-Pas et tous les Hommes Noirs dans les environs ! Mais je suis rudement content de vous voir, et Gandalf en premier. Entrez ! Entrez ! Les mêmes chambres que la dernière fois ? Elles sont libres. En fait, la plupart des chambres sont vides à présent, je ne vous le cacherai pas, car vous le constaterez assez vite. Et je vais voir ce qu'on peut faire pour le souper, aussitôt que possible , mais je suis à court de personnel. Hé, Nob, clampin ! Préviens Bob ! Ah, j'oubliais, Bob est parti : il rentre chez les siens à la nuit tombante maintenant. Eh bien, emmène les poneys des hôtes aux écuries, Nob ! Et vous mènerez vous-même votre cheval à la sienne, je n'en doute pas, Gandalf. Un bel animal, comme je l'ai dit la première fois que je l'ai vu. Allons, entrez ! Installez-vous comme chez vous !

M. Poiredebeurré, en tout cas, n'avait pas changé de manière de parler, et il semblait toujours vivre dans la même fièvre d'affairement. Il n'y avait pourtant presque personne là, et tout était calme ; de la salle commune venait un murmure étouffé de deux ou trois voix tout au plus. Et, vu de plus près à la lumière des deux chandelles qu'il alluma et porta devant eux, le visage de l'aubergiste parut assez ridé et usé par les soucis.

Il les mena le long du couloir vers le petit salon où ils s'étaient tenus en cette nuit étrange, plus d'un an aupa-ravant ; et ils le suivirent, un peu troublés, car il leur apparaissait clairement que le vieux Prosper affectait une bonne contenance devant quelque difficulté. Les choses n'étaient plus ce qu'elles avaient été. Mais ils ne dirent rien et attendirent.

Comme ils le supposaient, M. Poiredebeurré vint après le souper au petit salon pour voir si tout avait été à leur convenance. Ce qui était certes le cas : aucune modification en mal n'avait affecté la bière ni les vic-tuailles du *Poney Fringant,* en tout cas.

— Je n'oserai pas à présent vous proposer de venir dans la salle commune, dit Poiredebeurré. Vous devez être fatigués ; et il n'y a pas là beaucoup de compagnie ce soir, de toute façon. Mais si vous pouviez m'accorder une demi-heure avant d'aller vous coucher, j'aimerais beaucoup m'entretenir avec vous, tranquillement entre nous.

— C'est exactement ce que nous souhaiterions aussi, répondit Gandalf. Nous ne sommes pas fatigués. Nous ne sommes pas pressés. Si nous étions mouillés, et si nous avions froid et faim, vous y avez mis bon ordre. Asseyez-vous donc ! Et si vous avez de l'herbe à pipe, nous vous bénirons.

— Eh bien, si vous aviez demandé n'importe quoi d'autre, j'aurais été plus heureux, dit Poiredebeurré. C'est précisément une chose dont nous manquons, vu que nous n'avons que ce que nous faisons pousser nous-mêmes, et cela ne suffit pas. On n'en trouve plus dans la Comté, à présent. Mais je vais faire mon possible.

A son retour, il rapportait une petite provision pour un jour ou deux d'une carotte de feuille non coupée.

— Du coteau du Sud, dit-il, et du meilleur que nous

ayons ; mais ça ne vaut pas celui du Quartier du Sud, je l'ai toujours dit, quoique je sois toujours en faveur de Bree pour la plupart des choses, sauf votre respect.

Ils le firent asseoir dans un grand fauteuil au coin du feu de bois ; Gandalf prit place de l'autre côté de l'âtre, et les Hobbits dans des petits fauteuils entre eux deux. Ils parlèrent alors durant maintes demi-heures, échangeant toutes les nouvelles que M. Poiredebeurré était disposé à entendre ou à donner. La plupart de ce qu'ils avaient à raconter fut pur émerveillement et surprise pour leur hôte, dépassant de bien loin sa vision ; et ils ne provoquèrent guère d'autre commentaire que : « Pas possible ! » souvent répété en défi au témoignage des propres oreilles de M. Poiredebeurré.

— Pas possible, monsieur Sacquet, ou dois-je dire monsieur Soucolline ? Je ne sais plus où j'en suis. Pas possible, maître Gandalf ! Eh bien, ça alors ! Qui l'eût cru de nos jours !

Mais il ne dit pas grand-chose pour son compte. Tout était loin d'aller bien, dirait-il. Les affaires n'étaient même pas quelconques, mais franchement mauvaises.

— Personne ne vient plus du côté de Bree de l'Extérieur, dit-il. Et les gens de l'intérieur, ils restent la plupart du temps chez eux, portes bâclées. Tout cela vient de ces nouveaux venus et de ces vagabonds qui commençaient à remonter le Chemin Vert l'année dernière, comme vous vous le rappelez peut-être ; mais il en est venu davantage par la suite. Certains n'étaient que de pauvres types qui fuyaient les troubles ; mais la plupart étaient de mauvais hommes, qui ne cherchaient qu'à voler et à faire le mal. Et il y a eu des vilaines affaires, des affaires graves ici même, à Bree. Nous avons eu un combat en règle, et il y a eu des tués, raides morts ! Si vous pouvez me croire.

— Je vous crois certes, dit Gandalf. Combien ?

— Trois et deux, dit Poiredebeurré, comptant les

431

Grandes Gens et les Petites Personnes. Il y a eu le pauvre Mat Piedbruyère, Rowlie Aballon et le petit Tom Cueillépine d'au-delà de la Colline ; et Willie Talus d'en haut, et l'un des Soucolline de Staddel : tous de braves gens ; on les regrette. Et Harry Chèvrefeuille qui était autrefois à la Porte de l'Ouest, et ce Bill Fougeron, ils se sont rangés du côté des étrangers et ils sont partis avec eux ; et c'est eux, à mon avis, qui les ont fait entrer. La nuit du combat, je veux dire. Et ce fut après qu'on leur avait montré les portes et qu'on les avait poussés dehors : avant la fin de l'année, c'était ; et le combat s'est passé au début de la nouvelle année, après la lourde chute de neige qu'on a eue.

« Et maintenant ils se sont mis voleurs et ils vivent au-dehors, cachés dans les bois au-delà d'Archet et dans les terres sauvages du Nord. C'est comme un bout de ce que racontent les histoires des mauvais temps de jadis, que je dis. Les routes ne sont pas sûres, personne ne va loin, et les gens s'enferment de bonne heure. On est obligés de maintenir des veilleurs tout autour de la clôture et de mettre un tas d'hommes sur les portes la nuit.

— Personne ne nous a inquiétés, en tout cas, dit Pippin, et nous circulions lentement, sans faire garde. Nous pensions avoir laissé tous les ennuis derrière nous.

— Ah, pour ça, non, maître, c'est d'autant plus regrettable, dit Poiredebeurré. Mais il n'est pas étonnant qu'ils vous aient laissés tranquilles. Ils ne se lanceraient pas contre des gens armés, munis d'épées, de casques, de boucliers et de tout ça. Ça leur donnerait à réfléchir. Et je dois dire que ça m'a un peu interloqué de vous voir.

Les Hobbits se rendirent alors soudain compte que, si on les avait considérés avec stupéfaction, c'était moins par surprise de leur retour que par étonnement de leur accoutrement. Ils s'étaient tellement habitués à la guerre et à chevaucher en compagnies bien ordonnées qu'ils avaient complètement oublié que les mailles brillantes entr'aperçues sous leurs manteaux, les casques de Gondor et de la Marche et les beaux emblèmes de leurs boucliers paraîtraient bizarres dans leur propre pays. Et aussi Gandalf montait à présent son grand cheval gris, tout vêtu de blanc avec un vaste manteau bleu et argent par-dessus tout, et la longue épée Glamdring à son côté.

Gandalf rit.

— Enfin, dit-il, s'ils ont peur simplement de cinq d'entre nous, nous avons rencontré de pires ennemis au cours de nos voyages. En tout cas, ils vous laisseront en paix la nuit tant que nous serons là.

— Combien de temps cela fera-t-il ? demanda Poire-debeurré. Je ne nierai pas que nous serions heureux de vous avoir un peu par ici. Nous ne sommes pas habitués à pareils troubles, vous comprenez ; et les Rôdeurs sont tous partis, à ce qu'on m'a dit. Je crois que nous n'avions pas bien compris jusqu'à présent tout ce qu'ils faisaient pour nous. Car il y a eu pire que les voleurs dans les environs. Les loups hurlaient autour de la clôture, l'hiver dernier. Et il y a des formes sombres dans les bois, d'horribles choses qui vous glacent le sang rien que d'y penser. Ça nous a beaucoup perturbés, si vous me comprenez.

— Je m'en doute, dit Gandalf. Presque tous les pays ont été perturbés ces temps-ci, très perturbés. Mais courage, Prosper. Vous avez été bien près de très grands troubles, et je suis seulement heureux que vous n'y avez pas été plus profondément engagés. Des temps meilleurs approchent toutefois. Peut-être meilleurs qu'aucun dont vous puissiez vous souvenir. Les Rôdeurs sont revenus. Nous étions avec eux. Et il y a de nouveau un roi, Prosper. Il tournera bientôt son attention de ce côté-ci.

« Alors le Chemin Vert sera rouvert, ses messagers viendront dans le Nord, il y aura des allées et venues, et les mauvaises choses seront chassées des terres incultes. En fait, le moment venu, ce ne seront plus des terres incultes, et il y aura des gens et des champs dans ce qui fut le désert.

M. Poiredebeurré hocha la tête.

— S'il y a quelques personnes honnêtes et respectables sur les routes, ça ne fera pas de mal, dit-il. Mais on ne veut plus de racaille ni de bandits. Et on ne veut pas d'intrus à Bree. On veut qu'on nous laisse tranquilles. Je ne veux pas que toute une foule d'étrangers vienne lamper ici, ou s'installer là, pour défoncer le pays sauvage.

— On vous laissera tranquilles, Prosper, dit Gandalf. Il y a assez de place pour des royaumes entre l'Isen et le Flot Gris, ou le long des côtes au sud du Brandevin, sans que personne ne vienne vivre à moins de plusieurs jours de chevauchée de Bree. Et bien des gens résidaient autrefois dans le Nord, à une centaine de milles ou davantage d'ici, tout au bout du Chemin Vert : sur les Hauts du Nord ou près du Lac Evendim.

— Là-bas, près de la Chaussée des Morts ? dit Poiredebeurré, l'air encore plus dubitatif. C'est un endroit hanté. Seul un voleur irait là.

— Les Rôdeurs y vont, dit Gandalf. La Chaussée des Morts, dites-vous. C'est ainsi qu'on l'a appelée de longues années, mais son vrai nom, Prosper, c'est Fornost Erain, le Norchâteau des Rois. Et le Roi y reviendra un jour ; et alors, vous verrez passer de belles gens.

— Eh bien, voilà qui paraît prometteur, je vous le concède, dit Poiredebeurré. Et ça fera marcher les affaires, sans aucun doute. Pour autant qu'il laisse Bree tranquille.

— Il le fera, dit Gandalf. Il le connaît et il l'aime.

— Vraiment ? dit Poiredebeurré, l'air déconcerté.

434

Encore que je ne voie pas comment cela se ferait, assurément, assis qu'il est dans son grand fauteuil dans son grand château à des centaines de milles d'ici. Et en train de boire du vin dans une coupe d'or, ça ne m'étonnerait pas. Que représenteraient pour lui *Le Poney*, ou des pots de bière ? Non que ma bière ne soit pas bonne, Gandalf. Elle l'a été particulièrement depuis que vous êtes venu à l'automne de l'année dernière et que vous y avez mis une bonne parole. Et ç'a été un réconfort au milieu de tous les ennuis, pour sûr.

— Ah ! dit Sam. Mais il dit que votre bière est toujours bonne.

— Il le dit ?

— Bien sûr. C'est Grands-Pas. Le chef des Rôdeurs. Vous ne vous êtes pas encore fourré ça dans la tête ?

L'idée y pénétra enfin, et le visage de Poiredebeurré fut une image de l'étonnement. Les yeux s'arrondirent dans sa large face, sa bouche s'ouvrit toute grande, et il en perdit le souffle.

— Grands-Pas ! s'écria-t-il, quand il l'eut retrouvé. Lui, avec une couronne et tout, et une coupe d'or ! Eh bien, où va-t-on ?

— A des temps meilleurs, pour Bree en tout cas, répondit Gandalf.

— Je l'espère, pour sûr, dit Poiredebeurré. Eh bien, ç'a été la plus agréable causette que j'aie eue depuis un mois de jours creux. Et je ne cacherai pas que je dormirai plus à l'aise cette nuit, et d'un cœur plus léger. Vous m'avez donné bonne matière à penser, mais je remettrai cela à demain. Je suis pour aller au lit, et je ne doute pas que vous serez heureux de trouver les vôtres aussi. Hé, Nob ! appela-t-il, allant à la porte. Nob, clampin !

« Voyons ! se dit-il à lui-même, se frappant le front. Qu'est-ce que cela me rappelle donc ?

— Pas une autre lettre que vous auriez oubliée, j'espère, monsieur Poiredebeurré ? dit Merry.

— Allons, allons, monsieur Brandebouc, ne me rappelez pas encore cela ! Mais voilà que vous avez coupé court à ma réflexion. Où en étais-je donc ? Nob, les écuries, ah ! j'y suis. J'ai quelque chose qui vous appartient. Si vous vous rappelez Bill Fougeron et le vol des chevaux : son poney que vous aviez acheté, eh bien, il est ici. Il est revenu de lui-même. Mais où il avait été, vous le savez mieux que moi. Il était aussi hirsute qu'un vieux chien et maigre comme un clou, mais il était vivant. Nob s'est occupé de lui.

— Quoi ! Mon Bill ! s'écria Sam. Eh bien, je suis né veinard, quoi qu'en puisse dire mon vieux. Voilà encore un souhait réalisé ! Où est-il ?

Sam ne voulut pas se coucher avant d'avoir rendu visite à Bill dans son écurie.

Les voyageurs restèrent à Bree toute la journée suivante, et M. Poiredebeurré n'eut pas à se plaindre des affaires de la soirée du lendemain en tout cas. La curiosité surmonta toutes les craintes, et sa maison regorgea de monde. Les Hobbits vinrent par politesse dans la salle commune au cours de la soirée, et ils répondirent à bon nombre de questions. Les mémoires étant à Bree tenaces, on demanda maintes fois à Frodon s'il avait écrit son livre.

— Pas encore, répondait-il. Je rentre maintenant chez moi pour mettre mes notes en ordre.

Il promit de traiter des étonnants événements de Bree et de donner ainsi quelque intérêt à un livre qui semblait devoir traiter principalement des affaires lointaines de « là-bas dans le Sud ».

Puis l'un des jeunes demanda une chanson. Mais un silence et la réprobation générale suivirent son appel, qui ne fut pas répété. Personne ne désirait, à l'évidence, le retour d'événements mystérieux dans la salle commune.

Aucun trouble diurne ni aucun son nocturne ne

dérangea la paix de Bree durant le séjour des voyageurs ; mais, le lendemain matin, ils se levèrent de bonne heure, car, le temps étant toujours à la pluie, ils voulaient atteindre la Comté avant la nuit, et c'était une longue randonnée. Toute la population de Bree était dehors pour les voir partir, et elle était d'humeur plus gaie qu'elle ne l'avait été depuis un an ; ceux qui n'avaient pas encore vu les étrangers dans tout leur appareil en restèrent bouche bée ; devant Gandalf avec sa barbe blanche et la lumière qui semblait sortir de lui, comme si son manteau bleu ne fût qu'un nuage sur la clarté du soleil, et devant les quatre Hobbits semblables à des chevaliers errants sortis de contes presque oubliés. Même ceux qui avaient ri de tout ce qu'on avait raconté sur le Roi commencèrent à penser qu'il y avait peut-être du vrai là-dedans.

— Eh bien, bonne chance sur votre route et bonne chance à votre retour chez vous ! dit M. Poiredebeurré. J'aurais dû vous avertir que tout n'allait pas bien dans la Comté non plus, si ce qu'on dit est vrai. Il s'y passe de drôles de choses, dit-on. Mais une chose en entraîne une autre, et j'étais plein de mes propres soucis. Cependant, si je puis me permettre de le dire, vous êtes revenus changés de vos voyages, et vous paraissez être gens à pouvoir affronter les difficultés de but en blanc. Je ne doute pas que vous n'arrangiez tout bientôt. Bonne chance à vous ! Et plus souvent vous viendrez, plus vous me ferez plaisir.

Ils lui dirent adieu et s'en furent ; ils franchirent la Porte de l'Ouest et prirent la route de la Comté. Ils avaient avec eux Bill le poney, qui, comme précédemment, portait une bonne quantité de bagages ; mais il trottait à côté de Sam et paraissait tout content.

— Je me demande à quoi le vieux Prosper faisait allusion, dit Frodon.

— Je peux en deviner une partie, dit Sam sombrement. Ce que j'ai vu dans le Miroir : des arbres coupés et tout, et mon vieil Ancien chassé du Chemin. J'aurais dû me presser de revenir plus tôt.

— Et, de toute évidence, quelque chose cloche dans le Quartier du Sud, dit Merry. Il y a pénurie générale d'herbe à pipe.

— Quoi que ce soit, dit Pippin, Lothon en est à l'origine : vous pouvez en être sûrs.

— Profondément engagé dedans, mais pas à l'origine, dit Gandalf. Vous avez oublié Saroumane. Il avait commencé à s'intéresser à la Comté avant le Mordor.

— En tout cas, vous êtes avec nous, dit Merry, les choses s'éclairciront donc bientôt.

— Je suis avec vous pour le moment, dit Gandalf, mais je ne tarderai pas à n'y plus être. Je ne vais pas à la Comté. Vous devez régler vos affaires vous-mêmes ; c'est à cela que vous avez été entraînés. Ne comprenez-vous pas ? Mon temps est terminé : ce n'est plus mon affaire de réparer les désordres, ni d'aider les gens à le faire. Quant à vous, mes chers amis, vous n'aurez besoin d'aucune aide. Vous avez crû, à présent. Crû très haut, en fait ; vous êtes parmi les plus grands, et je n'ai plus aucune crainte pour aucun de vous.

« Mais, si vous tenez à le savoir, je vais bientôt vous quitter. Je compte avoir une longue conversation avec Bombadil : une conversation comme je n'en ai pas eue de toute mon existence. C'est un ramasseur de mousse, et j'ai été une pierre condamnée à rouler. Mais mes jours de roulement se terminent, et nous aurons à présent bien des choses à nous dire.

Ils arrivèrent peu après à l'endroit où ils avaient pris congé de Bombadil sur la Route de l'Est : et ils espérèrent, et s'y attendirent à moitié, le trouver là debout pour les accueillir au passage. Mais ils ne virent aucun signe de sa présence ; et il y avait une brume grise sur les

Hauts des Galgals vers le sud, et un voile épais sur la Vieille Forêt dans le lointain.

Ils firent halte, et Frodon regarda avec quelque envie vers le sud.

— Que j'aimerais revoir ce vieil ami, dit-il. Je me demande comment il va.

— Aussi bien que jamais, vous pouvez en être sûr, dit Gandalf. Totalement impavide ; et, je le suppose, assez indifférent à tout ce que nous avons pu faire ou voir, hormis peut-être nos visites aux Ents. Peut-être aurez-vous plus tard le temps d'aller le voir. Mais, à votre place, je me hâterais maintenant de rentrer au pays, sans quoi vous n'arriverez pas au Pont du Brandevin avant la fermeture des portes.

— Mais il n'y a pas de portes, dit Merry, pas sur la Route ; vous le savez fort bien. Il y a la Porte du Pays de Bouc, bien sûr ; mais ils me laisseront passer à tout moment.

— Il n'y avait pas de portes, voulez-vous dire, répliqua Gandalf. Je crois que vous en trouverez maintenant. Et vous pourriez bien rencontrer plus de difficultés que vous ne le pensez à la Porte du Pays de Bouc. Mais vous vous débrouillerez très bien. Adieu, mes chers amis ! Pas encore pour la dernière fois. Adieu !

Il détourna Gripoil de la Route ; le grand cheval franchit d'un bond la levée verte qui le longeait, et, sur un cri de Gandalf, il était parti, se ruant comme un vent du nord vers les Hauts des Galgals.

— Eh bien, nous voici réduits aux quatre qui étions partis ensemble, dit Merry. Nous avons laissé tous les autres derrière, l'un après l'autre. On dirait presque d'un rêve lentement évanoui.

— Pas pour moi, dit Frodon. Pour moi, cela me paraît plutôt comme une retombée dans le sommeil.

Chapitre VIII

Le nettoyage de la Comté

La nuit était tombée quand, mouillés et las, les voyageurs finirent par atteindre le Brandevin, et ils trouvèrent le chemin barré. A chaque extrémité du Pont, il y avait une grande grille garnie de pointes ; et ils purent voir que, de l'autre côté de la rivière, de nouvelles maisons avaient été construites : à deux étages avec d'étroites fenêtres aux côtés verticaux, nues et faiblement éclairées ; tout cela était assez lugubre et répondait peu à l'esprit de la Comté.

Ils cognèrent à la porte extérieure et appelèrent, mais il n'y eut tout d'abord aucune réponse ; puis, à leur surprise, quelqu'un sonna du cor, et les lumières des fenêtres s'éteignirent. Une voix cria dans l'obscurité :

— Qui va là ? Passez votre chemin ! L'entrée est interdite. Vous ne pouvez pas lire l'écriteau : *Aucune admission entre le coucher et le lever du soleil* ?

— Évidemment que nous ne pouvons pas lire l'écriteau dans le noir, cria Sam. Et si des Hobbits de la Comté doivent rester dehors à la pluie par une nuit pareille, j'arracherai votre écriteau dès que je le trouverai.

Là-dessus, une fenêtre claqua, et une foule de Hobbits munis de lanternes se déversa hors de la maison de gauche. Ils ouvrirent l'autre porte, et quelques-uns s'avancèrent sur le pont. Ils parurent effrayés à la vue des voyageurs.

— Venez donc ! dit Merry, reconnaissant l'un des Hobbits. Si vous ne me reconnaissez pas, Hob Garde-clôture, vous le devriez. Je suis Merry Brandebouc, et je voudrais bien savoir ce que tout cela signifie et ce qu'un habitant du Pays de Bouc comme vous fait ici. Vous étiez autrefois sur la Porte de la Clôture.

— Miséricorde ! C'est Maître Merry, pour sûr, et tout armé en guerre ! dit le vieux Hob. Or ça, on avait dit que vous étiez mort ! Perdu dans la Vieille Forêt au dire de tous. Je suis heureux de vous voir vivant après tout !

— Alors, ne restez pas planté là à me regarder à travers les barreaux, et ouvrez la porte ! répliqua Merry.

— Je regrette, Maître Merry, mais nous avons des ordres.

— Des ordres de qui ?

— Du Chef, là-haut à Cul-de-Sac.

— Le Chef ? Le Chef ? Voulez-vous dire Monsieur Lothon ? demanda Frodon.

— Je le suppose, monsieur Sacquet ; mais il faut dire simplement « le Chef » à présent.

— Vraiment ! dit Frodon. Eh bien, je suis heureux qu'il ait abandonné le Sacquet, en tout cas. Mais il est évidemment grand temps que la famille s'occupe de lui et le remette à sa place.

Un silence tomba parmi les Hobbits de l'autre côté de la porte.

— Ça ne fera pas de bien de parler ainsi, dit

quelqu'un. Il ne manquera pas de l'apprendre. Et si vous faites autant de bruit, vous allez réveiller le Grand Homme du Chef.

— Nous allons le réveiller d'une façon qui le surprendra, dit Merry. Si vous entendez que votre Chef a engagé des bandits des terres sauvages, nous ne sommes pas revenus trop tôt.

Il sauta à bas de son poney, et, voyant l'écriteau à la lumière des lanternes, il le déchira et jeta les morceaux par-dessus la porte. Les Hobbits reculèrent et ne firent aucun mouvement pour ouvrir.

— En avant, Pippin ! dit Merry. A deux, ça suffira.

Merry et Pippin escaladèrent la porte, et les Hobbits s'enfuirent. Il y eut une nouvelle sonnerie de cor. A la porte de la maison plus grande de droite, une large et lourde silhouette apparut sur un fond éclairé.

— Qu'est-ce que tout cela ? gronda l'homme, s'avançant. On force la porte ? Fichez-moi le camp, ou je vous casse vos sales petits cous !

Puis il s'arrêta, car il avait aperçu un reflet d'épées.

— Bill Fougeron, dit Merry, si vous n'ouvrez pas cette porte avant dix secondes, vous le regretterez. Je vous collerai de l'acier dans le corps, si vous n'obéissez pas. Et quand vous aurez ouvert les portes, vous les franchirez pour ne plus jamais revenir. Vous êtes un chenapan et un voleur de grand chemin.

Bill Fougeron fléchit ; il s'avança en traînant vers la porte et la déverrouilla.

— Donnez-moi la clef ! dit Merry.

Mais le scélérat la lui jeta à la tête et s'élança dans l'obscurité. Comme il passait près des poneys, l'un d'eux lui décocha une ruade qui l'atteignit dans sa course. Il disparut avec glapissement dans la nuit, et on n'entendit plus jamais parler de lui.

— Bon travail, Bill, dit Sam, entendant par là le poney.

— Et voilà pour votre Grand Homme, dit Merry. Nous verrons le Chef plus tard. En attendant, nous voulons un logement pour la nuit, et comme il semble que vous ayez démoli *L'Auberge du Pont* pour construire à la place ce triste endroit, il vous faudra nous héberger.

— Je regrette, Monsieur Merry, dit Hob, mais ce n'est pas permis.

— Qu'est-ce qui n'est pas permis ?

— De recevoir des gens au pied levé et de consommer des vivres en surplus, et tout ça, dit Hob.

— Qu'est-ce qui se passe donc ici ? dit Merry. L'année a-t-elle été mauvaise, ou quoi ? Je croyais qu'il avait fait un bel été et que la récolte avait été bonne.

— Enfin... non, l'année a été assez bonne, dit Hob. On fait pousser beaucoup de nourriture, mais on ne sait pas au juste où ça passe. Ce sont tous ces « ramasseurs » et « répartiteurs », je pense, qui font des tournées pour compter, mesurer et emporter à l'emmagasinage. Ils font plus de ramassage que de répartition, et on ne revoit plus jamais la plus grande part des provisions.

— Oh, allons ! dit Pippin, bâillant. Tout cela est trop fatigant pour moi ce soir. Nous avons des vivres dans nos sacs. Donnez-nous simplement une chambre pour **nous étendre. Ce sera toujours mieux que** maints endrois que j'ai vus.

Les Hobbits de la porte semblaient encore mal à l'aise, quelque règlement étant évidemment enfreint ; mais il n'y avait pas à contredire quatre voyageurs aussi autoritaires, tous armés, dont deux exceptionnellement grands et de solide apparence. Frodon ordonna de reverrouiller les portres. Il y avait quelque bon sens en tout cas à maintenir une garde, alors qu'il y avait toujours des bandits dans les environs. Les quatre compagnons pénétrèrent alors dans le corps de garde des Hobbits, où ils s'installèrent le plus commodément possible. C'était un endroit nu et laid, avec une toute petite grille qui ne permettait guère un bon feu. Dans les chambres du dessus, il y avait des petites rangées de lits durs, et sur tous les murs figuraient un écriteau et une liste de Règles. Pippin les arracha. Il n'y avait pas de bière, et seulement très peu de nourriture ; mais avec ce que les voyageurs apportèrent et partagèrent, tous firent un repas convenable ; et Pippin enfreignit la règle n° 4 en mettant dans le feu la plus grande part de la ration de bois du lendemain.

— Et maintenant, que penseriez-vous d'une bonne pipe, tandis que vous nous raconterez ce qui s'est passé dans la Comté ? demanda-t-il.

— Il n'y a plus d'herbe à pipe maintenant, dit Hob ; du moins n'y en a-t-il que pour les hommes du Chef. Toutes les provisions semblent avoir disparu. On a bien entendu dire que des camions entiers en sont partis du Quartier du Sud par la vieille route, par le chemin du Gué de Sarn. Ce devait être à la fin de l'année dernière, après votre départ. Mais elle avait déjà commencé à partir en douce avant cela. Ce Lothon...

— Tais-toi donc, Hob Gardeclôture ! s'écrièrent plusieurs autres. Tu sais bien que des commentaires comme ça ne sont pas permis. Le Chef en entendra parler, et on aura tous des ennuis.

— Il n'en entendrait rien, si certains de vous n'étaient des mouchards, répliqua Hob avec chaleur.

— Bon, bon ! dit Sam. Ça suffit parfaitement. Je ne veux pas en entendre davantage. Pas de bienvenue, pas de bière, pas de quoi fumer et, au lieu de cela, un tas de règles et de propos d'Orques. J'espérais me reposer, mais je vois bien qu'il y a du travail et des ennuis en perspective. Dormons et oublions cela jusqu'au matin !

Le nouveau « Chef » disposait évidemment de moyens d'information. Il y avait une bonne quarantaine de milles du Pont à Cul-de-Sac, mais quelqu'un accomplit le trajet en grande hâte. C'est ce que Frodon et ses amis ne tardèrent pas à découvrir.

Ils n'avaient fait aucun plan défini, mais avaient vaguement pensé descendre d'abord ensemble au Creux-de-Crique pour s'y reposer un peu. Mais, à présent, voyant l'état des choses, ils décidèrent de se rendre tout droit à Hobbitebourg. Le lendemain, donc, ils partirent au petit trot sur la Route. Le vent était tombé, mais le ciel était gris. Le pays avait un aspect assez triste et désolé ; mais c'était après tout le 1er novembre et la queue de l'automne. Il semblait toutefois y avoir une quantité inhabituelle de feux, et de la fumée s'élevait en maints points alentour. Un grand nuage de cette fumée montait au loin dans la direction du Bout-des-Bois.

Comme le soir tombait, ils approchèrent de Lagrenouillère, un village sur la droite de la Route, à environ vingt-deux milles du Pont. Ils avaient l'intention d'y passer la nuit ; *La Bûche Flottante* de Lagrenouillère était une bonne auberge. Mais, en arrivant à l'extrémité est du village, ils rencontrèrent une barrière qui portait un grand écriteau sur lequel se lisait : IMPASSE ; et, derrière, se tenait une grande bande de Shirriffs avec des bâtons dans les mains et des plumes à leurs bonnets, l'air en même temps important et assez effrayé.

— Qu'est-ce que tout cela ? dit Frodon, porté à rire.

— Voici ce que c'est, monsieur Sacquet, dit le Chef des Shirriffs, un Hobbit à deux plumes : vous êtes arrêtés pour avoir Brûlé la Porte, Déchiré le Règlement, Assailli les Gardiens de la Porte, pour être Entré et avoir Dormi dans des Bâtiments de la Comté sans autorisation, et avoir Soudoyé les Gardiens avec de la Nourriture.

— Et quoi encore ? dit Frodon.

— Cela suffira pour marcher, dit le Chef des Shirriffs.

— Je peux encore en ajouter, si vous voulez, dit Sam. Avoir Invectivé votre Chef. Avoir souhaité Démolir sa Face Pustuleuse et Pensé que vous autres Shirriffs avez l'air d'un tas de Nigauds.

— Allons, monsieur, ça suffit. Les ordres du Chef sont que vous devez venir sans esclandre. Nous allons vous emmener à Lèzeau et vous remettre entre les mains des Hommes du Chef ; et quand il traitera votre affaire, vous pourrez dire ce que vous avez à dire. Mais si vous ne voulez pas demeurer plus longtemps qu'il n'est nécessaire dans les Trous-Prisons, à votre place, je couperais court à mes commentaires.

A la déconfiture des Shirriffs, Frodon et ses compagnons rirent à gorge déployée.

— Ne soyez donc pas absurde ! dit Frodon. Je vais où il me plaît et quand je le veux. Il se trouve que je me rends à Cul-de-Sac pour affaires ; mais si vous tenez à y aller aussi, c'est la vôtre.

— Bon, monsieur Sacquet, dit le Chef, écartant la barrière. Mais n'oubliez pas que je vous ai arrêté.

— Je ne l'oublierai pas, dit Frodon. Jamais. Mais il se peut que je vous pardonne. Pour le moment, je ne vais pas plus loin ; vous aurez donc l'obligeance de m'escorter jusqu'à *La Bûche Flottante*.

— Je ne peux pas faire cela, monsieur Sacquet. L'auberge est fermée. Il y a une Maison de Shirriffs à l'autre bout du village. Je vais vous y amener.

— Bon, dit Frodon. Allez, et nous vous suivrons.

Sam, qui avait passé en revue les Shirriffs, en avait avisé un de sa connaissance.

— Hé, dis donc, Robin Petitterrier ! appela-t-il. Je voudrais te dire un mot.

Avec un regard craintif à son chef, qui semblait irrité mais qui n'osa pas intervenir, le Shirriff Petitterrier resta en arrière pour marcher au côté de Sam, descendu de son poney.

— Dis donc, mon vieux ! dit Sam. Tu es de Hobbite-bourg, et tu devrais avoir plus de bon sens : venir arrêter Monsieur Frodon et tout ça ! Et qu'est-ce que ces histoires d'auberge fermée ?

— Elles le sont toutes, dit Robin. Le Chef n'en tient pas pour la bière. En tout cas, c'est comme ça que ça a commencé. Mais à présent, ce sont ses Hommes qui la prennent toute pour eux, je suppose. Et il n'aime pas que les gens circulent ; aussi, s'ils veulent ou doivent le faire, il faut aller à la Maison des Shirriffs pour expliquer son affaire.

— Tu devrais avoir honte d'être mêlé en quelque façon que ce soit à toutes ces bêtises, dit Sam. Tu aimais toi-même beaucoup mieux l'intérieur que l'extérieur d'une auberge, autrefois. Tu y faisais tout le temps des apparitions, en service ou hors service.

— Et je le ferais bien encore, Sam, si je le pouvais. Mais ne me juge pas trop mal. Que puis-je faire ? Tu sais comment j'ai sollicité d'être Shirriff il y a sept ans, avant le début de tout ça. Cela me donnait l'occasion de me balader dans le pays, de voir des gens, d'entendre les nouvelles et de savoir où on trouvait la bonne bière. Mais, à présent, c'est différent.

— Tu n'as qu'à y renoncer, à cesser de shirrifer, si ça a cessé d'être un boulot convenable, dit Sam.

— Ce n'est pas permis, répliqua Robin.

— Si j'entends encore souvent ce *pas permis*, je vais me mettre en colère, dit Sam.

— Je ne peux pas dire que je regretterais de le voir, dit Robin, baissant la voix. Si on se mettait tous en colère à la fois, ça pourrait faire quelque chose. Mais c'est ces Hommes, Sam, les Hommes du Chef. Il les envoie partout, et si quelqu'un de nous autres Petites Personnes cherche à faire valoir ses droits, ils le fourrent dans les Trous-Prisons. Ils ont commencé par le vieux Croquette, le vieux Piedblanc, le maire, et ils en ont emmené beaucoup d'autres. Ça a empiré ces derniers temps. Ils les battent souvent, à présent.

— Pourquoi travailles-tu pour eux, alors ? répliqua Sam avec irritation. Qui t'a envoyé à Lagrenouillère ?

— Personne. On reste ici dans la grande Maison des Shirriffs. Nous sommes la Première Troupe du Quartier de l'Est, maintenant. Il y a des centaines de Shirriffs, tous répertoriés, et ils en veulent davantage avec toutes ces nouvelles règles. La plupart y sont contre leur gré, mais pas tous. Même dans la Comté, il y en a qui aiment se mêler des affaires des autres et faire les importants. Et il y a pis : il y en a quelques-uns qui espionnent pour le Chef et ses Hommes.

— Ah ! c'est comme ça que vous avez eu de nos nouvelles, hein ?

— C'est exact. Ils utilisent l'ancien service de la Poste Rapide, et ils maintiennent des courriers spéciaux en différents points. L'un est venu de Blancs Sillons la nuit dernière avec un « message secret », et un autre l'a emporté d'ici. Et un autre message est arrivé cet après-midi, comme quoi on devait vous arrêter et vous emmener à Lèzeau et non tout droit aux Trous-Prisons. Le Chef veut évidemment vous voir tout de suite

— Il ne sera pas aussi pressé, quand Monsieur Frodon en aura fini avec lui, dit Sam.

La Maison des Shirriffs de Lagrenouillère était aussi piètre que la Maison du Pont. Elle n'avait qu'un étage, mais avec les mêmes fenêtres étroites, et elle était faite de vilaines briques pâles, mal rangées. A l'intérieur, elle était humide et triste, et le souper fut servi sur une longue table nue qui n'avait pas été lavée depuis des semaines. La nourriture ne méritait pas de meilleur cadre. Les voyageurs furent heureux de quitter cet endroit. Il y avait environ dix-huit milles jusqu'à Lèzeau, et ils se mirent en route à dix heures du matin. Ils seraient partis plus tôt, si le délai n'avait si visiblement ennuyé le Chef des Shirriffs. Le vent d'ouest était passé au nord, et il se faisait plus froid ; mais la pluie avait cessé.

Ce fut une cavalcade assez comique qui quitta le village, bien que les quelques gens qui vinrent observer l'« accoutrement » des voyageurs ne sussent trop si le rire était permis. Une douzaine de Shirriffs avaient été désignés pour escorter les « prisonniers » ; mais Merry les fit marcher devant, tandis que Frodon et ses amis allaient à cheval par-derrière. Merry, Pippin et Sam étaient à leur aise en selle, riant, bavardant et chantant, tandis que les Shirriffs clopinaient, non sans essayer de conserver un aspect sévère et important. Frodon, toutefois, était silencieux, et il paraissait triste et pensif.

La dernière personne près de laquelle ils passèrent était un robuste vieux qui taillait une haie.

— Holà ! dit-il, se gaussant. Lesquels ont arrêté les autres ?

Deux des Shirriffs quittèrent immédiatement le groupe pour aller vers lui.

— Chef ! dit Merry. Rappelez immédiatement vos hommes dans les rangs, si vous ne voulez pas qu'ils aient affaire à moi !

Les deux Hobbits, sur un ordre vif du chef, revinrent d'un air maussade.

— Et maintenant, allez ! dit Merry.

Après quoi, les voyageurs veillèrent à ce que le pas de leurs poneys fût assez rapide pour pousser en avant les Shirriffs aussi vite qu'ils pouvaient marcher. Le soleil sortit et, malgré le vent froid, ceux-ci ne tardèrent pas à être tout suants et soufflants.

A la Pierre des Trois Quartiers, ils renoncèrent. Ils avaient parcouru près de quatorze milles avec un seul moment de repos à midi. Il était près de trois heures. Ils avaient faim, très mal aux pieds, et ils ne pouvaient soutenir l'allure.

— Eh bien, arrivez à votre propre moment ! dit Merry. Pour nous, nous continuons.

— Au revoir, mon vieux ! dit Sam à Robin. Je t'attendrai devant *Le Dragon Vert*, si tu n'as pas oublié où cela se trouve. Ne lambine pas en route !

— Vous êtes en rupture d'arrestation, voilà dans quelle posture vous êtes, dit le Chef tristement ; je ne saurais répondre de la suite.

— Nous allons rompre encore bien d'autres choses, et sans vous demander d'en répondre, dit Pippin. Bonne chance à vous !

Les voyageurs poursuivirent leur chemin au trot, et, comme le soleil commençait à descendre vers les Hauts Blancs loin à l'horizon de l'ouest, ils arrivèrent à Lézeau par son vaste étang ; et là, ils éprouvèrent le premier choc vraiment pénible. C'était le propre pays de Frodon et de Sam, et ils découvrirent alors qu'ils y étaient plus attachés qu'à aucun autre lieu du monde. Un bon nombre de maisons qu'ils avaient connues manquaient. Certaines semblaient avoir été incendiées. L'agréable rangée d'anciens trous de Hobbits dans le talus du côté nord de l'Étang était abandonnée, et les petits jardins, qui descendaient autrefois, multicolores, jusqu'au bord de l'eau, étaient envahis de mauvaises herbes. Pis encore, il y avait une ligne entière de vilaines maisons neuves tout le long de la Promenade de l'Étang, où la Route de Hobbitebourg suivait la rive. Il y avait autrefois une avenue d'arbres. Ils avaient tous disparu. Et, regardant avec consternation le long de la route en direction de Cul-de-Sac, ils virent au loin une haute cheminée de brique. Elle déversait une fumée noire dans l'air du soir.

Sam était hors de lui.

— Je continue tout droit, Monsieur Frodon ! s'écria-t-il. Je vais voir ce qui se passe. Je veux trouver mon vieux.

— Nous devrions d'abord découvrir ce qui nous attend, Sam, dit Merry. Je présume que le « chef » aura une bande de coquins tout prêts. Nous ferions mieux de trouver quelqu'un qui nous dira comment sont les choses par ici.

Mais, dans le village de Lèzeau, toutes les maisons et tous les trous étaient fermés, et il n'y avait personne pour les accueillir. Ils en furent étonnés, mais ils en découvrirent bientôt la raison. En atteignant *Le Dragon Vert*, dernière maison du côté de Hobbitebourg, à présent déserte et les fenêtres brisées, ils eurent le désagrément de voir une demi-douzaine d'hommes de mauvaise mine, vautrés contre le mur de l'auberge ; ils louchaient et avaient le visage olivâtre.

— Comme cet ami de Bill Fougeron à Bree, dit Sam.

— Comme bon nombre que j'ai vus à Isengard, murmura Merry.

Les bandits portaient des massues à la main et des cors à la ceinture, mais ils n'avaient pas d'autres armes visibles. A l'approche des voyageurs, ils quittèrent le mur et s'avancèrent sur la route pour barrer le chemin.

— Où croyez-vous aller ? dit l'un, le plus grand et le plus vilain de l'équipe. Il n'y a pas de route pour vous au-delà d'ici. Et où sont ces beaux Shirriffs ?

— Ils viennent tout gentiment, dit Merry. Ils ont peut-être un peu mal aux pieds. Nous avons promis de les attendre ici.

— Allons donc, qu'est-ce que je disais ? dit le bandit à ses compagnons. J'ai prévenu Sharcoux qu'il ne fallait pas se fier à ces petits idiots. On aurait dû envoyer quelques-uns de nos gars.

— Et quelle différence cela aurait-il fait, je vous prie ? demanda Merry. Nous ne sommes pas accoutumés aux voleurs de grand chemin dans ce pays, mais nous savons comment les traiter.

— Voleurs de grand chemin, hé ? dit l'homme. Ah, c'est là votre ton ? Eh bien changez-en, ou on le changera pour vous. Vous devenez trop arrogants, vous autres, Petites Personnes. Ne vous fiez pas trop au bon cœur du Patron. Sharcoux est arrivé à présent, et l'autre fera ce que dit celui-ci.

— Et qu'est-ce donc ? demanda tranquillement Frodon.

— Ce pays a besoin d'être réveillé et remis en ordre, dit le bandit, et Sharcoux va le faire ; et il sera dur, si vous l'y poussez. Vous avez besoin d'un plus grand Patron. Et vous allez l'avoir avant la fin de l'année, s'il y a encore des difficultés. Et vous apprendrez une ou deux choses, sale petit rat.

—. Vraiment ! Je suis heureux de connaître vos projets, dit Frodon. Je suis en route pour aller voir M. Lothon, et il pourra être intéressé de les entendre, lui aussi.

Le bandit rit.

— Lothon ! Il le sait bien. N'ayez crainte. Il fera ce que dit Sharcoux. Parce que, si un Patron nous fait des ennuis, on peut le changer. Vu ? Et si les Petites Personnes cherchent à s'introduire où on ne les demande pas, on peut les empêcher de nuire. Vu ?

— Oui, je vois, dit Frodon. Pour commencer, je vois que vous retardez et que vous ne connaissez pas les nouvelles, ici. Il s'est passé beaucoup de choses depuis que vous avez quitté le Sud. Votre temps est fini, comme celui de tous les autres bandits. La Tour Sombre est tombée, et il y a un Roi en Gondor. L'Isengard a été détruit, et votre beau maître n'est plus qu'un mendiant dans le désert. J'ai passé près de lui sur la route. Les messagers du Roi vont remonter le Chemin Vert à présent, et non plus les brutes de l'Isengard.

L'homme le regarda avec incrédulité et sourit.

— Un mendiant dans le désert ! dit-il, se moquant. Vraiment ? Crânez donc, crânez donc, mon petit coq. Mais cela ne nous empêchera pas de vivre dans ce gras petit pays où vous avez fainéanté assez longtemps. Et des messagers du Roi ! Voilà ce que j'en pense. (Il claqua des doigts au nez de Frodon.) Quand j'en verrai un, j'en tiendrai compte, peut-être.

C'en était trop pour Pippin. Il revit en pensée le Champ de Cormallen, et voici qu'un bigle de coquin appelait le Porteur de l'Anneau « petit coq ». Il rejeta son manteau en arrière, tira son épée dans un éclair, et l'argent et sable de Gondor rayonna sur lui, comme il poussait son poney en avant.

— Je suis un messager du Roi, dit-il. Vous parlez à l'ami du Roi et une des personnes les plus renommées des pays de l'Ouest. Vous êtes un coquin et un imbécile. A genoux sur la route, et implorez votre pardon, sinon je vous plante ce fléau des Trolls dans le corps !

L'épée étincela dans le soleil couchant. Merry et Sam tirèrent également l'épée et s'avancèrent pour soutenir Pippin ; mais Frodon ne bougea pas. Les bandits reculèrent. Leur affaire avait été d'effrayer les paysans de Bree et de houspiller des Hobbits désorientés. Des Hobbits intrépides avec des épées brillantes et des visages menaçants leur étaient une grande surprise. Et il y avait dans la voix de ces nouveaux venus une note qu'ils n'avaient encore jamais entendue. Ils en furent transis de peur.

— Allez ! dit Merry. Si vous troublez encore ce village, vous le regretterez.

Les trois Hobbits s'avancèrent, et les bandits firent demi-tour et s'enfuirent sur la Route de Hobbitebourg ; mais, ce faisant, ils sonnèrent du cor.

— Eh bien, il était grand temps de rentrer, dit Merry.

— Grand temps. Peut-être est-il même trop tard, pour sauver Lothon en tout cas, dit Frodon. C'est un pauvre imbécile, mais je le plains.

— Sauver Lothon ? Que veux-tu dire ? répliqua Pippin. Le détruire, dirais-je.

— Je crois que tu ne comprends pas tout à fait, Pippin, dit Frodon. Lothon n'a jamais voulu que les choses en viennent là. Il a été un idiot néfaste, mais il est pris à présent. Les bandits sont à la tête, récoltant, volant et houspillant, et ils mènent ou ruinent les choses à leur guise, en son nom. Et même plus pour longtemps en son nom. Il doit être prisonnier à Cul-de-Sac, je pense, et très effrayé. On devrait essayer de le délivrer.

— Ça alors, ça me renverse ! dit Pippin. De toutes les fins de notre voyage, c'est bien la dernière à laquelle j'aurais pensé : avoir à combattre des Semi-Orques et des bandits dans la Comté même — pour délivrer Lothon la Pustule !

— Combattre ? dit Frodon. Eh bien, je suppose que les choses pourront en arriver là. Mais rappelle-toi : il ne doit y avoir aucune tuerie de Hobbits, même s'ils ont passé à l'autre bord. Vraiment l'autre bord, je veux dire : pas seulement obéi aux ordres des bandits parce qu'ils ont peur. Aucun Hobbit n'en a jamais tué un autre exprès dans la Comté, et cela ne doit pas commencer maintenant. Et personne du tout ne doit être tué si cela peut être évité. Gardez votre sang-froid, et retenez vos mains jusqu'au dernier moment possible !

— Mais s'il y a beaucoup de ces bandits, dit Merry, cela voudra certainement dire un combat. Tu ne vas pas libérer Lothon, ou la Comté, simplement en étant choqué et contristé, mon cher Frodon.

— Non, dit Pippin. Il ne sera pas aussi aisé de les effrayer une seconde fois. Ils ont été pris par surprise.

Tu as entendu cette sonnerie de cor ? Il y a évidemment d'autres bandits à proximité. Ils seront beaucoup plus hardis quand ils seront plus nombreux. Il faudrait penser à nous abriter quelque part pour la nuit. Nous ne sommes que quatre, après tout, même si nous sommes armés.

— Non ! dit Merry. Il ne sert à rien de « se mettre à l'abri ». C'est exactement ce que les gens ont fait et exactement ce que les bandits aiment. Ils nous tomberaient simplement dessus en force, nous coinceraient, puis nous feraient sortir ou nous brûleraient au piège. Non, il faut faire quelque chose tout de suite.

— Faire quoi ? demanda Pippin.

— Soulever la Comté ! dit Merry. Allons ! Il faut réveiller tous les nôtres ! Ils détestent tout cela, c'est visible : tous à l'exception d'un ou deux gredins et de quelques nigauds qui veulent être importants, mais ne comprennent rien à ce qui se passe réellement. Mais les gens de la Comté ont joui d'une telle tranquillité pendant si longtemps qu'ils ne savent que faire. Ils ne demandent qu'à lutter pourtant, et ils vont s'embraser. Les Hommes du Chef doivent le savoir. Ils vont essayer de nous écraser et nous éteindre rapidement. Nous n'avons que très peu de temps.

— Sam, cours à la ferme de Chaumine, si tu veux. C'est le personnage principal par ici, et le plus résolu. Allons ! Je vais sonner du cor de Rohan et leur faire entendre à tous une musique telle qu'ils n'en ont jamais entendue auparavant.

Ils revinrent au milieu du village. Là, Sam quitta le groupe et prit au galop le chemin qui menait en direction du sud vers chez Chaumine. Il n'était pas encore bien loin, qu'il entendit soudain retentir un clair appel de cor, qui se répercuta par-dessus collines et champs ; et cet appel était si pressant que Sam lui-même faillit tourner bride pour revenir en hâte. Son poney se cabra et hennit.

— En avant, mon gars ! En avant ! cria-t-il. On reviendra vite.

Puis il entendit Merry changer de note, et l'appel de cor du Pays de Bouc s'éleva, secouant l'air.

Debout ! Debout ! La peur, le feu, les ennemis !
  Debout !
Le feu, les ennemis ! Debout !

Sam entendit derrière lui un tumulte de voix, un grand remue-ménage et des claquements de portes. Devant lui, des lumières jaillirent dans le crépuscule ; des chiens aboyèrent ; des pas accoururent. Avant qu'il n'eût atteint le bout du chemin, il vit se précipiter vers lui le père Chaumine avec trois de ses gars, Tom le Jeune, Jolly et Nick. Ils portaient des haches et barraient la route.

— Non ! Ce n'est pas un de ces bandits, entendit-il dire au fermier. C'est un Hobbit d'après sa taille, mais tout bizarrement vêtu. Holà ! cria-t-il. Qui êtes-vous, et qu'est-ce que tout ce raffut ?

— C'est Sam, Sam Gamegie. Je suis revenu.

Le père Chaumine s'avança tout près et l'examina dans la pénombre.

— Ah ça ! s'écria-t-il. La voix est bonne, et la figure n'est pas pire qu'autrefois, Sam. Mais je ne t'aurais pas reconnu dans la rue, accoutré comme ça. Tu es allé dans les pays étrangers, à ce qu'il semble. On craignait que tu ne sois mort.

— Pour ça, non ! dit Sam. Ni Monsieur Frodon. Il est ici avec ses amis. Et c'est ça le raffut. Ils soulèvent la Comté. On va la nettoyer de ces bandits et de leur Chef aussi. On commence tout de suite.

— Bon, bon ! s'écria le père Chaumine. Alors, c'est

enfin commencé ! J'ai eu des démangeaisons toute cette année, mais les gens ne voulaient pas aider. Et j'avais la femme et Rosie à penser. Ces bandits ne s'arrêtent devant rien. Mais allons-y, les gars ! Lèzeau se lève ! Il faut être dans le coup !

— Et Mme Chaumine et Rosie ? dit Sam. Il n'est pas sûr de les laisser toutes seules.

— Mon Nibs est avec elles. Mais tu peux aller lui prêter main-forte, si tu en as envie, dit le père Chaumine avec un large sourire.

Puis lui et ses fils coururent vers le village. Sam alla vivement à la maison. Près de la grande porte ronde au haut des marches montant de la vaste cour, se tenaient Mme Chaumine et Rosie avec Nibs, armé d'une fourche, devant elles.

— C'est moi ! cria Sam, tout en montant au trot. Sam Gamegie ! Alors n'essaie pas de me piquer, Nibs. D'ailleurs, j'ai sur moi une cotte de mailles.

Il sauta à bas de son poney et grimpa les marches. Ils le regardèrent les yeux écarquillés sans mot dire.

— Bonsoir, madame Chaumine ! dit-il. Salut, Rosie !

— Oh, Sam ! dit Rosie. D'où viens-tu ? On te disait mort ; mais je t'attendais depuis le printemps. Tu ne t'es pas trop pressé, hein ?

— Peut-être pas, dit Sam, interloqué. Mais je me presse maintenant. On se met après les bandits, et il faut que je rejoigne Monsieur Frodon. Mais je voulais jeter un coup d'œil et voir comment allaient Mme Chaumine, et toi, Rosie.

— On va bien, merci, dit Mme Chaumine. Ou on devrait, s'il n'y avait pas tous ces voleurs de bandits.

— Eh bien, file ! dit Rosie. Si tu as veillé tout ce temps sur Monsieur Frodon, qu'as-tu besoin de le quitter dès que les choses commencent à être dangereuses ?

Sam en eut le souffle coupé Il fallait une réponse d'une semaine entière, ou rien du tout. Il fit demi-tour et remonta sur son poney. Mais, comme il repartait, Rosie descendit les marches en courant

— Je trouve que tu as fort bon air, Sam, dit-elle. Va, maintenant ! Mais prends soin de toi, et reviens aussitôt que tu auras réglé leur compte aux bandits !

A son retour, Sam trouva tout le village en ébullition. Déjà, en dehors de nombreux garçons plus jeunes, une centaine ou davantage de robustes Hobbits étaient rassemblés, munis de haches, de lourds marteaux, de longs couteaux et de solides gourdins ; et quelques-uns portaient des arcs de chasse. D'autres encore venaient de fermes écartées. Des gens du village avaient allumé un grand feu, juste pour animer le tableau, mais aussi parce que c'était une des choses interdites par le Chef. Il flambait joyeusement dans la nuit tombante. D'autres, sous les ordres de Merry, dressaient des barrières en travers de la route aux deux extrémités du village. Quand les Shirriffs arrivèrent à celle du bas, ils furent abasourdis ; mais aussitôt qu'ils virent ce qui se passait, la plupart retirèrent leurs plumes et se joignirent à la révolte. Les autres s'éclipsèrent.

Sam trouva Frodon et ses amis près du feu en train de parler au vieux Tom Chaumine, tandis qu'une foule d'habitants de Lèzeau se tenaient autour d'eux, les yeux écarquillés.

— Alors, que fait-on ensuite ? demanda le père Chaumine.

— Je ne peux rien dire avant d'en savoir plus long, répondit Frodon. Combien y a-t-il de ces bandits ?

— C'est difficile à dire, répondit Chaumine. Ils vont et viennent. Il y en a quelquefois une cinquantaine dans leurs baraquements sur le chemin de Hobbitebourg ; mais ils en partent pour vagabonder alentour, à voler ou à « ramasser » comme ils appellent ça. Mais ils sont rarement moins d'une vingtaine autour du Patron, comme ils le nomment. Il est à Cul-de-Sac, ou il y était ; mais il ne sort pas de la propriété, à présent. Personne ne l'a vu, en fait, depuis une ou deux semaines ; mais les Hommes ne laissent approcher quiconque.

— Hobbitebourg n'est pas le seul endroit où ils sont, n'est-ce pas ? dit Pippin.

— Non, c'est d'autant plus regrettable, dit Chaumine. Il y en a un bon nombre dans le Sud à Longoulet et au Gué de Sarn, à ce qu'on dit ; et d'autres se cachent dans le Bout-des-Bois ; ils ont aussi des baraquements au Carrefour. Et puis, il y a les Trous-Prisons, qu'ils appellent ça : les anciens tunnels d'entreposage à Grand'Cave, qu'ils ont transformés en prisons pour ceux qui leur tiennent tête. Mais je pense qu'il n'y en a pas plus de trois cents en tout dans la Comté, peut-être même moins. On peut les avoir, si on est tous ensemble.

— Ont-ils des armes ? demanda Merry.

— Des fouets, des couteaux, des massues, en suffisance pour leur sale travail ; c'est tout ce qu'ils ont exhibé jusqu'à présent, dit Chaumine. Mais je suppose qu'ils ont un autre équipement, s'il s'agissait de se battre. Certains ont des arcs, en tout cas. Ils ont abattu un ou deux des nôtres.

— Et voilà, Frodon ! dit Merry. Je savais bien qu'il faudrait se battre. Eh bien, c'est eux qui ont commencé à tuer.

— Pas exactement, dit Chaumine. En tout cas pas à tirer. Ce sont les Touque qui ont commencé ça. Votre pays, voyez-vous, Monsieur Peregrïn, il n'a jamais frayé avec ce Lothon, cela dès le début : il disait que si quelqu'un devait jouer les chefs à cette heure, ce serait le véritable Thain de la Comté et non un parvenu. Et quand Lothon a envoyé ses Hommes, ils y ont perdu leur peine. Les Touque ont de la chance d'avoir ces trous profonds dans les Collines Vertes, les Grands Smials et tout, et les bandits ne peuvent les atteindre ; et ils ne laissent pas les bandits pénétrer sur leurs terres. S'ils s'y risquent, les Touque leur font la chasse. Les Touque en ont abattu trois pour avoir rôdé et volé. Après cela, les bandits sont devenus plus mauvais. Et ils surveillent d'assez près le Pays de Touque. Personne ne peut y entrer ou en sortir, à présent.

— Bravo pour les Touque ! s'écria Pippin. Mais quelqu'un va entrer de nouveau, maintenant. Je vais aux Smials. Quelqu'un m'accompagnera-t-il à Bourg-de-Touque ?

Pippin s'en fut avec une demi-douzaine de gars sur des poneys.

— A bientôt ! cria-t-il. Ça ne fait que quatorze milles environ par les champs. Je vous ramènerai une armée de Touque dans la matinée.

Merry lança derrière eux une sonnerie de cor, comme ils s'éloignaient dans la nuit tombante. Les gens poussèrent des acclamations.

— Tout de même, dit Frodon à tous ceux qui se trouvaient autour de lui, j'aimerais qu'il n'y ait pas de tuerie ; pas même des bandits, à moins que ce ne soit nécessaire pour les empêcher de faire du mal à des hobbits.

— Bon ! dit Merry. Mais on va recevoir une visite de la bande de Hobbitebourg d'un instant à l'autre, maintenant, je pense. Ils ne vont pas venir simplement pour discuter. On essayera d'en venir à bout avec dextérité, mais il faut être prêts au pire. Or, j'ai un plan.

— Très bien, dit Frodon. Charge-toi des dispositions.

A ce moment même, des Hobbits qui avaient été envoyés vers Hobbitebourg arrivèrent en courant.

— Ils viennent ! dirent-ils. Une vingtaine au moins. Mais deux sont partis vers l'ouest à travers champs.

— Ce doit être vers le Carrefour, dit Chaumine, pour en chercher d'autres. Eh bien, ça fait quinze milles dans les deux sens. Il n'y a pas à se préoccuper d'eux pour l'instant.

Merry se hâta d'aller donner des ordres. Le père Chaumine fit place nette dans la rue, renvoyant chacun chez soi, hormis les plus vieux Hobbits qui avaient des armes de quelque sorte. Ils n'eurent pas longtemps à attendre. Ils entendirent bientôt des voix fortes, puis un piétinement lourd ; et tout un peloton de bandits descendit la route. A la vue de la barrière, ils s'esclaffèrent. Ils n'imaginaient pas que rien dans ce petit pays pût tenir contre une vingtaine de leur espèce réunis.

Les Hobbits ouvrirent la barrière et s'écartèrent.

— Merci ! dirent les Hommes par moquerie. Et maintenant, rentrez vite vous coucher si vous ne voulez pas recevoir le fouet.

Puis ils parcoururent la rue, criant :

— Éteignez ces lumières ! Rentrez chez vous et restez-y ! Ou on emmènera cinquante d'entre vous aux Trous-Prisons pour un an. Rentrez ! Le Patron commence à perdre patience.

Personne ne tint compte de leurs injonctions ; mais, au fur et à mesure du passage des bandits, ils se rejoignaient tranquillement derrière eux pour les suivre. Quand les Hommes atteignirent le feu, le père Chaumine se tenait là tout seul, à se chauffer les mains.

— Qui êtes-vous, et que faites-vous là ? dit le chef des bandits.

Le père Chaumine le regarda posément.

— C'est exactement ce que j'allais vous demander, dit-il. Ce n'est pas votre pays, et on ne vous veut pas.

— Eh bien, nous vous voulons en tout cas, dit le chef. On vous veut. Saisissez-le, les gars ! Les Trous-Prisons pour lui, et donnez-lui-en pour le faire tenir tranquille !

Les Hommes firent un pas, mais s'arrêtèrent court. Une clameur s'élevait tout autour d'eux, et ils se rendirent brusquement compte que le père Chaumine n'était pas seul. Ils étaient cernés. Dans l'obscurité en bordure de la lumière du feu se tenait un cercle de Hobbits, surgis de l'ombre. Ils étaient près de deux cents, tous munis d'une arme.

Merry s'avança.

— Nous nous sommes déjà rencontrés, dit-il au chef, et je vous avais averti de ne pas revenir. Je vous préviens de nouveau : vous êtes en pleine lumière et vous êtes entouré d'archers. Si vous portez un seul doigt sur ce fermier ou sur quiconque d'autre, vous serez immédiatement abattu. Déposez toutes les armes que vous pourriez avoir !

Le chef jeta un regard circulaire. Il était pris au piège. Mais il n'était pas effrayé, avec une vingtaine des siens pour l'appuyer. Il connaissait trop peu les Hobbits pour comprendre le danger où il était. Il décida stupidement de se battre. Il serait facile de se frayer un chemin de retraite.

— Sus à eux ! cria-t-il. Donnez-leur leur compte !

Un long couteau dans une main et un gourdin dans l'autre, il se précipita sur le cercle, essayant de le rompre pour regagner Hobbitebourg. Il voulut porter un coup sauvage à Merry qui lui barrait le passage. Il tomba mort, percé de quatre flèches.

C'en fut assez pour les autres. Ils se rendirent. On leur enleva leurs armes, on les lia les uns aux autres, et ils furent emmenés à une cabane vide qu'ils avaient eux-mêmes construite ; là, ils furent solidement ligotés et enfermés sous bonne garde. Le chef mort fut traîné à l'écart et enterré.

— Ça paraît presque trop facile après tout, hein ? dit Chaumine. J'avais dit qu'on pouvait les mater. Mais on avait besoin d'un appel. Vous êtes revenu juste à point, Monsieur Merry.

— Il y a encore beaucoup à faire, répondit Merry. Si votre compte est exact, nous n'en avons encore liquidé que le dixième. Mais il fait nuit à présent. Je pense que le prochain coup devra attendre le matin. Il faudra alors rendre visite au Chef.

— Pourquoi pas tout de suite ? dit Sam. Il n'est guère plus de six heures. Et je veux voir mon vieux. Savez-vous ce qu'il est advenu de lui, Monsieur Chaumine ?

— Il n'est pas trop bien, et pas trop mal, Sam, dit le fermier. Ils ont défoncé le Chemin des Trous-du-Talus, et ça lui a porté un rude coup. Il est dans une de ces nouvelles maisons que les Hommes du Chef construisaient quand ils faisaient encore autre chose que brûler et voler : pas à plus d'un mille du bout de Lèzeau. Mais il vient me voir, quand il en a la possibilité, et je veille à ce qu'il soit mieux nourri que certains de ces pauvres types. Tout à fait contre les Règles, bien sûr. Je l'aurais bien pris avec moi, mais ce n'était pas permis.

— Je vous remercie de tout cœur, Monsieur Chaumine, et je ne l'oublierai jamais, dit Sam. Mais je veux le voir. Le Patron et ce Sharcoux, dont ils ont parlé, ils pourraient faire quelque malheur là-bas avant le matin.

— Bon, Sam, dit Chaumine. Choisis un gars ou deux, et amène-le chez moi. Tu n'auras pas besoin d'approcher du vieux village de Hobbitebourg de l'autre côté de l'Eau. Mon Jolly, ici présent, te montrera.

Sam partit. Merry établit une surveillance autour du village et des gardes aux barrières pour la nuit. Après quoi, lui et Frodon s'en furent avec le père Chaumine. Ils s'assirent avec la famille dans la chaude cuisine, et les Chaumine posèrent quelques questions de politesse sur leurs voyages, mais n'écoutèrent guère les réponses : ils se préoccupaient beaucoup plus des événements de la Comté.

— Tout a commencé avec La Pustule, comme on l'appelle, dit le père Chaumine ; et ça a commencé aussitôt après votre départ, Monsieur Frodon. Il avait de drôles d'idées, ce La Pustule. Il semble qu'il voulait tout posséder en personne, et puis faire marcher les autres. Il se révéla bientôt qu'il en avait déjà plus qu'il n'était bon pour lui ; et il était tout le temps à en raccrocher davantage, et c'était un mystère d'où il tirait l'argent : des moulins et des malteries, des auberges, des fermes et des plantations d'herbe. Il avait déjà acheté le moulin de Rouquin avant de venir à Cul-de-Sac, apparemment.

« Il avait commencé, bien sûr, par une masse de propriétés dans le Quartier du Sud, qu'il avait eues de son papa ; et il semble qu'il vendait un tas de la meilleure feuille, et qu'il l'envoyait en douce au loin depuis un an ou deux. Mais à la fin de l'année dernière, il avait commencé à envoyer des tas de marchandises, pas seulement de l'herbe. Les choses commencèrent à se raréfier, et l'hiver venait, aussi. Les gens s'en irritèrent, mais il avait une réponse toute prête. Un grand nombre d'Hommes, pour la plupart des bandits, vinrent avec de grandes charrettes, les uns pour emporter les marchandises au loin dans le Sud, d'autres pour rester. Et il en vint davantage. Et, avant qu'on sût où on en était, ils étaient plantés par-ci par-là dans toute la Comté ; et ils abattaient des arbres, creusaient, se construisaient des baraquements et des maisons exactement selon leur bon plaisir. Au début, les marchandises et les dommages furent payés par La Pustule ; mais ils ne tardèrent pas à tout régenter partout et à prendre ce qu'ils voulaient.

« Et puis il y eut quelques troubles, mais pas suffisamment. Le Vieux Will, le maire, partit pour Cul-de-Sac afin de protester mais il n'y arriva jamais. Des bandits mirent la main sur lui et l'enfermèrent dans un trou à Grand'Cave, où il est toujours. Après cela, c'était peu après le nouvel an, il n'y eut plus de maire et La Pustule s'appela Shirriff en Chef, ou simplement Chef, et fit ce qui lui plaisait ; et si quelqu'un se montrait " arrogant ", comme ils disaient, il prenait le même chemin que Will. Ainsi, tout alla de mal en pis. Il ne restait plus rien à fumer, sinon pour les Hommes ; et le Chef, qui n'en tenait pas pour la bière, sauf pour ses Hommes, ferma toutes les auberges ; et tout, à part les Règles, devint de plus en plus rare, à moins qu'on ne pût cacher un peu de ce qui nous appartenait, quand les bandits faisaient leur tournée de ramassage pour une " juste distribution " : ce qui signifiait qu'ils l'avaient et pas nous, excepté les restes qu'on obtenait aux Maisons des Shirriffs, si on pouvait les avaler. Tout était très mauvais. Mais, depuis l'arrivée de Sharcoux, ç'a été la ruine pure.

— Qui est ce Sharcoux ? demanda Merry. J'ai entendu parler de lui par l'un des bandits.

— Le plus grand bandit de tout le tas, semble-t-il, répondit Chaumine. C'est vers la dernière moisson, à la fin de septembre peut-être, qu'on a entendu parler de lui pour la première fois. On ne l'a jamais vu, mais il est là-haut à Cul-de-Sac ; et c'est lui le véritable Chef à présent, je pense. Tous les bandits font ce qu'il ordonne ; et ce qu'il ordonne, c'est surtout : taillez, brûlez et ruinez ; et maintenant, ça en vient à tuer. Il n'y a plus même de mauvaises raisons. Ils coupent les arbres et les laissent là ; ils brûlent les maisons et ne construisent plus.

« Prenez le moulin de Rouquin, par exemple. La Pustule l'a abattu presque dès son arrivée à Cul-de-Sac. Puis il a amené un tas d'Hommes malpropres pour en bâtir un plus grand et le remplir de roues et de machins étrangers. Seul cet idiot de Tom a été content, et il travaille à astiquer les roues pour les Hommes, là où son papa était le meunier et son propre maître. L'idée de La Pustule était de moudre davantage et plus vite, ou c'est ce qu'il disait. Il a d'autres moulins semblables. Mais il faut avoir du blé pour moudre ; et il n'y en avait pas plus pour le nouveau moulin que pour l'ancien. Mais depuis l'arrivée de Sharcoux on ne moud plus de grain du tout. Ils sont toujours à marteler et à émetttre de la fumée et de la puanteur, et il n'y a plus de paix à Hobbitebourg, même la nuit. Et ils déversent des ordures exprès ; ils ont pollué toute l'Eau inférieure, et ça descend jusque dans le Brandevin. S'ils veulent faire de la Comté un désert, ils prennent le chemin le plus court. Je ne crois pas que cet idiot de La Pustule soit derrière tout cela. C'est Sharcoux, m'est avis.

— C'est exact ! dit Tom le Jeune, intervenant. Ils ont même emmené la vieille maman de La Pustule, cette Lobelia, et il l'aimait bien, s'il était le seul. Des types de Hobbitebourg l'ont vue. Elle a descendu le chemin avec son vieux parapluie. Quelques bandits montaient avec une grande charrette.

« — Où allez-vous ? demanda-t-elle.

« — A Cul-de-Sac, qu'ils répondent.

« — Pour quoi faire ? dit-elle.

« — Pour monter des hangars pour Sharcoux, qu'ils disent.

« — Qui vous l'a permis ? demanda-t-elle.

« — Sharcoux, qu'ils répondent. Alors sortez de la route, vieille chicaneuse !

« — Je vais vous donner du Sharcoux, sales voleurs de bandits ! qu'elle dit.

« Et la voilà qui brandit son parapluie et tombe sur le chef, qui était bien deux fois plus grand qu'elle. Alors ils l'ont prise. Ils l'ont entraînée aux Trous-Prisons, et à son âge ! Ils en ont pris d'autres qu'on regrette davantage, mais y a pas à nier qu'elle ait montré plus de cran que la plupart.

Au milieu de cette conversation, vint Sam, tout bouillant, avec son ancien. Le Vieux Gamegie ne paraissait pas avoir pris beaucoup d'âge, mais il était un peu plus sourd.

— Bonsoir, monsieur Sacquet ! dit-il. Je suis bien heureux vraiment de vous voir revenu sain et sauf. Mais j'ai un petit compte à régler avec vous en quelque sorte, sauf votre respect. Vous auriez jamais dû vendre Cul-de-Sac, je l'ai toujours dit. C'est de ça qu'est parti tout le mal. Et pendant que vous alliez vagabonder dans les pays étrangers, à chasser les Hommes Noirs dans les montagnes, à ce que dit mon Sam — et pourquoi, il ne me l'a pas trop expliqué — ils sont venus défoncer le Chemin des Trous-du-Talus et ruiner mes patates !

— Je suis navré, monsieur Gamegie, dit Frodon. Mais maintenant que je suis rentré, je ferai de mon mieux pour vous dédommager.

— Ah bien, vous ne pouvez dire mieux, répondit l'Ancien. M. *Frodon* Sacquet est un vrai gentilhobbit, j'ai toujours dit ça, quoi qu'on puisse penser d'autres gens du même nom, sauf votre respect. Et j'espère que mon Sam s'est bien conduit et qu'il vous a donné satisfaction ?

— Parfaite satisfaction, monsieur Gamegie, dit Frodon. En fait, si vous voulez bien me croire, il est maintenant un des personnages les plus fameux dans tous les pays, et on fait des chansons sur ses exploits d'ici à la Mer et au-delà du Grand Fleuve.

Sam rougit, mais il jeta un regard reconnaissant à Frodon, car les yeux de Rosie brillaient, et elle lui souriait.

— Ça fait beaucoup à croire, dit l'Ancien, quoique je voie qu'il a été mêlé à une étrange compagnie. Qu'est devenu son gilet ? Je ne suis pas beaucoup pour porter de la quincaillerie, qu'elle fasse bon usage ou non.

La maisonnée du père Chaumine et tous ses hôtes furent sur pied de bonne heure le lendemain matin. On n'avait rien entendu durant la nuit, mais d'autres ennuis surviendraient certainement avant peu.

— Il semble qu'il ne reste aucun bandit à Cul-de-Sac, dit Chaumine ; mais la bande de Carrefour sera ici d'un moment à l'autre, maintenant.

Après le petit déjeuner, un messager arriva du Pays de Touque. Il était plein d'entrain.

— Le Thain a levé tout notre pays, dit-il, et la nouvelle se répand de tous côtés comme une traînée de poudre. Les bandits qui nous observaient se sont enfuis vers le sud, du moins ceux qui se sont échappés vivants. Le Thain les a poursuivis pour tenir à distance la bande qui se trouve là-bas ; mais il a renvoyé Monsieur Peregrïn avec tous les autres gens dont il peut se passer.

La nouvelle suivante fut moins bonne. Merry, qui était parti toute la nuit, rentra vers dix heures.

— Il y a une grande bande à environ quatre milles, dit-il. Elle vient par la route du Carrefour, mais un bon nombre de bandits isolés se sont joints à eux. Ils doivent être bien près d'une centaine ; et ils incendient tout au passage. Malédiction !

— Ah ! ceux-là ne s'arrêteront pas à parler, ils tueront s'ils le peuvent, dit le père Chaumine. Si les Touque n'arrivent pas avant, on ferait mieux de se mettre à l'abri et de tirer sans discussion. Il y aura un combat avant que tout ne soit réglé, Monsieur Frodon, c'est inévitable.

Mais les Touque arrivèrent avant. Ils firent bientôt leur entrée, au nombre d'une centaine, venant de Bourg-de-Touque et des Collines Vertes avec Pippin à leur tête. Merry eut alors suffisamment de robuste hobbiterie pour recevoir les bandits. Des éclaireurs rendirent compte que ceux-ci se tenaient en troupe compacte. Ils savaient que le pays s'était soulevé contre eux, et ils avaient clairement l'intention de réprimer impitoyablement la rébellion, en son centre de Lèzeau. Mais, si menaçants qu'ils pussent être, ils semblaient n'avoir parmi eux aucun chef qui s'entendît à la guerre. Ils avançaient sans aucune précaution. Merry établit vite ses plans.

Les bandits arrivèrent d'un pas lourd par la Route de l'Est, et tournèrent sans s'arrêter dans la Route de Lèzeau, qui montait sur une certaine distance entre de hauts talus surmontés de haies basses. Derrière un coude, à environ un furlong de la route principale, ils se trouvèrent devant une forte barricade faite de vieilles charrettes renversées. Cela les arrêta. Ils s'aperçurent au même moment que les haies des deux côtés, juste au-dessus de leurs têtes, étaient entièrement bordées de Hobbits. Derrière eux, d'autres poussèrent encore des charrettes qui étaient cachées dans les champs, et bloquèrent ainsi la retraite. Une voix parla d'en haut.

— Eh bien, vous avez pénétré dans un piège, dit Merry. Vos amis de Hobbitebourg ont fait de même ; l'un d'eux est mort, et les autres sont prisonniers. Jetez bas vos armes ! Puis retournez de vingt pas en arrière et asseyez-vous. Quiconque tentera de s'échapper sera abattu.

Mais les bandits ne se laissèrent pas aussi aisément intimider, à présent. Quelques-uns obéirent, mais ils furent aussitôt invectivés par leurs camarades. Une vingtaine ou davantage se ruèrent en arrière et chargèrent les charrettes. Six furent abattus, mais les autres sortirent en trombe, tuant deux Hobbits, et ils se dispersèrent dans la campagne en direction du Bout-des-Bois. Deux autres tombèrent dans leur course. Merry lança un puissant appel de cor, et des sonneries répondirent au loin.

— Ils ne feront pas beaucoup de chemin, dit Pippin. Toute la région fourmille de nos chasseurs, à présent.

Derrière, les quatre-vingts Hommes environ pris au

piège dans le chemin essayèrent d'escalader la barrière et les talus, et les Hobbits durent en abattre un bon nombre à l'arc ou à la hache. Mais une certaine quantité des plus robustes et des plus acharnés sortirent du côté ouest, et, plus déterminés à tuer qu'à s'échapper, attaquèrent furieusement leurs ennemis. Plusieurs Hobbits tombèrent, et les autres fléchissaient, quand Merry et Pippin, qui se trouvaient du côté est, traversèrent et chargèrent les bandits. Merry lui-même tua le chef, une grande brute aux yeux louches qui ressemblait à un énorme Orque. Puis il retira ses forces, enfermant le dernier reste des Hommes dans un grand cercle d'archers.

Tout fut enfin terminé. Près de soixante-dix des bandits gisaient morts sur le sol, et une douzaine étaient prisonniers chez les Hobbits. Il y avait une trentaine de morts et une trentaine de blessés. Les bandits tués furent chargés sur des camions et emportés à une vieille sablière, où ils furent enterrés : dans le Puits de la Bataille, comme il fut appelé par la suite. Les Hobbits tombés furent couchés ensemble dans une tombe creusée au flanc de la colline, où plus tard fut dressée une grande stèle au milieu d'un jardin. Ainsi se termina la Bataille de Lèzeau, 1419, dernière livrée dans la Comté, et la seule depuis les Champs Verts, 1147, au loin dans le Quartier du Nord. C'est pourquoi, bien qu'elle n'eût heureusement coûté que très peu de vies, un chapitre entier lui est consacré dans le Livre Rouge, et les noms de tous ceux qui y prirent part furent rassemblés dans un rôle et appris par cœur par les historiens de la Comté. L'élévation très considérable des Chaumine en renommée et en fortune date de ce temps ; mais dans tous les comptes rendus figurent en tête du rôle les noms des Capitaines Meriadoc et Peregrïn.

Frodon avait été dans la bataille, mais il n'avait pas tiré l'épée, et son rôle principal avait été d'empêcher les

Hobbits de mettre à mort, dans la colère suscitée par leurs pertes, ceux des ennemis qui avaient jeté leurs armes. Le combat terminé et les tâches ultérieures fixées, Merry, Pippin et Sam le rejoignirent, et ils rentrèrent à poney avec les Chaumine. Ils prirent un tardif repas de midi, après quoi, Frodon dit avec un soupir :

— Eh bien, je pense que le moment est venu de s'occuper du « Chef ».

— Oui, certes ; le plus tôt sera le mieux, dit Merry. Et ne te montre pas trop doux ! C'est lui qui est responsable d'avoir amené ces bandits et de tout le mal qu'ils ont fait.

Le père Chaumine rassembla une escorte de deux douzaines de robustes Hobbits.

— Car ce n'est qu'une supposition qu'il ne reste aucun bandit à Cul-de-Sac, dit-il. On n'en sait rien.

— Ils partirent alors à pied, Frodon, Sam, Merry et Pippin en tête.

Ce fut une des heures les plus tristes de leur vie. La grande cheminée s'éleva devant eux ; et, comme ils approchaient du vieux village de l'autre côté de l'Eau, en passant entre des rangées de nouvelles et vilaines maisons, ils virent le nouveau moulin dans toute sa rébarbative et sale laideur : grand bâtiment de brique à cheval sur la rivière, qu'il polluait d'un débordement fumant et nauséabond. Tout au long de la Route de Lèzeau, les arbres avaient été abattus.

Comme, traversant le pont, ils levaient le regard vers la colline, ils eurent le souffle coupé. Même la vision que Sam avait eue dans le Miroir ne l'avait pas préparé à ce qu'ils virent alors. La Vieille Grange de la rive ouest avait été jetée bas et remplacée par des rangées de baraques goudronnées. Tous les châtaigniers avaient disparu. Les berges et les bordures de haies étaient défoncées. De grands camions couvraient en désordre un champ battu, où il n'y avait plus trace d'herbe. Le Chemin des Trous-du-Talus n'était plus qu'une carrière de sable et de gravier. Au-delà, Cul-de-Sac était caché par un entassement de grandes cabanes.

— Ils l'ont coupé ! s'écria Sam. Ils ont abattu l'Arbre de la Fête !

Il désignait l'endroit où s'était élevé l'arbre sous lequel Bilbon avait prononcé son discours d'adieu. Il gisait ébranché et mort dans le champ. Comme si ce fût le comble de l'abomination, Sam fondit en larmes.

Un rire mit fin à la crise. Un Hobbit hargneux était paresseusement accoudé au mur bas de la cour du moulin. Il avait la figure sale et les mains noires.

— T'aimes pas ça, Sam ? dit-il en ricanant. Mais t'as toujours été niais. Je te croyais parti dans un de ces bateaux dont tu caquetais, naviguant, naviguant. Pourquoi que tu reviens ? On a du travail à faire dans la Comté, à présent.

— C'est ce que je vois, dit Sam. Pas le temps de se laver, mais tout le temps de se pencher sur les murs. Mais, dis donc, Maître Rouquin, j'ai un compte à régler dans ce village et ne l'allonge pas de tes railleries, ou tu auras à payer une note trop grosse pour ta bourse.

Ted Rouquin cracha par-dessus le mur.

— Allons donc ! dit-il. Tu ne peux pas me toucher. Je suis un ami du Patron. Mais lui te touchera bel et bien, si tu continues à jacter comme ça.

— Ne dépense pas ta salive pour cet imbécile, Sam ! dit Frodon. J'espère qu'il n'y a pas beaucoup d'autres Hobbits à être devenus comme cela. Ce serait pire que tout le mal que les Hommes ont fait.

— Tu es sale et insolent, Rouquin, dit Merry. Et tu te trompes aussi lourdement. Nous gravissons justement la Colline pour chasser ton beau Patron. Nous avons réglé leur compte à ses Hommes.

Ted resta bouche bée, car il apercevait alors l'escorte qui, sur un signe de Merry, s'avançait sur le pont. Il se

472

précipita dans le moulin et revint en courant avec un cor, dont il sonna puissamment.

— Économise ton souffle ! dit Merry, riant. J'ai mieux.

Élevant alors son cor d'argent, il en lança un clair appel, qui résonna par-dessus la Colline ; et de tous les trous, baraques et minables maisons de Hobbitebourg, les Hobbits répondirent ; ils se déversèrent au-dehors et, avec des vivats et des acclamations, ils emboîtèrent le pas à la compagnie pour monter vers Cul-de-Sac.

Au sommet du chemin, la troupe s'arrêta, et Frodon et ses amis continuèrent seuls ; ils arrivèrent enfin à l'endroit autrefois bien-aimé. Le jardin était rempli de huttes et de baraques, dont certaines si proches des anciennes fenêtres à l'ouest qu'elles en coupaient toute la lumière. Il y avait des tas d'ordures de tous côtés. La porte était tailladée ; la chaîne de la sonnette pendillait librement, et la sonnette ne donna aucun son. Les coups n'amenèrent aucune réponse. Ils finirent par donner une poussée sur la porte, qui céda. Ils entrèrent. L'intérieur empestait ; des ordures traînaient et le désordre régnait partout ; l'endroit semblait inhabité depuis quelque temps déjà.

— Où se cache ce misérable Lothon ? dit Merry.

Ils avaient fouillé toutes les pièces sans trouver d'autres créatures vivantes que des rats et des souris

— Allons-nous nous tourner vers les autres pour fouiller les baraques ?

— C'est pire que le Mordor ! dit Sam. Bien pire, en un sens. Ça vous touche au vif ; parce que c'est chez nous et qu'on s'en souvient tel que c'était avant que tout ait été ruiné.

— Oui, c'est le Mordor, dit Frodon. Exactement une de ses œuvres. Saroumane l'accomplissait, même quand il pensait travailler pour lui-même. Et ç'a été la même chose pour ceux que Saroumane a abusés, comme Lothon.

Merry jeta alentour un regard consterné de dégoût.

— Sortons ! dit-il. Si j'avais su tout le mal qu'il avait causé, j'aurais enfoncé ma blague dans la gorge de Saroumane.

— Sans aucun doute, sans aucun doute ! Mais vous ne l'avez pas fait, et je suis ainsi en état de vous accueillir à la maison.

Debout dans la porte se tenait Saroumane en personne, l'air bien nourri et tout content ; ses yeux brillaient de malice et d'amusement.

Une lumière soudaine éclaira Frodon :

— Sharcoux ! s'écria-t-il.

Saroumane rit.

— Ainsi vous avez entendu mon nom ? Tous mes gens m'appelaient ainsi en Isengard, je pense. Une marque d'affection [1]. Mais vous ne vous attendiez manifestement pas à me trouver ici.

— Certes non, dit Frodon. Mais j'aurais pu le deviner. Un petit mauvais coup à votre mesquine façon : Gandalf m'avait prévenu que vous en étiez encore capable.

— Tout à fait capable, dit Saroumane, et c'est plus qu'un petit coup. Vous m'avez fait rire, vous autres petits seigneurs hobbits, chevauchant avec tous ces grands, si bien en sécurité et satisfaits de votre petite personne. Vous pensiez vous être fort bien tirés de tout et pouvoir rentrer tout tranquillement jouir d'une aimable paix au pays. La maison de Saroumane pouvait bien être en ruine, il pouvait être mis dehors, mais personne ne pouvait toucher à la vôtre. Oh non ! Gandalf s'occuperait de vos affaires.

Saroumane rit derechef.

---

1. Nom probablement d'origine orque : *sharkû* = vieil homme.

— Pas lui ! Quand ses outils ont rempli leur tâche, il les laisse tomber. Mais vous allez vous pendre à ses trousses, musardant et bavardant, et chevauchant ainsi deux fois plus loin qu'il n'était nécessaire. « Eh bien, me suis-je dit, s'ils sont aussi benêts, je vais les devancer et leur donner une leçon. A mauvais tour, mauvais tour et demi » La leçon aurait été plus dure si seulement vous m'aviez laissé un peu plus de temps et un peu plus d'Hommes. Mais j'en ai déjà fait assez pour que vous ayez peine à le réparer ou le défaire du restant de votre vie. Et il sera agréable de penser à cela et de le mettre en parallèle avec les torts que j'ai subis.

— Eh bien, si c'est en cela que vous trouvez votre plaisir, je vous plains, dit Frodon. Ce ne sera qu'un plaisir du souvenir, je crains. Partez immédiatement pour ne jamais revenir.

Les Hobbits du village avaient vu Saroumane sortir de l'une des baraques, et ils étaient montés immédiatement en foule à la porte de Cul-de-Sac.

En entendant l'ordre de Frodon, ils murmurèrent avec colère :

— Ne le laissez pas partir ! Tuez-le ! C'est un scélérat et un meurtrier. Tuez-le !

Saroumane jeta un regard circulaire sur leurs visages hostiles, et il sourit.

— Tuez-le ! dit-il, se moquant. Tuez-le, si vous vous croyez en nombre suffisant, mes braves Hobbits !

Il se redressa de toute sa hauteur et leur jeta un regard menaçant de ses yeux noirs.

— Mais ne vous imaginez pas qu'en perdant mes biens j'aie perdu tout mon pouvoir ! Quiconque me frappera sera maudit. Et si mon sang souille la Comté, elle dépérira et ne s'en remettra jamais.

Les Hobbits reculèrent. Mais Frodon dit :

— Ne le croyez pas ! Il a perdu tout pouvoir, sauf sa voix qui peut encore vous intimider et vous abuser, si vous le laissez faire. Mais je ne veux pas qu'il soit tué. Il ne sert à rien de répondre à la vengeance par la vengeance : cela ne guérira rien. Partez, Saroumane, par le chemin le plus court !

— Serpent ! Serpent ! cria Saroumane.

Et Langue de Serpent sortit d'une cabane voisine, presque à la manière d'un chien.

— En route de nouveau, Serpent ! dit Saroumane. Ces belles gens et petits seigneurs nous remettent sur le pavé. Viens !

Saroumane se détourna pour partir, et Langue de Serpent le suivit d'un pas traînant. Mais, au moment où Saroumane passait tout près de Frodon, un poignard étincela dans sa main, et il en porta un coup rapide. La lame dévia sur la cotte de mailles cachée et se cassa net. Une douzaine de Hobbits, Sam en tête, bondirent en avant en poussant un cri et jetèrent le scélérat à terre. Sam tira son épée.

— Non, Sam ! dit Frodon. Ne le tue pas, même maintenant. Et de toute façon, je ne veux pas qu'il soit mis à mort dans ce mauvais état d'âme. Il fut grand, d'une noble espèce sur laquelle on ne devrait pas oser lever la main. Il est tombé, et sa guérison nous dépasse ; mais je voudrais encore l'épargner dans l'espoir qu'il puisse la trouver.

Saroumane se remit sur pied et fixa les yeux sur Frodon. Il y avait dans son regard en même temps de l'étonnement, du respect et de la haine.

— Vous avez grandi, Semi-Homme, dit-il. Oui, vous avez beaucoup grandi. Vous êtes sage, et cruel. Vous avez retiré toute douceur à ma vengeance, et maintenant, il me faut partir d'ici l'amertume au cœur en reconnaissance de votre miséricorde. Je la hais et vous aussi ! Eh bien, je m'en vais et je ne vous inquiéterai plus. Ne comptez pas toutefois que je vous souhaite santé et longue vie. Vous n'aurez ni l'une ni l'autre.

476

Mais ce n'est pas de mon fait. Je vous le prédis, simplement.

Il s'éloigna, et les Hobbits ouvrirent un chemin pour son passage ; mais on put voir blanchir les articulations de leurs mains, crispées sur leurs armes. Après un instant d'hésitation, Langue de Serpent suivit son maître.

— Langue de Serpent ! appela Frodon. Vous n'êtes pas obligé de le suivre. Je ne sache pas que vous m'ayez fait aucun mal. Vous pouvez avoir ici repos et nourriture pendant quelque temps, jusqu'à ce que vous ayez repris des forces et soyez en état de suivre votre propre chemin.

Langue de Serpent s'arrêta et se retourna vers lui, à demi prêt à rester. Saroumane fit demi-tour.

— Aucun mal ? fit-il avec un petit rire sec. Oh non ! Même quand il se glisse au-dehors la nuit, ce n'est que pour contempler les étoiles. Mais n'ai-je pas entendu quelqu'un demander où se cachait le pauvre Lothon ? Tu le sais, n'est-ce pas, Serpent ? Veux-tu le leur dire ?

Langue de Serpent se tassa sur lui-même et dit d'un ton geignard :

— Non, non !

— Eh bien, je vais le faire, dit Saroumane. Serpent a tué votre Chef, ce pauvre petit type, votre gentil petit Patron. N'est-ce pas, Serpent ? Il l'a poignardé dans son sommeil, je pense. Il l'a enterré, j'espère ; bien que Serpent ait eu grand-faim ces derniers temps. Non, Serpent n'est pas vraiment gentil. Vous feriez mieux de me le laisser.

Un regard de haine sauvage parut dans les yeux rouges de Langue de Serpent.

— C'est vous qui m'avez dit de le faire ; vous m'y avez obligé, siffla-t-il.

Saroumane rit.

— Tu fais ce que Sharcoux dit, toujours, n'est-ce pas,

Langue de Serpent ? Eh bien, maintenant, il te dit : suis-moi !

Il décocha un coup de pied dans la figure de Langue de Serpent, à plat ventre ; après quoi, il se retourna et s'en fut. Mais là-dessus, il y eut un bruit sec : Langue de Serpent se dressa soudain, tirant un poignard caché, et, avec un grognement de chien en colère, il bondit sur le dos de Saroumane, lui tira la tête en arrière, lui trancha la gorge et s'enfuit en hurlant dans le chemin. Avant que Frodon ne pût se ressaisir ou dire un mot, trois arcs de Hobbits vibrèrent, et Langue de Serpent tomba mort.

À l'effroi des assistants, une brume grise s'amassa autour du corps de Saroumane ; elle s'éleva lentement à une grande hauteur comme la fumée d'un feu et, sous la forme d'un corps enveloppé d'un linceul, s'estompa par-dessus la Colline. Elle flotta un moment, tournée vers l'ouest ; mais de là vint un vent froid, elle s'infléchit et, sur un soupir, se résorba en néant.

Frodon abaissa sur le cadavre un regard de pitié et d'horreur, car sous ses yeux il sembla que de longues années de mort y étaient soudain révélées : il se ratatina, et le visage desséché ne fut plus que des lambeaux de peau sur un crâne hideux. Soulevant le pan du manteau sale étalé à côté, Frodon l'en recouvrit et se détourna.

— Et voilà la fin de cela, dit Sam. Une vilaine fin, et je souhaiterais ne pas avoir dû y assister ; mais c'est un bon débarras.

— Et la fin finale de la guerre, j'espère, dit Merry.

— Je l'espère aussi, dit Frodon, en soupirant. Le tout dernier coup. Mais penser que cela doive se passer ici, à la porte même de Cul-de-Sac ! Parmi tous mes espoirs et toutes mes craintes, je ne me serais jamais attendu à cela en tout cas.

— Je n'appellerai cela la fin que lorsqu'on aura remis en ordre tout ce gâchis, dit Sam d'un air sombre. Et il y faudra beaucoup de temps et de peine.

Chapitre IX

Les Havres Gris

Le nettoyage nécessita assurément beaucoup de peine, mais il prit moins de temps que Sam ne l'avait craint. Le lendemain de la bataille, Frodon se rendit à Grand'Cave et libéra les détenus des Trous-Prisons. L'un des premiers qu'ils trouvèrent fut le pauvre Fredegar Bolger, qui n'était plus du tout Gros Bolger. Il avait été pris quand les bandits avaient fait sortir de leurs cachettes à Trousgrisards près des collines de Scary, en les enfumant, une bande de rebelles qu'il menait.

— Tu aurais mieux fait de venir avec nous, après tout, pauvre vieux Fredegar ! dit Pippin, tandis qu'on portait le malheureux, trop faible pour marcher.

Il ouvrit un œil et essaya vaillamment de sourire.

— Quel est ce jeune géant à la voix forte ? murmura-t-il. Pas le petit Pippin ! Quel est ton tour de tête, maintenant ?

Et puis, il y avait Lobelia. La pauvre créature avait un aspect très âgé et très maigre quand on la tira d'une étroite et sombre cellule. Elle tint à sortir en clopinant sur ses propres pieds ; et quand elle apparut, appuyée sur le bras de Frodon, mais étreignant toujours son parapluie, il y eut tant d'applaudissements et d'acclamations qu'elle en fut tout émue et s'en alla en larmes. De toute sa vie, elle n'avait jamais été bien vue. Mais, accablée par la nouvelle du meurtre de Lothon, elle ne voulut pas retourner à Cul-de-Sac. Elle le rendit à Frodon et alla rejoindre sa propre famille, les Sanglebuc de Roccreux.

A sa mort au printemps suivant — elle avait après tout plus de cent ans — Frodon fut en même temps surpris et très ému : elle lui avait légué tout ce qui restait de sa fortune et de celle de Lothon pour venir en aide aux Hobbits privés de foyer par les troubles. Ainsi se termina cette inimitié.

Le vieux Will Piedblanc était resté dans les Trous-Prisons plus longtemps que quiconque, et, bien qu'il eût peut-être été moins maltraité que certains, il fallait beaucoup de suralimentation avant qu'il ne pût reprendre son rôle de maire ; aussi Frodon accepta-t-il d'agir comme son délégué jusqu'à ce que M. Piedblanc retrouvât sa forme. Son seul acte en cette qualité fut de ramener les Shirriffs à leurs fonctions propres et à leur nombre normal. La tâche de débusquer les derniers bandits fut laissée à Merry et Pippin, et ce fut bientôt fait. Les bandes du Sud, à la nouvelle de la Bataille de Lèzeau, s'enfuirent du pays et offrirent peu de résistance au Thain. Avant la fin de l'année, les quelques survivants furent encerclés dans les bois, et ceux qui se rendirent furent reconduits aux frontières.

Pendant ce temps, les travaux de restauration allèrent

bon train, et Sam fut très occupé. Les Hobbits peuvent travailler comme des abeilles quand l'humeur et la nécessité les prennent. Il y eut alors des milliers de mains volontaires de tous âges, de petites mais agiles des garçons et filles hobbits à celles usées et calleuses des anciens et des vieilles. Avant la fin de décembre, il ne restait plus brique sur brique des nouvelles Maisons des Shirriffs ou de quoi que ce fût de ce qu'avaient édifié les « Hommes de Sharcoux » ; mais les matériaux servirent à réparer maints vieux trous et à les rendre plus confortables et plus secs. On découvrit de grandes réserves de marchandises, de nourriture et de bière que les bandits avaient cachées dans des baraquements, des granges et des trous abandonnés, et surtout dans les tunnels de Grand'Cave et dans les anciennes carrières de Scary ; de sorte que l'on fit bien meilleure chère en cette fin d'année que personne ne l'avait espéré.

Une des premières choses accomplies à Hobbitebourg, avant même la destruction du nouveau moulin, fut le déblaiement de la Colline et de Cul-de-Sac et la restauration du Chemin des Trous-du-Talus. Le devant de la nouvelle sablière fut entièrement aplani et transformé en un grand jardin abrité, tandis que de nouveaux trous étaient creusés, sur la face sud, dans la Colline, et revêtus de brique. Le Numéro Trois fut rendu à l'Ancien, qui dit souvent, sans se soucier de qui pouvait l'entendre : « A quelque chose malheur est bon, comme je l'ai toujours dit. Et tout est bien qui finit mieux ! »

Il y eut quelque discussion sur le nom à donner au nouveau chemin. On pensa à Jardins de la Bataille ou à Meilleurs Smials. Mais, au bout d'un moment, on l'appela tout simplement, à la manière raisonnable des Hobbits, le Chemin Neuf. Cela resta une plaisanterie tout à fait dans le goût de Lèzeau de le désigner sous le nom de Cul-de-Sharcoux.

La perte et le dommage principaux étaient les arbres, car, sur l'ordre de Sharcoux, ils avaient été férocement coupés dans toute la Comté ; et Sam en fut plus affligé que de tout le reste. En premier lieu, il faudrait long-temps pour remédier à ce dommage, et seuls ses arrière-petits-enfants, pensait-il, verraient la Comté comme elle devait être.

Puis, soudain, un jour — car il avait été trop occupé durant des semaines pour accorder une pensée à ses aventures — il se rappela le don de Galadriel. Il sortit la boîte et la montra aux autres voyageurs (car c'est ainsi que tout le monde les appelait à présent), pour avoir leur avis.

— Je me demandais quand tu y penserais, dit Frodon. Ouvre-la !

Elle était remplie d'une poussière grise, douce et fine, au milieu de laquelle se trouvait une graine semblable à une petite noix à la coquille argentée.

— Que puis-je faire de ça ? dit Sam.

— Jette-le en l'air par un jour de vent et laisse-le faire son œuvre ! dit Pippin.

— Sur quoi ? demanda Sam.

— Choisis un endroit comme pépinière, et vois ce qui arrivera là aux plantes, dit Merry.

— Mais je suis bien sûr que la Dame n'aimerait pas que je garde tout pour mon propre jardin, maintenant que tant de gens ont souffert, dit Sam.

— Fais appel à toute ta tête et à toutes tes connaissances personnelles, Sam, dit Frodon ; puis utilise le don pour aider à ton travail et l'améliorer. Et emploie-le avec parcimonie. Il n'y en a pas beaucoup, et j'imagine que chaque grain est précieux.

Sam fit donc des plantations à tous les endroits où des arbres particulièrement beaux ou aimés avaient été détruits, et il plaça un grain de la précieuse poussière dans la terre à la racine de chacun. Il parcourut toute la

Comté pour ce travail ; mais personne ne le blâma de consacrer une attention spéciale à Hobbitebourg et à Lèzeau. Et, à la fin, il vit qu'il lui restait une petite quantité de la poussière ; il alla donc à la Pierre des Trois Quartiers, qui est à peu près au point central de la Comté, et la jeta en l'air avec sa bénédiction. La petite noix d'argent, il la planta dans le Champ de la Fête, où l'arbre se trouvait autrefois ; et il se demanda ce qu'il en adviendrait. Durant tout l'hiver, il conserva toute la patience qu'il pouvait rassembler, faisant tous ses efforts pour se retenir d'aller constamment voir s'il se passait quelque chose.

Le printemps surpassa ses espoirs les plus fous. Ses arbres pointèrent et se mirent à pousser comme si le temps, pressé, voulait faire en un an l'œuvre de vingt. Dans le Champ de la Fête jaillit un jeune arbre magnifique : il avait l'écorce argentée et de longues feuilles, et, en avril, il se couvrit d'une floraison dorée. C'était, en fait, un *mallorne*, et il fit l'émerveillement de tout le voisinage. Dans les années suivantes, comme il croissait en grâce et en beauté, il fut connu partout, et les gens venaient le voir de loin : c'était le seul *mallorne* à l'ouest des Montagnes et à l'est de la Mer, et l'un des plus beaux du monde.

De tout point de vue, 1420 fut dans la Comté une année merveilleuse. Il n'y eut pas seulement un soleil magnifique et une pluie délicieuse aux moments opportuns et en proportion parfaite, mais quelque chose de plus, semblait-il : un air de richesse et de croissance, et un rayonnement de beauté surpassant celui des étés mortels qui vacillent et passent sur cette Terre du Milieu. Tous les enfants nés ou conçus en cette année, et il y en eut beaucoup, étaient robustes et beaux, et la plupart avaient une riche chevelure dorée, rare auparavant parmi les Hobbits. Il y eut une telle abondance de fruits que les jeunes Hobbits baignaient presque dans les fraises à la crème ; et après, ils s'installaient sur les pelouses sous les pruniers et mangeaient jusqu'à élever des monceaux de noyaux semblables à de petites pyramides ou aux crânes entassés par un conquérant ; après quoi, ils allaient plus loin. Et personne n'était malade, et tout le monde était heureux, sauf ceux à qui il revenait de tondre l'herbe.

Dans le Quartier du Sud, les vignes étaient chargées de raisin, et la récolte de « feuille » fut étonnante ; et partout il y eut tant de blé qu'à la moisson toutes les granges furent bourrées. L'orge du Quartier du Nord fut si belle qu'on devait se souvenir longtemps de la bière du malt de 1420, qui devint proverbiale. En fait, une génération plus tard, on pouvait encore entendre dans quelque auberge un vieux reposer son pot après une bonne pinte de bière bien gagnée, en soupirant : « Ah ! c'était du vrai quatorze cent vingt, ça ! »

Sam resta au début avec Frodon chez les Chaumine ; mais quand le Chemin Neuf fut prêt, il alla avec l'Ancien. En plus de tous ses autres labeurs, il s'occupa à diriger le nettoyage et la restauration de Cul-de-Sac ; mais il était souvent parti dans la Comté pour son travail de sylviculture. Il était ainsi absent au début de mars, et il ignora que Frodon avait été malade. Le treize de ce mois, le père Chaumine trouva Frodon étendu sur son lit ; il avait la main crispée sur une pierre blanche suspendue à une chaîne qu'il avait autour du cou, et il paraissait à demi perdu dans un songe.

— Il a disparu à jamais, disait-il, et maintenant tout est sombre et vide.

Mais la crise passa, et quand Sam revint le vingt-cinq, Frodon, remis, ne dit rien de lui-même. Entre-temps, Cul-de-Sac avait été remis en état, et Merry et Pippin vinrent de Creux-de-Crique, rapportant tout le mobilier et le matériel anciens, de sorte que le vieux trou retrouva bientôt tout son aspect d'autrefois.

Quand tout fut enfin prêt, Frodon dit :

— Quand viens-tu me rejoindre, Sam ?

Sam eut l'air un peu gêné.

— Tu n'as pas besoin de venir encore, si tu n'en as pas envie, dit Frodon. Mais tu sais que l'Ancien n'est pas loin, et il sera très bien soigné par la Veuve Grogne.

— Ce n'est pas ça, Monsieur Frodon, dit Sam, et il rougit fortement.

— Qu'est-ce donc, alors ?

— C'est Rosie, Rose Chaumine, dit Sam. Il paraît qu'elle n'aimait pas du tout me voir partir, la pauvre fille ; mais comme je n'avais pas parlé, elle ne pouvait rien dire. Et si je n'avais pas parlé, c'est que j'avais quelque chose à faire avant. Mais maintenant que j'ai parlé elle dit : « Eh bien, tu as déjà perdu un an ; pourquoi attendre plus longtemps ? » « Perdu ? que je lui ai répliqué. Ce n'est pas ce que je dirais. » Mais je vois bien ce qu'elle veut dire. Je suis déchiré en deux, qu'on pourrait dire.

— Je vois, dit Frodon. Tu veux te marier, mais tu veux aussi vivre avec moi à Cul-de-Sac ? Mais, mon cher Sam, c'est bien facile ! Marie-toi aussitôt que possible et viens t'installer ici avec Rosie. Il y a assez de place à Cul-de-Sac pour une famille aussi grande que tu la peux souhaiter.

Et tout fut ainsi réglé. Sam Gamegie épousa Rosie Chaumine au printemps de 1420 (année si fameuse pour ses mariages), et ils vinrent habiter à Cul-de-Sac. Et si Sam s'estimait heureux, Frodon savait qu'il avait lui-même encore plus de chance ; car il n'y avait pas dans toute la Comté un seul Hobbit aussi bien soigné. Quand tous les travaux de remise en état eurent été décidés et mis en chantier, il s'adonna à une vie tranquille, écrivant beaucoup et revoyant toutes ses notes. Il résigna ses fonctions de maire délégué à la Foire Libre de la mi-été, et le cher vieux Will Piedblanc eut encore sept années de présidence de banquets.

Merry et Pippin habitèrent quelque temps ensemble à Creux-de-Crique, et il y eut de nombreuses allées et venues entre le Pays de Bouc et Cul-de-Sac. Les deux jeunes voyageurs firent florès dans la Comté tant avec leurs chansons et leurs récits qu'avec leurs atours et leurs merveilleuses réceptions. On les qualifiait de « grands seigneurs », n'entendant par là qu'un compliment ; car cela réchauffait tous les cœurs de les voir chevaucher avec leurs cottes de mailles si brillantes et leurs boucliers si splendides, riant et chantant des chants des pays lointains ; et s'ils étaient à présent grands et magnifiques, ils n'avaient pas autrement changé, sinon qu'ils étaient assurément plus courtois, plus joviaux et plus gais que jamais.

Frodon et Sam, toutefois, reprirent un habillement ordinaire, sauf qu'en cas de besoin ils portaient tous deux de longues capes grises, finement tissées et fixées, à la gorge, par de très belles broches ; et Frodon portait toujours un bijou blanc au bout d'une chaîne qu'il tripotait souvent.

Toutes choses allaient bien à présent, et il y avait un espoir constant de les voir aller mieux encore ; et Sam était aussi occupé et aussi heureux que même un Hobbit pourrait le souhaiter. Rien ne vint troubler toute cette année, à l'exception d'une vague inquiétude au sujet de son maître. Frodon se retira doucement de toutes les activités de la Comté, et Sam remarqua avec peine le peu d'honneur qui lui était rendu dans son propre pays. Rares étaient ceux qui connaissaient ou désiraient connaître ses exploits et ses aventures ; leur admiration et leur respect allaient surtout à Meriadoc et à Peregrïn, et (mais Sam n'en savait rien) à lui-même. Et aussi, à l'automne, parut une ombre des anciens troubles.

Un soir, Sam, entrant dans le cabinet de travail, trouva que son maître avait un air fort étrange. Il était très pâle, et ses yeux semblaient voir des choses très lointaines.

— Qu'y a-t-il, Monsieur Frodon ? demanda Sam.

— Je suis blessé, répondit-il, blessé ; cela ne se guérira jamais vraiment.

Mais il se leva alors, le tour d'esprit parut passer, et il fut tout à fait lui-même le lendemain. Sam ne se rappela que plus tard que la date était le six octobre. Deux ans auparavant, ce jour-là, c'était l'obscurité dans la combe au pied du Mont Venteux.

Le temps passa, et 1421 arriva. Frodon fut de nouveau malade en mars ; mais, par un grand effort, il le cacha, car Sam avait d'autres sujets de préoccupation. Le premier enfant de Sam et de Rosie naquit le vingt-cinq mars, date que Sam nota.

— Eh bien, Monsieur Frodon, dit-il, je suis un peu embarrassé. Rose et moi avions décidé de l'appeler Frodon, avec votre permission ; mais ce n'est pas *lui*, c'est *elle*. Encore que ce soit la plus jolie enfant qu'on pourrait souhaiter ; elle ressemble davantage à Rosie qu'à moi, heureusement. Alors, on ne sait que faire.

— Eh bien, Sam, dit Frodon, que reproches-tu aux anciennes coutumes ? Choisis un nom de fleur, comme Rose. La moitié des fillettes de la Comté portent de semblables noms, et qu'est-ce qui pourrait être mieux ?

— Je suppose que vous avez raison, Monsieur Frodon, répondit Sam. J'ai entendu de bien beaux noms au cours de mes voyages, mais je pense qu'ils sont un peu trop prétentieux pour l'usage quotidien, comme qui dirait. L'Ancien, il dit : « Prends-le court ; comme ça, t'auras pas à le raccourcir pour l'employer. » Mais si ce doit être un nom de fleur, je ne m'en fais pas pour la longueur : ce doit être une très belle fleur, parce que, voyez-vous, je crois qu'elle est très belle et qu'elle le sera plus encore.

Frodon réfléchit un moment.

— Eh bien, Sam, que penserais-tu d'*elanor,* l'étoile-soleil, tu te rappelles la petite fleur dorée dans l'herbe de Lothlorien ?

— Vous avez raison encore une fois, Monsieur Frodon ! dit Sam, ravi. Voilà ce qu'il me fallait.

La petite Elanore avait maintenant près de six mois, et 1421 avait atteint son automne quand Frodon appela Sam dans le cabinet de travail.

— Ce sera jeudi l'anniversaire de Bilbon, Sam, dit-il. Et il surpassera le Vieux Touque. Il aura cent trente et un ans !

— C'est vrai ! dit Sam. Il est prodigieux !

— Alors, Sam, dit Frodon, je voudrais que tu voies avec Rose si elle peut se passer de toi, de façon que toi et moi nous puissions partir ensemble. Tu ne peux aller loin, ni t'absenter longtemps à présent, bien sûr, dit-il d'un ton de vague regret.

— Enfin, pas très bien, Monsieur Frodon.

— Naturellement. Mais peu importe. Tu pourras m'accompagner un bout de chemin. Dis à Rosie que tu ne seras pas longtemps parti, pas plus qu'une quinzaine de jours ; et tu reviendras en toute sécurité.

— Je voudrais bien pouvoir aller avec vous jusqu'à Fondcombe, Monsieur Frodon, et voir Monsieur Bilbon, dit Sam. Et pourtant le seul endroit où je veux vraiment être, c'est ici. Je suis déchiré en deux à ce point.

— Pauvre Sam ! Cela te fera cet effet, je le crains, dit

Frodon. Mais cela se guérira. Tu es fait pour être solide et entier, et tu le seras.

Les deux jours suivants, Frodon examina ses papiers et ses écrits avec Sam, et il lui remit ses clefs. Il y avait un grand livre relié de simple cuir rouge ; les hautes pages étaient à présent presque entièrement remplies. Il y avait au début de nombreuses feuilles couvertes de la main vagabonde de Bilbon ; mais la plus grande partie était de l'écriture ferme et aisée de Frodon. L'ouvrage était divisé en chapitres, mais le chapitre 80 était inachevé, et il était suivi de quelques pages blanches. La page de titre portait maints libellés, rayés l'un après l'autre, tels que :

Mon Journal. Mon Voyage inattendu. Aller et Retour. Et ce qui se passa après.

Aventures de cinq Hobbits. L'Histoire du Grand Anneau, composée par Bilbon Sacquet d'après ses propres observations et les récits de ses amis. Notre action dans la Guerre de l'Anneau.

A cet endroit, l'écriture de Bilbon s'arrêtait, et Frodon avait écrit :

LA CHUTE
DU
SEIGNEUR DES ANNEAUX
ET LE
RETOUR DU ROI

(tels que les ont vus les Petites Personnes ; ou mémoires de Bilbon et de Frodon de la Comté, comblés par les récits de leurs amis et l'érudition du Sage).

Avec des extraits des Livres de la Tradition, traduits par Bilbon à Fondcombe.

— Mais vous l'avez presque terminé, Monsieur Frodon ! s'exclama Sam. Eh bien, vous avez travaillé, ma parole.

— J'ai tout à fait terminé, Sam, dit Frodon. Les dernières pages sont pour toi.

Ils partirent le vingt et un septembre, Frodon sur le poney qui l'avait porté tout le long du chemin depuis Minas Tirith et qui s'appelait à présent Grands-Pas ; et Sam sur son cher Bill. C'était une belle matinée dorée, et Sam ne demanda pas où ils allaient : il pensait bien le deviner.

Ils prirent la Route de Stock par-dessus les collines et se dirigèrent vers le Bout-des-Bois, laissant leurs poneys marcher à leur convenance. Ils campèrent dans les Collines Vertes, et, le vingt-deux septembre, ils descendirent doucement parmi les premiers arbres vers la fin de l'après-midi.

— Si c'est pas là l'arbre même derrière lequel vous vous êtes caché quand le Cavalier Noir s'est montré pour la première fois, Monsieur Frodon ! dit Sam, pointant le doigt vers la gauche. Ça a l'air d'un rêve, à présent.

C'était le soir, et les étoiles scintillaient dans le ciel à l'est quand ils passèrent auprès du chêne desséché et tournèrent pour descendre la colline entre des fourrés de noisetiers. Sam, plongé dans ses souvenirs, restait silencieux. Mais il s'aperçut bientôt que Frodon chantait doucement pour lui-même : c'était l'ancienne chanson de marche, mais les paroles n'étaient pas tout à fait les mêmes.

Derrière le tournant, ils peuvent encore attendre
Une nouvelle route ou une porte secrète ;
Et, bien que j'aie souvent passé auprès,
Un jour viendra enfin
Où je prendrai les chemins cachés qui courent
A l'ouest de la lune, à l'est du soleil.

Et, comme en réponse, montèrent sur la route de la vallée en contrebas des voix qui chantaient ·

A Elbereth Gilthoniel !
Silivren penna míriel
O menel aglar elenath,
Gilthoniel, A Elbereth !
Nous nous rappelons encore, nous qui vivons
En cette terre lointaine sous les arbres,
La lumière des étoiles sur les Mers Occidentales.

Frodon et Sam firent halte et s'assirent en silence dans les douces ombres jusqu'au moment où ils virent une lueur annonçant l'approche des voyageurs.

Il y avait là Gildor et de nombreuses Belles Gens elfiques ; et, devant Sam émerveillé, s'avancèrent Elrond et Galadriel. Elrond portait un manteau gris ; il avait une étoile au front et une harpe d'argent à la main ; et à son doigt brillait un anneau d'or avec une grande pierre bleue, Vilya, le plus puissant des Trois. Mais Galadriel montait un palefroi blanc, et elle était tout enveloppée de blanc laiteux, comme des nuages autour de la lune ; car elle semblait répandre elle-même une douce lueur. A son doigt était Nenya, l'anneau forgé dans le mithril, qui ne portait qu'une seule pierre scintillante comme une étoile givrée. Suivant lentement sur un petit poney gris, et paraissant dodeliner de la tête dans son sommeil, venait Bilbon lui-même.

Elrond les salua avec une affable gravité, et Galadriel leur adressa un sourire.

— Alors, Maître Samsagace, dit-elle. J'ai entendu dire et je vois que vous avez bien employé mon cadeau. La Comté sera dorénavant plus que jamais bénie et aimée.

Sam s'inclina profondément sans rien trouver à dire. Il avait oublié combien la Dame était belle.

A ce moment, Bilbon se réveilla et ouvrit les yeux.

— Salut, Frodon ! dit-il. Alors, j'ai surpassé aujourd'hui le Vieux Touque ! Voilà qui est donc réglé. Maintenant, je crois que je suis tout à fait prêt à entreprendre un nouveau voyage. Viens-tu avec moi ?

— Oui, dit Frodon. Les Porteurs de l'Anneau devraient partir ensemble.

— Où allez-vous, maître ? s'écria Sam, encore qu'il comprît enfin ce qui se passait.

— Aux Havres, Sam, répondit Frodon.

— Et je ne peux pas y aller.

— Non, Sam. Pas encore en tout cas, pas plus loin que les Havres. Bien que toi aussi tu aies été Porteur de l'Anneau, ne fût-ce qu'un court moment. Ton temps viendra peut-être. Ne sois pas trop triste, Sam. Tu ne peux être toujours déchiré en deux. Il te faudra être un et entier pendant de nombreuses années. Tu as tant d'objets de jouissance, tant de choses à être, et tant à faire.

— Mais, répliqua Sam, les larmes aux yeux, je croyais que vous alliez aussi jouir de la Comté durant maintes années, après tout ce que vous avez fait.

— C'est ce que j'ai cru aussi, à une époque. Mais j'ai été trop grièvement blessé, Sam. J'ai tenté de sauver la Comté, et elle l'a été, mais pas pour moi. Il doit souvent en être ainsi, Sam, Quand les choses sont en danger : quelqu'un doit y renoncer, les perdre de façon que d'autres puissent les conserver. Mais tu es mon héritier · tout ce que j'avais et que j'aurais pu avoir, je te le laisse. Et tu as aussi Rose, et Elanore ; et le petit Frodon viendra, et la petite Rosie, et Merry, et Tête d'Or, et Pippin ; et d'autres encore, peut-être, que je ne vois pas. On aura besoin partout de tes mains et de ta tête. Tu seras le maire, évidemment, aussi longtemps que tu le voudras, et le plus fameux jardinier de l'histoire ; et tu liras des choses dans le Livre Rouge et perpétueras le souvenir de l'époque passée, de sorte que les gens se rappelleront le Grand Danger et n'en aimeront que davantage leur pays bien-aimé. Tout cela te maintiendra aussi occupé et aussi heureux qu'on peut l'être, tant que ta partie de l'histoire continuera.

« Allons, accompagne-moi ! »

Alors, Elrond et Galadriel poursuivirent leur route ; car le Tiers Age était fini, les Jours des Anneaux étaient passés, et la fin était venue de l'histoire et du chant de ces temps. Avec eux, partirent de nombreux Elfes de Haute Lignée qui ne voulaient plus demeurer en Terre du Milieu ; et, parmi eux, empli d'une tristesse pourtant bienheureuse et dépourvue d'amertume, chevauchaient Sam, Frodon, Bilbon et les Elfes enchantés de leur rendre honneur.

Malgré leur traversée de la Comté durant toute la soirée et toute la nuit, nul ne les vit, hormis les bêtes sauvages ; ou, par-ci par-là, quelque errant dans l'obscurité qui perçut une rapide lueur sous les arbres ou une lumière et une ombre coulant dans l'herbe tandis que la lune gagnait l'Ouest. Et quand, sortis de la Comté et longeant les pentes méridionales des Hauts Blancs, ils arrivèrent aux Hauts Reculés et aux Tours, ils virent la Mer lointaine ; et ils descendirent enfin vers le Mithlond, vers les Havres Gris sur le long estuaire de la Lune.

A leur arrivée aux portes, Cîrdan le Charpentier de Navires s'avança pour les accueillir. Il était très grand, il avait une barbe très longue, et il était gris et âgé, sauf que ses yeux étaient vifs comme des étoiles. Il les regarda, s'inclina et dit :

— Tout est maintenant prêt.

Il les conduisit alors aux Havres. Un grand navire blanc y était mouillé, et sur le quai, à côté d'un grand cheval gris, un personnage tout de blanc vêtu les attendait. Comme il se retournait et venait vers eux, Frodon vit que Gandalf portait à présent ouvertement le Troisième Anneau, Narya le Grand, et la pierre qui y était enchâssée était d'un rouge de feu. Alors ceux qui devaient partir furent heureux, car ils surent que Gandalf s'embarquerait avec eux.

Mais Sam eut le cœur serré, et il lui sembla que si la séparation devait être amère, le long retour solitaire n'en serait que plus pénible. Mais, tandis qu'ils se tenaient là, que les Elfes montaient à bord et que tous les préparatifs étaient faits pour le départ, Merry et Pippin arrivèrent en grande hâte. Et Pippin riait au milieu de ses larmes.

— Tu avais déjà essayé de nous semer une fois et tu avais raté ton coup, Frodon, dit-il. Tu as failli réussir cette fois-ci, mais tu as encore échoué. Ce n'est pas Sam toutefois qui t'a donné, mais Gandalf lui-même.

— Oui, dit Gandalf ; car il sera mieux de faire le retour à trois qu'à un seul. Eh bien, ici enfin, sur les rives de la Mer, s'achève notre communauté en Terre du Milieu. Allez en paix ! Je ne dirai pas : ne pleurez pas, car toutes les larmes ne sont pas un mal.

Frodon embrassa alors Merry et Pippin, et en dernier Sam, puis il monta à bord ; les voiles furent hissées, le vent souffla, et, lentement, le navire s'en fut en glissant dans le long estuaire gris ; et la lumière du verre de Galadriel que Frodon portait vacilla et disparut. Et le navire sortit en Haute Mer et passa vers l'ouest, jusqu'à ce qu'enfin, par une nuit pluvieuse, Frodon sentît dans l'air une douce fragrance et entendît flotter sur l'eau un son de chants. Il lui sembla alors que, comme dans le rêve qu'il avait eu dans la maison de Bombadil, le rideau gris de la pluie se muait en verre argenté qui se repliait ; et il vit des rivages blancs et, au-delà, un lointain pays verdoyant.

Mais, pour Sam, la pénombre du soir devenait ténèbres, tandis qu'il se tenait debout aux Havres ; et comme il regardait la mer grise, il ne vit plus qu'une ombre sur les eaux, et elle se perdit bientôt à l'ouest. Il resta là bien avant dans la nuit, n'entendant plus que le soupir et le murmure des vagues sur les rives de la Terre du Milieu, et leur son lui allait au plus profond du cœur. A côté de lui étaient Merry et Pippin, silencieux.

Enfin, les trois compagnons se détournèrent, et, sans jeter un seul regard en arrière, ils retournèrent lentement vers la Comté ; ils n'échangèrent pas une parole durant tout le trajet, mais chacun trouvait un grand réconfort dans la compagnie de ses amis sur la longue route grise.

Ils finirent par franchir les Hauts et prendre la Route de l'Est ; Merry et Pippin s'en furent alors vers le Pays de Bouc ; et déjà ils chantaient en parlant. Mais Sam prit le chemin de Lèzeau et il rentra ainsi par la Colline, comme le jour touchait une fois de plus à sa fin. Il continua, et il y avait une lumière jaune et du feu chez lui ; le repas du soir était prêt et on l'attendait. Rose l'entraîna à l'intérieur, l'installa dans son fauteuil et lui mit la petite Elanore sur les genoux.

Il respira profondément.

— Eh bien, me voici de retour, dit-il.

Appendices

Traduit de l'anglais par Tina Jolas

Appendice A

Annales des Rois
et des Seigneurs souverains

Pour ce qui est des sources de la plupart des faits relatés dans les Appendices suivants, voir la note à la fin du Prologue (Livre I, page 39). Le troisième chapitre de l'Appendice A, « Les gens de Durin », provient sans doute des récits de Gimli le Nain, qui demeura fort en amitié avec Peregrïn et Meriadoc et maintes et maintes fois les retrouva au Gondor et au Rohan.

Ces sources livrent abondance de légendes, de chroniques et de traditions. On n'en a présenté ici qu'un choix généralement sous forme très abrégée ; choix visant, pour l'essentiel, à illustrer la Guerre de l'Anneau et ses origines, et à combler certaines lacunes du récit principal. On n'a fait que brièvement référence aux anciennes légendes du Premier Age, auxquelles Bilbon portait un intérêt majeur car elles concernent l'ascendance d'Elrond et des Rois et Chefs númenoriens. Les extraits factuels des Annales ou Récits plus élaborés sont donnés entre guillemets. Les ajouts ultérieurs sont entre crochets.

A moins de comporter l'indication S.A. (Second Age) ou Q.A. (Quatrième Age), les dates données sont celles du Tiers Age. On considérait que la disparition des Trois Anneaux, en septembre 3021, marquait la fin du Tiers Age ; mais les Annales du Gondor font débuter le Quatrième Age I, le 25 mars 3021. Dans les listes des souverains, la date — lorsqu'elle est unique — qui suit le nom d'un roi ou seigneur est celle de la mort de l'individu. Le signe † indique une mort prématurée, au combat ou de quelque autre manière, bien que le détail de l'événement n'ait pas toujours été consigné.

LES ROIS NÚMENORIENS

NÚMENOR

De tous les Eldar, Fëanor fut le plus illustre et le plus versé dans les savoirs et savoir-faire, mais aussi le plus orgueilleux et le plus opiniâtre. Il façonna les Trois Joyaux, les *silmarilli,* et leur conféra l'éclat des Deux Arbres, Telperion et Laurelin, qui déversaient leur lumière sur le pays Valar. Morgoth l'Ennemi convoitait les Joyaux, et il les déroba ; et lorsqu'il eut détruit les Arbres, il emporta les *silmarilli* en Terre du Milieu et les renferma en sa puissante forteresse du Thangorodrim. Contre la volonté des Valar, Fëanor abandonna le Royaume Bienheureux et s'exila en Terre du Milieu, entraînant avec lui une large portion de son peuple ; car, en son fol orgueil, il comptait contraindre Morgoth à lui restituer les Joyaux D'où la guerre que les Eldar et les

Edain menèrent contre le Thangorodrim, guerre sans espoir et qui devait se terminer, pour eux, en déroute complète. Les Edain *(Atani)* étaient trois peuples d'Hommes qui, lorsqu'ils parvinrent à l'ouest de la Terre du Milieu et sur les rives de la Mer Immense, s'allièrent aux Eldar contre l'Ennemi.

Trois mariages furent contractés entre des Eldar et des Edain : celui de Luthien et de Beren ; celui d'Idril et de Tuor ; enfin celui d'Arwen et d'Aragorn et, par cette dernière union, les branches longtemps disjointes des Semi-Elfes se trouvèrent réunies et leur lignée fut rétablie.

Luthien Tinuviel était fille du Roi Thingol au Gris Mantel, Roi du Doriath au Premier Age, mais sa mère était Melian, issue du peuple des Valar. Beren était fils de Barahir, de la Première Maison des Edain. Ensemble, ils dérobèrent un *silmaril* à la Couronne-de-Fer de Morgoth. Luthien, désormais de condition mortelle, fut perdue pour la gent elfe. Elle eut un fils, Dior ; et Elwing, la fille de ce fils, demeura en possession du *silmaril.*

Idril Celebrindal était fille de Turgon, le Roi de la cité cachée de Gondolin. Tuor était fils de Huor de la Maison de Nador, la Troisième Maison des Edain, et celle qui s'illustra tout particulièrement dans les guerres contre Morgoth. Eärendil le Navigateur était leur fils.

Eärendil épousa Elwing et grâce aux pouvoirs du *silmaril* franchit les Ombres et gagna l'Extrême-Occident ; et , parlant en qualité d'ambassadeur et des Elfes et des Hommes, il obtint les secours qui devaient permettre de vaincre Morgoth. Eärendil ne fut point autorisé à retourner en Terres Mortelles, et son navire porteur du *silmaril* fut lancé dans les nues où il vogue toujours, figurant une étoile au firmament et un signe d'espérance pour les habitants de la Terre du Milieu, peinant sous le joug du Maître Ennemi et de ses serviteurs. Seuls les *silmarilli* conservaient l'antique lumière des Deux

Arbres de Valinor, telle qu'elle brillait avant que Morgoth ne les eût empoisonnés ; mais des *silmarilli,* il en fut perdu deux à la fin du Premier Age. Tout cela est relaté dans le *Silmarillion,* et bien d'autres choses encore, concernant les Elfes et les Hommes.

Les fils d'Eärendil se nommaient Elros et Elrond, les *Peredhil,* ou Semi-Elfes. En eux seuls se maintint la lignée des chefs héroïques qui gouvernèrent les Edain durant le Premier Age ; et après la Chute de Gil-galad leurs descendants furent aussi les seuls, en Terre du Milieu, à représenter le lignage des Rois Grands Elfes.

A la fin du Premier Age, les Valar contraignirent les Semi-Elfes à choisir — irrévocablement — à quelle parentèle ils souhaitaient se rattacher. Elrond choisit d'appartenir à la gent elfe, et il devint un Maître du Savoir. Aussi lui fut-il octroyé la même grâce qu'aux Grands Elfes s'attardant encore en Terre du Milieu, qui, lassés des Terres Mortelles, avaient loisir d'appareiller des Havres Gris et de faire voile pour l'Extrême-Occident ; et cette grâce, il leur fut donné d'en jouir même lorsque intervinrent les changements en ce monde. Mais aux enfants d'Elrond un choix fut également imposé : soit de passer avec lui au-delà des cercles du monde ; soit, s'ils décidaient de demeurer ici-bas, de revêtir forme mortelle et de mourir en Terre du Milieu. De sorte que pour Elrond les chances ménagées par la Guerre de l'Anneau furent toutes grevées de peines.

Elros choisit d'appartenir à l'espèce humaine et de demeurer parmi les Edain ; mais il lui fut concédé une longue durée de vie, plusieurs fois celles des Hommes moindres.

Pour prix des souffrances endurées dans la lutte contre Morgoth, les Valar, Gardiens du Monde, accordèrent aux Edain un pays où s'établir, loin des dangers de la Terre du Milieu. C'est pourquoi la plupart d'entre eux s'aventurèrent en Mer et, guidés par l'Étoile d'Eärendil, gagnèrent la grande Ile d'Elenna, la plus occidentale des Terres Mortelles. Et là, ils fondèrent le royaume de Númenor.

Une haute montagne s'élevait au mitan des terres, le Meneltarma, et, de sa cime, ceux qui avaient vue perçante pouvaient discerner la blanche Tour D'Eressëa, le grand port des Eldar. De là venaient les Elfes rendre visite aux Edain, et ils les faisaient profiter de leur savoir comme de leur savoir-faire, et les comblaient de dons. Mais les Númenoriens étaient soumis à un impératif : l'« Interdit des Valar », qui leur faisait défense de naviguer vers l'ouest, hors de vue de leurs propres rivages, ou de tenter de mettre pied sur les Terres Immortelles. Car, bien que leur eût été allouée une durée de vie qui, au commencement, était trois fois plus longue que celle des Hommes moindres, il leur fallait demeurer de condition mortelle, les Valar n'étant point autorisés à leur retirer le Don des Hommes (ou ce que plus tard on devait nommer la Noire Fatalité des Hommes).

Elros fut le premier Roi de Númenor, connu par la suite sous le nom grand elfe de Tar-Minyatur. S'ils jouissaient de longévité, ses descendants étaient mortels néanmoins. Lorsqu'ils se firent puissants, ils contestèrent le choix de leurs ancêtres, désirant jouir de cette immortalité au sein du monde vivant, qui était le destin dévolu aux Eldar, et ils murmurèrent contre l'Interdit. Ainsi prit feu la rébellion, qui, attisée par les enseignements maléfiques de Sauron, devait amener la submersion de Númenor et la ruine du monde ancien, comme il est relaté dans l'*Akallabêth*.

Voici les noms des Rois et des Reines de Númenor : Elros Tar-Minyatur, Vardamir, Tar-Amandil, Tar-Elendil, Tar-Meneldur, Tar-Aldarion, Tar-Ancalimë (la première Reine régnante), Tar-Anarion, Tar-Surion, Tar-Telperiën (la deuxième Reine), Tar-Minastir, Tar-

Ciryatan, Tar-Atanamir le Grand, Tar-Ancalimon, Tar-Telemmaitë, Tar-Vanimeldë (la troisième Reine), Tar-Alcarin, Tar-Calmacil.

Après Calmacil, les Rois assumèrent la royauté sous un vocable en langue númenorienne (ou adunaîc) : Ar-Adûnakhôr, Ar-Zimrathôn, Ar-Sakalthôr, Ar-Gimilzôr, Ar-Inziladûn. Inziladûn reconnut les erreurs des Rois, ses prédécesseurs, et changea son nom en Tar-Palantir, le « Clairvoyant ». Sa fille aurait dû régner — la quatrième Reine — sous le nom de Tar-Míriel, mais le neveu du Roi usurpa le sceptre et il fut Pharazôn le Doré, dernier Roi des Númenoriens.

Sous le règne de Tar-Elendil, les premiers navires des Númenoriens accostèrent de nouveau en Terre du Milieu. L'aînée du Roi était une fille, Silmariën. Son fils était Valandil, le premier des Seigneurs d'Andunië, à l'ouest du pays, connus pour l'étroite amitié qui les liait aux Eldar. Parmi ses descendants, on compte Amandil, dernier Seigneur d'Andunië, et son fils, Elendil le Grand.

Le sixième Roi ne laissa qu'un enfant, une fille. Elle devint la première Reine ; car fut promulguée une régale qui faisait de l'aîné du Roi, homme ou femme, l'héritier du sceptre.

Le royaume de Númenor perdura jusqu'à la fin du Second Age, et sans cesse s'accrut en puissance et en splendeur ; et, jusqu'à la mi-temps de cet Age, les Númenoriens se firent, eux aussi, toujours plus sages et plus joyeux. Le premier signe de l'Ombre qui devait offusquer Númenor survint sous le règne de Tar-Minastir, onzième Roi. Ce fut lui qui manda une puissante armada au secours de Gil-galad. Il aimait les Eldar, mais il les jalousait. Les Númenoriens étaient devenus à l'époque de grands navigateurs, explorant toutes les mers vers l'Orient ; or, voici qu'ils se prirent à désirer l'Occident, et ils languissaient de voguer sur les eaux interdites ; et plus ils vivaient dans la joie, plus lancinante était leur aspiration à l'immortalité des Eldar.

En outre, les Rois qui succédèrent à Minastir se firent avides de richesse et de pouvoir. Au début, les Númenoriens abordaient la Terre du Milieu en maîtres et en amis des Hommes moindres, opprimés par Sauron, mais voici que leurs ports devinrent des forteresses tenant en sujétion de vastes portions du littoral. Atanamir et ses descendants levaient un lourd tribut, et les navires des Númenoriens revenaient chargés de butin.

Ce fut Tar-Atanamir qui le premier se déclara ouvertement contre l'Interdit, affirmant que la vie des Eldar lui revenait de plein droit. Et l'Ombre s'épaissit et la pensée de la mort assombrit le cœur des peuples ; et les Númenoriens se scindèrent ; d'un côté se trouvaient les Rois et ceux qui prirent leur parti et qui se détournèrent des Eldar et des Valar ; et, de l'autre, ceux — et ils étaient peu nombreux — qui se dirent les Fidèles. Ceuxlà vivaient en majorité à l'ouest du pays.

Les Rois et leurs partisans abandonnèrent peu à peu l'usage des langues eldarines, et vint un temps où le vingtième Roi assuma la souveraineté sous un nom de forme númenorienne, se faisant appeler Ar-Adûnakhôr, « Seigneur d'Occident ». Cela parut de funeste augure aux Fidèles car jusqu'alors ils n'avaient accordé ce titre qu'à l'un des Valar, ou au Roi Premier-Né lui-même. Et, en effet, Ar-Adûnakhôr se mit à persécuter les Fidèles et à châtier ceux qui utilisaient ouvertement les langues elfes ; et les Eldar jamais plus ne se montrèrent à Númenor.

Si la puissance et la richesse des Númenoriens ne cessèrent de s'accroître, leur longévité, elle, allait s'amenuisant à mesure que grandissait leur peur de la mort ; et ils perdirent toute joie en la vie sur terre. Tar-Palantir s'efforça de remédier au mal, mais trop tard ; la rébellion et la contestation grondaient dans Númenor.

Lorsqu'il mourut, son neveu, chef des rebelles, s'empara du sceptre et devint le Roi Ar-Pharazôn. Ar-Pharazôn le Doré fut le plus glorieux et le plus puissant de tous les Rois, et il n'ambitionnait rien moins que l'empire du Monde.

Il résolut d'arracher à Sauron le Grand le gouvernement de la Terre du Milieu ; et finalement il appareilla lui-même avec une flotte nombreuse et, faisant force de voiles, prit pied en Umbar. Si puissants et splendides étaient les Númenoriens que les propres serviteurs de Sauron l'abandonnèrent et Sauron fit sa soumission, rendant hommage et sollicitant humblement son pardon. Or voici qu'Ar-Pharazôn, dans son fol orgueil, le ramena prisonnier à Númenor. Sous peu, Sauron avait ensorcelé le Roi et s'était rendu maître de son Conseil ; et bientôt il enténébra les cœurs de tous les Númenoriens, hors ceux des quelques Fidèles subsistants.

Et Sauron mentit au Roi, lui déclarant que jouirait d'une vie éternelle celui qui se rendrait maître des Terres Immortelles, et que l'Interdit avait pour seul but d'empêcher que les Rois des Hommes ne l'emportassent sur les Valar. « Mais, dit-il, les Grands Rois prennent leur dû. »

A la longue, Ar-Pharazôn prêta l'oreille à ce discours car il sentait ses jours décliner et la peur de la mort le hantait. Il arma la plus puissante escadre jamais vue en ce monde et, lorsque tout fut prêt, il fit sonner l'airain et appareilla. Et il transgressa l'Interdit des Valar, partant en guerre contre les Seigneurs d'Occident pour leur arracher la vie éternelle. Mais quand Ar-Pharazôn prit pied sur le rivage d'Aman la Bienheureuse, les Valar renoncèrent à leur Tutelle et en appelèrent à l'Un, et de grands changements intervinrent en ce monde. Númenor fut détruite et la Mer l'engloutit, et les Terres Immortelles furent détachées à jamais des cercles du monde. Ainsi prit fin la gloire de Númenor.

Les derniers chefs des Fidèles, Elendil et ses fils, échappèrent à la Submersion avec neuf navires portant une graine de Nimloth, et les Sept Pierres Clairvoyantes (dons des Eldar à leur Maison) ; et, voguant sur les ailes d'une puissante tempête, ils furent jetés à la côte en Terre du Milieu. Et c'est là, au nord-ouest, qu'ils établirent les royaumes númenoriens en exil, Arnor et Gondor. Elendil en fut le Grand Roi et il vécut au nord, à Annûminas ; et à ses fils, Isildur et Anarion, fut commis le gouvernement du Sud. Ils fondèrent Osgiliath, entre Minas Ithil et Minas Anor, non loin des confins du Mordor. Car, pensaient-ils, la catastrophe avait eu cela au moins de bénéfique que Sauron avait péri lui aussi.

Mais il n'en était rien. Sauron avait été entraîné dans le naufrage de Númenor, si bien qu'avait péri l'être de chair qu'il avait longtemps assumé ; mais il s'était réfugié en Terre du Milieu, un esprit de pure haine, porté par un vent ténébreux. Et jamais plus il ne fut capable de revêtir une forme plaisante aux yeux des humains, mais il devint tout noir et hideux, et exerça désormais son pouvoir uniquement par la terreur. Il revint au Mordor et y demeura caché un long temps en silence. Mais sa colère fut épouvantable lorsqu'il apprit qu'Elendil, qu'il haïssait plus que toute autre créature, lui avait échappé, et qu'il aménageait un royaume sur ses frontières.

C'est pourquoi il se hâta, et sous peu déclara la guerre aux Exilés, de peur qu'ils ne s'enracinassent. Oradruin, une fois encore, s'embrasa, et les flammes jaillirent, et au Gondor il prit nom : *Amon Amarth,* le Mont du Funeste Destin. Mais Sauron avait frappé trop tôt, avant que ses propres forces ne fussent reconstituées, cependant qu'en son absence s'était accrue la puissance de Gil-galad ; et, lors de la Dernière Alliance contractée contre lui, Sauron fut vaincu et il perdit l'Anneau Unique. Ainsi prit fin le Second Age.

LES ROYAUMES EN EXIL

La Lignée du Nord
Les Héritiers d'Isildur

Arnor. Elendil † S.A. 3441, Isildur † 2, Valendil 249 [1],
Eldacar 339, Arantar 435, Tarcil 515, Tarondor
602, Valandur † 652, Elendur 777, Eärendur 861.

Arthedain. Amlaith de Fornost [2] (fils aîné d'Eärendur)
946, Beleg 1029, Mallor 1110, Celepharn 1191,
Celebrindor 1272, Malvegil 1349 [3]; Argeleb Ier †
1356, Arveleg Ier 1409, Araphor 1589, Argeleb II
1670, Arvegil 1743, Arveleg II 1813, Araval 1891,
Araphant 1964, Arvedin le Dernier Roi 1974. Fin
du Royaume du Nord.

Chefs. Aranarth (fils aîné d'Arvedin) 2106, Arahael
2177, Aranuir 2247, Aravir 2319, Aragorn Ier †
2327, Araglas 2455, Arahad Ier 2523, Aragost 2588,
Aravorn 2654, Arahad II 2719, Arassuil 2784, Arathorn Ier † 2848, Argonui 2912, Arador † 2930,
Arathorn II † 2933, Aragorn II Q.A. 120.

---

1. Le quatrième fils d'Isildur, né à Imladris. Ses frères périrent à la
Bataille du Champ des Iris.

2. Après Eärendur, les Rois ne prirent plus de noms en langue grand
elfe.

3. Après Malvegil, les Rois qui régnèrent au Fornost revendiquèrent à
nouveau la souveraineté sur tout l'Arnor, en gage de quoi ils prirent des
noms comportant le préfixe *ar(a)*.

Les Rois du Gondor. Elendil, (Isildur et) Anarion † S.A. 3440, Meneldil fils d'Anarion 158, Cemendur 238, Eärendil 324, Anardil 411, Ostoher 492, Rómendacil Ier (Tarostar) † 541, Turambar 667, Atanatar Ier 748, Siriondil 830. S'ensuivent les quatre « Rois Navigateurs » :

Tarannon Falastur 913. Il fut le premier Roi sans postérité directe, et lui succéda le fils de son frère Tarciryan. Eärnil Ier † 936, Ciryandil † 1015, Hyarmendacil Ier (Ciryaher) 1149. Gondor est alors au faîte de son pouvoir.

Atanatar II Alcarin le « Glorieux » 1226, Narmacil Ier 1294. Il fut le second des Rois sans postérité et lui succéda son frère cadet, Calmacil 1304, Minalcar (régent 1240-1304) couronné sous le nom de gloire de Rómendacil II 1304, mort en 1366, Valacar. Sous son règne survinrent les premiers maux du Gondor : la Guerre — ou Lutte Fratricide.

Eldacar, fils de Valacar (appelé au début Vinitharya), destitué en 1437. Castamir l'Usurpateur † 1447. Restauration d'Eldacar, mort en 1490.

Aldamir (second fils d'Eldacar) † 1540, Hyarmendacil II (Vinyarion) 1621, Minardil † 1634, Telemnar † 1636. Telemnar et tous ses enfants périrent de la peste ; lui succéda son neveu, le fils de Minastan, second fils de Minardil. Tarondor 1798, Telumehtar Umbardacil 1850, Narmacil II † 1856, Calimehtar 1936, Ondoher † 1944. Ondoher et ses deux fils tombèrent au combat. Après une année, la couronne fut décernée (en 1945) au général victorieux Eärnil, un descendant de Telumehtar Umbardacil, Eärnil II 2043, Eärnur † 2050. Ici s'achève la Lignée des Rois, jusqu'au temps ou elle fut relevée par Elessar Telcontar en 3019. Le royaume fut alors gouverné par les Surintendants.

Les Surintendants du Gondor. La Maison de Hurïn : Pelendur 1998. Il régna une année après la chute d'Ondoher et conseilla au Gondor de récuser les prétentions d'Arvedin. Vorondil le Chasseur 2029 [1]. Mardil Voronwë le « Constant », le premier des Surintendants à exercer véritablement le pouvoir. Ses successeurs abandonnèrent l'usage des noms en langue grand elfe.

Les Surintendants régnants. Mardil 2080, Erandan 2116, Herion 2148, Belegorn 2204, Hurïn Ier 2244, Turïn Ier 2278, Hador 2395, Barachir 2412, Dior 2435, Denethor Ier 2477, Boromir 2489, Cirion 2567. C'est sous son règne que les Rohirrim vinrent au Calenardhon.

Hallas 2605, Hurïn II 2628, Belecthor Ier 2655, Orodreth 2685, Echtelion Ier 2698, Egalmouth 2743, Beren 2763, Beregond 2811, Belecthor II 2872, Thorondir 2882, Turïn II 2914, Turgon 2953, Echtelion II 2984, Denethor II. Il fut le dernier des Surintendants à exercer le pouvoir effectif ; lui succéda son second fils Faramir, Seigneur d'Emyn Arnen, Surintendant du Roi Elessar, Q.A. 82.

---

1. Selon la légende, le bétail blanc que l'on trouvait encore à l'état sauvage près de la Mer de Rhûn descendait des Troupeaux d'Araw, le Valar, Grand Chasseur, qui seul des Valar visitait souvent la Terre du Milieu dans les Jours Anciens. *Oromë* est la forme grand elfe de son nom.

« Eriador était jadis le nom de toutes les terres qui se déployaient entre les Monts Brumeux et les Montagnes Bleues, limitées au sud par le Flot Gris, et par le Glanduin qui s'y jette au-dessus de Tharbad.

« Au faîte de sa puissance, l'Arnor englobait tout l'Eriador, hors les régions au-delà de la rivière Lune et les terres à l'est du Flot Gris et de la Sonoronne, région où se trouvaient Fondcombe et Houssaye. Au-delà de la rivière Lune s'étendait le pays elfe, serein et verdoyant, où nul Homme jamais ne s'aventurait ; mais des Nains vivaient, et vivent toujours, à l'est des Montagnes Bleues, et plus particulièrement en ces régions au sud du Golfe de Lune où ils possèdent des mines encore en activité. Pour cette raison, ils avaient coutume d'emprunter, à l'est, la Grande Route, comme ils avaient fait des années durant, avant que nous ne vinssions dans la Comté. Aux Havres Gris vivait Cîrdan, le Charpentier de Navires, et certains disent qu'il y demeure toujours, et y demeurera jusqu'à ce que le Dernier Navire eût appareillé vers l'Occident. Au temps des Rois, la plupart des Grands Elfes qui s'attardaient encore en Terre du Milieu vivaient auprès de Cîrdan ou sur la façade maritime du Lindon. S'il y en reste encore, ils doivent être peu nombreux. »

Le Royaume du Nord et les Dunedains

Après Elendil et Isildur, régnèrent sur l'Arnor huit Grands Rois. A la mort d'Eärendur, en raison des dissensions entre ses fils, le royaume fut divisé en trois :

l'Arthedain, le Rhudaur et le Cardolan. L'Arthedain s'étendait au nord-ouest et comprenait la région sise entre les rivières Brandevin et Lune, ainsi que les terres au nord de la Grande Route jusqu'aux Collines du Temps. Le Rhudaur couvrait le nord-est, entre les Landes d'Etten, les Collines du Temps et les Monts Brumeux, mais s'y trouvait aussi inclus l'Angle que forment le fleuve Fontgrise et la Sonoronne. Le Cardolan était situé au sud, avec pour frontières le Brandevin, le Flot Gris et la Grande Route.

En Arthedain, la Lignée d'Isildur se maintint et perdura, mais, au Cardolan et au Rhudaur, elle ne tarda pas à s'éteindre. Les deux royaumes s'affrontèrent souvent et, ce faisant, ils précipitèrent la déchéance des Dunedains. La principale source de litige était la possession des Collines du Temps et des territoires à l'ouest, en direction de Bree. Le Rhudaur et le Cardolan convoitaient tous deux Amon Sûl (la Cime du Temps) qui s'élevait aux frontières de leurs royaumes ; car la Tour d'Amon Sûl abritait le *palantir* du Nord, le plus considérable de la région, les deux autres étant détenus par l'Arthedain.

« Ce fut au début du règne de Malvegil d'Arthedain que le Mal gagna l'Arnor. Car s'instaura au nord, au-delà des Landes d'Etten, le royaume d'Angmar. Ses territoires s'étendaient de part et d'autre des Montagnes, et là s'étaient rassemblés une foule de mauvais Hommes, d'Orques et autres créatures infâmes. [Le Seigneur du pays était connu sous le nom du Roi-Sorcier, mais on ne sut que bien plus tard qu'il était, en fait, chef des Spectres de l'Anneau, et venu au nord dans l'intention de détruire les Dunedains en Arnor, espérant mettre à profit leur désunion, en un temps où le Gondor était tout-puissant.] »

Sous le règne d'Argeleb, fils de Malvegil, comme il ne restait plus de descendants d'Isildur dans les autres royaumes, les Rois d'Arthedain firent valoir à nouveau leurs droits à la souveraineté sur tout l'Arnor. Le Rhudaur s'opposait à leurs prétentions ; les Dunedains y étaient peu nombreux ; un mauvais seigneur avait pris le pouvoir, et il entretenait de secrètes intelligences avec l'Angmar. C'est pourquoi Argeleb fortifia les Collines du Temps, mais il fut tué au combat, dans la guerre contre le Rhudaur et l'Angmar.

Arveleg, fils d'Argeleb, refoula l'ennemi du pays des Collines, avec l'aide du Cardolan et du Lindon ; et, pour de longues années, l'Arthedain et le Cardolan mirent en défense toute la zone frontière que formaient les Collines du Temps, la Grande Route et le cours inférieur de la Fontgrise. On dit qu'à cette date Fondcombe fut assiégée.

En 1409, une puissante armée sortit de l'Angmar et, franchissant la rivière, envahit le Cardolan et investit les Collines du Temps. Les Dunedains furent défaits et Arveleg tué. La Tour d'Amon Sûl fut incendiée et rasée ; mais on sauva le *palantir*, et on le mit en sûreté à Fornost ; le Rhudaur fut occupé par une race d'Hommes vils, sujets de l'Angmar, et les Dunedains qui y étaient demeurés furent massacrés ou s'enfuirent vers l'ouest. Le Cardolan fut ravagé. Araphor, fils d'Arveleg, n'avait pas encore atteint l'âge d'homme, mais il avait le cœur vaillant et, avec l'aide de Cîrdan, il bouta l'ennemi hors du Fornost et des Hauts du Nord. Parmi les Dunedains de Cardolan, il se trouva également une poignée de fidèles qui tinrent bon à Tyrn Gorthad (les Hauts des Galgals), ou qui se réfugièrent sous le couvert de la Forêt, par-derrière.

On raconte que l'Angmar fut, un temps, tenu en échec par la gent elfe venue du Lindon ; et de Fondcombe également car Elrond tira des renforts de la Lorien et leur fit franchir les Monts. C'est à cette époque que les Stoors qui vivaient dans l'Angle (entre la Fontgrise et la

Sonoronne) émigrèrent à l'ouest et au sud, fuyant les ravages de la guerre et l'effroi qu'inspirait l'Angmar ; et aussi parce qu'à l'est tout particulièrement le pays et le climat d'Eriador se faisaient malsains et hostiles. Certains revinrent en Pays Sauvage et vécurent sur les bords de la Rivière aux Iris — une peuplade de pêcheurs riverains.

Sous le règne d'Argeleb II, la peste frappa l'Eriador, venant du sud-est, et la plupart des habitants du Cardolan périrent et surtout ceux du Minhiriath. Les Hobbits et tous les autres peuples endurèrent d'âpres souffrances, mais à mesure qu'elle gagna le Nord, la peste perdit de sa virulence et les régions septentrionales de l'Arthedain furent à peine touchées. A cette époque s'éteignirent les Dunedains du Cardolan, et des esprits maléfiques, suscités par l'Angmar et le Rhudaur, envahirent les tertres abandonnés, et s'y terrèrent.

« On dit que les tumulus de Tyrn Gorthad, comme on nommait autrefois les Hauts des Galgals, sont forts anciens, et que plusieurs d'entre eux furent érigés aux temps jadis du Premier Age par les ancêtres des Edain avant qu'ils ne franchissent les Montagnes Bleues pour pénétrer au Beleriand, dont seul demeure au jour d'aujourd'hui le pays Lindon. Aussi, à leur retour au pays, les Dunedains tinrent-ils ces tertres en haute révérence ; et là furent ensevelis nombre de leurs seigneurs et rois. [Certains disent même que le tumulus où fut empoisonné le Porteur de l'Anneau avait abrité la tombe du dernier prince du Cardolan, tué au combat dans la guerre de 1409.]

« En 1974 resurgit le pouvoir de l'Angmar et, avant que ne s'achevât l'hiver, le Roi-Sorcier s'attaqua à l'Arthedain. Il prit Fornost et chassa la plupart des Dunedains survivants au-delà de la Lune ; jusqu'au bout, le roi Arvedin tint bon sur les Hauts du Nord, et lors se réfugia au Septentrion avec quelques-uns de sa

Garde ; et ils ne durent leur salut qu'à la rapidité de leurs chevaux.

« Un temps Arvedin se cacha dans les galeries de mines, exploitées anciennement par les Nains, aux confins nord des Monts, mais la faim le contraignit à solliciter l'aide des Lossoth, les Hommes de Neige de Foroche [1]. Ils trouvèrent quelques-uns d'entre eux qui campaient près du rivage ; mais les Hommes de Neige se montrèrent peu empressés à porter secours au Roi car celui-ci n'avait rien à leur offrir, hors quelques joyaux sans valeur pour eux ; et ils craignaient le Roi-Sorcier qui (disaient-ils) pouvait commander à volonté au gel et au dégel. Mais par pitié de la mine hâve du Roi et de ses compagnons, et aussi par peur de leurs armes, ils leur procurèrent quelque nourriture et leur construisirent des huttes de neige. Et là, Arvedin fut contraint de patienter, mettant tout son espoir dans les secours qui lui parviendraient du sud, car tous ses chevaux avaient péri.

« Lorsque Cîrdan apprit d'Aranarth, fils d'Arvedin, que le Roi avait fui au nord, il envoya sur l'heure un navire le chercher à Foroche. Et, après bien des jours en mer durant lesquels ils luttèrent contre les vents contraires, les marins aperçurent au loin le maigre feu de bois d'épave que les rescapés étaient parvenus à entretenir. Mais, cette année-là, l'hiver tardait à relâcher son

_____

1. C'est un peuple étrange et hostile, les débris des Forodwaith, ces Hommes des Temps Anciens, accoutumés à supporter l'amère froidure du royaume de Morgoth. De fait, la région est encore soumise à ces grands froids, bien qu'ils ne se fassent sentir qu'à quelque cents lieues au nord de la Comté. Les Lossoth s'abritent dans des huttes de neige, et on dit qu'ils peuvent courir sur la glace avec des os fixés aux pieds et qu'ils ont des chariots sans roues. Ils vivent pour la plupart hors d'atteinte de leurs ennemis, sur le grand cap Foroche qui clôt, au nord-ouest, l'immense baie de ce nom ; mais souvent ils campent sur le littoral sud de la baie, au pied des Montagnes.

étreinte et, bien qu'on fût déjà en mars, la débâcle s'amorçait à peine et la banquise s'étendait encore loin du rivage.

« Lorsque les Hommes de Neige aperçurent le navire, ils en conçurent étonnement et effroi, car de mémoire d'Homme ils n'avaient vu un tel vaisseau sur la vague, mais ils s'étaient faits à présent moins hostiles, et sur leurs chariots à patins ils transportèrent le Roi et ceux de son entourage qui avaient survécu, au large, tant qu'ils osèrent s'aventurer ; de sorte qu'une chaloupe envoyée du navire put les recueillir.

« Mais les Hommes de Neige étaient inquiets ; car, affirmaient-ils, ils humaient un danger dans le vent. Et le chef des Lossoth dit à Arvedin : " Ne monte pas à bord de ce monstre marin ! S'ils ont des vivres, qu'ils nous les fassent parvenir ainsi que d'autres provisions dont nous avons le besoin, et tu peux rester ici jusqu'à ce que le Roi-Sorcier s'en retourne. Car en été ses pouvoirs déclinent ; mais, en ce moment, mortel est son souffle, et bien long son bras de glace. "

« Mais Arvedin ne suivit pas son conseil. Il le remercia et, en partant, lui fit don de son Anneau, disant : " Voici un objet plus précieux que tu ne le puis concevoir. Précieux par sa seule antiquité. Il ne détient aucun pouvoir sauf le haut prix que lui accordent ceux qui aiment ma Maison ; il ne t'aidera en rien ; mais si jamais la nécessité te poigne, en rançon de l'Anneau, les gens de ma parentèle te procureront toutes choses dont tu aurais le désir [1]. "

« Cependant, soit hasard, soit clairvoyance, le conseil des Lossoth était bon ; car à peine le navire eut-il pris le

---

1. Et ainsi fut sauvé l'Anneau de la Maison d'Isildur ; car il devait être racheté plus tard, à titre de rançon, par les Dunedains. On dit que c'était ce même anneau que Felagund de Nargothrond donna à Barahir, et que Beren recouvra au péril de sa vie.

large que du nord accourut une furieuse tempête avec des bourrasques de neige aveuglantes ; et cette tempête chassa le navire de nouveau sur la banquise et repoussa les glaces contre ses flancs. Les marins de Cîrdan s'avouèrent eux-mêmes impuissants et, dans la nuit, les glaces écrasèrent la coque, et le navire sombra. Ainsi périt Arvedin le Dernier Roi, et avec lui les *palantiri* [1] furent ensevelis en haute mer. Et ce ne fut que long-temps après qu'on apprit des Hommes de Neige le détail du naufrage de Foroche. »

Les gens de la Comté survécurent, bien que la guerre ait ravagé leur pays et que la plupart d'entre eux se soient cachés. Ils envoyèrent au secours du Roi quel-ques archers qui ne devaient jamais revenir ; et d'autres participèrent à la bataille où fut vaincu l'Angmar (bataille dont il est question plus loin, dans les Annales du Sud). S'ensuivit une période de paix durant laquelle les gens de la Comté se gouvernèrent eux-mêmes et prospérèrent. Ils choisirent un Thain pour remplacer le Roi, et s'en trouvèrent bien ; cependant, durant des années, ils espérèrent nombreux en *le Retour du Roi*. Un espoir qui devait se révéler vain et ne subsister que dans la formule *« Au Retour du Roi »,* utilisée à propos de quelque bien que l'on ne pouvait réaliser, ou de quelque mal auquel il n'y avait point de remède. Le premier Thain de la Comté fut un certain Bucca de la Maison

---

1. Il s'agit, en l'occurrence, des Pierres d'Annúminas et d'Amon Sûl. La seule Pierre encore en place dans le Nord était celle qu'abritait la Tour d'Emyn Beraid, et elle était tournée vers le Golfe de Lune. Cette Pierre-là était sous la garde des Elfes et, bien que nous n'en ayons rien su, elle resta là jusqu'à ce que Cîrdan la plaçât à bord du navire d'Elrond lorsqu'il appareilla. Mais on dit qu'elle était différente des autres Pierres, et accor-dée à aucune d'entre elles ; car elle visionnait uniquement la Mer Immense. Elendil l'avait « pointée » de manière à voir « en droite ligne », car il s'efforçait de distinguer Eressëa dans les brumes de l'Occident éva-noui ; mais la courbure des horizons marins dissimulait à jamais Núme-nor l'Engloutie.

Marish, dont les Oldbucks se disent les descendants Il devint Thain en l'an 379 de notre comput (1979).

Après Arvedin, le Royaume du Nord s'éteignit, car des Dunedains, il n'en restait plus guère, et toutes les populations d'Eriador allaient diminuant. La lignée royale se perpétua cependant en la personne des chefs dunedains, dont Aranarth, fils d'Arvedin, fut le premier. Arahael, son fils, fut élevé à Fondcombe, et de même tous les chefs après lui ; et là furent aussi conservés en lieu sûr les trésors de famille : l'Anneau de Barahir, les tronçons de Narsil, l'Étoile d'Elendil et le Sceptre d'Annûminas [1].

« Lorsque le royaume périclita, les Dunedains s'évanouirent dans l'ombre et devinrent un peuple furtif et errant ; et de leurs exploits et de leurs travaux, presque plus rien ne fut chanté ou consigné. Aujourd'hui on ne se rappelle pas grand-chose de ce qu'il advint d'eux après le départ d'Elrond. Malgré les immondes créatures qui s'attaquèrent à l'Eriador, s'y infiltrant secrètement avant même que ne fût rompue la Paix Vigilante, les chefs dunedains vécurent pour la plupart jusqu'au

---

1. Le sceptre, nous dit le Roi, était le principal emblème de la souveraineté à Númenor ; et il en allait de même en Arnor, dont les Rois ne portaient pas de couronne, arborant, quant à eux, un unique joyau blanc, l'Elendilmar, l'Étoile d'Elendil, fixé au front par une résille d'argent. Lorsqu'il parle d'une couronne, Bilbon songe très certainement au Gondor ; il semble avoir été fort au courant de tout ce qui concernait la lignée d'Aragorn. On prétend que le sceptre de Númenor sombra avec Ar-Pharazôn. Celui d'Annûminas était la baguette d'argent des Seigneurs d'Andunië, et c'est aujourd'hui sans doute l'œuvre la plus ancienne façonnée de main d'Homme, à avoir été conservée en Terre du Milieu. Une œuvre qui était vieille déjà de cinq mille ans lorsque Elrond en fit don à Aragorn. Par sa forme, la couronne du Gondor rappelle le heaume du guerrier númenorien. Et, au début, c'était un simple heaume, celui, dit-on, que porta Isildur à la Bataille de Dagorlad (car le heaume d'Anarion fut écrasé par les pierres qu'on lui jeta de Barad-dûr, et dont il mourut, lapidé). Mais, sous le règne d'Atanatar Alcarin, on y substitua le heaume de pierreries qui figura au couronnement d'Aragorn

terme de leur longue existence. Aragorn Ier, dit-on, fut tué par des loups qui par la suite ne cessèrent de hanter le pays. Sous le règne d'Arahad Ier, les Orques soudain révélèrent leur présence et, bien des années plus tard, on devait apprendre qu'ils occupaient depuis longtemps, en secret, certains retranchements des Monts Brumeux, barrant tous les cols qui livraient passage en Eriador. En 2509, Celebrian, la femme d'Elrond, se rendit en Lorien par la Porte de Rubicorne, lorsqu'elle tomba dans une embuscade tendue par les Orques qui s'emparèrent d'elle et l'emmenèrent captive, profitant de ce que la soudaineté de l'attaque avait éparpillé son escorte. Elladan et Elrohir se lancèrent à sa poursuite et la dérobèrent aux mains de ses ravisseurs, mais non point avant qu'elle eût subi maints sévices et reçu une blessure empoisonnée. Elle fut ramenée à Imladris et Elrond parvint à guérir son corps, mais elle n'en perdit pas moins toute joie en la Terre du Milieu et l'année suivante s'en alla aux Havres et passa Outre-Mer. Plus tard, sous le règne d'Arassuil, les Orques se multiplièrent à nouveau dans les Monts Brumeux, et commencèrent à ravager le pays ; les Dunedains et les fils d'Elrond leur firent la guerre. C'est à cette époque qu'une horde importante qui avait poussé à l'ouest jusqu'à la Comté en fut chassée par Bandobras Touque.

Il y eut quatorze chefs avant que ne naquît le quinzième et dernier, Aragorn II, qui réunit à nouveau la couronne du Gondor et celle de l'Arnor. « Notre Roi, ainsi l'appelons-nous ; et lorsqu'il se rend au nord, à Annûminas où a été reconstruite sa haute demeure, et séjourne quelque temps au bord du Lac Evendim, alors tout le monde se réjouit dans la Comté. Mais dans ce pays même, il ne pénètre point, conformément à la loi qu'il a promulguée, à savoir qu'aucune Grande Personne n'est autorisée à franchir ses frontières. Mais souvent il chevauche avec des compagnons à mine avenante jusqu'au Grand Pont, et là il accueille ses amis et quiconque souhaite l'entretenir ; et certains s'en retournent à cheval avec lui et restent en sa maison — hôtes bienvenus — à leur convenance. Thain Peregrin y a été bien souvent ; et aussi Maître Samsagace, le Maire. Sa fille, la belle Elanor, est l'une des filles d'honneur de la Reine Étoile du Soir. »

Les membres de la Lignée du Nord s'étonnaient et se glorifiaient de ce que malgré le déclin de leur puissance et la décrue de leur peuple, au fil de ces générations nombreuses, le fils toujours avait succédé au père. Car, bien que la longévité des Dunedains ne cessât de diminuer en Terre du Milieu, cette décrue devait s'accuser au Gondor lorsque disparurent les Rois ; au reste, nombre des Grands Chefs du Nord vivaient encore deux fois plus longtemps qu'une vie d'Homme, et bien au-delà de l'espérance de vie allouée au plus chenu d'entre nous. De fait, Aragorn atteignit l'âge de cent quatre-vingt-dix-neuf ans, soit un plus grand âge qu'aucun de sa lignée depuis le Roi Arvegil ; mais en Aragorn Elessar, s'était réincarnée la dignité éminente des Rois d'autrefois.

IV

LE GONDOR ET LES HÉRITIERS D'ANARION

Au Gondor, trente et un Rois succédèrent à Anarion tué devant la forteresse de Barad-dûr. Malgré la guerre incessante qu'il leur fallut soutenir sur leurs frontières pendant plus de mille ans, les Dunedains du Sud se firent toujours plus riches et plus puissants sur terre et sur mer, et ce jusqu'au règne d'Atanatar II qui fut surnommé Alcarin le Glorieux. Toutefois affleuraient déjà des signes de déclin, car les Nobles, dans le Sud, se mariaient tard, et ils avaient peu d'enfants. Le premier Roi sans postérité fut Falastur, et le second, Narmacil I er, fils d'Atanatar Alcarin.

Ce fut Ostoher, le septième Roi, qui reconstruisit Minas Anor, par la suite résidence d'été des Rois, de préférence à Osgiliath. Sous son règne, le Gondor subit les premières offensives des Hommes Sauvages venus d'Orient. Mais son fils, Tarostar, les vainquit et les refoula hors du pays et ainsi vint-il à assumer le nom de Rómendacil « Vainqueur de l'Orient ». Toutefois il devait périr en combattant de nouvelles hordes d'Orientaux. Son fils, Turambar, le vengea, et il fit la conquête de vastes territoires vers l'est.

Avec Tarannon, le douzième Roi, s'ouvre la lignée des Rois Navigateurs qui armèrent des flottes et étendirent la puissance du Gondor le long du littoral, à l'ouest et au sud des Embouchures de l'Anduin. Pour commémorer ses victoires en tant qu'Amiral de l'Escadre, Tarannon ceignit la couronne sous le nom de Falastur, « Seigneur des Côtes ».

Eärnil I er, son neveu, qui lui succéda, releva les ruines de Pelargir, l'ancien port, et une puissante marine. Il assiégea l'Umbar par mer et par terre et s'en empara, et c'est ainsi que la rade profonde de l'Umbar [1] devint un havre important et une place forte attestant la souveraineté du Gondor. Mais Eärnil ne survécut pas longtemps à sa victoire. Il fut perdu corps et biens, lui et de nombreux navires, lors d'une grande tempête au large de

---

1. Le grand cap et la rade profonde de l'Umbar avaient été considérés terre númenorienne depuis les Jours Anciens ; mais c'était un fief des Hommes du Roi, ceux qu'on devait appeler par la suite les Númenoriens Noirs, corrompus par Sauron, et qui haïssaient plus que tout au monde les partisans d'Elendil. Après la chute de Sauron, leur race s'amenuisa rapidement, ou vint à se mêler aux Hommes de la Terre du Milieu, mais ils héritèrent, sans atténuation aucune, de leur haine du Gondor. Aussi la conquête de l'Umbar devait-elle se révéler fort ardue.

l'Umbar. Son fils, Ciryandil, fut aussi un constructeur de navires ; mais les Hommes du Harad, conduits par les Seigneurs qui avaient été chassés de la région, revinrent en force et assiégèrent la forteresse ; et Ciryandil périt en combattant au Haradwaith.

Des années durant, l'Umbar fut investi par l'ennemi mais jamais conquis grâce à la puissance maritime du Gondor. Ciryaher, fils de Ciryandil, attendit son heure, et lorsqu'il eut rassemblé ses forces, il dévala du nord, par mer et par terre, et, franchissant la rivière Harnen, ses armées taillèrent en pièces les Hommes du Harad, et leurs Rois furent contraints de reconnaître la souveraineté du Gondor (1050). C'est alors que Ciryaher prit nom Hyarmendacil le « Vainqueur du Sud ».

Nul ennemi n'osa défier la puissance de Hyarmenda cil durant le reste de son long règne. Il fut Roi cent trente-quatre ans, le règne le plus long, hors un seul autre, de la lignée d'Anarion. Sous son gouvernement le Gondor atteignit l'apogée de sa puissance : le royaume s'étendait vers le nord juqu'au Celebrant ; à l'ouest jusqu'au Flot Gris ; et à l'est jusqu'à la Mer Intérieure de Rhûn ; au sud, la rivière Harnen faisait frontière et le royaume englobait tout le littoral jusqu'à la péninsule et le grand port de Harnen. Les Hommes du Val d'Anduin étaient soumis à ses lois ; les Rois du Harad rendaient allégeance à ceux du Gondor, et leurs fils vivaient à la cour de ses Rois, en qualité d'otages. Quant au Mordor, c'était une terre désormais laissée à l'abandon mais surveillée par de puissantes forteresses qui gardaient les passes.

Ainsi devait se tarir la lignée des Rois Navigateurs. Atanatar Alcarin, fils de Hyarmendacil, vivait somptueusement, au point qu'on disait qu'*entre les mains des enfants du Gondor les pierres précieuses n'étaient que des cailloux, des joujoux...* Mais Atanatar, lui, aimait ses aises et ne fit rien pour maintenir le pouvoir dont il

avait hérité, et ses deux fils avaient même tempérament. Déjà avant sa mort s'amorçait le déclin du Gondor, et d'évidence ses ennemis ne s'y trompaient point.
On négligeait de monter la garde aux frontières du Mordor. Cependant, ce fut seulement sous le règne de Valacar que la première grande calamité affligea le Gondor :
la guerre civile dite Lutte Fratricide, qui provoqua des
pertes et des ruines considérables dont le pays ne devait
jamais entièrement se relever.

Minalcar, fils de Calmacil, était un homme d'une
grande vigueur et, en 1240, Narmacil souhaitant s'alléger de ses responsabilités, le fit Régent du Royaume.
Depuis lors, il gouverna le Gondor au nom des Rois,
jusqu'à ce qu'il succédât à son père. Les Hommes du
Nord furent son souci premier.

Car ils s'étaient considérablement multipliés en ce
long temps de paix favorisé par la puissance du Gondor.
Les Rois leur manifestaient une grande faveur car ils
étaient les plus proches parmi les Hommes moindres
des Dunedains (les descendants, pour la plupart, de ces
peuples dont étaient issus les anciens Edain) ; et ils leur
octroyèrent de vastes terres au-delà de l'Anduin, au sud
de Vertbois-le-Grand, afin qu'ils mettent la région en
défense contre les incursions des Orientaux. Car, dans le
passé, c'était toujours par là que s'étaient infiltrés les
Orientaux, c'est-à-dire par la plaine qui s'étendait entre
la Mer Intérieure et les Monts Cendrés.

Sous le règne de Narmacil Ier, leurs attaques recom-
mencèrent, mais au début sans grande flamme ; toutefois le Régent apprit que les Hommes du Nord trahis-
saient souvent leur allégeance envers le Gondor, et que
certains d'entre eux — soit avidité de butin, soit esprit
partisan — s'alliaient aux Orientaux. Si bien qu'en 1248
Minalcar prit la tête d'une puissante armée et infligea
une lourde défaite aux Orientaux, cantonnés en grand
nombre entre le Rhovanion et la Mer Intérieure, et il

détruisit tous leurs campements et établissements à l'est de la Mer ; d'où il prit nom « Rómendacil ».

À son retour, Rómendacil fortifia la rive occidentale de l'Anduin jusqu'à son confluent avec le Limeclair, et il interdit à tout étranger de descendre la rivière au-delà de l'Emyn Muil. Ce fut lui qui érigea les piliers de l'Argonath aux abords de Nen Hithoel. Mais, comme il avait besoin d'hommes et désirait renforcer les liens entre le Gondor et les Hommes du Nord, il prit nombre d'entre eux à son service, et à certains conféra de hautes fonctions dans ses armées.

Rómendacil se montra particulièrement affable envers Vidugavia qui l'avait secondé dans son effort de guerre. Il se disait Roi du Rhovanion et, de fait, il était le plus puissant Prince du Nord, bien que son propre royaume s'étendît entre Vertbois-le-Grand et le fleuve Celduin [1]. En 1250, Rómendacil envoya son fils Valacar résider quelque temps, en qualité d'ambassadeur, auprès de Vidugavia, et se familiariser avec la langue, les coutumes et les vues politiques des Hommes du Nord. Mais Valacar alla bien au-delà des souhaits de son père, car il se prit à aimer les Pays du Septentrion et ses peuples, et il épousa Vidumavi, fille de Vidugavia. Et plusieurs années s'écoulèrent avant son retour. C'est ce mariage qui, par la suite, devait déclencher la guerre dite Lutte Fratricide.

« Car les Grands du Gondor se montraient déjà fort méprisants à l'égard des Hommes du Nord parmi eux ; et c'était chose proprement inconcevable que l'héritier de la couronne ou tout fils du Roi épousât une femme de race inférieure, et une étrangère de surcroît. Le Roi Valacar se faisait vieux que déjà grondait la rébellion dans les provinces méridionales. Sa Reine avait été une Personne de qualité et une Dame de Beauté, mais de

---

1. La Rivière Vive.

peu de longévité, car tel était le destin des Hommes moindres, et les Dunedains craignaient que ses descendants eussent même sort, et qu'ils fussent déchus de la majesté dont sont revêtus les Rois des Hommes. Aussi se montraient-ils peu disposés à reconnaître comme seigneur son fils qui, bien qu'on l'appelât à présent Eldacar, était né en pays étranger et se nommait dans sa jeunesse Vinitharya, un nom courant parmi ses maternels.

« C'est pourquoi, lorsque Eldacar succéda à son père, la guerre éclata au Gondor. Mais Eldacar n'était pas homme à se laisser impunément dépouiller de son héritage. A son ascendance de Prince du Gondor il alliait l'esprit intrépide des Hommes du Nord. Il était de belle mine et vaillant, et ne donnait nul signe de devoir vieillir plus rapidement que son père. Conduits par des descendants des anciens Rois, les rebelles confédérés contestèrent son autorité, mais il lutta contre eux jusqu'à épuisement de ses forces. A la fin, il se trouva assiégé dans Osgiliath, et il tint longtemps, jusqu'à ce que la famine et les forces supérieures des rebelles ne l'en chassassent, livrant la ville aux flammes. Durant ce siège et l'incendie qui s'ensuivit, la Tour qui abritait la Pierre d'Osgiliath fut détruite et le *palantir* perdu au fil de l'eau.

« Mais Eldacar échappa à ses ennemis et, gagnant le Nord, il retrouva les siens au Rhovanion. Et ils furent nombreux à se joindre à lui, tant Hommes du Nord au service du Gondor que Dunedains des régions septentrionales du Royaume. Car il était tenu en haute estime parmi ces derniers, et d'autres encore étaient venus à haïr son usurpateur, lequel se nommait Castamir, petit-fils de Calimehtar, frère cadet de Rómendacil II. Ce Castamir était, par le sang, l'un des plus proches de la couronne et, de plus, il avait quantité de partisans dans les rangs des rebelles car il était Capitaine des

Navires, et il pouvait compter sur le soutien des habitants du littoral et des grands ports : ceux de Pelargir et d'Umbar.

« Castamir n'avait pas régné longtemps que déjà il s'était montré plein de morgue et peu généreux, bref un homme cruel, comme on avait pu le constater lors de la prise d'Osgiliath. Il fit mettre à mort Ornendil, fils d'Eldacar, qui avait été fait prisonnier, et les massacres et destructions qu'il ordonna outrepassaient fort les usages de la guerre. On en avait gardé la mémoire à Minas Anor et en Ithilien ; et, en ces lieux, Castamir fut d'autant moins aimé qu'il apparut peu soucieux du bien du pays et ne songea qu'à ses vaisseaux projetant de transférer à Pelargir la capitale du royaume. Et il ne régnait que depuis dix ans à peine, lorsque Eldacar, jugeant son heure venue, descendit du Nord, à la tête d'une puissante armée ; et du Calenardhon, de l'Anôrien et de l'Ithilien, les gens accoururent se joindre à lui La rencontre eut lieu dans la Lebennin, et une grande bataille se déroula aux Gués de l'Erui, où coula à flots le plus noble sang du Gondor ; Eldacar tua lui-même Castamir en combat singulier, vengeant ainsi Ornendil. Mais les fils de Castamir en réchappèrent et, avec certains de leurs parents et l'important contingent des hommes des vaisseaux, ils se retranchèrent dans Pelargir et longtemps résistèrent.

« Et lorsqu'ils eurent rameuté tout ce qui leur restait de forces éparses, ils firent voile (car Eldacar ne possédait point de navires pour les poursuivre sur mer) et allèrent s'établir en Umbar. Et là ils fondèrent une colonie où tous les ennemis du Roi purent venir se réfugier en sûreté, et une seigneurie indépendante de sa couronne. S'écoulèrent bien des vies d'Hommes, et jamais l'Umbar ne cessa de faire la guerre au Gondor — une menace constante pour ses côtes et pour tout commerce maritime ; et dont la soumission ne fut vraiment

527

acquise que sous le règne d'Elessar. Et ainsi la région du Gondor du Sud devint-elle une terre litigieuse que se disputaient les Pirates et les Rois.

« Le Gondor déplora la perte de l'Umbar, non seulement parce que le royaume s'en trouva singulièrement rétréci au sud et vit son autorité sur les Hommes du Harad contestée, mais parce que c'était en ce lieu qu'avait abordé cet Ar-Pharazôn le Doré, dernier Roi de Númenor, et en ce lieu même qu'il avait vaincu la puissance de Sauron. Sans doute de grands maux en avaient-ils découlé, mais même les partisans d'Elendil se remémoraient avec orgueil la venue de la glorieuse armada d'Ar-Pharazôn, surgissant à l'horizon des Mers ; et à la cime de la haute falaise, dominant le port, ils avaient érigé une grande colonne blanche en guise de monument commémoratif de ces événements ; et cette colonne était surmontée d'un globe de cristal qui captait les rayons du soleil et de la lune, et brillait telle une étoile de première grandeur que, par temps clair, on pouvait apercevoir depuis les côtes du Gondor et de fort loin, en mer d'Occident. Et telle on devait la voir jusqu'à la seconde survenue de Sauron, laquelle se faisait à présent imminente ; l'Umbar tomba sous la domination de ses serviteurs, et lors fut abattu le monument qui témoignait de son humiliation. »

Après le retour d'Eldacar, le sang de la Maison royale et des autres Maisons des Dunedains vint à se mêler plus intimement à celui d'Hommes moindres. Car les personnes de qualité avaient péri, nombreuses, lors de la Lutte Fratricide ; de plus, Eldacar favorisait les Hommes du Nord qui l'avaient aidé à reconquérir sa couronne, et la population du Gondor s'était renforcée d'une foule d'Hommes du Nord venus du Rhovanion.

Au début, ce brassage n'accéléra pas le déclin des Dunedains, comme certains l'avaient craint ; mais ce déclin se poursuivit néanmoins, petit à petit et inéluctablement. Et on ne saurait douter que la cause première tenait au caractère même de la Terre du Milieu, et au fait que, après la Submersion du Pays de l'Étoile, les dons qui avaient été prodigués aux Númenoriens leur furent progressivement retirés. Eldacar devait vivre jusqu'à l'âge de deux cent trente-cinq ans, et il régna cinquante-huit ans, dont dix passés en exil.

La deuxième calamité, et la plus épouvantable, atteignit le Gondor sous le règne de Telemnar, vingt-sixième Roi, dont le père Minardil, fils d'Eldacar, fut tué à Pelargir par les Pirates de l'Umbar (à leur tête se trouvaient Angamaitë et Sangahyando, arrière-petits-fils de Castamir). Peu après s'abattit sur le pays une pestilence mortelle portée par de sombres vents qui venaient de l'Orient. Périrent le Roi et tous ses enfants, et une multitude de gens du Gondor, tout particulièrement ceux qui vivaient à Osgiliath. Depuis lors, par lassitude et par manque d'hommes, la vigilance aux frontières se relâcha, et on cessa d'assurer la défense des forteresses qui gardaient les défilés.

Plus tard on devait discerner que tout cela advint dans le temps même que s'enténébrait Vertbois-le-Grand et que resurgissaient, ici et là, bien des choses de sinistre aloi, signes du retour de Sauron. Sans doute les ennemis du Gondor souffrirent-ils eux aussi, sinon ils n'auraient pas manqué de profiter de l'état de faiblesse où se trouvait le royaume ; mais Sauron pouvait attendre, et l'accès au Mordor était peut-être ce qu'il souhaitait principalement.

Lorsque mourut le Roi Telemnar, les Arbres Blancs de Minas Anor dépérirent eux aussi, et séchèrent sur pied. Mais son neveu, Tarondor, lui succéda, qui replanta une graine dans la Citadelle. Ce fut lui qui transféra de manière permanente le siège du royaume à Minas Anor, car Osgiliath était en partie abandonnée, et bientôt menaça ruine. Parmi ceux qui, fuyant la contagion, étaient allés s'établir en Ithilien ou dans les Vals d'Occident, il n'y en eut guère à vouloir accepter d'y retourner.

Tarondor, qui accéda tout jeune au trône, eut le règne le plus long de tous les Rois du Gondor ; mais il ne put accomplir grand-chose de plus que de mener à bien la réorganisation intérieure du royaume, et le rétablissement progressif de ses forces. Cependant Telumehtar, son fils, se ressouvenant de la mort de Minardil et furieux de l'audace des Pirates qui razziaient ses côtes, poussant impunément jusqu'à Anfalas, rassembla ses armées et, en 1810, emporta d'assaut l'Umbar. Dans cette guerre périrent les derniers descendants de Castamir, et l'Umbar fut à nouveau soumis à l'autorité des Rois. Telumehtar ajouta à son nom le titre « Umbardacil ». Mais bientôt le Gondor devait connaître de nouvelles calamités, et l'Umbar fut une fois encore perdu et tomba aux mains des Hommes du Harad.

La troisième calamité fut l'invasion des Wainriders — les Gens des Chariots — qui sapèrent les forces vacillantes du Gondor, l'obligeant à des guerres qui devaient se prolonger près de cent ans. Les Gens des Chariots étaient un peuple, ou une confédération de peuples, originaires d'Orient ; mais ils étaient bien plus nombreux et mieux armés qu'aucun autre envahisseur survenu par le passé. Ils se déplaçaient dans de grands chariots et leurs chefs se battaient à bord de chars. Travaillés, comme il s'avéra par la suite, par les émissaires de Sauron, ils se ruèrent soudain sur le Gondor, et le Roi Narmacil II fut tué par eux dans la bataille qui se déroula au-delà de l'Anduin, en l'année 1856. Les habitants du Rhovanion méridional et oriental furent réduits en esclavage et le Gondor vit pour un temps son territoire repoussé en deçà de l'Anduin et de l'Emyn Muil. [Ce fut à cette époque, croit-on, que les Spectres de l'Anneau réinvestirent le Mordor.]

A la faveur d'une révolution survenue au Rhovanion, Calimehtar, fils de Narmacil II, vengea son père en remportant sur les Orientaux une grande victoire, la victoire dite de la Plaine de Dagorlad (ou du Dagorlad) en 1899 ; de sorte que pour un temps tout péril fut écarté. Ce fut sous le règne d'Araphant, au Nord, et d'Ondoher fils de Calimehtar, au Sud, que les deux royaumes vinrent à nouveau à se concerter, après une longue période de silence et d'éloignement. Car ils avaient enfin compris qu'un pouvoir et un vouloir uniques ordonnaient l'attaque, déchaînée de plusieurs côtés à la fois, contre les survivants de Númenor. Ce fut à cette époque que Arvedin, héritier d'Araphant, épousa Fíriel, fille d'Ondoher (1940). Mais les deux royaumes n'étaient ni l'un ni l'autre en mesure de se porter secours ; car l'Angmar assaillait de nouveau l'Arthedain tout juste comme les Gens des Chariots réapparaissaient en force.

Sur ces entrefaites, les Gens des Chariots passèrent nombreux au sud du Mordor et ils s'allièrent aux Hommes du Khand et du Proche Harad. Et sous cette violente poussée, devant faire front et au nord et au sud, le Gondor fut bien près de sombrer. En 1944, le Roi Ondoher et ses deux fils, Artamir et Faramir, périrent en combattant au nord du Morannon, et l'ennemi envahit l'Ithilien. Mais Eärnil, Capitaine de l'Armée du Sud, gagna une grande victoire en Ithilien du Sud, et détruisit l'armée du Harad qui avait franchi le fleuve Poros. Se hâtant vers le nord, il rameuta les combattants débandés de l'Armée du Nord, et s'attaqua au camp principal des Gens des Chariots, tout comme ils s'éjouissaient et festoyaient, criant que le Gondor était vaincu et qu'il ne leur restait plus qu'à recueillir le butin. Eärnil prit le camp d'assaut et incendia les chariots, et il chassa l'ennemi en pleine débandade hors de l'Ithilien. Un grand nombre de ceux qui fuyèrent devant lui périrent dans les Marais des Morts.

« A la mort d'Ondoher et de ses fils, Arvedin du Royaume du Nord fit valoir ses droits à la couronne du Gondor, en tant que descendant direct d'Isildur et époux de Fíriel, seul enfant survivant d'Ondoher. Toutefois ses prétentions ne furent point admises. A cette occasion Pelendur, le Surintendant du Roi Ondoher, joua un rôle déterminant.

« Le Conseil du Gondor répliqua : " La couronne et la souveraineté du Gondor appartiennent uniquement aux héritiers de Meneldil, fils d'Anarion, à qui Isildur a dévolu ce royaume. Au Gondor, on hérite en ligne masculine exclusivement ; et nous n'avons point entendu dire que la loi était autre en Arnor. "

« A cela Arvedin fit réponse : " Elendil a eu deux fils, dont Isildur est l'aîné et l'héritier légitime de son père. Nous avons entendu dire que le nom d'Elendil demeure à ce jour en tête de la lignée des Rois du Gondor, puisqu'il était tenu pour Grand Roi, ayant souveraineté sur toutes les terres des Dunedains. Du vivant encore d'Elendil, ses fils reçurent le gouvernement conjoint du Sud ; mais, lorsque périt Elendil, Isildur alla assumer l'autorité suprême de son père, et remit le gouvernement du Sud, de même manière, au fils de son frère. Il ne se départit point de sa souveraineté sur le Gondor, et n'admit pas que le royaume d'Elendil soit divisé à jamais.

« " En outre, chez les anciens Númenoriens, le sceptre passait aux mains de l'aîné des enfants royaux, fût-il homme ou femme indifféremment. Sans doute cette loi n'a-t-elle pas toujours été observée par les Númenoriens, sur leurs territoires d'exil où régnait une guerre incessante ; mais telle était la loi [1] de notre peuple,

---

1. Loi promulguée à Númenor (comme le Roi nous l'a appris) lorsque Tar-Aldarion, le sixième Roi, ne laissa qu'un seul enfant, une fille. Elle devint la première Reine à exercer le pouvoir effectif, la Reine Tar-

laquelle nous invoquons présentement, les enfants d'Ondoher étant morts sans postérité. "

« A cela le Gondor ne répondit point. Capitaine victorieux, Eärnil fit valoir ses droits à la couronne, et elle lui fut accordée avec l'approbation de tous les Dunedains du Gondor, car il était prince du sang : le fils de Siriondil, lui-même fils de Calimmacil, fils d'Arciryas, frère de Narmacil II. Arvedin ne revendiqua pas ses droits ; car il n'avait ni le pouvoir ni la volonté de s'opposer au choix des Dunedains du Gondor ; pourtant ses droits éminents ne devaient jamais être oubliés de ses descendants même lorsque leur royauté ne fut plus de ce monde. Car voici qu'approchait le temps où le Royaume du Nord allait venir à terme.

« Arvedin fut bel et bien le dernier Roi, tout comme son nom l'indique. On raconte que ce nom lui fut donné à sa naissance par Malbeth le Voyant qui dit à son père : " Tu l'appelleras *Arvedin,* car il sera le dernier en Arthedain. Mais un choix sera proposé aux Dunedains et, s'ils prennent le moins prometteur en apparence, alors ton fils changera son nom et il deviendra souverain d'un vaste royaume. Sinon, de grands maux adviendront et bien des vies d'Hommes s'écouleront avant que ne se relèvent les Dunedains et qu'ils ne retrouvent leur unité d'antan. "

« Et tout pareillement, au Gondor, un seul Roi succéda à Eärnil. Il se peut que si le sceptre et la couronne eussent été conjoints, alors la dignité royale se serait maintenue et bien des malheurs eussent été évités. Mais Eärnil était un homme sage et nullement arrogant, même si, comme à la plupart des gens du Gondor, le

---

Ancalimë. Mais telle n'était pas la loi auparavant. A Tar-Elendil, le quatrième Roi, avait succédé son fils Tar-Meneldur, bien que sa fille, Silmarien, fût l'aînée. Toutefois Elendil était, lui, un descendant de Silmarien.

royaume d'Arthedain lui paraissait peu de chose, quelque noble fût l'ascendance de ses Rois.

« Il envoya des messages à Arvedin, annonçant qu'il assumait la couronne du Gondor, conformément aux lois et aux besoins du Royaume du Sud. " Mais je n'oublie point notre allégeance envers l'Arnor, ni ne renie notre parenté ni ne souhaite que les Royaumes d'Elendil deviennent à jamais étrangers l'un à l'autre. Je vous manderai tout secours dont vous aurez le besoin, tant qu'il sera en mon pouvoir. "

« Mais un long temps devait s'écouler avant qu'Eärnil ne se sentît suffisamment assuré en son royaume pour tenir sa promesse. Avec des forces qui allaient s'amenuisant, le Roi Araphant continua à repousser les assauts de l'Angmar et, lorsqu'il lui succéda, Arvedin fit de même ; mais au bout du compte, à l'automne de 1973, des messages parvinrent au Gondor, qui disaient la grande détresse de l'Arthedain, et que le Roi-Sorcier se préparait à lui assener le coup de grâce. Eärnil envoya sur l'heure son fils Eärnur au nord, à la tête d'une escadre et de toutes les forces dont il pouvait disposer, et il lui enjoignit de faire diligence. Trop tard. Avant même qu'Eärnur ne touchât les ports du Lindon, le Roi-Sorcier avait parachevé la conquête de l'Arthedain, et Arvedin était tombé au combat.

« Mais lorsque Eärnur apparut aux Havres Gris, la joie fut grande et grand l'émerveillement, tant parmi les Elfes que parmi les Hommes. De si fort tonnage et si nombreux étaient ses navires qu'ils pouvaient à peine trouver à accoster, bien qu'on eût mis à leur disposition le Harlond et le Forlond ; et de ces navires débarqua une puissante armée avec des munitions et des provisions en suffisance pour une guerre de Grands Rois. Ainsi jugèrent les gens du Nord car, au Gondor, cela ne représentait qu'un corps expéditionnaire de dimensions modestes au regard des Forces Vives du pays. Plus que tout, on loua la beauté des chevaux, car nombre d'entre eux venaient du Val d'Anduin, et ils étaient montés par des cavaliers de haute stature et de grande mine, les fiers princes du Rhovanion.

« Sur ce, Cîrdan convoqua le ban et l'arrière-ban du Lindon ou de l'Arnor et, lorsque tout fut prêt, l'armée franchit la Lune et se mit en marche vers le nord pour affronter le Roi-Sorcier d'Angmar. Celui-ci séjournait à présent, disait-on, dans le Fornost qu'il avait peuplé de créatures maléfiques, usurpant la demeure et l'autorité de ses rois. Dans son fol orgueil, il n'attendit pas que ses ennemis viennent le cueillir au gîte, mais il sortit à leur rencontre, pensant les balayer, comme il avait fait avec d'autres, dans la rivière Lune.

« Mais, dévalant des Collines d'Evendim, l'Armée d'Occident fondit sur lui ; et la bataille fit rage dans la plaine qui s'étend entre le Lac Nenuial et les Hauts du Nord. Les forces de l'Angmar cédaient déjà et battaient en retraite vers Fornost lorsque le principal corps de cavalerie qui, venu du Nord, avait contourné les Collines, se rua sur eux et précipita leur déroute. Le Roi-Sorcier, avec tous ceux des siens qu'il put rameuter, s'enfuit au Septentrion, comptant se réfugier sur ses terres d'Angmar. Mais, avant qu'il n'ait pu gagner l'abri du Carn Dûm, la cavalerie du Gondor, Eärnur chevauchant en tête, l'avait rejoint. Au même instant survint Glorfindel, le Seigneur Elfe, commandant les forces de Fondcombe ; et si complète fut la défaite de l'Angmar qu'il ne demeura à l'ouest des Monts ni Homme ni Orque de ce royaume.

« Mais on dit que, lorsque tout fut consommé, soudain apparut le Roi-Sorcier en personne, vêtu et masqué de noir, sur un noir coursier. L'effroi s'empara de tous ceux qui l'aperçurent ; mais telle était la haine qu'il lui portait qu'il s'acharna uniquement sur le Capitaine du Gondor et, avec un hurlement épouvantable, il poussa directement son cheval sur lui. Eärnur aurait tenu bon, n'était son cheval qui ne put supporter la violence de l'assaut ; il fit un écart et prit le mors aux dents, emportant Eärnur avant qu'il ne puisse le maîtriser.

« Et le Roi-Sorcier de rire, et aucun de ceux qui l'entendirent ne devait oublier l'horreur de ce sinistre ricanement. Mais lors s'avança Glorfindel, sur sa blanche cavale, et le rire s'étrangla dans sa gorge ; et, tournant bride, le Roi-Sorcier prit la fuite, s'évanouissant dans l'ombre. La nuit descendit sur le champ de bataille, et il disparut, et nul ne sut par où il était passé.

« Sur ce réapparut Eärnur, mais Glorfindel, scrutant les ténèbres qui s'épaississaient, dit : " Ne le poursuivez pas ! Il ne reviendra pas sur cette terre. Son destin est loin d'être accompli, et il tombera, mais ce ne sera pas la main d'un Homme qui l'abattra ! " Et bien des gens devaient retenir ses paroles ; mais Eärnur était furieux, ne songeant qu'à se venger de l'humiliation reçue.

« Ainsi s'acheva la souveraineté maléfique de l'Angmar ; et ainsi Eärnur, Capitaine du Gondor, s'attira la haine implacable du Roi-Sorcier ; mais bien des années devaient encore s'écouler avant que cela ne fût révélé. »

Ainsi — et on ne le sut que par la suite — ce fut donc sous le règne du Roi Eärnil que, fuyant ses terres au Septentrion, le Roi-Sorcier se réfugia au Mordor où vinrent l'y rejoindre les autres Spectres de l'Anneau dont il était le chef. Mais ce ne fut pas avant l'an 2000 qu'ils se risquèrent hors du Mordor et, franchissant la passe de Cirith Ungol, vinrent assiéger Minas Ithil. Ils prirent Minas Ithil en 2002, et s'emparèrent du *palantir* que l'on gardait dans la Tour. Tant que dura le Tiers Age, ils ne furent point délogés de Minas Ithil qui devint un lieu d'épouvante sous le nom de Minas Morgul. Bien des gens qui demeuraient encore en Ithilien s'exilèrent.

« Eärnur était vaillant comme son père, mais non pas, à son instar, sagace et avisé ; c'était un homme robuste et d'un tempérament ardent ; mais il ne voulut point prendre femme, car il n'avait goût que pour la bataille et l'exercice des armes. Ses prouesses étaient telles que nul ne le pouvait vaincre lors des joutes et tournois auxquels il se plaisait fort, faisant plutôt figure de champion dans les jeux que de Capitaine ou de Roi ; et il devait conserver sa vigueur et son adresse jusqu'à un âge beaucoup plus avancé que le commun des Hommes. »

Lorsque Eärnur ceignit la couronne, en 2043, le Roi de Minas Morgul l'appela en combat singulier, se gaussant de lui pour s'être dérobé lors de la Bataille du Nord. A cette première occasion, Mardil le Surintendant parvint à apaiser la colère du Roi. Minas Anor — qui était devenue la principale ville du royaume depuis l'époque du Roi Telemnar, et la résidence des souverains — fut rebaptisée Minas Tirith, soit la cité toujours en garde contre les maléfices du Morgul.

Eärnur régnait depuis sept ans seulement lorsque le Seigneur de Morgul le provoqua à nouveau, disant qu'à la couardise de sa jeunesse Eärnur ajoutait à présent la pusillanimité de l'âge. Cette fois, Mardil fut impuissant à retenir le Roi, et Eärnur s'en alla chevauchant avec une petite escorte de chevaliers jusqu'aux portes de Minas Morgul. De cette chevauchée, on ne devait plus jamais entendre parler. On crut, au Gondor, que l'ennemi avait capturé le Roi par traîtrise, et qu'il était mort à Minas Morgul dans les tourments ; mais, comme il n'y avait aucun témoin de sa mort, Mardil le Bon Surintendant gouverna le Gondor en son nom, de longues années durant.

Du reste, les descendants des Rois se faisaient rares. Leur nombre avait été considérablement réduit au cours de la Lutte Fratricide ; et, depuis lors, les Rois se montraient méfiants de leurs proches et les surveillaient de près. Et souvent ceux qui se voyaient ainsi objet de soupçons se réfugiaient en Umbar où ils rejoignaient le camp des rebelles ; tandis que d'autres, renonçant à leur ascendance, épousaient des femmes qui n'étaient pas de sang númenorien.

Et il advint qu'on ne put trouver d'héritier de la couronne qui fût prince du sang et dont les droits au trône fussent reconnus de tous ; et de la Lutte Fratricide, tout le monde gardait le souvenir épouvanté, sachant que si de telles dissensions survenaient encore, c'en était fait du Gondor. Si bien que les années succédèrent aux années, et le Surintendant continua à gouverner le Gondor, cependant que la couronne d'Elendil reposait sur le giron du Roi Eärnil, dans la Maison des Morts, où Eärnur l'avait déposée.

Les Surintendants

La Maison des Surintendants était dite Maison de Hurïn, car ils descendaient de celui qui fut le Surintendant du Roi Minardil (1621-1634), Hurïn d'Emyn Arnen, un Númenorien de noble extraction. Depuis, les Rois avaient toujours choisi leurs Surintendants parmi ceux de sa race ; et, après le gouvernement de Pelendur, la fonction de Surintendant devint héréditaire, tout comme la royauté elle-même, passant du père au fils ou au plus proche parent.

Et de fait chaque nouveau Surintendant, lorsqu'il assumait sa fonction, prêtait serment « de maintenir le Sceptre et la Loi au nom du Roi, et jusqu'au retour du Roi ». Mais bientôt ces mots — « jusqu'au retour du Roi » — ne furent guère plus qu'une formule rituelle, sans poids effectif, car les Surintendants exerçaient tous les pouvoirs des Rois. Toutefois, ils étaient encore nombreux, au Gondor, à croire que dans un temps reviendrait un Roi ; et certains se souvenaient de l'ancienne lignée royale du Nord qui, selon la rumeur, vivait encore dans l'ombre. Mais les Surintendants souverains maillaient leurs cœurs contre ces songeries.

Jamais cependant, les Surintendants ne siégèrent sur le trône ancien ; et ils ne portaient point de couronne ni n'avaient de sceptre. Comme signe de leur fonction, ils ne tenaient en main qu'une blanche baguette ; et leur bannière était blanche tout uniment ; alors que la bannière royale portait, sur fond sable, un arbre fleuri de blanc, qu'auréolaient sept étoiles.

A Mardil Voronwë, considéré premier de sa lignée, devaient succéder vingt-quatre Surintendants régnants du Gondor, jusqu'à la venue de Denethor II, le vingt-sixième et dernier. Au début, ils connurent une période de tranquillité, car on était au temps de la Paix Vigilante, durant laquelle Sauron se terra, tenu en respect par le pouvoir du Conseil Blanc, et les Spectres de l'Anneau demeurèrent cachés dans le Val du Morgul. Mais, à partir du gouvernement de Denethor Iᵉʳ, on cessa de jouir d'une paix véritable et, même lorsque le Gondor n'était pas en guerre ouverte, ses frontières furent constamment menacées.

Au cours des dernières années de Denethor Iᵉʳ, les Ourouks, une race d'Orques noirs d'une force prodigieuse, firent irruption pour la première fois, venant du Mordor et, en 2475, ils envahirent l'Ithilien et prirent Osgiliath. Boromir, fils de Denethor (qui devait être nommé, plus tard, Boromir des Neuf Marcheurs), les vainquit et reconquit l'Ithilien ; mais Osgiliath devait être finalement détruite et son grand pont de pierre rompu. Et à jamais abandonnés furent ces lieux. Boromir était un grand capitaine, et redouté du Roi-Sorcier lui-même. Il était noble et avait grande mine, un homme de forte constitution et d'âme résolue, mais, au cours de la guerre, il fut blessé par le Morgul, et cette blessure écourta ses jours car il devint tout rabougri de souffrance, et mourut douze ans après son père.

Ici commence le long gouvernement de Cirion. Il était homme avisé et prudent, mais désormais restreinte était la puissance du Gondor, et Cirion ne pouvait guère faire plus que de défendre ses frontières, tandis que ses ennemis (ou le pouvoir qui les faisait agir) lui préparaient des coups qu'il ne pouvait parer. Les Pirates harcelaient ses côtes, mais le danger principal provenait du nord. Dans les vastes terres du Rhovanion, entre la Forêt Noire et la Rivière Vive, vivait à présent une peuplade farouche toute soumise à l'empire ténébreux de Dol Guldur. Ils faisaient de fréquentes razzias à travers la forêt, tant et si bien que le Val d'Anduin, au sud de la Rivière aux Iris, fut déserté. Ces Balchoth voyaient leur nombre s'accroître constamment de gens de même espèce, accourus de l'Orient, alors que dans le même temps déclinait la population du Calenardhon. Cirion avait grand peine à entretenir des garnisons dans les fortins le long de l'Anduin.

« Voyant venir l'orage, Cirion envoya des messagers au nord solliciter des secours, mais tardivement ; car cette année-là (2510) les Balchoth construisirent de grandes barcasses et des radeaux sur la rive orientale de l'Anduin et, franchissant en masse le fleuve, ils balayèrent les défenseurs des fortins. Une armée gondorienne qui montait du sud fut interceptée et chassée vers le nord, sur l'autre rive du Limeclair, où, se trouvant subitement aux prises avec une horde d'Orques descendus des Montagnes, elle fut refoulée vers l'Anduin. C'est alors que, contre tout espoir, survinrent des renforts accourus du Grand Nord, et les cors des Rohirrim retentirent pour la première fois au Gondor : Eorl le Jeune arrivait avec ses Cavaliers et il chassa l'ennemi, traquant à mort les Balchoth à travers toute la plaine du Calenardhon. A Eorl Cirion concéda la région pour y établir son peuple ; et, par le Serment d'Eorl, celui-ci scella l'amitié des deux peuples, et jura de venir, le cas échéant, aider et secourir les Seigneurs du Gondor. »

Sous le gouvernement de Beren, dix-neuvième Surintendant, un péril plus grave encore menaça le Gondor. Trois puissantes escadres, prêtes à appareiller depuis longtemps, remontèrent de l'Umbar et du Harad et assaillirent en force les côtes du Gondor ; et l'ennemi débarqua en plusieurs endroits, même en un point aussi septentrional que l'embouchure de l'Isen. Simultanément, les Rohirrim se virent attaqués à l'ouest et à l'est et, leur pays envahi, ils furent chassés dans les défilés des Montagnes Blanches. Ce fut l'année (2758) du Rude Hiver qui apporta une froidure extrême et une neige abondante venue du nord et de l'est, et il dura, ce Rude Hiver, près de cinq mois. Helm de Rohan et ses deux fils furent tués dans cette guerre ; et ce fut la misère et la mort en Eriador et au Rohan. Mais au Gondor, au sud des Montagnes, on souffrit moins et, avant la venue du printemps, Beregond, fils de Beren, avait vaincu les envahisseurs. Sur l'heure, il manda des secours au Rohan. C'était, depuis Boromir, le plus grand capitaine à s'être révélé au Gondor et, lorsqu'il succéda à son père (2763), le Gondor fut en voie de rétablir sa puissance. Mais le Rohan devait se remettre plus lentement de ses blessures ; et c'est pour cette raison que Beren fit bon accueil à Saroumane et lui confia les clefs d'Orthanc ; et, à partir de l'année 2759, Saroumane vécut à Isengard.

Ce fut au temps de Beregond que les Nains et les Orques s'affrontèrent dans les Monts Brumeux (2793-2799) en de furieuses batailles, dont seule la rumeur parvint au sud, jusqu'à ce que les Orques, fuyant Nanduhirion, entreprissent de traverser le Rohan pour s'établir dans les Montagnes Blanches. Et, tant que ce danger ne fut définitivement repoussé, on ne cessa guère de s'affronter les armes à la main dans les vallons et les défilés.

Lorsque Belecthor II, le vingt et unième Surintendant mourut, dépérit aussi l'Arbre Blanc de Minas Tirith ; mais on le laissa sur pied « jusqu'au retour du Roi », car on ne pouvait pas se procurer de semences.

Sous le gouvernement de Turïn II, les ennemis du Gondor à nouveau s'ébranlèrent, car Sauron avait recouvré ses pouvoirs et le jour approchait où il allait révéler sa présence. Tous, hors les plus vaillants, fuirent l'Ithilien et se retirèrent à l'ouest, de l'autre côté de l'Anduin, car le pays était infesté d'Orques de Mordor. Ce fut Turïn qui aménagea pour ses hommes, en Ithilien, de secrets refuges, dont Henneth Annûn, où longtemps il maintint une garnison en alerte. Il fortifia aussi à nouveau l'îlot de Cair Andros [1] pour défendre l'Anôrien. Mais la principale menace venait du sud où les Haradrim avaient occupé le Gondor du Sud et où les combats faisaient rage le long du Poros. Lorsque de puissantes armées envahirent l'Ithilien, le Roi Folcwine du Rohan tint le Serment d'Eorl et paya sa dette à Beregond qui avait envoyé à son secours de nombreux guerriers au Gondor. Avec leur aide, Turïn gagna une bataille aux Gués du Poros ; mais les fils de Folcwine furent l'un et l'autre tués au combat. Les Cavaliers les ensevelirent selon la coutume de leur peuple, et ils gisent côte à côte sous le même tertre funéraire, car ils étaient frères jumeaux. Longtemps s'éleva le tumulus dit *Haudh in Gwanur* sur la rive haute du fleuve, et les ennemis du Gondor redoutaient d'y passer.

Turgon succéda à Turïn, mais à son propos on se

---

1. Nom qui signifie « Navire aux Longues Écumes », car l'île avait la forme d'un grand navire pointant au nord sa haute proue que blanchissaient les lames de l'Anduin déferlant sur les aspérités rocheuses.

souvient surtout que, deux ans avant sa mort, Sauron se manifesta à nouveau, se déclarant ouvertement ; et il pénétra au Mordor qui depuis longtemps avait travaillé en sa faveur. Et, une fois encore, on releva les ruines de Barad-dûr, et le Mont du Destin prit flamme, et les derniers habitants de l'Ithilien s'enfuirent au loin. Lorsque Turgon mourut, Saroumane s'empara d'Isengard à ses propres fins, et le fortifia.

« Echtelion II, fils de Turgon, était un homme de sage conseil. Avec le reste de pouvoir dont il disposait, il entreprit de renforcer son royaume contre les incursions du Mordor. Il incitait tous les hommes de valeur, d'où qu'ils viennent, à entrer à son service, et à ceux qui se montraient gens de confiance il décernait un rang élevé et les comblait de faveurs. Pour maintes de ses actions, il profitait de l'aide et des conseils d'un grand capitaine qu'il aimait plus que tout autre ; Thorongil, l'appelait-on au Gondor, l'Aigle de l'Étoile, car il était prompt et avait vue perçante, et il portait une étoile d'argent sur son manteau ; mais personne ne savait son vrai nom ni dans quel pays il était né. Il arriva en Echtelion, venant du Rohan où il avait servi le Roi Thengel, mais ce n'était point un Rohirrim. Il savait commander aux hommes, sur terre et sur mer, mais il s'évanouit, un beau jour, dans l'ombre d'où il avait surgi, avant même que ne s'achevât le règne d'Echtelion.

« Bien souvent, Thorongil prodiguait ses conseils à Echtelion, disant que la force des rebelles de l'Umbar constituait un grave danger pour le Gondor, et une menace pour les fiefs du Sud, et une menace redoutable si d'aventure Saroumane se décidait à une guerre ouverte. Enfin le Surintendant lui accorda son congé, et il rassembla une flottille peu conséquente, et prit l'Umbar par surprise, à la nuit noire, livrant au feu nombre de navires pirates ; et, sur les quais, il lutta corps à corps avec le Capitaine du Port, et le terrassa, puis se retira avec sa flotte, n'ayant subi que des pertes minimes. Mais, lorsqu'il revint à Pelargir, bien des gens se chagrinèrent et s'étonnèrent de son refus de retourner à Minas Tirith, où de grands honneurs l'attendaient.

« A Echtelion il fit tenir un message d'adieu, disant : " D'autres tâches me sollicitent à présent, Seigneur, et il me faut affronter maints périls et maintes épreuves avant de revenir au Gondor, si tel est mon destin. " Bien que personne ne pût deviner en quoi consistaient ces tâches, ni à quelles injonctions il obéissait, on sut du moins où il se rendait. Car il avait franchi l'Anduin à bord d'une barque, et là, ayant fait ses adieux à ses compagnons, il avait poursuivi son chemin solitaire ; et lorsqu'on l'aperçut pour la dernière fois, il marchait, le visage tourné vers les Monts de l'Ombre.

« Le départ de Thorongil jeta le désarroi dans la Cité ; à tous cela parut une grande perte, sauf peut-être à Denethor, fils d'Echtelion, un homme mûr, à présent, pour assumer la fonction de Surintendant, à laquelle il accéda quatre ans après, à la mort de son père.

« Denethor II était un homme de haute stature, fier et vaillant, et de plus royale apparence qu'aucun de ceux qui avaient paru au Gondor depuis bien des générations ; et il était sage de surcroît, et doué d'une vue perçante, et il en savait long sur les mœurs et coutumes. De fait, il ressemblait à Thorongil comme on ressemble à un tout proche parent, et cependant on lui avait toujours préféré l'étranger : dans le cœur des hommes du peuple comme dans l'estime de son père, il n'avait occupé que la seconde place. A l'époque, ils furent nombreux à penser que Thorongil s'était effacé avant que son rival ne devienne son maître ; encore que Thorongil lui-même n'ait jamais cherché à supplanter Denethor, ni prétendu à autre chose qu'à être le serviteur de son père. Et sur un point, seulement, leurs conseils aux Surintendants différaient : à maintes reprises, Thorongil avait mis en garde Echtelion contre Saroumane le Blanc, à Isengard, l'engageant à faire plutôt bon accueil à Gandalf le Gris. Mais entre Denethor et Gandalf il n'y avait guère d'affinité ; et, passé le règne d'Echtelion, le Pèlerin Gris fut moins le bienvenu à Minas Tirith. C'est pourquoi, par la suite, lorsque tout s'éclaira, ils furent nombreux à croire que Denethor était d'entendement subtil et que, plus clairvoyant et perspicace que les hommes de son temps, il avait découvert qui, en vérité, était cet étranger du nom de Thorongil, et soupçonnait que Mithrandir et lui cherchaient à le supplanter.

« Lorsque Denethor devint Surintendant (2984), il se révéla un seigneur et maître, un qui tenait ferme en sa main le gouvernement de toutes choses. Il parlait peu mais il écoutait attentivement les conseils prodigués, puis agissait selon son jugement propre. Il s'était marié tardivement (2976), prenant pour femme Finduilas, fille d'Adrahil de Dol Amroth. Elle était Dame de Beauté et douce en son cœur, mais douze ans à peine s'étaient écoulés qu'elle mourut. Denethor l'aimait, à sa façon, plus tendrement que toute autre créature sur terre, sauf pour l'aîné des fils qu'elle lui avait donnés. Mais, selon l'opinion communément admise, elle avait dépéri derrière les remparts de la Cité, et s'était étiolée comme une fleur des vallons ouverts aux brises marines s'étiole lorsqu'elle est transplantée sur le roc stérile. L'Ombre qui s'amoncelait à l'est l'emplissait d'effroi et, sans cesse, elle tournait ses regards vers le sud, vers l'horizon de la Mer dont elle se languissait.

« Après sa mort, Denethor se fit plus sombre et silencieux qu'auparavant, et il avait coutume de rester assis longtemps solitaire en sa tour, plongé dans ses pensées, pressentant que l'affrontement avec le Mordor surviendrait sous son règne. On crut par la suite que, ayant besoin de savoir mais fier de nature et confiant en sa propre force de caractère, il avait osé visionner le *palan-*

tir de la Tour Blanche. Aucun des Surintendants ne s'y était risqué, pas même les Rois Eärnil et Eärnur, après la chute de Minas Ithil, lorsque le *palantir* d'Isildur était tombé aux mains de l'Ennemi ; car la Pierre de Minas Tirith était le *palantir* d'Anarion, le plus étroitement accordé à celui que possédait Sauron.

« Ainsi Denethor acquit-il une connaissance intime de tout ce qui se passait dans son royaume, et bien au-delà de ses frontières ; connaissance dont s'émerveillait son peuple, mais qu'il devait payer cher car, à force d'affronter Sauron, il se fit tout décrépit bien avant l'âge. Et son orgueil s'accrut à la mesure de son désespoir au point que, dans tous les événements de l'époque, Denethor finit par ne déchiffrer que les seuls effets du combat singulier qui opposait le Seigneur de la Tour Blanche au Seigneur de Barad-dûr ; et il en vint ainsi à se méfier de tous les autres qui luttaient contre Sauron, hors ceux qui servaient ses intérêts propres.

« Et voici qu'approchait le temps de la Guerre de l'Anneau, et les fils de Denethor atteignirent l'âge d'homme. Boromir, de cinq ans l'aîné, le bien-aimé de son père, lui ressemblait et de visage et par son fier tempérament, mais guère par d'autres côtés. C'était plutôt un homme du genre du Roi Eärnur d'autrefois, ne contractant point mariage, mais se plaisant principalement à l'exercice des armes ; robuste et téméraire certes, mais se souciant peu des savoirs coutumiers, sinon pour les récits des batailles d'antan. Faramir, le cadet, lui ressemblait de visage, mais il avait tout autre esprit. Il lisait dans le cœur des hommes avec autant de pénétration que son père, mais ce qu'il y lisait l'incitait plus à la compassion qu'au mépris. Il était d'humeur affable, fort versé dans le savoir coutumier et connaisseur en musique, et c'est pourquoi on le tenait communément à l'époque pour moins vaillant en son cœur que son aîné. Et pourtant ce n'était pas le cas, sinon qu'il ne recherchait pas le danger par vaine gloriole. Il faisait noble accueil à Gandalf lorsque celui-ci venait en ville, et cherchait à faire son profit de la sagesse du Pèlerin Gris ; et, en cela comme en beaucoup d'autres choses, il déplaisait à son père.

« Cependant les frères s'aimaient tendrement, et il en avait toujours été ainsi, depuis leur enfance, car toujours Boromir avait aidé et protégé Faramir. Et, depuis lors, nulle jalousie ou rivalité ne s'était insinuée entre eux, que ce fût pour gagner la faveur de leur père ou les louanges du monde. Faramir ne pouvait concevoir qu'il y eût au Gondor quelqu'un qui l'emportât sur Boromir, héritier de Denethor, Capitaine de la Tour Blanche ; et Boromir pensait de même. Pourtant, à l'épreuve, les choses devaient se révéler différentes. Mais des aventures de ces trois-là durant la Guerre de l'Anneau, il est amplement question ailleurs. Et après la Guerre le gouvernement des Surintendants prit fin ; car l'héritier d'Isildur et d'Anarion revint, et la royauté fut rétablie ; et sur la Tour d'Echtelion, on vit flotter à nouveau la bannière de l'Arbre Blanc. »

V

SUIT UN FRAGMENT
DU CONTE D'ARAGORN ET D'ARWEN

« Arador était le grand-père du Roi. Son fils Arathorn rechercha en mariage Gilraen, la Toute-Belle, fille de Dírhael, qui lui-même était un descendant d'Aranarth. Dírhael, quant à lui, était opposé à ce mariage, car Gilraen était toute jeune encore et n'avait pas atteint l'âge auquel les femmes des Dunedains avaient coutume de convoler.

« " De plus, dit-il, Arathorn est un homme sévère, d'âge mûr, et il sera chef bien plus tôt que les gens ne le pensent communément ; toutefois en mon cœur, je prévois que sa vie sera brève. "

« Mais Ivorwen, sa femme, qui avait aussi le don de clairvoyance répliqua : " Que l'on se hâte d'autant ! La tempête menace et les jours s'assombrissent, et de grands événements s'apprêtent. Si ces deux-là s'épousent aujourd'hui, une chance d'espoir luira pour notre peuple ; mais s'ils tardent, il n'y en aura aucune, tant que perdure cet Age où nous vivons. "

« Arathorn et Gilraen n'avaient pas été mariés un an qu'Arador fut fait prisonnier par les Trolls des Collines qui infestaient les Landes Glacées au nord de Fondcombe, et tué ; et voici qu'Arathorn se retrouva chef des Dunedains. L'année suivante Gilraen lui donna un fils, et on le nomma Aragorn. Mais Aragorn n'avait guère que deux ans lorsque Arathorn s'en alla chevauchant contre les Orques avec les fils d'Elrond, et il fut fléché par un Orque ; atteint à l'œil, il mourut. Et c'était là une vie brève pour l'un de sa race, car il n'avait que soixante ans lorsqu'il tomba.

« On emmena Aragorn, à présent héritier d'Isildur, et sa mère habiter en la demeure d'Elrond ; et Elrond se voulut un père pour lui et il vint à l'aimer comme son fils. Mais, sur son ordre, on l'appelait *Estel*, c'est-à-dire *Espoir,* et on gardait secret son nom et son ascendance véritables. Car les Sages savaient, à l'époque, que l'Ennemi pourchassait l'Héritier d'Isildur, si tant est qu'il en restât un sur la face de la terre.

« Estel avait à peine vingt ans, et il revenait un beau jour à Fondcombe, après maints exploits accomplis en la compagnie des fils d'Elrond ; et Elrond le scruta attentivement et fut content, parce qu'il vit qu'il était beau de visage et noble d'allure et qu'il avait atteint précocement l'âge d'homme, mais qu'il allait grandir encore, et de corps et d'esprit. Ce jour-là, Elrond l'interpella par son nom véritable, et il lui apprit qui il était, et fils de qui, et il lui remit les trésors de sa Maison.

« — Voici l'Anneau de Barahir, lui dit-il, gage de notre lointaine parenté ; et voici les tronçons de Narsil. Avec ceux-ci, tu es voué à accomplir de grandes actions ; car je puis prévoir que tu vivras plus longtemps que le commun des Mortels, à moins que tu ne succombes à des maux divers ou ne sortes point vainqueur de l'épreuve. Mais long et dur sera ce temps d'épreuve. Je conserve par-devers moi le sceptre d'Annûminas, car ce sceptre, il te le faut encore gagner.

« Le lendemain au coucher du soleil, Aragorn se promenait seul dans les grands bois et, le cœur en liesse, il chantait, car l'espoir emplissait son âme et le monde était toute splendeur ; et soudain, comme il élevait la voix, il entrevit une jeune fille qui foulait l'herbe drue entre les troncs des blancs bouleaux ; et il s'arrêta, ébloui, pensant qu'il s'était fourvoyé dans un rêve, ou alors avait reçu le don des Ménestrels Elfes qui peuvent faire apparaître devant les yeux de leurs auditeurs les formes qu'ils évoquent en leurs chants.

« Car Aragorn chantait un fragment du Lai de Luthien qui dit la rencontre de Luthien et de Beren dans la forêt de Neldoreth. Et voici que Luthien elle-même marchait devant lui, à Fondcombe, vêtue d'une mante toute d'argent et d'azur, belle comme le crépuscule dans les demeures des Elfes ; une brise soudaine souleva sa noire chevelure qui flottait éparse, et son front ceint de joyaux brillait tout étoilé.

« Un moment Aragorn la contempla en silence mais, craignant que la vision ne s'évanouît et qu'il ne lui soit plus jamais donné de la revoir, il l'appela : *Tinuviel, Tinuviel !* tout comme avait fait Beren jadis dans les Jours Anciens.

« La jeune fille se tourna vers lui et sourit, et elle dit :

« — Qui es-tu ? Et pourquoi m'appelles-tu par ce nom ?

« Et il répondit :

« — Parce que je pensais que tu étais véritablement Luthien Tinuviel, celle dont je chantais. Mais si tu ne l'es point, alors tu marches là à sa semblance même.

« — On me l'a dit maintes fois, répondit-elle gravement. Cependant son nom n'est pas le mien. Bien que mon destin soit peut-être fort semblable au sien. Mais qui donc es-tu ?

« — Estel, me nomme-t-on, dit-il, mais je suis Aragorn, fils d'Arathorn, Héritier d'Isildur, Seigneur des Dunedains.

« Et, au moment même où il déclinait ses titres, son haut lignage qui lui avait tant réjoui le cœur lui parut soudain piètre chose, et moins que rien au regard de la souveraine beauté de celle qui se tenait devant lui.

« Mais elle se mit à rire gaiement et dit :

« — Alors nous sommes des cousins éloignés. Car je suis Arwen, fille d'Elrond, et mon nom est Undomiel.

« — Il arrive souvent, dit Aragorn, qu'en temps de danger les hommes prennent grand soin de dissimuler leur principal trésor. Cependant, je me trouve plein d'étonnement envers Elrond et tes frères ; car, bien que j'aie grandi dans cette maison depuis l'enfance, je n'ai jamais entendu mention de toi. Comment se fait-il donc que nous ne nous soyons jamais rencontrés auparavant ? Ton père ne t'a certes pas gardée sous clef dans ses resserres !

« — Non, dit-elle en jetant les yeux sur les Montagnes qui se profilaient à l'Orient, j'ai vécu de longues années au pays de mes maternels, en la lointaine Lothlorien. Je suis revenue tout dernièrement séjourner chez mon père. Il y a des années que je ne m'étais pas promenée à Imladris.

« Aragorn se fit alors tout songeur car elle ne lui avait

point paru plus âgée que lui, qui n'avait encore vécu qu'une vingtaine d'années en Terre du Milieu. Mais Arwen plongea ses yeux dans les siens et dit :

« — Ne t'étonne point ! car les enfants d'Elrond jouissent d'une durée de vie égale à celle des Eldar.

« Là-dessus Aragorn se troubla, car il décela dans ces prunelles la clarté elfe et la sagesse qui naît de l'expérience ; et cependant, sur l'heure, il se prit d'amour pour Undomiel, fille d'Elrond.

« Dans les jours qui suivirent, Aragorn se fit taciturne, et sa mère comprit que quelque chose de singulier lui était advenu ; et, cédant enfin à ses questions, il lui raconta sa rencontre sous les arbres, au crépuscule.

« — Mon fils, dit Gilraen, tu vises haut, même pour un descendant de nombreux Rois. Cette Dame est la plus noble et la plus belle qui au jour d'aujourd'hui foule cette terre. Et il ne convient point qu'un mortel épousât une jeune fille elfe.

« — Et pourtant nous sommes pour quelque chose dans cette parenté, dit Aragorn, si j'en crois le récit qui me fut fait sur le compte de mes ancêtres.

« — Ce récit est véridique, dit Gilraen, mais cela se passait il y a bien longtemps, à un autre Age du monde, avant que notre race soit déchue. C'est pourquoi j'ai peur, car, privés du bon vouloir de Maître Elrond, les Héritiers d'Isildur bientôt s'éteindront. Et je ne crois point que là-dessus Elrond te sera favorable.

« — Alors amers seront mes jours, et je parcourrai seul les déserts de ce monde, dit Aragorn.

« — Tel, en effet, sera ton destin, dit Gilraen.

« Mais bien qu'elle possédât, dans une certaine mesure, le don de clairvoyance propre à ceux de sa race, elle ne lui dit rien de ses pressentiments, et ne souffla mot à quiconque de ce que son fils lui avait confié.

« Mais, Elrond discernait bien des choses et il lisait dans bien des cœurs. Aussi, un beau jour, avant la fin de l'année, il appela Aragorn en sa demeure et lui dit :

« — Aragorn, fils d'Arathorn, Seigneur des Dune-dains, écoute-moi ! Tu es promis à un illustre destin : soit de t'élever au-dessus de tous tes ancêtres depuis le règne d'Elendil, soit de sombrer dans les ténèbres, entraînant avec toi les débris de ta race. Tu as de nombreuses années d'épreuves devant toi. Tu ne prendras point d'épouse ni n'engageras ta foi avant que ne vienne, pour toi, le temps, et que tu en sois jugé digne.

« Aragorn se troubla et dit :

« — Se peut-il que ma mère ait parlé de cela ?

« — Non point, dit Elrond, tes propres yeux t'ont trahi. Mais je ne parle pas seulement de ma fille. Pour l'instant, tu ne te fianceras à aucune enfant des Hommes. Quant à Arwen, la Toute Belle, Dame d'Imladris et de Lorien, Étoile du Soir de son peuple, elle est d'ascendance plus illustre que la tienne et elle a vécu sur cette terre depuis si longtemps qu'à ses yeux tu ne dois paraître qu'un arbrisseau de l'année auprès d'un jeune bouleau qui a déjà verdi maints étés. Elle te domine de bien trop haut. Et cela, je pense qu'elle en a le sentiment. Mais quand bien même cela ne serait pas et que son cœur se tournât vers toi, je serais chagrin à la pensée du Noir Destin qui nous échoit.

« — Et ce destin, quel est-il ? dit Aragorn.

« — Tant que je demeure ici-bas, elle vivra, jeune parmi la jeunesse des Eldar, répondit Elrond, mais lorsque je prendrai congé, si tel est son choix, avec moi elle s'en ira.

« — Je vois, dit Aragorn, que j'ai porté mes regards sur un trésor tout aussi précieux que celui de Thingol — ce trésor qu'un jour Beren convoita. Tel est mon destin.

« Mais soudain l'envahit la clairvoyance de sa race, et il dit

« — Mais après tout, Maître Elrond, voici que les années qui t'ont été allouées tirent à leur fin, et tes enfants auront bientôt à choisir : soit de te quitter, soit de quitter la Terre du Milieu.

« — C'est juste, dit Elrond, du moins selon notre manière à nous de compter les jours, car à ce compte cela fait encore bien des années de vie humaine. Mais Arwen, ma bien-aimée, n'aura pas, elle, à choisir, sauf si toi, Aragorn, fils d'Arathorn, ne t'interposes et amènes l'un ou l'autre d'entre nous, toi ou moi, à nous séparer dans l'amertume au-delà des confins de ce monde. Tu ne sais point encore ce que tu souhaites de moi.

« Il soupira et après un instant, considérant gravement le jeune homme, reprit :

« — Il adviendra ce qu'il adviendra au cours des années ; nous ne parlerons plus de cela avant qu'elles ne se soient écoulées, nombreuses. Les jours s'assombrissent et de grands maux se préparent.

« Pour lors, Aragorn prit affectueusement congé d'Elrond ; et, le lendemain, il dit adieu à sa mère, et à ceux de la Maison d'Elrond, et à Arwen, et il s'en alla de par le vaste monde. Quelque trente ans durant, il prit part à la lutte contre Sauron, et il se lia d'amitié avec Gandalf le Sage et tira grand profit de la sagesse du Pèlerin Gris. Ensemble ils firent maints voyages périlleux, mais, comme les années passaient, il s'en alla de plus en plus souvent seul, et rude et long était le chemin à lui assigné ; sa contenance se fit plutôt sévère, sauf lorsqu'il lui advenait de sourire ; et cependant, lorsqu'il ne prenait pas soin de dissimuler, il paraissait aux hommes éminemment digne d'égards, tel un roi en exil. Car il parcourait le monde sous maintes figures différentes, et la gloire lui advint sous nombre de noms différents. Il chevaucha avec l'armée des Rohirrim et combattit pour le Seigneur du Gondor, et par terre et par mer ; puis, à l'heure de la victoire, il se déroba à la connaissance des

Hommes de l'Ouest, et s'en alla tout seul loin à l'est, et aux fins fonds du Sud, sondant le cœur des Hommes, tant bons que méchants, et dévoilant les complots et manigances des serviteurs de Sauron.

« Ainsi finit-il par devenir le plus aguerri des Hommes vivants, adroit dans les pratiques et versé dans le savoir des Humains, et pourtant il était plus qu'eux : car il avait la sagesse elfe, et dans ses yeux couvait une lumière que peu d'Hommes pouvaient soutenir lorsqu'elle flambait haut et clair. Sa contenance était chagrine et sombre en raison du destin qui était le sien, et cependant l'espoir endurait au fond de son cœur d'où jaillissait parfois le rire, comme une source d'un rocher.

« Aragorn avait atteint l'âge de quarante-neuf ans, et voici qu'il revenait des ténébreux confins du Mordor où il avait affronté d'âpres périls, car là séjournait à nouveau Sauron qui s'ingéniait au mal. Aragorn était las et il souhaitait revenir à Fondcombe et s'y reposer quelque temps avant de repartir errer en pays lointains ; et, cheminant, il atteignit la frontière de la Lorien et la Dame Galadriel l'autorisa à pénétrer dans le Pays Caché.

« Il ignorait qu'Arwen Undomiel fut là, elle aussi, en visite chez les proches de sa mère. Elle avait peu changé car les années mortelles avaient passé sur elle sans l'effleurer ; son visage était plus grave cependant, et plus rare son rire. Mais Aragorn avait pris stature d'homme fait, de corps et d'esprit, et Galadriel l'engagea à se dépouiller de son vêtement tout élimé de voyageur, et elle le revêtit tout de blanc et d'argent, avec un manteau gris elfe et le front ceint d'un joyau brillant. Et tel il apparut, mais bien plutôt comme un Seigneur Elfe originaire des îles d'Occident qu'issu d'une quelconque race d'Hommes. Et ce fut sous ces traits qu'Arwen l'aperçut pour la première fois, après leur longue séparation ; et comme il venait à elle, marchant sous les arbres de Caras Galadhron, tout chargés de fleurs d'or, son choix fut fait et son destin scellé.

« Lors une saison durant, ils parcoururent ensemble les clairières de la Lothlorien ; jusqu'à ce qu'il fût temps pour lui de partir. Et à la veille de la fête de la mi-été, Aragorn, fils d'Arathorn, et Arwen, fille d'Elrond, montèrent sur Cerin Amroth, la Colline de Beauté, au cœur du pays, et ils marchèrent pieds nus dans l'herbe immortelle, foulant l'elanor et le niphredil ; et du haut de la Colline, ils scrutèrent l'Ombre à l'Orient et ils contemplèrent le Crépuscule à l'Occident ; et ils se promirent l'un à l'autre, et dans leur âme se réjouirent.

« Et Arwen dit :

« — Noire est l'Ombre, et pourtant mon cœur est rempli d'allégresse, car toi, Estel, tu seras parmi les Grands de ce monde, qui par leur vaillance anéantiront ce maléfice.

« Mais Aragorn répondit :

« — Hélas ! je ne puis l'entrevoir ; et comme cela se réalisera m'est obscur. Et cependant, m'armant de l'espoir qui brûle en toi, j'espérerai. Et cette Ombre, je la renie à jamais. Mais, Dame, le Crépuscule n'est point non plus pour moi ; car mortel suis-je, et si tu souhaites lier ton destin au mien, Étoile du Soir, alors au Crépuscule il te faut aussi renoncer.

« Et elle se tint là immobile, tel un arbre blanc, tourné vers l'Occident, et enfin dit :

« — Je lierai mon destin au tien, Dunadan, et me détournerai du Crépuscule. Et cependant se déploie là-bas le pays de mon peuple et les vastes demeures de ma parentèle. (Car elle avait un tendre amour pour son père.)

« Lorsque Elrond apprit le choix de sa fille, il demeura silencieux, mais son cœur saigna et, malgré qu'il l'eût prévu depuis longtemps, il ne trouva point ce destin aisé à porter. Cependant lorsque Aragorn revint à Fondcombe, il le convia auprès de lui et lui dit

« — Mon fils, des années approchent où tout espoir se ternira et, au-delà de ces années, je ne distingue pas grand-chose avec clarté. Et voici qu'en outre une ombre s'insinue entre nous. Peut-être en a-t-il été décidé ainsi, afin que ce qui est perte pour moi soit, pour les Hommes, regain de leur souveraineté. C'est pourquoi, bien que je t'aime, je te dis : Arwen Undomiel ne renoncera pas à la faveur qui lui fut accordée en cette vie pour une moindre cause. Si elle accepte d'être l'épouse d'un Homme, cet Homme sera Roi, et il régnera sur tout le Gondor et sur l'Arnor. A moi donc ta victoire même ne peut procurer que chagrin et déchirement — mais à toi joie et espoir pour un temps. Hélas, mon fils ! je crains que lorsque tout sera consommé, Arwen ne trouve bien amer le Noir Destin des Hommes.

« Les choses furent dites entre Elrond et Aragorn et il n'en fut plus question entre eux par la suite ; mais Aragorn s'en alla de nouveau affronter les dangers et les peines, et la peur envahissait la Terre du Milieu tandis que s'accroissaient les pouvoirs de Sauron et que toujours plus haut et toujours plus fort se dressait Barad-dûr ; mais Arwen demeura à Fondcombe tandis qu'Aragorn voyageait par monts et par vaux ; elle veillait sur lui de loin, en pensée ; et, confiante, elle lui confectionna un étendard splendide, un royal étendard, tel que seul pouvait arborer celui qui se voulait souverain des Númenoriens et héritier d'Elendil.

« Après quelques années, Gilraen prit congé d'Elrond et retourna en Eriador au sein de son propre peuple, et elle vécut solitaire ; et elle ne fit plus guère qu'entrevoir son fils, car il passait de longues années en pays lointain. Et un jour qu'Aragorn était revenu au nord, il vint lui rendre visite, et elle lui dit avant qu'il ne s'en retournât :

« — C'est notre ultime adieu, Estel, mon fils. Les soucis m'ont tout usée, ainsi qu'il arrive aux Hommes moindres ; et maintenant qu'Elle se fait imminente, je ne puis affronter cette Ombre qui gagne en notre Temps la Terre du Milieu. Bientôt je quitterai ces lieux.

« Aragorn chercha à la réconforter, disant :

« — Et pourtant, il se peut que la lumière soit, là-bas, au-delà des ténèbres ; et si cela est, je voudrais que tu la visses et t'en réjouisses.

« Mais ce *linnod* fut là sa seule réponse :

Onen i-Estel Edain, ú-chebin estel anim [1],

et Aragorn s'en fut, le cœur lourd. Gilraen mourut avant l'avènement du printemps.

« Et s'écoulèrent les années qui devaient aboutir à la Guerre de l'Anneau, dont il est question plus longuement ailleurs : comment furent révélés les moyens insolites qui permirent d'abattre Sauron, et comment, contre tout espoir, cela réussit ? Et il advint qu'à l'heure de la défaite Aragorn prit pied sur le rivage et déploya la bannière d'Arwen aux Champs du Pelennor, et en ce jour on salua pour la première fois en Aragorn la personne du Roi. Et, lorsque tout enfin s'accomplit, il fut mis en possession de l'héritage de ses pères et il reçut la couronne du Gondor et le sceptre de l'Arnor ; et aux fêtes de la mi-été, l'année de la Chute de Sauron, il prit la main d'Arwen Undomiel, et ils s'épousèrent en la Cité des Rois.

« Ainsi s'acheva le Tiers Age dans la victoire et l'espoir ; et, cependant, il eut son lot de peines et de

---

1. « J'ai donné l'Espoir aux Dunedains, je n'ai point gardé d'espoir pour moi. »

chagrins, et amère entre tous fut la séparation d'Elrond et d'Arwen ; car voici qu'entre eux s'interposa la Mer et un destin qui devait perdurer jusqu'à la fin des Temps et au-delà. Lorsque fut défait le Maître Anneau et que les Trois furent dépouillés de leurs pouvoirs, Elrond éprouva une grande lassitude et il abandonna la Terre du Milieu pour n'y plus jamais revenir. Mais Arwen, quant à elle, assuma la condition mortelle, bien qu'elle eût pour destin de ne point mourir avant d'avoir perdu tout ce qu'elle avait gagné.

« Reine des Elfes et des Hommes, elle vécut avec Aragorn quelque six fois vingt années de pure gloire et de bonheur ; mais voici qu'Aragorn éprouva l'approche de la vieillesse et il sut que les jours qui lui avaient été alloués venaient à terme, quelque longue eût été sa vie sur terre ; alors, dit Aragorn à Arwen :

« — Voici enfin, O Dame Evenstar, Étoile du Soir, la plus belle au monde et la plus chérie, que mon univers pâlit. Hélas ! nous avons amassé et nous avons dépensé, et il va nous falloir bientôt rendre compte.

« Arwen savait fort bien quel était son dessein, et depuis longtemps s'y attendait ; elle n'en fut pas moins submergée de chagrin.

« — Partiras-tu ainsi, Seigneur, dit-elle, avant l'échéance de ton temps sur terre, abandonnant ton peuple que ta parole fait vivre ?

« — Non point avant l'heure assignée, dit-il. Car si je ne me retire pas maintenant, il me faudra bientôt me retirer contraint et forcé. Et Eldarion, notre fils, est dans la force de l'âge, un homme mûr pour la royauté.

« Se rendant alors dans la Maison des Rois en la Rue du Silence, Aragorn s'etendit sur la vaste couche qu'il avait fait apprêter à son intention. Et là, gisant, fit ses adieux à Eldarion et lui remit en main propre la couronne ailée du Gondor et le sceptre de l'Arnor ; puis tous le quittèrent hors Arwen, et elle demeura seule près de son lit. Et, toute sage qu'elle fut et de noble cœur et lignage, elle ne put s'empêcher de le supplier de demeurer encore un peu. Elle-même n'était point lasse de ses jours d'existence sur terre et elle goûtait toute l'amertume de la condition mortelle qu'elle avait assumée.

« — Dame Undomiel, dit Aragorn, c'est un dur moment, il est vrai, et cependant tout ne fut-il pas dit en ce jour où nous nous rencontrâmes sous les frondaisons des blancs bouleaux, dans le jardin d'Elrond où plus personne désormais ne se promène ? Et lorsque sur la colline de Cerin Amroth nous renonçâmes à l'Ombre et au Crépuscule, ce Destin, nous l'acceptâmes. Rentre en toi-même, Très Chère, et demande-toi si tu voudrais vraiment que je m'attardasse jusqu'à ce que, tout rabougri, je tombe de mon trône, désemparé en mon corps et l'esprit divaguant. Non, Dame, je suis le dernier des Númenoriens et le dernier Roi des Jours Anciens ; et il me fut octroyé non seulement une durée de vie trois fois plus longue que celle des Hommes de la Terre du Milieu, mais aussi la faveur de partir de mon plein gré, et de restituer le Don dont j'ai joui. C'est pourquoi, à présent, je vais dormir. Je ne te prodigue pas des paroles de consolation, car pour cette douleur il n'en est point à l'intérieur des cercles du monde. Le choix ultime est devant toi : te repentir et te rendre aux Havres, emportant en Extrême-Occident le souvenir à jamais verdoyant de nos jours ensemble — mais un souvenir, rien de plus —, ou bien souffrir le Destin des Hommes.

« — Non pas, cher Seigneur, dit-elle, ce choix est depuis longtemps révolu. Il n'y a plus de navire qui m'emporterait au loin, et il me faut par force demeurer et souffrir le Destin des Hommes, que je le veuille ou non : dépouillement et silence. Mais je te le dis à toi, Roi des Númenoriens, c'est seulement maintenant que je comprends l'histoire de ton peuple et de sa déchéance. Je les tenais pour fous et mauvais, et je les méprisais,

559

mais à présent je suis pleine de compassion envers eux. Car si c'est là, en effet, le Don de l'Un aux Hommes, c'est un don chargé d'amertume.

« — Il semble bien, dit-il, en effet ; mais que le cœur ne nous faille pas devant l'épreuve finale, nous qui autrefois renonçâmes à l'Ombre et à l'Anneau. Il nous faut partir chagrins, mais non point désespérés. Vois donc, nous ne sommes pas assujettis à jamais aux cercles du monde, et au-delà il y a bien plus que le souvenir ! Adieu !

« — Estel ! Estel ! s'écria-t-elle, et lors même qu'il lui prenait la main et l'embrassait, le sommeil s'empara de lui.

« Et voici qu'une grande beauté se révéla en lui, de sorte que tous ceux qui vinrent par la suite le contemplèrent avec émerveillement car ils virent confondues en ce gisant la grâce de sa jeunesse, la vaillance de l'âge mûr et la majesté de sa vieillesse. Et là devait-il reposer longtemps — une image de la splendeur qui fut celle des Rois des Hommes dont la gloire jamais ne fut ternie avant les changements en ce monde.

« Mais Arwen sortit de la Maison, et l'éclat de ses yeux s'était tari ; et à son peuple il sembla qu'elle était devenue livide et grise, telle une nuit d'hiver toute nue et sans étoiles. Elle fit ses adieux à Eldarion et à ses filles et à tous ceux qu'elle avait aimés ; et elle sortit de la Cité de Minas Tirith et s'enfonça en Lorien, allant solitaire sous les arbres jaunissants jusqu'à ce que l'hiver fût venu. Galadriel était loin et Celeborn était parti lui aussi, et le pays faisait silence.

« Et s'effeuillaient les mallorns, mais le printemps tardait encore, lorsqu'elle se coucha sur la pente du Cerin Amroth ; et sa verte tombe est là, et telle demeurera, jusqu'aux changements du monde, lorsque les Hommes venus dans la suite des temps ne garderont plus mémoire des jours de sa vie, et que ne fleuriront plus à l'orient de la Mer l'elanor et le niphredil.

« Ici s'achève ce récit, tel qu'il nous est parvenu du Sud, et ici s'efface Evenstar, la Dame de Beauté et l'Étoile du Soir de son peuple ; car plus rien dans cet ouvrage n'évoquera les jours d'antan. »

II

LA MAISON D'EORL

« Eorl le Jeune était Seigneur des Hommes de l'Eothéod, pays qui s'étendait aux sources de l'Anduin, entre les contreforts extrêmes des Monts Brumeux et la lisière septentrionale de la Forêt Noire. L'Eothéod avait colonisé ces terres sous le règne du Roi Eärnil II, et ces humains venaient du Val d'Anduin, des régions situées entre le Carrock et la Rivière aux Iris ; de par leurs origines, ils étaient proches parents des Beornides et des Hommes qui vivaient sur la frange ouest de la Forêt. Les ancêtres d'Eorl prétendaient descendre des Rois du Rhovanion, dont le royaume s'étendait au-delà de la Forêt Noire avant les invasions des Gens des Chariots, et c'est pourquoi ils se disaient en parenté avec les Rois du Gondor issus d'Eldacar. Ils aimaient plus que tout l'immensité des plaines et prenaient plaisir aux chevaux et aux exploits équestres ; mais à l'époque le moyen cours de l'Anduin était extrêmement populeux, et de plus l'ombre de Dol Guldur allait sans cesse s'allongeant ; aussi lorsqu'ils apprirent la chute du Roi-Sorcier, ıls s'en allèrent en quête d'espace plus au nord, et chassèrent les débris du peuple d'Angmar sur le versant oriental des Montagnes. Mais, sous le règne de Léod, père d'Eorl, la population s'était encore accrue, et ils se trouvaient de nouveau un peu à l'étroit sur leurs terres.

« En l'année deux mille cinq cent dix du Tiers Age, un nouveau péril menaça le Gondor. Une puissante armée d'Hommes Sauvages surgie du nord-est envahit le Rhovanion et, dévalant les Terres Brunes, franchit l'Anduin sur des radeaux. A la même époque, soit pur hasard, soit à dessein, les Orques (qui étaient alors tout-puissants : cela se passait avant la guerre qu'ils eurent à soutenir contre les Nains) descendirent des Montagnes. Les envahisseurs occupèrent le Calenardhon, et Cirion, Surintendant du Gondor, envoya des messagers au Nord solliciter des secours, car l'amitié était scellée de longue date entre les Hommes du Val d'Anduin et le peuple du Gondor. Mais, dans la vallée où coule le Fleuve, la population était à présent clairsemée et peu empressée à fournir une aide quelconque. Enfin le message atteignit Eorl, disant la situation désespérée du Gondor, et, bien qu'on eût pu croire à la chevauchée de la dernière chance, Eorl l'entreprit à la tête d'un fort corps de cavaliers.

« Et ainsi se trouva-t-il à la bataille du Champ du Celebrant, tel était le nom du pays verdoyant qui s'étend entre le Cours d'Argent et le Limeclair. En ce lieu, l'armée du Gondor du Nord se trouvait aux abois : vaincue sur le Plateau et coupée du Sud, elle avait été chassée de l'autre côté du Limeclair, et là, soudainement assaillie par une bande d'Orques, elle avait été refoulée sur l'Anduin. Tout semblait perdu lorsque contre tout espoir surgirent les Cavaliers du Nord qui bousculèrent les arrières de l'ennemi. La fortune de la bataille changea alors de camp, et l'ennemi fut repoussé avec de nombreuses pertes sur l'autre rive du Lımeclair. Eorl mena la traque, et les Cavaliers du Nord inspiraient un tel effroi que les envahisseurs du Plateau se débandèrent et les Rohirrim les pourchassèrent par les plaines du Calenardhon. »

Depuis la Peste, la région était peu populeuse, et la plupart des survivants avaient été sauvagement massacrés par les féroces Orientaux. En reconnaissance des secours qu'il lui avait apportés, Cirion concéda à Eorl et à son peuple la propriété du Calenardhon entre l'Anduin et l'Isen ; et les gens d'Eorl mandèrent leurs femmes et leurs enfants et firent venir leurs biens meubles, et ils s'établirent sur ces terres. Et ce pays, ils le rebaptisèrent, lui donnant le nom de Marche des Cavaliers, et ils se nommèrent eux-mêmes les Eorlingas ; mais, au Gondor, on appelait leur pays le Rohan, et son peuple les Rohirrim (c'est-à-dire les Seigneurs des Chevaux). C'est ainsi qu'Eorl devint le premier Roi de la Marche, et il choisit de faire sa demeure sur une verte colline, au pied des Montagnes Blanches qui clôturaient son pays au sud. Et là vécurent désormais les Rohirrim, hommes libres sous l'autorité de leurs propres rois et de leurs lois propres, mais ayant contracté éternelle alliance avec le Gondor.

« Dans les chants du Rohan qui évoquent encore le pays du Septentrion, sont nommés bien des seigneurs et guerriers et bien des dames belles et vaillantes. Frumgar, dit-on, était le nom du chef qui conduisit son peuple en Eothéod. De son fils Fram, on dit qu'il tua Scatha, le terrible dragon d'Ered Mithrim, et ainsi le pays fut-il à jamais débarrassé des Grands Vers. Ce faisant, Fram gagna de grandes richesses, mais il se heurta aux Nains qui revendiquaient le trésor de Scatha. Fram n'en voulait rien céder, pas un liard, et en lieu et place leur fit tenir les dents de Scatha montées en collier, disant :

« — Des bijoux tels ceux-là, vous n'en trouverez

point d'équivalents en vos coffres, car ils sont difficiles à se procurer.

« D'aucuns disent que, pour venger cette insulte, les Nains tuèrent Fram. Les Eothéod et les Nains étaient gens qui ne s'aimaient guère.

« Le père d'Eorl avait nom Léod. C'était un dresseur de chevaux sauvages qui, à cette époque, parcouraient nombreux le pays. Léod captura un poulain blanc qui grandit rapidement, devenant un fier cheval, vigoureux et de noble allure. Nul homme ne le pouvait dompter. Lorsque Léod s'enhardit à l'enfourcher, le cheval l'emporta en une folle chevauchée et finalement le jeta à terre ; et, sa tête heurtant un rocher, Léod mourut. Il n'avait alors que quarante-deux ans et son fils était un adolescent de seize ans.

« Eorl fit serment de venger son père. Longtemps il pourchassa le cheval, et enfin l'aperçut ; ses compagnons s'attendaient qu'il essayât de l'approcher d'assez près pour le flécher et le tuer. Mais lorsqu'il fut à portée de voix, Eorl se dressa tout debout et s'écria :

« — Viens donc ici, Funeste aux Hommes, et reçois un nouveau nom !

« A leur surprise, le cheval se tourna vers Eorl, et vint à lui et là se tint, immobile, et Eorl dit :

« — Je te nomme Felarof. Tu aimais la liberté, et je ne te le reproche point. Mais à présent tu me dois un lourd prix du sang ; en compensation, tu m'abandonneras ta liberté jusqu'au terme de tes jours.

« Et ce disant Eorl sauta sur son dos, et Felarof se fit docile, et Eorl chevaucha ainsi jusqu'à chez lui, sans bride ni mors aucun ; et depuis il le monta toujours ainsi. Le cheval comprenait tout ce que les hommes disaient, mais il ne permettait à personne, hormis Eorl, de l'enfourcher. C'est sur Felarof qu'Eorl chevaucha jusqu'au Champ du Celebrant, car ce cheval se révéla doué de même longévité qu'un Homme, et il en fut ainsi de sa descendance. C'était les *Mearas* qui ne se laissaient pas monter, sinon par le Roi de la Marche ou ses fils, et ce jusqu'au temps de Gripoil. Les Hommes disaient d'eux que le premier étalon *mearas* avait dû être amené d'Outre-Mer, des pays d'Occident, et que ce fut Béma (celui que les Eldar nomment Oromë) qui l'introduisit en Terre du Milieu.

« Des Rois de la Marche qui se succédèrent entre Eorl et Théoden, on parle surtout de Helm Hammerhand. C'était un homme rude et taillé en force. Vivait à l'époque un personnage du nom de Fréca qui prétendait descendre du Roi Fréawine, bien qu'il eût, disait-on, beaucoup de sang du Pays de Dun dans les veines et fût tout noir de cheveux. Il devint riche et puissant, propriétaire de vastes terres sur les deux rives de l'Adorn [1]. En amont, il s'était aménagé une forte place, et il se souciait fort peu du Roi Helm qui se méfiait de lui, mais le convoquait à ses conseils ; et Fréca venait quand bon lui semblait.

« A un de ces conseils, Fréca se rendit en nombreuse compagnie, et il sollicita de Helm la main de sa fille pour son fils, Wulf. Dit Helm :

« — Tu t'es fait bien prospère depuis ta venue ici mais, à mon avis, c'est surtout de la graisse !

« Et les gens de rire, car Fréca était pansu.

« Alors Fréca se mit en colère, et il agonit le Roi d'injures, disant pour terminer :

« — Les rois chenus qui refusent le bâton qu'on tend à leur vieillesse pourraient bien se retrouver à genoux !

« — Allons donc ! répondit Helm, le mariage de ton fils est une bagatelle ! Qu'on laisse Helm et Fréca en débattre entre eux plus tard ! Pour l'instant, le Roi et son Conseil ont à considérer des choses de poids.

---

1. Rivière qui prend sa source dans l'Ered Nimraïs et se jette dans l'Isen.

« Lorsque le Conseil prit fin, Helm se leva et, posant sa large main sur l'épaule de Fréca, dit :

« — Le Roi n'autorise pas les querelles en sa Maison, mais dehors on est plus libre !

« Et, contraignant Fréca à le précéder, ils sortirent d'Edoras et se retrouvèrent dans les champs. Aux hommes de Fréca qui s'approchaient il dit :

« — Allez-vous-en ! Nous n'avons nul besoin de témoins. Nous avons à parler en tête à tête d'une affaire privée. Allez donc discuter avec mes hommes.

« Et ils regardèrent alentour et virent que les hommes du Roi étaient bien plus nombreux qu'eux, et ils se retirèrent.

« — Eh bien, toi du Pays de Dun, dit le Roi, tu n'as plus que Helm devant toi, seul et sans armes. Mais tu en as déjà trop dit et c'est à moi de parler. Fréca, ton fol orgueil s'est accru à la mesure de ton gros ventre. Tu as parlé du bâton ! Si à Helm déplaît le bâton qu'on brandit à sa face, il le brise. Comme ça !

« Et, ce disant, il assena à Fréca un tel coup de poing que l'autre tomba assommé, et mourut peu après.

« Helm déclara alors ennemis du Roi le fils de Fréca et toute sa proche parentèle ; et tous ceux-là prirent la fuite, car Helm envoya sur-le-champ de nombreux Cavaliers parcourir les marches occidentales. »

Quatre ans plus tard (2758), le Rohan se vit attaqué sur tous les fronts, et le Gondor se trouvait hors d'état de le secourir car il subissait l'assaut de trois flottes de Pirates, et la guerre faisait rage sur toutes ses côtes. Dans le même temps, voici que le Rohan fut de nouveau envahi à l'est. Et ceux du Pays de Dun, saisissant l'occasion, traversèrent l'Isen et il en vint aussi d'Isengard. Bientôt on apprit que Wulf était leur chef. Ils étaient en force, ayant reçu les renforts d'ennemis du Gondor, qui avaient pris pied aux embouchures de la Lefnui et de l'Isen.

« Les Rohirrim furent battus et leurs terres ravagées par les armées ennemies, et ceux qui ne furent pas tués ou faits prisonniers fuirent par les défilés des Monts. Helm fut refoulé avec de lourdes pertes aux Gués de l'Isen ; et il se réfugia au Fort le Cor et dans les ravins en contrebas (plus tard connus sous le nom de Gouffre de Helm). Et en ce lieu se trouva assiégé. Wulf prit Edoras, il monta sur le trône à Meduseld et se déclara Roi. Là même périt Haleth, fils de Helm, le dernier de tous, en défendant les portes.

« Peu après se déchaînait le Rude Hiver, et le Rohan fut sous la neige cinq mois durant (de novembre à mars, 2758-2759). Et les Rohirrim comme leurs ennemis furent mis à dure épreuve par la froidure extrême et par la famine qui s'ensuivit et qui perdura plus encore. Dans le Gouffre de Helm, on eut grand-faim après juillet ; acculé au désespoir et contre l'avis du Roi, Hama, son plus jeune fils, tenta à la tête de quelques hommes une sortie en quête de nourriture, mais ils périrent, égarés dans la grande neige. De faim et de chagrin, Helm devint hâve et farouche ; et par la seule épouvante qu'il inspirait il valait plusieurs hommes dans la défense de Fort le Cor. Il allait tout de blanc vêtu et s'embusquait, tel un Troll des Neiges, dans le camp ennemi ; et il tuait des hommes en nombre, à mains nues. On croyait ferme que tant qu'il n'était point armé, nulle arme ne le pouvait atteindre. Ceux du Pays de Dun affirmaient que lorsque la faim poignait Helm et qu'il ne trouvait à l'assouvir, il mangeait des hommes ; et longtemps cela s'est dit au Pays de Dun. Helm avait un cor puissant, et bientôt on remarqua qu'avant de s'aventurer au-dehors il sonnait du cor et l'écho s'attardait dans le Gouffre glaçant d'effroi ses ennemis qui, au lieu de se rassembler pour le capturer ou le tuer, s'enfuyaient au plus profond de la Combe

« Une nuit, les hommes entendirent sonner le cor,

mais Helm point ne revint. Au matin, le soleil jeta un frêle rayon pour la première fois depuis de nombreux jours, et ils virent une blanche figure immobile sur la Levée, seule, car aucun de ceux du Pays de Dun n'osait l'approcher. Rigide comme le rocher se dressait Helm dans la mort, mais les genoux non fléchis. Pourtant on dit dans le Gouffre que résonne parfois encore le cor de Helm et que sa grande ire poursuit toujours les ennemis du Rohan, foudroyant de peur les Hommes.

« Peu après l'hiver céda. Alors Fréalaf, fils de Hild, la sœur de Helm, descendit de Dunharrow où s'était réfugiée une foule de gens ; et, avec une poignée d'hommes résolus, il prit Wulf par surprise à Meduseld, et le tua, reconquérant Edoras. Vinrent de fortes inondations après la fonte des neiges et le Val de l'Entalluve ne fut plus qu'un vaste marécage. Les envahisseurs orientaux venus de l'Orient périrent ou se retirèrent ; et voici qu'arrivèrent enfin les renforts mandés du Gondor, qui avaient contourné les Monts, à l'est et à l'ouest. Avant la fin de l'année (2759) ceux du Pays de Dun étaient chassés de partout et même d'Isengard ; c'est alors que Fréalaf accéda au trône.

« De Fort le Cor, on amena Helm, et on l'ensevelit sous le neuvième tertre funéraire. Depuis lors, la blanche *symbelmynë* y fleurit à foison, au point que le tertre apparaît comme enneigé. Lorsque mourut Fréalaf, on commença une nouvelle rangée de tumulus. »

Les Rohirrim furent durement éprouvés par la guerre et la famine et la perte de leur bétail et de leurs chevaux mais, fort heureusement, des années passèrent sans qu'ils aient à affronter de nouveaux dangers, car ils ne devaient recouvrer leur vigueur d'antan que sous le règne du Roi Folcwine.

Ce fut au couronnement de Fréalaf que survint Saroumane, les bras chargés de dons et louant hautement la vaillance des Rohirrim. Tous virent en lui un hôte bienvenu. Peu après, il s'installa dans Isengard, pourvu de l'autorisation de Beren, Surintendant du Gondor, car le Gondor considérait toujours Isengard comme une place forte de son royaume, et non point comme relevant de l'autorité du Rohan. Beren remit également à Saroumane les clefs d'Orthanc. La tour que jusqu'alors nul ennemi n'avait pu ébranler ou forcer.

Et c'est ainsi que Saroumane vint à se comporter comme un Seigneur parmi les Hommes ; car au début il détenait Isengard en qualité de lieutenant du Surintendant et de gardien de la Tour. Mais Fréalaf était tout aussi satisfait de cet arrangement que Beren, l'un et l'autre croyant Isengard aux mains d'un ami puissant. Et longtemps Saroumane se comporta en ami, et peut-être même fut-il un ami véritable, du moins au commencement. Mais, par la suite, on ne douta point que Saroumane ne soit venu à Isengard dans l'espoir de trouver la Pierre intacte, et dans l'intention d'asseoir son propre pouvoir. Après le dernier Conseil Blanc (2953), il nourrissait très certainement à l'égard du Rohan des projets secrètement hostiles. C'est alors qu'il fit d'Isengard sa propriété, et commença à l'aménager en une place forte et en un lieu d'épouvantements, comme pour concurrencer Barad-dûr. Il fit ses amis et ses serviteurs de tous ceux qui tenaient en haine le Gondor et le Rohan : hommes ou autres créatures bien plus redoutables.

Première Lignée

Année [1]

2485-2545 1. *Eorl le Jeune.* Ainsı nommé parce qu'il succéda à son père dans sa jeunesse et conserva sa blonde chevelure et son teint vermeil jusqu'à la fin de ses jours, lesquels furent écourtés par une nouvelle attaque des Orientaux. Eorl fut tué à la bataille du Plateau, et lors fut érigé le premier tertre funéraire. Auprès de son maître gît Felarof

2512-2570 2. *Bregon.* Il chassa l'ennemi hors du Plateau ; et le Rohan connut la paix pour de nombreuses années. En 2569, il paracheva la grande salle du trône à Meduseld. Au cours du banquet, son fils, Baldor, jura qu'il foulerait les « Chemins des Morts » et point ne s'en retourna. Bregon mourut de chagrin l'année suivante.

2544-2645 3. *Aldor l'Ancien.* Il était second fils de Bregon. Il fut dénommé l'Ancien parce qu'il vécut jusqu'à un âge avancé et fut Roi pendant soixante-quinze ans Sous son règne les Rohirrim se multiplièrent, et chassèrent ou soumirent les derniers habitants du Pays de Dun qui s'attardaient à l'est de l'Isen. Harrowdale et les autres vallons de la montagne furent colonisés. On ne

---

1. Les dates sont données selon le comput en usage au Gondor (Tiers Age).

sait pas grand-chose des trois Rois suivants, car sous leur règne le Rohan connut la paix et la prospérité.

2570-2659 4. *Fria*. Fils aîné et quatrième enfant d'Aldor · Il était déjà vieux lorsqu'il accéda au trône

2594-2680 5. *Fréawine*

2619-2699 6. *Goldwine*.

2644-2718 7. *Déor*. Sous son règne, ceux du Pays de Dun firent de nombreuses incursions au-delà de l'Isen. En 2710, ils occupèrent le cercle abandonné d'Isengard et on ne put les en déloger.

2666-2741 8. *Gram*.

2691-2759 9. *Helm Hammerhand*. A la fin de son règne, le Rohan souffrit de lourdes pertes, du fait des invasions et du Rude Hiver. Helm et ses fils Haleth et Hama périrent. Fréalaf, fils de la sœur de Helm, devint Roi.

Deuxième Lignée

2726-2798 10. *Fréalaf fils de Hild*. Sous son règne, Saroumane vint à Isengard d'où avaient été chassés ceux du Pays de Dun. Au début, les Rohirrim tirèrent profit de son amitié car ils connurent des temps de dénuement et de faiblesse extrêmes.

2752-2842 11. *Brytta*. Nommé par son peuple *Léofa*, car il était bien-aimé de tous, étant prodigue de nature et toujours empressé de secourir quiconque était dans le besoin. Sous son règne, la guerre contre les Orques faisait rage car, chassés du Nord, ils cherchaient à se retrancher dans les Montagnes Blanches. Lorsque mourut Brytta, on crut que tous les Orques avaient été exterminés. Mais il n'en était rien.

2780-2851 12. *Walda.* Il ne régna que neuf ans. Avec tous ses compagnons, il rencontra la mort dans une embuscade tendue par des Orques alors que, revenant de Dunharrow, ils chevauchaient par des sentiers de montagne.

2804-2864 13. *Folca.* C'était un illustre chasseur, mais il fit vœu de ne point chasser la bête sauvage tant qu'il resterait un seul Orque au Rohan. Lorsqu'on découvrit le dernier repaire des Orques, et qu'on le détruisit, il s'en alla traquer le Grand Sanglier d'Everholt dans la Forêt de Firien. Il tua la bête mais mourut des blessures qu'elle lui avait infligées avec ses défenses.

2830-2903 14. *Folcwine.* Lorsqu'il devint Roi, les Rohirrim avaient recouvré leurs forces. Il reconquit les marches orientales (entre l'Adorn et l'Isen) qu'avaient occupées ceux du Pays de Dun au temps des malheurs. Le Rohan avait reçu une aide considérable du Gondor à l'époque, aussi, lorsque Folcwine apprit que les Haradrim déferlaient en force sur le Gondor, il envoya d'importants renforts au secours des Surintendants. Il souhaitait en assumer lui-même le commandement mais on l'en dissuada, et ses fils jumeaux Folcred et Fastred (nés en 2858) prirent sa place à la tête de ses hommes ; ils devaient mourir côte à côte dans la bataille qui se déroula en Ithilien (2885). Turin II, Roi du Gondor, envoya à Folcwine un riche *weregild* (prix du sang) tout d'or massif.

2870-2953 15. *Fengel.* Il était le troisième fils et le quatrième enfant de Folcwine. On ne s'en souvient pas en bonne part. Il était glouton et cupide, de nourriture et d'or pareillement, et toujours en chicane avec ses maréchaux et avec ses enfants. Thengel, son troisième enfant et son seul fils, quitta le Rohan lorsqu'il atteignit l'âge d'homme et vécut longtemps au Gondor où il s'illustra au service de Turgon.

2905-2980 16. *Thengel*. Il ne prit femme que tard dans la vie mais, en 2943, il épousa Morwen de Lossarnach au Gondor, quoiqu'elle fût de dix-sept ans sa cadette. Elle lui donna trois enfants au Gondor dont Théoden, le second qui était son seul fils. Lorsque Fengel mourut, les Rohirrim le rappelèrent à l'existence, et il revint, mais de mauvais gré. Cependant, il devait se révéler un Roi bon et sage, bien qu'on parlât la langue du Gondor dans sa demeure, et il y en avait qui n'approuvaient point. Morwen lui donna deux autres filles au Rohan ; et la dernière, Théodwyn, était la plus belle, bien que tard venue (2963), l'enfant de son vieil âge. Son frère l'aimait tendrement.

Ce fut peu après le retour de Thengel que Saroumane se proclama Seigneur d'Isengard et commença à inquiéter le Rohan, empiétant sur ses frontières et soutenant ses ennemis.

2948-3019 17. *Théoden*. Il est dit Théoden Ednew dans la coutume du Rohan, car, sous l'influence des maléfices de Sauron, il sombra en un état de prostration mais fut guéri par Gandalf et, dans la dernière année de sa vie, s'éveilla à lui-même et conduisit ses hommes à la victoire devant Fort le Cor, et peu après aux Champs du Pelennor, la plus formidable bataille de cet Age. Il devait trouver la mort devant les portes de Mundburg. Il reposa quelques années dans le pays de sa naissance, parmi les Rois défunts du Gondor, mais par la suite on ramena sa dépouille au pays des Rohirrim et il gît à présent sous le huitième tumulus funéraire de sa lignée à Edoras. Lors commence une nouvelle lignée.

La Troisième Lignée

En 2989, Théodwyn épousa Eomund de l'Estfolde, Maréchal en chef de la Marche. Son fils Eomer naquit en 2991, et sa fille Eowyn en 2995. A l'époque Sauron avait resurgi et l'ombre du Mordor s'étendait jusqu'au Rohan. Les Orques commençaient à razzier les régions orientales et à tuer ou à voler des chevaux. D'autres descendirent des Monts Brumeux, et parmi eux il y avait de grands Ourouks au service particulier de Saroumane, bien que de cela, on ne s'avisa que longtemps après. Le gros des forces d'Eomund était posté dans les marches orientales dont il avait la garde ; Eomund avait la passion des chevaux, et il haïssait les Orques. Lorsque survenait la nouvelle d'une incursion d'Orques, fou de rage et inconsidérément, il se lançait à leur poursuite avec une poignée d'hommes. Et c'est ainsi qu'il périt, en l'an 3002 ; car il traqua une petite bande jusqu'aux abords de l'Emyn Muil, et là fut brusquement surpris par une horde importante embusquée dans les rochers.

Peu après Théodwyn tomba malade et mourut, au grand chagrin du Roi. Il prit auprès de lui ses enfants orphelins, et il les appelait « fils » et « fille ». Il n'avait qu'un seul enfant de son propre chef, un fils, Théodred, âgé alors de vingt-quatre ans ; car la reine Elfhild était morte en couches et Théoden ne s'était jamais remarié. Eomer et Eowyn grandirent à Edoras et ils virent l'Ombre envahir les hautes salles du Roi Théoden. Eomer était fort à la semblance de ses pères ; mais grande et élancée était Eowyn, et douée d'une grâce et d'une noble allure qui lui venaient du Sud, de Morwen de Lossarnach, celle que les Rohirrim avaient surnommée la « Scintillante » ou « Blanche comme l'acier ».

2991-3084 (Q.A. 63) *Eomer Eadig*. Tout jeune encore, il devint Maréchal de la Marche (3017) et fut investi de la fonction de son père sur les marches orientales. Lors de la Guerre de l'Anneau, Théodred tomba à la bataille des Gués de l'Isen, contre Saroumane. C'est pourquoi, avant de mourir aux Champs du Pelennor, Théoden désigna Eomer comme son héritier et le nomma Roi. En cette même journée s'illustra Eowyn, car elle se jeta dans la mêlée, chevauchant masquée ; et elle fut dès lors connue dans la Marche comme la « Dame au Bras de l'Écu [1] ».

Eomer devint un grand Roi et, comme il succéda à Théoden tout jeune encore, il régna soixante-cinq ans, plus longtemps que tous les Rois qui l'avaient précédé, hors Aldor l'Ancien. Au cours de la Guerre de l'Anneau, il se lia d'amitié avec le Roi Elessar, et avec Imrahil de Dol Amroth ; et souventes fois, il vint chevauchant au Gondor. Dans la dernière année du Tiers Age, il épousa Lothiriel, fille d'Imrahil. Leur fils, Elfwine le Blond, gouverna après lui.

Au temps d'Eomer, tout un chacun qui souhaitait

---

1. Ainsi nommée parce qu'elle eut le bras porteur de l'écu cassé par la masse d'armes du Roi-Sorcier ; mais anéanti à jamais fut le Roi-Sorcier, et pour lors s'accomplirent les paroles de Glorfindel qui avait dit au Roi Elessar que le Roi-Sorcier ne périrait pas de main d'homme. Car, dans les chants de la Marche, on raconte qu'Eowyn avait accompli son exploit grâce à l'aide de l'écuyer de Théoden, et que cet écuyer, lui non plus, n'était pas un Homme mais un Semi-Homme, originaire d'une lointaine contrée, bien qu'Eomer dût, par la suite, l'honorer en ce pays — la Marche des Cavaliers — et lui donner nom « Holdwine ». [Ce Holdwine n'est autre que Meriadoc le Magnifique qui fut Maître du Pays de Bouc.]

vivre en paix le pouvait ; aussi la population s'accrut-elle dans les vallons comme dans les plaines, et les chevaux se multiplièrent. Au Gondor régnait à présent le Roi Elessar, et il régnait aussi sur l'Arnor. Il était Roi de tous ces Royaumes d'autrefois, sauf du Rohan ; car il renouvela à Eomer le don de Cirion, et Eomer prononça à nouveau le Serment d'Eorl. Et, à maintes occasions, il mit à exécution la parole donnée. Sans doute Sauron n'était plus, mais les haines et les maux qu'il avait suscités n'avaient point tous péri avec lui, et le Roi d'Occident avait bien des ennemis à soumettre avant que l'Arbre Blanc ne puisse croître en paix. Et partout où le Roi Elessar partait guerroyer, le Roi Eomer allait de compagnie, et la cavalerie de la Marche déchaîna son tonnerre au-delà de la Mer de Rhûn et sur les lointaines plaines du Sud ; et jusqu'à ce qu'Eomer se fît vieux, le cheval blanc sur champ de sinople flotta aux vents de bien des pays divers.

III

LES GENS DE DURIN

Chez les Eldar comme chez les Nains eux-mêmes, on raconte d'étranges choses sur les commencements du peuple des Nains ; mais tout cela se situe si loin en amont de nos jours qu'on en dira peu ici. Durïn est le nom que les Nains attribuaient à l'aîné des Sept Pères de leur race, ancêtre de tous les Rois à la Barbe fleurie. Longtemps il dormit solitaire, jusqu'à l'aurore des temps et l'éveil de son peuple, puis vint à Azanulbizar ;

et il fit sa demeure dans les grottes au-dessus de Kheled-zâram, à l'est des Monts Brumeux, là où plus tard furent les Mines de la Moria, célébrées dans les chansons.

Il vécut là si vieux que par monts et par vaux il fut dit Durïn Trompe la Mort ; et pourtant il mourut enfin, avant le terme des Jours Anciens, et sa tombe se trouve au Khazad-dûm ; mais sa lignée jamais ne tarit et, par cinq fois, il naquit en sa Maison un héritier si fort à la semblance de son Ancêtre qu'il fut nommé Durïn. De fait, les Nains voyaient en lui la réincarnation de Durïn Trompe la Mort ; car ils possédaient bon nombre de légendes et de croyances étranges sur eux-mêmes et sur leur destin en ce monde.

Lorsque le Premier Age prit fin, le pouvoir et l'opulence du Khazad-dûm s'accrurent considérablement, car le pays s'enrichit d'une multitude de gens, de leurs savoir et savoir-faire, venus des anciennes cités de Nogrod et de Belegost, dans les Montagnes Bleues, cités détruites lorsque fut jeté bas le Thangorodrim. La puissance de la Moria se maintint à travers toutes les Années Sombres et sous l'empire de Sauron, car, bien que l'Eregion fût ravagé et les Portes de la Moria fussent closes, les salles souterraines du Khazad-dûm étaient trop profondément et solidement retranchées et s'y pressait un peuple trop nombreux et vaillant pour que Sauron en vienne à bout de l'extérieur. Ainsi ses richesses demeurèrent-elles longtemps intactes, bien que sa population ait commencé à décroître.

Et, vers le milieu du Tiers Age, il advint que le Roi était de nouveau Durïn, sixième du nom. Le pouvoir de Sauron, serviteur de Morgoth, s'affirmait de nouveau alentour, bien qu'on ignorât encore quelle était cette Ombre qui gagnait la Forêt du côté de la Moria. Toutes créatures malfaisantes s'agitaient. Les Nains, à l'époque, fouillaient toujours plus profond sous Barazinbar en quête de *mithril*, le métal sans prix qui chaque année se faisait plus difficile à extraire. Et c'est ainsi qu'ils tirèrent de son sommeil [1] un être immonde qui, s'échappant des ruines du Thangorodrim, était resté tapi dans les tréfonds de la terre, depuis la venue de l'Armée d'Occident : un Balrog de Morgoth. Et il tua Durïn et, l'année suivante, son fils Naïn Ier ; et ainsi s'éclipsa la gloire de la Moria, et son peuple fut décimé ou prit la fuite, se réfugiant au loin.

La plupart de ceux qui s'échappèrent purent gagner le Nord, et Thraïn Ier, le fils de Naïn, vint à Erebor, au Mont Solitaire, sur la lisière occidentale de la Forêt Noire, et là il se lança en de nouvelles entreprises et devint Roi sous la Montagne. En Erebor, il trouva la Pierre Arken, le Cœur de la Montagne. Mais Thorïn Ier, son fils, s'exila et il s'en fut au Grand Nord, s'établissant dans les Montagnes Grises où s'assemblaient à présent la plupart des gens de Durïn ; car riches étaient ces monts et peu exploités. Mais les solitudes au-delà étaient fréquentées par des dragons ; et, bien des années plus tard, ces dragons redevinrent puissants et se multiplièrent, et ils firent la guerre aux Nains, pillant leurs installations. Et tout à la fin, Daïn Ier et son second fils Fror furent tués aux portes du palais par un dragon, un Grand Drac au sang glacé.

Peu après, la plupart des gens de Durïn abandonnèrent les Montagnes Grises. Gror, le fils de Daïn, s'en fut avec nombre de ses compagnons, aux Monts du Fer ; mais Thrôr, héritier de Daïn, avec Borïn, le frère de son père, et le reste de la population, revint en Erebor. Thrôr rapporta la Pierre Arken et la replaça dans la Haute Salle du Palais de Thraïn ; lui et son peuple prospérèrent et s'enrichirent et ils gagnèrent l'amitié de tous les Hom-

---

1. Ou bien le délivrèrent de sa prison ; il est fort probable qu'il avait déjà été tiré de son sommeil par Sauron.

mes qui séjournaient alentour. Car ils fabriquaient non seulement des objets étonnants et de rare beauté, mais aussi des armes et des armures de grande valeur ; et il y avait un commerce actif de minerai entre eux et leurs parents dans les Monts du Fer. Ainsi les Hommes du Nord qui vivaient entre la Celduin (la Rivière Vive) et la Carnen (la Rivière Rouge) reprirent courage et refoulèrent tous les ennemis en provenance de l'est ; les Nains vécurent dès lors dans l'abondance, et on chantait et festoyait dans les Hautes Salles d'Erebor.

Ainsi se propagea la rumeur des richesses d'Erebor, et elle atteignit les oreilles des dragons ; et voici que Smaug le Doré, le plus puissant dragon de son temps, se leva et attaqua par surprise le Roi Thrôr, se jetant tout feu et flammes sur la Montagne. En peu de temps, le Royaume sous la Montagne fut cendres et ruines, et la ville voisine de Dale dévastée de fond en comble ; mais Smaug pénétra dans la Grande Salle, et là prit ses aises sur un lit d'apparat.

Les parents de Thrôr échappèrent en nombre au sac et à l'incendie du palais ; et les derniers de tous à se glisser hors des salles par une porte dérobée furent Thrôr lui-même et son fils Thraïn II. Ils s'en allèrent au sud avec leurs familles [1] et longtemps errèrent sous les nues. Les accompagnaient une poignée de proches et quelques fidèles partisans.

Bien des années plus tard, Thrôr, tout chenu à présent et miséreux, remit à son fils Thraïn le seul trésor qu'il détenait encore, le dernier des Sept Anneaux, et puis s'en fut, solitaire, avec un seul vieux compagnon

---

1. Parmi lesquels se trouvaient les enfants de Thraïn II : Thorïn Écu-de-Chêne, Frerïn et Dis. Pour les Nains, Thorïn était alors un jeune garçon. On devait apprendre par la suite que les gens du Peuple sous la Montagne étaient parvenus à s'échapper bien plus nombreux qu'on ne l'avait cru ; mais la plupart des rescapés s'en allèrent vivre dans les Monts du Fer.

nommé Nar. A propos de l'Anneau, il dit à Thraïn, en le quittant :

— Voici de quoi fonder ta nouvelle fortune, bien que cela soit chose peu probable. Mais il faut de l'or pour gagner de l'or.

— Certes, tu ne songes pas à revenir en Erebor ? dit Thraïn.

— A mon âge, non point, dit Thrôr, je te lègue, à toi et à tes fils, notre devoir de vengeance à l'encontre de Smaug. Mais je suis las de vivre dans le dénuement et d'encourir le mépris des Hommes. Je m'en vais voir ce que je peux trouver.

Il partit et ne dit point où.

L'âge, peut-être, et les malheurs lui avaient dérangé l'esprit, et ses sombres ruminations sur les splendeurs révolues de la Moria du temps de ses ancêtres ; mais il se peut aussi que, son maître s'étant éveillé, l'Anneau ait retrouvé ses pouvoirs maléfiques, et qu'Il ait incité Thrôr à de folles actions et à la destruction. Abandonnant le Pays de Dun où il vivait à l'époque, Thrôr gagna le Nord en compagnie de Nar ; ils franchirent la Porte de Rubicorne et se frayèrent un chemin jusqu'à Azanulbizar.

Lorsque Thrôr vint à la Moria, la Porte était ouverte. Nar le supplia de se méfier, mais il ne l'écouta pas, et entra fièrement comme qui vient reprendre possession de son légitime héritage. Et point ne réapparut. Longtemps, Nar se tint caché aux alentours. Un jour, il entendit un cri terrible ; puis retentit le cor, et on jeta un cadavre sur les marches. Pressentant qu'il s'agissait de Thrôr, Nar se mit à ramper vers lui, mais une voix s'éleva de derrière la Porte : « Approche donc, barbu ! On t'a vu ! Mais tu n'as rien à craindre aujourd'hui. Nous avons besoin de toi comme messager. »

Nar se porta alors en avant, et trouva qu'il s'agissait en effet de la dépouille mortelle de Thrôr, mais décapitée, la tête gisant loin du corps, la face contre terre. Et Nar était là agenouillé lorsqu'il entendit un rire d'Orque dans l'ombre, et la voix dit : « Les mendiants qui ne patientent pas aux portes, mais s'insinuent pour voler, voilà comment nous les traitons ! Et si d'autres de chez vous viennent fourrer leurs sinistres barbes ici, ils subiront même sort. Va donc les avertir ! Et si les gens de sa parenté désirent savoir qui, à présent, est Roi ici-bas, le nom est là, écrit sur sa face. C'est moi qui l'ai écrit. Je l'ai tué ! Je suis le maître ! »

Nar retourna alors la tête et lut, marqué au fer rouge en runes des Nains afin que tous le puissent déchiffrer, le nom AZOG. Et ce nom s'inscrivit depuis lors en lettres de flamme dans son cœur, et dans le cœur de tous les Nains. Nar se baissa pour prendre la tête, mais la voix d'Azog retentit [1] :

« Lâche-le ! File ! Voici ton salaire, mendiant barbu ! » et il reçut de plein fouet une petite bourse contenant quelques menues pièces de peu de valeur.

Sanglotant, Nar prit la fuite, longeant le Cours d'Argent, et, se retournant une dernière fois, il vit que les Orques rassemblés devant la Porte s'affairaient au dépeçage du corps, opérant à grands coups de hache, et lançant les morceaux aux noirs corbeaux alentour.

Tel fut le récit que Nar rapporta à Thraïn, et lorsque Thraïn eut pleuré son saoul, et qu'il eut arraché sa barbe, il fit silence. Sept jours durant, il demeura silencieux et ne souffla mot. Puis se leva et dit : « Voici qui ne se peut tolérer ! » Et commença la Guerre des Nains et des Orques, guerre longue et terrible, les ennemis s'affrontant le plus souvent dans les entrailles de la terre.

Thraïn envoya sur-le-champ des messagers chargés de relater les faits, au nord et à l'est et à l'ouest, mais

---

1. Azog était le père de Bolg

trois ans devaient s'écouler avant que les Nains n'aient rassemblé leurs forces. Les gens de Durïn prirent les armes et d'importants renforts vinrent se joindre à eux, mandés par les Pères des autres Maisons ; car l'affront perpétré envers l'Héritier de la branche aînée leur mettait à tous la rage au cœur. Lorsque tout fut prêt, ils attaquèrent et mirent à sac, l'une après l'autre, toutes les places fortes des Orques, depuis Gundabad jusqu'à la Rivière aux Iris. Les deux côtés se battaient avec acharnement et sans faire de quartier, et de cruels exploits de mort s'accomplirent et de jour et de nuit. Mais les Nains remportèrent la victoire, car ils étaient en nombre et munis d'armes imparables, et brûlait en eux le feu de la colère, et ils pourchassèrent Azog, le traquant dans toutes ses retraites souterraines.

Vint un moment où tous les Orques qui avaient fui devant eux se retrouvèrent sous la Moria, traqués par l'Armée des Nains qui parvint ainsi à Azanulbizar. C'était une vallée largement évasée entre les contreforts des Montagnes aux abords du Lac Kheled-zâram, laquelle avait fait partie dans le passé du royaume du Khazad-dûm. Lorsque les Nains aperçurent les Portes de leurs anciennes demeures, ils poussèrent une immense clameur qui roula comme le tonnerre dans la vallée. Mais une puissante armée ennemie était postée sur les versants, et hors des Portes affluait une multitude d'Orques, des troupes fraîches tenues en réserve par Azog pour l'ultime affrontement.

Au début la fortune des batailles fut contraire aux Nains ; car c'était un sombre jour d'hiver sans soleil, et les Orques tenaient bon ; ils étaient plus nombreux que leurs ennemis et ils occupaient les hauteurs. Ainsi commença la Bataille d'Azanulbizar (de Nanduhirion en langage elfique) dont le souvenir fait encore trembler les Orques et pleurer les Nains. L'assaut initial lancé par Thraïn à la tête de l'avant-garde fut repoussé avec pertes, et Thraïn fut refoulé avec ses troupes dans un bois de hautes futaies qui à l'époque environnait encore le Kheled-zâram. Là tomba Frerïn, son fils, et Fundïn, son parent, et bien d'autres, et Thraïn et Thorïn furent tous deux blessés [1]. Ailleurs, la bataille demeura indécise, meurtrière de part et d'autre, mais en fin de compte le peuple des Monts du Fer fit pencher la victoire du côté des Nains. En effet, survenant sur le tard, les troupes fraîches de Naïn, fils de Gror, revêtues de cottes de mailles, se frayèrent un chemin parmi les Orques jusqu'au seuil même de la Moria ; criant « Azog ! Azog ! » et brandissant leurs haches d'armes, ils abattaient tout ce qui se trouvait sur le passage.

C'est alors que Naïn, debout devant la Porte, s'écria d'une voix puissante : « Azog ! Sors donc si tu es là ! A moins que le jeu qui se joue dans la vallée ne soit trop brutal pour toi ! »

Et s'avança Azog : c'était un Orque gigantesque, à la tête énorme coiffée de fer, mais une créature rapide et puissante. Et se pressaient à sa suite d'autres de même espèce, les guerriers de sa garde personnelle ; comme ils s'attaquaient aux compagnons de Naïn, Azog se tourna vers Naïn et dit : « Quoi ! Encore un mendiant à ma porte ! Dois-je te marquer au fer rouge, toi aussi ! » Sur ces mots, il se rua vers Naïn et ils luttèrent. Mais Naïn était quasi aveugle de rage et recru de fatigue pour avoir tant combattu, tandis qu'Azog était frais et dispos, et mauvais et félon de nature. A l'instant Naïn frappa avec toute la force qui lui restait, mais Azog esquiva le coup et estoqua Naïn aux jambes, si puissamment que la hache se fendit sur la pierre où se tenait Naïn, et

---

1. On raconte que le bouclier de Thorïn fut fendu en deux, et qu'il le jeta au loin, et avec sa hache abattit une branche de chêne et l'empoigna de la main gauche, pour se garder des coups que lui portait l'ennemi ou pour s'en servir comme d'une massue. D'où son nom.

celui-ci trébucha en avant ; prenant son élan, Azog le frappa alors violemment au cou : le tranchant n'entama point le gorgerin mais le coup était si terrible que Naïn eut les vertèbres brisées, et il s'effondra, mort.

Azog éclata de rire et il leva la tête pour proclamer sa victoire ; mais le cri s'éteignit dans sa gorge, car il vit que son armée, dans la vallée, était en pleine déroute, et que les Nains massacraient — qui à droite, qui à gauche — tous ceux qu'ils trouvaient sur leur passage ; ceux qui parvenaient à leur échapper fuyaient vers le sud et, tout courant, hurlaient d'épouvante. Et alentour les soldats de sa garde gisaient tous morts. Il fit demi-tour et se précipita vers la Porte.

Quatre à quatre, un Nain escalada les marches à sa poursuite, et il brandissait une hache écarlate. C'était Daïn Pied d'Acier, fils de Naïn. Il rattrapa Azog juste devant la Porte et, là, il l'abattit et lui trancha la tête. On tint cela pour un grand exploit, car Daïn était tout jeune encore, selon le comput des Nains. Et il avait devant lui une longue vie et maintes batailles avant que, tout chenu et toujours invincible, il ne trouvât la mort dans la Guerre de l'Anneau. Mais tout intrépide et bouillant de fureur qu'il fût, on dit que, se retournant et redescendant les marches, il était blême, la contenance grise, comme quelqu'un qui a éprouvé une épouvante indicible.

La victoire enfin assurée, les Nains rescapés se rassemblèrent à Azanulbizar. Ils prirent la tête d'Azog, lui fourrèrent dans la bouche la bourse contenant la menue monnaie de la honte, et ils fichèrent la tête sur un piquet. Mais il n'y eut ni festin ni chansons ce soir-là ; car innombrables étaient leurs morts au point que les Nains survivants étaient incapables de chiffrer leur deuil. Tout juste la moitié d'entre eux, dit-on, pouvait encore se tenir debout, ou espérer se rétablir.

Néanmoins au matin, Thraïn se dressa devant eux. Il avait un œil aveugle et sans espoir de guérison, et il boitait, une jambe blessée ; mais il dit : « Voici qui est bien ! Nous avons remporté la victoire. Le Khazad-dûm est à nous ! »

Ils lui répliquèrent, disant : « Sans doute es-tu l'héritier de Durïn, mais, tout borgne que te voilà, tu devrais voir plus clair que cela. Nous avons fait la guerre pour tirer vengeance, et nous nous sommes vengés. Mais la vengeance est chose amère. Si c'est là une victoire, eh bien nos mains sont trop petites pour en contenir le fruit. »

Et ceux qui n'appartenaient pas au peuple de Durïn dirent aussi : « Le Khazad-dûm n'était pas la maison de nos Pères. Qu'est-il pour nous, sinon le lieu chimérique d'un trésor ? Mais à présent s'il nous faut nous passer de butin, et du prix du sang qui nous est dû, qu'on nous laisse retourner au plus vite chez nous, et nous n'en serons que plus contents. »

Thraïn se tourna alors vers Daïn et dit :

— Ceux de ma parentèle m'abandonneront-ils ?

— Non certes, dit Darïn, tu es le Père de notre peuple et nous avons versé notre sang pour toi, et nous le verserons encore. Mais nous n'entrerons pas au Khazad-dûm ; et toi non plus, tu n'entreras pas au Khazad-dûm. Je suis le seul dont le regard ait percé l'Ombre du Portail. Au-delà de cette Ombre, elle est là, qui toujours t'attend : la Malédiction de Durïn. Il faudra que le monde subisse de grands changements et que s'érige un pouvoir autre que le nôtre avant que les Gens de Durïn puissent de nouveau occuper la Moria.

De sorte qu'après la Bataille d'Azanulbizar les Nains une fois encore se dispersèrent de par le monde. Mais, tout d'abord, ils dépouillèrent soigneusement leurs morts afin que si les Orques d'aventure revenaient, ils ne puissent trouver rien là, à usage de butin, ni cottes de mailles, ni armes aucunes. On dit que chaque Nain quitta le champ de bataille, courbé sous un lourd fardeau. Ils construisirent ensuite de nombreux bûchers et brûlèrent les corps de tous leurs parents, et on abattit quantité d'arbres dans la vallée qui devait demeurer dénudée à jamais. Et d'aussi loin que la Lorien, on put percevoir l'âcre fumée du grand brasier [1].

Lorsque les furieuses flammes furent cendres, les alliés s'en retournèrent dans leur propre pays, et Daïn Pied d'Acier ramena le peuple de son père aux Monts du Fer. Là, face au grand pieu où était fichée la tête de l'ennemi, Thraïn dit à Thorïn Écu-de-Chêne :

— Certains trouveront cette tête bien cher payée ! Pour elle, nous avons donné rien moins que notre royaume. T'en retourneras-tu avec moi à la forge ? Où iras-tu mendier ton pain aux seuils des orgueilleuses demeures ?

— A la forge, répondit Thorïn, le travail du marteau nous gardera au moins le bras solide, jusqu'à ce que nous ayons à manier de nouveau des outils plus acérés !

Ainsi Thraïn et Thorïn et les quelques partisans qui leur restaient (parmi lesquels se trouvaient Balïn et Gloïn) revinrent au Pays de Dun et, peu après, ils s'en furent errer en Eriador, jusqu'à ce qu'ils trouvent à s'établir en une terre d'exil, à l'est de l'Ered Luin, au-delà de la Lune. Et, durant cette période, la plupart des objets qu'ils forgèrent étaient de fer ; cependant ils pros-

---

1. Traiter ainsi leurs morts faisait grand peine aux Nains car c'était contre tous leurs usages. Mais il aurait fallu de nombreuses années pour leur ménager une sépulture coutumière, car ils avaient pour loi de déposer leurs morts, non point dans la terre, mais seulement dans la pierre. Aussi choisirent-ils le feu, plutôt que d'abandonner leurs proches aux bêtes, aux oiseaux de proie ou aux Orques dévoreurs de charogne. Mais on honora la mémoire de tous ceux qui périrent à Azanulbizar, et jusqu'à aujourd'hui un Nain dira fièrement, de l'un de ses ancêtres : « C'est un Nain brûlé. »

périrent plus ou moins, et leur nombre lentement s'accrut [1]. Mais, comme l'avait dit Thrôr, l'Anneau a besoin d'or pour engendrer de l'or ; et de l'or, ou de tout autre métal précieux, ils n'en avaient point, ou si peu.

De cet Anneau, on dira seulement quelques mots. Les Nains du Peuple de Durïn croyaient qu'Il était le Premier des Sept à avoir été forgé ; et ils disaient qu'Il avait été donné au Roi du Khazad-dûm, Durïn III, non pas par Sauron, mais par les Forgerons Elfes eux-mêmes bien que, sans nul doute, l'Anneau véhiculât le maléfique pouvoir de Sauron qui avait contribué en personne à les façonner, tous les Sept. Mais quiconque possédait l'Anneau n'en faisait pas étalage et n'en parlait point, et rarement s'en départissait sauf à l'article de la mort, si bien que les autres ne savaient pas avec certitude qui en avait reçu la garde. Certains pensaient qu'Il était resté au Khazad-dûm, au tréfonds des sépultures royales, à supposer qu'on ne les ait point dérangées et pillées ; mais parmi les proches de l'Héritier de Durïn, on croyait (à tort) que Thrôr l'avait sur lui lorsqu'il avait eu la témérité de retourner dans la Moria. Et ce qui en était advenu, on l'ignorait, car on ne le trouva pas sur le cadavre d'Azog [1].

Cependant il se pourrait bien, comme le pensent les Nains à l'heure actuelle, que Sauron, par ses ruses artificieuses, soit parvenu à découvrir qui était en possession de cet Anneau, le dernier à demeurer libre, et que les malheurs singuliers des Héritiers de Durïn aient été dus, pour une large part, à ses maléfices. Car les Nains s'étaient révélés indomptables par ces moyens-là. Sur eux, les Anneaux avaient pour seul pouvoir d'aviver leur convoitise de l'or et des biens précieux, de telle

---

1. Ils comptaient très peu de femmes parmi eux. Dis, la fille de Thraïn, était là. Elle était la mère de Fili et de Kili, nés dans l'Ered Luin. Thorïn n'avait pas de femme.

sorte que, s'ils en manquaient, toute chose leur semblait de maigre profit et saveur, et ils étaient pleins de colère et du désir de tirer vengeance de ceux qui les en privaient. Mais, dès leur venue au monde, ils appartenaient à une espèce capable de résister obstinément à toute tentative de domination. On pouvait les tuer ou les vaincre, mais non point les réduire à l'état d'ombres soumises à la volonté d'autrui ; pour la même raison, leur vie n'était guère affectée par un quelconque Anneau, et leur longévité ne s'en trouvait ni écourtée ni accrue. Sauron haïssait d'autant les possesseurs de l'Anneau, et souhaitait les en déposséder.

Aussi bien est-ce peut-être, en partie, la malignité de l'Anneau qui après quelques années rendit Thraïn d'humeur inquiète et chagrine. Toujours le hantait la convoitise de l'or. A la fin, ne pouvant plus y résister, il se prit à penser à Erebor et résolut de s'y rendre à nouveau. A Thorïn il ne dit mot de ce qui lui tenait à cœur mais, avec Balïn et Dwalïn et quelques autres, il se leva, fit ses adieux et s'en alla.

On ne sait pas grand-chose de ce qu'il advint de lui par la suite. On pense volontiers, à présent, qu'à peine avait-il pris le large, avec ses quelques compagnons, qu'il fut pourchassé par les émissaires de Sauron. Des loups le traquèrent, des Orques le piégèrent, des oiseaux de malheur offusquèrent son chemin ; et plus il poussait vers le nord, plus se multipliaient les funestes incidents. Vint une nuit obscure où lui et ses compagnons erraient dans les régions au-delà de l'Anduin, et une pluie violente les força à chercher refuge sous les frondaisons de la Forêt Noire. Au matin, Thraïn n'était plus là, et ses compagnons le hélèrent — en vain. Plusieurs jours durant, ils le cherchèrent, mais au bout du compte, abandonnant tout espoir, ils s'en furent retrouver Thorïn. Bien longtemps après, on devait apprendre que Thraïn avait été pris vivant et jeté aux oubliettes de Dol

Guldur ; qu'on lui avait dérobé l'Anneau ; qu'en ce lieu il avait souffert la torture et qu'en ce lieu enfin il était mort.

Et c'est ainsi que Thorïn Écu-de-Chêne devint l'Héritier de Durïn, mais un héritier sans espoir d'héritage. Lors du sac d'Erebor, il était trop jeune pour porter les armes mais, à Azanulbizar, il s'était battu aux premiers rangs des assaillants ; et, quand disparut Thraïn, il avait quatre-vingt-quinze ans ; c'était un Nain illustre et de fière allure. Il ne possédait pas d'Anneau et (peut-être pour cette raison) il paraissait satisfait de demeurer en Eriador. Il travailla dur et s'enrichit tant qu'il put, et son peuple s'accrut des débris du Peuple de Durïn, qui ayant entendu parler de son établissement à l'Ouest vinrent à lui dans leurs errances. Et voilà qu'ils avaient de nouveau de belles demeures dans les montagnes et abondance de biens dans leurs magasins, et leur séjour ne semblait pas si déplaisant ; mais malgré cela ils ne cessaient d'évoquer, dans leurs chants, leur languir du Mont Solitaire au loin, du trésor, et les merveilles de la Grande Salle sous les feux de la Pierre Arken.

Et les années s'accumulèrent. Dans le cœur de Thorïn, les braises s'attisaient lorsqu'il ruminait l'injure faite à sa Maison et le devoir de vengeance dont il avait hérité à l'encontre du Dragon. Et, tandis que résonnait la forge sous son puissant marteau, il songeait armes, armées, alliances ; mais les armées étaient dispersées, les alliances rompues et peu nombreuses les haches de son peuple ; et la rage au cœur il frappait le fer rouge sur l'enclume.

Mais survint une rencontre de pur hasard entre Gandalf et Thorïn, qui modifia les fortunes de la Maison de Durïn, et eut d'autres conséquences, plus grandioses encore. Un beau jour [1] Thorïn, revenant de voyage,

---

1. Le 15 mars 2941.

s'arrêta à Bree pour la nuit. Et Gandalf s'y trouvait lui aussi. Il s'en allait visiter la Comté où il ne s'était pas rendu depuis une vingtaine d'années. Il était las, et voulait s'y reposer quelque temps.

Parmi nombre d'autres soucis, il s'inquiétait des dangers qui menaçaient le Nord, car il savait déjà à l'époque que Sauron préparait la guerre, et qu'il avait l'intention d'attaquer Fondcombe dès qu'il se sentirait assez fort. Mais, pour opposer une résistance à toute tentative des Orientaux de regagner les territoires de l'Angmar et les passes septentrionales dans les montagnes, il n'y avait plus personne, hors les Nains des Monts du Fer. Car, au-delà, c'étaient les terres désolées où rôdait le Dragon. Et ce dragon, Sauron pouvait l'utiliser avec une redoutable efficacité. Comment donc en finir avec Smaug ?

A cela justement réfléchissait Gandalf lorsque Thorïn se présenta devant lui et dit :

— Maître Gandalf, je ne vous connais que de vue, mais aujourd'hui je suis heureux de parler avec vous, car bien souvent, ces temps-ci, vous avez occupé mes pensées, tout comme si quelque chose m'enjoignait de venir vous trouver ; et je l'aurais fait si j'avais su où vous joindre.

Gandalf le contempla avec stupeur :

— Voici qui est étrange, Thorïn Écu-de-Chêne, dit-il, car moi aussi j'ai pensé à toi ; et, bien que je sois en route pour la Comté, je songeais que le chemin passe non loin de tes somptueuses demeures.

— Somptueuses, dites-vous, répondit Thorïn. Ce n'est qu'un pauvre logis d'exilé. Mais vous y serez le bienvenu, si vous daignez vous avancer. Car on dit que vous êtes sage, et en savez plus long que tout autre sur ce qui se passe dans le monde ; j'ai bien des choses qui me tracassent et serai heureux d'avoir votre avis.

— Je viendrai, dit Gandalf, car je pense qu'un souci

au moins nous est commun. Je songe au Dragon d'Erebor et je ne crois pas que le petit-fils de Thrôr en ait perdu la mémoire.

Ailleurs, on relate ce qui résulta de cette rencontre : le plan singulier qu'ourdit Gandalf pour venir en aide à Thorïn ; comment Thorïn et ses compagnons se mirent en route, quittant la Comté en quête du Mont Solitaire, et quelles conséquences imprévues et grandioses eurent leurs actions. Mais ici on évoquera seulement ce qui concerne directement les Gens de Durïn.

Le Dragon fut tué par Bard d'Esgaroth, mais la bataille fit rage dans le Val. Car les Orques assaillirent Erebor dès qu'ils eurent vent du retour des Nains ; et à leur tête était Bolg, fils de cet Azog que Daïn avait tué dans sa jeunesse. Au cours de cette première Bataille du Val, Thorïn Écu-de-Chêne fut blessé à mort ; il expira, et on l'ensevelit sous la Montagne, la Pierre Arken reposant en son giron. Et périrent aussi au combat Fili et Kili, les fils de sa sœur. Daïn Pied d'Acier, venu des Monts du Fer à son secours, son cousin et aussi son héritier légitime, devint alors Daïn II, le Roi, et fut restauré le Royaume sous la Montagne, ainsi que l'avait souhaité Gandalf. Daïn devait se révéler un grand Roi, et sage aussi bien ; les Nains prospérèrent sous son règne et recouvrèrent leur puissance d'autrefois.

A la fin de l'été de cette même année (2941), Gandalf parvint enfin à convaincre Saroumane et le Conseil Blanc d'attaquer Dol Guldur, et Sauron fit alors retraite et se retira au Mordor y chercher refuge, croyait-il, contre tous ses ennemis. Aussi lorsque la Guerre éclata, le principal assaut fut dirigé vers le sud ; néanmoins, avec sa droite capable de porter au loin, Sauron aurait pu déchaîner bien des horreurs dans le Nord, si le Roi Daïn ou le Roi Brand ne lui avaient pas barré la route. Tout comme devait le dire Gandalf par la suite à Frodon et Gimli, lorsqu'ils séjournèrent auprès de lui à

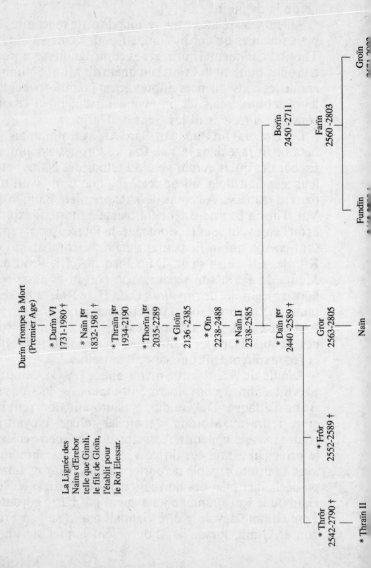

La Lignée des Nains d'Erebor telle que Gimli, le fils de Glóin, l'établit pour le Roi Elessar.

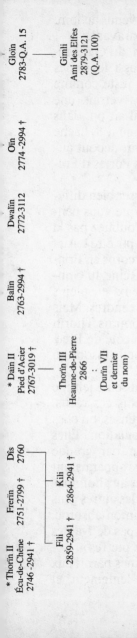

Fïli 2859-2941 †						
Kïli 2864-2941 †						
Thorïn II Écu-de-Chêne 2746-2941 †	Frerïn 2751-2799 †	Dïs 2760	* Daïn II Pied d'Acier 2767-3019 †	Balin 2763-2994 †	Dwalin 2772-3112	Oïn 2774-2994 †

* Daïn II Pied d'Acier 2767-3019 †

Thorïn III Heaume-de-Pierre 2866

⋮

(Durïn VII et dernier du nom)

Gloïn 2783-Q.A. 15

Gimli Ami des Elfes 2879-3121 (Q.A. 100)

Fondation d'Erebor, 1999.
Mort de Daïn Ier, tué par un dragon, 2589.
Retour à Erebor, 2590.
Sac d'Erebor, 2770.
Meurtre de Thrór, 2790.
Rassemblement armé des Nains, 2790-2793.
Guerre des Nains et des Orques, 2793-2799.

Bataille de Nanduhirion, 2799.
Thraïn s'en va errant, 2841.
Mort de Thraïn et perte de son Anneau, 2850.
Bataille des Cinq Armées et mort de Thorïn II, 2941.
Balin va à la Moria, 2989.

Désigne le nom de ceux qui furent reconnus Rois du Peuple de Durïn, en exil ou non. Parmi les autres compagnons de Thorïn Écu-de-Chêne lors de l'expédition d'Erebor, Ori, Nori et Dori appartenaient également à la Maison de Durïn, et ils étaient cousins éloignés de Thorïn : Bifur, Bofur et Bombur étaient les descendants de Noirs de la Moria, mais ils n'étaient pas de la lignée de Durïn. Pour le signe †, voir p. 242

Minas Tirith. De tous ces événements survenus au loin, Gondor avait eu vent, peu de temps auparavant.

« J'ai eu du chagrin à la mort de Thorïn, dit Gandalf, et voici qu'on dit que Daïn est tombé lui aussi, les armes à la main, dans la Bataille du Val, tout juste comme nous autres combattions ici même. J'y verrais une lourde perte, n'était-ce l'étonnement qu'il ait pu, dans son grand âge, manier encore si puissamment la hache de guerre, ainsi qu'on le décrit, dressé tout debout au-dessus du corps du Roi Brand, devant les Portes d'Erebor jusqu'à la tombée de la nuit.

« Pourtant les choses auraient pu se passer bien différemment et tout cela être bien pire. Lorsque vous penserez à la grande Bataille du Pelennor, n'oubliez pas la Bataille du Val. Pensez à ce qui aurait pu être ! Aux flammes du dragon et aux féroces corps à corps en Eriador, à la nuit sur Fondcombe ! Et pas de Reine au Gondor. Et nous autres revenant victorieux et pleins d'espoir pour ne trouver ici que ruines et cendres. Mais cela fut évité — parce qu'un soir je rencontrais Thorïn Écu-de-Chêne, au seuil du printemps, du côté de Bree. Une pure rencontre de hasard, comme nous disons en Terre du Milieu. »

Dis était la fille de Thraïn II. Elle est la seule femme du peuple des Nains à être nommée dans ces récits. Gimli dit que les Naines sont peu nombreuses, qu'elles ne forment guère qu'un tiers de la population. Elles s'éloignent rarement des villages sinon par grande nécessité. Et lorsqu'elles se déplacent, elles apparaissent par la voix, la figure et la vêture si pareilles aux hommes de leur peuple que les oreilles et les yeux des autres gens ne les peuvent distinguer. D'où cette opinion absurde, répandue parmi les Hommes, qu'il n'y a pas de Naines et que les Nains « sont engendrés par les pierres ».

C'est en raison du petit nombre de Naines parmi eux que l'espèce des Nains ne s'accroît que lentement, et qu'elle se voit menacée dès lors qu'elle n'a point de demeure assurée. Car les Nains ne prennent qu'une seule épouse — ou époux — au cours de leur vie, et sont fort jaloux pour tout ce qui concerne leurs droits. De fait, ils sont moins d'un tiers à contracter mariage ; quant au reste, il y en a qui désirent une Naine qu'ils ne peuvent obtenir, et n'en veulent point prendre une autre. Et nombreux sont-ils à ne pas souhaiter se marier, si grande est leur passion pour le métier qu'ils exercent.

Bien connu est Gimli, le fils de Gloïn, car il fut l'un des Neuf Marcheurs qui parcoururent le monde avec l'Anneau ; et il se tint aux côtés du Roi Elessar durant toute la Guerre. Il fut réputé Ami des Elfes, en raison de la tendre amitié qui existait entre lui et Legolas, le fils du Roi Thranduil ; et de sa révérente admiration pour la Dame Galadriel.

Après la chute de Sauron, Gimli conduisit au sud une partie du peuple des Nains d'Erebor, et là-bas devint Seigneur des Cavernes Étincelantes. Lui et son peuple réalisèrent maintes grandes œuvres au Gondor et au Rohan. Ils forgèrent des Portes pour Minas Tirith, en acier et en *mithril*, en remplacement de celles qu'avait brisées le Roi-Sorcier. Legolas, l'ami de Gimli, amena aussi dans le Sud des Elfes qui s'étaient réfugiés à Vertbois, et ils vécurent en Ithilien ; et ainsi l'Ithilien redevint-il le bon pays, le meilleur qui soit en Terre d'Occident.

Mais lorsque le Roi Elessar se démit de son existence terrestre, Legolas céda enfin au désir de son cœur, et fit voile Outre-Mer.

Et voici une des dernières notes du Livre Rouge.

On a entendu dire que Legolas prit avec lui Gimli, le fils de Gloïn, en reconnaissance de la tendre amitié qui fut la leur, plus tendre que toutes celles qui ont jamais existé entre un Elfe et un Nain. Si la chose est vraie, elle est étrange certes, car il est étrange qu'un Nain soit prêt à quitter la Terre du Milieu pour l'amour de quiconque, ou qu'un Eldar l'accueillît, ou que les Seigneurs d'Occident l'aient admis. Mais on a prétendu également que Gimli s'en fut ainsi dans l'espoir d'entrevoir à nouveau la beauté de Galadriel ; et il se peut que, puissante parmi les Eldar, elle ait obtenu cette grâce en sa faveur. On ne peut rien dire de plus là-dessus.

Appendice B

Annales
(Chronologie des Terres
Anciennes)

Le *Premier Age* vint à terme avec la Grande Bataille
au cours de laquelle l'Armée de Valinor jeta bas le
Thangorodrim et ruina le pouvoir de Morgoth. Par la
suite, la plupart des Noldor s'en retournèrent en
Extrême-Occident et vécurent au pays d'Eressëa, en vue
de Valinor ; mais nombreux aussi furent les Sindar qui
vinrent à passer la Mer.

Le *Second Age* s'acheva sur la première défaite de
Sauron, serviteur de Morgoth, et sur la prise de
l'Anneau Unique.

Le *Tiers Age* vint à terme avec la Guerre de l'Anneau ;
quant au *Quatrième Age,* on datait son avènement seulement du départ de Maître Elrond, lorsque le temps fut
mûr pour qu'en Terre du Milieu la race humaine assu-
mât la souveraineté cependant que déclinaient tous les
autres peuples doués-de-parole.

Au Quatrième Age, on dénommait souvent *Jours
Anciens* ces temps lointains : toutefois, ce terme désignait en propre l'époque qui avait précédé la défaite de
Morgoth. On ne relatera pas ici les récits de ces
temps.

Des sombres temps pour les Hommes de la Terre du Milieu, mais des années de gloire pour Númenor. Des événements en Terre du Milieu, on ne sait point grand-chose : les documents sont rares et brefs, et leurs dates souvent incertaines.

Au début de cet Age, les Grands Elfes étaient encore nombreux, vivant, pour la plupart, au Lindon, à l'ouest de l'Ered Luin ; mais, avant que ne fût érigé le Barad-dûr, les Sindar passèrent à l'est en grand nombre, et certains fondèrent des royaumes dans les lointaines forêts, et là régnèrent sur un peuple composé en majeure partie d'Elfes Sylvestres. Thranduil, Roi au nord de Vertbois-le-Grand, était de ceux-là. En Lindon, au nord de la Lune, vivait Gil-galad, dernier héritier des souverains Noldor en exil. On le reconnaissait en tant que Grand Roi de tous les Elfes d'Occident. Au Lindon, au sud de la Lune, vécut un certain temps du moins Celeborn, parent de Thingol ; il avait pour femme Galadriel, la plus illustre des femmes elfes. Elle était sœur de Finrod Felagund, Ami des Hommes, qui fut un temps Roi de Nargothrond, et qui donna sa vie pour sauver Beren fils de Barahir.

Par la suite, certains Noldor se rendirent en Eregion, à l'ouest des Monts Brumeux, et aux abords de la Porte Ouest de la Moria. Et cela, parce qu'ils avaient appris qu'on avait découvert du *mithril* dans la Moria. Les Noldor étaient des artisans émérites, et moins hostiles aux Nains que les Sindar ; c'est ainsi que se noua une amitié entre les Gens de Durïn et les Forgerons Elfes d'Eregion, la plus étroite qui fût jamais entre les deux races. Celebrimbor était seigneur d'Eregion et un grand orfèvre, le plus grand parmi les siens ; il descendait de Fëanor.

Année

1. Fondation des Havres Gris et du Lindon.

32. Les Edain atteignent Númenor.

vers 40. De nombreux Nains abandonnent leurs anciennes cités dans l'Ered Luin, pour se rendre aux Mines de la Moria, dont ils viennent grossir la population.

442. Mort d'Elros Tar-Minyatur.

vers 500. Sauron à nouveau s'agite en Terre du Milieu.

548. Naissance de Silmariën à Númenor.

600. Les premiers navires des Númenoriens apparaissent au large des côtes.

750. Les Noldor fondent l'Eregion.

vers 1000. Sauron, soucieux de la puissance croissante des Númenoriens, décide de se retrancher au Mordor et de fortifier la région. Il entreprend la construction de Barad-dûr.

1075. Tar-Ancalimë devient la première Reine à Númenor.

1200. Sauron tente de séduire les Eldar Gil-galad refuse d'avoir affaire à lui ; mais les forgerons de l'Eregion sont gagnés à sa cause. Les Númenoriens entreprennent la construction de ports permanents.

vers 1500. Instruits par Sauron, les Forgerons Elfes deviennent des maîtres en leur art. Ils commencent à façonner les Anneaux du Pouvoir.

vers 1590. Les Trois Anneaux sont parachevés en Eregion.

vers 1600. Sauron forge l'Anneau Unique dans les tréfonds de l'Oradruin. Il termine la construction de Barad-dûr. Celebrimbor pénètre les
noirs desseins de Sauron.

1693. C'est la guerre entre les Elfes et Sauron. Les
Trois Anneaux sont cachés en lieu sûr.

1695. Les armées de Sauron envahissent l'Eriador. Gil-galad envoie Elrond en Eregion.

1697. L'Eregion est ravagé. Mort de Celebrimbor.
Fermeture des Portes de la Moria. Elrond
bat en retraite avec les débris de l'armée des
Noldor, et fonde la cité-refuge d'Imladris.

1699. Sauron occupe l'Eriador.

1700. De Númenor, Tar-Minastir mande une
flotte importante au secours du Lindon.
Défaite de Sauron.

1701. Sauron est bouté hors d'Eriador. Les Terres
d'Occident connaissent une longue période
de paix.

vers 1800. A partir de cette époque, les Númenoriens
entreprennent de coloniser les contrées du
littoral. Sauron affermit sa puissance sur les
territoires orientaux. L'Ombre gagne
Númenor.

2251. Avènement de Tar-Atanamir. Début des
luttes intestines et de la scission parmi les
Númenoriens. Vers le même temps apparaissent, pour la première fois, les Nazgûl
ou Spectres de l'Anneau, esclaves des Neuf
Anneaux

2280. L'Umbar est puissamment fortifié par les Númenoriens.

2350. Construction de Pelargir qui devient le principal port des Fidèles Númenoriens.

2899. Avènement d'Ar-Adûnakhôr.

3175. Tar-Palantir reconnaît ses erreurs. Guerre civile à Númenor.

3255. Ar-Pharazôn le Doré prend le pouvoir.

3261. Ar-Pharazôn fait voile et débarque sur les côtes d'Umbar.

3262. Sauron est fait prisonnier et emmené en captivité à Númenor; 3262-3310, Sauron séduit le Roi et corrompt les Númenoriens.

3310. Ar-Pharazôn arme une puissante flotte.

3319. Ar-Pharazôn attaque Valinor. Submersion de Númenor. Elendil et ses fils échappent au naufrage.

3320. Fondations des Royaumes en Exil : l'Arnor et le Gondor. Partage des Pierres Clairvoyantes. Sauron retourne au Mordor.

3429. Sauron attaque le Gondor, prend Minas Ithil et brûle l'Arbre Blanc. Isildur s'échappe au fil de l'Anduin et va retrouver Elendil dans le Nord. Anarion défend Minas Anor et Osgiliath.

3430. Est conclue la Dernière Alliance des Elfes et des Hommes.

3431. Gil-galad et Elendil poussent vers l'est jusqu'à Imladris.

3434. L'Armée de l'Alliance franchit les Monts Brumeux. Bataille de Dagorlad et défaite de Sauron. Commence le siège de Barad-dûr

3440. Anarion est tué au combat.

3441. Sauron est vaincu par Elendil et Gil-galad, lesquels trouvent tous deux la mort. Isildur s'empare de l'Anneau Unique. Sauron s'éclipse et les Spectres de l'Anneau rentrent dans l'Ombre. Le Second Age prend fin.

Le Tiers Age

En ces années déclinèrent les Eldar. Maîtres des Trois Anneaux, ils connurent un long moment de paix, tandis que dormait Sauron, et que l'Anneau Unique était perdu ; mais aucune œuvre nouvelle n'accomplirent-ils, vivant dans le souvenir du passé. Les Nains se cachaient dans les entrailles de la terre, gardant leurs trésors ; mais lorsque le mal vint à s'éveiller et que les dragons réapparurent, ils furent dépouillés de leurs biens, et leurs trésors pillés les uns après les autres ; et ils devinrent un peuple errant. La Moria demeura longtemps encore un lieu sûr, mais sa population s'amenuisa, et sombres et vides se firent nombre de ses vastes demeures. Les Númenoriens perdirent également de leur sagesse et de leur longévité à mesure qu'ils mêlèrent leur sang à celui d'Hommes moindres.

Lorsqu'un millier d'années environ se furent écoulées, et que l'Ombre commença à offusquer Vertbois-le-Grand, les *Istari* ou Mages survinrent en Terre du Milieu. Par la suite, on a dit qu'ils étaient venus de l'Extrême-Occident et qu'ils étaient des messagers envoyés pour contrer les ambitions de Sauron, ainsi que pour unir tous ceux qui avaient la volonté de lui résister ; cependant il leur était interdit de l'affronter directement ou de chercher, par la force ou par la peur, à acquérir un pouvoir sur les Elfes ou sur les Hommes.

C'est pourquoi ils vinrent sous figure humaine, bien qu'ils ne fussent jamais jeunes, et ne vieillissent que très lentement ; et leurs pouvoirs étaient grands, tant leur savoir que leur savoir-faire. Leurs noms véritables, ils ne le révélèrent qu'à certains, mais ils se faisaient appeler par le nom qui leur avait été attribué. Ils étaient cinq, dit-on, de cette Confrérie, et deux d'entre eux avaient plus haut rang ; et ces deux, les Eldar les nommaient Curunir l'« Homme de Savoir », et Mithrandir, le « Pèlerin Gris », mais les Hommes du Nord leur donnaient nom « Saroumane » et « Gandalf ». Curunir se rendait souvent en Orient, mais c'est d'Isengard qu'il fit, en fin de compte, sa demeure. Mithrandir était le plus étroitement lié avec les Eldar, et il parcourait plus volontiers les Terres d'Occident, et jamais ne s'établit nulle part, car il allait toujours errant.

Durant tout le Tiers Age, les lieux où se trouvaient en sûreté les Trois Anneaux ne furent connus que de ceux qui les détenaient. Mais, vers la fin, on apprit qu'ils avaient été en la possession des trois plus grands parmi les Eldar : Gil-galad, Galadriel et Cîrdan ; qu'avant de mourir Gil-galad avait remis son anneau à Elrond ; et que, plus tard, Cîrdan avait confié le sien à Mithrandir. Car Cîrdan était plus clairvoyant et plus perspicace que tout autre en Terre du Milieu, et il avait accueilli Mithrandir aux Havres Gris, sachant bien d'où il venait, et où il devait s'en retourner.

« Prends donc cet Anneau, Maître, dit-il, car rudes seront tes travaux ; et Il te sera d'un grand secours dans les labeurs que tu as à assumer. Car voici l'Anneau de Feu et, grâce à Lui, tu pourras raviver la flamme dans les cœurs en ce monde que gagne le froid. Mais, quant à moi, mon cœur est tourné vers la Mer, et je vivrai sur ces sombres grèves jusqu'à ce que le dernier navire ait appareillé. Je t'attendrai. »

Année

2. Isildur plante une graine de l'Arbre Blanc à Minas Anor. Il restitue le Royaume du Sud à Meneldil. Désastre des Champs aux Iris ; Isildur et ses trois fils aînés meurent au combat.

3. Ohtar rapporte, à Imladris, les tronçons de Narsil.

10. Valandil devient Roi d'Arnor.

109. Elrond épouse la fille de Celeborn.

130. Naissance d'Elladan et d'Elrohir, fils d'Elrond.

241. Naissance d'Arwen Undomiel.

420. Le Roi Ostoher reconstruit Minas Anor.

490. Première invasion des Orientaux.

500. Rómendacil Ier est vainqueur des Orientaux.

541. Rómendacil meurt au combat.

830. Falastur, premier de la lignée des Rois Navigateurs du Gondor.

861. Mort d'Eärendur et partition de l'Arnor.

933. Le Roi Eärnil Ier conquiert l'Umbar qui devient une marche frontière du Gondor, fortifiée en maints endroits.

936 Eärnil est perdu en mer

1015. Le Roi Ciryandil est tué au siège d'Umbar.

1050. Hyarmendacil conquiert le Harad. Le Gondor atteint l'apogée de son pouvoir. Vers cette même époque, une ombre s'étend sur Vertbois-le-Grand, et les Hommes commencent à parler de la Forêt Noire. Avec la venue des Pieds velus en Eriador, apparaissent, pour la première fois dans les chroniques, les Periannath.

vers 1100. Les Sages (les Istari et les Eldar souverains) découvrent qu'un pouvoir maléfique s'est retranché à Dol Guldur. On croit qu'il s'agit du repaire d'un Nazgûl.

1149. Début du règne d'Atanatar Alcarin.

vers 1150. Les Pâles pénètrent en Eriador. Les Forts franchissent la Passe de Rubicorne et s'établissent dans l'Angle, ou au Pays de Dun.

vers 1300. Les créatures mauvaises se multiplient à nouveau. Les Orques sont nombreux dans les Monts Brumeux et attaquent les Nains. Réapparaissent les Nazgûl. Leur chef se rend au nord, en Angmar. Les Periannath émigrent à l'ouest ; un grand nombre s'installent à Bree.

1356. Le Roi Argeleb Ier est tué en combattant le Rhudaur. Vers cette époque, les Forts quittent l'Angle, et certains retournent en Pays Sauvage.

1409. Le Roi-Sorcier de l'Angmar envahit l'Arnor. Le Roi Arveleg Ier est tué. On met en défense Fornost et Tyrn Gorthad. La Tour d'Amon Sûl est détruite.

1432. Le Roi Valacar de Gondor meurt ; commence la guerre civile dite Lutte Fratricide.

1437. Incendie d'Osgiliath et perte du *palantir*. Eldacar s'enfuit au Rhovanion. Son fils Ornendil est assassiné.

1447. Eldacar revient et chasse l'usurpateur Castamir. Bataille des Gués de l'Erui. Siège de Pelargir.

1448. Évasion des Rebelles qui s'emparent de l'Umbar.

1540. Le Roi Aldamir est tué au cours de la Guerre avec le Harad et les Pirates de l'Umbar.

1551 Hyarmendacil II est vainqueur des Hommes du Harad.

1601. De nombreux Periannath émigrent de Bree ; Argeleb II leur concède des terres au-delà du Brandevin.

vers 1630. Des Forts chassés du Pays de Dun viennent se joindre à eux.

1634. Les Pirates ravagent Pelargir et tuent le Roi Minardil.

1636. La Grande Peste dévaste le Gondor. Mort du Roi Telemnar et de ses enfants. A Minas Anor, l'Arbre Blanc périt. La Peste gagne le Nord et l'Ouest, et de nombreuses régions de l'Eriador sont abandonnées. Les Periannath installés au-delà du Baranduin survivent au prix de lourdes pertes.

1640. Le Roi Tarondor déplace le lieu de la souveraineté : il installe la Maison du Roi à Minas Anor, et plante une graine de l'Arbre Blanc. Osgiliath menace ruine. On ne monte plus la garde aux frontières du Mordor.

1810. Le Roi Telumehtar Umbardacil reconquiert l'Umbar et en chasse les Pirates.

1851. Premières incursions des Gens des Chariots au Gondor.

1856. Le Gondor perd ses territoires orientaux, et Narmacil II tombe au combat.

1899. Le Roi Calimehtar est victorieux des Gens des Chariots sur le Dagorlad.

1900. Calimehtar érige la Tour Blanche de Minas Anor.

1940. Le Gondor et l'Arnor retrouvent leurs anciennes relations et contractent alliance. Arvedin épouse Firiel, fille d'Ondoher de Gondor.

1944. Ondoher est tué au combat. Eärnil défait l'ennemi en Ithilien du Sud. Il gagne ensuite la Bataille du Camp, et chasse les Gens des Chariots dans les Marais des Morts. Arvedin revendique la couronne du Gondor.

1945. Eärnil II est couronné Roi.

1974. Fin du Royaume du Nord. Le Roi-Sorcier envahit l'Arthedain et prend Fornost.

1975. Arvedin se noie dans la Baie de Foroche. Les *palantiri* d'Annûminas et d'Amon Sûl sont perdus. Eärnur débarque au Lindon, à la tête d'une flotte. Le Roi-Sorcier, vaincu à la Bataille de Fornost, est traqué jusqu'aux Landes d'Etten. Il disparaît dans le Nord.

1976. Aranarth assume le titre de Chef des Dunedains. Les trésors royaux de l'Arnor sont remis entre les mains d'Elrond.

1977. Frumgar conduit les Eothéod au pays du Septentrion.

1979. Bucca de la lignée des Marish devient le premier Thain de la Comté.

1980. Le Roi-Sorcier vient au Mordor, et là rameute les Nazgûl. Un Balrog s'éveille dans la Moria et tue Durïn VI.

1981. Naïn Ier est abattu. Les Nains de la Lorien s'enfuient au sud. A jamais perdus sont Amroth et Nimrodel.

1999. Thraïn Ier vient en Erebor et fonde le royaume des Nains « sous la Montagne ».

2000. Les Nazgûl sortent du Mordor et assiègent Minas Ithil.

2002. Chute de Minas Ithil, connue par la suite sous le nom de Minas Morgul. Saisie du *palantir*.

2043. Eärnur devient Roi du Gondor. Le Roi-Sorcier lui lance un défi.

2050. Nouveau défi. Eärnur s'en va chevauchant à Minas Morgul, à la rencontre de son destin de mort. Mardil devient le premier Surintendant Régnant.

2060. S'accroît le pouvoir de Dol Guldur. Les Sages redoutent d'y voir le signe du réveil de Sauron.

2063. Gandalf se rend à Dol Guldur. Sauron fait retraite et se dissimule de nouveau en Orient. Ici commence la Paix Vigilante. Les Nazgûl se terrent à Minas Morgul.

2210. Thorïn Ier quitte Erebor, et s'en va au nord vers les Montagnes Grises où se rassemblent à présent les débris des Gens de Durïn.

2340. Isumbras Ier devient le treizième Thain, et le premier de la lignée Touque. Les Vielbouc occupent le Pays de Bouc.

2460. La Paix Vigilante prend fin. Sauron revient à Dol Guldur avec des forces accrues.

2463. Mise en place du Conseil Blanc. Vers cette même époque Déagol le Fort trouve l'Anneau Unique, et il est assassiné par Sméagol.

2470. En ce même temps, Sméagol-Gollum se cache dans les Monts Brumeux.

2475. Le Gondor est à nouveau attaqué. Osgiliath définitivement ruinée ; son pont de pierre écroulé.

vers 2480. Les Orques se ménagent des places fortes dans les Monts Brumeux afin de barrer toutes les passes menant en Eriador. Sauron commence à peupler la Moria de ses créatures.

609

2509. Celebrian, en route vers la Lorien, tombe dans une embuscade au passage du Col du Rubicorne ; elle reçoit une blessure empoisonnée.

2510. Celebrian s'en retourne Outre-Mer. Les Orques et les Orientaux envahissent le Calenardhon. Eorl le Jeune remporte la victoire du Champ du Celebrant. Les Rohirrim s'établissent nombreux au Calenardhon.

2545. Eorl succombe à la Bataille du Plateau.

2569. Bregon, fils d'Eorl, achève le Château d'Or.

2570. Baldor, fils de Bregon, franchit la Porte Interdite et il est à jamais perdu. Aux environs de la même époque, les Dragons réapparaissent dans le Grand Nord et se mettent à harceler les Nains.

2589. Daïn est tué par un Dragon.

2590. Thrôr revient en Erebor. Gror, son frère, s'en va dans les Monts du Fer.

vers 2670. Tobold plante de l'herbe à pipe dans le Quartier du Sud.

2683. Isengrin II devient le dixième Thain et entreprend l'excavation des Grands Smials.

2698. Echtelion Ier reconstruit la Tour Blanche de Minas Tirith.

2740. Les Orques renouvellent leurs incursions en Eriador.

2747. Bandobras Touque met en déroute une horde d'Orques dans le Quartier du Nord.

2758. Le Rohan est attaqué de l'est et de l'ouest, et envahi de toutes parts. Le Gondor est assailli par les flottes des Pirates. Helm de Rohan trouve refuge dans le Gouffre de Helm. Wulf s'empare d'Edoras. 2758-2759 : le Rude Hiver ; âpres souffrances et pertes de vies humaines en Eriador et au Rohan. Gandalf vient en aide aux Gens de la Comté.

2759. Mort de Helm. Fréalaf chasse Wulf, et institue la seconde lignée des Rois de la Marche. Saroumane s'en va vivre à Isengard.

2770. Smaug le Dragon se rue sur l'Erebor. Destruction de Dale. Thrôr parvient à fuir avec Thraïn II et Thorïn II.

2790. Thrôr est tué par un Orque dans la Moria. Les Nains se rassemblent pour une guerre de vengeance. Naissance de Gerontius, connu plus tard sous le nom de Vieux Touque.

2793. Début de la Guerre des Nains et des Orques.

2799. Bataille de Nanduhirion devant la Porte Est de la Moria. Daïn Pied d'Acier retourne aux Monts du Fer. Thraïn II et son fils Thorïn s'en vont errant vers l'est. Ils s'établissent au sud de l'Ered Luin, au-delà de la Comté (2802).

2800-2864. Les Orques originaires du Grand Nord harcèlent le Rohan. Le Roi Walda est abattu par eux (2861).

2841. Thraïn II se met en route ; il projette de revoir l'Erebor, mais il est pourchassé par les serviteurs de Sauron.

2845. Thraïn le Nain est emprisonné à Dol Guldur. On lui dérobe le dernier des Sept Anneaux qu'il portait sur lui.

2850. Gandalf pénètre à nouveau dans Dol Guldur et découvre que son maître est bel et bien Sauron qui s'efforce de rassembler entre ses mains tous les Anneaux, et recherche la trace de l'Unique, et celle de l'Héritier d'Isildur. Gandalf trouve Thraïn et reçoit la clef d'Erebor. Thraïn meurt à Dol Guldur.

2851. Réunion du Conseil Blanc. Gandalf préconise avec instance qu'on attaque Dol Guldur. Mais l'avis de Saroumane l'emporte sur le sien [1]. Saroumane commence son enquête aux abords des Champs aux Iris.

2852. Mort de Belechtor II de Gondor. L'Arbre Blanc dépérit, et on ne peut en retrouver une graine. Mais on laisse debout l'Arbre Mort.

---

1. Par la suite, il devint évident que Saroumane s'était mis à convoiter l'Anneau Unique à ses fins propres, et qu'il espérait que l'Anneau, en quête de son maître, se révélerait de lui-même, si on laissait Sauron en paix quelque temps.

2885 Ameutés par les émissaires de Sauron, les Haradrim franchissent le fleuve Poros et attaquent le Gondor. Les fils de Folcwine de Rohan sont tués au service du Gondor.

2890. Naissance de Bilbon dans la Comté

2901. L'Ithilien en butte aux attaques des Ourouks de Mordor. La plupart des derniers habitants abandonnent le pays. On aménage le refuge secret d'Henneth Annûn.

2907. Naissance de Gilraen, mère d'Aragorn II

2911. Le Rude Hiver : le Baranduin et maints autres fleuves sont pris par les glaces. Des Loups Blancs envahissent l'Eriador, accourus du Nord.

2912. De prodigieuses inondations dévastent l'Enedwaith et le Minhiriath. Tharbad est ravagée et abandonnée.

2920. Mort du Vieux Touque.

2929. Arathorn, fils d'Arador, de la race des Dunedains, épouse Gilraen.

2930. Arador est tué par des Trolls. Naissance à Minas Tirith de Denethor II, fils d'Echtelion II.

2931. **Aragorn,** fils d'Arathorn II, naît le 1er mars.

2933. Mort au combat d'Arathorn II. Gilraen emmène Aragorn à Imladris. Elrond le reçoit en sa tutelle et lui donne nom Estel (Espoir) ; il n'est rien révélé de son ascendance.

2939. Saroumane découvre que les serviteurs de Sauron fouillent les Champs aux Iris, et il en conclut que Sauron a appris l'épisode de la mort d'Isildur. Il s'en inquiète mais ne souffle mot au Conseil.

2941. Thorïn Écu-de-Chêne et Gandalf rendent visite à Bilbon dans la Comté. Bilbon rencontre Sméagol-Gollum et trouve l'Anneau. Le Conseil Blanc se réunit ; Saroumane consent à participer à l'attaque de Dol Guldur, car il s'efforce à présent d'empêcher que Sauron ne fouille le Fleuve. Sauron, qui a établi ses plans de guerre, abandonne Dol Guldur. Bataille des Cinq Armées dans le Val. Mort de Thorïn II. Bard d'Esgaroth tue Smaug. Daïn des Monts du Fer devient Roi sous la Montagne (Daïn II).

2942. Bilbon revient dans la Comté avec l'Anneau. Sauron retourne secrètement au Mordor.

2944. Bard reconstruit le Val et devient Roi. Gollum quitte la Montagne et commence à rechercher le « voleur » de l'Anneau.

2948. Naissance de Théoden, fils de Thengel, Roi du Rohan.

2949. Gandalf et Balïn rendent visite à Bilbon, dans la Comté.

2950. Naissance de Finduilas, fille d'Adrahil de Dol Amroth.

2951 Sauron se déclare ouvertement et rassemble ses forces au Mordor. Il entreprend la reconstruction de Barad-dûr. Gollum se tourne vers le Mordor. Sauron envoie trois Nazgûl pour réoccuper Dol Guldur.

Elrond révèle à Estel son nom véritable et sa noble ascendance, et lui remet les tronçons de Narsil. Arwen, nouvellement revenue de la Lorien, rencontre Aragorn dans les bois d'Imladris. Aragorn s'en va en Pays Sauvage.

2953. Dernière réunion du Conseil Blanc. On discute du sort des Anneaux. Saroumane feint d'avoir découvert que l'Anneau Unique a disparu au fil de l'eau, passant de l'Anduin à la Mer. Saroumane se retire à Isengard dont il fait son bien, et qu'il fortifie. Jaloux de Gandalf et le redoutant, il place des espions pour surveiller tous ses mouvements, et note l'intérêt qu'il prend à la Comté. Bientôt, Saroumane commence à entretenir des agents à Bree et dans le Quartier du Sud.

2954. Nouvelle éruption du Mont du Destin qui crache feu et flammes. Les derniers habitants de l'Ithilien fuient au-delà de l'Anduin.

2956. Aragorn rencontre Gandalf, et l'amitié se noue entre eux.

2957-2980. Aragorn entreprend ses grands voyages et errances de par le monde. Se donnant pour Thorongil, il sert, masqué, Thengel de Rohan, puis Echtelion II de Gondor.

2968. Naissance de Frodon

2976. Denethor épouse Finduilas de Dol Amroth.

2977. Baïn, fils de Bard, devient Roi du Val.

2978. Naissance de Boromir, fils de Denethor II.

2980. Aragorn pénètre dans la Lorien où il rencontre Arwen Undomiel. Aragorn lui remet l'Anneau de Barahir ; au sommet de Cerin Amroth, ils échangent leurs serments et se promettent l'un à l'autre. A la même époque environ, Gollum atteint les frontières du Mordor et lie connaissance avec Arachne. Théoden devient Roi .du Rohan.

2983. Naissance de Faramir, fils de Denethor. Naissance de Samsagace.

2984. Mort d'Echtelion II. Denethor II devient Surintendant du Gondor.

2988. Finduilas meurt prématurément.

2989. Balïn quitte l'Erebor et s'introduit dans la Moria.

2991. Au Rohan naît Eomer, fils d'Eomund.

2994. Mort de Balïn et ruine de la colonie des Nains.

2995. Naissance d'Eowyn, sœur d'Eomer.

vers 3000. L'ombre du Mordor gagne de place en place. Saroumane ose utiliser le *palantir* d'Orthanc, mais il est piégé par Sauron qui est maître de la Pierre Ithil. A présent Saroumane agit en traître par rapport au

Conseil. Ses espions rapportent que la Comté est étroitement surveillée par les Rôdeurs.

3001. Le festin d'adieu de Bilbon. Gandalf soupçonne qu'il détient l'Anneau Unique. On double la garde autour de la Comté. Gandalf cherche à obtenir des nouvelles de Gollum et il fait appel à Aragorn.

3002. Bilbon est l'hôte d'Elrond, et il s'installe à Fondcombe.

3004. Gandalf rend visite à Frodon, dans la Comté, et renouvelle ses visites de temps à autre, durant les quatre années suivantes.

3007. Brand, fils de Baïn, devient Roi du Val. Mort de Gilraen.

3008. A l'automne Gandalf rend sa dernière visite à Frodon.

3009. De temps à autre, Gandalf et Aragorn reprennent leurs efforts pour trouver Gollum, fouillant huit ans durant le Val d'Anduin, la Forêt Noire et le Rhovanion jusqu'aux confins du Mordor. A un moment donné, au cours de ces huit années, Gollum lui-même s'aventure au Mordor et il est capturé par Sauron. Elrond mande Arwen, et elle revient à Imladris ; les montagnes et toutes les terres du côté de l'Orient deviennent peu sûres.

3017. Le Mordor relâche Gollum. Il est pris par Aragorn dans les Marais des Morts, et amené à Thranduil, dans la Forêt Noire. Gandalf se rend à Minas Tirith et lit le parchemin d'Isildur.

3018

Avril

   12 Gandalf arrive à Hobbitebourg.

Juin

   20 Sauron attaque Osgiliath. Environ à la même époque Thranduil est assailli, et Gollum trouve à s'enfuir.

Juillet

   4 Boromir quitte Minas Tirith.

   10 Gandalf est emprisonné à Orthanc.

Août

   Toute trace de Gollum est perdue. On pense que, traqué à la fois par les Elfes et par les serviteurs de Sauron, il s'est réfugié dans la Moria ; mais qu'ayant enfin trouvé le chemin qui mène à la Porte d'Occident il n'est pas cependant parvenu à sortir.

Septembre

   18 Gandalf s'échappe d'Orthanc au petit jour. Les Cavaliers Noirs franchissent les Gués de l'Isen.

   19 Gandalf se présente à Edoras sous les traits d'un mendiant et on refuse de le laisser entrer.

   20 Gandalf parvient à pénétrer dans Edoras. Théoden lui ordonne de partir : « Prends le cheval que tu veux, mais sois hors d'ici tant que le jour qui vient est encore en enfance ! »

21 Gandalf rencontre Gripoil, mais le cheval ne le laisse pas approcher, et l'entraîne loin à travers champs.

22 Les Cavaliers Noirs atteignent le Gué du Sarn au crépuscule ; ils déjouent la vigilance des Rôdeurs. Gandalf se saisit de Gripoil.

23 Quatre Cavaliers pénètrent dans la Comté avant l'aube. Les autres poursuivent les Rôdeurs vers l'est, puis reviennent monter la garde sur le Chemin Vert. Un Cavalier Noir arrive à Hobbitebourg à la nuit close. Frodon se met en route ; il quitte Cul-de-Sac. Gandalf a dompté Gripoil du Rohan, il arrive, monté sur Gripoil.

24 Gandalf franchit l'Isen.

26 La Vieille Forêt. Frodon arrive chez Tom Bombadil.

27 Gandalf franchit le Flot Gris. Seconde nuit chez Bombadil.

28 Les Hobbits prisonniers d'un Être des Galgals. Gandalf atteint le Gué du Sarn.

29 Frodon entre dans Bree, la nuit. Gandalf rend visite à l'Ancien.

30 Au petit matin, rafle au Creux-de-Crique et à l'Auberge de Bree. Frodon quitte Bree. Gandalf passe au Creux-de-Crique, et il parvient à Bree à la tombée de la nuit.

Octobre

1 Gandalf quitte Bree.

3 Il est agressé de nuit, sur les Collines du Temps.

6 La nuit : attaque du camp, au pied des Collines du Temps. Frodon blessé.

9 Glorfindel quitte Fondcombe.

11 Il chasse les Cavaliers Noirs du Pont de Mitheithel.

13 Frodon traverse le Pont.

18 Glorfindel trouve Frodon au crépuscule. Gandalf atteint Fondcombe.

20 Gandalf s'échappe par les Gués de Bruinen.

24 Frodon revient à lui et s'éveille. Boromir arrive à Fondcombe à la nuit close.

25 Le Conseil d'Elrond.

Décembre

25 La Communauté de l'Anneau quitte Fondcombe au crépuscule.

3019
Janvier

8 La Communauté atteint Houssaye.

11-12 De la neige sur le Caradhras.

13 Les Loups attaquent au petit jour. La Communauté atteint la Porte Ouest de la Moria, à la tombée de la nuit. Gollum commence à pister le Porteur de l'Anneau.

14 La nuit dans la Salle Vingt et Une.

15 Le Pont de Khazad-dûm, et la chute de Gandalf. La Communauté atteint la Nimrodel tard dans la nuit.

17 La Communauté arrive le soir à Caras Galadhron.

23 Gandalf poursuit le Balrog jusqu'au sommet du Zirakzigil.

25 Il précipite à bas le Balrog, et s'évanouit. Son corps gît au sommet.

Février

14 Le Miroir de Galadriel. Gandalf revient à lui et demeure plongé dans un état de léthargie.

16 Adieu à la Lorien. Gollum, caché sur la rive ouest, est témoin du départ.

17 Gwaihir transporte Gandalf en Lorien.

23 Les navires sont attaqués de nuit, près de Sarn Gebir.

25 La Communauté passe l'Argonath et campe à Parth Galen. Première Bataille des Gués de l'Isen ; Théodred fils de Théoden est tué.

26 La Communauté se dissout. Mort de Boromir, on entend résonner son cor à Minas Tirith. Meriadoc et Peregrïn sont faits prisonniers. Frodon et Samsagace gagnent les contreforts orientaux de l'Emyn Muil. Vers le soir Aragorn se jette à la poursuite des Orques. Eomer entend dire qu'une bande d'Orques descend de l'Emyn Muil.

27 Aragorn atteint les falaises d'Occident au lever du soleil. A l'encontre des ordres de Théoden, Eomer quitte l'Estfolde vers minuit pour traquer les Orques.

28 Eomer rejoint les Orques juste à la lisière de la Forêt de Fangorn.

29 Meriadoc et Peregrïn s'échappent et rencontrent Sylvebarbe. Au lever du soleil, les Rohirrim se ruent à l'attaque et détruisent les Orques. Frodon descend de l'Emyn Muil et rencontre Gollum. Faramir aperçoit le vaisseau funéraire de Boromir.

30 Début de la Chambre des Ents. Eomer, de retour à Edoras, rencontre Aragorn.

Mars

1 Frodon entame le passage des Marais des Morts à l'aube. La Chambre des Ents se poursuit. Aragorn rencontre Gandalf le Blanc. Ils font route pour Edoras. Faramir quitte Minas Tirith car il a à faire en Ithilien.

2 Frodon parvient aux confins des Marais, Gandalf vient à Edoras et il guérit Théoden. Les Rohirrim chevauchent vers l'ouest, contre Saroumane. Seconde Bataille des Gués de l'Isen. Erkenbrand est battu. La Chambre des Ents se termine dans l'après-midi. Les Ents marchent sur Isengard et l'atteignent à la nuit.

3 Théoden se retire dans le Gouffre de Helm. S'amorce la Bataille de Fort le Cor. Les Ents parachèvent la destruction d'Isengard.

4 Théoden et Gandalf, venant du Gouffre de Helm, se mettent en route pour Isengard. Frodon atteint les crassiers, ces tumulus de détritus aux abords des solitudes désolées du Morannon.

5 Théoden atteint Isengard à midi. Pourparlers avec Saroumane dans Orthanc. Des Nazgûl ailés survolent le camp de Dol Baran. Gandalf se met en route avec Peregrïn pour Minas Tirith Fro-

don se cache en vue du Morannon et file, dès la nuit close.

6 Au petit matin, les Dunedains rejoignent Aragorn. Théoden part de Fort le Cor pour Harrowdale. Aragorn se met en route plus tard.

7 Faramir amène Frodon à Henneth Annûn. Aragorn vient, la nuit tombée, à Dunharrow.

8 Aragorn foule les Chemins des Morts à l'aube ; il atteint Erech à minuit. Frodon quitte Henneth Annûn.

9 Gandalf arrive à Minas Tirith. Faramir quitte Henneth Annûn. Aragorn part d'Erech et atteint Calembel. Au crépuscule Frodon rejoint la route du Morgul. Théoden arrive à Dunharrow. Du Mordor, les ténèbres commencent à se répandre.

10 La Journée sans Aube. Le Grand Rassemblement au Rohan : la chevauchée des Rohirrim à partir de Harrowdale. Faramir sauvé par Gandalf devant les Portes de la Cité. Aragorn franchit le Ringló. Une armée issue du Morannon prend Cair Andros et passe dans l'Anôrien. Frodon franchit la Croisée des Chemins, et voit s'ébranler l'Armée du Morgul.

11 Gollum rend visite à Arachne mais, voyant Frodon gisant endormi, s'en repentit presque. Denethor envoie Faramir à Osgiliath. Aragorn atteint Linhir et passe dans la Lebennin. Le Rohan oriental est envahi par le nord. Premier assaut sur la Lorien.

12 Gollum conduit Frodon dans l'Antre d'Arachne. Faramir se retranche dans les Forts de la Levée.

Théoden campe sous Min-Rimmon. Aragorn chasse l'ennemi vers Pelargir. Les Ents infligent une défaite aux envahisseurs du Rohan.

13 Frodon est capturé par les Orques de Cirith Ungol. Invasion du Pelennor. Faramir est blessé. Aragorn parvient à Pelargir et se rend maître de la flotte. Théoden dans la Forêt de Druadan.

14 Samsagace trouve Frodon dans la Tour. Minas Tirith est assiégée. Conduits par les Hommes du Plateau, les Rohirrim parviennent à la Forêt Grise.

15 Au petit jour, le Roi-Sorcier enfonce les Portes de la Cité. Denethor se donne la mort sur un bûcher funéraire. Au chant du coq, on entend sonner les trompes des Rohirrim. Bataille du Pelennor. Théoden est tué. Aragorn brandit l'étendard d'Arwen. Frodon et Samsagace s'échappent et se mettent en route vers le nord, en longeant le Morgai. On se bat sous les frondaisons de la Forêt Noire ; Thranduil repousse les forces de Dol Guldur. Deuxième assaut sur la Lorien.

16 Les Capitaines tiennent conseil. Frodon, du haut du Morgai, contemple le champ de bataille et son regard porte jusqu'au Mont du Destin.

17 Bataille du Val. Le Roi Brand et le Roi Daïn Pied d'Acier tombent au combat. Les Nains et les Hommes se réfugient en nombre dans Erebor, où ils se retrouvent assiégés. Shagrat apporte à Barad-dûr le manteau de Frodon, sa cotte de mailles et son épée.

18 L'Armée d'Occident est en route, sortie de Minas Tirith. Frodon arrive en vue des embou-

chures de l'Isen ; des Orques se saisissent de lui sur la route entre Durthang et Udûn.

19 L'Armée parvient au Val du Morgul. Frodon et Samsagace trouvent à s'échapper et commencent leur long voyage sur le chemin qui mène à Barad-dûr.

22 Le crépuscule d'épouvante. Frodon et Samsagace quittent la route et se dirigent vers le sud, vers le Mont du Destin. La Lorien subit un troisième assaut.

23 L'Armée sort de l'Ithilien. Aragorn renvoie ceux qui n'ont pas cœur vaillant. Frodon et Samsagace se débarrassent de leurs armes et de tout leur fourniment.

24 Frodon et Samsagace entreprennent leur dernier voyage au pied du Mont du Destin. L'Armée campe dans les Landes Désolées du Morannon.

25 L'Armée est encerclée. Frodon et Samsagace atteignent le Sammath Naur. Gollum s'empare de l'Anneau et tombe dans la Crevasse du Destin. Chute de Barad-dûr et fin de Sauron.

Après l'effondrement de la Tour Sombre et la fin de Sauron, l'Ombre se dissipa dans les cœurs de tous ceux qui l'avaient combattue, mais crainte et désespoir furent le lot de tous ses serviteurs et alliés. Par trois fois, la Lorien avait résisté aux attaques de Dol Guldur, mais outre la vaillance de la gent elfe qui peuplait ces terres, là résidait un pouvoir dont nul ne pouvait se rendre maître, à moins que Sauron en personne ne soit venu l'affronter. Bien que les bois enchantés des confins aient cruellement souffert, les assauts furent repoussés ; et lorsque l'Ombre s'évanouit, vint Celeborn qui conduisit l'armée de Lorien par-delà l'Anduin, qu'ils franchirent en de nombreux bateaux. Ils prirent Dol Guldur, et Galadriel jeta bas ses fortifications et mit à nu ses basses-fosses, et la forêt fut purifiée de toute malfaisance.

Au Nord aussi avaient régné la guerre et le mal. Le royaume de Thranduil avait été envahi, et on s'était battu longtemps sous les ombrages, et le feu avait fait grand carnage et ruine ; mais au bout du compte Thranduil avait été vainqueur. Et en ce jour qui marque le Nouvel An des Elfes, Celeborn et Thranduil se rencontrèrent au plus fort des bois ; et ils nommèrent la forêt d'un nom nouveau : non plus Forêt Noire mais *Eryn Lasgalen*, le Bois des Vertes Feuilles. Thranduil prit pour royaume toute la partie nord jusqu'aux montagnes qui s'élèvent près des Goulets, et nomma cette région la Lorien occidentale ; toute la vaste forêt dans l'entre-deux fut donnée aux Beornides et aux Hommes des Bois. Mais passa le temps de Galadriel, et au bout de quelques années Celeborn se lassa de son royaume et s'en vint à Imladris faire sa demeure avec les fils d'Elrond. Dans les profondeurs de Vertbois, les Elfes Sylvestres vécurent en paix, mais dans la Lorien ne s'attardaient tristement que quelques-uns de ceux qui y avaient vécu autrefois, et il n'y avait plus d'illuminations ou de chansons à Caras Galadhron.

Dans le même temps que des forces puissantes assiégeaient Minas Tirith, une armée, rassemblant les alliés de Sauron qui depuis longtemps harcelaient les frontières du Roi Brand, franchit la rivière Carnen, et Brand fut repoussé dans le Val. Là, il pouvait compter sur l'appui des Nains d'Erebor ; et une grande bataille fit rage au pied de la Montagne. Et elle dura trois jours sans discontinuer, mais à la fin le Roi Brand et aussi bien le Roi Daïn Pied d'Acier connurent le même destin funeste, et les Orientaux remportèrent la victoire, mais ils ne purent se rendre maîtres de la Porte. Et tant Hommes que Nains, ils furent nombreux à prendre refuge en Erebor, et là soutinrent victorieusement un siège.

Lorsqu'on sut les nouvelles des grandes victoires remportées dans le Sud, ce fut la consternation dans les armées septentrionales de Sauron ; et les assiégés firent une sortie et les mirent en déroute, et les débris s'enfuirent au loin, se réfugier en Orient, et jamais plus ne vinrent troubler le Val. Le fils de Brand, Bard II, devint alors Roi du Val et Thorïn III Heaume-de-Pierre, le fils de Daïn, devint Roi sous la Montagne. Ils mandèrent des ambassadeurs au couronnement du Roi Elessar ; et tant qu'ils prospérèrent, leurs royaumes entretinrent des relations de bonne amitié avec le Gondor ; et ils étaient les vassaux du Roi d'Occident qui leur devait aide et protection.

LES JOURS MÉMORABLES
DEPUIS LA CHUTE DE BARAD-DUR
JUSQU'A LA FIN DU TIERS AGE [1]

3019
C.C. * 1419

Le 27 mars : Bard II et Thorïn III Heaume-de-Pierre chassent l'ennemi du Val.

Le 28 mars . Celeborn franchit l'Anduin ; commence la destruction de Dol Guldur

Le 6 avril : Rencontre de Celeborn et de Thranduil.

---

1. Les mois et les jours sont donnés selon le calendrier de la Comté
* C.C. : Comput de la Comté.

Le 8 avril : On rend honneur aux Porteurs de l'Anneau sur le Champ de Cormallen.

Le 1er mai : Couronnement du Roi Elessar ; Elrond et Arwen quittent Fondcombe. Le 8, Eomer et Eowyn se mettent en route pour le Rohan avec les fils d'Elrond. Le 20, Elrond et Arwen viennent en Lorien. Le 27, l'escorte d'Arwen quitte la Lorien.

Le 14 juin : Les fils d'Elrond rencontrent l'escorte et font venir Arwen à Edoras. Le 16, ils se mettent en route pour le Gondor. Le 25, le Roi Elessar trouve le baliveau de l'Arbre Blanc.

Le 1er du [Jour] Serein : arrivée d'Arwen dans la Cité.

Mitan de l'année : Épousailles d'Elessar et d'Arwen.

Le 18 juillet : Eomer s'en retourne à Minas Tirith ; le 19, le cortège funéraire du Roi Théoden se met en route.

Le 7 août : Le cortège arrive à Edoras. Le 10, funérailles du Roi Théoden. Le 14, les invités prennent congé du Roi Eomer. Le 18, ils atteignent le Gouffre de Helm. Le 22, ils sont parvenus à Isengard ; au soleil couchant, ils font leurs adieux au Roi d'Occident. Le 28, ils rattrapent Saroumane ; Saroumane se dirige vers la Comté.

Le 6 septembre : Ils font halte devant les Monts de la Moria. Le 13, Celeborn et Galadriel vont de leur côté, les autres se mettent en route pour Fondcombe. Le 21, ils arrivent à Fondcombe. Le 22, anniversaire de Bilbon : il a cent vingt-neuf ans. Saroumane atteint la Comté.

Le 5 octobre : Gandalf et les Hobbits quittent Fond-combe. Le 6, ils franchissent les Gués de Bruinen ; Frodon ressent les premières atteintes de la souffrance revenue. Le 28, ils se retrouvent à Bree au crépuscule. Le 30, ils quittent Bree. A la nuit close, les Voyageurs arrivent au Pont du Brande-vin.

Le 1ᵉʳ novembre : Ils sont arrêtés à Lagrenouillère. Le 2, ils viennent à Lèzeau et appellent aux armes les gens de la Comté. Le 3, Bataille de Lèzeau ; Saroumane disparaît. Fin de la Guerre de l'Anneau.

3020
C.C. 1420 : La Grande Année d'Abondance.

Le 13 mars : Frodon tombe malade (le jour anniver-saire de celui où il avait été empoisonné par Arachne).

Le 6 avril : Les fleurs du mallorn dans le Champ de la Compagnie.

Le 1ᵉʳ mai : Samsagace épouse Rose.

Au mitan de l'année : Frodon se démet de ses fonctions de Maire, et on rétablit en sa place Will Piedblanc.

Le 22 septembre : Anniversaire de Bilbon, il a cent trente ans.

Le 6 octobre : Frodon est de nouveau malade.

3021
C.C. 1421 : Finale du Tiers Age.

Le 13 mars . Frodon de nouveau malade. Le 25, naissance d'Elanor la Toute-Belle [1], fille de
Samsagace. Ce jour-là marque le début du
Quatrième Age, selon la datation du Gondor.

Le 21 septembre : Frodon et Samsagace quittent Hobbitebourg. Le 22, ils rencontrent la Dernière Chevauchée des Gardiens de
l'Anneau dans le Bout-des-Bois. Le 29, ils
arrivent aux Havres Gris. Frodon et Bilbon prennent la Mer avec les Trois Gardiens. Fin du Tiers Age.

Le 6 octobre : Samsagace rentre à Cul-de-Sac.

ÉVÉNEMENTS ULTÉRIEURS CONCERNANT
LES MEMBRES DE LA COMMUNAUTÉ
DE L'ANNEAU

C.C.

1422 Au début de cette année s'ouvre le Quatrième
Age pour les gens de la Comté : mais on continua
à numéroter les années selon le comput de la
Comté.

1427 Will Piedblanc donne sa démission. Samsagace
est élu Maire de la Comté. Peregrïn Touque
épouse Diamond de Long Cleeve. Le Roi Elessar
promulgue une loi interdisant aux Hommes de
pénétrer dans la Comté, et il la déclare Pays
Libre, sous protection du Sceptre du Nord.

---

1. Elle fut surnommée la « Toute-Belle » en raison de sa beauté ; ils
étaient nombreux à dire qu'elle ressemblait plus à une jeune fille elfe qu'à
une Hobbite. Elle avait les cheveux blonds, chose très rare dans la
Comté ; mais deux autres filles de Samsagace étaient blondes elles aussi et
un grand nombre des enfants nés à cette époque.

1430 Naissance de Faramir, fils de Peregrïn.

1431 Naissance de Boucles d'Or, fille de Samsagace.

1432 Meriadoc, dit le Magnifique, devient Grand Maître du Pays de Bouc. Le Roi Eomer et la Dame Eowyn d'Ithilien lui font tenir de somptueux cadeaux.

1434 Peregrïn devient le Touque et le Thain. Le Roi Elessar nomme le Thain, le Grand Maître, et les Conseillers du Maire du Royaume du Nord. Maître Samsagace est élu Maire pour la deuxième fois.

1436 Le Roi Elessar chevauche vers le nord, et il séjourne quelque temps sur les rives du Lac Evendim. Il se rend au Pont du Brandevin, et là accueille ses amis. Il donne l'Étoile des Dunedains à Maître Samsagace, et fait d'Elanor une dame d'honneur de la Reine Arwen.

1441 Maître Samsagace devient Maire pour la troisième fois.

1442 Maître Samsagace, sa femme et Elanor se rendent au Gondor, et là séjournent un an. Maître Tolman Cotton agit comme Maire suppléant.

1443 Maître Samsagace est élu Maire pour la quatrième fois.

1451 Elanor la Toute-Belle épouse Fastred de Greenholm, sur les Hauts Reculés.

1452 La Marche Orientale depuis les Hauts Reculés jusqu'aux Collines de la Tour *(Emyn Beraid)*, est rattachée à la Comté — un don du Roi à la Comté. De nombreux Hobbits vont s'établir dans les nouvelles terres.

1454 Naissance d'Elfstan Belenfant, fils de Fastred et d'Elanor.

1455 Maître Samsagace devient Maire pour la cinquième fois. A sa requête, le Thain nomme Fastred Gardien de la Marche Orientale. Fastred et Elanor font leur demeure aux Tours d'Endessous, sur les Collines de la Tour, où leurs descendants, les Belenfant des Tours, devaient habiter durant bien des générations.

1463 Faramir Touque épouse Boucles d'Or, fille de Samsagace.

1469 Maître Samsagace devient Maire pour la septième et dernière fois, ayant atteint en 1476, à la fin de son mandat, l'âge de quatre-vingt-seize ans.

1482 Mort de Rose, femme de Maître Samsagace, le jour du mitan de l'année. Le 22 septembre, Maître Samsagace quitte Cul-de-Sac. Toujours chevauchant il parvient aux Collines de la Tour; dernière à le voir fut Elanor, à qui il donna le Livre Rouge que, par la suite, les Belenfant devaient conserver précieusement. Parmi eux, il est de tradition de penser, d'après les dires d'Elanor, que Samsagace passa les Tours et se rendit aux Havres Gris, et là fit voile Outre-Mer, le dernier des Porteurs de l'Anneau.

1484 Au printemps de l'année, parvint un message du Rohan au Pays de Bouc, aux termes duquel le Roi Eomer souhaitait revoir Maître Holdwine une fois encore. Meriadoc n'était point jeune alors (102 ans), mais encore vigoureux. Il consulta son ami le Thain et, peu après, ils remirent leurs biens et leurs fonctions aux mains de leurs fils, et s'en allèrent, chevauchant tous deux par le Gué du Sarn, et plus ne furent vus dans la Comté. Par la suite, on a dit que Maître Meriadoc était venu à Edoras et qu'il était auprès du Roi Eomer, peu avant la mort de celui-ci, à l'automne. Ils allèrent ensuite — dit-on — lui, Meriadoc et le Thain Peregrïn au Gondor, et y séjournèrent durant les quelques courtes années qui leur restaient à vivre, et là moururent, et furent inhumés dans le Rath Dinen, parmi ceux qui s'étaient illustrés au Gondor.

1541 Cette année-là [1], le premier jour de mars, le Roi Elessar prit congé de la vie. On dit que les lits de Meriadoc et de Peregrïn furent placés tout à côté de celui du Grand Roi. Alors Legolas construisit un puissant navire en Ithilien, et il descendit le cours de l'Anduin et fit voile Outre-Mer. Et avec lui, dit-on, s'en alla Gimli le Nain. Et lorsque le navire s'évanouit à l'horizon de la Haute Mer, prirent fin, en Terre du Milieu, les labeurs et les peines de la Fraternité de l'Anneau.

---

1. 120 dans le Quatrième Age (Gondor).

Appendice C
Arbres généalogiques

Pour tracer ces arbres, on a choisi de nommer quelques individus seulement parmi nombre d'autres. La majeure partie des personnes citées sont soit des invités à la fête d'adieu donnée par Bilbon, soit les ancêtres directs de ces derniers. On a souligné d'un trait ceux qui étaient invités à la fête. Figurent également les noms de quelques personnes impliquées dans le récit des événements. En outre, on s'est attaché à fournir des renseignements d'ordre généalogique touchant la personne de Samsagace, l'ancêtre fondateur de la famille des *Gardner*, famille illustre et influente par la suite.

La date placée après le nom est celle de la naissance (et, lorsqu'elle est connue, celle de la mort) de l'individu. Ces dates sont toutes données selon le comput de la Comté, c'est-à-dire calculées à partir du jour où les frères Marchon et Blancon franchirent le Brandevin [1] en l'An I de la Comté (soit l'année 1601 du Tiers Age).

---

1. Corruption du nom *Baranduin* (en langue elfique).

LES SACQUET DE HOBBITEBOURG

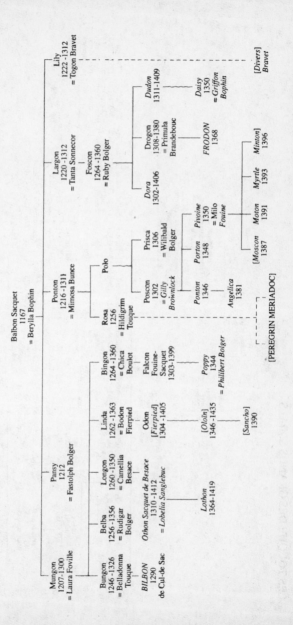

LES TOUQUE DES GRANDS SMIALS

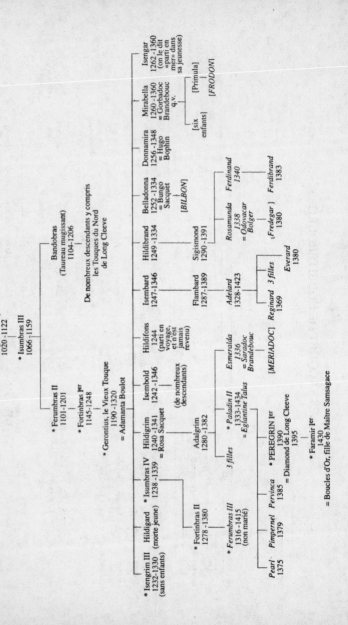

LES BRANDEBOUC DU PAYS DE BOUC

Gorhendad Vieilbouc du Maresque entreprit vers 740 la construction de Château-Brande et changea
le patronyme familial en Brandebouc

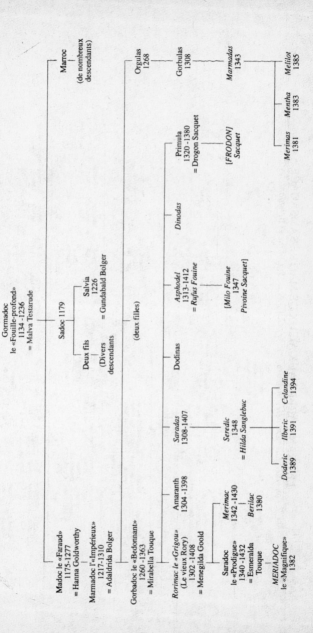

LE GRAND-ARBRE AUX AÏEUX DE MAÎTRE SAMSAGACE

(où l'on voit également l'élévation des familles Gardner de la Colline et Belenfant des Tours)

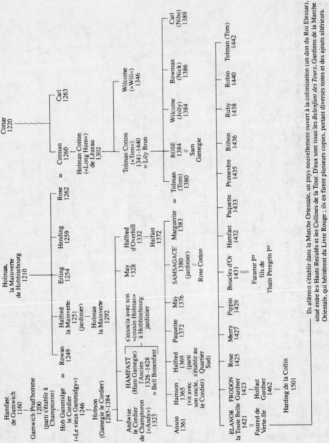

Ils allèrent s'établir dans la Marche Orientale, un pays nouvellement ouvert à la colonisation (un don du Roi Elessar), situé entre les Hauts Reculés et les Collines de la Tour. Deux issus des *Belenfant des Tours*, Gardiens de la Marche Orientale, qui héritèrent du Livre Rouge : ils en firent plusieurs copies, portant diverses notes et des ajouts ultérieurs.

Appendice D

Langues et peuples du Tiers Age

La langue, usitée en Terre du Milieu, au Tiers Age était l'ouistrain ou « Langage Commun » des pays de l'Ouest. Durant cette période, l'ouistrain était devenu la première langue — la langue courante — de presque tous les peuples doués de paroles (sauf les Elfes) qui vivaient dans les confins des antiques Royaumes d'Arnor et de Gondor ; c'est-à-dire tout le long du littoral, depuis l'Umbar au sud jusqu'aux Monts Brumeux et l'Ephel Duath. Le parler ouistrien s'était également répandu le long de l'Anduin, gagnant en amont les terres à l'ouest du Fleuve et à l'est des montagnes, jusqu'aux Champs aux Iris.

Au terme de cet Age, à l'époque de la Guerre de l'Anneau, telles étaient encore ses limites en tant que langue maternelle, bien que d'importantes parties de l'Eriador fussent alors abandonnées et que peu d'Hommes demeurassent encore sur les rives de l'Anduin entre la Rivière aux Iris et le Rauros.

Quelques-uns des anciens Hommes Sauvages menaient encore une vie furtive dans la Forêt de Druadan, en Anôrien ; et s'attardaient, dans les collines du Pays de Dun, les restes d'une ancienne population autochtone qui avait occupé autrefois presque tout le Gondor. Ceux-là conservaient jalousement leurs propres parlers ; enfin dans les plaines du Rohan prospérait un peuple septentrional, les Rohirrim, qui étaient venus s'y établir quelque cinq cents ans auparavant. Mais continuaient à utiliser l'ouistrain comme seconde langue et langue véhiculaire tous ceux qui conservaient encore leur propre parler, même les Elfes, non seulement en Arnor et au Gondor, mais partout dans le Val d'Anduin, et à l'est jusqu'aux lisières extrêmes de la Forêt Noire. Même parmi les Hommes Sauvages et ceux du Pays de Dun qui évitaient tout contact avec les autres peuples, il y en avait qui pouvaient — tant bien que mal — le parler.

Des Elfes

Aux temps jadis dit Jours Anciens, les Elfes s'étaient divisés en deux branches principales : les Elfes de l'Ouest (les Eldar) et les Elfes de l'Est. A cette dernière branche appartenait la plupart de la gent elfe de la Forêt Noire et de la Lorien ; mais il n'est point question de leurs langues dans cette histoire où tous les noms et mots elfes sont donnés sous forme *eldarine* [1].

---

1. A cette époque, en Lorien, on parlait le *sindarin* mais avec un « accent » car la plupart des habitants descendaient des Elfes Sylvestres C'est cet « accent » qui, joint à sa connaissance limitée du *sindarin*, devait égarer Frodon (comme l'indique un commentateur du Gondor dans Le Livre du Thain). Tous les mots elfes cités dans le livre I sont en fait du *sindarin*, et il en va de même de la plupart des noms de lieux et de personnes. Mais Lorien, Caras Galadhron, Amroth, Nimrodel sont probablement des noms d'origine « sylvestre » adaptés au *sindarin*.

Des langues *eldarines*, on en trouvera deux dans ce livre : la langue des Grands Elfes ou *quenya* ; et la langue des Elfes Gris ou *sindarin*. L'idiome grand elfe était une ancienne langue parlée Outre-Mer, à Eldamar, et la première à avoir été fixée par écrit. Ce n'était plus une langue courante, mais une sorte de « latin des Elfes » dont les Grands Elfes, de retour en Terre du Milieu à la fin du Premier Age, se servaient comme langue de cérémonie, ou comme un dire noble convenant aux ménestrels et aux chroniqueurs.

Le parler des Elfes Gris était originairement apparenté au *quenya*, car c'était la langue des Eldar qui, venus sur les rivages de la Terre du Milieu, n'avaient point passé Outre-Mer, mais étaient demeurés sur les côtes, en Beleriand. Là régna Thingol au Gris Mantel, de Doriath, et, durant ce long crépuscule, leur langue s'était altérée comme tout s'altère en Terres Mortelles, et désormais elle différait fort du parler des Eldar vivant au-delà de la Mer.

Les Exilés, un groupe restreint établi parmi le peuple nombreux des Elfes Gris, avaient adopté le *sindarin* pour leur usage quotidien ; et c'est ainsi que cette langue vint à être celle de tous les Elfes ou Seigneurs Elfes qui figurent dans cette histoire. Car ils étaient tous d'ascendance eldarine, même ceux qui exerçaient la souveraineté sur des peuples de plus basse extraction. Noble entre tous était la Dame Galadriel de la Maison royale de Finarfin et sœur de Finrod Felagund, Roi de Nargothrond. Dans le cœur des Exilés ne s'apaisait point l'âpre désir de la Mer ; et sommeillait dans le cœur des Elfes Gris un même désir qu'une fois éveillé rien ne pouvait assouvir.

Des Hommes

L'*ouistrain* était un parler humain, bien qu'enrichi et poli sous l'influence des Elfes. C'était, à l'origine, le langage de ceux que les Eldar appelaient les *Atani* ou *Edain*, « Pères des Hommes », c'est-à-dire les gens des Trois Maisons d'Amis des Elfes qui s'en vinrent à l'ouest s'établir en Beleriand, au Premier Age, et se portèrent au secours des Eldar lors de la Guerre des Joyaux contre le Sombre Pouvoir du Nord.

Après la défaite du Sombre Pouvoir, le Beleriand se trouva en large partie submergé ou ruiné ; aussi, pour reconnaissance de leurs éminents services, il fut consenti aux Amis des Elfes de passer, eux aussi, à l'ouest, et de gagner l'Outre-Mer. Mais, comme le Royaume Éternel leur était interdit, une vaste île leur fut concédée, la plus à l'ouest de toutes les Terres Mortelles. Cette île avait nom Númenor (Extrême-Occident). Et il advint ainsi que la plupart des Amis des Elfes firent voile pour cette terre d'Extrême-Occident, et ils vécurent à Númenor, et là devinrent illustres et puissants, des navigateurs de grand renom et les seigneurs-capitaines de maints vaisseaux. Ils étaient gens d'avenante figure et de haute taille, et leur longévité était trois fois celle des Hommes de la Terre du Milieu. C'étaient eux, les Númenoriens, les Rois des Hommes, que les Elfes appelaient les *Dunedains*.

Seuls de toutes les races d'Hommes, les Dunedains connaissaient et parlaient une langue elfe, car leurs ancêtres avaient appris le sindarin, et c'était là un savoir qui avait été transmis de génération en génération, et les années passèrent sans presque y rien changer. Et les Sages parmi eux apprirent aussi le quenya des Grands Elfes — langue qu'ils honoraient plus que toute autre — et en quenya formèrent des noms pour désigner maints hauts lieux et sites sacrés, et nombre d'hommes qui furent Rois, ou qui s'illustrèrent d'une quelconque manière [1].

Mais la langue courante des Númenoriens resta pour le commun des gens leur ancien parler d'Hommes : l'*adûnaic* ; et à une époque plus tardive, les Rois et Seigneurs de Númenor, en leur fol orgueil, devaient revenir à ce parler d'antan, abandonnant la langue elfe ; tous, sauf ceux qui demeurèrent fidèles à leur amitié traditionnelle avec les Eldar. Au temps de leur puissance, les Númenoriens avaient construit des forteresses et des ports tout le long de la côte ouest de la Terre du Milieu, pour l'entretien de leurs vaisseaux ; et l'un des plus considérables était Pelargir, près des Embouchures de l'Anduin. Là, on parlait l'adûnaic, un adûnaic adultéré car s'y mêlaient quantité de mots des Hommes moindres ; et naquit de la sorte un Langage Commun qui se répandit le long des côtes parmi tous ceux qui étaient en rapport avec l'île d'Extrême-Occident.

Survint la Submersion de Númenor : Elendil ramena les rescapés des Amis des Elfes sur les rivages nord-ouest de la Terre du Milieu. Là vivaient déjà nombreux des gens de pure souche númenorienne, ou qui avaient, peu ou prou, du sang númenorien ; mais rares étaient ceux qui se souvenaient du parler elfe. Au demeurant, les Dunedains se trouvèrent dès le début en infime minorité parmi les Hommes moindres dont ils étaient les Souverains légitimes, étant des Seigneurs doués d'une grande longévité, et gens puissants et sagaces.

---

1. Par exemple *Númenor* (ou, mieux, *Númenóre*) et *Elendil* sont des noms quenya, de même qu'*Isildur* et *Anarion,* et tous les noms royaux du *Gondor,* y compris *Elessar* ou « Pierre Elfique ». La plupart des noms portés par les autres hommes et femmes dunedains — il en va ainsi pour *Aragorn, Denethor* et *Gilraen* — sont de forme sindarine, étant souvent des noms d'Elfes ou d'Hommes illustrés dans les chants et les dits du Premier Age (tels *Beren, Hurïn*). Quelques-uns sont de forme mixte : c'est le cas de *Boromir.*

C'est pourquoi ils utilisaient le Langage Commun lorsqu'ils traitaient avec le menu peuple et pour gouverner leurs vastes royaumes ; mais ils enrichirent la langue en y introduisant une quantité de mots provenant de langues elfes.

Du temps des rois númenoriens, ce parler ouistrien sous sa forme ennoblie s'étendit au loin, gagnant de proche en proche jusqu'à leurs ennemis ; et il vint à être de plus en plus couramment usité par les Dunedains eux-mêmes, de sorte qu'au temps de la Guerre de l'Anneau la langue elfe n'était plus guère connue que d'une minime fraction des peuples du Gondor, et parlée quotidiennement par moins de gens encore. Et ces gens-là habitaient surtout à Minas Tirith et dans les cités alentour, ou sur les terres des princes tributaires de Dol Amroth. Toutefois les noms de presque tous les lieux et les personnes du Royaume de Gondor étaient d'origine elfe, tant par la forme que par le sens. Certains autres étaient de provenance inconnue, remontant à la nuit des temps, bien avant que les Númenoriens ne prissent la mer ; ainsi en était-il d'*Umbar*, d'*Arnach* et d'*Erech* ; et des noms de montagnes, tels *Eilenach* et *Rimmon*. *Forlong* était aussi un nom de cette espèce.

La plupart des Hommes qui vivaient dans les régions septentrionales des Terres d'Occident descendaient des Edain du Premier Age, ou de leurs proches. C'est pourquoi leurs langues s'apparentaient à l'adûnaic, et certaines présentaient des similitudes avec le Langage Commun. C'était, par exemple, le cas des gens qui vivaient en amont du Val d'Anduin : les Beornides et les Hommes des Bois de la Forêt Noire orientale ; et, plus au nord et à l'est, les Hommes du Long Lac et ceux du Val. Des terres situées entre la Rivière aux Iris et le Carrock, venaient des gens connus au Gondor sous le nom de Rohirrim : les Seigneurs des Chevaux. Ils parlaient encore leur langue ancestrale et rebaptisèrent dans cette langue tous les lieux-dits de leur nouveau pays ; ils se dénommaient eux-mêmes Eorlings, ou Hommes du Riddermark. Mais les Seigneurs de ce peuple s'exprimaient couramment dans le Langage Commun, et ils en faisaient une langue noble, à l'instar de leurs alliés du Gondor ; car, au Gondor où il avait pris naissance, l'ouistrain conservait un style infiniment plus courtois et un peu archaïsant.

Tout autre était le parler des Hommes Sauvages qui vivaient dans la Forêt de Draudan. Et il en allait de même pour la langue de ceux du Pays de Dun : une langue étrangère à l'ouistrain, ou peut-être un rameau, mais si éloigné. Il s'agissait des restes de populations qui au temps jadis avaient vécu dans les vallons des Montagnes Blanches. Les Hommes Morts de Dunharrow leur étaient apparentés. Mais durant les Années Sombres certains s'étaient réfugiés dans les vallons méridionaux des Monts Brumeux ; et de là quelques-uns avaient gagné les territoires inhabités au nord des Hauts des Galgals. D'eux étaient issus les Hommes de Bree, qui, à une époque déjà reculée, étaient devenus les sujets du Royaume septentrional d'Arnor et avaient adopté la langue ouistrienne. C'est seulement au Pays de Dun que les Hommes de cette race avaient conservé leur ancien parler et leurs coutumes d'autrefois : une peuplade mystérieuse, furtive, hostile aux Dunedains et haïssant les Rohirrim.

Dans ce livre, leur langue n'est point mentionnée, sauf pour le nom, *Forgoil*, dont ils désignaient les Rohirrim (et qui signifie, dit-on, Têtes de Paille). Les Rohirrim, eux, les appelaient gens du *Pays de Dun,* ou *Ceux du Pays de Dun* parce qu'ils avaient le teint basané et le cheveu noir ; il n'y a aucun rapport entre le mot *dunn*, qui entre dans ces noms, et *dûn* qui dans le parler des Elfes Gris désigne l'ouest.

Les Hobbits de la Comté et de Bree avaient déjà à cette époque, et sans doute depuis un millénaire, adopté le Langage Commun. Mais ils avaient leur propre manière de s'en servir, s'exprimant avec liberté et désinvolture ; bien que les plus savants d'entre eux eussent encore l'usage d'une langue plus policée, qu'ils utilisaient lorsque l'occasion le requérait.

Il n'y a point trace de langue hobbite proprement dite. Dans les temps jadis, ils semblent s'être toujours servis de la langue des Hommes qui étaient leurs voisins, ou parmi lesquels ils vivaient. C'est ainsi qu'ils furent prompts à adopter le Langage Commun lorsqu'ils s'établirent en Eriador et, à l'époque de leur installation à Bree, ils avaient déjà commencé à oublier la langue qu'ils utilisaient précédemment, laquelle avait dû être, à l'évidence, une langue d'Hommes, telle qu'on en parlait sur le haut Anduin, une langue proche de celle des Rohirrim ; toutefois, il semblerait que les Forts du Sud aient adopté une langue apparentée à celle du Pays de Dun avant de venir plus au nord habiter la Comté [1].

Tout cela se retrouvait encore, plus ou moins obscurément, du temps de Frodon, dans certains mots ou noms locaux dont un grand nombre ressemblaient singulièrement à ceux qu'on peut entendre dans le Val ou au Rohan. Notamment pour ce qui est des noms de jours, de mois et de saisons ; des mots de même type étaient encore d'usage courant (tels que *mathom* et *smial*) ; tandis que d'autres se perpétuaient dans les noms de lieux en Pays de Bree et dans la Comté. Les

---

1. Les Forts de l'Angle, qui retournèrent en Pays Sauvage, avaient déjà adopté le Langage Commun ; mais *Déagol* et *Sméagol* sont des noms appartenant à une langue d'Hommes, qui se parlait dans les parages de la Rivière aux Iris.

noms de personnes, parmi les Hobbits, avaient aussi leur singularité, et quantité d'entre eux avaient été transmis au fil des générations.

Hobbit était le nom couramment employé par les gens de la Comté pour désigner tous ceux de leur race. Les Hommes les appelaient *Halflings* (ou Semi-Hommes) et les Elfes *Periannath*. La plupart des gens avaient oublié l'origine du mot *Hobbit*. Il semblerait cependant que cela ait été d'abord un nom donné aux Pieds velus par les Pâles et les Forts, et la déformation d'un mot qui se serait conservé en son intégrité dans la langue du Rohan : *holbytla,* « fouisseur », « bâtisseur souterrain ».

Des autres races

Les Ents. Le peuple le plus ancien à survivre encore en ce Tiers Age étaient les *Onodrim* ou *Enyd,* surnommés aussi les *Ents* en parler du Rohan. Ils étaient connus des Eldar dans les jours d'antan, et, de fait, les Ents attribuaient aux Eldar non point leur langue même, mais le désir de parole. La langue que les Ents s'étaient forgée était différente de toute autre : lente, sonore, agglutinante, répétitive et prolixe ; comportant une multiplicité de nuances dans le registre des voyelles, et d'infinies distinctions d'accent tonique et de quantité, au point que, chez les Eldar, même les Maîtres du Savoir avaient renoncé à la fixer par écrit. Les Ents n'utilisaient cette langue qu'entre eux ; au surplus, ils n'avaient nul besoin d'en protéger le secret, car personne d'autre ne la pouvait comprendre.

Toutefois, les Ents étaient eux-mêmes gens habiles à manier les langues, prompts à en saisir les mécanismes, et ne les oubliant plus jamais. Mais ils avaient une préférence pour la langue des Eldar et aimaient tout particulièrement l'antique parler des Grands Elfes. Aussi les mots et noms étranges que les Hobbits rapportent, comme les ayant entendu prononcer par Sylvebarbe et par d'autres Ents, sont-ils d'origine elfe, ou bien des fragments du parler elfique, raccordés bout à bout à la manière des Ents [1]. Parfois, c'est du quenya ; par exemple : *Taurelilómëa-tumbalemorna Tumbaletaurëa Lómëanor,* qui se peut traduire par : Fort-ombreuseforêt-fortprofondevalléenoire-Combe-valboiséTerred'effroi, ou — et c'est à peu près ce que Sylvebarbe a voulu dire : « Il y a une ombre noire dans les profondes ravines de la forêt. » D'autres mots proviennent du sindarin, tel *Fangorn* « *Sylvebarbe* », ou *Fimbrethil*, « Bouleau gracile ».

Les Orques et le Parler Noir. Orque est la forme du nom que les autres peuples donnaient à cette race infâme, et telle se nommait-elle dans la langue du Rohan. En sindarin, on disait *orch*. Un nom apparenté très certainement à *ourouk*, mot du Parler Noir, bien que d'ordinaire *ourouk* ait servi à désigner spécifiquement les grands guerriers orques qu'à cette époque vomissaient le Mordor et Isengard. Les Orques de race inférieure étaient appelés *snaga*, « esclaves », en particulier par les Ourouk-haï.

C'est le Pouvoir Noir du Septentrion qui, dans les Jours Anciens, avait développé l'« élevage » de la race des Orques. On dit qu'ils n'avaient pas de langue à eux mais s'appropriaient ce qu'ils pouvaient retenir des langues d'autrui, les pliant à leur propre usage ; et qu'ils étaient incapables d'en faire autre chose que de lourds

---

1. Sauf les quelques tentatives que les Hobbits auraient faites, semble-t-il, pour reproduire quelques-uns des plus brefs parmi les appels et murmures auxquels se livraient les Ents ; *a — lalla — rumba — kamanda — lindor — burûme* est un fragment qui n'appartient à aucune langue elfe, et constitue la seule transcription (probablement très approximative) du véritable parler entique.

jargons, tout juste aptes à répondre à leurs propres exigences et à leur goût des jurons et des insultes. Et ces créatures pleines de malignité tant se haïssaient les unes les autres qu'elles élaborèrent rapidement autant de dialectes barbares qu'ils étaient de groupes ou de formations sédentarisées, de sorte que leur parler orquien ne leur servait guère, même de tribu à tribu.

Ainsi advint-il qu'au Tiers Age les Orques communiquaient entre eux, d'une race à l'autre, en parler ouistrien ; et d'ailleurs nombre des tribus plus anciennes, telles celles qui s'attardaient encore au nord et dans les Monts Brumeux, utilisaient depuis longtemps l'ouistrain comme première langue — langue maternelle — mais ils le maniaient de façon à en faire un jargon presque aussi déplaisant que l'orquien. Dans ce jargon, *tark*, « Homme du Gondor », constituait une forme dégradée de *tarkil*, mot quenya passé dans la langue ouistrienne pour désigner quelqu'un d'ascendance númenorienne.

On dit que le Parler Noir fut élaboré par Sauron durant les Temps Obscurs et qu'il avait projet d'en faire la langue de tous ceux qui le servaient, mais en cela il avait échoué. Toutefois quantité de mots provenant de ce Parler Noir étaient d'usage courant parmi les Orques au Tiers Age ; par exemple *ghâsh*, pour « feu » ; mais, après la première défaite de Sauron, cette langue sombra dans l'oubli, sauf parmi les Nazgûl. Lorsque Sauron se releva, elle redevint à nouveau la langue de Baraddûr et des capitaines du Mordor. L'inscription sur l'Anneau était en Parler Noir, alors que les jurons et malédictions de l'Orque du Mordor appartiennent à l'idiome avili, utilisé par les soldats de la Tour Sombre, dont Grishnakh était le capitaine. En cette langue, Sharcoux veut dire « vieillard ».

Les Trolls. On a choisi le mot *Troll* pour traduire le nom sindarin *Torog*. Lorsqu'ils émergèrent, dans le lointain crépuscule des Jours Anciens, c'étaient des créatures obtuses et lourdaudes, qui n'avaient guère plus de capacité à s'exprimer que des bêtes brutes. Mais Sauron les eut bientôt asservis à ses desseins, et il leur apprit le peu qu'ils étaient aptes à apprendre, affûtant leur esprit par la pratique du mal. Ainsi les Trolls s'approprièrent-ils la langue des Orques, du moins ce qu'ils en purent maîtriser ; et, en Terre d'Occident, les Trolls de Pierre utilisaient une forme dégénérée du Langage Commun.

Mais, à la fin du Tiers Age, une race de Trolls demeurée jusqu'alors inconnue fit son apparition au sud de la Forêt Noire et sur les confins montagneux du Mordor : appelée Olog-haï dans le Parler Noir. Que ce fût Sauron qui en eût développé l'immonde race, nul n'en doutait, mais à partir de quelle souche on l'ignorait. Selon certains, ce n'étaient pas des Trolls, mais des Orques géants ; pourtant les Olog-haï étaient, de corps et d'esprit, une espèce tout autre que les plus grands individus de race orque — que d'ailleurs ils surpassaient et par la taille et par la force brute. C'étaient bel et bien des Trolls, mais animés d'un vouloir maléfique que leur avait insufflé leur maître ; une race cruelle, robuste, agile, féroce et rusée, mais plus dure que pierre. Et à la différence des races plus anciennes, nourries aux Ages Crépusculaires, ils pouvaient affronter le soleil ; du moins tant que Sauron les tint en son pouvoir. Ils avaient la parole rare, et la seule langue qu'ils savaient manier était le Parler Noir de Barad-dûr.

Les Nains. Les Nains étaient une race à part. Dans le *Silmarillion* sont relatées les étranges circonstances de leur avènement, et pourquoi ils sont tout à la fois semblables aux Elfes et aux Hommes et totalement dissemblables. Mais les Elfes moindres vivant en Terre du Milieu ne connaissent pas les péripéties de cette histoire ; et ce que racontent les Hommes qui vinrent par la suite est confus car s'y mêlent des réminiscences ayant trait à d'autres races.

C'étaient, pour la plupart, des gens durs, bourrus, d'humeur secrète, laborieux et rancuniers : ils gardaient la mémoire des injures (mais aussi des bienfaits) ; des gens qui aimaient la pierre, les pierres précieuses et tout ce qui prend forme sous la main de l'artisan, plutôt que les choses qui vivent de leur vie propre. Mais ils n'avaient pas mauvaise nature comme cela s'est dit. Car les Hommes d'autrefois convoitaient leurs richesses, et le produit de leur art, et il y avait bien de l'hostilité entre les différentes races.

Mais, au Tiers Age, une étroite amitié liait encore en maints lieux les Hommes et les Nains ; et il était dans la nature des Nains que, voyageant, travaillant et commerçant de par le monde, comme ils firent après la destruction de leurs antiques demeures, ils adoptent l'usage de la langue qui se parlait autour d'eux. Et cependant, en grand secret (et un secret qu'à la différence des Elfes ils ne révélaient pas volontiers, même à leurs amis), ils utilisaient leur propre parler étranger, peu modifié au cours des années ; c'était une langue savante plutôt qu'une langue apprise dans la petite enfance, et ils en prenaient grand soin et en assuraient la garde comme d'un trésor qui leur aurait été légué du passé. Rares furent ceux des autres races qui parvinrent à l'apprendre. Dans la présente histoire, elle n'apparaît que dans les noms de lieux que Gimli révèle à ses compagnons ; et dans le cri de guerre qu'il pousse lors du siège de Fort le Cor. Ces cris-là du moins n'étaient nullement secrets, et ils ont retenti sur bien des champs de bataille, depuis la jeunesse du monde. *Baruk Khazâd ! Khazâd aimênu !* « Les Haches des Nains ! » « Les Nains sont à tes trousses ! »

Pour ce qui est de Gimli lui-même et de sa parenté,

leurs noms sont d'origine septentrionale (des noms d'Hommes). Cependant les Nains avaient aussi en propre des noms secrets, à usage « interne », leurs noms véritables, et qu'ils ne révélaient jamais à un individu d'une autre race. Poussant même les précautions jusqu'à ne point l'inscrire sur leurs tombes.

Table